U0818084

魅丽文化 花火工作室

柏林，也许不相逢

罗小葶——著

上

江苏凤凰文艺出版社
JIANGSU PHOENIX LITERATURE AND ART PUBLISHING, LTD

图书在版编目（CIP）数据

柏林也许不相逢 ： 全2册 / 罗小葶著. -- 南京 ：
江苏凤凰文艺出版社，2017.10
ISBN 978-7-5594-0985-0

Ⅰ. ①柏… Ⅱ. ①罗… Ⅲ. ①长篇小说－中国－当代
Ⅳ. ①I247.5

中国版本图书馆CIP数据核字(2017)第207978号

书　　名	**柏林也许不相逢 ： 全2册**
作　　者	罗小葶
出版统筹	黄小初　邹立勋
选题策划	吴小波　肖　童
责任编辑	胡小河　姚　丽
文字编辑	肖　童
责任监制	刘　巍　江伟明
出版发行	江苏凤凰文艺出版社
出版社地址	南京市中央路165号，邮编：210009
出版社网址	http://www.jswenyi.com
印　　刷	湖南凌宇纸品有限公司
开　　本	880×1230毫米 1/32
字　　数	420千字
印　　张	20
版　　次	2017年10月第1版，2017年10月第1次印刷
标准书号	ISBN 978-7-5594-0985-0
定　　价	65.00元

目录

CONTENTS

目录

CONTENTS

目录

CONTENTS

目录

CONTENTS

第一章 女翻译

冬季刚刚开始，柏林的天气似已经深陷酷寒，呼啸的风打在耳边竟然刮得人脸生疼。

葛兰裹紧羊绒大衣，推开车门抬头望了望那栋哥特风的建筑物，丽思卡尔顿酒店，这是她的顾客住的酒店，十六世纪欧洲的建筑风，低调奢华充满文艺复兴时期的工艺味道，内部装潢也奢侈到了极点，入目便是一片金碧辉煌。

刚进入大堂打算将大衣脱掉，一位老者已经迎了上来。

“小姐请留步。”老者眼皮上挑，长得像猫头鹰，他上下扫视葛兰：大衣里包裹着她曼妙身材的衣物露出了一点深绿色。

老者皱着眉头，看葛兰停下了脚步。

她的身后再没有别人了，只透过玻璃门见到不远处停着的吉普车，驾驶位上坐着一位嚼着口香糖脑袋上戴英式贝雷帽的男人，他的表现远不如他的打扮绅士，不时吹着泡泡，一副痞子样。

也难怪老者会露出这样的表情了。

但葛兰没有为自己的同伴解释的意思，站定在老者前方，一动不动，背脊挺拔。

老者转身上了楼，约摸等了半个钟头，葛兰才见到庞大的旋转楼梯上走下来几个人。

烟灰色的身影夹在身着黑色西装的黑人之中，那人影身材高挑，侧着看有一点清瘦，走路的姿势带着一股子老英国派的绅士样，这样从容优雅的气质很难让人忽略他。走近了看，葛兰意外地发现他长着一张偏东方人的面孔，但深褐色的眼珠看得出来他有另一半的英国血统，他的眼睛很亮，不由自主地就吸引人去看。男人盯着葛兰看了一会，将她上下打量个遍才淡淡收回视线。

葛兰发现这人的眼睛不能深看，一不小心就要被吸入深渊。

“林恩·杜邦（DuPont）先生，我是你的翻译。”

“翻译？”男人轻启嘴唇，发出疑问。

老者凑在他耳边说了两句话，男人才没有再提出问题，转而彬彬有礼说道：“有劳你了。”

葛兰点头，没有主动伸手表达握手礼仪，侧着身子让开了道。

“我们派了车，先生请移步。”派的车自然是方才停在门口的吉普车，戴贝雷帽的男人已经跳下了车拉开了门等在原地。

男人抬脚，似乎是迟疑了一下，回头看了眼老者吩咐道：“其他人就不用跟来了。”

“可是少爷……”老者想要阻止男人，飞快地看了几眼葛兰，露出一个担忧的表情。

那表情是在说：这么个瘦弱的女人可以保护自己的少爷吗

“老先生请放心，我还有其他的同事。”

林恩“嗯”了一声，转身走了出去，葛兰抬手为老者也做了请的姿势，老者这才跟上。

上了车，葛兰同林恩坐在后排，老者坐在副驾驶位上。

方才那咀嚼口香糖的男人不发一言地从镜子里看了一眼，老者特意拉了拉安全带。男人看到车子后方没有异常情况，眼角却瞥到了老者的举动，微笑着启动车子，“这里出发去国会大厦的路程很短，国会大厦是柏林官方的地盘，守卫森严，除非是从天上掉下炸弹，否则凭我们的身手在短时间内无人能近身。”

老者这才注意到痞子男人腰间别着黑色的硬物凸起。

这辆车内的装饰也似乎与其他车不一样，有许多从来没见过的金属设备和电子仪器，老者回头看后排的少爷和葛兰。

车里的葛兰解开了大衣扣子，露出了包裹住她身体的深绿色戎装。

这个样式和颜色，看不出来是哪国的标志，但看她大衣里侧露出来的枪械，老者眼皮微跳了一下，很快转移了目光。

车子平稳地行驶在空旷的公路上，从上车开始林恩就没有再说过一句话，他甚至闭上了眼睛安静地靠在坐椅靠背上，葛兰注意到他的手平和地交叠在腿上，那是一双修长光滑的手，十指纤纤，如果不是骨架比女人大一些，恐怕会被人误以为是一位绝世佳人的手。

“小姐如何称呼？”林恩突然开口说话，打断了葛兰的思绪。

她移开视线，抬头看他。林恩抿着唇同样盯着她看，很快，他弯了弯嘴角。发现她似乎没有任何被抓包偷看的窘迫。

“我叫葛兰。”

林恩点头，一双手动了动，换了个新的交叠姿势平放在腿上。

过了许久，没有人再说话。只听得见四人细细的呼吸声，车子途经圣保罗教堂时，坐在身旁的雇主林恩才轻轻出了一口气，对着玻璃窗户的镜面呢喃出声：“我们是初次见面吗？”

话是问葛兰的，前排的两个男人也都竖起了耳朵听两人的动静。

开车的布鲁斯尤其夸张，嘴角的笑容快咧到耳根了。

葛兰没工夫再关注他，心不在焉地应了一声：“是。”她的注意力全落在教堂周边的行人身上。

据说当日的袭击案件里有目击者看到凶手逃进去了。她小心地观察着每个路过的车辆和行人，谨防有诈。一辆黑色轿车并排行驶在左侧，葛兰按下车窗一条缝，往后望了望，风吹过耳畔，她又听见他说：“可我似乎在哪里见过你？”

按在车窗下金属零件上的手顿了顿。左侧那辆黑色轿车车窗被人打开了，一个白人小男孩探出脑袋冲她笑，她再次将车窗关上，收回手。

葛兰当然知道他的大名，少年成名的天才级钢琴家。

中英混血，来历不明，就连莫雷长官都没有拿到他身世的第一手资料。

但此次军团的重视程度却让人心惊。

事情发生在三天前。

“一天前的晚上八点，柏林市中心发生一起恐怖袭击事件，柏林爱乐厅遭到炸弹袭击，当晚音乐厅正在上演着著名钢琴家林恩的独奏，演奏会现场一片混乱，伤亡人员也在警察赶到时遽然上升到二十余人。”

坐落于伦敦某偏僻小岛上的一栋独立洋楼里，穿军装的男人用不锈钢长杆指着屏幕上的情景，面无表情地说着话。话语停顿间他看了看在座的其他人，视线最终落在葛兰脸上。

“此次事件引起了很大范围的重视，柏林爱乐厅现如今已经封馆。官方出面找到我们，需要我们前往柏林保护当晚音乐厅的主角林恩。”

“什么来头，居然让我们去当保镖？”有人提出问题。

葛兰也好奇地多看了几眼墙上大屏幕上的照片。

“这不是一次普通的刑事犯罪案件。演出前，确实有人见过歹徒出现在音乐厅，疑犯可能为被通缉多年的反人类恐怖袭击制造者‘撒旦’，而林恩是唯一见过他正脸的人。”

撒旦的恶名在座的人都听过，十年前还寂寂无闻，突然冒头变得活跃，参与恐怖袭击活动，在两年前正式晋升为恐怖分子头头。这伙人曾炸毁了慈善机构在南非的瘟疫研究所基地，使得当时红病毒瘟疫好不容易面对获得重大突破时功亏一篑，这些无恶不作的家伙就是反人类组织联盟，毁掉了无数人的家园。

“官方认为撒旦会找林恩报复，但这一切只是猜测，并没有通报公众，他们担心会引起不必要的恐慌，所以需要我们出面。”

“哇啊，看来事情很麻烦。”有人笑了一声，轻视的语气更像讽刺。

军装男人没搭理他，随后简单介绍了一番这位被保护者的身份，又交代：“这次的任务，葛兰你同布鲁斯去。”

葛兰和布鲁斯领了任务，第一时间出发。

“葛兰，你的身份是林恩先生的翻译，而布鲁斯还是老样子。”听见安排，布鲁斯哀嚎了一声。

“老天，不能因为我战斗机开得十级棒，就一直让我做司机吧？”葛兰不止一次听见布鲁斯抱怨，偷笑着转开了脸。

下车后，她将大衣拢了拢，规矩地扣上了扣子。警察已经等在大厦门口，为首的布朗克警官见过一次，事件发生那天警方就带林恩以及爱乐团的成员去过警局，惊人的是，当天所有证词都证明歹徒确实乔装成大提琴手出现在排练厅，“那时只有林恩跟他单独对乐。”

后来警方在观众席找到了那把废弃的枫木大提琴，椅子上还散落着松香。

那是一把用上好云杉和枫木仿制的“大卫朵夫”，而真正的“大卫朵夫”是林恩的私人财产，所以警方有理由怀疑歹徒是冲着他来的，同时性质恶劣，伤及无辜，手段残忍。

国会大厦是柏林政府办公点，守卫森严。只是再安全的地方都会有疏漏，布鲁斯下了车，手上已经形式化地戴上了白手套，他一边拉着白手套的头子一边斜睨葛兰。

葛兰冲他点点头，他转身就往大厦另一边走去。

“他……”老者注意这两人的举动，对这两人还心有怀疑，一举一动都不放过。

葛兰看他一眼，并没有解释。她跟上林恩和布朗克警长的脚步。有一个德国警察在门口检查随行人员，葛兰也被拦住了，“Miss，我需要检查你有没有带违禁品。”

林恩转过头来看了一眼正想说话的葛兰，低头跟布朗克警长说了句什么，布朗克警长挥了挥手，那警察这才收回了手。

“Danke。”葛兰用标准日耳曼语道了谢。

第二章 袭击

进了大厅，布朗克警官将众人带到了一间偌大的房间。

其他人暂时休息。很快，有人来请林恩去办公室。葛兰随行在后，到了一间封闭的小房间门口，门口站着四五个警卫，阻拦了她继续前进。

“Miss，我们需要单独跟林恩先生了解一些情况。”

葛兰冷着脸拒绝，“我是林恩先生的翻译，需要在场。”

林恩抬手做了不用的动作，葛兰这才停了脚步。人没有离开，一直站在门口。

房间里，林恩同布朗克警长小声说了一些什么，大约是在复述之前的口供。不出十分钟，两人又走了出来，回到最初那间房，安置林恩坐下后布朗克交代一声：“林恩先生，待会会有反恐组织的人对您做更进一步进行了解。”

布朗克说的英文，林恩点头表示理解。

“这不是警察的事情吗，为什么会牵扯如此之广？”老管家左右看看这两边的警卫，皱眉凑在林恩耳边低声询问。

林恩摇摇头，表示自己也不清楚，老者只好转头看葛兰。

葛兰瞥他一眼，说道：“他们想要排除恐怖袭击的可能。”

“那……少爷我们需要联系大使馆吗？”老者迟疑地说道。

林恩好脾性地摇头，“不用了，配合他们做调查。”

葛兰站在靠窗户的位置，留意着耳机里布鲁斯的消息，视线扫过林恩，注意到他脸上的表情温和，始终挂着浅笑。葛兰微微蹙眉，听见布鲁斯那边有了动静。

“葛兰，恐怕有异常。”

“什么情况？”

“我在南边的墙脚下发现了定时器，时间还有大约两刻钟，现在还不确定炸弹在什么地方？目标是谁？但看起来更像是恶作剧，我正在查找源头。”

“好，我知道了。”葛兰匆忙说完，转头走到林恩面前，“先生，恐怕我们要……”

咔嗒一声，房门被人推开了。警卫走了进来，随后是布朗克警长，他身后跟着一位穿西装戴金边眼镜的男人，他进门后就礼貌地介绍自己：“林恩先生，我是来协助布朗克警长的秘书官。”来人没说明具体隶属于哪个部门。

葛兰警戒地隔在两人中间，她抬手，目光从进来的男人身上扫过，转头对布朗克警长说：“布朗克警官，我想我们现在恐怕没办法协助贵府做详细调查。我们需要离开此地。”她讲一口流利日耳曼语，警卫和在场的德国人都听懂了，有警卫警觉地上前了一步。

林恩也觉察到事情的严重性，靠着葛兰近了一点。

“Miss，如果没有特殊情况，恐怕我不能放你们轻易离开。抱歉，我职责所在。”

“那我只能硬闯了？”葛兰说着话，抬起手肘就要攻击对方，她突如其来的动作惊得其余的人往后退了一步，警卫动作迅速地要抬起MP5冲锋枪，但枪口还没来得及对准葛兰，她一只手就握住了其中一把枪，大拇指堵住了枪口。

耳机里，布鲁斯快叫了两声：“别紧张葛兰，我找到炸弹了，一级三百不到的化学炸弹，杀伤力不大。”

葛兰冲天翻白眼，心说下次能不能调查清楚后再汇报？

“林恩先生，我们只想和平了解一些事情真相。”场面停住了，没有人有动手的意思，戴眼镜的西装男说道。

林恩没有说话，他顺着自己的手抬头看葛兰。她没有松开他的手臂，却抛开了捏住的枪口，从鼻子里哼出一声气，“贵府的安全防御快赶上白宫了，这样对付一个配合调查的证人？”她明白其中的弯弯道道，这不是一个对待别国证人的态度，德制 MP5 冲锋枪，以及其他几个警卫藏在身后的 SIG P229 手枪，都是白宫里三层外三层的装备。

“别误会，三天前发生爆炸案后，警卫在大厦附近发现了小型炸弹，我们正在严密排查，但恐怕其中还有一些……”

葛兰听布朗克警长如是说，眯起眼睛看了看窗外，“那可能你的警卫确实很大意，我的人方才在南边发现了化学炸弹。你这里不安全，我们必须离开。”

她的话成功引起了随从的担忧，老先生脸色微变，上前附议：“是的，我们需要离开。”

葛兰第一次觉得这个老头还算顺眼，没有松开林恩手臂的手又动了动。对方也抿着嘴角，扭头看布朗克。

布朗克没想到还会有残余，脸色微变，与戴眼镜的男人对视一眼。

“我们会带你到安全的地方。”眼镜男说着，对着林恩。另一头布朗克警长转身同警卫说了什么话，那警卫点头走了出去。

“实在很抱歉，我已经安排大量警卫在大厦里外排查，很快就会有结果。”

“是的，林恩先生，我们此次邀你前来也是希望能将袭击事件调查清楚。”眼镜男说着，已经屈身示意门的另一个方向，“林恩先生还请移步，我们到一个安全级别达到十的地方再聊。”

林恩没有立即回答眼镜男，下意识地看了一眼葛兰。

葛兰松开手，不到必要时她也不想造成冲突，尤其还是跟官方有关系，弄不好就是大问题。

布鲁斯也听见这边的动静，笑嘻嘻地嘲弄：“这群端铁饭碗的人也真够瞎的。”

葛兰“嗯哼”一声，算是回应了他。跟着林恩走了出去，随从则跟在她身旁，低声询问：“我们少爷的人身安全交给你们，你们能保障吗？”

这老头……

葛兰有职业道德地冲他扯着嘴角露出一个没心没肺的笑容，“放心，就算我们全死了，我也不会让林恩先生出事。”

老头儿见她没大没小，冷哼一声，“我叫埃尔南。”

“好的，埃尔南先生。”

一行人又七拐八拐地进入了一条通道，很快走到一个圆弧形铝合金拱门前，眼镜男在旁边的电子眼前扫描了自己的瞳孔后，门打开了，刚抬脚进去，突如其来的枪声响起，伴随着惊呼，夹道两边的玻璃哗啦一下碎裂落地，砸出碎片。

葛兰在声音遽然响起的一刹那，人已经跨出大步用手臂掩护着林恩后退，她拔出了枪，但没有朝着子弹飞来的方向打过去。

众人愕然去看眼镜男，他已经没了生息，弹头从他的后脑勺穿过，躺在血泊中双目圆睁，他大概没有预料到自己会死在当场。

布朗克推了葛兰一把，“你们先进去。”

打开门的那间房子不到二十平方米，中央摆放着一张椅子，椅子旁边有全新的电子设备，看起来像是测谎仪之类的东西。

葛兰没有在意布朗克逞英雄的举动，她手一拦，用身体挡着林恩，让他先跨进去并用眼神示意他紧贴于防弹玻璃下方的岩壁内，埃尔南先生也紧随其后。

电子门因为躺着的眼镜男尸体，一时无法闭合，发出了嘀嘀的警报声。林恩学着葛兰紧靠着墙壁，手在移动时无意间启动了什么按钮，一层无形的电子激光突然出现在椅子与空地之间。

看来这是一间封闭式的审讯室。葛兰扭过头，将林恩往自己身边拉了拉，自己趋步靠近门边，一脚踢开眼镜男的尸体，“扑通”一声，尸体滚到了另一面。

她朝着碎裂的窗户外看了一眼，非常遥远的距离，肉眼根本看不清楚有任何建筑物。

他们的狙击里程看来很远，新一轮枪响时，她的耳朵本能地动了一下，手臂一伸抓住布朗克警长后颈衣领子，用力一扯，险险让他避开了飞来的弹头。

布朗克还没有反应过来，猛地摔倒在地，扭头看了一眼穿墙而过的子弹，墙沿被这一轮射击砸出了无数个小洞。

这是有预谋的伏击，并且此人非常了解国会大厦的构造。葛兰握紧手枪，她大衣里有两个便携式小型手榴弹，不到万不得已她不会用，但此刻他们手里拿着武器，在找不到敌人的状况下，没有任何优势。

葛兰喘了一大口气，在布朗克爬起来的同时闪身进了所谓的安全地，没有握住手枪的那只手下意识地去拉林恩，却正好牵住他的指尖，他愣了一下，反应极快地半蹲下身，让自己的身体随着葛兰掩护藏匿于墙面之间。

他在混乱的枪击声中听见葛兰对着耳机道："布鲁斯，汇报情况。"她的语气沉稳平静，听起来像是对此类场景有过丰富的经验。

布鲁斯那边也遭遇了伏击，同样能听得见一两声枪声。"这些家伙……我们方才都想错了，埋雷点只是他们的攻击点，他们压根没有想过要炸毁大厦。这些人胆子真不小，明明有能力埋雷却要远程袭击，对方是在挑衅。"

"是吗？看样子他们应该是玩一玩就会离开。"葛兰点头，她也注意到了，这些人虽然射杀了眼镜男，但由于距离远，攻击并不频繁，他们似乎只是瞄准了某个人再开枪，并且从未开枪射杀过林恩。这让葛兰不得不怀疑，德国警察将林恩弄来这里的真实原因。

"大厦附近设有防空导弹基地，如果遇上大型爆炸或者空投袭击，工作人员会有相应的安全措施。歹徒想要伏击大厦，这是危险的举动。首先会遭遇到最外层的警卫巡查，第二层才是狙击手，显然这些人直接攻入了核心地带。"布朗克警长突然说道，他已经从地上爬了起来，半蹲在门边，手里还托着枪。

"他们既然想要玩，我们就陪他们玩一会好了。"葛兰说着，猛地起身，用枪底座打碎了头顶上的一排防弹玻璃。

"你要做什么……"布朗克喊道。

葛兰已经半蹲在窗边，手枪架在窗沿，对准不远处院落边沿大树的树枝连开几枪，另一只手没有闲着，摸出了一把便携式手枪，茂密的树枝倒落，她才转身去看手里的东西，枪依然架在原地，手下快速地拆卸着枪杆扔掉枪头的金属盖，只留下中央弹簧到发射管一截，小型榴弹被她用一根细头绳绑在原本枪头的位置。

她手工制作的榴弹发射器虽然看上去很粗糙，但布朗克警长忍不住眼前一亮。

葛兰咬牙，抬手看了一眼自己的作品，“最古老的方法总给人留下惊喜。”现如今的榴弹早就不用又黑又粗的发射管了，二战时有许多人为了达到更快更精准地投落在敌方阵营的目的，研发出了弹壳榴弹，榴弹采用高压发射，火药在高压中燃烧，产生高压火药燃气冲入低压室，压力减低，火药继续膨胀射出弹丸，小小一枚却能造成巨大伤害。

葛兰将自己做好的榴弹发射器也架在窗沿，但她没有很快发射。约摸半分钟左右一道红线射来，正中她的脑门。

“小心……”提醒是来自许久没有说话的林恩。

所有人都顺着他的目光看去，却见到葛兰微扯开嘴角，手中的榴弹已经发射了出去，以光速在某个地方轰然炸裂，眼前一阵浓烟阻碍了视线。葛兰也同时感觉到来自外界的一股压力，那是子弹直奔她而来的重力。

第三章 林恩先生

远程狙击枪和自制榴弹发射器谁的速度更快？

但也没能快过葛兰闪避的动作，就在所有人都以为她会命毙当场的时候，如有预料一般在按下发射的同时已经偏离了脑袋，飞来的子弹擦过她的脸侧，击中坚硬的墙壁，墙壁上碎裂的水泥混合石砸在她后背，但她似并不觉得痛，浑然未觉收起手枪，从容不迫地按着耳机对另一头的布鲁斯交代：“布鲁斯，我们要出去，你来接应我们。”

“好的，五分钟后门口见。”听她口气，多年的默契告诉布鲁斯他们的危险暂时解除，趁机离开，他不再迟疑，扯掉白手套就跑向一开始停车的位置。

收了线的葛兰未理会惊魂未定的埃尔南，先看了一眼神色严肃的布朗克警长，而后对林恩说：“我们要出去？”

归根到底，她的服务对象是林恩，所以她只会询问他的意见，以表职业道德。

林恩郑重地盯着她看，点头。葛兰动了动，询问布朗克：“方才在过来时我看见离我们最近的南边有一部电梯，那可以到达一楼对吗？”

“是，那是我们运送物资进来的专用电梯。”

“足够了。”话音刚落，她已经抓起林恩的手臂，躬身箭步跑到出口处，回头看他一眼，原本想交代跟上自己步伐，但见他表情淡然，到口的话吞了回去。转头趁着远处依然浓烟一片，朝着电梯跑去。

布朗克警长紧随其后，为撤退殿后掩护。

楼下几处响起射击的声音。葛兰半蹲在电梯壁面，用脚尖踩住了电梯口，直到布朗克警长赶到，她才按下了电梯关门键，透过镜面看到林恩身旁的埃尔南老先生故作镇定地捏着双手，葛兰安慰了两句:“歹徒没有进入大厦，他们只是远程狙击，电梯里很安全。”

埃尔南先生看她一眼，露出一个勉强的笑容。

“警卫应该已经在四周寻找藏匿点，很快会有消息。”布朗克说。

相比埃尔南先生的慌乱，林恩显得从容了许多，他一路只紧跟着葛兰，没有提出任何异议，甚至没有发出声响。葛兰不由得多看了他几眼，直到电梯门打开。几个警卫围了过来，递了一把PGM/FM赫斯塔尔UR intervention狙击步枪给布朗克。他扔下已经没有子弹的空手枪，接过警卫递过来的枪，顺势扔给了葛兰。

“你带着林恩先生安全离开，我去查探位置。”

葛兰摸到钢制枪机和浮置式枪管，点头应着：“好。”拜伦曾送给她一把改装过类似的狙击微声枪，只是她放在伦敦并没有带上。

“警长，我们发现了三处伏击地。”警卫汇报。

布朗克警长皱起了眉头，问道：“知道确切的位置吗？”

“正在排查。他们分布松散，袭击的地方都是发现过小型炸弹的位置。”警卫说着，顿住了，又说，“每个分布点都有不同卫兵在巡逻，所以……”

“死了几个？”

“四个。”

“加上楼上那位，五个。他们应该很快就要撤退，警长的人如果不在三分钟之内找到藏匿点恐怕抓不到凶手。”葛兰好意提醒。眼下，枪声正逐步减弱，而分散在四周的狙击手似乎很有默契一般，没有再发射子弹。

布朗克下意识地回头看了一眼葛兰，之前在楼上安全室她跟同伴的对话他都听见了，她说得没有错，曾经埋雷的地方只是他们做的记号，偏偏这些地方又是大厦内的安全防御分布点。

这也解释了之前的疑问，为何最外层的警卫没有遭遇伏击，第二层的狙击手也在听见枪声后才有所动静，那些歹徒直接将狙击枪子弹射进了核心地带。

冷静下来思索后，布朗克想明白了一件事，他转身对林恩说："林恩先生，请您务必在酒店等候，处理完这里的事情我们会立即安排人拜访。"

林恩点点头，说道："好的。"

布朗克警长留下两个警卫后便小跑着离开了。葛兰再次同布鲁斯通话，对方已经将车开到南面的出口，"南面找到炸弹的地方已经死了一个卫兵，凶手应该不会再开枪，按照他们开枪的频率计算，你们还有两分钟是绝对安全时间。"他认为凶手的目的是挑衅，所以安排了狙击手分布在不同的地点，射杀卫兵。而方才在枪战中，他明显感觉到对方散漫的态度，开枪的目的似乎只是为了乐趣。

这种神经病有一种变态的犯罪恶趣味，布鲁斯太了解这样的人了，他们傲慢冲动又心思缜密。

葛兰也不再多做停留，对警卫说："带我们去南面出口。"

警卫应着，快步带着他们穿梭在古典式建筑楼宇间，不同于国会大厦的正门聚集的游人，南面的出口处显得冷清许多。布鲁斯早就等在门口，见到葛兰手里抱着狙击步枪走来，咧开嘴角笑着跳下车，护着两位客人上了车。

布鲁斯没有按照今日来时原路回去，而是七拐八拐快速地将车开进车流之中。

他从镜子里看见葛兰握着枪一言不发地留意着车外，笑了笑，"别这么紧张，他们不会追来的。我敢打赌，这伙人绝对已经安全撤离了。"

葛兰从镜子里看见布鲁斯带笑的眼睛，这家伙越来越像杰克了。

"我不是担心他们。"

"你是担心引爆音乐厅的人跟今日的人不是同伙？"

"什么？也就是说，我们到任何地方都有可能被人袭击？"埃尔南老先生抓住重点，音量比之前大了些。他担忧地看着林恩。

对方却扭头去看葛兰，见她抿着唇，说道："我们不会有事的。"语气坚定。

葛兰眼角瞥见林恩，他的一举一动真是让人琢磨不透，他好像一点也不害怕？

“不是。”

布鲁斯说得不完全对。她只是认为这伙犯人并不在意林恩是否能提供什么线索给警方，但她不能轻易下定论，“查案的事情留给警察，我不喜欢猜来猜去。”

葛兰说完就不再说话了，她将双手放在原来的位置。林恩瞥了眼她的手，她的手指很长，但或许因为长时间握枪的缘故，虽然光滑却骨骼分明，说不上好看与否，只是……

林恩动了动眉毛，收回目光，转眼间车子到了酒店。

下了车，他吩咐埃尔南老先生：“你安排一下两位的房间。”

跟着他的那些黑人保镖已经不见了，埃尔南老先生还在忧心酒店的安全，林恩已经抬手打断了他的担忧，转头对葛兰说：“辛苦了，你们是否要去洗漱一番？”

葛兰看布鲁斯一眼，点点头。

两人的房间就在隔壁，为保安全，葛兰先回房间整理行李。其实她带的东西很少，不出二十分钟人已经清清爽爽地出现在了套房里，房间很大，葛兰进去的时候埃尔南老先生已经换上了符合他气质的燕尾服，微微弯曲在腹前的左臂上挂了一条雪白色毛巾。

布鲁斯大大咧咧地坐在沙发上看报纸，葛兰环视一圈，没有看到林恩。

“他洗澡去了。”布鲁斯努努嘴巴，吃着埃尔南准备的水果。

葛兰皱眉瞥他一眼，在靠近浴室房间门口停了下来。布鲁斯已经咀嚼完一小颗蓝莓，哼唧两声嘲笑她：“你有点女人的自觉好吗？要是林恩先生光着身子出来看见你这么个大活人站在门口，会吓出病来的！”

“林恩先生？”

“嗯，林恩先生。听说他也曾有一个中文名字。”

葛兰眨了眨眼睛，低头看自己的脚尖，半天没动静。布鲁斯迟钝地意识到，她也是东方人。葛兰是在六年前出现在大伙身边的，那时的她并不是现在这样，她不爱说话，整日阴沉沉的，基地的其他人都在背后议论她是幽灵。他们一个团里，七个人，大约除了莫雷长官和杰克之外，没有人知道她的过去。

“你放心，我早有准备，浴室里有窃听器，有什么动静我都能听见。”布鲁斯为了缓和气氛，故作吊儿郎当地指了指自己的耳朵，四下望了望，见埃尔南在开放式厨房里忙着，无耻地扯出一个淫荡的笑容。

葛兰朝天看了一眼，对于布鲁斯的猥琐行径不予置评。

几分钟工夫，林恩先生穿着宽松浴袍走了出来，如同布鲁斯所说一样，林恩在见到门口的葛兰时愣了愣，他的脸在热气中透出了红晕，如果不了解情况别人还以为他害羞。

他不自在地扯了扯浴袍领口，上下看了一眼葛兰：刚梳洗过，身上还带着清香，出发前绑起来的长碎发此刻散落在肩上，显得她的脸更小。葛兰的五官很好，远看上去像没睡醒般的朦胧眼眸，走近了看却很有神，有一种异样的魅惑感，小巧的鼻子和嘴唇也显得格外性感。她换掉了灰色大衣，轻便了许多，一条紧身黑色长裤包裹着肉眼目测有一百二十公分的长腿，上身是轻便的夹克，衣摆刚好停在腰腹上。她的身材很……好。

林恩转过头，对着墙面微微一笑，她似乎对翻译这个职位的着装没有定位。

“葛兰小姐，能麻烦你转过头去吗？”林恩突然说道，语气里夹着不知名的笑意。

葛兰听见声音下意识地看他一眼，看到敞露的一大片雪白的肩颈，半晌才反应过来，转过脸，不知道盯着什么地方看。

林恩则是转身轻轻带上房门，大约是去穿衣服了。

葛兰盯着门看了一会，听见布鲁斯在身后笑得抽搐。葛兰冷眼扫来，他这才收敛了笑容。她没好气地又狠瞪了一眼紧闭的房门，要穿衣服不声不响带上门就好了啊，做什么还提醒她一句？

第四章 你是谁？

换上休闲家居服的林恩推门出来的时候，葛兰已经离开门角，站得远了一些，他走到布鲁斯身侧一旁的皮质沙发旁，抬手做了个邀请的动作，“葛兰小姐请坐。”

葛兰动了动腿，但没走过去，林恩坚持，站在原地看着她好一会，她才抬脚走过去，站在他对面，问他：“林恩先生，你不担心自己的安全吗？”

“你不是说，会负责我的安全吗？”林恩说着，笑了笑。又说：“我相信你，不过，你坐不坐与我的安全没有任何关联。”

好吧。

葛兰在单人沙发上坐了下来。林恩这才也坐了下来，他并没有因为突然多了两个陌生人有任何的不适应，手指拿起放在矮柜上的乐谱，翻了起来。

葛兰注意到，套房角落有一架黑色的三角钢琴，他住的酒店是柏林顶级酒店之一，这间房的设施按照他的需求配备很高级。

埃尔南管家也差不多做好了前餐准备，端着香槟放在客厅的矮柜上，布鲁斯顺势抄了一杯，学着欧洲贵族品尝了一番，“嗯，味道纯正。”

也只有林恩这样好脾气的人会搭理他，林恩拿着乐谱笑着说：“二〇〇〇年份的粉色 Dom Pérignon，搭配着烟熏肉和烤面包的味道更好。”

他的话音刚落，埃尔南又端上了自己烤的面包，“请享用。”

葛兰看了埃尔南一眼，回到室内的老先生一副温莎皇家管家范，一点也不像之前那个的多疑老头儿，埃尔南刚转身，房门的门铃被人按响了。

转头准备去开门，布鲁斯瞥了葛兰一眼，香槟酒他已经放下了，起身哥俩好似的扶住埃尔南的肩膀，笑嘻嘻地说："我去开吧。"

埃尔南不明所以，但是仍然退后一步，把路让给了他。

布鲁斯透过猫眼看见门外站着身穿白衬衫和铁灰色马甲的客房服务生，拉开了一条门缝。

"您好先生，您点的餐点到了。"

服务生推着餐车站在门口，逐一打开了餐盘上的盖子，头盘是鱼子酱，配以蔬菜汤，哦，还有林恩提及的烟熏鹅肉。布鲁斯点点头，没有让服务生进门，付了小费道了一声："谢谢。"便自己推着餐车进了门。

埃尔南先生自己做了沙拉，也已经上桌。

布鲁斯看看桌面，所有的食物都准备了五人份，"是还有客人会来吗？"

林恩也停下了手中翻动乐谱的动作，盯着埃尔南，眼神以示询问。

"少爷您忘记了，今晚乔安小姐约了您一聚。"

林恩这才想起来一般，"哦"了一声，抚了抚额头说道："是我忘记了。"他歉意地笑笑，抬头看了眼电子壁炉上的时钟，"应该快到了。"正说着话，门铃再次响了起来，有了上次的经验，埃尔南没有主动起身，依然是布鲁斯去开门。

"Hi，美女，你找谁？"布鲁斯拉开大门明知故问。

站在门口的乔安顿了顿，迟疑了会才小心翼翼问道："我找林恩先生，请问他在吗？"

布鲁斯堵在门口一副耍流氓的样子，上上下下将人扫了一遍，乔安一身素大衣，玲珑有致的身材看不出来有什么异样，BV的编织手袋很小装不了什么。乔安皱起了眉头，尴尬地咳嗽一声："我找错门了？"

布鲁斯让开了道，笑眯眯地说："当然没有走错，进来吧。"

乔安觉得莫名其妙，犹豫着进门，见到客厅里坐着的林恩后才放松了表情，“林恩先生，您还好吗？”她也听说了爆炸案后来的事情，应该会很麻烦。

林恩微微摇头，“我没事，害你们担心了。”你们是指乐团的成员，乔安担任大提琴手，演出那天正是因为她的失误，歹徒才混进来的。

乔安脸红红的，她仍然在意三天前的那次失误，如果不是她，林恩也不会遭遇这种事情，她很自责，此次前来拜访正是为了表达自己的歉意。但林恩先生总是这样温柔，不仅没有怪她，还反过来安慰她。

林恩没有注意到乔安的别扭，他拍拍沙发，示意让她过来坐。乔安是他在Royal Academy of Music（英国皇家音乐学院）的师妹，同时他也上过她的课，算半个老师，亦师亦友，态度上依然有几分前辈的亲昵感。乔安见他态度亲昵，羞赧着走过去，在身旁的位子坐了下来后，这才关注起在场的其他人。

林恩正对着的位置就是葛兰的单人沙发，从乔安进门时，葛兰就没有发出过任何声响，她静静地板着面孔毫无表情，像是透明人。

乔安却在抬头的那一刹那，顿住了身形，僵硬地盯着葛兰看了一会，脸上的表情从羞赧转为僵硬，她张着嘴巴想说什么，但又不知道说什么，下意识地问道：“你是谁？”语气又硬又涩，其他人也注意到她的不自然，在两人之间扫了一圈。

葛兰没有躲开，回敬她刺眼的探究，微微一笑之后做着自我介绍：“我是林恩先生的翻译。我叫葛兰，乔安小姐你好。”

她说得一口流利的伦敦腔的英语，乔安有刹那间失神，一阵恍惚袭来，她并不确定自己眼前所看见的人，很熟悉……但是明明那么的陌生。想要尽力调整自己的失态，嘴角抿得很用力，想要从对方的脸上移开视线，但怎么也动弹不了，于是她只能故作镇定地干笑，说着抱歉的话：“你……你好。实在很抱歉，我刚刚走神了。”

葛兰自然不在意她有任何状况，这些都不重要。她笑着摇头，“没关系。”

“葛兰小姐是哪里人？”

“伦敦。”

“你长得很像我一个认识的人……”

乔安终于调整好了自己的失态，她长吁一口气，抬手拢了拢垂在耳边的头发，掩饰着情绪。

“是吗？那乔安小姐这位朋友一定是位大美人。”布鲁斯插嘴道，他在两人之间看出点什么来，但不太确定。葛兰又是那种敷衍的态度，他不得不帮腔转移开注意力，主动搭讪美女，“美女，我是林恩先生的司机，我叫布鲁斯，你也可以叫我小布。”布鲁斯谄媚地抛媚眼，成功转移了大家的注意力。

乔安“嗯”了一声，扭头看林恩。这两人的态度淡淡的，她也不好再继续说下去，“林恩先生，乐团明天就要回英国了，您这边……”

“没关系，你们不用担心我。回去后将曲谱熟悉了。”林恩说道，给葛兰和布鲁斯介绍乔安，“这是我乐团的乔安小姐，你们应该是同龄，可以互称名字。”后面那句话是对葛兰说的。葛兰做了个标准的耸肩动作，表示自己明白了。

虽然林恩说着没关系，但乔安仍然很担心他目前的处境，“伦敦的演奏会就在月初，这边的情况听上去似乎很糟糕，如果赶不及，是否需要学校出面找大使馆沟通一下情况？”林恩的全球巡回演奏会，此次柏林之行就是首场，但没想到会遭遇这种事情，现如今的情况他还不能离开。

林恩安慰地笑了笑，不甚在意的样子，“你们先回去准备演出的事情，我会在合适的时间赶回去。”

既然这样说了，乔安也就不再提及此事，“嗯”了一声。他承诺过的事情一定是可以的，这点，她很相信。

林恩看看时间，差不多了，于是伸手招呼着埃尔南可以进餐了。

“各位绅士小姐们，我们可以进餐了，请大家移步到餐桌。”埃尔南已经将丰盛的晚餐摆好，在餐桌旁，站得笔直。

晚餐的主人林恩绅士地为葛兰拉开椅子，“葛兰小姐请入座。”布鲁斯有样学样，也为乔安拉开了椅子，笑眯眯地盯着乔安看，“乔安小姐请，需要我为你服务吗？”他本就是闹着玩的，看这架势也不像普通的司机，乔安怎么会让他服务？乔安礼貌地拒绝他的热情，“谢谢，我可以自己来。”

另一头埃尔南已经拆开了餐巾布，从林恩开始一一铺在客人的腿上。

布鲁斯拿着刀叉，回头看葛兰优雅地拿着面包刀切开一块圆面包，在中间涂上了乳酪，咬了一口，很满足的样子，细细咀嚼。西餐礼仪他们都严格地培训过，但因为常年游走在生死边缘，他们一伙人，除了长官对自己始终保持着老英式做派外，其他人倒没有怎么在意。布鲁斯鼓着眼珠子，无奈地在心里叹气，心想这家人吃饭可真够折腾的。

相比起布鲁斯的别扭，葛兰却是适应得非常好。

没有任务的时候，会回到岛上，他们的礼仪教官维多利亚会在平日的训练生活中要求他们按照规矩来，吃饭、走路，一举一动都在教官的眼皮子下，维多利亚尤其重视女生的气质，常说气质是从内而外散发出来的东西，所以在生活中她们要将学到的东西善用。

葛兰吃过不少苦头，刚到基地那会，她对一切都不适应，只有一个念想，那就是活下来，是维多利亚让她觉得自己也能进入“上流社会”。

吃饭的时候没有人讲话，只是葛兰明显感觉到有人在盯着自己看。一抬头，正对上乔安探究的目光，被抓包的乔安不好意思地红了脸，忙低下头喝自己手边的蔬菜汤。

布鲁斯看着这场景觉得有点儿好笑，无声地在两人之间来回看，偶尔看看认真吃饭的林恩，有埃尔南站在一旁无微不至地照料着，这让他想起许多年前美国曾爆发的黑人运动，那时黑人并没有人权，他们最崇高的工作就是在白宫服侍总统。

“葛兰，你不觉得这位林恩先生看起来很不真实吗？怎么说呢……嗯，像傀儡一样活着有意思吗？”晚饭结束后，林恩因为曲子的事情与乔安在钢琴旁小声议论着，不时弹奏出流畅悦耳的琴声，坐在沙发上无所事事的布鲁斯凑到葛兰耳边，托着腮帮子小声说道。

葛兰听着他的话，抬头看角落里认真讨论的两人，认同地点头。

总算有一次得到了葛兰的附议，布鲁斯显得有点兴奋，“我看，这个人一点也不简单。今天在车上看你们从大厦出来后，他一脸的镇定，正常人遇到这事能平静吗？”

葛兰瞥布鲁斯一眼，挪动了一点距离，沉思了一会才回话：“谁知道呢。”

“不过，你跟他怎么回事？我今天可在车里听得清清楚楚的，他说见过你。”

“上班时间不要讨论客人的隐私。”葛兰不想再搭理布鲁斯了，从沙发上站了起来，她一动，惊动了正在调试改编曲目的林恩，他侧耳倾听着乔安说话，余光却瞥见葛兰正有点烦闷地拢了拢长发，栗色波浪被她卡在耳边，她正好站在靠窗的位置，修长的脖子到耳根处都被月光染上了光晕，他想起了贝多芬钢琴下的那曲《月光》，创作这首曲子那天，一定也是一个异常美丽的夜晚。

第五章 女妖岛

“林恩先生？”

“嗯？你继续说。”林恩收回目光，视线落在乔安按在黑白琴键上的手指，乔安顺着林恩的目光看见了葛兰，她半眯着眼思绪飘远，直到林恩好听的嗓音传到耳边。

“这里的低音节要再处理一下，尾音的地方可以再婉转一些。”

“好的。”乔安在曲谱上做了标记。两人又小声讨论了一会，一刻钟左右基本讨论得差不多，林恩看时间不早了，打算让埃尔南安排人送她回去。

乔安拉开手包，将乐谱塞了进去。指尖碰到手机，想起什么一般，趁着林恩去找埃尔南的时候，悄声往窗边挪了挪。

葛兰的耳朵一向灵敏，身后的声音一下子就捕捉到了，猛地回头看过去，乔安举着手机尴尬地站在她身后，慌忙地将手机捏在手心里要往包里塞。嘴上说着：“夜色真好看……”

葛兰没有接乔安的话，视线随着她手的动作移动，什么都没说。

埃尔南试图说服布鲁斯真的做一回司机，但布鲁斯用眼神反抗着，埃尔南没辙只能来求助葛兰。

关键时候还是搭档出卖了他，葛兰避开了求助的目光，假装没看见。其实……她并不反对布鲁斯做一做样子，毕竟，他们还要继续在林恩身边呆上一段时间，没有必要引起不必要的麻烦。回了酒店后，似乎就没有别的动静，所以她判定林恩先生暂时是安全的。

乔安走后，房间里就剩下他们两人。林恩回到了钢琴前，指尖在黑白琴键上动了动，随后才停下来，盯着葛兰看了一会，笑着问她："想听听吗？"

葛兰盯着琴脚没回话。林恩已经弹出了那首《卡布里的月光》的前奏，世界仿佛安静了，全世界都在聆听琴声。这首班得瑞的古典乐曲在他的改编下明快了许多，少了一丝沉静，保留了最初的轻柔与神秘。

林恩弹钢琴的时候很沉醉，他沉浸在自己谱出来的世界里，修长的手指灵活地跳跃在黑白琴键上。听过他弹琴的人，总是很难将现实与幻想分开，你远远地看着他，仿佛也走进了他所幻想的世界：

一位美貌绝伦的圣女，坐在云朵里，随意漂游，忽然，一颗蓝色的星球吸引了她的目光，云朵停住了脚步，逐渐飘近地球，原来，蓝色的是大海，大海的中央还夹陈着一片片绿色，那是陆地。

蔚蓝的大海，翠绿的森林，如同一颗圆形的、神奇的宝珠，悬浮在浩瀚的宇宙里，光彩夺目。

圣女也情不自禁地陶醉了。突然，她的耳坠轻轻地滑落，跌入波平浪静的大海，溅起一朵硕大的、美妙的蓝色水花，她刚想去捡拾，白绿相间的耳坠，若隐若现地漂浮在蓝色的大海里，形成几座美轮美奂的岛屿，如同镶嵌在蓝色的大海里的几颗绝美的珍珠。

圣女的心，又一次被触动了，她放弃了捡拾的念头，任由这颗蓝色的星球上，又多了几座白绿交汇的岛礁。

她又担心这颗耳坠，有一天会被人拿走，于是，轻轻地掬起一抹月光，小心翼翼地覆盖在这几座美丽的小岛上。

月色如纱，轻轻地触摸，可以感觉到，如水的月光，如泻般的清凉从指尖滑过。月光下，深蓝色的大海，轻微地呼吸着，蓝色的波涛舒缓起伏着；海浪里，点缀着几颗白色的、绿色的珍珠，在蓝色的大海上，轻轻地滚动，光华的月色、蓝色的大海、白色的岛屿山崖、绿色的树木，在这天地间绝无仅有的组合，相互交融，奏响了更为精美绝伦的天籁之音。

"你听说过女妖岛吗？"不知道什么时候，林恩已经停下来，他在钢琴前抬起头来看站在对面的葛兰。

葛兰的站姿永远都是笔直，身体的曲线一览无余。林恩笑了笑，说："一位美艳绝伦的妖女，创造了它。"

葛兰蹙眉，反驳："不是圣女吗？"

原来她知道啊！林恩意外地愣了愣，随后又笑了起来，"是妖女没错。不然为什么会将卡布里岛称为女妖岛呢？如果没有美艳绝伦的妖女，为何罗马帝王穷尽一生也在追寻呢？班得瑞就诞生于那里，他能创造出这样的音乐，难道不是因为它令人着迷吗！"

"可能只是因为那里的风景迷人吧。罗马帝王追寻一生也或许只是因为那个岛屿资源丰富。"葛兰说，她承认自己很没有情调。

在林恩这样的艺术家面前，葛兰再一次暴露了自己的直接干脆，一点儿也不留余地。但林恩似乎没有生气，他只是听着，深深地笑了起来。她知道他常笑，但那应该只是出于礼貌，笑容从来没达到眼里，这一次也是。

林恩被她打败，从矮凳上站了起来，似呢喃："时间很晚了，我要去休息了。"他在下逐客令。

葛兰并不是客人，她指了指沙发，"我晚上睡这里，你的房间不要关门。"

"可是如果有亮光，我会睡不着。"

"我会在你睡着之前将窗帘全部拉上。"

好吧，林恩放弃。他才知道自己原来也不是那个提出要求都会得到满足的人。尽管他的反对意见被驳斥了，但是林恩却不觉得难堪，乖乖地回到自己的房间，简单地洗漱了一下。

自己呆了一会，不时偷偷看着客厅里的葛兰，她没有动静，只是安静地坐着。

埃尔南还没有回来，林恩决定自己动手，翻出了行李箱。依稀还记得箱子里有一件很厚的羊绒大衣，那是他有一年去俄罗斯演出时在老裁缝那做的大衣，御寒功能很棒。很快就翻到了，抽出来的时候有什么东西不小心从口袋里落了出来，砸出了响声。林恩低头找了找，才在床脚旁找出了那黑色珍珠发圈。

他已经不记得这黑色发圈是从何而来，但捏在手里久久回不过神。

好像……忘记了一件重要的事情，是什么呢？

林恩很不喜欢这种不确定的情绪，他盯着手心里的黑色发圈蹙眉发呆。直到大厅里有人按门铃，是埃尔南回来了，葛兰开了门，埃尔南见到葛兰还在房里有些意外。

“葛兰小姐，夜深了，你是不是要去休息了？”

葛兰摇摇头，没说话。林恩放弃了去思考发圈的来历，将它放回了箱子的角落，他的习惯是：不确定的事情和东西他绝对不会扔下，说不定某一天发现那很重要呢？他向来谨慎。

大衣是黑色的，扔在沙发上占据了大片位置，因为他高，所以衣服也显得特别长。

“这是什么？”葛兰摸着林恩放在自己身边的衣服，不解地问道。

埃尔南也很好奇，盯着看了一会，才听见林恩说：“晚上睡这里可能会冷，给你穿上。”

“葛兰小姐晚上要……睡这里吗？”

葛兰这才点头应道：“嗯，情势所逼，我需要留在现场时刻关注周围的动静。”既然是好意，她也就没有再扭捏，将大衣在腿上盖了盖，对林恩说，“谢谢你。”

林恩“嗯”了一声，转身回了自己房间，走到门口的时候迟疑了一会，没有关门。

埃尔南对此还有些别扭，但少爷都已经同意了他也无话可说，只是盯着那黑色大衣想起了什么一般转身回到另一间房。他居住的房间，酒店有备用棉被，他很快翻了出来给葛兰送了过来，“夜里的空气有些凉，你一个女孩子还是注意些好。”他始终将葛兰当作普通女孩对待。

葛兰道了一句：“谢谢，留给布鲁斯吧。他也要留在这里，晚上我们会换班守夜。”

埃尔南还想说什么，嘴皮子动了动，又没说了。“嗯”了一声，转身走开了。

&

“葛兰是在伦敦长大的吗？”车上，乔安装似无意地问着，她以为布鲁斯会跟自己说实话。

布鲁斯透过后视镜看到后排的姑娘，低头捣鼓着她的手机，敷衍地“嗯”了一声，就没有再等她的反应了。

得到肯定回答的乔安更加不确定了，她偷拍葛兰的那张照片因为突然转头，很模糊，只看得见清瘦的侧面和波浪长卷发遮住的大半张脸，压根看不清楚五官。在夜色里看，就像……妖精。

她犹豫着还是发给了苏海安，但一直没得到回复，冲动之下又拨通了苏海安在伦敦的电话。

这个时间，苏海安没有接电话，她想，他大约是醉死在某个女人的床上了，无奈叹气，又挂断了电话。

显然她估错了英国的情况。

此时在伦敦某幽深可怖的偏远郊区，一栋庞大的独立别墅内，黑漆漆的房里发出了几声悠悠的猫叫声，夹杂着突如其来的电话声，响彻在空旷木质隔板之间，打破了一室的幽静。

一只在黑夜里眼珠瞪着绿光的黑猫“咚咚”地跳下书柜，三步并作两步跑到木质地板上躺着的人影脚边，伸出舌头舔了几下，那人冰凉的肌肤让它都惊悚地尖叫了一声，如果不是他终于有了动静，恐怕猫会以为他死了吧？

被黑猫吵醒的男人还迷迷糊糊的，他半眯着一只眼，另一只睁开的眼盯着猫咪看了一会，黑夜里，他的目光比猫眼的绿色还冷。黑猫下意识想要逃跑，但被他眼疾手快一把捉住，虎口正好掐在它的脖子处。

“嗷嗷……”黑猫发出可怜的求饶声，但男人似乎没有听见，手上更用力，他一边慢慢悠悠地从地上爬起来，一手托起猫咪的身体，另一只空闲的手又在它的背上轻抚着，似在安慰它，让它别激动。

直到他在大衣口袋里摸出了手机，点开泛着光的屏幕看见一张模糊的照片后，才像是突然受惊一般松开了手，黑猫借此一跳，跑得远远的。

终于逃脱魔爪的黑猫好奇地回头一看，又吓得汗毛倒竖。

此时男人的表情比平时可怕了许多，他捏着手机久久没有下一步动作，只是这么看着照片上的影子，屏幕透出来的蓝光照在他侧脸上，闪闪烁烁，一会暗一会明。

约摸过了几分钟，他快速地按着手机按键，手机“嘀嘀嘀”响着。将信息发送出去以后，他就将电话扔到了床上，没发出任何声响。

黑夜里，根本看不清楚男人的脸和五官，只是一身的伏特加味道，应该是喝多了才倒在地上睡了过去。

第六章 像她吗？

收到苏海安的信息时，乔安已经到了酒店，站在门口跟布鲁斯挥手道别。

布鲁斯虽然吊儿郎当，但因为特殊的身份，并不如一开始表现得热情，他略略点头，很快掉转车头，一溜烟地就消失在街头。

乔安吐着气，小心翼翼点开了手机信息。

几个大字，是苏海安的风格。

“乔安，这张照片是什么意思？”

乔安咬了下嘴唇，琢磨了一会才回道：“你没觉得她像一个人？”

“像谁？”第二次苏海安回得很快。

“顾朝阳，你还记得她吗？”

收到回信的时候，房间里的灯已经开了，亮光将房间里的东西照得一览而尽，乱七八糟的衣服和物品散落在地上，还有碎裂的玻璃，苏海安光着脚站在其中，也不害怕被扎破肌肤。

指尖在顾朝阳三个字之间来回摩擦了几次，他那比女人还要好看的眉眼微微挑了挑，很快，在手机上敲着字。

“她啊……她原来长这个样子吗？虽然照片很模糊，但身材还是很不错的样子，都死了那么多年了，早就忘记了，原来她有这么性感？”

这就是苏海安的回答吗？

乔安看了消息许久，最终还是将手机扔在了一边，没有再回。

她不知道苏海安说的是真是假……

但是，她还记得啊！她明明记得顾朝阳不长这样……没有这么高，胸没有这么大，身材没有这么好，就连五官……除了嘴唇像一点，其他的，她都不确定。

顾朝阳确实死了，这是不能改变的事实。

乔安打算将这件事忘记，她删除了照片，开了一瓶酒倒在两个杯子里，互相碰了一下，“庆祝一下吧，你离自己的梦想越来越近了，乔安。”自顾自地喝下两杯酒，又满足地捧着脸笑了笑，突然想起什么一般，转身找到手包。

将今晚林恩标注过的琴谱拿出来，用手掌一点一点将卷起的页角抚平，抚到密密麻麻英文的部分，那是林恩写过的字迹，指尖留恋地在字迹上轻轻抚摸良久，像是宝贝一样抱在胸前良久，仿佛要将这些字迹刻印在心里。

在伦敦的家中，她有一整个抽屉装满了类似这样的笔记。每次从林恩那里拿了回来，她都会拿新的乐谱自己抄一遍，这本原版的乐谱就会被她宝贝似的收进抽屉里。

葛兰同埃尔南两人合力将房间里所有的窗帘都关上了，等到布鲁斯回来后，埃尔南才准备去休息，进屋之前嘱咐两人注意作息时间，如果没有重要的事情请不要打扰到少爷的休息。

“少爷睡眠浅，所以你们如果有别的安排，尽量少出声。”

布鲁斯在他背后努嘴巴，摸着耳朵看葛兰一眼，两人心知肚明，这些有钱人家的毛病不是第一次遇上，两人都没说话，待老头离开后布鲁斯才指了指两边的沙发说道：“我上半夜，你下半夜？”

葛兰昂着下巴，瞥了眼林恩大开的房间门，她对这个安排没有意见，和衣在沙发上躺下，拉过黑色的大衣在腰腹的位置盖了一点。

“祈祷这是个安静的夜晚吧。”布鲁斯见她躺下了，也和着衣服在沙发上躺了下去，但没有闭上眼睛。他扭头去看葛兰，她已经浅浅地闭上眼睛，胸前起伏着发出细小的呼吸声，看起来就像真的睡着了。布鲁斯又怎么会不知道她只是闭目休息，压根没睡着。

做他们这行的，从来就没有哪一天能真的安稳地睡个好觉，每时每刻都在提心吊胆，又怎么可能真的入眠？他觉得没趣地撇嘴巴，同葛兰出任务最麻烦的事情不是被敌人弄死，而是要无聊死。连个搭话解闷的人都没有，布鲁斯恶狠狠地瞪她一眼，总算转过头盯着天花板上挂着的巨型水晶吊灯。

这一晚，上帝应该听见了布鲁斯的祈祷，并没有发生任何惊扰的事情。

林恩按照惯例，很早就醒来。但他洗漱完毕走出房门也没见到葛兰的身影，布鲁斯在客厅里噼里啪啦地敲打着电脑，见到他，抿了口埃尔南先生送来的热可可，抬手冲他打招呼。

“早，布鲁斯先生。”林恩回以微笑，他看见在开放式厨房前忙碌的埃尔南身影，头又转向别的方向。

布鲁斯留意到他的小动作，笑着说了一声：“葛兰去办事情了，很快就能回来。”

下半夜葛兰准时跟布鲁斯换了班，直到早上，收到长官传来的讯息她便回吉普车上进行视频电话去了，可能会顺便洗漱一番自己。

没过多久，葛兰就回来了。不知道出于什么原因，她总算开窍换下了那一身随时做好作战准备的衣物，扎起了长发，换上了套装，脸上架着眼镜，十足十的高级翻译模样。

变装也是他们的训练任务之一，并非是葛兰不懂得掩饰自己。

因为昨日刚到柏林，一时来不及变装，加上昨日的情况比较严峻，考虑到任务出行时方便。今日则不同，不出意外的话德国政府今日会重新安排警察前来继续昨日未完成的事情。

“林恩先生今日有什么安排吗？”

林恩摇摇头，“没有计划。”演奏会结束后原本这两日安排了两本国际版娱乐杂志的文字采访，但都被临时取消了，所以他暂时没有别的安排，只等着警察将事情查清楚后离开柏林。

葛兰想也应该是这样。

“警察今日多半会找上门，林恩先生在酒店等着便好。”她方才下楼去车上时，顺便在酒店周边装上了窃听器以及小型摄像头，昨日布鲁斯已经抽空在周边做过地毯式的搜索，暂时可以确定这附近是安全的。

林恩点点头，他没有任何担心的样子。

“吃早餐？”他邀请葛兰。

葛兰见布鲁斯一个人吃得欢乐，没有拒绝。上前一步将类似公文箱子的东西交给了布鲁斯，不顾他“唉唉”的叫声，转身就去了餐桌，在林恩旁边坐下。

埃尔南很快送来了食物。也不管布鲁斯骂骂咧咧的阻挠声，葛兰用手抓起三明治大大咬了一口，直到吞下第二口食物后，终于有了心情搭理布鲁斯，此时的布鲁斯已经将黑箱子打开，里面是一台防御级别高达百分百的黑客专用电脑，电脑屏幕上被切分成了无数个小框，里面播放着不同的画面，一眼就看出来这是酒店方圆十里内的监视器接进来的画面。

“就这么会儿的工夫你已经黑进了人家的监控中心？”布鲁斯惊讶地说，终于不再抱怨葛兰将排查周边环境的事情扔给自己。

葛兰腮帮子里还被食物塞得满满的，呜呜两声，说的话压根听不清楚。

两个人鸡同鸭讲。但布鲁斯好像听懂了一般，露出一个了然的表情，“哦”了一声，“杰克帮你弄的？”

葛兰又“哼唧”了两声。林恩在一旁吃着早餐听着两人的对话，云里雾里，但觉得好笑也停下了手上抹果酱的动作，托着腮盯着葛兰看了一会。被人直愣愣地盯着，葛兰也瞪着眼珠子看他，无声地询问他看着自己干吗？

林恩好笑地摇摇脑袋，用餐巾布擦了擦手，又拿起一块吐司，询问她：“要吗？”

还没等到葛兰的回答，他已经自作主张地在上面抹了一层草莓果酱，递到葛兰的餐盘里。他做这种事情得心应手，放完后又给自己拿了一块，抹上了蓝莓酱。

葛兰吞咽下口中的食物，总算能喘口气，她先回答了布鲁斯的提问：“带来的装备不够，所以我在几个重要通道安装了。但周边就难办一些，正好杰克同长官在一起，他替我远程攻克了柏林的监视网。”

然后用刀叉将林恩递给自己的吐司块移到餐盘的最边缘，皱着眉头说：“我不喜欢吃草莓。”

继续咬着手里的三明治，吃得差不多了，葛兰也懒得去注意林恩的表情，擦擦手推开椅子说了一声：“谢谢款待，我吃好了，还有工作先忙去了。”转身就走了。

这一切的动作连贯快速，林恩根本没机会说话。他沉默着看她凑到布鲁斯旁边的背影，探身将草莓酱吐司叉到了自己的餐盘里，一小口一小口地吃着，味道确实不怎么样，没吃两口又嫌弃地将切碎的吐司丢弃在一旁，再也没有动过。

埃尔南眼尖地见到这一幕，他下意识地抬头去看葛兰。

只见葛兰抱着双臂站在布鲁斯身后，视线落在电脑屏幕上，指着其中一块的画面，“放大看看。”

布鲁斯顺势点开了葛兰指的那块位置，两公里处的屏幕上一辆黑色商务车正在朝着酒店的方向驶来。画面被他在飞快敲打的手指下一再放大，很快能清楚看见黑色商务车的车型和车牌号，在布鲁斯快速操作下跳出了搜索框，很快查到车牌的来历，利用驾驶位置上的男人的照片也很快调出了个人资料。

“来了。”

葛兰盯着页面上的信息点头：“是警察局的人，大约十分钟左右到。”

她现在不担心恐怖分子直接送上门，反而更加担心德国人的动机。正在慢慢吃着早餐的林恩也听见了谈话，停下了手中的动作，走了过来，与葛兰并肩站在布鲁斯身后一起盯着屏幕看，快速切换的画面让他觉得头痛。

“埃尔南收拾一下，准备迎接客人。”

埃尔南动作快速地将残局收拾完，时间凑得正巧，前台的客服电话正好响起。

客房经理觉察到异样亲自引路，这一行警察局来了五个人，布朗克警长也在，其中两个黑着脸，看身形就知道是练家子，他们被布鲁斯挡在了门外，另外两个人，一个手里提着黑色文件包，另一个提着黑箱子，文质彬彬的模样，应该是类似政府的文职方面的官员。

（该章节在描写曲子时，引用卡布里岛的女妖传说。）

第七章 怜悯心

“林恩先生，这位是我们安全局的马丁先生，现在起由他负责这次的案件。”布朗克警长重点介绍了提着黑色大箱子的男人，拿文件包的男人则简单描述了一番，是负责犯罪心理描述的探员。

林恩被要求在沙发上坐下，那叫马丁的探员打开了黑皮箱子，同样是一台类似电脑的高科技仪器，调试了一番后将两根连着线的芯片贴在了林恩的手腕间，“不好意思林恩先生，我们按章程办事。”

意识到那是新型测谎仪，林恩没有生气，他配合着对方的安排。

马丁准备就绪，跷着二郎腿坐在单人沙发上，双手交叉平静地放在腿上，随意地说道：“可能会问到一些重复的问题，希望你能如实回答，以协助我们尽快破案。”

林恩点点头，耸肩表示对方可以现在就问。

“林恩先生认识疑犯吗？”

林恩摇头，“不认识。”

“那么，你是几点和疑犯在排练厅遇见的呢？”

林恩抿嘴回忆了一下，想起通常自己是在演出前两小时都在排练厅，“整个下午都在，一直在练习，并不清楚对方是何时出现的。”

马丁皱起了眉头，“你同疑犯说了什么？他为什么会找你，听你乐团成员提供消息，他们所有人都没有见过疑犯，只有你见过，你认为疑犯为什么一定要这么做？”

一连串的问题让在场的其他人都皱起眉头，尤其是葛兰，她很不喜欢咄咄逼人的询问方式，简直把林恩当作了嫌疑人。但好脾气的林恩却是没有生气依然平静地回答道：“他跟我讲了一个故事。我并不清楚他为何突然出现，为什么要跟我说话。”

“什么故事？”

“一个很痛苦的故事。”

马丁停顿了一会，大家都感受到了林恩出现了排斥的现象，略略思考了一会他话锋一转，转移了话题，抬手示意方才那位安装仪器的探员做准备，探员从公文包里拿出了白纸和铅笔，放在腿上。

“林恩先生，方便跟我们说说你看到的疑犯的长相吗？”

林恩没有理会心里的排斥感，抬头瞥马丁一眼，点点头说：“可以。”

“在你们眼里或许他十恶不赦，定然长相丑陋凶恶。但……我却觉得他并不是那样……”林恩放松下来，将那天晚上看到的一切原原本本再重复了一次。

他像往日一样很早就出现在排练厅了，熟悉他的人都知道他很重视每一场演奏会，即便是很小很小的公益演出他也会当作重大事件来准备，一开始是他独自在排练厅里一连弹奏了当日要表演的所有曲目，乐团是在傍晚六点左右到的，排练了一个多小时，主办方邀请大家吃饭，林恩拒绝了，他一个人留下来练习，很偶然，他听见了从门廊传来一曲很悠扬的大提琴音乐，时而像哭诉时而像进行曲，他想，拉琴的人一定情绪特别复杂。

悄声走近，他看见一位满头白发的老人沉醉在音乐里。林恩邀请他合奏一曲，他向来对变幻多端的音乐充满了喜爱与挑战。他们的配合非常好，酣畅淋漓，从来没有过这般好的体验。

一曲终了，林恩为他鼓掌。

老先生却笑着摆手，客气道：“我不过是在做最后挣扎罢了，以后恐怕也没有机会了。”

“后来呢？”马丁问。

葛兰注意到那位在听着林恩描述，在白纸上手绘出画面的男人。他手里捏着的画像，是一个留着络腮胡，长得慈眉善目的老人。他正陶醉地拉着琴，表情享受又美好，如果没有将他与恶魔撒旦联系在一起的话，看着就像是巴黎街头卖艺的活泼老头儿，让人觉得可亲。

“后来，他问我，人在什么时候才能创作出最美妙的音乐？”

“你怎么回答？”

林恩抬头看了一眼马丁，淡淡地说：“在最绝望的时候。”他的语气突然冷下去了，但是测谎仪没有任何波动，只是听的人明显感觉到了心惊。

葛兰下意识地去看林恩，没想到撞到他看过来的视线。

林恩很自然地移开目光，像是没有和她对视过那样，继续说道：“贝多芬在人生最绝望艰难的时期确实创作了许多绝世名曲。”

“你们合奏的什么音乐？”尽管众人很好奇马丁为什么要询问这样无关紧要的问题，但也都认真地瞪大了眼等着下文。

林恩也没想到马丁会问这个问题，他愣了一下，沉默良久，似已经陷入了回忆里。

他记得那日，那个老人在门廊拉奏着贝多芬的第五交响乐，感情从沉重到豁然开朗，仿佛历经了贝多芬命运多舛的整个人生。

“贝多芬第五交响曲《命运》，听过那次合奏的人一定会被惊艳。”林恩说。

很短暂的过程，那声音肃穆、威严、顽强甚至凶险如同走入绝境，踏出一步就是万丈深渊，它久久盘旋于空中，击打着四周的空墙，发出沉闷的吼叫，环绕在耳让人无处躲避。

“‘我决心扫除一切障碍……我将扼住命运的喉咙。’人应该战胜苦难，主宰自己的生活，所以他在给阿芒达牧师的信中说过这句名言。”合奏结束后，老者曾感叹道，他复述这句话时与贝多芬感同身受，他遭遇过的苦难就像是重新走过一回贝多芬的老路。

“创作第五交响曲的时候，确实是贝多芬最艰难的人生时段，所以这也是他的主题‘命运的叩门’。但第二乐章的曲调，又如深情的情诗，在诠释人世间复杂感情的同时，也表达了些许英雄色彩的主旋律。”林恩记得当时自己是这样回答老者的。

老者笑着拉开了大提琴，沉默地望着巨型高台的整个古堡顶。

似呢喃却又似下决定一般说道：“嗯。我也曾响应英雄的号召，做着别人不甘于做的事情，说别人不甘于说的话，何尝又不是英雄。”

“就这样？”马丁明显很怀疑林恩隐瞒了部分内容。

但是测谎仪上没有什么异动，林恩“嗯”了一声，轻声说：“是的，就这样。这是我们互相了解的整个过程。之后他就走了，我不知道为什么他要做这种事情。”

马丁停下来盯着林恩看了一会，试图通过用眼神交流看出来林恩说谎的迹象，半晌，他还是询问：“那么他所说的那个故事呢？那个痛苦的故事？”

“我想，我应该有权利保持沉默。”林恩明显不想提及那个故事。

葛兰看见林恩的两眉之间紧紧地拢在一起，脸上有了愠怒。葛兰上前一步，不自觉间站在他身侧。

“林恩先生，我们需要了解事情的真相，放任罪犯的后果是纵容他们害死更多无辜的人。”马丁也毫不退让，语气加重，一副不达目的誓不罢休的样子。

他们的态度很微妙，一开始对林恩的态度并不好，直到第二次进行调查突然间转变了态度。眼下，又把他当成嫌疑犯。

布鲁斯整个人靠在落地窗前，挤眉弄眼地对葛兰使眼色。他总算是明白了为什么有机构出钱请他们来保护一个证人，他们的价钱可不低，能出得起的人也没有多少。

“不好意思，我不想说。如果你们觉得有必要，可以联系我的律师。”马丁的坚持并没有让林恩动摇，他抬手，扯掉了贴在动脉处的小芯片，长腿动了动没有站起来。

气氛一下子陷入了沉默，埃尔南已经转身出去联系律师。

“好吧，既然林恩先生不愿意配合，我们也只能将丑话说在前面了，在事情真相大白前，林恩先生还请你暂且呆在柏林。”

“你们没有权利这么做，你知道的。”林恩坚持。

“是的先生，律师先生刚刚告诉我，你们没有权利限制林恩先生的人身自由，除非你们有证据证明他是嫌疑犯。”埃尔南拿着电话走了过来，打断了马丁接下来要说的话。

“既然这样，我会提申请给国际法庭。”马丁强硬地说着，试图挽回林恩的态度。

但林恩丝毫不为所动，摆手做了个请的动作，他已经下逐客令。马丁只好硬邦邦地从位子上站起来，其他人会意很快收拾完东西，准备离开。马丁走了两步，气不过，大步跨到林恩面前，双手扶着沙发扶手冷冷地道："林恩先生不在乎自己的人身安全？你给我们提供了线索，他肯定会报复你。你确定不再继续配合？这会让更多的人遭遇到迫害。"

"我确定。"林恩平视着马丁的眼睛，没有波澜。

马丁站直身体，扯了扯西装，冷笑了一声："既然如此，那么我只能忠告林恩先生一句，别太泛滥你的同情心，妇人之仁只会让更多无辜的人家破人亡，当某天更多的人无家可归时，你才会知道自己的怜悯心多么的可悲。"

林恩没有说话，等到一行人离开后，他才动了动麻掉的手。

埃尔南捧着电话站在一边，询问他是否要跟律师通话，他摆摆手："不用了。你去安排一下时间，我们在下一场演出前回到伦敦。"

"好的，少爷。"

埃尔南离开后，林恩询问葛兰："请你们来的人让你们跟我到什么时候？"

"任务取消的话，我会收到通知。"

"那也就是我去什么地方，你们也一定会跟着？"

葛兰点头，"是的。"

"那好，你们收拾东西跟我回伦敦。"

葛兰和布鲁斯互看一眼，两人都没什么意见。紧接着，林恩就没有再说话了，他回到房间里过了几分钟之后才又走出来。

看见布鲁斯继续开着电脑监视着这附近的一举一动后，他问道："这附近都是安全的吗？"

布鲁斯答："暂时是的。"

转头就对葛兰说："你陪我出去走走。"

"林恩先生，我建议你还是不要离开酒店。酒店周边我们都排查过了，比较安全。"葛兰挺着背，想要拒绝他的提议。

但林恩压根没有将她的话当回事，人已经往外走，葛兰只能快步跟上。

第八章 好人坏人

“林恩先生，你不能走太远，我们最好呆在监控范围内。”葛兰不喜欢招惹麻烦。

“放心，我不会出事的。”显然林恩没有这种想法，他站在门口，很快就有门童开了一辆黑色的车过来，接过钥匙，林恩自顾自上了驾驶位启动车子，停在门边盯着葛兰看，虽然没有挑衅的意思，但仍然让葛兰感觉到一丝不满，她不得不上车。要负责他的人身安全，她必须跟在他身边。

葛兰不喜欢这种被胁迫的感觉，全程拧着眉头盯着前方，以此来表达自己的不满。

林恩将车开到了公园，在树阴道上把车停了下来，“陪我走一段。”

葛兰松开安全带，跳下车，感受到一阵风吹来，她冷得握起了拳头。林恩走在前面，已经脱下了大衣外套，小心地披在她肩上，“河边风大。”伸手想要去拉两个衣领，但葛兰已经脱下了衣服，交回他手上，“谢谢，我不需要。”

林恩看着自己手中的衣服，沉默了一会，见她坚持于是又穿上。但下意识地走到她右边，挡住了从河面吹来的凉风。

“你是不是很讨厌被威胁？”

葛兰冲天看一眼，没回话。

他不在意地继续说：“我也是。”

“你说你不会出事的，你认识那天袭击音乐厅的人？”葛兰没有别的意思，对他的表现非常奇怪，昨日的事情也是，对方压根不是冲着他来的。

林恩低着头缓步走着，“嗯”了一声。而后很久才轻轻说道：“那人说作为我陪他聊天的回报，他会报答我的。我猜他是个言而有信的人，他不会对我怎么样？”还是很怀疑的语气。

“你相信十恶不赦的人？”

林恩却是笑了笑，“这个世界本就没有坏透顶的人，他们也有动恻隐之心的时候。当然，我不是说我是特殊的，他们不会对我做什么。我只是想说，这个世界如果连信任都没有了，一定很糟糕吧。”

真是个理想主义者，葛兰蹙眉，并不认同他的话，只知道他一定不是完全善良的人。

如果他真的善良心软，又怎么会在听见德国人说那位暴徒首领杀害了更多人时无动于衷呢？所以葛兰觉得他并不是表面上见到的那样绅士，好脾气甚至优雅，这一切都是假象……

“你宁愿相信一个十恶不赦的坏人，也不愿意拯救更多的人。我搞不懂，林恩先生。”

葛兰以为林恩被自己拆穿后会气急败坏，更或者极力否认。但他只是微微一笑，默认了这个说法。“我承认，我不是个绝对的好人，但起码他的故事让我不忍心。”

“如果你真的不忍心，那一定也不会告诉警察他长什么样。”

“哈哈，总是被你拆穿。我甚至有点怀疑自己的魅力了。”林恩托着下巴，指尖来回摩擦，一脸餍足的笑意。

“所以，你一面同情着那位，一面又狠心地对待他，甚至对更多的受害者视若无睹。林恩先生，你一定也不相信我能保护你，对吗？”

“不，我相信你的能力，我只是不确定这个世界上有绝对的事情。将自己的命运交给别人很可怜，你看我，像那样的人吗？”林恩停下了脚步，侧过身子面对着葛兰，盯着她的眼睛问。葛兰认真地看了一会，发现他的眼里除了笑容就什么都没有了。他是认真的……还是因为伪装术太高明了？

多年的直觉告诉葛兰，他应该倾向于后者。

“比起暴徒的故事，我更愿意相信，你是一个有故事的人。”

林恩捧着自己的两只手，低头对着哈了一口气而后又搓了搓，天气很糟糕，他的手已经红了。葛兰顺着他的视线落在手上，听见他轻轻地说：“葛兰小姐，你也是个有故事的人。”

葛兰没有应，她掉转脚下的方向，朝着前方走了一小步。

林恩跨了一步才与她平行，十一月的河岸边有柳树被风吹动，像扭着小腰的妞儿在跳着舞。空气很好，葛兰没有再说话，林恩也为了不打扰她的兴致，两个人只是这么一前一后地走着，直到走到河的尽头，有老人站在台阶上，手上握着渔竿。也有情侣低着头悄声说着话坐在公园长椅上嘻嘻哈哈，不远处的草地上也有母亲推着小孩慢悠悠地走过。

抬头就是正东方的位置，太阳在这个寒冷的冬天里悄悄爬上了云头，散落了少许的阳光。尽管天气不算晴朗，但这也不妨碍人们外出寻找宁静。

柏林是一个美好的城市，她必须得承认。

葛兰不管身边的男人是否与她有同样的想法，她取下眼镜大大吸了一口气。

“出来走走这个决定没错吧？”林恩高她一个脑袋，说话的时候他总是微微侧着脑袋去看她的表情。

葛兰点头，算是认同他的话，“没有这些糟心事，可能会好很多。”

林恩点点头，沉吟了会。再说话的时候音调降低了，听来让人觉得凉飕飕的。他说：“你看现在这些人们，幸福美好。但真实的人性远不如他们所表现出来那样美好。”

葛兰觉得他的语气不对，好奇地去看他的脸。但什么也没发现，依然是一脸的春风拂面，如果没有听见方才那句话，她可能会错觉以为眼前的人只是开了个不大不小的玩笑。

林恩没有等葛兰接话的意思，自顾自地说起来。

“他有个女儿，才十五岁，是个贴心又聪明的小姑娘，小小年纪就被名校录取了。她是他的小公主，捧在手心里。有一年他去了战场前线，杀了许多的坏人，也致使许多人没了家园。但是他觉得自己没有做错，因为军人的使命是为了保卫他们的家园。一年后，当他回到家，才知道那残破不堪的家里发生了一件大事，他的女儿被人侵犯未遂，将罪犯告上了法庭，原本应该判重刑的犯人却在所谓的贵族、所谓的精英写信求饶下，在半年后无罪释放了。仅仅因为罪犯是前途光明的高材生。女儿因为无法承受打击，自杀了。他的妻子也因为犯人请来的流氓混混，搅得每日不得安宁，在高压下被强行送进了精神病院。他曾多次起诉，但都被驳回，得不到公平的对待，有一天晚上他尾随犯人，却发现犯人对其他的女孩子实施暴力，恼怒之下他杀死了犯人。法庭却因为他作为军人的身份，判了重刑。”

葛兰没想到林恩会突然说故事，但她没有打断他，安静地听了一会。

“监狱里的日子听说非常难熬，他在监狱里忏悔。他才意识到自己做错了，他杀了那么多的人，才害死了自己的女儿。”

“所以后来他逃了出去，他逃到了难民营，收留了一批生活在战争中的同类，成立了他的恐怖联盟，对吗？”葛兰问。

林恩沉默了，知道她在猜测那人的身份。

“二战以后，照样有许多黑人受到歧视。人权运动没有成功之前，马丁·路德·金被媒体报道为反动派，白宫无视他、谴责他，甚至有许多黑人也无法说清他是为了一己私利还是真为了解放？后来，他却成了英雄。我猜想，你说的那人一定有英雄主义情结，他应该是美国佬。”葛兰淡笑，声音凉凉，“用家人和痛苦来美化害人的事实，这是每一个所谓‘英雄’给自己找的精神天堂。”

林恩低头笑了笑，为她云淡风轻的一段话。这个世界上，应该不会再有第二个人跟自己说这样的话了吧？他想。

“我猜测你们的小团体一定给了你许多的自由，办事情的风格也没有约束。”

葛兰听着林恩突然转移话题，好奇地眨了两下眼睛。

“所以你是在讽刺我没有道德观？你认为我不去评判这件事，是因为我自由散漫没有半点规矩。我们拿钱办事，不讲情面，抢地盘，抢军火……所以在你们眼里，我们是彻头彻尾的坏人。”

林恩摆手，解释起来：“不，我认为你的决定很对。我很庆幸，你是这样的人。”

“呵，是吗？我也不知道自己会不会后悔。”

他懂得许多，一眼就知道她的来历。他甚至在默默观察他们，就连她曾攻入德国政府的安全防御网，他也知道。

“林恩先生，你呢？我开始对你产生好奇了。”团队不是没有规矩，只是规矩不一样。比如，她并不能对自己的顾客产生好奇心，但人的意志力总是难以控制，不然这个世界也不会发生千奇百怪的事情。

不知道为什么，林恩对她产生的好奇心很满意。

他笑着走远了一些，而后才回过头来，耸着肩告诉她：“很抱歉，我并不能用言语告诉你我是一个怎么样的人。很多人也不了解自己。这是个礼物，需要你自己去发掘才会觉得快乐。”

“希望能有这个机会吧。”葛兰离他两步之远，要抬起头来才能看见此时此刻他脸上的表情，挂在他头上藏在白云后的太阳又悄悄地露出了更多一些，金光晃得她的眼睛微微眯起，根本看不清楚他的表情。

但是这并不影响他们的好心情。

第九章 枪战

“你说你拿钱办事，是不是只要我出钱，你愿意陪我做一点别的事情？”也不知道林恩突然想到了什么，提议道。

葛兰黑着脸动了动嘴角，思考了一会，说：“也不是所有的事情，分情况。”

“比如，我花钱请你陪我去吃饭呢？”他笑出了声音。

“如果你坚持的话，我乐意效劳。”葛兰不是跟钱过不去的人，两人刚达成交易，她正要询问他准备花多少钱请她吃饭，林恩已经转过了身体，留了一个背影给她，并在前面喊：“那你走快点，我们去市区。”

上了车，葛兰坐上车扣上安全带，突然想起什么，说道:“事先声明，我不想吃土豆泥。”

德国人真的在土豆的吃法上可以想出一百种方法。葛兰并非对土豆有偏见，有一年她随长官在野外生存探险，进入了丛林后发现了一片野生土豆地，他们吃了整整两个月的烤土豆，至今想起来都想吐。

林恩握着方向盘没动，盯着她好奇地看。

“我不吃土豆很奇怪？”

“不是。我只是不理解，许多女孩子为了保持淑女风度，并不愿意说出自己不愿意的事情。”

“我不是淑女。”

林恩点头，说：“没错，你不是淑女，我也不做绅士。今天一定要试试柏林的白啤酒。”然后自己又笑了笑。

葛兰不知道这有什么好笑的，但显然林恩很开心，他启动车子，轻轻踩了一脚油门又收了回来，停在当场。

“怎么了？”葛兰一见他的表情不对，就警觉了起来，转头看看车后座，却没发现有什么地方不对，只是微妙的感觉和警惕的性格让她也觉察到了异样。

“我感觉我的车好像被人动过。”林恩说，脸上是疑虑。

葛兰没有质疑他，很快打开车门跳了下去，“你也下车。”林恩跟着她下车。

她沿着车走了一圈，没有特别的发现。竖起的耳朵贴在地上听着什么，突然她趴在地上一下子钻进了车底。这辆车是普通轿车，底盘很低，所以她爬进去以后林恩就只能看见她的高跟鞋鞋尖。

葛兰从套装外套内侧摸出了一把小型手电筒，四下看了看，在底盘夹缝里看到一个倒数着数字的计时器，她将电筒咬在嘴里，伸手沿着周边摸索一阵，在轮子内侧摸到一个硬物，她看不太清楚，但可以确定那是一颗榴弹。再看计时器最后倒数十。葛兰从车底快速钻出来，正好一把拉住站在旁边的林恩，“快跑。”

林恩虽然不知道发生什么事情，但立即反应过来，反手抓起她的手狂奔，身后的车轰然爆炸，燃起熊熊烈火，火苗如同巨大的怪物，一瞬间变为庞然大物，还来不及完全跑到安全区域的葛兰感觉后背一阵火烫，她闻见了一丝烧焦的味道，很浓烈，还有汽油的味道。

然而火势越来越烈，她看着面前拉着自己的背影，一把将他推远了一些，林恩猝不及防倒在地，刚想要爬起来就感觉到一个黑色影子将自己压在身下。

他愕然地抬头，看见葛兰半张脸垂在眼前，长发散了下来落在他脸上，他看见火苗从头顶飘逝，下意识地将她抱得紧了一些，指尖感受火势的热度，有点灼痛，但远没有她后背焦灼出的破洞更触目惊心。

随着爆炸声响起，河边悠闲的人们也受到了惊吓，惊呼声随之而来，路人受到惊吓到处游窜。

火势在一分钟之内突然变大又急速缩小，葛兰从地上爬起来，感觉到背上和手臂上一阵灼热的痛感传来，但她没发出声音，伸手去拉林恩，林恩握着她的手，用了些力气，浓烟消散了不少，他终于看清楚她的脸上满是灰色污迹。

“你……”

“我们先离开这里，他们应该还有第二手准备。”葛兰却没有给他说话的机会，她取下眼镜从中间掰开，按下一个小小的按钮，眼镜腿弹跳出细长却锋利的刀片，取出递给他，“你先拿着，如果有人乘乱扑过来你就用这个扎他。”说着话，她脱掉外套，露出了里面的白衬衫，肩胛上背着一个黑色皮夹带，腰的两侧是两把便携式手枪，她打开看了眼弹夹，满满的子弹。

“我们顺着人群走。”葛兰扯着他想要湮没在人群里。

不过转眼的工夫街上突然响起了子弹穿过空气的声音，它们来自四面八方，都集中朝着他们的方向飞来。

葛兰一脚踢飞方才脱掉的外套，西装外套在空中旋转出了一朵花，挡住了前方两个蒙着脸手里抱着枪不停扫射的男人，一只握枪的手扯住衣袖用力一抽，巨大冲击力将即将击中脑门的子弹打偏了位置，敞开的手臂呈大字型，左手的枪正朝着后方进攻的三两个暴徒射击。

眼前是胡乱逃窜的人群，有疯狂逃窜的路人被误伤中枪倒地。顷刻，他们置身于大路中央没有任何遮掩物，这无疑是最艰难的场面。但好在林恩反应灵敏，他随着葛兰的脚步快速移动，在危险时刻弯腰避开侧方袭来的子弹，扑面而来的弹头砸落在地面上，飞溅起的水泥、碎石噼里啪啦砸在腿上。

被无数个弹头击中的西装外套成为了碎片，快速坠地。两人终于完全暴露于人前，葛兰扫射的动作没有停下，不出两百米的街对面是一排三层楼高的建筑物，“往我的十点钟方向跑，那里只有两个人，我解决的同时你就跑。”扭头说话时，一颗飞速而来的子弹差点击中她的胸口，她借着林恩臂弯的力道一个翻身，跨过子弹并一把扯着林恩往后带，两人险险躲开威胁。完全没有喘气的时间，扫射接踵而至，密集得令人心惊。

葛兰没停手，一把瞄准十点钟方向的两个男人，都是一枪毙命，两发两枪都命中。

两人倒下时，林恩见其中一人还没死心，正要抬枪对准葛兰，他一个箭步冲过去双手抱住那人，重重地扑倒在地，男人还来不及发出闷痛声，他手中的刀片终于派上了用场，用力扎进男人的动脉，一股鲜血疯了似的冒出来。

鲜血染红了他的眼，这是他第一次面对这样的场景，亲手手刃一个人的感觉真的糟糕透了。

但是他没有时间为这个死在自己眼前的人忧伤或忏悔，他抬头望着那个叫他跑，自己却留下断后的女人，感觉世界如同静止一般，她冷着眼，无视鲜血四溅的场景，偶然露出一丝不忍，那模样在他心里炸出一丝丝涟漪，一阵酸涩和无力感袭来，他藏匿于墙后，听见自己“扑通扑通”的心跳声。

到处是“砰砰”的枪声以及尖叫声，明明那么嘈杂，他却在一刹那间清晰地听见一颗子弹穿过她手臂导致骨头碎裂的声音，“嗤”的一声，溅起了血花。

钻心的疼痛袭来，葛兰瞥见自己的手臂中了子弹，砸出一个洞。但好在不在致命的位置，她“哼”了一声，左手无力再抬起，但又是一阵密集的枪声袭来，她为躲避弹雨一把跪倒在地向后翻滚一圈，正好滚到方才死掉的那两个歹徒的脚边，林恩趁势一把拉住她，将她扯进了墙后。

“你怎样？”林恩担心地捏着她的手，视线在受伤的手臂上再也移不开。

葛兰抬手挣脱掉他的钳制，只说：“还有六个，我需要支援。”方才她已经解决掉了三人，但仍然还有大面积的攻击，她抽空戴上了耳机连上了布鲁斯的专线。

正在酒店里呆得无聊的布鲁斯猛地从沙发上弹起来，“坐标发给我。”

葛兰探身出去，朝着一个紧逼而来的蒙面歹徒开了一枪，没有命中，但是男人不敢再轻易靠近，她快速地点击了手腕上的电子仪器，那是一块从表面上看起来很普通的手表。

收到坐标的布鲁斯快速地在电脑上敲击了几下，他黑进了柏林当地的安保系统，通过电子眼看见现场的画面，画面通过不同的角度展现出了现场严峻的形势，“埃尔南，报警！”布鲁斯大喊着，手没闲着，眼睛也没有离开过电脑屏幕。

他暗暗记下了剩下的余孽，“听我说，葛兰，你知道的，我们一直以来配合默契。”

葛兰当然知道他说什么，“嗯”了一声。

“七点钟方向，一个人，小心他手里的步枪，他正在朝着你的方向而来，你要先解决这个人。”

葛兰听见耳机里传来的声音，没有说话，脚下模拟出了一个时钟的样子，微微一侧移动到了七点钟方向，探身而出，开枪。

“后方，十点钟方向。”电子屏幕上，七点钟方向的男人应声倒地，布鲁斯又提醒道。

葛兰的动作快得肉眼根本来不及看清楚，话音刚落她已经转向十点钟方向，弯腰侧着手连发了两枪，以她全能型狙击手的快稳准，两人必死无疑。但是葛兰来不及高兴，她意识到一个可怕的事情，两把枪里，只剩下两发子弹了。也就是，下面她必须一枪弄死两个，不然她只能徒手肉搏，“布鲁斯，我没有子弹了。”

然而事与愿违，布鲁斯发出一声哀嚎，剩下的三个人的位置很分散。

听见哀嚎声，她就猜到事情很不妙。但她无暇顾及，只能听从布鲁斯的话，探身朝着另外一个逼近的人开了枪，这一下，用掉了所有子弹，她握着枪挡在林恩身前，没有了下一步动作，世界仿佛进入了死一般的寂静中。

剩下的两个人对视了一眼，端着枪轻声前进，突然，眼前跳出一个影子，男人刚要开枪射击，一道力扫到下盘，他一个趔趄险些没站稳，人影却已经扑了上来，目标是肩上，葛兰两条腿猛地夹住男人的脑袋，男人抬起枪往后砸，枪头一下砸到她的脑门，一股热流冒了出来，差点模糊了双眼。

葛兰没放过任何机会，趁机双手抱住他手里的步枪枪头，脚上和手上同时用力，“咔嚓”一声，林恩听见了骨头碎裂的声音，粗壮的男人在倒地的同时，脑袋一偏，死在了她两腿的夹击之下，另一个正在逼近的男人没料到眨眼的工夫队友就死了，立即扣动了扳机，葛兰一把夺过那把被自己堵住枪口的枪，眼前一阵尘土飞扬，正好模糊了她的身影，她端着枪后退一步，由下而上瞄准了那个疯狂跑来扫射的男人，砰，正中脑门。

“OVER!”耳机里传来布鲁斯的声音，场面突然停了下来，没有枪击声没有到处破碎的声音。

有路人从墙后面跑走，但葛兰感觉自己头很晕，她用力地摇晃了下脑袋，双眼已经被冒出来的热血给糊住了，抬眼只看得见稀稀拉拉的一些人影子。她用抢来的枪支撑着身体，没让自己彻底倒下。

被眼前的场景震惊到的林恩，一个箭步跑来，接住了她正要往下滑的身体。

葛兰看到的，便是林恩那张精致得过分的脸。她呵出的气，热热地落在他的脸上，他觉得痒，抬眼去看她，只见她微微扯着嘴角。手臂被她的手阻碍在途中，她挡住了他要抱她的手臂，轻轻一推搡就推开了，借着步枪的力道，她自行站直了身体，挺着背说道：“我能行。”

林恩望着她看了好一会，直到听见警车的鸣笛声传来，他才低头看了看自己的手掌心，掌心里有鲜血。

下意识地去看她，又望了望这满地的狼藉，还有被她一一解决掉的那些暴徒……她一个女人，杀死了十一个死士……

但显然葛兰自己并没有觉得有什么了不起，她还扯着嘴角在笑，用开玩笑的口吻说着：“你输了……那个你同情的人说过要报答你，应该就是上次在国会大厦没有对你下手。对他来说，放过你就是报答你了吧。”

林恩盯着葛兰看了良久，动了动嘴唇，终于还是说道：“我没输，很公平，他放过我一次。而我也出卖了他，他想要杀我是很正常的。只是我没想到他为了杀我，如此兴师动众。”

“你把人性看得太明白……会容易受伤的。”

林恩偏头，“可是受伤的人不是我。”他努努嘴巴，示意她的伤口。不等葛兰回答，眼角看到警察过来了，问：“难道我们要等警察？”

“当然不。”葛兰扔掉了枪，自己站直了，“我们乘混乱逃走，布鲁斯会解决掉所有的电子监控录像。”

她固执地不让林恩帮忙，眼尖地瞥见路边停着一辆没有司机的车，大约是突然撞见枪战弃车逃走的车主留下的，她钻进车里，惊喜地发现车子没锁，钥匙还在。

“幸运的一天。”她自娱自乐。

这次是她开车，车技绝对是练过的，七拐八拐很快汇入车流。

第十章 演戏

偷来的车被他们扔在了距离酒店一公里的地方，布鲁斯早已经开着车等候在那里，见到两人狼狈不堪的样子时还愣了愣，他惊讶的不是葛兰受伤的事情，做他们这一行的受点伤很正常，他惊讶的是葛兰居然被林恩的大衣整个人裹成了一团，她向来不轻易接受别人的好意，怎么突然到林恩这里就变了？

眼神暧昧地在两人之间穿梭，葛兰扯了扯大衣衣角上车，无视了布鲁斯的眼神，她当然知道他想什么。她肯穿林恩脱下来的大衣，不过是不想太引人注意。

她的背上手臂上到处是血窟窿，被裹在里面的衬衣已是破破烂烂，血沁了出来，衣料贴着血和肉模糊成一团，实在有碍观瞻，很容易就被人看出了猫腻。林恩则是一脸担忧地盯着她，距离枪战结束不过十分钟，她脑门上的血迹干枯成血痂，可能因为身上太疼，他清楚地看见了她脑门上密密麻麻的汗珠。

“布鲁斯先生，我想我们现在应该先去医院。”林恩想要去扶葛兰，但被她轻轻闪避开了。

葛兰为了不引人注意，自然不会这么干，布鲁斯肯定也不会同意，张了张嘴她想说什么，布鲁斯已经开口说道：“不用，这点小伤对葛兰来说不算什么，再严重的伤也受过。”

“不行，我坚持。”林恩抬手想要去拉驾驶室的车门，手刚伸出去就被葛兰拦在了半空中。

葛兰铁青着脸，毫无颜色的嘴唇上泛白，看得人心惊肉跳。“这么做只会给我们带来更多的麻烦。”葛兰说着，自顾自上了后排车座，理了理凌乱的大衣外套，轻轻喘气，气息很弱，“再不走的话，我恐怕是真的要因失血过多而死，我不愿意这样死，太难看。”

虽然是一句看似玩笑的话，但林恩停在半空中的手颤抖了一下。他很快收回手，跳上车，“快点回酒店。”

在路上的时候林恩不止一次回头去望半躺在车座上的女人，脸色难看地一边吩咐埃尔南安排最好的医生尽快赶到，一边捏着拳头咬着牙，因为布鲁斯在他打电话的时候恶狠狠地掐断了他的电话。这是非常不礼貌的行为，但布鲁斯却说得理直气壮：“林恩先生，请你不要给我们添麻烦。葛兰的命我会救。”

林恩捏着电话久久不能平息心中的怒火，他甚少生气，一直以来都在做一个好脾气的绅士，但这次不一样，这个女人冒死救了他，不管她的目的是钱还是什么，这是一种非常复杂的感觉，因为他看到了这个女人最脆弱的一面。眼下，她哪里还有当街与十个暴徒指枪以对的样子？明明看起来那么强大的人，怎么突然就奄奄一息了呢？

两人合力搀着葛兰路过酒店大堂，林恩下意识地收紧了半抱住她肩膀的手，做出了一个亲密情侣之间才有的举动。

葛兰也将自己所剩的所有力气用在最后这一刻上，进了电梯整个人就埋在他胸前，疼晕了过去。

“天啦上帝，怎么这么严重。”埃尔南拉开门就见到林恩半抱半拖着的葛兰昏死的样子，林恩不小心拉开了那件相比起她来说过于大的外套领子，露出了血肉模糊的伤口，埃尔南惊得捂住了嘴。

一时之间竟忘记了要帮忙。布鲁斯则进门后就快速地在厨房里找到了水果刀，又好一会翻找自己带来的黑皮箱子里的纱布、酒精灯、医用针线……

烧红的刀尖在她中弹的伤口上划出一道血口子的时候，大老爷们埃尔南咧着嘴角“嘶”了一声，割开皮肉的场景着实让他一个老年人惊出了一身的汗。但林恩却一动不动地紧紧盯着布鲁斯手下的每个步骤，弹头很快被他挖了出来，扔在地上还带着血丝。不得不说，布鲁斯绝对不是一个称职的“医生”，林恩觉得他拿着医用针线的手在发抖，缝上的针口歪七扭八的，但他不能出声打断他，生怕他再没轻没重地弄得昏睡中的葛兰更痛。她的眉头早已经拧成了川字，林恩伸手帮她抚了抚，也没能抚平。

抹上药，纱布包扎得很粗粝。布鲁斯将葛兰翻了一个身，像是在随意摆动一个没有生气的物体一样，毫不怜惜。

“布鲁斯先生，动作能轻一点吗？”

布鲁斯被林恩这句话哽噎得一时之间不知道如何是好，撕开那原本就快成为碎片的衣服时，露出了一个古怪的表情。

“不然你来？”布鲁斯扬了扬手中的刀片，挤眉弄眼道。

林恩张嘴动了动，没有再说话。

这一系列的动作做完后，葛兰终于从一个“残破不堪”满身窟窿的人成功晋升为满身补丁的人，布鲁斯的手法确实粗鲁又大大咧咧了一些，让围观者都忍不住皱起了眉头，甚至完全怀疑他是不是无照行事……

但布鲁斯对自己的作品还是很满意的，托着下巴望着躺在沙发上被打包成了一个木乃伊的葛兰连连点头。

林恩揉着自己的眉角，看了埃尔南一眼，见到对方也是一副吃了屎的表情，他终于在布鲁斯满意的眼神中弯腰将葛兰抱起就往自己的房间走去。

“你干什么呀？”布鲁斯看着林恩的动作，说到。

“葛兰小姐需要休息，埃尔南，不要打扰到她。”这话虽然是对埃尔南说的，但明显的不满是针对布鲁斯的。

埃尔南不明所以地答应着，因为他实在也不知道怎么突然牵扯上自己。他明明站在一旁打算做个透明人呀……眼皮一抬，却瞥见自家少爷手背上也摩擦出的伤口。

“少爷，您也受伤了，我马上给您找药箱。”

林恩经过埃尔南的提醒才想起来去看自己的手，没什么大问题，不过就是擦伤，只是他手臂上和腿上还有几处小伤口，但这都不重要。不甚在意地摆摆手，“我没事，很快就会好。你照顾好葛兰小姐。”

埃尔南自然不会违背他的意思，很快手里已经提了药箱过来，小心翼翼地为他做着处理。

林恩没反驳，擦着药水也不去搭理布鲁斯。布鲁斯无聊地一个人在电脑前噼里啪啦地打着什么，突然从沙发上跳了起来，扭头对林恩说："你们留下什么蛛丝马迹了？警察怎么会找上门来……"

"什么，警察找上门来了？"埃尔南一听见这话，停下了手中的动作。

林恩推了推，连忙将药箱整理收拾了一番。他左思右想，回忆了半天没想起什么来，"葛兰小姐说你会处理电子眼，其他的我们没有……布鲁斯先生，我认为应该对警察说实话。"

"等等，是我报警了，那时候布鲁斯先生您叫我报警……"埃尔南放好药箱后，拧着眉头想起来。

"你用酒店的电话报的警？没有做任何的处理？"布鲁斯也想起这件事，惊讶地瞪大眼睛，他显然没想到这个漏洞居然出在自己身上，他懊恼地在心里骂了一句脏话，怎么会交给埃尔南这样没经验的人去报警？

"嗯……"

布鲁斯扶额，无奈叹气。

"眼下不是追究问题的时候，林恩先生必须暂时摆脱这些家伙。"

"布鲁斯先生……"

"就算是自卫，葛兰杀死的人是暴徒。但同样要上刑事法庭接受调查，我们是特工。林恩先生，你还需要我对你解释一番其中的利害关系吗？"布鲁斯毫不客气地说道，他已经放弃了跟顾客沟通，手指在电脑上敲击了两下，进入了一个黑色页面，那是基地的联络方式，至少有十二层防御网，即将接通总部的联络方式时他的手被突如其来的不明物体给打偏了。

众人愕然抬头去看，葛兰不知道什么时候，从床上爬了起来，站在门边。

迷糊间她听见两人的对话，忍着疼痛嫌弃地扯掉伤口上蝴蝶结包扎接口，自己用牙齿和右手打了个死结。

“布鲁斯，现在我们不能联系基地。”她及时阻止了布鲁斯。

现在他们毕竟牵涉进了重大案件，就算是组织也并不会为他们作出担保，加上德国警方一直对林恩存在着怀疑，说不定在不知不觉间有人正监视着他们的一举一动。

布鲁斯握着被打偏的手，看到地上掉落了一朵蔷薇花，花茎一端还带有一丝他的血迹，他的手背出了一道小小的血痕。他知道自己硬拼是打不赢葛兰的，只能耸肩，停了手，一副你决定的态度。

见到葛兰总算醒过来，林恩拧起的眉平整地放回了原位，他走到葛兰面前居高临下地看着她，语气凝重似下了个重大的决定，“葛兰小姐，我认为我们应该对警察说实话，当然我会隐藏必要的部分事实，这一切交给我好吗？我可以解决的，你相信我吗？”

葛兰听见他这一番话，微微眯起眼认真打量起眼前的男人。

她完全相信他有这个能力和魄力解决麻烦，可是这并不关乎信任与否的问题，而是他们有自己的一套规矩，拿钱办事替人消灾是他们的宗旨，不给顾客添麻烦这是这一行不成文的规定。然而面对这一系列的事情，他们也有自己的解决方式，并不需要别人帮助。

于是她委婉地摇头，拒绝了林恩的提议，“林恩先生，怎么解决我们得心应手，你并不需要对我们承诺什么。”

“你……”

“我们的客人不是你，你只是执行对象。但也请你相信我们会完美解决。”执行任务许多次，哪一次又是轻松简单的？只是大部分他们并不会引起不必要的麻烦，这次……她抬头瞥了眼布鲁斯，布鲁斯见她看自己也猜到什么原因，撇着嘴巴耸肩做了个 sorry 的意思。

“好吧，那你们需要我怎么配合？”

布鲁斯松了一口气，也学林恩盯着葛兰看。

葛兰看了眼四周，视线最终落在有些许凌乱的欧式大床上，她歉意地看了眼林恩指着床，“可能要委屈一下林恩先生了。”

第十一章 调查

布朗克警长带着人到来时，布鲁斯同埃尔南都离开了房间，林恩换上了浴袍，发尾也被打湿了，还滴着水。那样子看起来就是刚刚睡醒洗完澡，睡眼矇眬。布朗克警长狐疑地看他一眼，这个时间睡觉？

“林恩先生，想必你已经猜到此次我们来找你的目的。”进了门，他眼尖地瞥见沙发边上被踩碎了的蔷薇花，花瓣散落在周边，矮柜上有两个半空的红酒杯子，还有几滴散在地上的红酒，再抬头看林恩他伸手掩饰着嘴角的倦怠，布朗克警长不确定地多看了他几眼。

林恩做出一脸不想配合的表情，皱着眉头，但涵养很好的他正在极力掩饰自己的不满，靠在门框上一手搭在另一面的门框上，“布朗克警长，我已经说过，你不必再来找我，我不会再配合你们的调查。”

“林恩先生，你知道今天在市区发生的事情？”

林恩皱着眉头，“不知道。”

布朗克警长当然不会相信，大步走到林恩面前，“林恩先生，昨天发生枪击案，警察局里有你们的报警记录，林恩先生昨天你在哪儿？”

“警长你是不是找错人了？”林恩笑了笑，没有直接回答他提出的问题。

“有目击者称，枪击案件发生之前看到一辆车在河边爆炸，根据显示我们知道那是你名下的车。一男一女两人，监控已经拍下来，林恩先生你还要假装不知道吗？暴徒已经对你们下了追杀令，林恩先生你在德国的人身安全我们需要有所保障。”布朗克警长在说话的时候眼角不时地瞟在林恩的身后，人总是这样，对于别人想要遮掩的东西尤其怀疑。林恩人高马大，站在门前自然遮挡了他的视线。

林恩没有让开的意思，挡在门前，像是故意而为之。

他一听说布朗克警长提示他车子在自己的名下就低头笑了，不得不佩服布鲁斯把任何痕迹都抹得很干净。

耸耸肩不在意的样子，“布朗克警长恐怕不知道，我在德国暂时没有购买过任何署名财产。”譬如车子，那虽然是林恩家的车，却是用其他名义存在着。

听见林恩如此一说，布朗克脸色微变，尴尬染上了他的脸。他停顿了一下，很快又说道：“既然如此，林恩先生不如让开，让我们看清楚你在房间里藏了谁？这不仅仅关系到林恩先生你个人的安危，对我们来说，这上升到公共安全，我有权利对你保留怀疑。”

既然如此，林恩也不好说什么，让开了道，抬手示意他请。

布朗克警长因他的干脆愣了愣，抬脚迟疑了一下，但他不会放过窥探的机会，仍然是推开门走了进去。刚走到门口就顿住了身形，林恩的房间里点过蜡烛了，火焰早就熄灭，但浓郁的味道还残存了一丝，闻起来有一股清香，这……他回头看林恩，再看看床上裹在棉被里熟睡的女人，看身形应该是个女人，海藻般的发丝凌乱地披散在棉被上，女人在睡梦中似乎很不满意这般嘈杂，不满地翻了个身，光溜溜的一条手臂和半个肩头裸露在外面，露出的肌肤很白很光滑，所以很清晰就能看见肩膀以下的位置有一道红痕，像是被人握住的时候留下的手指痕迹。

布朗克警长四十大几的男人，瞬间明白过来方才林恩遮遮掩掩的原因。老脸一红，尴尬地咳嗽一声，“不好意思，林恩先生打扰你了。”他快速地撤出房间，走到客厅里，几个随同而来的警卫好奇地看着他，但他懒得解释，又快速地说着：“既然不是林恩先生的话，我们就暂时告辞了。但是很抱歉，林恩先生我们会继续对你进行跟踪调查。”

“我很快就会回伦敦了，如果你们还有事情找我，请联系大使馆。”

“林恩先生……”

“警长你也看到了，我现在不方便，还请你们离开。”林恩嘴角抿成了一条线，下了逐客令。

布朗克还想说什么，林恩已经不给他机会，起身拉开了大门，站在门口抬脸看他。他低着头想了会，只好挥手让其他人跟上离开这里。

关上门的那一刻，房间里裸着身体裹在被窝里的葛兰就有了动作，她捡起散落在地上的浴巾把自己包裹起来，一瘸一拐地走到方才警长呆着的地方，弯腰在桌子底下摸索一番，果然摸到一个黑色的小型窃听器，她将窃听器的线全部拆掉，扔在地上，她还想去客厅看看，正要抬脚迎面撞上林恩。

他愣愣地看了她一眼，方才为了演戏她居然真的全裸。即便现在有一条浴巾遮住了重要部分，但是光溜溜的半个背还是暴露在人前，受伤的那只手上还绑着绷带，背部也有灼伤，红红的肌肤一览无余，林恩下意识地撇开脸，眼角仍然能瞥见她的肩头，圆圆的，很是可爱。

葛兰压根没有注意到他的心思，绕过他走到客厅里，四下环视了一番，走到靠门的位置，踮着脚摸索一阵，第二个窃听器被她扔在地上踩碎。

林恩找来了自己的外套，搭在她肩上，眼角瞥见中枪的那只手皱着眉头，“伤口露在外面很容易被感染。”

葛兰拉了拉衣服，没有拒绝林恩的好意，说道：“谢谢。”

林恩“嗯”了一声，没说什么。

“我是说，谢谢你帮我们掩护。其实你可以不用的，对你来说交代清楚这些事情也无妨，毕竟你没有做错。”

林恩看了看地上的窃听器，用脚尖踢了踢，“嗯，我很乐意效劳。”说完，两人便陷入了沉默，过了良久，他才继续问道，“他们还会回来吗？我已经让埃尔南联系了大使馆。”

他们是指警方，葛兰摇头，说：“应该不会回来了。”对于联系大使馆的事情她也没有意见。

“你要不要先去把衣服穿上？”林恩说。他不好意思地转开了脸，脸上有了可疑的红晕。

显然葛兰并没有注意到这些，她自顾自地“嗯哼”了一声，又检查一番客厅之后才回到方才林恩的房间里，将藏在被窝里自己的衣服换上，因为受伤的缘故不适合再穿自己的衣服，林恩借了自己的 T 恤给她，他的个子太高，衣服穿在她身上很宽大，长度刚好到腿窝处，均匀细长的小腿露在外面，白晃晃的。这件衣服充分展现了她的性感，林恩头痛地抚了抚额角，觉得自己找错衣服了，于是趁着葛兰在沙发上翻动着电脑的时候回到衣柜前，从衬衣到大衣都看了一遍，他向来是欧式三件套的穿法，实在没有多余的衣服给女人。

看看时间，埃尔南和布鲁斯也该回来了，就让她这样出现在大家面前好像很奇怪。

林恩皱着眉头将大衣放在她手边，摸着鼻子，说:“你还是穿上外套，现在柏林很冷。”

葛兰专注地盯着电脑，道了一声“谢谢”，顺势将大衣外套披上，然后一颗一颗扣子扣上后，林恩才松了口气般转身离开，处理自己的工作，他有自己的产业链，比如琴行。

埃尔南和布鲁斯回来的时候，两人提着大包小包的食物。

为了方便两人演戏，他们去了停车场，一直守在楼下，直到看到警察的人离开了，才放心地去了一趟超市。

“今天晚上是在柏林的最后一晚，我们吃顿丰盛的晚餐。”

“我来做。”林恩主动伸手报名，大家都好奇地看他，他笑了笑，“算是为了报答葛兰小姐救了我命。”

葛兰当然没什么意见，布鲁斯却八卦地靠了过来，小声打听着:“唉，你说这大少爷啥意思，真把我们当救命的了？”

葛兰觉得布鲁斯奇怪，挑眉瞥他一眼，“什么意思？难道我们不是来保护他的？”

布鲁斯露出了一个看智障的表情看葛兰，“我的意思是问，这个家伙什么意思？怎么这么爱献殷勤。”

“就是做顿饭而已，你想太多了。”

“不对……你是不是女人啊，我一个大老爷们都觉得奇怪，你难道不觉得他看你的眼神都不对？”

“什么不对？”

“按照惯例，我觉得这丫想泡你。”

这回轮到葛兰露出一个看白痴的表情了，“你不知道团里的规定？

我们不能跟顾客有什么非同一般的关系。”

“我知道啊，所以我才想要提醒你，毕竟林恩这个人长得帅气又有钱，一般女人都会经不住诱惑的吧？”

“你觉得我也会成为这些女人中的一员？”

“当然不是这个意思，你别误会。普通女人哪有你剽悍。”布鲁斯看她一眼，见她没注意到自己这才松口气一般，突然想起什么一般小心地碰了碰她的手臂，“刚才我在楼下的时候拜伦联系了我，他……”

“布鲁斯你这个大嘴巴……”一提到拜伦，葛兰就皱起了眉头，一定是布鲁斯告诉拜伦自己受伤了，难怪她觉得这家伙怪怪的，又来试探自己，这一切她不得不将矛头指向拜伦。

“唉，我怎么觉得你讲话这么难听呢。你想，我担心你正是因为你长得美貌有吸引力，我在夸奖你，因为我们承认你很有魅力所以才会担心。”

葛兰冲天看一眼，真的是强词夺理。她不想再搭理他，只问他：“拜伦还提了什么？”

“林恩这边已经联系上了英国大使馆，组织希望我们跟着他回伦敦。他们并不排除撒旦会继续追杀林恩的可能性，我们务必要确保他的安全。”布鲁斯拣着重要的话说了，比如拜伦当时说这话的时候一副要杀人的脸，他就懒得再解释了。

“林恩先生对英国人来说到底是什么样的存在？”这么劳师动众，而且她其实昨日就在怀疑了，撒旦为什么一定要在放过他之后，又安排人来追杀。

布鲁斯也觉得奇怪，但他一时半会想不通，于是只好撇撇嘴巴不在意地说：“国宝呗！听说他不是什么世界一级音乐家吗？几十年才能有一个林恩，英国人那么爱面子肯定重视。”

葛兰才懒得听布鲁斯胡说八道，摆摆手将电脑的位置移动到他面前，“交给你了，我是伤员，我需要休息。”

“唉……”布鲁斯还想说什么，抬头她人已经在房间另一头双人沙发上整个躺了下来，手肘遮住了额头，挡住了从窗外射进来的阳光，布鲁斯碎碎念两句“懒鬼”，嘴上说着，但还是任由了她。

第十二章 回程

林恩的饭做得差不多了。他居然会做中餐，闻到味道的葛兰动了动小鼻子，好奇地移开手臂，瞄了两眼开放式厨房，林恩围着围裙，动作娴熟地在掌勺，埃尔南在旁边打下手，不得不说长得好看的人就连做起厨师来也非常的引人注目，画面感十足。

布鲁斯从电脑前抬头看她，“啧啧”的声音从口中发出来。

葛兰听见声音不满地瞪他，就知道这家伙又开始胡思乱想，索性翻了个大白眼表示自己的鄙视之心。葛兰不雅的举动，被不时偷偷看两眼他们的林恩不小心撞见，低着头偷偷地弯了弯嘴角。

土豆炖牛肉，这大概是葛兰唯一能接受的有关土豆的食物了。

饭菜刚上桌没多久，葛兰已经拖着受伤的身体慢悠悠地走过来，凑过去闻了闻。

“闻起来真不错。”

埃尔南帮着将食物分盘，荤素搭配着递给葛兰，“少爷从小学习中国文化，听说他的父亲以前就是个了不起的厨师，所以少爷做菜味道不比中国餐馆的师傅差。”

葛兰用叉子叉了一块肉放进嘴里，吧唧吧唧吃着，对已经做完汤正打算解开围裙的林恩竖起大拇指，“手艺很棒，你可以开餐馆了。”

林恩笑着道了一声谢，“我母亲非常喜欢父亲做的饭菜，父亲离开后，我便学会了。”

葛兰在脑海里将他的家庭勾勒出了画面。林恩的父亲是中国人，母亲应该是英国人？

“你是中英混血。”

“嗯，算是吧。你呢？”

“我……我也不知道，我是孤儿。”葛兰随口说着。见她不愿意提，自然也没人再接这个话题，如果家庭完整的话，当然也不会有人去干这杀人越货的勾当。

不知道什么时候布鲁斯也放弃了查看监控，凑了过来，像大金毛狗一样凑过来怀疑地闻了闻，见到葛兰吃得很畅快这才小心翼翼地用叉子卷了培根和芦笋放在嘴里。

“嗯……味道还不错，但不够正宗，中餐里可没怎么见过用芦笋炒培根这种东西。”

“你能有点礼貌吗？”葛兰白他一眼，“林恩先生亲自做的食物，你要心怀感激。”

“呀，不好意思，林恩先生，你做的食物非常美味。”布鲁斯这才竖起大拇指，看起来就不诚心，葛兰没空教育他学习礼貌，也就嘴上说说，林恩也并不在意他的态度怎么突然一百八十度大转弯有了改变。

“埃尔南已经安排好了飞机，明日我们就离开柏林回伦敦。”林恩突然提起行程，大概是想告知大家一声，以免走得仓促。

上级已经给了指示，他们现在所有的目的都是保护好林恩，葛兰自然没什么意见选择跟随。

“回到伦敦之后我会有一段时间很忙，也会出席很多活动，到时候可能会需要麻烦两位。”

布鲁斯抿了一口红酒，说道：“不会麻烦我的，葛兰会跟在你身边，我还有别的事情会暂时离开。”

“怎么？”葛兰也没想到布鲁斯会突然这样说，奇怪地看他。

布鲁斯擦了擦嘴巴才慢慢解释：“长官让我回基地，保护林恩先生的活儿暂时由你一个人接手。”

难怪布鲁斯阴阳怪气地对自己那种态度……原来是给自己打预防针。显然来试探她并不是长官的意思，也就是他跟拜伦两人故意的。

葛兰很讨厌这种被小看的感觉，当即脸色就不好起来。

布鲁斯了解她，不满意的时候脸色会极差，沉吟了一会儿解释起来：“方才我本来要跟你说，但你也知道我们刚刚在聊别的事情，我一时忘记了。所以此次跟着林恩先生，需要你一个人完成任务。这很简单，葛兰你明白的。”

任务简单是一回事，葛兰只是不喜欢被人猜忌。

“我不明白，你们不声不响也不跟我说明任务，私自做决定，是不是我应该亲自去联系长官？”她冷不丁地说着，在场的其他人也就没有话可说了。

难道让她一人留下，还委屈了她不成？

“好吧，我为自己的行为道歉。”布鲁斯只好妥协，举双手投降，“姑奶奶，算我错了成吗？下次我再也不帮拜伦做这档子事了，OK？”

“所以是拜伦让你来试探我？你们怕我跟林恩先生扯上什么不清不楚的关系？”说这话的时候她抬头看了眼低头吃饭的林恩，林恩被她这么一说也愣住了，才明白过来两人闹别扭是因为他。他不明所以地看向布鲁斯。

布鲁斯在心里连连叫苦啊，熟悉的人都知道葛兰的直接，情感问题向来弄得不清不楚所以才看不到拜伦的心意，还只当拜伦一心对她有意见，搞针锋相对呢！你说她傻吧，正事上不傻，就是这牵扯到情感问题的时候，她就蒙了，一股脑说出来，林恩先生不也尴尬嘛！

“不好意思啊林恩先生，这事跟你没关系。”布鲁斯尴尬地笑笑，转头咬牙切齿地对葛兰说，“你是不是女人啊，不害臊。命令是长官下的，只是拜伦……拜伦他……”

“他想让你帮他抓到我的把柄！”葛兰一锤定音。

布鲁斯叹气，怎么越说越不清楚了呢……苦恼扶额头，“好吧，是这样没错，但是我看来看去你没什么把柄。”

葛兰这才满意地昂着脑袋，“当然。”

布鲁斯无奈，顺着她走，以免再惹她生气，“那事情就这么定了，你没意见吧？”

“长官的命令我能有什么意见。”她抬头看林恩，眼神里没有任何他意。但林恩就是觉得她看自己的时候，好像是在表达目的达到了。

她并不是故意傻到真以为这事可以随随便便当着他的面说吧？

她明明是在表明自己的立场，让他不要动歪心思。林恩好笑地摇了摇头，看来被骗的人不止布鲁斯一个人……埃尔南也瞪大眼珠子盯着自己看，生怕自家少爷真的对这个凶残的女人有什么别的心思……

晚上并没有因为葛兰受伤的事情而放弃了守夜。第二天，照样是后半夜，所以早上醒得特别早，埃尔南出门的时候还有点不适应多了个女人在周围。

尴尬地去扯衣服。

自从昨天布鲁斯和葛兰两人聊过一些奇奇怪怪的话题之后，埃尔南更加对她避之不及，甚至时刻盯着她小心接近林恩，生怕她会借机勾引林恩。

对此葛兰没什么意见，反而觉得这很棒，她对待人际关系始终有自己的顾虑和障碍，她并不擅长与人接触。

埃尔南收拾完行李很快有人来取走了，看到葛兰坐在沙发上，摸了摸鼻子想说什么，林恩已经穿戴好走了出来，正好打断了他要说的话。

林恩上上下下看着葛兰，发现她也已经收拾好了，一个很小很小的行李袋，“你就这点东西？”

葛兰“嗯”了一声，她所有的东西加起来都没有一台电脑重要，而且他们这次带出来的“家伙”很少，回到伦敦以后她需要去基地再补充一些。

布鲁斯早就下去取车了，他不随行他们的飞机。

“我们什么时候离开？”

“早点走吧。”林恩抬头看了看窗外，天色还没有大亮，葛兰知道他担心什么，提着包站了起来。

“布鲁斯会留下来阻止德国警察，放心吧。”

林“嗯”了一声，转身跟了上去。门童把行李全部搬上了车，所有人出发去附近的机场，但让葛兰意外的是这里并非官方机场，车子七拐八拐地拐上了郊区的别墅区，很快在一栋类似古堡的建筑物前停了下来，眼前是一个巨大的私人飞机场，中央停着一架波音私人客机。

见到林恩一行人，飞机上的工作人员一字排开迎了上来，飞机巨大的扇叶开始启动，伴随着轰隆的声音一阵巨大的风迫使着人往前倾。

“少爷，我们可以上机了。”有人上来请。

林恩带头上了飞机，偶尔回头看到葛兰跟在身后，风太大，吹得她单薄的衣角胡乱地飘扬，瘦弱的身形远远看着心里一凉。他抄在衣角口袋里的手动了动，想起昨日她给的警告，转开视线，进了机舱。

机舱内的装潢十分豪华，整个机舱只有专供的几人位置，巨大的皮沙发柔软得可以让整个人陷进去。全机舱的人都在为林恩一人服务，他坐下后，立即有人送来了水果和酒，林恩闭眼靠在沙发上短暂休息，葛兰被一位穿空中服务制服的女孩引入另一边的沙发上坐下后，送上了热牛奶和一些简单的吃食。

“小姐，少爷为你准备的早餐，祝你用餐愉快。”葛兰很意外，握着热牛奶道了声“谢谢”。抬头看了眼从背后看只能看到一个脑袋顶的林恩。

埃尔南在上了飞机之后再次变身为称职的老管家，全程只服务林恩一人，他似乎很担心葛兰靠近林恩，眼神怪异地时不时关注着她，偶尔低头附耳过去听听林恩交代了什么。很快，飞机起飞了，中途埃尔南为林恩送来了卫星电话，“少爷，伍德先生的电话。”

林恩接了电话，葛兰听见他在电话里轻声说了几句，似乎是在讨论公司的事情，至于是什么事她没有听清楚，而后又听见他说：“不用，军方派了人来。嗯，没事，不用担心我。我就不回老宅了，还有许多工作要忙。”想来是他的家人听说在德国发生的事情，担心他打算安排保镖之类的，但被他拒绝了。

葛兰听着他们的对话，心里将杜邦家族的情况大概知道了一些，一直都知道林恩·杜邦很有钱，私人客机、老派白人管家，这绝对不会仅仅是一个钢琴家的手笔，只有许多欧洲上流社会才会这么古派。也难怪他请得起特工给自己做保镖了，她想。

这么说起来，葛兰觉得埃尔南的担忧不是没有可能。

尽管她没那种奇怪的意思。

第十三章

跳海

伦敦。

苏海安等了两个小时才看到乔安跟随几个人走出来，那是伦敦皇家音乐学院的乐团，也是林恩的专用乐团。

乔安刚出海关就在门口看到苏海安靠在栏杆上，冲自己笑。同行的人自然也注意到了他，有相熟的甚至露出了了然的笑容，对她挥挥手，先行一步。

乔安跟同伴挥别后，小跑着步子到苏海安面前，不知道的人还以为她非常期待见到苏海安，只有苏海安自己明白，他已经看到乔安微微蹙起的眉头，眉宇间所表现的尽是无奈和不满。

“你怎么来了？”

“我怎么就不能来接你了吗？我是你的未婚夫呀，乔安。”对于乔安的表现，苏海安似乎也不生气，反而露出了一个开朗的笑容，两排白牙在眼前展开。

乔安显然不适应他口中说出的“未婚夫”三个字，脸色微青，别扭地拉了一下背着大提琴的带子，吞咽了一下口水才说道：“我们出去吧。”她并不想让同行的人看见他，并误会两人的关系，但事实上按照两家人的关系来说，他们确实是从小就定下来的娃娃亲。

苏海安那一张过分美貌阴柔的脸想要不引人注目的可能性太小，加上他开了一辆骚包宝蓝色跑车自然而然便引起了更多人的注意，在更多的目光看过来的时候，乔安已经快速走到了前面，刚走出机场大门，在过人行斑马线的路上，抬头就看见了几个熟悉的身影，她快速地拉开车门坐了进去，等到苏海安上车，迫不及待地交代："快离开这里。"

苏海安启动车子，透过玻璃看到那一行提着琴的路人，嘴角微微弯了弯，明明在笑，但没有从他的眼睛里看到笑意。

"你的朋友们好像看过来了。"他特意提醒她，语气里带着笑意，这让乔安感到不适。

乔安瞥他一眼，咬着下嘴唇"嗯"了一声。不知道为什么，从何时起，眼前这个原本对她言听计从、呵护备至的男孩突然长大了，也变了……他的一举一动都令人感到了惶恐。尽管，他看起来明明是在笑，但是下一秒你并不知道他会对你做什么。

这或许是错觉？乔安安慰自己，感觉说这样的话的苏海安是故意的。

"开车吧，我很累，想回去休息了。"乔安很快调整了自己的面部表情，木着一张脸盯着前方看，冷冷地说着。

苏海安乖乖启动车子，这期间两人没有再发生什么不愉快的事情。直到车子停到了乔安所住的那栋房子下，独立的洋房，花园停车坪里还停着一辆红色小车。

乔安下车，从背包里一手掏钥匙，一手挥手跟苏海安挥手拜拜，并没有因为感谢而邀请他进门喝杯茶。

苏海安探出半个身子，手肘撑在摇下车窗的窗沿上，视线紧紧地黏在她的背影上。

乔安明显感觉到了一道刺目的视线，原想假装没感觉到，但握着钥匙的手下意识地不听使唤，总是找不准篱笆围栏门的钥匙孔，她泄气地扭过脑袋，没好气地去看车里的苏海安。

"不如你明确告诉我，你的来意？"

苏海安见她这样子，嘴角笑了笑，收回了手，一副势在必得的样子非常欠揍，乔安的妥协，好像都在他的掌控之中。总是这样，身边的人甚至觉得他高深莫测，相当恐怖，所以除了乔安以外，他在英国没有关系更加进一步的人。

"我想知道，你拍的那张照片里的女人是在什么地方出现的？叫什么名字，是做什么的？”良久以后，他终于才慢悠悠地问道。

乔安对苏海安这一系列的问题并不意外。她似乎预料到，苏海安不是那么轻易就放弃的人，如果有一件事他没有了解清楚，那么他会甚至不惜花费巨大代价来获得真相，也变相地说明了……苏海安在意那个女人。至于为什么？他们都一样，因为六年前跳海死了的那个女人……顾朝阳。

顾朝阳……

这六年来一直成为了禁忌话题的名字。

苏海安甚至已经不记得她的长相。但是为什么呢……为什么突然看到那个女人之后，就会想到她呢？

明明，一点也不值得被人记住。

他依稀还记得六年前那一幕，那天是他母亲的忌日，每一年母亲的忌日他都会出海，带上顾朝阳是一个重大的决定，他自认为这既英明又伟大。

当全船的人都将顾朝阳看作他的“女人”时，他给了无尽的纵容与宠溺。所有人都以为，苏家少爷深爱那个看起来孤苦可怜的孤女。

但事实上并不是这样。

六年前的阳城，曾发生过一起惊动了整个阳城的跳海自杀案。

案件之所以震惊外界，仅仅因为，当事人是阳城最有声望的苏家，某个夜晚的凌晨两点，距离案件发生已经超过十个小时，苏家的大少爷依然亲自守在海边，让一拨又一拨的水手、救援队、警察去海里调查，他花费了巨大的物力和人力去寻找一个所谓“情人”，这未免也太夸张了。

警察队长觉得这事情太荒谬，擅自停了救援队的搜救行动，密集的人群站在海边，灯光和船只也渐渐疏散了。

“再过去就是公海了。”来人报告。

警察队长皱着眉点头，朝着岸边站着的男人望去，那里站着的正是受害者的家属。那男人，是苏家的少爷，苏海安，整个阳城警察局都不敢轻易得罪的人物。老警察不明白，怎么偏偏让自己遇到这么些人物？

"我不相信她会死。"那时的苏海安依然认为他掌握了顾朝阳所有的人生轨迹。

警察队长还没来得及开口，站在最中间的苏海安已经下了结论，缓慢地转过头视线落在他脸上，声调凉凉的，"你们警察是怎么办事的？一个人都找不到？"

见到苏海安动气，警察队长只好低眉顺眼地解释："苏少，我们已经加派两队人马，还是没有找到附近几海里有人影。"

"给我继续找！不是没有尸体吗？"

"那也可能沉入海底了……"

苏海安看人的时候，一开始总是给人一种清风拂面的感觉，但下一秒就会让人感觉到这清风不是拂面，而是刮面，隐藏在笑意的眼眸下是一层掺了毒药的怨恨，看得人宛如冷风袭来般刺骨又剐心。警察队长及时闭上了嘴巴，不得不慌忙道歉："对不起苏少，我们会再加派人手，沿着航线在海上寻找漂流的生命迹象。"

"活要见人，死要见尸。"说完，苏海安转身离开了海边，他唯一担心的只是，顾朝阳那个女人，她怎么可以死掉？！

苏海安是怎么也不会相信顾朝阳就这么死了的。

他明明对她很好了，但顾朝阳依然不满足，居然敢挣脱掉他的束缚，站在船头仰着脖子威胁他，"苏海安，如果你不想我死的话，就放过我。"

放过她？

认识这么久，苏海安第一次发现顾朝阳也有这么天真的一面。

他为顾朝阳的天真感到好笑。他当然要让她知道残酷的事实，"妄想。我不会让你死的，顾朝阳，你死一百次，一万次，我都有办法救活你。这辈子，你生是我苏海安的东西，死也是我的尸体。"

他把她比作一个东西，玩物。就是从来不把她当人，就算上一秒他能趴在她的肩头啃着她的耳朵吻着她，下一秒，他也能一脚把她踢到海里。顾朝阳逃不过他的手心，苏海安这样以为，所以他毫不在意地朝她伸着手，"来，乖，当着这么多人的面闹情绪可不是好女孩。"他伸出一根手指头，放在嘴边，轻轻吹了口气。

在外人看来，就像是一个极宠爱情人的男人。

顾朝阳看着他靠近，冷冷地扯着嘴角。因为天生一张隐约勾起的嘴角，她笑的时候总会让人误以为是在嘲笑，所以这个举动再次激怒了苏海安。

苏海安容易动气，他有一种心理疾病，几乎没办法控制自己的情绪。他大手一把挥过去，原以为会像以前一样一把将这个女人给抓在手心里。可是这次却让他意外地落了空，顾朝阳在他靠近的那一瞬间纵身跳入了海中。游轮下的海水奔腾着翻滚着，四周尖叫声响起，格外刺耳。

苏海安错愕了一刹那，转头阻止了要跳入海中的水手们。

“不要救她，让她吃点苦头才会听话。”

这船上没有人敢违抗苏海安的命令，他的话就像是圣旨，没有人再敢尖叫，也没有人敢在他没发话前跳下去。更别提有人会担心那个倔强的女孩子是不是真的就死了。

直到水手们发现再也没有影子，苏海安才真的着急了。

海面上一片宁静，偶尔会有海鸥的声音。十几个水手被苏海安赶下去，一个小时，两个小时，终究是没有再见到顾朝阳的身影，再也找不到了，就像是从来没有出现过。

苏海安在海浪声中猛然惊醒。他慌忙抬头，抹了一把自己脑门上的汗水。

他还记得自己明明送乔安回家，然后……然后他们讨论起顾朝阳，之后他开车回家。茫然间苏海安抬头看了看四周，发现自己正置身于车内，车子停在伦敦的别墅外，再往远处走一些就是靠近海的位置了。他叹口气，想起来自己已经许久不做噩梦不再想起顾朝阳，双手捂着脸从鼻子里探出一丝气息。

乔安说：“就当是我搞错了，那个女人跟顾朝阳长得一点也不像对吗？你不是一点也不在意吗？”她用他说过的话来噎他，让他对这个一无所知的结果无法反驳。

苏海安总觉得乔安是故意在报复自己，至于报复什么……他能想到的大约就是他始终霸占着未婚夫的位置吧？

抱着这样的念想，苏海安终于将双手放下，脸上面无表情地在原地呆了一会，许久以后才推开车门走进房子里，刚推开门，屋子里的黑猫就尖叫着跑开了，望着它逃命一般跳上窗户躲在帘子后面的影子，他有些生气地皱了皱眉头，自己有这么让人觉得害怕吗？

顾朝阳这样，后来与他从小一起长大的乔安也这样……

现在连猫都在怕他……

苏海安内心里的愤怒无处发泄，轻声挪到窗户边上，黑猫已经蜷缩成了一团，无处逃窜的可怜样靠在墙角，他不由得从嘴里发出啧啧声音，“哎哟，小可怜。”他将猫咪提了起来，搂在自己怀里，听见它凄惨的叫声，起了怜悯之心，似笑了笑，搂紧了一些，锢在臂弯里的黑猫更加猛烈地蹬了几下小短腿。

黑猫差点以为自己要死在当场的时候，身体上的力道突然撤走，随之而来的是重重的坠地的声音。黑猫从半空中落在地上，发出了惨叫声音，罪魁祸首苏海安却浑然未觉一般，发出了爽朗的笑声，他终于笑了，是黑猫牺牲了自己的生命所换来的。

第十四章 古堡

私人客机没有开往希思罗机场，而是转到偏僻的古堡外停在了巨大的天台上。葛兰在下了飞机很长一段时间里都跟着埃尔南。

脚刚踩上陆地，林恩便被几个黑衣人请走了，葛兰想跟上去但被埃尔南拦在了门外，他客气地拒绝葛兰的靠近，“葛兰小姐，我们杜邦家族的事情你不便参加。”

葛兰撇嘴巴，瞪了一眼埃尔南，没有立即回话，只静静地环视了一圈周边的环境，现在他们身处的地方是一个巨大古堡内，脚下是青灰色的地砖，楼很高，半圆形的拱门抬头才能望到顶。身后是富丽堂皇的大厅，望出去就是长长的走廊，一路走来夹道两侧挂着陈旧但价值不菲的油画，画上的主人公表情肃穆庄严，就像这个古堡给人的感觉一般。

“埃尔南先生，我希望你明白我是受人之托来保护你家少爷的。”葛兰的话依旧冷冰冰的。

“我保证绝对安全，因为这里是杜邦家的地盘。”埃尔南在说这句话的时候脸上明显有一层骄傲。

葛兰瞥他一眼，双手抱在胸前站在原地，他不让她走，她也就一动不动。埃尔南唉了一声，想说两句不好听的话，但眼珠子一转立即想起这人前些日子的表现，绝对不是自己能说动的人，也就懒得再说，由着她站在原地，直到两个穿燕尾服的管家拉开了巨大的弧形木门，林恩在一群人簇拥下走了出来。

心不在焉的林恩微微蹙着眉头，低着头根本没注意到站在门边的一老一少，埃尔南喊了一声“少爷”，他才反应过来一般，想起什么来盯着葛兰看了一眼，葛兰回视他，抱胸的两只手放了下来垂在两侧，无奈地偏头做了毫不在意的表情。

“埃尔南，你先带葛兰小姐上车，我去见见母亲稍后就回市区。”他并不住在古堡里，在市区他有自己的房子和管家，这次突然回来是因为德国发生的事情太过凶险，他必须将事情交代一番。

“好的。”埃尔南恭敬地答，转身挡在葛兰面前，“葛兰小姐，请。”

葛兰左右看看，这个古堡很大，偌大的空间里布满了眼线，一般的罪犯不会挑这个地方下手，也就放心地跟着埃尔南离开了大厅。

跟着埃尔南绕过无数道古朴的走道，才终于绕出了古堡到达前厅，门口巨大草坪上停了一辆看不出任何标志的黑色汽车，从外观上看这辆车并不贵重，只是车身擦得很亮，司机戴着白手套站在车旁，见到人后立即殷勤地拉开后座车门，葛兰钻了进去，埃尔南并没有跟上，只嘱咐葛兰:“小姐，你在此处等候一刻钟时间，少爷很快就会出来了。”

他显然非常了解这位少爷与自己母亲之间的关系，超不过一刻钟的寒暄。

葛兰似乎捕捉到了什么，但也仅仅是点点头应着，之外再无其他举动。

果然这一切都跟埃尔南所说的一样，林恩在一刻钟后准时出现在门口，守在大门外的几个身穿燕尾服的男人，一个送上了他的大衣外套，另一个替他将皮鞋上的灰尘擦拭干净，十足十的贵族做派，葛兰看着觉得有意思多看了几眼，如此派头整个英国也就那么几家吧。

林恩准备好了走了过来，司机拉开了后座的车门，埃尔南依然笔挺着背站在车外，过一会便上前吩咐司机开车。

“埃尔南老先生……”葛兰望着后视镜里他还站在原地目送车辆离开，发出疑问。

林恩不知不觉间已经收起了方才那股子生人勿进的寒气，解释说:“埃尔南是外公身边的管家，他只是不放心我的生活特意跟去了德国。回国后，我会回到自己家里。”

“你住的地方离这里远吗？”葛兰看着离得越来越远的古堡，方才身在其中并不觉得，眼下再回头一看，那真的是一个巨大又奢华的建筑物，占地面积很广阔。英国是一个看重身份的国家，如果不是重要人物是不会拥有这么大奢华庄园的。

“很远。”林恩说。

眼角瞥见了好脾气的林恩似乎是微微蹙了眉头，但是非常快就消失了，再去看的时候根本就看不见。

林恩说得没有错，他住的地方离古堡非常遥远，车程大约一个半小时，车子到公寓楼下的时候天色已经暗了下去，公寓楼下站了一个身材挺拔的半百老人，同古堡里的那几个人差不多，身穿着标准的燕尾服，手上戴着白色手套，左手背在身后上面挂了一条白色的毛巾，司机拉开车门林恩走了下去，他上前一步来，“少爷，欢迎回家。”

“伍德先生，你好。”林恩对待任何人都非常礼貌。

叫伍德的老先生也见到了葛兰，但他没有发出任何疑问，只做了一个请的动作邀请葛兰先行跟上。葛兰快步跟上林恩。

这是一栋藏在市区后寂静街道上的连排公寓楼，楼层很密集是普通的居民式，总高度大约三层楼左右，而林恩住的地方在二楼，只要从外侧的楼道走上去就到了，并不如葛兰所见到的古堡那般奢华，林恩的个人公寓显得朴素得多，单独的房门“嘎吱”一声被推开，门厅前是鞋柜还有衣架。

林恩自己脱了鞋并把大衣挂上，自顾自地走了进去，大厅很空旷，从正中间分开的阻隔物是原木书架，上面放满了各式各类的原文书籍，大部分还是有关音乐的，再往前走，对着正中间的书架摆放着的是一排黑色布沙发，上面还放了几个零零散散的抱枕，沙发正对面靠近窗户的地方是专门用来放置乐器的空地，马绒圆地毯上是一架大型三角钢琴，钢琴的旁边还有录音设备以及一些电子设备，大部分都是古典乐器的改良版，小提琴藏在最角落孤零零的无人问津一般。

葛兰的视线被突然出现的一只手打断了，那双白皙修长的手将小提琴拿在了手里，架在了自己的肩膀与脖子的位置上。林恩似乎有心事，随性地拉动了两下小提琴，发出悦耳的琴声，打断了葛兰所有的思绪。

“你刚刚是在看这个吗？”林恩没有继续拉下去，松了手拿着小提琴问她，示意她是否想要试试看自己动手。

葛兰摆摆手拒绝了他的提议，“我只是觉得它躺在最角落的地方怪孤单的。”

林恩听见她的话低头笑了笑，将琴放回了原地。转身上台阶上到另一面生活的区域，这面的生活区收拾得非常整洁，木地板上铺上了厚厚的羊绒地毯，光脚踩上去也让人感觉非常舒服。伍德先生已经将所有的行李搬完了，自行又打开了一间客房的门，林恩指着那里告诉葛兰：“以后你就住在这里，直到你的事情结束。”

葛兰走过去看了看，房间很整洁干净，除了床和一些必需的柜子之外没有其他多余的物品。

她很满意这样的搭配，她自己的东西并没有让林恩的人帮忙拿，一直提在手里，她站在门口环视了一圈后点点头道：“谢谢。”

林恩“嗯”了一声，看了她一眼说：“你随意，简单收拾一下。现在应该也饿了，伍德先生做的烤面包非常好吃，整理完就出来尝尝看。”

“好的。”葛兰将房门关上，密闭的空间里顿时就只有她一个人。她没有多耽搁时间，将箱子打开取出了里面的必需品，衣物之类的私人用品非常少，电子设备是不可缺少的，她抬头看了看四周，很快找到了相应的位置，将信号屏蔽器安装在油画背后，另外又在灭掉了的壁炉内安装了反窃听器。东西都整理得差不多，她走出房间，伍德先生一个人在厨房里忙碌着，林恩则早已经换了家居服在沙发上翻看着什么东西。

见没人注意自己，葛兰轻声转了个方向。隔壁就是林恩的房间，她踮着脚伸手在门框上摸了一下，耳机里信号提醒探测器已经安装完毕，紧接着她又在四周的几个角落里安装上了自己所需要的设备。

这一切事情搞得差不多的时候林恩也看完了手上的东西，他似乎早就注意她了，只是没有开口阻止。

葛兰也没有掩饰的打算，她一脸的理所当然，也没有解释的意思。林恩抿着唇好一会才无奈地笑了笑，“我怎么觉得自己给自己找了一个大麻烦，像是在坐牢。”

“每个人都有自己的无奈，林恩先生，你不是第一个。”

“好吧，我承认你说得对。”林恩于是不再纠结这个问题，伍德先生做好了晚餐过来请两人去餐厅，话题就此结束。

两个人的晚餐气氛比之前在柏林的时候冷清了许多，加上葛兰并不是一个愿意主动搭话的人，于是整个晚餐期间就只能听见刀叉细微的声音，只是林恩似乎碍于她的伤还没有完全恢复的状态，特意吩咐伍德将牛排切成了小块直接送上来。

两人的状态又回复到了初次认识那天的客套疏远。这是葛兰所需要的距离，她为此很满意，所以整个晚餐吃得也很愉快。

快结束的时候，林恩才想起来一般，突然问道："布鲁斯先生会怎么样？"他还没忘记他们把布鲁斯留下来解决警察的事情。

“他？他会有自己的方法，很快就会回到伦敦。”晚餐结束之后，她就会联系基地，她需要的物资基地会安排人用掩人耳目的方式送来。

“哦。”林恩似乎没有其他的话了，沉静了半天。

他不说话葛兰也就无需搭腔，两人安安静静地吃完晚餐后，相顾无言着各自忙自己的事情。

第十五章 什么关系

葛兰是在伦敦第三天后才终于联系上基地，她没想到的是与自己面对面视频通信的人居然是大半年没有出现的莫雷长官。

莫雷长官习惯性地斜坐在沙发上，一手放在扶手上，一手大拇指与食指合拢成一条线。视频将他整个身体拍摄了出来，一双长腿自然落在木质地面，绑带军靴有一下没一下地敲击在地面上，发出“嗒嗒嗒”的声音。葛兰入目的便是他那冷硬的脸，立体的五官不说话的时候让人没来由地一阵紧张。莫雷长官长了一张顶级模特的脸，就连身材也比顶级模特好太多，若非见过他的残忍嗜血，葛兰恐怕也很难会有这种紧迫感。

莫雷长官盯着她的手臂皱眉头，那是上次受伤的位置，她下意识地躲了一下。

长官是M团的最高领导人，比谁都心狠。葛兰当然不会以为他是在担心自己，他只会认为自己无能。

“第一次单独执行任务，感觉怎么样？”莫雷长官终于开口说话，语气凉薄，丝毫感觉不出来他是在关心人。

葛兰想起了第一次见他，他在一群训练有素的士兵簇拥下出现，那时她被当作了间谍，被其中一个人打倒在地，他居高临下地看着自己。那时，她以为自己会死在他手下，谁也没想到许多年后他成为了她最信任的人。

“感觉还不赖。”那时她也没想过自己会像今天这样跟他说话。

莫雷眉宇微挑，嘴角终于牵起了一丝丝小弧度。

他说："这也是考验你的时候。林恩身边的危险很多，客人希望你能长期呆在他身边。他们似乎很满意你在柏林的表现。"

"客人？"葛兰狐疑皱眉，难道他们的客人不是联合国吗？

"嗯，实际上客人另有其人。"

什么人能惊动M团？葛兰一面听着门外窃听器的动静，没有任何异常，一面不由得想起了在古堡内的一幕。那绝对不是一个简单的家庭。

"林恩到底是什么人？"提出问题之后葛兰就后悔了，果然见到莫雷斜睨了一眼她，抿着唇线冷冷地说："葛兰，你知道规矩，我们没有权力知道客人的目的和身份。"

葛兰低下了头为自己提出的问题而抱歉，好一会，莫雷才继续说道："好了，最近大家都很忙，我已经让人把你要的东西送过去，老规矩。"

很快莫雷关掉了视频通信器，葛兰简单收拾了一下，准备外出。

推开房门就看到林恩坐在客厅的沙发上，乔安和乐团其他人过来的时候她在房间里面听见声音了，几个人围着林恩低头商量着什么，每个人手里都还抱着自己的乐器，偶尔在林恩的要求下根据修改意见配合一下，面前的矮柜上摆放了下午茶点和红茶，看起来是一个非常悠闲又美好的下午。

突然听见推门的声音，所有人都齐刷刷地回头去看葛兰。

她穿着第一次见面时那件羊绒大衣，尽管臃肿，也不难看出她姣好的身材。手中提着一个牛皮箱子，一副要出门的样子，见所有人看自己她也不觉得尴尬，对林恩指了指大门，又下意识摸了摸自己的耳朵，"我出去一下，很快回来。"

摸耳朵代表这附近一切安全，林恩跟她呆了几天也明白她的意思。

伍德先生已经替她备好了围巾和皮鞋站在门边，葛兰道了谢，经过林恩同意后匆匆绕过大家走了出去。

葛兰的身影一消失，在场的所有人都忍不住发出起哄声，在座的人多半是在皇家音乐学院上过林恩课的小年轻，可以说林恩算他们的半个老师，但因为年纪相差不大，多数时候大家会凑在一起开个小玩笑。

"老师这是终于被拿下了吗？"其中一个年轻法国小伙子兴奋地

说道。

“对呀对呀，老师家里居然有女人……不可思议。”

“长得很漂亮唉……超级性感。”

其他人也七嘴八舌地说起来。人群里，唯独乔安始终一言不发地盯着林恩带笑的侧脸，他总是这样，一副好脾气的样子，随时都挂着笑意，就连被误会好像也不会说出拒绝的话。

这一定是个误会……对吧？

林恩并没有当即反驳。出于礼貌，他简单解释了一番：“是不可描述的关系，哲学老师有教过你们不要随意揣测别人的关系吗？”

“老师真没劲儿。”法国男孩讪讪的。

林恩没有再说什么，指着一个新的音节跟大家做着调试。

一走出大门，寒风就吹了过来。葛兰将围巾拉高了一些，遮住了半张脸，她要去找的接头人就在附近，执行任务期间她是不会离开被保护人太远距离的，转了一个弯道下了地铁站，刚下站口就听见了悠扬的小提琴声音，是一个流浪汉在拉奏，报纸折叠的容器里已经零零散散有几张纸票了，葛兰走过去摸出一张欧元，半蹲着放了进去，顺手夹走了藏在纸币下的钥匙。

那是地铁站保险箱的钥匙。收进衣服口袋的一瞬间，转身却撞上突如其来的行人。

葛兰诧异回头，手心里感觉多了张字条，她握紧拳头回头去看望着自己笑的男人。那是一个瘦小且皮肤黝黑的男人，正笑眯眯地看着她，葛兰愣了愣，正想说什么，男人已经道了歉：“对不起。”转身进了人流。

葛兰回过神，低头看了看手心里的字条，上面有保险箱的地址和箱号。

她没想到给自己送东西的人居然是他……克尔。

这六年来，葛兰从来没有见过他，据说他是莫雷长官的随行官，时时刻刻跟在他身边，像是个影子，需要的时候才会出现，基地里的人很少见过他，甚至偶尔提及也只是形容他为影子。

但是葛兰对他的印象非常深刻，他曾陪她去参加过一次葬礼。

那个葬礼的主人，是她自己，十九岁那年，她“死”在那场葬礼上。

路过的人越来越多，葛兰从回忆里回过神，转身也没入了人群。很快找到了保险箱，将黑色皮箱与里面的箱子替换了出来，往回走的时候步履比之前慢了许多。

她知道林恩和乐团的会谈会在半小时左右结束，她不擅长见陌生人很多的场面，于是在公寓附近悠闲地散步，直到陆续有学生走出来。

同伴们陆续离开了，但乔安收拾乐谱的时候放缓了动作，直到房间里只剩下了她和林恩两人。

林恩从乐谱中抬起头，好奇地问她："乔安你还有什么事情吗？"

乔安被林恩突然询问，有些紧张，慌忙地加快了手中的动作，却不时偷偷拿眼去看他，林恩叹口气放弃了继续看乐谱的动作，盯着她看了一会。

被盯着看的乔安深吸了一口气，像是终于鼓足了勇气走到他面前问道："先生，你同葛兰小姐是……什么关系？她不是你的翻译吗？"为什么会住在你家里？其实她最想问的是这个问题。

问题还没说完，林恩不易觉察地皱起了眉头，不耐烦的感觉稍纵即逝，很快他又换上了那张标准的绅士脸。

乔安看他这样，心下一凉。她喜欢他整整六年，像是个小粉丝一样守在身边不敢僭越，默默地看着他已经觉得很幸福，努力地一点点靠近他，从成为他的学生再到成为乐团中的一员，付出了许多努力……

"我喜欢你……"乔安想，如果再不说，恐怕自己就没有机会了。

她却不知道，说出来比不说，得到的结果更加残忍。林恩沉默着盯着她看，脸上表情不变，但眼神一点一点冷了下去，变得疏离陌生甚至冷漠。

乔安顾不得那么多，一把拉住林恩的手，嗓音沙哑到快哭了。

"我从第一次见你就喜欢上你了，你那么的好，你能给我一个机会吗？"

六年前，林恩曾在阳城开过一次小型演奏会。那场演奏会在整个上流圈引起了轰动，整个阳城的上流圈都为之所动，乔安也是其中一员。

那年她才二十岁，还是苏海安名义上的未婚妻，如果没有遇见林恩她以为自己一生或许就会因千金小姐的累名同苏海安度过余生了。

但是这一切就像是冥冥之中的注定，她却遇见了他。

她还记得，苏海安在自己的强烈要求下陪同自己去参加了演奏会，这并不是乔安第一次见林恩。

现场坐满了观众，尽管这仅仅是一场非常小型的演奏会，但仍然是一票难求。

演奏会在五分钟后开场。

来自全国各地的九十九位琴童早已经准备好，数十位交响乐团员也在恭候大驾，小型演奏会的规模虽小，但音乐家却在认真对待每一位听众。

台下坐满了听众，观众位也不分贵贱，一视同仁。

林恩是在乐声中终于走上台。

一改他看起来高贵典雅的风格，开场曲选了一首欢快的曲目——《少女的祈祷》。

林恩穿着手工定制三件套燕尾服，与指挥家、乐团的人一并起身向观众鞠躬，整个大厅里响彻震耳的掌声。

房梁上巨大的水晶灯渐渐变暗，一束光打在林恩身上，他优雅转身，缓步走到三角钢琴前，鞠躬后才再坐下。他表演时没有乐谱，揭开琴盖的一刹那就是他表演的开始。

乔安两次见到林恩，两次都有不同的感觉。

第一次是在校园活动上，林恩被一群学生围在中间，他拉的小提琴曲子好听又欢快，阳光落在他的笑脸上，看上去比男神大卫还要迷人。

那次他就像生活在象牙塔里不谙世事却向往普通人生活的贵族少年，亲近平和让人倍感欢快。这一次全然颠覆了他最初的形象，像是站在金字塔尖的王者，平等地对待着众生，传递着他的音乐之声。

一曲李斯特的《帕格尼尼大幻想曲——钟声》在林恩修长的指尖落在黑白琴键上时已经变了调，成了他独特的改编曲。全场的听众都被他八十度改编曲风所震撼。他似乎，格外喜欢节奏欢快的调子，带动着大家的情绪。

这是一场视听盛宴。

林恩的话很少，但他把自己所有的话都用指尖传达给了所有人，一曲柴可夫斯基的《四季》选段引爆了高潮，自诩古典音乐的拥趸挤出了眼泪，但这还没结束，林恩贴心地选择了粤调名曲《平湖秋月》作为完结篇，在座的宾客再次被他折服，这无疑是一个绅士对听众最大的尊重。

苏海安嘲笑她，被林恩的假象迷惑了。

可是这又怎么样？她所认识的林恩是这样的人，她喜欢的就是他这样的假象。

林恩抽出了自己的手，没有在意乔安的窘迫和为难。他笑着委婉拒绝，“可是……我不喜欢你呀。”

他不喜欢她，说的是实话，比任何时候都真诚。

乔安愣在当场，他直截了当地拒绝了自己，甚至不顾及绅士的做派。

气氛一下子跌入了冰点，乔安颤抖着身体想要转身逃跑，可被他冷漠的眼神看得整个人不能动弹，“咔嗒”一声，房门被人推开了，葛兰走了进来，乔安终于握紧拳头咬着牙。

强大的落差没有打垮她，临走时，乔安已经调整好了自己的表情，毕恭毕敬地道了别。

路过的时候，葛兰明显看到乔安脸上的忧伤，她不解地看林恩。

林恩脸上的冷漠疏离在一瞬间变幻莫测，随即换上了张温和的笑脸，他向身后的靠背椅靠了靠，说道：“刚刚他们问我们是什么关系。”

“嗯？”

“我不太擅长撒谎，所以没有解释。”

“林恩先生，你告诉我这些是什么意思？”

林恩摇头笑了笑，“我没有别的意思，我只是很好奇，你到底是一个什么样的人。你看起来很柔弱，但又是为什么加入了这个行业呢？”林恩盯着天花板许久没说话，葛兰还以为他睡着了，却没想到他会问这个问题。

已经许多年没有人问过她这个问题了，刚刚到M团的时候，审讯人杰克或许问过，但是能到那样像地狱一般的地方呆着的人，多多少少也有自己的故事和原因。

至于她……简直不值得一提。

或许是今日再次见到克尔的缘故，葛兰想起了许多年前的那场葬礼，那是改变她一生的葬礼。

那时，她叫顾朝阳。

第十六章 葬礼（回忆）

六年前。

阳城首富苏家的养女顾朝阳跳海自杀，轰动了整个阳城。

警察在寻找三天三夜之后，最终宣布无法打捞尸体，已经死亡。

葬礼办得很盛大，如果不是门口摆放着黑白花圈，只怕会被人误以为是商务洽谈的聚会之地了。

当然这种盛大“聚会”绝对是少不了阳城嗅觉敏锐的狗仔们，媒体闻风而至，就连大门也被堵得密不透风。阳城首富苏晋成和夫人唐娜随后才现身，身着黑色系外套，保安面无表情地挡开媒体的涌动。

苏老爷和苏夫人就像是到场观礼的人，不过十分钟就离开了。

家属答礼是苏家的仆人，苏海安双手插兜站在角落，看着那空空如也的棺木，无声地勾起唇角，看不清楚神色，究竟是难过还是不难过，没有人明白。他只是这么盯着那水晶棺木看，看得出神。

直到仆人来叫，他才跟了出去。

偌大的加长林肯车里，唐娜倒了一杯香槟递给苏晋成。苏海安拉开车门进来的时候两个人好似正在品尝这从波士顿远道而来的香槟味道如何。

“要给你一杯？”唐娜问。

苏海安看她一眼，淡淡地笑：“唐小姐，我真的很怀疑顾朝阳是不是你的亲生女儿。”

唐娜似乎并不生气，在这个家里苏海安从来都不会尊称她。而她，也并不需要。她抿着唇角，“你的怀疑是很合理的。”

苏海安瞪她。

“我从来没说过她是我亲生女儿，如果没带她回来，她起码不会想到寻死吧。”

苏海安不吭声了，从鼻子里哼出一丝气。

苏晋成似乎挺享受妻子和儿子的针锋相对，全程没有打断任何人，只在最末象征性说了儿子两句：“差不多得了，人都死了你还想怎么样？”

苏海安张嘴想反驳，最终没有说什么。

这个家里恐怕对顾朝阳唯一存在着感情的人就是苏海安了吧？如果，恨也算得上一种情感表现的话。

苏海安恨顾朝阳，原因很简单，她令人讨厌，她是唐娜的女儿。

这两个理由足以让苏海安日复一日地折磨她了。

睡觉睡到半夜，蛇虫老鼠爬上顾朝阳的床这种事情已经屡见不鲜了，头几天苏海安总是很享受地听见顾朝阳惨烈尖叫拍打门板的声音。久而久之，顾朝阳将那些可怖的生物关在笼子里养了起来，苏海安便觉得很挫败，开始对她进行人身攻击。

他会“不小心地透露”给全校嘴巴最大的女生，顾朝阳有一个有“能耐”的妈，前一秒还是孤儿下一秒就荣升为苏家大小姐。总有一些苏海安的追随者会在私下里为他打抱不平，进而对顾朝阳打压排挤。

但顾朝阳就像是毫无感觉般，一点反应也没有。于是他只好“牺牲”自己，乐不知疲地当着大人的面对她做亲密的动作，好不知羞。导致后来变本加厉，顾朝阳曾有一段时间清早起来就能在自己的床上看到衣衫半解的苏海安，见到顾朝阳终于有了害怕的神情他就会很高兴地录下“罪证”发布在校园网站上，让顾朝阳背负浪荡女的名号。

顾朝阳的高中生活如同想象般，受尽非议，遭遇冷对和嘲讽。每一天都遭遇着不同程度的折磨，比如被男同学当面要求开价，女同学明里暗里嘲笑，便当盒里面永远都会有蟑螂，路过时，被泼得一头污水，还有一次有人把她反锁在坏掉的洗手间里，一关就是两个小时，如果不是苏家的人找来生怕她消失不见，可能死在里面也没人发现吧？她的名声到后来越传越难听，甚至有家长到学校抗议，施压学校开除她。

如此幼稚的手段，不得不让人怀疑这些人都是苏海安那个小学生请来的托。

顾朝阳守到了灯灭，最后一个仆人离开后才偷偷摸摸进礼堂。

礼堂正中央摆着的照片，顾朝阳还记得是高一那一年参加入学拍的学生证照片，真心不怎么好看，眼睛像是没长开，永远在没睡醒状态，微微眯起，或许是因为那段时间长时间的提心吊胆，晚上总也睡不好。以至于到现在顾朝阳总也睁不开眼，远远地看上去就像是她在藐视你。苏海安就非常讨厌她这样。只是她没想到苏海安还记得自己喜欢向日葵，唯独一枝，插在照片前的花瓶里。也不知道他怎么说服工作人员放上花瓶的。

“这位小姐，家属已经离开了。”

灵堂的工作人员上前提醒天色不早了，顾朝阳拉了拉帽檐点了点头，转身走了出去。

在大门口站了几分钟，马路对面等着的瘦小男人等得不耐烦了，扔了烟头走了过来。顾朝阳微微皱眉，看他，“我不会逃跑的。”

瘦小的男人面如死灰，咧开嘴说：“还有什么事情？”

“没了，走吧。”

男人弯腰帮她提起手中的简便小行李，大步往前走。因为成日生活在海上，男人的皮肤黝黑，虽然瘦小但是看起来身手很敏捷，顾朝阳明智地选择了跟上。她可不敢在这种情况下跟这些人对抗，就算死，也要挣扎过一圈后再去死。

从阳城到香城，要过公海。

男人带顾朝阳上了游轮。这艘豪华的游轮上应有尽有，夜总会、酒吧、游泳池。当然最出名的无非就是那掩藏在最隐秘处的赌场了。能来这里的人非富即贵，衣香鬓影，美酒佳人，好不享受。但同时在这里的一个晚上也能让一个亿万富豪瞬间回到一穷二白，这样跌宕起伏的感受只有富豪们才能玩得起。

男人进了赌场一间私人房间，奢华的尊贵黄色装扮使得整个房间亮堂富丽，巨大的水晶吊灯让顾朝阳不得不眯上了眼，偌大的赌桌上几个身穿手工西装的男人沉默不语地捏着手中的纸牌。为首的是一位身穿着迷彩服，肩膀上没有任何军衔的男人，脚上的黑色马靴啪嗒啪嗒在房间里响着，这是一个混血男人，他应该是这群人的首领，他扬扬凌乱的下颚，没有刮的胡茬有些凌乱，不过这张脸看起来却精神异常，五官冷峻硬朗。

瘦小男人对他很恭敬，他挥挥手，男人便退开了两步，什么话也没交代就走了出去。留下顾朝阳一个外来者傻傻地站在原地。哦，还有另一个人，这间豪华贵宾房唯一的服务生：

小周。

小周脸上还带着伤，发牌时伸出的手背上淤青还没散尽。这个人，顾朝阳认识，顾朝阳对帮助过自己的人向来心存感激，见到小周小心翼翼地挪着步子站在左侧，顾朝阳冲他笑笑，他太紧张了，紧张的时候最容易做错事。

小周却撇开了脸，他不看顾朝阳。也或许是没脸见她。

顾朝阳之所以没有逃掉，被抓来了这里其实这完全是他一手造成，但是顾朝阳并不讨厌他。不管怎么说，他是自己的救命恩人。

被人背叛这种事情她早就习惯了，曾经，她就被世上最亲的人送入了地狱。

两周前。

苏海安带着顾朝阳前往海边的别墅，每一年他们都会来这边住上几天。苏海安的亲生母亲就葬在大海，临近祭日，所以这几天苏海安心情尤为欠佳，他提议带上顾朝阳跟自己来无非就是想在最痛苦的时候能有个免费出气筒。

顾朝阳并不反对来这里，因为……

她筹划一年的逃跑计划即将实施。

顾朝阳是在一年前认识小周的，那是在苏家的赌船上，因为身份低微，小周每天受人白眼，就连富豪身边带着的交际花也能拿着他耍弄。第一次见他，小周正被一个涂着血红指甲油的女人掮巴掌，女人手打痛了，小周还面不改色地微笑着，最后那个女人气急抓着小周的头发一阵猛揍，才算解气。全程顾朝阳看在眼里，直到女人走后她才给了小周纸巾。

小周理了理凌乱的水手服，礼貌地摇摇头拒绝了，“客人，有什么吩咐？”

那股子倔劲让顾朝阳忍不住多看了他两眼，这个看起来好脾气的服务生真是像极了那个人，顾朝阳在这个世界上最亲的人，也是她最恨的人。

这类人虽然卑微，但想要得到根本不符合他身份的更多。他们想要活得有尊严，为了成功，不在乎那之前的任何手段。所以顾朝阳选择让小周帮自己，说服他其实不难，顾朝阳答应他自己顺利逃出后就给他一大笔钱。

那时候的顾朝阳跟着苏海安上赌船，苏海安存心要在外人面前把她尊严扫尽，所以做出了一副千金散尽为博得美人笑的姿态，船上的所有人都以为顾朝阳是苏海安的小情人，一个长相乖顺，妆容简单，奇怪的小情人。

苏海安肯为她花钱的事情传得很快。小周怎么会不认识她？

小周答应帮忙，辞职进入了最大的海上赌船“海女”号，每日发放消息给顾朝阳，停泊时间，驶出海里。他们沿用了最传统的数字信号密码通知对方，曾经有一段时间顾朝阳尤其迷恋福尔摩斯。

四月一日这天是“海女”号最靠近海口岸的时间，只逗留半个小时时间，然后会全速前进前往国际海域。

顾朝阳故意在游艇上激怒苏海安，苏海安的性子急躁，激怒他很简单，顾朝阳做起来得心应手，三言两语就气得苏海安掐着她的脖子做出一副恶狠狠的样子。于是顾朝阳借机跳海，做出自杀假象，当着苏海安的面跳海，她要让他知道，他逼死了自己，至少一辈子良心不得安宁。

一年以前顾朝阳还不会游泳，被苏海安一脚踢下了游泳池险些丧命。为了避开苏海安的视线她每天深夜爬墙出去学游泳，周末的时候利用上补习班的时间去游泳馆，担心会被晒黑，她只能选择在日光最弱的时间去。

所以，在苏海安看来她是不会游泳的。在急速前进，来不及突然刹车的游艇动力作用下，她会很快沉入海底，紧接着消失在眼底。就算是苏海安如何咆哮，即便马上跳下海来寻她，也无迹可循。

顾朝阳整整游了一个小时，筋疲力尽。终于找到小周准备好的救生艇。晚上十点，正是船上繁忙的时间，来往的客人很多，大家都在狂欢，没有人注意到“海女”号的船头，有个全身打着冷战的女人被小周藏在了底舱。那是阴冷潮湿黑得不见五指的地方。

如果猜得没有错的话，这根本不是普通的舱房。

顾朝阳敏锐地发现这里有活人生存过的迹象，有食物的残渣，那自然是老鼠没有吃干净而留下的。

第十七章 特工？

她在船舱里藏匿了两日，接头人小周还没有送食物过来。她只好自己爬上船去找吃的，刚站在船头她就被一队训练有素身穿迷彩服的军人包围住，枪抵着自己的额头。

军人？严格来说这群人并不是军人，那残暴凶狠的模样出卖了他们。他们不隶属于任何一个国家，他们是所谓的商人，杀人越货为商品，被称为雇佣兵。从古罗马时代这类人就存活在世界各地了，最初，他们只是军队中的野蛮人，被流放到非洲的囚犯，近几年雇佣兵开始参加军队作战计划，总有一些国家有隐秘而又涉及广泛的麻烦事情需要靠着在地下市场找到他们来做这些事情。

从人员上看，这个队伍里集齐了各个国家的死士。

为首的长官姗姗而来，身后的士兵正拖着被打得无法行走的小周，鲜红的血沿着拖着走来的路线留下痕迹，看得人触目惊心。顾朝阳难忍地皱眉，转而将视线放到那位长官身上。

男人腰间插着一把武士刀，皮带扣旁边是一把样式别致的来复枪。

他似乎为自己所看到的有些意外，转头看了眼身侧的瘦小男人：“居然是个女人？”

瘦小男人低头，在他耳边说了什么。男人皱眉，又看向顾朝阳，见到她似乎不觉得惊怕，只是震惊反而咧开嘴笑了下，“把她给我带进来。”

随后顾朝阳就被扔在了羊毛地毯上，脸重重地贴在地面上。

军官男人坐在偌大的沙发上，整个身体往后仰。斜睨着顾朝阳，并不说话。顾朝阳的脸被人重重地按在地上，脸皮发痛得紧，铆足了劲挣脱开那粗暴的手，士兵好似头一次被女人如此反抗，也粗鲁惯了，一巴掌就要打过来，顾朝阳一把抱住他的手，张嘴咬了下去，直到咬出了血才松口！

全程军官男人都只是看着，直到那士兵气不过一脚踹开她，才终于出声制止了。

士兵恶狠狠地看了眼顾朝阳，捂着流血的手退了下去。

军官男人走到她面前，用脚尖踢踢她，“还是个野蛮女人。”

“小周呢？放了他，他是无辜的。”

男人似乎觉得好笑，“现在让你们知道船上的秘密了，你说，我还会放你走吗？”

秘密？她想起来舱底那些活人留下过的痕迹，但是那地方又根本不像是人住的，除非……

“你……你们……”

男人突然捏住了她的下巴，“说，谁派你来的？来杀我？”

男人的力气大得很，顾朝阳捏紧了拳头，根本张不开嘴巴说话。下一秒男人就扔开了她的下巴，视线落在她的手掌上，再往上是光溜溜的手臂，上面有大大小小的伤口，有烟头烫过的，有利器划过的，血道子很钝，应该不是刀，或许是玻璃之类的东西。

“没有做过专业训练，不是间谍。嗯？你是什么人？”

“逃亡者而已。”男人眼里没有杀意了，顾朝阳撑起疲惫的身体。刚才那个士兵的一脚让她元气大伤。

男人单膝跪下，一手撩开她的衣摆，果然看到触目惊心的伤口。

“被人打的？命还挺大。”

“嗯。”顾朝阳小声地应了，她自然是为了活着，对她来说求生是唯一的目的。还有……复仇。有种恨，根深蒂固了很久，久到就算是死也要苟延残喘……

“你想杀人。”

顾朝阳不说话，抿着唇看他。他是从她眼神里看到仇恨的，这种恨意对他们来说见多了就烂熟于心了。他对这类的逃亡者“欢迎之至”。

他对她敞开了怀抱，笑了。

“加入我们，就放了那个小服务生。”

顾朝阳诧异地挑眉，没想到他居然放过了自己？

“人的眼神骗不了人。”男人解释着，像是读懂了她的心思。停顿了下，他又说，“至少到现在为止，没有人能骗过我。”

“为什么要这样做？”他不是帮她，也不是救她。只是让她从一个深渊到另一个深渊而已。但是这个男人的强大，足以让顾朝阳心生向往。想要她死的那些人太过强大了，仅凭自己的力量根本是以卵击石。

男人说：“因为你需要。而我，也需要这样的人为我卖命。想要活到能复仇，就要拥有足以砍倒敌人的能力。对了，忘记告诉你了，是那个小服务生承受不住，告诉我们你在舱底的。你居然还想要救他？”

其实从这些人包围自己的时候，顾朝阳就知道了，小周出卖了她。

“放了他吧。”

男人哼笑，“愚蠢的善意。”

军官男人没有告诉顾朝阳自己叫什么名字，只是听瘦小男人叫他长官。而他也没有问她。据说他们这种人，除了长官，其他人都没有名字，只有代号。

两周后的这天，她被正式邀请加入这支不隶属任何政府的军队。

男人推了所有的筹码，荷官再次发牌。看得出来这个男人已经没有什么耐心了，他立体的五官能很好地诠释自己的心情，眉毛微微拧起来，冷硬的外表立马鲜活地展现出了不耐烦。

长桌边缘的另外两个男人对视一眼，跟着他将所有筹码推到了桌子中央，“梭哈”，这间房里的人似乎早就见怪不怪了，荷官很尽职地发牌、翻牌。

“Murray（莫雷）长官的耐心好像还欠缺火候。”为首的西装老头说着，话虽然是开着玩笑，多少夹枪带棒。笑着翻开了牌，“我们输了。”一副心甘情愿输牌的模样。他抬手，身后的西装保安模样的男人提着黑色皮箱上前一步，打开了箱子，里面摆放着的是整箱的美金。

“一千万美金，首付金。”

迷彩服士兵接过箱子，双眼敏锐地扫视着，半分钟后确认、关上了箱子，往后退了几步。

老头和另一个人对视了一眼，交易完成似的。

而被老头唤作Murray（莫雷）长官的那个军官男人这才点点头，“那么我就不送大使了。”

原来他叫Murray（莫雷）。顾朝阳暗暗在心里记下了这个名字，或许不是真名，但是能得到名字的男人，那必然是举足轻重的人物。

而西装们是米国大使馆的驻华大使，如果没有猜错的话，这些人是为了上周被绑架的米国富豪而来的，被勒索一个亿的富豪身家非凡，在华境内，米国军方不方便出面，加上担心城内会受到恐怖分子的袭击，他们只好出此下策找到雇佣兵。上赌桌的目的并非在于赌博，而是在赌桌上将酬金交给Murray（莫雷）长官。

这算是行业内不成文的规定，钱可以换取任何东西，包括人名。顾朝阳不明白Murray（莫雷）长官为什么毫不避讳自己，当着她的面和客户做交易。

收了钱，他像是没事人一样，终于正视顾朝阳。狭长的眼睛眯成一条缝来打量她。上次见顾朝阳的时候她两天没吃东西，呆在船舱太久了脏兮兮的又狼狈，这次看她已经精神了好多，双眼的睫毛很长，眼睛微微闭着倒是有一股子的女人味。

他并没有对她说什么，而是转头找来了瘦小男人，“把她送到汤尼诺那儿。”

下午，顾朝阳跟一群大老爷们啃完三明治就被带上了直升机。随行的除了那个很瘦小的男人，后来她听见有士兵叫他克尔。其他还有几个稍显生涩的年轻小伙子，看言行，大多是退役的军人。

这些人跟她一样，都是被Murray（莫雷）买来做炮灰的。

“我们这是去什么地方？”直升机开动了，两排座位挤着男人们。其中一个年轻小伙望着窗外的变得逐渐渺小的城市，小心翼翼地问瘦小男人。

克尔冷漠地瞥他一眼，“内罗毕训练基地。”

说完话，他又把视线转到顾朝阳脸上。顾朝阳面无表情地望着窗外，不知道在想什么，她似乎一点也不担心接下来可能会发生的事情。

那地方……

是连死都觉得是解脱的地方。

第十八章 告别宴

前往巴黎举行第二场演奏会之前，伦敦发生了一件大事。林恩要暂时告别音乐台了，而原计划的世界巡回演奏会便将作为他的告别式，告别宴会由伦敦皇家音乐学院主办，邀请了不少圈内的人前来为林恩饯行。

临行巴黎之前，伍德先生安排了造型师送了衣服到杜邦公寓，造型师替林恩量试好衣服后很快又来敲了葛兰的房门。

“葛兰小姐，少爷的告别宴会你要作为女伴随同参加。”伍德说着话，对着葛兰做了个请的姿势，邀请她前往客厅。

葛兰动了动手指头，用来监视用的电脑被她“啪”的一声盖上。

林恩试好了衣服等在客厅里，身上还穿着那套确定出席时会穿的衣服。

造型师是一位身材火辣的女人，葛兰就看了个背影便微微蹙起了眉头，女人长波浪遮住了半张脸，正叉着腰在挑拣沙发上铺满的裙装，不时指挥助理拿着裙子在林恩身侧比画两下，摇头，“嗯……颜色算是配上了，但领带还差点。”

见葛兰皱着眉头，林恩笑着解释了一番，“巡回演出结束以后我就要暂时告别音乐，这个宴会对我来说很重要，维多利亚希望我们能惊艳全场。”

他说话的时候笑着看了看设计师，名叫维多利亚的女人也回过头来瞟了眼葛兰，手里还提着裙子，在她身前比画了一下，脸上写着嫌弃，“这条裙子不适合，罩杯太小了，撑不起来。”自顾自地说着话，她又转身挑了另一条黑色抹胸蕾丝裙，到大腿根部的位置以上是纯手工绣花纹，大腿到裙摆以下是摇曳拖地透明黑色蕾丝，维多利亚比画了一下后终于满意地点头，“去试试看。”

葛兰看她一眼，叹着气想接过裙子回自己的房间，没想维多利亚手一收，裙子又回到她手上，她冲葛兰挑眉说：“我帮你穿。”

维多利亚推着她进了屋，房门关上后就开始要去扒拉葛兰的衣服，嘴里还碎碎念着：“我有没有教过你上礼仪课，外貌条件也是对待顾客的礼貌。”

葛兰知道维多利亚最烦自己平日里为了作战方便随意穿衣服的习惯了，也知道维多利亚的性子多差，任由着她上下其手。

“你怎么来了？”

维多利亚解着扣子，抽空回她：“莫雷长官不放心你，我过来看看。”

“那……”葛兰指了指外面。

“近两年我一直在为林恩先生做服装方面的服务。”

葛兰撇嘴，她才知道维多利亚在军团以外是以服装设计师的身份做着掩护。

不过，她一点也不相信维多利亚的话，以前也没见莫雷这么好心，而且维多利亚什么时候言听计从了？维多利亚是他们在训练期间的礼仪教官和管家，团里的人没少在她手里吃过亏的，葛兰连莫雷长官都不怕，就怕她。很快就摆出了一副乖乖听话的样子。

“你别不信，他不是担心你，是担心你保护不了林恩。对方的人已经跟到伦敦了。”

“对一个目击证人有必要这么赶尽杀绝？撒旦不是早就上了黑名单了吗？”

“你在柏林街上干掉了他们十一个人，你说撒旦能放过你吗？”

葛兰咂吧了下嘴巴，把口水咽了下去，原来撒旦的目标已经转移为她了？“你们是不是需要安排别人在林恩先生身边？有我在，他不是更危险？”

维多利亚手上没闲着，在她腰上掐了一把。

“你以为我不想？你们现在是一根绳子上的蚂蚱，为了保命你对他来说才最有用。”

葛兰吃痛地动了动眉毛，礼服已经穿戴好，大腿内侧的手枪和弹药也装备完成。这还是葛兰在进入M团以后第一次享受到维多利亚的服务，端着下巴隔开了一些距离看了看，还算满意地点了点头，葛兰以为这样就差不多了，转身想走，“等等。”维多利亚叫住了她，一手抬起披在肩上的头发，绾起一个简单的发式，露出了葛兰细长的脖子。

维多利亚找了一条与林恩领结颜色相同的深蓝色宝石项链，戴上后，终于才算满意地将葛兰推出了房门，一把推到林恩面前，“看看，还算满意我的杰作吗？”

林恩从两人刚出来时就注意到葛兰的变化了，不施粉黛说不上非常美的一张脸，但黑色很适合她，纤细的颈脖到锁骨处一举一动都透露着性感。

葛兰看着镜子中的自己，这完全就是按照林恩女伴的标准来的。林恩移动了脚步，与他并列站在镜子前，由衷地赞赏了一句：“非常适合你。”

“谢谢。”葛兰抬手抚了抚脖子处的蓝宝石，看起来很贵重。

“你可小心点，这是林恩先生提供的珠宝，贵着呢！”维多利亚在一旁一边收拾着东西一边叮嘱着葛兰。

葛兰没说话，看了林恩一眼又瞟了一眼维多利亚。她向来是这样子。

维多利亚让助理为葛兰化了淡妆，又递了一双鞋给她，不用求证她也知道维多利亚给自己的东西绝不简单，穿鞋子的时候，手指在鞋底碰触到指纹按钮。

看来今天晚上大约有情况，不然维多利亚不会为自己准备这么多装备。眼睛余光在维多利亚身上扫了扫，此时她正低着头浅笑着同林恩说着什么话，葛兰换上鞋子后走了两步，行动起来还算方便。

“没有其他的事情我就先离开了，林恩先生，下一场演奏会的服装我会先做好两套送到府上供你选择。”

林恩点头，维多利亚便快速收拾完东西离开了公寓。

维多利亚走后，林恩盯着葛兰看了一小会，没说话，而是捋了捋自己的西装袖口，烫得笔挺的衬衣袖口露出了精致的袖扣，林恩没有戴手表的习惯，所以胸前的位置别着一块怀旧的古老怀表，他看了看时间，吩咐伍德先生安排车，朝着办宴会的酒店过去。

对于林恩来说告别会或许只是给大众一个交代，但仍然惊动了不少媒体人和一些关注他的上流人士。

车子到了酒店门口，已经陆续有豪车过来了。林恩盯着车窗外川流不息的车队，似微微叹了口气，轻声说道："原本只是想跟几个熟悉的朋友聚一聚，顺便告诉大家我的决定，没想到事情发展到这一步。"

钢琴家林恩的告别会，怎么可能低调得起来？

葛兰并不清楚林恩为什么会突然作出这个决定，但她没有询问的意思，只是跟着林恩一同下了车，在人多嘈杂的地方她寸步不离地紧紧跟在他身边，以防万一。

刚下了车就有门童来迎，大门前聚集了几个探头探脑的记者趁机想拍几张照片，但都被穿黑西装的男人给拦住了，葛兰走在林恩后一点的位置，目光平视着前方，耳朵却留意着四周的动静。

"林恩先生，校长和教授已经在等你了。"

林恩微微点头，跟在男人身后进入了宴会大厅，有人认出了他，教养极好的他们低着头小声讨论着，大部分人还在震惊林恩的决定，或多或少有点不敢置信。葛兰扫视了一圈众人，无意外地看见了人群中视线始终锁定在林恩身上的乔安，精致的妆容没有让乔安变得美丽动人，外泄的情绪让她看起来心事重重。

突然手上传来冰凉的触碰，葛兰下意识去看林恩。他的手指太凉了，轻轻捏着她的指尖一股发麻的微凉传来，想要躲开，但五指被林恩的手指分开，交叉相握在了手心里。

"我要去见见人。"林恩笑眯眯地看着她，低声在耳边说着。

葛兰眯起眼睛，缓步跟着他上了旋转楼梯，成了众人瞩目的焦点。

"那个女人是林恩先生的情人吗？"

"我从未听说林恩先生身边有女人的传闻。"

葛兰听见身后响起了质疑的私语，乔安站在那群人中间，瞪大眼睛盯着自己。葛兰低头，撩起裙摆让脚步比方才快一些。直到走到二楼拐角处的位置，林恩才松开了她的手，当着引路人的面亲昵地交代她：“在这里等我，我很快过来。”

而后林恩跟引路人进入了一间房。

葛兰看着长长的走道，没有任何多余的动静，探着身子往旋转楼梯下的大厅里看了一眼，方才林恩牵她引起的八卦新闻已经消散得差不多，人群散开了，各自找寻着相熟的人笑语嫣然地谈天说地，看了一圈，却没有看见乔安的身影。

乔安找了角落的位置，拒绝了同乐团其他人的慰问，在角落酒桌旁，一杯接着一杯地连喝了半瓶伏特加。酒劲上来得快，一下子脸就微红了。

一个身材挺拔的男人就站在她对面的位置，单手手肘撑着酒桌，另一只手翻看着手里的相机。相机是方才在后门遇见一个试图混进来的记者的，挺有本事的一人，里面拍了不少林恩从车上下来时与一个女人并肩入场的照片。

但显然这位记者的角度不好，只抓拍到了一些背影和侧影，很难看清楚两人的脸。

男人翻看着照片，不时抬头看乔安，偶尔说话：“怎么，林恩要离开乐坛了，你受不了要被抛弃了？”语气凉薄，似讽刺。

乔安端着酒杯，透过玻璃看到男人侧着脑袋翻看相机的脸，扯着嘴角一笑，“苏海安，你总是这样看我笑话好吗？”

苏海安耸肩，用讨人厌的语气说着：“不是你让我陪你来的吗？不正是因为你担心自己被抛弃后情绪失控收不了场，让我来帮你的吗？你原来还怕我看你笑话啊。”嗤笑声从鼻息间哼出，乔安猛地又喝了一口酒，气冲冲的态度似是激怒了苏海安，他冷嗤一声，转过脸想离开这里，“你慢慢喝，我到处去走走，这该死的无聊宴会。”

不等他有所反应，乔安“啪”的一下放下了酒杯，跌跌撞撞地朝着楼上走去。

望着那摇摆的背影，苏海安也不知道出于什么心态，扯开嘴角笑了起来，低头间视线再次落在相机屏幕上那一男一女的侧脸。方才林恩与那个女人引起的骚动，他有点后悔，来迟了没有看见。

第十九章 天使

乔安跌跌撞撞上来的时候，房间里的几个人已经愉快地聊完天，正在门口寒暄着相约下楼。

林恩走在前面，身侧是一位留着络腮胡的老外和一个儒雅的老头。他们低声说着话，络腮胡的老者注意到门口等着的葛兰，笑着要求林恩介绍，“看来这位就是大家提起的那位女神了吧？”林恩的学生们上次在家里见过葛兰以后，都戏称她为女神，林恩是男神自然由女神相称才配。

林恩没有否认，笑着介绍她：“这位是葛兰，我……”话还没说完，一个温热的物体猛然扎进了他怀里。

“乔安？……”所有人错愕了半晌，才看清楚来人。

乔安紧紧地抱着林恩的腰，脑袋埋进了他的胸膛，顾不得在场的人失态地碎碎念起来：“先生，你为什么要放弃音乐，明明你很喜欢的呀？”她在难过的是，林恩不知道出于什么原因放弃了自己所钟爱的音乐，也或许她还难过林恩为什么会拒绝了她的告白。

林恩没有失态，而是抱歉地看了看络腮胡和老者，两人对视一眼说道：“我们先下去等你们。林恩，解决好这里的事情。”两人视线在葛兰和乔安身上扫了扫，略尴尬地离开了。

葛兰也很清楚这样的场景非常尴尬，目光落在紧紧将林恩抱着的乔安身上。葛兰没有下一步动作，沉默着站在原地，林恩看了看她，却发现完全看不出任何情绪。

葛兰不在乎尴尬，她只在乎林恩先生的人身安全。

林恩用手掌掰开了乔安紧抠在腰后的手，隔开了两人之间的零距离。

“乔安，我们谈谈。”

乔安在这一瞬间，似乎才意识到自己的鲁莽行为，她下意识地去看葛兰，而后慌张地点头，一瞬间红了眼眶，“对不起，先生。”

葛兰眼角看着她低垂着脑袋跟上林恩进了房里的背影，房门在眼前关上，她欲盖弥彰地闭了闭眼。

如果说世界上，葛兰不到万不得已，最不想伤害的人是谁，那么这个人一定会是乔安。

乔安……

那是一个天使般的女孩。她善良、漂亮、纯洁，是苏海安从小到大都喜欢的女孩，他们青梅竹马长大。只是后来，他们之间突然多了顾朝阳。

那时的葛兰还叫顾朝阳，顾的姓氏是亲生父亲给的，虽然她早已经不记得父亲长什么样。

乔安大概是顾朝阳这短暂的悲惨人生里遇到的唯一善意了。

她接纳顾朝阳，把她当成妹妹。苏海安曾有一段时间对顾朝阳很好，一切都是为了做戏，做给乔安看。因为他知道，乔安最见不得弱小。是顾朝阳的死讯传到了伦敦……这一切才终于发生了变化。

苏海安为此非常生气，也不知道是气谁。心里对顾朝阳胀满了怨气，就连死了也要影响他的生活，没有人知道，他比谁都想忘记顾朝阳……

顾朝阳对乔安的记忆不多。只依稀记得，那是一个很有善意的女孩。

第一次见面就是苏家掌权人苏晋成把她介绍给各大家族和公司董事的那个晚会上。她记得那时的乔安穿了一袭白裙，她的性格很好，总是微笑着一张脸，说话办事都落落大方，阳城的上流社会的夫人们都羡慕乔家养了这么一个通透的姑娘。

乔安主动找她搭话，端着酒杯，动作优雅又好看，“Hi，顾朝阳，我认识你。”

顾朝阳看她好一会，脸上一如既往的面无表情。

但是乔安不一样，她很想认识她。

“我们上同一所学校，你还有印象吗？我见过你许多次，你的学习成绩很好。我总能在优生榜上看见你。你真的很棒。”

“谢谢你。”年少时期的她，说话总是干巴巴的没有下文。

乔安不觉得尴尬，自来熟地挽上了她的胳膊。

这一举动被苏海安远远地看见了，小心眼的苏海安当场便给了顾朝阳难堪，学女孩子一样小家子气地在她的礼服裙上泼了一裙子的红酒。

苏海安说：“顾朝阳，滚出我家。不要黏着乔安，你这种人不配跟她走到一起。”

苏海安总是幼稚地挑衅，还是乔安看不过去，呵斥了苏海安。她啊，真的是个太善良的姑娘，又担心苏海安当场发难的事情被人知道，于是主动在唐娜面前承认是自己犯下的错误。

顾朝阳没有因此而喜欢上乔安，她不喜欢乔安这样的女孩，太善良了，总用自己的善意强迫着弱者去接受。

对于顾朝阳来说，乔安给了她善意，却也给自己带来了灾难，她并不愿意与乔安这样的女孩混为一谈，甚至希望乔安不要再打扰自己的生活，但是乔安不同，她以为自己在顾朝阳心目中是不同的存在，她常常以姐姐的身份护着她，似乎又总得不到回应……再后来乔安就失望了，直到去伦敦读书，她都没有去机场送过一次。

苏海安常说顾朝阳是个冷血动物，这样一看，果然是没说错的。

细微的脚步声打断了葛兰的回忆，她猛然一回头，随着一声“咔嚓”以及一道闪光灯的虚晃，苏海安成功在镜头后抓拍到她清晰的五官。

举着相机的苏海安似乎也没有预料到她的警觉心如此高，一瞬间忘记了自己的脸还挡在相机后面，近乎静止地站在原地。葛兰看不见他躲在相机后错愕的表情，整张脸都僵硬在那张笑容中。

镜头里的女人蹙着眉头与苏海安四目相对，苏海安觉得自己的整个身体都被怪物吸走了，忘记了反应。

半晌后，他才颤抖着手放下相机。原以为对方会在看清楚自己时有一瞬间的失神，然而葛兰的真实表现却让他无意外地失望了。

葛兰上前一步，快速地夺走了苏海安手中的相机。

“你……”苏海安还来不及说话，她已经三下两下删掉了方才的照片，做他们这一行最害怕的就是留下任何影像资料，指不定哪一天就变成了全球通缉的要犯，她当然不会让这种事情出现在眼皮子底下。

删掉照片后的葛兰没有多留意一眼他的表情，相机还给他，甚至不太在意地撇开了脸。

这让苏海安压抑许多年的一股闷气，一股脑冒出了头。

“你是谁？”苏海安沉下了脸，捏着相机的两只手逐渐握紧，他冷声冷气地质问着葛兰，态度傲慢。

葛兰冷瞥着他，抿着唇线没有回答的意思。

苏海安上前一步捏住了她的手，却被葛兰反手甩开，如果换一个人，恐怕是没有机会近她的身的。只是苏海安反应及时，加上她没有对毫无攻击性的人下重手的习惯，故只听见苏海安手背拍打在墙壁上的声音。

这对葛兰来说是最轻的惩戒，苏海安却吃痛嘶了一声，他显然被葛兰激怒了，抬手又要去抓她，葛兰为躲避移了移身体，靠近了方才关上的房门，虚掩的门被风带开露出了一条缝隙。

有争执声传来。是乔安，她揪着林恩的衣摆说什么也不松手，“先生，我们希望你再考虑一下你的决定，这个决定非常……非常不负责任。我们是你的乐团，你让我们如何自处？”听语气，想来乐团的人也是今天才突然听到林恩要告别乐坛的消息。

林恩为此早有准备，对于乔安的质疑他没有生气，温和地解释着：“我因为私人原因确实决定做得很急，这很糟糕。不过你们不用担心，乐团接下来的安排不会有太多的变化，我已经同卢修斯校长商定好，你们会加入学校的乐团继续接下去的演出和备战，学校不会阻碍你们的发展。”

“那么我呢？”乔安压根听不进他的解释，以及他为大家好而做的安排。她鼓着圆圆的眼珠子死死地盯着林恩，企图得到他的怜惜和愧疚，“因为喜欢你，我才走到这一步的。我不要别的前途安排，那些都不重要，我做的所有事情都是为你，对我来说，什么都没有你重要。

先生，你明白我的心情吗？”

听着这两人的对话，门外的葛兰和苏海安如同有了默契一般，站在原地没有再下一步的动作，静静地听着，谁也没有打扰谁。

作为乔安名义上的未婚夫，苏海安表现得很漠然，他似乎早猜到这一切。不知道低头那瞬间嘴角上的笑容是满意还是讽刺。

他怎么也不会想到，自己从小到大最想拥有的女人，在林恩面前卑微成这样。

一副想要靠乞讨得到爱情的嘴脸。

然而林恩却半点同情心也没有，他的声音冷冷的，“乔安小姐，我不希望听见这种话第三次。”

“先生……”

“千万别哭，如果你的脸上留下痕迹，会很丢人。乔安你要记住，你是淑女。”林恩捧着乔安的脸，拇指轻轻擦拭着她的泪痕，动作和眼神明明都温柔到令人心悸，语气和指尖的冰凉却让人寒得一颤。

乔安冷得瑟缩了下脖子，她抬头直视着林恩，愕然地睁大眼睛。

“先生，你是真的喜欢葛兰小姐……”

“嘘。”林恩眨了眨眼睛，打断她的话。松开了手，他凑在她耳边低声说了什么，乔安止住了哭腔，挺直的背变得僵硬，半晌也没有听见她再说话。

林恩似乎很满意这个变化，扯着嘴角笑了笑，轻轻拍了拍乔安的肩膀，宽慰地说：“好了，我们下去吧，让宾客等我许久，实在很不礼貌。”

他说完话，抬脚向门口走了一步，但没有马上推开房门而是站在门背后盯着那条缝隙，若有所思。

与他面对面隔着一道门的葛兰却是微微蹙起眉头。

苏海安觉察到异样，奇怪地瞥葛兰。

第二十章 苏海安

“海安，你怎么来了？”意料之外，推门走出来的人是乔安却不是林恩。

乔安盯着门外站着的两人，愣在当场，她愕然地看着苏海安，又回头去看葛兰。前者似笑非笑，后者面无表情，看上去就像是陌生人。

苏海安没有回话，抬起头来望了望站在她身后，高出一个脑袋的林恩。

“呵呵”了一声，扭头盯着葛兰。

见她没有反应，于是自作主张地去握她的手，竭力在表现一个绅士应该有的态度。

“是的，我叫苏海安，葛兰小姐，相信你会记得我。”他强制性地握着葛兰的手，用尽了所有的力道，像是为了一定要给她留下深刻记忆一般，在她手掌虎口处留下了红痕。

葛兰低头看自己的手，动了动五指。

别人没注意，但是林恩却不经意间发现了她眼角的不耐烦。

“苏先生，我的女伴只要记住我就好了。”林恩含笑，扫了一眼两人，乔安的脸色比方才更难看。他一扫而过，长腿迈开，从乔安身后走到葛兰面前，左手抬起握拳置于前方，做了个邀请的动作，示意葛兰挽他的手臂。

葛兰迟疑了下，还是抬头挽住了。

她听见林恩在自己耳边轻声叹了口气，继而对苏海安和乔安说道：

“不好意思两位，我们先告辞了。”

下了楼梯，走远了些。

林恩不知道为什么，突然就笑了起来，笑声传入葛兰的耳里。她忍不住去看林恩，见他为了抑制笑意，右手握拳掩饰了嘴角。

“你是不是非常好奇我在笑什么？”半分钟左右，林恩止住了笑意，挽着她的手换成牵住她的手腕，穿梭在人群中。

时不时有相熟的人跟他打招呼，他点头回应着。抽空凑近她，询问道。

葛兰摇头，双眼留意着途经他身边的熟人，“我并不好奇，林恩先生不用告诉我。”

林恩却好似没有听见她的拒绝，继续说：“我跟乔安说的话，你都听见了吧？会不会觉得我太不近人情了。”

“不会，你有你的打算。”

“我觉得我的运气很差，两次都被你撞见。”

葛兰“哦”了一声，大概懂了他是在说上次她也撞见乔安跟他告白的事情。但是这有什么值得发笑的？她狐疑地眨眼睛，林恩很快明白她的意思，解释说：“我是觉得自己运气差而已。”

他说这话的时候，突然停下了脚步。面对面与葛兰站在人群中央，眼尖地在她黑色礼服上，捻起不知道什么时候落下个白色线绒，她才注意到那是自己阻挡苏海安来抓自己时不小心沾上的白衬衣线绒。

“你难道不想知道我为什么会突然要离开音乐舞台吗？”林恩捻起那白色线绒，低头轻轻吹散了。

葛兰摇头，“不想。”但是她知道，决定应该是从古堡出来后做的。

“可是我对你非常好奇，尤其是在你对我毫不感兴趣的时候，我总在想，是不是因为你的举动，才会引起别人的注意呢？男人哪，都有这个毛病。”他说着话，脚尖动了动，又往主席台的位置走了几步。

“林恩先生，你不是普通男人。”葛兰说。

“不，我也是。”林恩侧过头来，对着她微微一笑，“你对我不够了解。”

葛兰没有再说什么。她不需要去了解客人的全部，更加不需要关心客人的感受。

林恩单手插在裤兜里，抬脚走了两步，状似无意间问道："那位苏先生的表情，看上去好像认识你。"

葛兰安静地走路，没有多余的表情，"大概因为我长得一张大众脸。"

林恩顿了顿脚步，随后继续走。认真地看她的侧脸，像是认同她的话一般笑着点了点头，"或许是这个原因，你还记得第一次见面时，我说过，我应该不是第一次见你。我想，我想起来了，是什么时候见过你。"

"是吗？什么时候？"在长达四年的时间里，她都在伦敦附近的某个岛上，几乎没有外出过，她没有任何印象见过林恩。

林恩偏着脑袋，故作神秘地用食指在嘴上做了一个嘘声的动作，像要藏什么小秘密一样的小朋友，神秘兮兮地道："嘘，这是属于我一个人的记忆。你不用知道。"

林恩也觉得非常神奇，就像是冥冥之中被命运安排着一般，他感觉自己撞见了一件有趣的事情。

已经走到主席台下，有人看见了他。拿了东西过来，邀请他上台讲两句话。告别的时候，总要说一番肺腑之言来表达自己的不舍之情，这是宴会主题之一。

林恩抬手拒绝了来人递给自己的台本。

"不需要。"他是真心喜欢音乐，告别的时候说的话，一字一句也要发自肺腑，而不是冷冰冰的台词。

来人很快收起台本，提醒他："两分钟后开始？"

林恩点头，没有任何意见。来人得到答复这才转身离开，去到卢修斯校长站的地方交头接耳说了几句话。

台上有人站上去说话了，方才还闲散的众人很快围了过来，听见台上的主持人在悠扬的小提琴音乐声中介绍林恩的生平，以及邀请他上台。

台下在主持人话音落下时，纷纷鼓起了掌。

林恩在掌声中站定，双手合十置于小腹之间，一副老教授才会有的从容做派，掌声消弭之际他不知道出于什么原因，突然凑在葛兰耳边，说道：“今年的平安夜，我最后一场演奏会，那时不管你在哪里，都来听。”

葛兰不明所以，抬头看他想得到答案，但很快他就在众人瞩目下缓步上了主席台。

台上有一个立式话筒，他上台后就带上了招牌式的笑容，虽然虚假但让人格外舒心。

“大家百忙之中各位还抽空前来，我感到非常荣幸。”林恩像是跟大家聊天一样，简单感谢了一番众人，提了提自己的学校，饱含深意地说了一些煽情的话后才提到今日的主题，“我们每个人都会告别，只是我也没想到这次的告别来得那么快，我很喜欢钢琴，这一生可能也不会忘记五线谱，告别了舞台，但是永远也不会离开音乐……”

台上林恩说着自己的真实感受，台下，苏海安不知道何时手里端了两杯红酒，走到了葛兰身侧。

他浅抿着红酒，另一杯递给了葛兰。

葛兰看他一眼，接在手中，没有喝的意思。

“林恩先生有时候看起来就像是个酸气十足的儒生，不得劲。”他吞下一口红酒后，轻声吐槽道。

葛兰第一次认同苏海安的话，想要点头，但发现林恩不知道什么时候透过人群看了过来，她低着头掩饰掉了自己的赞同。

苏海安在耳边发出闷笑声，“奇了怪了，他是不是怪物，怎么会感应到我在说他坏话？”

“你不说自然就不会这么想了。”葛兰搭话。

苏海安觉得有意思，龇牙咧嘴地凑到她眼前，露出一排白牙抬手指了指自己一张好看的脸，“你真的不认识我？是装的吧？我觉得你非常眼熟呢？”

“我是一张大众脸。”葛兰无视掉他故作天真的姿态，苏海安这个人……阴晴不定，上一秒他对你笑，下一秒他可能就会掐着你的脖子威胁你，在你面前作威作福。这一辈子，葛兰都不会相信苏海安这一张脸。

“你怎么会这么想，我看这场宴会中，你就只差乔安一点点。其他女人比不上你。”他笑嘻嘻地说。

葛兰掀了掀眼皮，没回话。

“你不相信我的话吗？我是认真的。”苏海安执拗地想要得到她的回应。

葛兰其实有点不耐烦，她想要一枪堵住苏海安的嘴，她一刻也不想见到苏海安出现在自己面前，但她掩饰得非常好，心里很清楚苏海安一而再地找上自己，废话连篇，无非就是想激怒她，想要她露出马脚。

“为什么不回话？你很讨厌我吗？”

“没有任何规则规定我不能讨厌你吧。想不想回答你的问题，选择权在于我，而不是你，苏先生是吧？你能离我远点吗？”葛兰连客套话也懒得再说，步子移开了一些，远离着苏海安。

她的举动非但没让苏海安远离，反而莫名其妙地靠得近一些，苏海安摇晃着红酒杯低瞥她不耐烦的侧脸，脸上露出了讥笑。

“你给我的感觉很像一个我非常讨厌的人，但是越是这样，我就越想要亲近你呢。”苏海安厚脸皮地笑着，态度傲慢无礼，他就是这样对待顾朝阳的。他有一种奇怪的感觉，眼前的女人让他无法压抑某种情绪，就像是对顾朝阳那样的复杂情绪。

在苏海安的世界里，顾朝阳永远都是他的所有物。

“顾朝阳，你就算是死了，你也是我的尸体，只能是我的。”每天晚上这句话就会像是一条恶毒的咒语出现在枕边。

葛兰觉得苏海安就像是冤魂，上辈子她大约亲手手刃了他，这辈子才会一而再地生活在他的噩梦之下。

如果这世界上有比死还让人厌恶的东西，那么葛兰认为这个东西就是她那小半段人生与苏海安的纠缠不休，那让她觉得自己活在地狱里，永不见天日般恶心。

然而，就如同她厌恶苏海安一般，苏海安也非常讨厌顾朝阳。

这种情绪非常复杂，讨厌到恨不得掐死的人，真的死了后，又那么的让人愤怒，气愤她的不告而别，恼怒她的不知所谓，顾朝阳怎么敢？怎么敢不经过他的同意就擅自去死呢？苏海安觉得自己潜意识里根本无法将葛兰当作顾朝阳的替身，他不能不敢不想去怀疑葛兰的身份。但他无法控制自己的情绪。

没有人知道此刻，他看着葛兰专注而认真地盯着台上的林恩时，挣扎犹豫的内心，他的表情在逐渐变得微弱的灯光下，越来越狰狞，越来越可怖阴沉。

第二十一章 不能死

觉察到宴会厅里又混进杀手的时候，葛兰正打算咽下那一口猩红的酒，捏在手里的酒杯随着她敏锐地听见一道慌乱的脚步声响起同时落地，砸得稀巴烂。

枪声响起的那一刻，她第一反应是看向台上说完最后一句话的林恩，他正在做最后的道别，暂时还没有人反应过来，所有人都在关注着他的一举一动，葛兰全然忘记了身边的苏海安，飞扑而上，一把将林恩扑倒在地上，子弹将将擦过她光秃秃的手臂。

紧接着便是连续不断的尖叫声以及人群轰然四下乱窜的声音，葛兰半个身体还压在林恩身上，脑袋已经抬起来，双目精准地找到了射击的位置。

一个面色阴郁的男人手里拿着枪，毫无阻拦地连发了几次，步步朝着他们逼近，看身形是个彪形大汉，一脸的从容样子看得出来是职业杀手，与上次在柏林街头遇到的人完全不是同一种人。

闻声而来的警卫也拔出了枪，但到处乱窜的嘉宾让他们无从下手，已经有好几个无辜之人在杀手的射击下倒下。

葛兰从地上跳起，一把拉起地上的林恩，他因为方才突如其来的力道重重摔倒在地上，手臂摩擦出了一道血痕，他捂着手皱眉头，“你怎么样？”葛兰问，但是视线却是紧盯着穿过人群逐渐逼近他们的那个杀手。

显然这样的场景不是嘘寒问暖的时机，林恩说了一句：“我没事。”

跟在她身侧快步走着，随着他们的移动，杀手敏锐地注意到这边，枪头一转向，弹头便急速飞来，打散了她绾起的长发，发丝在空中飞舞拍打在林恩脸颊上，他感觉到疼痛，抬手想去摸，但是手掌被葛兰握在手心里，她强大的力道拖着他往人群里四处游窜。

此时的葛兰一改方才在宴会期间看似柔弱的样子，弯腰去摸索到腿根处的迷你手枪，由于乱窜的人头随时在眼前晃动，她只能半眯着眼用最快的速度找准杀手的位置，开枪速度无法与杀手对峙，连发两梭子弹，号称M团全能型狙击手的葛兰也只不过擦过那杀手的手臂，那人似乎压根没想到百米外的那个女人居然能在这么混乱的场景下近他的身，一瞬间错愕的表情在他脸上露出，但很显然，葛兰激起了他的斗志。

杀手不顾流血的手，抬手，枪口直奔她而来。

人群散得差不多，葛兰拉着林恩躲避着杀手的袭击，一面弯腰下去按高跟鞋鞋底的指纹按钮，几把小小的尖刀出现在手中，她推了林恩一把，朝着安全出口的位置，“你先走。”

林恩动了一下，但没有立即离开。他想起柏林那次，她也是让自己先走，孤身一人指枪以对十一个杀手。

但林恩没有逗留多久，一道突如其来的力气扯住他的手臂，将他拖到了安全通道后，林恩诧异抬头，苏海安寒着一张脸看他，随即便笑了，“杀你的人？”

林恩没说话，探头要去看葛兰。

大厅里留下的人不多了，葛兰在与杀手的距离相隔约摸三米之远时飞出一把手心里的尖刀，刀尖快速地飞向杀手的手腕，“咔嚓”一声，一道血从男人的手肘处飞溅出来，枪应声而落，葛兰趁机逼近那人，近身袭击。

男人被激怒，越发发狠，在葛兰飞扑而来的同时放弃了武器，徒手正面袭击。

穿着高跟鞋和礼服的葛兰有所束缚，反应不如男人快捷，她干脆一把撕碎了裙摆，露出双腿来大步跨进，抬腿飞踢而上，鞋尖上露出一块银色刀面，将将踢到男人的下巴就被手臂给挡了回去，葛兰翻身躲开男人的攻击，在空中旋转腾空落地，眼下两人手里都没有了枪械武器，面对如此生死肉搏的场景，葛兰没有自乱阵脚，杀手很快飞来的拳头带起拳风，她轻松偏头躲过，站直身体的时候，右手反手握着方才还剩下的一把小刀，平举在胸前，一闪而过的寒光直取杀手的喉咙，劈下去一掌被挡住，翻身又是一掌接着一掌，如此反复几次后，葛兰脚下也不让步，脚尖点着地面，跳上了主席台，巧劲儿支撑起她整个身体 360 度凌空倒翻，自杀手头顶落在他身后，刹那间笔直刺出手中的小刀。

电光火石之间，葛兰原以为自己的眼前会是血光一片，睁眼却发现杀手一把捏着她的手腕，两人正在拼着力道。拼力气葛兰绝对不会是杀手的对手，她咬牙瞪着杀手猩红的双目，手上往回收力道，杀手似乎没有预料到她会突然收力，稍微分心再要乘胜追击时葛兰已经趁机扭动了自己的手腕，游蛇一般狡猾地避开了杀手的钳制。

另一只手推举着对方，借来的力道使她弹出了老远，葛兰稳住脚步站定，盯着杀手扯着嘴角笑了，抬手的同时动了动方才差点被杀手将骨头捏碎的手腕。

看来这是个难对付的杀手，难怪就来了他一人。

正寻思着的葛兰并没有注意到，两人互相打量的同时不知道哪里突如其来发出一声沉闷的枪声，枪声萦绕耳畔，葛兰慌忙扭头看过去，一个拳头就招呼上来，应接不暇的同时杀手乘虚而入，葛兰一时忘了防备，躲避子弹的退路被挡住，枪声逼近了一些。

葛兰冲天翻白眼，没想到这家伙居然还有同伙。

就在葛兰以为自己必死无疑时，另一道枪声凌空响起，两相交汇，子弹在空气中发出碰撞声，一时听出了枪林弹雨的味道来。

葛兰被乘虚而入的杀手钳制住了一只手，她正试图用别的方式反抗，眼看着枪声响起位置，出现两三个装备齐全的歹徒以及眼熟的莫雷长官。

她怎么也没想到莫雷长官会突然出现，看他从容不迫的样子，两挺 m134 朝着歹徒扫过去，其中一人被扫中，其余的人打滚想逃。

见同伙被射杀，杀手也气急败坏，恨不得一个拳头砸死葛兰。但葛兰没忘记自己穿着高跟鞋，鞋跟的优势被挖掘，她反身后踢，闷重的金属物踢在杀手的大腿侧，顺势旋肘闷击他的下巴，成功逃脱钳制，葛兰没有停手，一口气冲膝而去假意袭击对方的膝盖，杀手阻挡同时她手腕一翻，手中的小刀脱手而出，化作一道闪光刺中杀手的肩胛处。

杀手痛得倒退几步，险些跌倒，葛兰还要飞踹一脚，却被已经解决掉其他人的莫雷及时拦住，莫雷的格斗一直是葛兰学习的对象，快如闪电，她压根还没看清楚他的动作，小腿肚子已经被他握在手掌心里。

莫雷的手掌因常年握枪的缘故有厚厚的一层老茧，掌心很烫，烫得葛兰下意识抬头去看他的脸。

只见莫雷微微蹙起眉头，盯着她。狭长好看的剑眉看得出来他在隐忍怒气，葛兰并不知道莫雷在气什么，想要挣脱开他的手收回腿，但莫雷握得太用力，她动了两下也没反应。

“你……”

“留活口。”莫雷冷冷地说着，这才放开了她的腿。

杀手显然认得莫雷，他没想到莫雷会亲自出马，原本就受伤的身体无意识地往后退，但莫雷一步步逼近，厚重的军靴在羊绒地毯上也能听见嗒嗒走近的声音。

“莫雷……”杀手捂住伤口，气得咬牙切齿。

“是我，许久不见，你居然开始欺负起女人来。”莫雷冷笑了一声，弯腰平视着地上的杀手，动作缓慢平静，仿佛他一点也不担心杀手会反手袭击。

莫雷当然不是放心杀手，他只是对自己非常有自信，就算是杀手想要反败为胜再次攻击，也不会是他的对手。

显然杀手也明白这个道理，已经放弃了反抗。不出一分钟，警卫员举着枪靠近将杀手押解了起来，被手铐铐着的杀手一脸傲慢地盯着莫雷，口里还说着：“你知道，就算抓住我也没用。我是拿钱办事，提供不了什么线索。”

莫雷手背在背后，瞟了眼他，笑道：“谁说我要知道线索了。”

“那你……”杀手还要说话，林恩已经疾步走来。

“我帮你叫医生。”打断了杀手的话。

现场因为有无辜的人受伤，早有人报了警也叫了救护车，林恩一把拉起葛兰的手上上下下看了看，视线最终落在她还没有完全好的伤口上，伤口又裂开了，流出血水。不仅仅如此，眼下又加上脸上和腿上的新伤，看得他脸色阴郁。

还说什么，一旁的莫雷长官微微挑了挑眉头，说道：“林恩先生，我想，当务之急是我们要立即离开这里。”

林恩扭头去看莫雷，抿着的嘴角动了动，想说什么，但最终也没能说出口。他瞥了眼押解着杀手的警卫，眼神微动，两个警卫便立即会意，押着人往外走，离开的方向并不是酒店的正门，而是后门。

葛兰视线在M团的最高长官和林恩两人之间扫了扫，直觉告诉她这两人认识，而且关系匪浅。但是谁也没有表露任何。

第二十二章 你不是她

莫雷领着人从另一个出口离开，林恩先生主动跟在他身后，两个人都没有再说话。葛兰瞥了眼自己的伤口，慢吞吞地跟在身后。

路过安全通道的时候，还没有离开的苏海安突然拦住了葛兰的去路，“跟我聊聊。”

葛兰不想搭理，刚要推开他，就见到前方的莫雷和林恩回头来看着两人。莫雷的表情难看，林恩则是沉默着盯着苏海安握住葛兰手臂的那只手。

苏海安似乎并不觉得这个场景有什么不对，他冲林恩眨眨眼睛，说道：“林恩先生不会很小气，半句话都不让我说吧？”

林恩听见他提到自己，脸色微变，但仍然是好脾气地说：“怎么会？我只是好奇苏先生，你好像丝毫没有被今天的事情影响到。”

苏海安嗤笑，“有葛兰小姐这么身手好的人，也难怪林恩先生舍不得放手了。”话落，出于不知名的原因似笑非笑地看看莫雷，若有所思地摸了下下巴。葛兰还以为莫雷会有所反应，但他转头继续下楼。

林恩还站在原地，苏海安盯着他看了一会，没见到对方回避。怒极反笑了起来，“怎么？还怕我吃了你的女伴？葛兰小姐这么剽悍，我可不敢。”摆出一副后怕的样子。

林恩也回以微笑，“苏先生多虑了。”

“那你不介意我同这位葛兰小姐单独聊聊吧。”苏海安要求着，不等林恩回答，侧身挡住了林恩整个人，指了指安全通道一边的角落，

"葛兰小姐，想必你也会想要跟我单独聊一聊的吧？"

葛兰张嘴想要说"不想"，但突然意识到苏海安叫她的名字，稍做了思考，便点头朝着角落走去。

"其实我没有恶意，只是想对小姐你道歉。"

葛兰不解，看他。

从什么时候起，苏海安也成为一个有礼貌的人了？

"你可能会觉得奇怪。"苏海安像是陷入回忆一般，低着头，手插入裤子口袋里，半晌才悠悠叹气，一脸沉重地说，"你长得很像我一个认识的人，我有没有跟你说过，我很讨厌她。我为之前对你的纠缠不休道歉，我现在很确定你不是她……她没你勇敢，没有你半点的魅力，葛兰小姐，你们一点也不像。"

葛兰听着苏海安的话，有一瞬间的恍惚。随后想明白，她才忍不住讽刺地扯着嘴角，"嗯，苏先生看来是真的认错人了。"

苏海安的嘴脸……她怎么可能不知道。

如果不是早就认清他的真面目，恐怕她差点就相信了，此时的苏海安假装出一副掏心掏肺的样子，人模人样学着伪君子的样子，无非是想获得她的信任。

"是，我认错了。"苏海安听着葛兰的那句话，像是蛊惑，明明内心里有个声音告诉自己，不对，不是这样，但是……他却找不出半点同顾朝阳相同的迹象。

"误会解释清楚了，葛兰小姐会不会就不那么讨厌我了？"很快清醒过来的苏海安，立即又将自己的阴谋表露无遗。

葛兰一脸无所谓的态度。

"说不准。"

苏海安诧异了一下，"你……"了半天，最终妥协地笑了笑，"希望下次我们遇见的时候，不再是这样糟糕的情景。"

葛兰耸肩，没再说话转身离开。

重新回到人们视野后，葛兰就曾想过，或许有一天她会撞见故人，只是她没想到，从遇见林恩开始，接踵而至的乔安再到苏海安，过往那些不美好的记忆又回到脑海里了。

她早知道，即便有人怀疑，也不敢轻易将她同以前的“顾朝阳”相提并论，毕竟，顾朝阳那样的胆小鬼，怎么会是如今的葛兰？

在顾朝阳的小段日子里，苏海安能算是一个特别的存在。

就像是宿命，明明天壤之别的两人，但是偏偏成为相对牵绊最长久的两个人。

十来岁的时候顾朝阳和苏海安是毫无任何交集的校友关系，他们是两种人，苏海安有良好的家世背景，高高在上，无论闯了什么祸事都有人来擦屁股，没有人会为难他。而顾朝阳不同，她生活在社会的底层，在学校算不上被人欺负，但总是承受着别人异样的眼光，路过的人总是会说：“瞧，就是她，那个在学校外面做那种兼职的女生。”

无非只是在酒吧做服务员而已，她洁身自好，从来不和任何客人有太多交流。但就算是这样，也会被众多口舌广而传之。

当然，那时候的顾朝阳还是没有资格和苏海安扯上关系的。苏海安在学校受欢迎的程度是她连想也不敢想能够高攀的人，直到发生那件事，院长阿姨去世，相依为命的同伴决然离去，她被唐娜带进了苏家，第一次见到苏海安，他戏谑地打量她，眼神里透露着不屑，直到她生活在苏家，以苏家名义上大小姐的身份。

还记得那一天，苏海安抱着碧眼波斯猫慢悠悠地走到她房间，整个人像是没有骨头一样靠在门边，丹凤眼斜睨着她，微微挑起，苏海安看得很温柔似水，但顾朝阳莫名地感觉到了敌意。

他手中的猫咪一个跳跃，直接扑进了顾朝阳怀中，张嘴就对着她的手一口，咬出了血丝。顾朝阳吃痛地一把把猫丢出去，猫嗷嗷叫了两声，苏海安就气得不轻，“你居然敢摔我的猫！”

这是他跟她讲的第一句话。

接着他就一把扯住她的头发，不管顾朝阳是不是痛得咬紧双唇，扯着她的脸靠近自己，她还记得，苏海安有一张精致得如同女孩子一般的五官，苍白的皮肤看起来很细腻，正因为如此长相邪魅，总让人心生畏惧。

顾朝阳的表现太淡定了，苏海安不高兴了，拉着她的头发用力往下扯，呵呵冷笑，“听说你妄想做我妹妹，唐小姐那个女人生的女儿果然很不要脸。”

顾朝阳反驳，“我不是唐娜的女儿。”

苏海安却只是笑，手上更用力了，看见顾朝阳疼得嘴唇都咬破了，他似乎很兴奋。

“我知道你，顾朝阳，学校里传说了你很多个版本，有人说你为了钱什么都愿意做，看来传言并不假啊！既然在外面也是做，不如便宜我这个哥哥？我照样能给你钱，你要多少，告诉我，嗯？”

他一只手捏着她的下巴，看见她嘴唇上的殷红，异常兴奋。整张脸靠过来，伸着舌头舔了血腥，另一只手终于放开了她的头发，转而移到胸部，毫无忌惮地从领口钻了进去，裹着内衣用力捏了一把。

顾朝阳觉得难堪想躲躲不开，只能咬牙切齿。

“呵，你的程度还够不上老头的喜好。”转而嫌弃地扔掉了她，一把推倒在地上。

嫌脏似的，抽出西装口袋里折叠成形状的手帕，擦拭了手，毫无感情地扔掉，最后一言不发地走开。

就这样原本陌生的两个人突然因为某种关系而联系在一起了。

对顾朝阳来说，每一次苏海安的出现，无疑都是经历一次劫难，现在回想起来，自己能在苏海安手中活下来，算是奇迹了。苏海安就像是个神经病，想着法子来折磨她，幼稚的搞笑的可恶的残暴的，各种方法应有尽有，有一段时间苏海安对毁掉她的名声很感兴趣，于是为了拍到顾朝阳“浪荡”的照片，他每天晚上准时跑到她床上，不惜牺牲自己的名誉。

举着相机钻进她的被窝，手僵直着在半空中半小时，然后像是小鸡啄米一样尝试着在她身上制造点什么。顾朝阳可以肯定，那一次她是苏海安第一个吻过的女孩，因为他的吻技烂到极点，动作粗暴又毫无章法。

苏海安不容许别人比他强，就算是接吻他也不允许顾朝阳表现出有经验。他固执己见地要自己摸索其中的奥秘，受苦的总是顾朝阳，舌尖被咬出好几道血口子。

照片拍得很完美。第二天发到学校论坛上，引起巨大反响，从此大家对顾朝阳又多了深一层的鄙夷。达到了预期效果苏海安很高兴，第二天接着实施，长达半年他和她睡在同一张床上，每天早上拽着她的睡衣衣角醒来，压得她喘不了气。这原本是一件算不上多大的事情。随着苏海安的心理疾病越来越严重，睡到半夜他会很突然气急败坏地扯着她的头发恶狠狠地问：“你不怕死吗？我告诉你，顾朝阳，在这个家里，我让你死你就会死，休想违抗我！”

苏海安喜欢咆哮，总是无法控制地歇斯底里地尖叫，以至于从那时起顾朝阳就明白自己每天要饱受着精神折磨，她怕死，更怕苏海安某天莫名其妙就把自己肢解了。

顾朝阳只好善意地提点他：“你是不是有病，类似偏执狂那种？”

苏海安拿着花瓶就朝着她脑袋顶砸去，阴森森地呵呵冷笑，然后点着顾朝阳的脸蛋说：“你他妈还敢不敢说我有病了。”

医生确诊苏海安有心理疾病。用通俗的话来表示，就是神经性疾病和被迫害妄想症。

苏海安的神经病在之后变本加厉，他阴晴不定，不知道什么时候就做出特别激烈的事情来，他痛恨唐娜，所以更加讨厌顾朝阳。她们在他眼里就是杀母仇人，所以想方设法地展现他那点变态因子，企图折腾顾朝阳。

顾朝阳也曾想过一了百了，可是她知道，自己还不能死。

第二十三章 旧相识？

林恩仍然等在原地，见到她，宽慰地笑了笑。葛兰快步走上前，两人并肩下楼，苏海安没有再跟来，没有其他人的楼道间非常安静。

“看来你真的是长了一张大众脸。”林恩突然说道，语气里听不出来特别的情绪。

葛兰脚下的步子顿了顿，笑了笑说：“是的吧。苏先生一开始也觉得我长得像他说的那个人，后来又说不像。”

两人已经走到了酒店后门的巷子口，车子就停在外面，警卫早就将那个杀手押进了车里，莫雷靠在门边等着他们俩，低着头盯着脚尖出神。

葛兰走上前去，主动拉开了后座车门。

莫雷亲自开车，她觉得有点不可思议。但是显然这样的事情对林恩来说不算什么，他没有再说任何话，上了副驾驶的位置。

同要杀死自己的凶手坐在同一个车厢里，他居然一点也不害怕，没有任何异样的表现。

葛兰与莫雷对视一眼，她在对方眼里读到了了然。

莫雷上了车，启动车子。就听见林恩轻声提议：“把人交个警察吧。”

刚要踩油门的脚收了回来，莫雷扭头瞥林恩，沉吟了会儿说：“我们自己会处理，交给警方会很麻烦。”

但显然林恩没有之前的好脾气，他似乎在隐忍着什么，眉宇间隐隐的有了怒意。好半天才吐出一口闷气，也不知道是抱怨谁，“我已经放弃了最重要的东西，你们还要我怎么样？”

“对不起。”莫雷说完，没有再搭腔。车子终于启动，开始移动。

葛兰第一次遇到如此诡异的氛围，她有些不明所以，怀疑地看看莫雷长官的后脑勺，又看看林恩紧绷着的侧脸投影在玻璃车窗上的影子。

看来她猜得没有错……这两个人早就认识。而且，对于林恩被追杀的事情，她也越来越怀疑，事情并不如早前所了解的那样简单。从一开始矛头指向德国警方，再到直指向林恩，这其中到底发生了什么变故呢？

这些谜团并没有让葛兰感到兴趣，她很快想起维多利亚说的那句话：“我们根本不需要关心雇主，也不需要了解。破案和解开谜团是警察的事情，而我们，只需要靠暴力解决问题就好。”

车窗外呼啸而过的风声刮过脸颊，空气中的氧气拂过伤口处，有些微疼。手已经悄悄爬上了伤口的位置，试图用手背遮掉这些微弱的刺痛。很快，玻璃车窗被人关上了，葛兰看坐在身侧的林恩，他正低头看着她的手臂，蹙着眉头。右手的长指头还在金属按键上没有移开，注意到葛兰的视线，他眼角的余光扫到葛兰的脸上，脸上没有如常的笑意。

感觉不到脸上的疼痛后，葛兰将手放下，假装没事人一样转移来目光，正视着前方。

直到手背上传来一阵温热，她才诧异地扭头再次去看林恩。不知何时，他按住了她撑在皮坐椅上的手，掌心向下压着。

即便注意到她的眼神奇怪，但林恩依然没有移开手，指尖在她手背上轻轻敲击了两下。葛兰这才注意到他动作轻柔，眸子里透着担忧。

他在担心自己，为什么？

葛兰些许不适应地悄悄动了动手，脱离开了他的手掌范围。林恩明显感觉到她的排斥，指尖停在原位上，没有了下一步动作，只是视线依旧追着她的脸移动，最终定格在她的侧脸上，被人盯着看的葛兰不觉得奇怪，只是她的小动作不经意间落入了那面对着他们坐着，被铐着的杀手眼里。

杀手冷不丁地嗤笑一声，眼中轻蔑的神色让葛兰有些恼羞成怒。她微眯起双眼，见驾驶位上的莫雷长官正透过后视镜看过来，未免被长官发现异端，她趁人不注意抬手抽出了一把藏在衣服内的匕首，抵住了那人的下巴，杀手没想到她居然敢这么明目张胆地威胁自己，一时也有点傻眼，瞪大眼珠凶巴巴的，葛兰见对方气势汹汹的样子，非但没有收手，反而将雪白的刀片更贴近了那人的脸部肌肤，锋利的刀片一侧已经能隐约见到血丝。

葛兰黑白分明的眼里藏着一股子的狠劲儿。

男人第一次意识到女人这种可爱的生物也有不可爱的时候，原本，男人那样资深的杀手并不将这初出茅庐的小特工放在眼里的，女人不会在莫雷眼皮底下犯事，再看她隐约勾起的唇角，男人很快明白过来，眼前这女人是在挑衅自己，只要他张口说话，她便不会心慈手软，会手起刀落一下解决了自己，如今他是任人宰割的鱼肉，怎可轻举妄动？她大可以在给了自己一刀后告诉其他人是发现自己有异动，才下的手。那么他也会相信这女人会干脆痛快地抹掉自己的脖子的。

脖子处传来的一丝血腥味让男人放弃对峙，看葛兰的眼里放下了抵抗。

既然对方不再以一种她讨厌的神色看待自己，葛兰也渐渐收回手，将匕首放回原处。两人的互动被第三者林恩全程看在眼里，或多或少，是有一些诧异。葛兰同他相处的这些时日，大部分时间都表现得对周遭不在意的，但很多时候是隐藏起了那股子狠劲儿的。

M团有规定，特工不能有对雇主表现出亲近的念头，必须存在距离。怕顾客未免排斥自己，他们也会表现得客气疏离，更加不会时时刻刻凶巴巴的，让人心里生畏。葛兰自认为自己做得不差，林恩的关心超出了顾客与受雇者之间的交涉，她在潜意识里排斥。她之所以威胁那人，也是因为那人太小瞧了自己，那种讽刺的感觉让她心里觉得气愤！

方才的情景，让她一时忘记了对待林恩的微妙态度。

让林恩看见自己这一面，她心里有百般不愿意，希望他不要介意。但不管林恩是否从另一个角度看待自己，那有何妨呢？她并不需要讨好他。

林恩不知道在什么时候已经转过了脸，放在坐椅上的手掌也轻轻地收拢起了五根手指头，视线转到窗外，一点点看着熟悉的街道。很快车子停了，莫雷长官先一步跳下了车，拉开了一侧的车门。林恩抬头看他一眼，没有说话，抬脚走了下去，轮到葛兰时，莫雷长官冷着一张脸盯着她，手还扶着门框没离开，“你等在车里，我们等会要去个地方。”

“那林恩……”葛兰担心自己离开后林恩的安全。

“我让拜伦先守着，晚点你跟他换班。”

“拜伦出岛了？”葛兰很吃惊，这还是头一次接到一个任务出动了长官和拜伦两大巨头的。但来不及多想，葛兰已经见到拜伦从地下室楼道上走了出来，迎上了林恩。两人说了两句话，林恩这才回头来看车里的葛兰。

顺着视线，葛兰也看见那个平日里对她丝毫不手软的教官，横眉竖眼地看自己。

葛兰摸了一把脖子，不知道自己何时又得罪了拜伦。正想说点什么，莫雷长官已经重重地将车门再次关上，留下车里的杀手和她大眼瞪小眼。

杀手这会暂时没有了生命之忧，也乐得见葛兰皱起眉头不明所以的样子，呵呵冷笑着说风凉话，“也就莫雷那蠢蛋才会招女特工，现在自食其果了吧。”

“你在质疑我的能力。”葛兰瞪他，手抽刀的举动蠢蠢欲动。

杀手这会倒不怕她了，冷不丁地回答：“我可不是在质疑你的能力，这世上恐怕能活捉我的女人也不多了。”

“偏偏败在我这个女特工手上，你是不是特别生气！”葛兰斜睨着男人，言语里满是讽刺。有许多同行都瞧不起女人做特工，他们嫌弃女人感情泛滥是个复杂的动物，但这些人又离不开女人的安抚。葛兰冷笑出声，在心里骂这群人是牲口。

她其实没想真的要对男人做点什么。从这人与长官之间的对话来看，两人是旧识，长官没有当场杀了他，肯定有用处，至少现在的她还不敢轻易挑战长官的权威。她不过做做样子罢了。

男人没有再接话，他心里很清楚，即便莫雷没有出现，眼前这个女人的身手也不逊色于自己，这是一件非常丢人的事情。

第二十四章 新发现

莫雷长官不到十分钟就回到了车上。没有了顾客林恩先生，葛兰自动自发地换了位置，做了一回专用司机。莫雷推开车门时，看见葛兰已经坐在了驾驶位，英挺的眉目微微扬起，熟悉的人知道她心情还不错。

“长官我们往哪去？”

莫雷指了指方向盘顶上的一块黑色电子仪器，“去上面显示的地方。”

看距离约摸在四十公里以外的地方，一路过去人烟越来越稀少，非常偏僻，直到车子停在了红点显示的位置发出了警示的声音，但看四周一片荒芜什么也没有。葛兰回头看不知何时被戴上了黑色眼罩的杀手被莫雷长官推搡着走出了车门。

葛兰在莫雷长官的示意下也跟了上去。走到一处密林里，莫雷的脚步加快，扭头交代葛兰：“跟上我的脚步，不要走错了。”

听见这话，葛兰也留意起脚下的路，不出十分钟的路程却埋伏了近十处设雷点，随着长官走出了密林，三人已经站在一处空地上。莫雷蹲在地上摸索一阵，五根手指曲起来敲击在地面上，发出了咚咚声响。就说这一片空地不像天然而成的，组织还有新的作战基地自己不知道？

葛兰半眯着眼见莫雷已经得到脚下人的反应，抬臂拉开了一整块藏在泥土下的铁门。往下看去，是黑漆漆的楼道，不时有水滴过的声音。葛兰在两人下去半截后才环顾了一圈四周，顺着往下走，顺带拉上了铁门。

走到一半的路程，石壁两边的声控灯亮了起来，看得见整条长长的道路，老旧铁质走廊扶手已经生了锈，看起来有了些年头，再往前走一点已经能听见机械操作的声音，很快就到了灯火通明之处，与方才不同的是，他们到了一个巨大的电脑室，屏幕上全是他们三人站在原地的画面。

耳边响起一阵滑动车轮子的声音，多日不见的杰克一脚撑在地面上，滑动着轮滑椅子出现在面前。

“HI，头儿。我亲爱的葛兰小姐，你怎么也来了这鸟不拉屎的鬼地方？”杰克脑袋上还戴着耳机，说话的时候葛兰甚至听见从耳机里发出的重金属音乐声。

杰克是个标准的白人，说着一口伦敦腔调的英语，他用夸张的表情来显示自己的惊讶。

葛兰从他的话里听出点意思来了，这个地方在组织里是个秘密。

莫雷长官没说话，绕过她直接走到杰克面前，拉下了他挂在脖子上的耳机，“有事情做了。”指着身侧的杀手，杰克这才将视线转过去，脸上露出一个奇怪的笑容，像是抓到猎物了。

“许久不见，杰克。”杀手人很nice，没有死到临头的感觉，反而心情愉快地冲着杰克挥了挥手。尽管看不见，还是凭着声音寻到了准确的方向。

“马修……”

原来杀手叫马修。葛兰没有听说过此人，但看他与其余两人的娴熟，想必关系匪浅。

半小时后，杰克打算审问马修。葛兰才从他那里得知了马修的身份：组织里曾经的叛逃者，以前同他们一样是M团的人，后来不知道出于什么原因他逃跑了，很长一段时间没有出现在众人面前，莫雷曾派人去查询过，也都毫无踪迹。

马修对杰克的手段很是了解，不用葛兰出手，他已经自顾自地躺在了皮质病床上，“还是老样子，这么多年也没有变化。”嘴角衔着笑，代替了眼神的交流。

这里是杰克的专用“医务室”。

杰克最宝贝自己的设备，对戴着眼罩的马修翻了个白眼，“不识货，这是最新研发的仪器，就担心你待会受不了。”

马修还是轻松的样子，调笑着，“看在老伙计的分上，下手轻点。”

葛兰替他将眼罩扯了下来，露出了一双不适应如此强烈灯光的双眼，但很快他便找准了杰克的方向，冲他眨眼睛。如果不是那颤抖的双手，恐怕葛兰会真以为他什么都不怕。

杰克回以了微笑，没有答应也没有拒绝，只说着客套话:“我没想到，你居然沦落到去干这种勾当。”

做杀手，是这一行里最受人诟病的行当。所以，杰克用了“沦落”一词。马修知道这位老伙计虽然不近人情，但话里依然透露了一丝同情，他咧开嘴角露出了一个惨然的笑容，“如果有的选，我宁愿找一处安静的地方做个普通的邮递员。”

“好吧，马修先生，你的话已经透露了一丝线索，我们开始吧。”杰克居高临下地看着马修，脸上出现的神色近乎无情。

他一转头，就示意葛兰离远点，“你最好出去，相信我，你一定不愿意看见这样的场景。”

杰克在审讯人的时候会利用电子仪器和催眠引导的方式，去窥探此人的记忆，手段极其残忍。这是进入M团里每个人的必经之路，在这里的人不能有秘密。葛兰也遭遇过，她知道这画面并不会让人流血疼痛，但会让人不断重复地想起最痛苦的记忆，吞噬和折磨着精神。即便如此，葛兰也站在原地没有移动脚步，她坚信自己走到现在这一步靠的就是毅力。

葛兰没有反应，杰克也没有强迫她，为马修打了一剂麻醉剂让他很快安静了下来。

电子仪器被连接上了马修的身体。他很快在杰克的引导下进入了梦中，很快他激烈地反应起来，脑电波里出现了下意识的反抗，不停地摇着头，额头已经有密集的汗水，口里含含糊糊地喊着什么。显然杰克没料到他会有如此激烈的反应，“看来那些过往对你来说非常痛苦。”他慢悠悠地说着，按下按钮用铁钳固定了马修不听使唤的身体，牢牢地绑在原地。对杰克来说这是一个好的开始，他调整仪器，电脑屏幕上分别显示着马修的心率以及脑电波，那里有一条水平线，只要不触及死亡的临界点，他都不会停下来，像一个巫师一样引导着马修回到离开组织后的那一段时日。

“哦，原来你爱上了一个女孩。然后呢，那个女孩死了对吗……”杰克的声音幽幽地传来，不同于马修在床上摇摆不定的身体，差点要将那些电线甩开。

杰克依然沉住气继续追问梦中的马修。

葛兰站在原地看了一会，心里说不出的感觉。她既不觉得同情马修，也不觉得杰克这么做有什么错。

但心里仍然有一些不舒服，她也曾像鱼肉，被杰克绑在椅子上，任由他进入自己的脑海思想里，窥探她所有的秘密，这比在她身上割一刀还让人觉得难受。葛兰觉得高估了自己的忍耐力，很快她便悄声走了出去。

莫雷长官不知道何时来的，一直背靠在铁门边的墙上。见到葛兰，面无表情，只招呼她：“跟我来吧。”

葛兰不知道长官要做什么，她比较在意的是自己还未完成的任务，“我什么时候能回到市区继续执行任务？”她有那种变态的执行力，经她手的任务，如不到完结，中途换人也需要听一个正当的理由。

莫雷长官走在前面，高大的身躯挡住了一部分照向她的灯光。莫雷习惯全天穿军装，厚重的靴子嗒嗒地踩在铁制地板上，发出“嘎吱”声响，一下又一下的让人心里瘆得慌。葛兰闭了嘴巴，等着良久才听见他说：“你随我去见一个人。”

葛兰没有得到答案有些泄气，只能闷头闷脑地跟了上去。

并不是来时的路，莫雷带她走了另一条道，这里有人工制作的滑轮电梯，两个巨大的轮子上缠绕着铁链，在电梯启动的时候搅动着往上拉扯。看上去像是上世纪出海时巨大的轮船地下的煤炭工作室，带着沉重负荷缓慢上升。电梯越来越高，灯光也越来越亮，走出电梯以后葛兰越发觉得自己到了另一个世界，那是一个巨大的圆形拱门，标准的欧式宫廷建筑风，他们直接到了一个室内，看四周的装潢，华丽得像是误入了温莎女王的堡垒。

没有其他人影，依旧是长长的黑黑的长廊，莫雷长官在前面走着，葛兰跟在身后观察着四周的景象。

终于走到一扇大门前，门边挂着一台黑色的老式电话，莫雷拿起电话摇了几个数字，“嘟嘟”响了几声后，他便放回了原位。

一切都变得非常安静，莫雷长官站在门口守着，视线落在自己的脚尖上。葛兰早已经习惯了他的冷漠，只得看向那扇门，她非常好奇，那扇门后是什么？会不会是另一个她没有见过的军事基地？

她想应该不会，因为她听见了门口有规律的脚步声响起，这样的声音她曾在林恩家的古堡内听见过，每一个步子的大小和落地时发出的声响都那么的一致，像是从同一个学校出来的训练者。

大门从里面被人打开了，出现在门口的是一个头发梳得一丝不苟，身穿黑色燕尾服的老头儿。

他什么都没说，只是看眼睛也感受到了审视。他让出了道，要求两人随他而去。葛兰走在身后，盯着那老头的背影发呆，她猜得没有错，在欧洲的确有这种标准化的管家学院，这些一板一眼的人大约都是从那里出来的。

第二十五章 她是谁

葛兰觉得仿佛走入了深渊，抬眼望过去看不到尽头。她不由得往前多走了两步，葛兰赶上长官的脚步，“长官，我们要……”

“你等着。”葛兰的话还没说完，莫雷长官已经转身对她作出一噤声的动作，再一抬头看眼前已经换了副景象，不知道什么时候他们已经置身一处灯火通明装潢华丽的大厅里，屋檐下巨大的水晶吊灯倒映在光洁的地面上，像个巨大的怪物。葛兰皱眉头回视莫雷长官，动着嘴唇没说话，只点头往后退了一步。

莫雷长官得到她的回复之后转身便离开了原地，跟着老者进了一个拐角，那地方能通往另一间房。

这种感觉让葛兰想起了曾在杜邦家古堡里的情景，虽然她非常好奇，为什么半小时之前还身处在地下的他们怎么转眼工夫到了另一个世界，但葛兰知道这种疑问即便是烂在肚子里也不能问出口。这次，她做足了准备以为要等很久，却意外地很快又一次见到了那位老者，他是过来请她的。

“小姐，夫人让你进去。”

夫人？是谁？

葛兰抬起的脚顿了片刻，扭头看老者，用眼神发问。老者目不斜视，压根没有注意她的神情，葛兰只好往前走。

同她猜想的一样，过了一个拐角后，很快就进入了一间类似会客室的房间，刚到门口她就看见了高大的莫雷长官垂手站在房厅的正中央，他抿着唇角，视线从地面上转动最后落在葛兰的脸上，看起来刚同那房厅里唯一坐在沙发上的女人说完话。

葛兰下意识地走到莫雷长官的身侧，长久的军事训练让她变得很敏锐，仅仅是看现场的状态她已经很快分辨出眼下的场景谁强谁弱，那优雅地坐在沙发上微笑着看自己的女人身份非同寻常，以往她所见到的莫雷长官向来高高在上，第一次，她遇见了比他气场还要强大的女人。

“这就是那孩子？”直到女人的声音幽幽地传来，葛兰才窥探到她的长相。

那是一张标准英国贵族女人的脸，不算特别漂亮，但五官立体，轮廓如刀刻，直挺的鼻梁也如她看人的眼神一般，高高在上。碧蓝色的眼眸深似海，不知不觉间，她注视的人也会羞愧得低下头去，一股让人甘心俯首称臣的气势。葛兰很不喜欢这样的感觉，太压迫了，她感觉自己的脑海里有挥散不去的这样一张脸，她翻越不过去。

没有人回应，葛兰不由得用眼角的余光去看莫雷长官，他沉默着，直视女人的眼睛，两人的目光在空中相遇，暗自爆发。莫雷长官是标准的中西合璧的那类人，非常的帅气，但因为常年的雇佣军头目生涯，高高壮壮的莫雷长官浑身上下都散发着嗜血的恐怖气场，明明曾经在她眼里那样高不可攀的人怎么到如今突然收敛起了浑身张力？

在两人的视线交汇中，葛兰明显感觉到是莫雷长官先一步妥协了。她不明白为什么，但……她知道自己很可能永远也不会知道了。

“是的，夫人。”葛兰听见莫雷几不可闻地叹了口气，他张口还想说什么，那从始至终便坐在沙发上的女人蓦地站了起来，她穿着复古式宫廷束身裙，脚下也是同款的复古式高跟鞋，走在地板上时发出了“嗒嗒”的响声，葛兰第一次感觉到自己的视线不受控制，居然没有一瞬间落下地全程盯着她走到自己眼前。

夫人的个子不魁梧，但也不娇小，标准的欧洲人身形。她踱着步子在葛兰面前来回几次后才停了下来。抬手的时候弯着眉眼笑了笑，“孩子，我可以碰碰你的脸吗？”

明明是那般无礼的要求，却被她光明正大地礼貌询问。葛兰蹙眉，她想起了林恩，那个人同眼前的夫人便是同一类人。

“不可以吗？”见葛兰没有反应，夫人再次发问。

葛兰往后退了一小步，虽然今日是第一次见到夫人，但给她的感觉非常不好，她的潜意识在排斥。

但夫人误以为她低头的瞬间是答应了，脸上感受到冰凉的触感，葛兰放在腰腹间的一只手握成了拳头，另一只隐藏起来的手则已经摸到了枪的枪柄，她不知道何时养成了这样的习惯，随身携带武器。

夫人毫不在意，掌心贴在了葛兰的脸上，露出一道笑容，很快又放开了，站开了一点。

扭头对莫雷说：“你把她养得挺好的。”

“夫人！”这一声，已经带了警告的意味。莫雷长官在隐忍怒气，虽然葛兰不知道他为何会突然震怒。

夫人并没有在意他的语气多么冲，挥了挥手，一脸看上去像是放过谁的慈善模样，“自我保护意识很强，我挺喜欢她的，就让她继续留下吧。你还有别的事情要交代吗？”

莫雷很小幅度地松了口气，没有很快接话，阴沉着脸大步走到葛兰面前，托起了她的手臂，将葛兰隐藏在身后那只握枪的手抽了出来，随即拖着她就往外走。他的力气大得惊人，捏着葛兰手臂的两根手指头如果是普通人，恐怕骨头早已经碎裂。葛兰咬牙忍着痛，没有发出任何声响表达自己的不满，直到被莫雷长官一把摔在了大厅外的墙壁上。

“不要轻举妄动，我有没有教过你？你以为自己有多厉害？这里的每一处都有可能让你变成血窟窿，你以为自己的命有多大……”难得的，莫雷长官一口气说了这么长的话，葛兰还来不及诧异，手上和背上的疼痛一瞬间袭来，她根本没有说话的空隙，莫雷长官已经冷着眼瞪了过来。

“你在这里呆着，不要乱跑。”说完，他已经转身回到了方才那房里。

葛兰望着他转身离去的背影，心里一阵发闷。再看四周安静得如同死人墓穴的地方，微微眯起了双眼，明明就在上一秒长官还在训斥自己的冲动，但她依然下意识地摸到了手枪。

人在面对陌生的不确定是否安全的环境时，第一反应总是想着如何保护自己，她也不例外。她曾跟随队友去过很多危险的地方，缅甸的丛林，叙利亚的战乱之地，能在被凶猛野兽追击、残暴恐怖分子手下活着离开的她，却第一次感受到了惶惶不安。

然而这鬼地方……突如其来的地下基地，莫名其妙的一个女人，让她感到前所未有的迷惘。她在思考自己是否要去探究夫人口中的话。她称呼她为孩子，是以一个长辈对小辈说话的口吻，她是否认识她？那么自己到底是谁呢……

“夫人，您不应该见她的。”莫雷在说这句话的时候，咬牙切齿，他瞪着那高坐于沙发上的女人。

被称为夫人的女人“嗯”了一声，将尾音拖了老长，语气平稳毫无波澜，“莫雷，你担心她，太维护那孩子，这让我有点不高兴。”

“我们出生入死六年，我当然在乎她。”莫雷并没有反驳夫人的话，他比谁都清楚，他们只是工具不应该有感情。而他是这群工具的头目，更应该冷血无情，葛兰不一样……尽管他说不清哪里不一样。

夫人盯着他看了一阵，她习惯性地想要从对方的眼里看出端倪，但莫雷太正气了，所说的每一句话都没有掺假，毫无保留，这反而让审视的人有了不适感。

过了良久，夫人没有再追究，转而问道：“杀手，你打算怎么处理？”

“杰克在审问他，他背后另有其人。”

夫人黑了脸，“你在维护他们。”

莫雷闭嘴没有说话，算是默认了。夫人的语气依然没有起伏，只淡淡地道：“把他交给我。”

“马修他罪不至死。”莫雷说。言语里只是在陈述事实，并不是同情。

夫人愣了愣，深邃的目光看向莫雷，长久不说话，两人在无声地对峙，但很快，莫雷妥协了下来，说道：“杰克审讯完以后会将他关押在地下室的囚室。”

夫人听完后没有作声，扭头看了一眼始终站在她身侧的那位老者，很快，老者低头退了出去。莫雷知道他要去做什么，目光只在老者身上扫过，便没有再关注。

时间一分一秒地过去了，两人都没有主动再说话。直到老者再次回来，凑在夫人耳边说了什么。

夫人才慢悠悠地离开沙发站起来，似无意间提醒着莫雷："听说纽约有人在寻那孩子，你不打算去纽约看看？"

"是她？漏网之鱼。"

夫人没有回答莫雷的问题。她淡淡摇头，"盯着道尔和苏家的眼线，也应该收网了。"说完，夫人便没有了下文，她疲惫地冲莫雷挥挥手，"我要休息了。"

莫雷踏着军靴退了出去，没有再有任何的迟疑。

第二十六章 我是谁？

“马修怎么了？”葛兰的预感很强烈。她第一次预料到了比死还要痛苦的事情，老者从房里出来以后，没有多久杰克就出现在了眼前，虽然杰克什么都没说，但仅仅从那张铁灰色的脸上她大约猜到了什么。

她想，马修肯定会遭遇非常可怕的事情。

至于是什么，她吞咽了口水，始终没有说出口。

杰克第一次安静地站在墙角，那习惯挂在他脸上的笑容早不知道飞到哪里去。葛兰猜测，他现在的情绪不好。果然不过两秒，杰克便叹着气警告葛兰，“你不要问我，我什么都不会说。”

葛兰微张开嘴，她没有发出声音，也没有告诉杰克，自己其实并不想知道。

杰克是话唠，他常常标榜自己是个有操守的男人，但葛兰不问，他又碎碎念的想要表示点什么，无比同情地叹气，“夫人对于背叛者，向来不心慈手软。我记得以前也有一个逃掉的特工，被夫人的手下打断了腿扔进了狼群。”

狼？

葛兰想起三年前的某一次野外训练，她差点就成了一群狼口中的食物。在丛林里，每天都要厮杀，不是你死就是我亡，在丛林里，人会回归到原始，忠于兽性，为了保命，哪怕是吃生肉，她也知道这是唯一保住自己的希望，所以她不惧怕任何这世界上的活物。只要有枪在手，她就不怕。

“被狼碎尸也好，被蟒蛇吞进肚子里也好，都比苟且偷生来得好。”

杰克没有接葛兰的话，他愕然地抬起头看她。他还记得六年前，刚刚加入组织的葛兰，他们一同进来有七个人，只有她意外地被留了下来，其他人都扔进了丛林里自生自灭，那时候的葛兰还是个稚嫩的小姑娘，成日不说话地假扮自己冷血无情。有一日，她再次相遇了活着逃出来的人，她质问队里的医生为什么不先救治伤员。

基地医生劳拉告诉她：“组织里的医用物品要留给有用的人，那些伤残人士，最后留下来也只能做基地里的保安，不值得先救治。”

杰克当时就在场，他眼见着还涉世未深的葛兰变了脸。那一年的她，还对生命心生畏惧，因为她渴望活下来。

“对我们来说，只有战死才算值得。”莫雷长官突然出现，打断了两人的谈话。他听见了葛兰的话，英挺浓密的眉毛聚拢在了一团，表情不是很好看。担心葛兰不明白，他又强调了一声，“对我们这种人来说，如果手中还握着一把枪，哪怕是一把刀，只要在临死之前对抗过，战死了自然无妨。”他们这种人，最怕的是不战而死。被人当作鱼食喂了，即便是下了地狱，也会唾弃自己。马修也是这样的人，所以，明明经历万难地逃了出去，却依然选择走上了杀手这条路。

后面这句话，莫雷没有说下去。他想，如此聪明灵慧的葛兰，会明白他的意思。

三年前的那次，她差点成为了狼群口中的食物，是莫雷长官用一把匕首将她救了出来。她曾亲眼目睹，长官被狼群撕掉一块肉，却反手砍死了那带头的狼。第一次参加野外训练的葛兰还惊魂未定，莫雷长官当场给了她一巴掌，警告她：“你给我清醒点，如果你不知道怎么反抗，我不介意现在给你一枪让你死得痛快一些。”

她真的感觉到长官用枪抵着自己的脑门，下一秒，子弹就有可能穿脑而过。四周的凶险逼得她不得不捡起了武器，最终他们一整个团队的人，都走了出去，伤的伤，残的残，但没有人死。那时，她想，自己这一生再也不害怕任何活物了，因为再凶猛的生物，都不及人类可怕。

葛兰不知道自己是怎么跟着杰克和长官离开那富丽堂皇的大厅的。

再抬头的时候三人已经回到了地下基地，阴暗潮湿的地下室没有一处值得留恋。

但长官没有吩咐，葛兰不敢擅自离开。这时候，她甚至有点向往去到林恩身边，起码，那人从表面上看起来光明正派。不像她，如同生活在黑暗之中的牲口，为了生存，干着杀人越货的勾当。

人在好的环境里呆久了就会心生向往，这不是葛兰第一次了。

杰克被莫雷打发走了，整个电讯室就剩下了他们两人。莫雷长官很少单独留下她说话，除非必要。葛兰不得不振作起精神，不让长官看出一丝一毫的端倪。

莫雷长官却没有正眼瞧她，视线紧紧盯着某一处，没有移动过。

时间久到葛兰差点以为他已经离开了，也没人说话。葛兰心里其实很慌张，她有一千个一万个问题要问，到了嘴边，又吞了进去。所以只能沉默着等着长官发话。

莫雷坚信，如果自己不开口，那么葛兰会跟他耗下去。葛兰很倔强，他在第一次遇见她时就发现了。

十九岁的葛兰，手无缚鸡之力，藏在船舱里三天之久，狼狈地被他的士兵押解到他面前。明明毫无还手之力却依旧垂死挣扎，咬伤了他的士兵。仅仅是一念之差，他便留下了她的命。年轻时的无畏，再也没有在葛兰脸上见过，如果是以前，满腹的问题，她一定直截了当地问了。现如今，也多了一层顾虑。

莫雷陷入了沉思，他不明白葛兰到底是为何变成如今这样的？是因为害怕？还是因为在乎？

他不敢想，如果是因为害怕，那么他的M团不需要弱者。如果是因为葛兰对他们有所在乎，那自己呢……莫雷抬手扶着额角，想起夫人那句话，她说："莫雷，你在乎她，你在袒护她。"夫人之所以这么说，是在提醒他，僭越了。

安静的室内有人长出了一口气，但没发出其他声响。

莫雷终于开口，他问葛兰："你有什么想问我的？"

葛兰动了动嘴唇，在脑海里将所有的疑问过滤了一遍，先挑了重要的问题："我是谁？那位夫人似乎认识我，为什么带我来见她。您……

您明明很不愿意。”

其实葛兰不是完全不记得自己的身世，正因为她清楚地记得自己在孤儿院长大，后来被苏家收养，为了逃出苏家她又不得不选择走上了这条路。

她记得有记忆以来所有的事情。但她不知道自己到底错过了什么环节，为什么那位夫人给她一种非常不好的预感。

她太直接了，莫雷一时没有回答上来，迎上葛兰深究的目光，他粗粝的指头动了动，修剪得干净的指尖上毫无残存，他唯一的路子是正面回答葛兰的问题。

“我不知道你是谁。你以前是谁我也不在乎，现在，你是我的队员。”

“那位夫人……”

“带你见她是因为，她是我们的雇主，长期供应我们军火和金钱，难道你不应该见她？”

葛兰被长官反问后，没有了反应。莫雷以为她会就此放弃询问，没想到她居然关心起了马修，“马修真的会被送去喂猛兽吗？”没指望莫雷长官会回答她这个问题，葛兰自己说完也有点懈怠，按照规矩，她不应该多问，哪怕是关乎自己的事情也不能。

今日，长官给她破了几次例。

这仿佛是一个严肃的问题，莫雷思考了一会儿才摇头，他反问她：“你觉得马修最害怕的事情是什么？”

葛兰想起了在被杰克注射了安眠药之后的马修表现异常，或许马修那样的人最害怕的是被人窥视，可这样的人因为藏着秘密才害怕。所以……他担心自己的秘密被人发现。

“马修的软肋是家人。”

家人？葛兰突然听见莫雷长官提及家人，愣了几许，喃喃道：“我们这样的人怎么会有家人……”

她以为，能做这一行的人大多数是这个世界上的孤独者，因为没有人关心走上了绝路，却又不甘心死掉……其实不是。

“我见过的大部分人是为了家人才走上歧路的，有的是为了钱，有的是为了爱。马修有一个深爱的女人，还有一个女儿。他以为自己藏起来就没人发现了，但很可惜……”

“他们会找到她们，马修会生不如死。”葛兰接了莫雷没说完的话。

莫雷点头。

软肋才是最可怕的。一旦被人发现，即便你强大到只手遮天，也只能任人宰割。

葛兰太了解那种痛苦了。

她出生在什么样的家庭已经不记得了，唯独只记得自己姓顾。记事起，她就生活在孤儿院，年纪小的时候也向往过亲情和温暖。在很多年前，她的身边也围绕着各种各样的小朋友，尽管他们后来都一一离开了，但仍然记得那时的情感。范西就是那些小朋友中的一个，唯一不同的是，范西很爱缠着她，总是追在屁股后面叫她姐姐，时间长了，她真的以为自己有一个弟弟了。

长得那样漂亮，又可怜巴巴的小弟弟。

情感是这世界上最脆弱的一种无形的东西，很多人趋之若鹜，葛兰也不例外。如果不是范西的背叛，她恐怕也不会走进苏家，更加不会走到如今这步田地，如果不是范西，或许她现在只是个平静长大的普通孤儿，大学毕业以后找一份普通的工作，年龄一到，找到还看得顺眼的人，彼此安抚着度过余生。

她已经许久没有回忆起范西了。

上一次想起他，还是在刚刚加入组织的时候，杰克将她当成试验品，把她绑在他的“医务室”用电子仪器以及催眠的方式，试图进入她的思维里了解她所有的过去。

那也是杰克唯一失败的一次，因为太过痛苦，杰克只窥探到了她和范西的过往，其他的便怎么也探测不到了。

后来，杰克不止一次觍着脸故意激她，试图在她面前提及范西这个名字，好得以见她失控，但每一次都失败了。

她，将范西藏进了心底，太深，总也挖不出什么。

第二十七章 假面具

和莫雷长官谈话结束以后，葛兰独自回到了最初进来的那间电脑室，杰克正在电脑面前跷着腿打游戏，竖着耳朵听见了动静很快从椅子上跳下来，上下扫了一眼葛兰，说：“长官已经通知我送你回去。这里的地势复杂，在伦敦市内期间我们都会在这里待命。”

葛兰抬头看凹凸不平的岩壁，浸了水，偶尔还在往下滴，四周的植物已经发出腐烂的味道。

杰克顺着她的视线看到往下滴水的岩壁，微微一笑，不在意的样子，“比这更糟糕的环境我们也住过。”

葛兰点头，这是实话。也不再停留，转身往外走，杰克连跑了两步追上去，抢在她之前走，“回去的路同来时不一样，这个地下基地的结构比以往的更加复杂，我带你去另一条道，那里可以直接通往市区。”

杰克向来古灵精怪，葛兰对于他提出的建议也有所怀疑，但不管是龙潭虎穴还是什么，她也不怕，索性也就跟了过去。

一路上，杰克都在试图向她打听，比如：“这个基地在组织里也没几个人知道，长官怎么会突然带你过来？”

葛兰本来嘴就严实，更加不可能同他这个大嘴巴说明见夫人时的情景，故作不在线地含糊回应他：“长官有他的理由吧。”

“嗤，你什么时候也学会打太极了。”杰克从鼻子里喷出一丝气体，讽刺她。带头在黑漆漆的走道里，越往前走葛兰心里越没底，一股子怪异的味道萦绕在鼻息处，久久挥之不去，葛兰觉得自己铁定上了杰克整蛊人的当了，果不其然，很快她被杰克带到了一个铁闸门前，圆形的铁门内散发着恶臭，借着唯一的光线往里看，总算看清楚了那是一条下水道的暗道。

“嘿嘿，虽然路不好走了一些，但确实节约时间成本，你往前再走几米，就能看见出路了，爬上去就是人行道……”

“该死。”葛兰忍不住爆了粗口，咬着嘴唇皱眉头，恨不得抬手一个手刀一巴掌将这家伙劈回娘胎，脑海里想着的时候，手已经抬了起来，作势一言不合就要挥过去，被杰克眼疾手快地闪开了。

鸡贼的杰克贴着墙壁咧嘴偷笑，“就知道你这火暴脾气，我早有两手准备……”

“啪……嗷”，做了两手准备的杰克话还没来得及说完，膝盖处被没有咽下气的葛兰用脚尖一顶，没有做准备的杰克扑通一声半跪在地上，葛兰使了力，加上尖头马靴的冲击，这重重一击，杰克痛得龇牙咧嘴，愤怒地想要站起来，刚抬腿又被葛兰一抬手按住了肩头。

葛兰一张脸放大版地落在杰克眼前，她呵呵冷笑着，“你这捉弄人的毛病什么时候能改掉？”五根手指头捏住杰克的肩胛骨嘎吱响，疼得杰克嗷嗷直叫。

他是团队里的医生兼任黑客，在武力值方面自然弱了其他人许多。只是他掌握着拷问的“生杀大权”，大部分时候捉弄了谁，大家也就不会较真还击，以免未来这家伙睚眦必报。葛兰耿直，被欺负两三回以后就没忍着了。两人交锋过一段时间，大多数都是以杰克失败告终。

像是今日这样的还是轻的，有时候杰克会被她揍得满脸是伤。

但杰克有一点好，一旦遇到威胁立马求饶道歉，“哎哟，我美丽大方的葛兰小姐，你抓疼我了。请息怒，小的立即带你找一条正确的路线……”谄媚的样子让长官看了恐怕得怀疑他是否能抵抗得住敌人的严刑拷问。

葛兰总算满意了一些，捏着他肩胛骨的手松了些，仍然没有让他站起来。一只脚在他膝盖处碰了碰，哼道：“给我老实点，乖乖跪着。”

杰克咧嘴赔笑，“不要这么小气嘛，大家都是同事……”

“你让你同事去爬下水道？”葛兰被他给气笑了，手上转移位置落在他脸上，用力扯了一下那厚脸皮，“既然诚心悔过，就拿出一点诚意来，我消了气说不定就放你回去了。”

其实杰克说得没错，大家你来我往的闹点小别扭正常，给他一个台阶下。

杰克不是第一次吃葛兰的亏，当即听明白她的意思了。这是要留下贿赂钱，不然今天肯定又是一顿好打。咬牙切齿地做了一番思想斗争后，杰克不情愿地从衣服内夹层里翻出了自己的U盘夹，那是他在日耳曼岛上的私人账户，“这里可是老婆本，你给我留点……”

有钱自然好说。葛兰笑眯眯地一把抢过卡，看了看真伪，“老老实实把密码也交出来。”

“葛兰你这个强盗……”

葛兰被杰克控诉非但不生气，笑声越发响亮。

最终还是在杰克交出了老婆本密码之后才放过他，葛兰自称自己不是小气鬼，兜里揣着巨款心里也美滋滋的，亲自将杰克从地上扶了起来，哥俩好地替他拍掉裤子上的泥土，“走吧，我亲爱的同事先生，带我去另一条好走一点的路。”

“好”字被她咬着音说出来，刚吃过亏的杰克可不敢再造次，也就乖乖地把她送了出去。

“你不用替马修难过，他做错了就要接受惩罚。”葛兰不知道杰克为什么突然要跟自己说这种话，她扭头去看他，不明所以。但杰克只是站在洞口挥了挥手，什么都没说。

回到伦敦市区天快黑了，葛兰在公寓附近的旧货店里买了一件大衣披上，才上楼去敲门，几个人听见门铃响拜伦很快有反应，起身就要去拉门却被林恩拦住，他说：“应该是葛兰小姐回来了。”

说完也不等拜伦有所反应，径自开了门，见到站着的葛兰松一口气般笑了起来，“我猜测是你，欢迎回来。”

不知为何，拜伦听见林恩口中说的“回来了”三个字，特别别扭，所以自始至终黑着脸看葛兰。

拜伦的目光太过强烈，葛兰想假装没看见也不行，她冲林恩点头，闪身进门，移动了两步同林恩拉开了一点距离。

再去看拜伦，他的脸色缓和了些许，但依旧板着一张脸。

在很多年前，拜伦就是她的教官，他教授葛兰狙击和拳击，头两年葛兰总被他揍，拜伦从一开始就表达了对女学生的不满，以至于后来许多年葛兰都不敢太近他的身，只是后来她越来越会打架，偶尔也会使阴招，拜伦吃过两次亏下起手来就更加凶猛了。整个M团里，葛兰最不想靠近的人非拜伦莫属，两个暴力属性的人一旦相遇，场面一定无比血腥残暴。

两人在空气中静静地对视，谁也不肯先一步妥协。

觉察到不对劲的林恩笑着打断了两人，他走到葛兰面前，挡住了拜伦的视线，“你应该还没有吃饭吧？我让伍德先生为你准备。”说完，他也不等葛兰有所反应，转头对拜伦说：“这位先生，你也同我们一起进餐好吗？”拜伦是个闷葫芦，葛兰不在的时候他一直恪守做守卫的工作，没有同顾客有任何进一步的关系，自然也不愿意一起进餐。

葛兰没有拒绝，他表情讪讪，抬手将大衣外套从衣架上取下，披上。

拜伦盯着葛兰道：“既然你来了，我就走了。”停顿了一下，他又说，“希望你不要忘记自己的身份。”

葛兰冲天看一眼，没有回话，让开了道，让拜伦先离开。

拜伦一只手已经握住了房门的把手，脚下却没下一步动作，他在等葛兰给自己回应，葛兰无奈，叹出一口气冷冰冰道：“我知道。”

拜伦离开后，葛兰的表情终于放松了一些。

林恩注意到她脸上的微妙变化，露出一个淡淡的笑容，“你很在意这位先生。”

葛兰透过余光看他，点头，没有否认。抬头看见伍德先生已经将新准备的一份晚餐放在了餐桌上，她蹙眉，但还是在餐桌旁坐了下来。林恩见她坐下后，低头弯着嘴角，视线落在她紧紧裹着的羊绒大衣上，衣袖被她往上卷了一点，露出了泛白的地方。

“室内的温度很高，葛兰你是否要将外套脱下？”林恩好意提醒，葛兰的脸因为室内室外的温差大变得煞白。

葛兰拿着刀叉的手顿了顿，低头看自己在旧货店买来的大衣。大衣内还是那件破碎的晚礼服，衣料上沾满了血腥和腐朽的味道，这件大衣正好将那些东西给掩住了。她摇了摇头，说：“我吃完就去洗澡。”

林恩不再说什么，入座，整个餐厅里就只听得见刀叉在餐盘里碰撞的细微声响。

餐桌上高高的烛台一时羸弱，一时盛烈，灯光映在葛兰一张好看的脸上。林恩端着红酒杯，透过玻璃看她，他没什么食欲，端着酒杯一动也不动。

葛兰能感觉到他在看自己，但她很饿，饥肠辘辘，狼吞虎咽地将一点零碎的面包屑下了肚后才缓过劲来，手里还捏着刀叉没松开，问他：“你有什么话要跟我说？”

林恩愣了愣，脸上没有被抓包偷看的尴尬，他淡然的样子与世隔绝。

她消失的十几个小时里，林恩都在思考一个问题，“那个杀手，你们将他怎么样了？”但问出来的话，又变成了无关紧要的。

葛兰知道他会问，已经在回来的路上就打好了腹稿。

“他做错了事情，自然去接受惩罚了。”离开基地时，杰克提醒她的那句话，照搬不动地转告了林恩。

“犯错”本来就是伪命题，林恩怎么会就此算了？

“这世界上没有人成为上帝，谁都没有权利惩罚别人。”林恩说着，高脚杯里的蓝红色液体被他送进了口中。杯壁上残留了一丝蓝莓的碎屑，原来是鲜榨的蓝莓汁。

葛兰停止了手上切割面包块的动作，皱眉思考他的话。

“他差点杀了你，你将他碎尸万段也不为过。”

“我知道，如果不是他死，就是我亡。”

葛兰抿着唇角没说话，她担心自己一开口就会拆穿对方的伪装，为了隐藏情绪她知道什么该咽下肚子。

“就连上帝也不能随意评判一个人的生死，他的罪应该交给法律，私自给予惩罚只是滥用私刑，非常不公平。”

“是不是我死了，就公平了？”因为林恩的公平论，葛兰愣住了。此时此刻，嘴里的食物如同嚼蜡，毫无感觉。她觉得自己在吞咽纸团，喉咙被堵塞得慌。

葛兰的眼神落在他脸上时，林恩顿了顿，手心里的杯脚被用力地握住，慌忙道："你同那人在宴会厅里大打出手的时候，我恨不得他死在你枪下。比起别人，我更在乎的是你的安全，我不希望你受伤。你没出事，真的太万幸了。"

林恩说完，很久也没有得到葛兰的回复，仿佛为了证明自己的真实心情，他放下了手中的杯子抬头去看她的眼睛，深邃的眼里满满的是坚定不移。葛兰不知道他对自己的关心是出于礼貌，还是假意？但无论是否真实，葛兰的心里依然飘过了一丝异样感，浮动不大，像是羽毛在心口上轻轻刷了一下。林恩那双眸子转到她脸上，没有再移开。

一时之间，她不知道要如何作答。活了二十多年，所有人都告诉她，你要活命就得去杀了别人，只有他说，你没出事，太万幸了。

只有他，只有林恩是第一个将这句话说出口的。

葛兰低着头放下了叉子，猛然站了起来，林恩的目光追随着她，葛兰与他对视，忽而咧开嘴慢悠悠地道："你觉得他们会对马修动什么私刑？我很好奇呢。林恩先生，你知道吗？"

"他们？"

"嗯，莫雷长官把他交给了一位夫人。"她眼眸流盼，掠过林恩眼角一扫而逝的冷光。

林恩摇头道："我不知道，只能希望他平安无事。"

葛兰听他说完，面上依旧没有变化。抬手推开了椅子往房间里走，林恩没有下一步动作，压根没有注意到她在转身时，眼里蒙上了一层漠然。方才心里那一瞬间的温暖，刹那间化为乌有。

第二十八章
找到她

伦敦的清晨，正是纽约的凌晨。

睡梦中的男人是被电话吵醒的，偌大的房间里，电话铃声吵得人脑仁疼，男人的腿脚不方便，动作有些费力地一掌撑起了半个身体。宅子里的佣人显然睡死了，直到电话铃声断掉再次响起时，终于有人急匆匆地接了电话，不过多久男人听见有人在敲门。

男人脾性不好，因被电话吵醒久等不到佣人的出现，脸色不好看。

佣人拿着电话时，还有一些战战兢兢，“先生……是医院来的电话。”

男人原本待发的怒气被担忧替代，他慌忙接过电话，询问医院那头的人：“什么情况？”

看护人在电话里语焉不详地说了什么，男人也没有听完，直接扔掉电话想要从床上下来，佣人慌忙去帮忙，推来了轮椅将他转移上去。

“走，去医院看看。”

男人说完，佣人已经取来了他的拐杖和毛毯。听见动静的另一个房间里的灯也亮了，一个老管家模样的人走了出来，佣人见了，恭敬地行了礼，老管家挥挥手示意那人，“去把车开到大门口。”自己则走到男人身后，握住了轮椅的把手。

这是韦伦家三代的管家了，很会看眼色。男主人很着急，但没忘记交代他，“待会去了医院，今日的事情不要告诉初心。”

老管家点头，没有说话。男主人提及的是今日在 Z 国苏氏集团董事会上发生的那件事，他自然不会提及，“少爷放心，小姐马上要动手术了，我也不希望她徒增烦恼。”

圣玛丽医院贵宾重症室，房间里还有护工在帮助病床上的病人清理身体，见到有人来了，她忙停下了动作，唤了一声：“先生好。”

轮椅男脸上本就没什么表情，原本一张略带娃娃脸的长相看起来却是凝重犹豫极了，护工也不敢怠慢，手上的动作加快了，三下两下处理完就出去了。

病床上的女子眼睛瞪得大大的，明显是有反应的，只是因为手术前的护理，她的全身暂时不能动弹只有双眼能动。

“苏家那老头又想闹事，这会子盯我们很紧，我们想再有下一步动作目前看来是不行了。你先做手术，手术后我们再商量对策。总是有机会再收购一些股份的……”

女人听他说这话，眨巴着眼睛，像是同意他的话。

男人又转动着轮椅到她身边，捏了捏背，眼里满满的是关心。看着女人苍白的脸，又是一阵叹气，可女人的脸……总是让他想起那个叫顾朝阳的女孩，他隐瞒了部分事实，暂时不打算告诉她。

或许是因为知道手术在即，女人情绪不太稳定，略紧张，大眼睛巴巴地望着男人，像是有一万句话来不及说。

男人抚了抚她的额角，安抚道：“别着急初心，我答应你一定要找到顾朝阳，我会继续找下去的，我们的人已经进入了苏氏的董事会，相信很快就会有她的下落。”

被叫做初心的女孩，这才满意似的，放心地闭了闭眼。

“你现在的首要任务是准备好手术，手术成功比什么都重要。”女孩又是闭眼，睁开时看着男人眼里多了安抚的意味。男人这才轻轻点头，还放在她额角的手没有挪开，轻轻地有一下没一下地摩擦着。女人觉得很舒服一般，缓缓闭上了眼睛。

这时有医生和护士进来了。

男人这才转动着轮椅挪开了些位置让给医生和护士，“药物起作用了，可以准备手术了。”

“先生，还请先麻烦你出去。”

男人原本一脸的担忧，听见护士这样说，他也不好再呆下去，管家推了他在走廊上。

手术持续了十几个小时，其间有秘书模样的人前来汇报工作。男人望了望紧闭的手术室大门，才放心地推动着轮椅找了偏僻的角落。

“什么事情？这么着急。”他知道，一般他的人不会赶在这个节骨眼上出现的，除非是发生了非常不好的事情。

“苏晋成最近估计会有大动作。”

“哪里？佛罗里达州？”

穿西装打领带的律师点头，从公文包里找出文件递给他，“据可靠消息，道尔可能同苏氏达成合作，在佛罗里达州中部的奥兰多市设立再生能源的研究小组，我找人调查过了，杜邦集团的研究基地也在奥兰多。”

男人听着来人汇报，一面低头翻看着文件，脸色越发难看，“这个老狐狸，是何时跟道尔家那老家伙搭上的？”

秘书男也犯了难，迟疑着摇头，他并不知道私下里苏晋成同道尔达成了什么合作，更加不清楚是何时开始又有联系的？

“废物！”男人气得扔了手中的资料，“联系杜邦家的人，就说我们要加入他们的DT细胞研究项目。”

“先生……”

“你有什么问题？”

“DT细胞的研究并没有获得国际认证，加入这个项目对我们来说并没有保障。”

“那又如何？”男人一只手轻轻敲击着桌面，“我倒要看看这所谓清除衰老细胞的DT再生术有多厉害。”哪怕只有一个机会，他也愿意尝试。

管家听见动静赶紧走了过来，见秘书先生还在，老管家立即请了他出去在外面等着，自己留下来收拾了一番。轮椅男主人的脾性大，不是一次如此了，看老管家的神情早已经习以为常。

秘书先生走开了好一会，男人才缓过气来，手肘压在轮椅上，深呼吸了几次才顺过来。见到老管家，又交代了两句：“派去苏氏董事会的人做什么吃的？这么点事情都不知道，居然让那老狐狸钻了空子。”

“对不起先生，我会尽快联络那边。不过……”

“不过什么？说！”男人早已经没了耐性，听不得老管家的欲言又止，胸口起伏不定，生气到极点了。

老管家犹豫了一阵，还是将自己收到的风声一五一十说了出来：“最近，苏氏可能会召开临时董事会议。”

“什么？”

“顾小姐的股份可能会被他们稀释……”

“休想，他们做梦！”男人听到这里已经明白了个大概，咬牙切齿地从牙缝里挤出几个单词，伸手，管家眼疾手快地递上了黑色蓝莓手机，男人按了几个键后很快接通了对面的电话。

“无论如何，给我保住顾朝阳在苏氏的股份。”说完，他就扔掉了电话。老管家深知他的脾性，没有很快去捡起来，只恭敬地站在一旁听候吩咐。

过了许久，男人深深地出了一口气，自己推动着轮椅到了房间里欧式大窗户前，望着窗外的天空很是看了一会。直到听见钟声敲响，这才回过身来告诉管家：“让人先回去，还有……继续给我找顾朝阳的消息，我不信，她就这么死了。”

“好的，先生，我明白。那董事会……”

男人又叹了口气：“如果这点事情都办不好，我留这群废物有何用？”

“好的，律师那边……公司内部的事情现如今已经无法请示大小姐了，眼下重大决策可是……”

“都交给我吧。”

“是。”老管家这才离开。

伦敦希思罗机场。

在机场偶遇莫雷长官的概率非常小，除非，是他特意而为之。

在经历了马修事件后的一周左右，葛兰同林恩再次要转战去另一个城市了，巴黎，林恩的巡回告别演出第二站，这次随行的人中还有葛兰不想见到的乔安，但因为她是乐团的大提琴手，必不可少，避无可避。相对葛兰对乔安的回避，乔安明显表现得要大度许多，譬如她会主动跟葛兰打招呼、挥手、微笑，竭尽所能地展现自己温柔的一面。

“Hi，葛兰小姐，很高兴我们又见面了。”

葛兰没有去握她伸出来的手，只略点了点头，便朝着另一个方向去了。

她在人群里，意外地见到了不太可能出现的人，莫雷长官。这是葛兰鲜少见到他穿便装的时候，深黑色的皮夹克，同色系的长裤，此时他正往机场旁的吸烟区走，只留了个背影给葛兰。葛兰走过去的时候，莫雷象征性地递了一支烟给她，葛兰接过来夹在指尖上，但没点燃。团里的人都知道葛兰不吸烟，长官也没有放在心上，他缓缓吐出烟圈后才小声道：“给你的烟里藏着毒液，你也接？”

葛兰将烟的一头凑近眼前，除了烟丝也没看出别的。

莫雷微弯唇角，吐气，“真傻。”

葛兰不明所以地看他。他这才笑了笑，空着的手，大掌落在她头顶上，“说你傻呢，我说什么都信。”

葛兰也不完全相信，她只是下意识地好奇，会是什么？过不久，莫雷长官说了句没有任何关联的话：“我这次是去纽约。”

“出任务？”葛兰虽然很奇怪，为什么今日长官要跟自己聊天，平日里那样严肃冷漠的人……

“嗯……”尾音拖老长，莫雷还是简单解释了一番，“去核实一点情况。”停顿了一下，再次吐出一个烟圈，隔着缭绕的烟雾，葛兰压根看不清楚他的表情，只是听见他再次说道：“葛兰，你有想过以后不干这一行了去做什么吗？”

葛兰没想到长官今日会如此反常，这是打算跟她谈心？为什么？因为候机太无聊要打发时间？

但长官的问题，她不能装聋作哑，还是硬着头皮回答：“不知道，我暂时没有想过。我没有家人，可能会留下来在基地做个守卫或者清洁工吧？”每一位优秀的特工都是有寿限的，到了一定年纪，组织会考虑给贡献大的特工安排正常的工作，譬如会通过某机构推荐到警察局又或者别的……

“家人？你没有想过去找他们吗？”

“嗯……我也不知道自己的家人是否还活着。”

“那以前认识的那些人呢？一个也不想找吗？”葛兰的过往，他清清楚楚地在杰克的报告单上看见过，那也是杰克唯一一次失手，居然没有挖掘到有价值的内容，正因为如此，他会这么着急要去纽约。他必须得查清楚，是谁，还是漏网之鱼，居然在过了六年之后还在打听她的下落？

葛兰摇头，她很想拒绝回答这问题。因为每当有人提及，她总是不由自主地想到一些不好的过往。

印象最深刻的人，还是他啊！

那个叫范西的少年，她曾将他当作这个世界上唯一的亲人，她做梦也没想到，将她“卖”给苏家的人会是他。那时，她从唐娜口中得知，范西将自己“卖”给苏家之后，要了一大笔钱去了美国，很小的时候范西跟她说：“总有一天我会出人头地，离开这个鬼地方。”后来，他真的就离开了，去了美国，寻求另一条更加美好的人生路。

葛兰不知道最后范西有没有如愿，过上自己想要的人生，但她可以确定，就算有一天她注定要孤独老死，她也不会去找他。

范西，被她藏在记忆深处，掩埋了起来，准备遗忘了。

第二十九章 未婚妻

“你去哪里了？”林恩寻遍了几个她可能去的地方，也没找到人。最后不得不守在女洗手间门口，果然在登机前出来了。

葛兰刚洗完手，用清水一次又一次地洗掉了指尖上残余的烟味。

她看见林恩皱眉头，带着些许的抱歉说道：“对不起，下次我不会离开你的视线。”说完，她又想起什么一般，指了指耳朵，“我能随时听见你那边的动静，所以，你放心，我不会因为大意而保护不周。”

“我不是那个意思……”林恩试图解释。但话说到一半，他突然意识到自己解释再多也没有用，葛兰在对他保持距离，她在一点点回归到原本保镖的位置上。

为什么呢？是哪个环节出了错……

可能林恩怎么也不会想到，就在那天，她问他是否知道马修的结果时，他露出的那一丝冷光出卖了他。明明伪装得那样好的绅士，仅仅因为一个冷漠的神色，被葛兰打上了危险的标签。

葛兰不喜欢同复杂的人结交，更何况，此人还是任务结束后就不会再有联系的顾客。她没有去猜测林恩同那位夫人的关系，更加不想去证实林恩所说的同情马修是否真实，疲惫的生活已经让她无暇去认清事实，只是存疑一旦留下了，就再难抹掉。

飞机起飞时窗外已经露出了阳光，在严寒冬日的伦敦鲜少见到如此艳阳的天。

绅士般体贴的林恩在葛兰脱下外套以后，动作自然地接过来拿在自己手上。

“谢谢！”葛兰说完便径直坐下。

他的举止亲密毫无违和感，引来同舱内其他几个乐团成员的起哄声，其中音量最大的便是上次在林恩家中高呼葛兰是女神的那位年轻男孩儿，他调皮地冲林恩眨眼睛，“老师对待女士真是体贴温柔。”

林恩听了这话，只将两人的外套放好，便没有说什么。

坐在后排男孩旁边的乔安脸色变了变，盯着葛兰的后脑勺看了良久，大家见两位当事人都没什么反应就没有再故意瞎起哄。乔安终于转移开目光，侧目看同排的男孩，说：“林恩先生待人向来温和。”

起哄的男孩不甚在意地点头，戴上了耳机，打算闭目休息。

乔安没等到回应，继而再次将目光转移到侧前方的两人身上。安静的商务舱里，身侧是偶然翻动书本的声音，四周的其他人在窸窸窣窣的声响中戴上了眼罩、耳机养神休息。

林恩已经将书合上了，低头从马甲口袋里掏出怀表，看了时间也不收起来，捏着怀表将手搁在下巴，搭在小桌板上，另一只手则不时地点着坐椅，侧头看了葛兰，她背靠着椅子目不斜视地盯着窗外看，许久不坐客机的葛兰始终沉默着，窗外一朵朵晶莹剔透的云飘过，她已经记不清多少年出行没有这么安静惬意的时刻了。只是，不能随手可触武器，让她有些许的不适应。

葛兰动了动手指头，意识到自己的想法有点愚蠢，暗自不好意思地曲起指关节，将散落的发丝从脸上扒开。

今日的裙子是林恩让维多利亚准备的，标准的商务套装，为了搭配套装，头发披在肩上，微卷的发丝偶尔被头顶的热空调风吹得满脸都是。

葛兰从德语翻译摇身一变成为行政助理，上飞机之前，乐团里也有人提出疑问，但被林恩微微一笑没有作出解释。不管怎么说，整个乐团大约除了乔安一人之外，大家都非常欢迎葛兰的到来，长得又漂亮即便不说话也是一道养眼的风景。

凌晨才下过雨的伦敦，彩虹出现的时间相比亚利桑那州要晚些时候，有一年在美国考飞行证书，一个月的时间里总能在天上见到十几次彩虹。

窗外的彩虹引起了许多人的注意，有人已经拿出了相机想要近距离拍摄。葛兰没有动静，林恩也没有下一步打算，她看着窗外，而他则盯着她的发丝，陷入了沉默中。恍然间，觉得这一幕似曾相识，脑海里飘过一个长发飘飘的身影，在疾步中，迎面撞上来的身影，小小的个头直奔进了他的怀里，但等他想要低头看清楚眼前人的脸时，眼前又是一片的空白，只是发丝间的香味还有一丝残存，不是水果香，也不是浓烈的花香，带着淡淡的中药香味，很特别。

那远去的味道似远又近，林恩微眯着眼，微微抬起的那只敲击椅面的手，指尖穿过她披散在肩后的发丝。

葛兰在第一时间觉察到有物体靠近，抬手便接住了林恩即将碰触到发丝的指尖，感觉传递而来的温度葛兰才意识到那是林恩的手，两人皆是一愣。普通人遇到这种情况，多少会有点脸红，但林恩不会，他微微偏头，自然而然地收拢了五指，将葛兰的手包裹进了掌心，轻声问道："你用的什么洗发水？"

葛兰半侧着身子，微眯起眼看他，嘴唇动了动没发出声响，被握住的手猛地一扬，随之而来的是耳边呼呼的疾驰声，林恩愕然扭头，银色叉子在空中旋转了几个翻身，锐利的叉尖从他脸颊处飞过，直指葛兰的脸。机舱内的所有人都瞪大了眼屏住呼吸，然而血腥的一幕并没有发生。

坐在靠窗位置的葛兰，手肘一抬，两相交汇时发出的碰撞声在半空中响，银叉在空中再次旋转，再抬手时已经将叉子握在了手心里，等大家冷静下来看清楚时，葛兰毫发无损，转手又再次将叉子按照原路线飞了回去。

"扑哧"一声，众人听见叉子扎破椅子发出的声音，坐在那椅子上的乔安猛地往后一退，一张好看的脸已经变了颜色。作为始作俑者的乔安显然没预料到眼前的情况，她并非故意朝葛兰扔银叉，只是看见两人亲密地互动，心里充满了怨恨，那股子闷气一个不留神就促使着她犯下傻事，叉子从手里飞出去那一刹那她已经后悔了，但时间快得她根本来不及反悔，葛兰已经毫不客气地回敬了回来。

“对……对不起，我不是故意的。刚刚飞机颠簸我……手滑。”乔安急急忙忙解释起来，眼里泪水已经在打转，对于自己犯下的大错也很是内疚。这个机舱在座的人大多数是乐团的熟人，大家也不是很明白乔安的用意，见她哭丧着一张脸，加之葛兰还回去的叉子仅仅扎在乔安前排的椅背上，没有人受到伤害，大家也就只当是个意外。

葛兰深深看她一眼，再看其他人完全相信她的样子，仅仅动了动嘴唇，说道：“下次不要再手滑了，我也不敢保证自己会做出什么下意识的反应。”说完，她也就懒得搭理其他人的脸色，转头的时候，听见有人在身后小心翼翼地说了一句“cool”。

发出声音的人正是坐在乔安身旁的哪位叫约翰的少年，他用力地将叉子从椅背上拔出来，拿到眼前晃了晃，又仔细地研究了一番三个细小的窟窿。对葛兰的崇拜之情越演越烈。

乔安将同伴的做法看在眼里，眼神黯然，但嘴上依然又一次说道：“对不起。”

同伴约翰并没有像其他人那样很快原谅她，他咧着嘴角扯出一个讽刺的笑容，低声警告她：“在飞机上使用暴力是很可能会被刑事拘留的，乔安，你好自为之。”

“约翰，我……”

“我都看到了。”

“对不起。”乔安低下头，一双好看的手在膝盖处交织纠缠，样子委屈。

约翰又笑了笑，偏头看她，视线从她脸上扫过再掠过其他人，落在葛兰的后脑勺上，嘴里发出了啧啧声，“你应该道歉的人不是我。”人与人之间的差距怎么就这么大呢？女神就是女神……

两人的说话声音不大，但仔细留意听还是能听出一些端倪。林恩将身体坐正，一回身就看见葛兰正盯着自己看，他微愣，但很快低头弯起嘴角，靠近她耳边小声道：“你还没告诉我，你到底用什么洗发水？”

“这很重要？”比你偷听别人讲话更重要？

“嗯，对我来说，很重要。”

“我不知道。”葛兰诚恳且认真地回答了他这个问题。洗漱用品都是维多利亚准备的，她是他们的礼仪形象老师，但更多的时候是在负责他们的生活起居，加之大家常年在外，携带的洗漱用品都带有简单的修复药的效果。

林恩对这个回答很失望，还想说什么，得知了方才那件事情的空姐急匆匆来了解情况，所幸的是现场没有人遭遇伤害，林恩交代了两句后空姐也就没有再多问。

下飞机已经是在一个小时之后。

刚出安检口，林恩就被一群人簇拥着往外走。因为是告别演奏会，一些尊重林恩的粉丝得知了消息，纷纷拿了花来迎接，加上主办方派来的人，聚集在一起就人头攒动了。喜欢林恩的人大多是上了年纪的优雅之士，并不会占用他太多的时间，也没有人作出激进的行为，葛兰将靠近的每个人都扫视了一圈后放下心来，站在人群外时刻关注着被簇拥着的林恩。

乐团成员约翰从下飞机后便时刻紧跟着葛兰，她原本没什么意见，但自己动一步他也跟着动一步，这举动实在幼稚。

葛兰不得不瞪他，约翰笑眯眯的样子，扯着背在背上的乐器带子，“我就是觉得跟你在一起特有安全感。你不介意吧？”

“非常介意，你可以离我远点吗？”

“哈……”约翰没料到葛兰会如此直接，一脸被打击了的样子站在原地，眼睁睁看着葛兰转身要走，迎面走来一个高挑的男人，手里拿着大束娇艳的玫瑰花，直接拦住了她的去路。约翰诧异，眼前的男人不是早前接乔安的那位吗？怎么突然出现在巴黎机场，还拿着花挡住了女神的去路？

“葛兰小姐，什么事情这么急着走？”苏海安张开了双手，一番故作姿态，像拦路小鬼。

“闪开。”葛兰抬手就要推开他往外走，苏海安却反身顺手将花递给了走来的乔安。一大束玫瑰突然落入手中，乔安还很诧异，原本就难看至极的脸色，又黑了几分。她的目光在葛兰脸上扫过，不知道为什么那张似像非像顾朝阳的脸让她不敢直视，继而看向苏海安，语气不善，“你来做什么？”

苏海安摊手，表示对把自己的好心当驴肝肺的无奈，没有回答乔安反而看向她身后那一行同来的乐团成员说道："知道是你们的告别演出，自然要来为'未婚妻'捧场。我还特意提早一班飞机过来。"话落，他面对着乔安继续道，"怎么样，惊喜吗？"

未婚妻三个字被他咬字加重，以确保在场的所有人都能听见。包括那一团逐渐散去的人群中的林恩。林恩正在同一位钢琴老师低声谈话，突然听见声响便抬头看了过来，正好撞见方才那一幕怪异的场景，葛兰站在苏海安同乔安之间，似乎浑然未觉自己的出现有多么的不和谐，她只是关注着自己这边，注意到这点后，林恩便收回了视线，继续若无其事地听着那位资深听众的谈话。

林恩的表现一向都恰到好处，绅士温和有礼貌，对谁都是同一个模样。

如果……她没有发现他的假面具！

第三十章
九三区

乔安很失望。因为林恩在看过来时，眼里根本就没有她。她低垂着眼，没有回应因为苏海安突然出现而引起的轩然大波。

苏海安似笑非笑，仿佛看穿一切般，目光一直在三人之间游离。葛兰太了解他这样的神态了，做足一番看好戏的姿态，明明自己才是罪魁祸首，闯了祸偏要站得远远的围观自己点燃的火，一股报复的因子在心里作祟，还来不及思考这样做是好是坏，腿上早已先一步付出了行动，作为行动派，所有人都没料到今日她会第二次出手，这次还是方才大胆对同行之人表达了未婚夫身份的苏海安。

苏海安连躲避的时间都没有，葛兰一个扫蹚腿直奔他的下盘，晃眼间苏海安感觉自己屁股开了花，疼痛令他发出了闷哼声。

“你……”苏海安错愕地瞪大眼睛，也没用。葛兰表情不善，“我说过，让你别挡我路。”

一屁股坐在地上的苏海安气得满脸通红，他苏家大少爷何时吃过这亏？猛地一拍地面，气势汹汹地站起来，看那架势像是要反击回去，但让葛兰失望了，他仅仅是拍了拍西装裤上的灰尘，便笑着朝她走来，“有意思，葛兰小姐看来一点也不担心我会报复？”

葛兰见他笑，也咧开嘴笑了，是挑衅，“奉劝你别这么做，我不保证自己会做出什么不好的事情。”

“你还真有自信啊……”

葛兰冷哼，“相信我，你对我做不了什么。”

“苏先生是来接乔安的吗？不如，我们留给你们两人一点时间叙旧可好？至于我们，就先走一步了。”林恩的谈话结束了，抬腿走来，打断了两人之间的对峙。

他歉意地看向乔安，明知道乔安不愿意，他还是扯出她来做了垫背。

“我以为，你对苏先生还挺有好感，没想到……”走出机场大厅，其他人上了商务车，只剩下了林恩同葛兰以及主办方派来协助他的助理时，林恩说着，未说完却已经低头发出了笑声，他笑了一会，才收起了声音。

“你从什么地方看出来我对他有好感？”

“上次，你们聊了许久。”车来了，林恩没有让人帮忙，自行将行李箱放进了车子后备厢，安置好后又伸手来接葛兰的行李袋，她并没有习惯假手于他人，但林恩不收手两人僵持了一会，最终还是葛兰妥协将东西交给了他。

上了车以后，助理将两人送到酒店便没有多呆，葛兰的房间依然安置在林恩的隔壁，大多数时间她也只会回房里洗漱，晚上多半是睡在林恩的总统套房的客厅。前台误将两人当作情侣，在房卡内还附送了即将到来的圣诞情侣小礼物，一对银质打造的钥匙扣，上楼的路上，林恩一直将一对小人的钥匙扣拿在手上不停地摆弄，突然，他站在走廊上没有继续走了，葛兰觉得奇怪，返回去看他有什么需要？林恩却惊喜地发现这对钥匙扣可以将两个小人分开，一男一女，他将男孩递给了葛兰，“送你。”

葛兰蹙眉，没有接，他突然停下就是为这？

“只是酒店的一点小心意。”

她不收，林恩拉起她的手，放在她手心里，“这是他们给我们俩的礼物，如果你觉得实在碍眼，可以扔掉。”

葛兰收下了，林恩脸上带了笑，提议：“今天没什么事情，不如我来做晚餐。”这次外出，他没有带管家，所有的事情都是自己动手做，意外的是做得很好没有出什么岔子。叫了客房服务准备了食材，已经见识过他的厨艺，葛兰一点也不意外，林恩做饭期间，她也没有闲着，将房间的四周里里外外检测了个遍，她在做这些的时候没有刻意隐瞒林恩的意思，包括在浴室里装窃听器。

最后一个窃听器被装在了开放式厨房的琉璃台下，林恩一手捧着菜谱，一手在锅里增加着食材，目光从她身上绕过，最终落在那颗黑色的机器上。

“你怎么将这玩意带上飞机的？”他依稀记得她的行李袋是没有托运的。

葛兰没有秘密地指了指自己的手腕，将衣袖往上拉开，露出了一块红色的肌肤，那层薄薄的透透的皮肤下藏着一块方形芯片。林恩猜测那应该是某种反检测装置，但是那东西藏在皮肤里面……不痛吗？想来是痛的，只是她闷声不吭而已，那层皮肤明明已经剥离掉了血肉，哪能不疼啊？

他想说点什么来，但张开口又顿住了。

葛兰抿嘴一笑，将衣袖放下，呵出一口气，“千万不要说什么感性的话，我的表现不一定是你想要的那样。”她从他的眼里看到了同情。

林恩被她抢白以后，确实闭了嘴。锅里还冒着热气，不时地喷到他手上，直到传来了痛感他才回过神来，低头去看在热水里沸腾的蛤蜊，他突然想到一些奇怪的画面，弯起嘴角笑了笑，“我看电影的时候，许多女间谍会假扮成豪放女陪男人喝酒，你也会吗？”

“我不是间谍。”

“其实我只是想问你，是否愿意今晚陪我喝点小酒？”

“我也不是豪放女，”葛兰停顿了一下，认真思考了一番，又说，“我看起来应该不是一个很好说话的保镖，为什么你总是认为我会答应你所有无理的要求呢？”

林恩将她上上下下再次扫视了一遍，最终定格在她那张故作冷漠的脸上，因为要假装冷漠还蹙起了眉头，额头上一个大写的“川”字，他也为自己争辩，“我也很绅士啊，每一次都在征询你的同意。”

“然而你并没有得到我的同意就擅自做决定。”

“是吗？”林恩发出了笑声，他不承认葛兰口中这样霸道的人是自己，“其实，你看起来很好说话，特别好欺负，你对自己有误解。”

葛兰不懂。

林恩放下了手上的菜谱，与她面对面站在琉璃台前，一只手指在她的眉眼处，“你微微抿嘴的时候，眼睛也会跟着弯，像是在笑。”

葛兰下意识地去摸自己的眼睛，她从来没想过这个问题，也没有人这般仔细地观察过自己。这细小的发现对她来说太神奇了，忍不住就再次弯了眼角，“你还发现了什么？”

林恩这会反而托起了腮，故弄玄虚起来，老学究做派绕着葛兰转了一圈，才慢吞吞地赞叹道：“你长得很漂亮，身材也很好。”语气很真诚，像是在欣赏一件艺术品，一件买回去后会放在家中重要位置的摆设。

葛兰微眯起眼睛，林恩打量的目光并没有让人有不适应的感觉，第一次听见人赤裸裸地赞美，有一种说不出口的欣喜。

晚餐总体来说，吃得还算愉快，宾主尽欢。吃饱喝足以后，看天色渐暗，葛兰将整个房里的窗户和窗帘关得严严实实。林恩整理完餐具抬头就感觉到屋里暗沉沉的光源，正在寻葛兰的身影，客厅的水晶吊灯突然被人拧亮了。

葛兰就站在眼前，她已经穿了外套，一副准备出门的样子。

“你要出去？”林恩摊手，不太确定。

“嗯，我需要去买点东西，这四周我做了排查，暂时是安全的。我会很快回来，你一个人先睡，可以吗？”最后那句“可以吗”不是在征求意见，而是担忧他能否保护好自己。

“很重要的东西？”

“是的，我必须亲自去。”说完，葛兰已经取下了挂在衣帽架上的围巾将自己裹成了一团，原本就不大的一张脸只露出了一双弯弯的眼睛，扑闪地颤动着，因为还没得到林恩的答复，就这么安静地盯着他。

一夕恍惚，林恩感觉自己的心也随着她的长睫毛跳动了两下，他不懂得如何去解决不受控制的场景，只是笨拙地抬手捂住了眼，然后偏头露出一个放心的神情，“你去吧，我保证在你没回来之前一定将自己保护得很好。”

葛兰心说，他这是病句，难道她在的时候他就可以将自己弄伤了吗？

她没有再迟疑，转身离开房间走出了酒店。

在比利时或许半小时就能在地下黑市购买到一把AK-47，但在巴黎的地下黑市很快买到一把一级军用口径的枪支，人引荐是不可能的。葛兰先去见了引荐人，那是莫雷长官在旧时便有过合作的军火走私贩卖商，在93区的阿人区附近开了一家射击俱乐部。

93区的情况比林恩住的地方差太多了，这里会集了偷渡客、流氓、难民，是整个法国治安最差的地方。葛兰下车的时候天已经黑了，路边稀稀拉拉还有一些没钱的留学生匆匆跑过，街边的娱乐场所外聚集了不少找“活”干的黑人和阿拉伯人。

射击俱乐部的地址不好找，葛兰在街上转了一圈，依然一无所获，正犹豫着是否要找个留学生询问，刚抬脚走到另一条道上，几个人高马大的男人就围了上来。

“嘿，妞，找什么呢？”听这话，像是早已经盯上她了。带头的是一个嘻哈装扮的年轻黑人，身上手上挂着五颜六色的金属链子，咧开嘴笑了起来，露出一口黄牙，吹着口哨从黑巷子里走出来，认定葛兰就是成为他们的口中羔羊的模样，其中一个还试图对葛兰动手动脚，脏兮兮的手伸来，葛兰眉心一皱，反手就将那人的手扭至后背。

男人疼得哇哇大叫，见状的其他几个黑人一拥而上，葛兰单手扯着方才那想非礼自己的男人，将他向街边的建筑物墙面用力一撞，随即反身一个跨步上前，抬脚踢中为首那高个黑人的胸膛，男人没料到她力气如此之大，连退了几步，葛兰快速的动作没有给他再次冲上来的机会，一把抓住他挥来的拳头向后一拧，“咔嚓”一声，听见了骨头碎裂的声音，葛兰趁机在他的腹部再一脚重击，男人疼得在地上打滚。

有几个怕事的灰溜溜地跑了，反而是看上去最年轻那少年摸出了兜里的黑色手枪，目测765口径的手枪。

握枪的少年，还不太熟练，保险都没拉指着葛兰大喊大叫：“Bicth，小心你的脑袋开花。”

葛兰一把松开了方才那带头的黑人，停下了动作将双手举到头顶，做了一个投降的动作。

拿枪的少年还在吼叫：“把你的钱统统给我！”说话的声音还在颤抖，葛兰从容不迫，对他比了两下做了个休战的动作，一只手去摸衣服口袋，脚下轻轻挪动，踩到方才落跑的其中一人手拿的钢管，电光火石之间，脚尖向前一着力钢管被她踢飞，砸向少年的脑门，被突如其来的钢管砸中的少年还没来得及反应，葛兰已经近身在前，一把握住了他握枪的手腕，往后一翻少年被她甩在地上，耳边是肉体撞墙的声响，少年不死心向天开了枪，却毫无反应，不知何时，弹夹已经脱离掉了手枪，正完好无损地躺在葛兰手中。

少年脸如死灰，再不敢反抗，一个劲求饶，“放过我……”

葛兰蹲下身，将发抖的少年从地上拉起，“带我去买枪。”

“什么？”

“你这把枪，并非普通民用手枪，你从哪里弄来的？带我去。”

少年颤颤巍巍地往身后指了指，“那里有个射击俱乐部，老板……老板有门路。”葛兰顺着他的视线看过去，正是自己想要找的那个地方。但显然，那少年并不愿意带她去，趁她不备，扭头就跑了。

第三十一章 遇故知

射击馆前台是一位中年发福的阿拉伯男人，葛兰推门进去的时候，他正低着头疯狂地按着计算机，只讪讪地说了一句:“我们已经打烊了。”

“先生，我是来谈生意的。”

方才那把枪的子弹夹放在了计算机上，挡住了男人的视线，男人这才抬头认真地端详葛兰的脸，再往下看，看见暴露在空气中的手，虎口处有一层暗沉的老茧，男人收起了计算机慢悠悠地说：“要什么样的？”

“一把 FN5-7 手枪，一把管长不超过 500mm，十二号霰弹，七发 +1 的警用霰弹枪，型号不限。另外，我还要买一些其他的装备，譬如榴弹、小型炸弹、干扰器……”

葛兰一口气说完，男人听明白了，“哦”了一声，“你是要去马赛？还是用来对付恐怖分子或者你就是……”

“我用来做什么很重要？”葛兰斜睨男人，男人愣了愣旋即回答：“当然，如果你是恐怖分子那我就不卖了。”

“呵……”葛兰对男人摆出的嘴脸嗤之以鼻，如果真的这么有原则怎么会卖给一个看起来还未成年的少年一把 765 口径的手枪？

葛兰的讽刺，男人没当回事。又是一阵打量，过了几分钟后才撩开身后的布帘子，“跟上。”

那是一条通往地下赌场的密道。男人也没有对葛兰的身份多好奇，只是在一路上简单介绍了一下：“这个酒吧平日里就聚集了一些像你这样的人。”提到“像你这样的人”时，男人还不时用眼睛上下扫了一下，“偶尔马赛那边的佣兵也会过来这边玩，不过，这些家伙赌拳、杀人越货什么都干，我可跟他们不是一道的，我是个有良知的商人，我只做买卖，我不干坏事。”

葛兰听他说完后，也动了动嘴皮子，“我也不干坏事。”

男人侧目过来看她，吃了苍蝇的表情，葛兰冲他笑笑，他脸色缓和了一阵才说：“你是第一个跟我这么说的人，那你说的一定不会是假话。”

“谢谢。”

“我叫爱德华，我信耶稣。”

爱德华没有再说话了，很快两人听见了震耳的音乐声，再一转角果然看见一个热闹非凡的景象，此时酒吧正灯红酒绿，来来往往的男女抽烟喝酒吸大麻，骄奢淫逸。两人没有往舞池中央去，爱德华将她带到了另一条道上，意外的隔音效果很好，走廊上就已经听不见吵闹的音乐声了。

“我带你去见这里的老板，你要的那些家伙我可没有，这里的老板才供得起。”

“老板？”

“嗯，三年前一个女人，单枪匹马地枪杀了这里原来的老板，自己坐上去了。那女人可比毒蛇还凶猛。”爱德华在提及这里的老板时脸色不太好看，想必是敢怒不敢言。

走到一个厚重的铁门外，门口站了个年轻人对爱德华点了点头，指着大铁门，“你要进去？”

爱德华点头。

年轻人没有再说什么，扔掉了嘴里的烟头直接将房门推开了，一间看起来普通的会客室，年轻人将房门关上后便进了另一间小屋子，很快那人又走了出来，对男人摆手，“让你们进去。”

爱德华带着葛兰进了那偏僻的小屋，屋子里很暗，到处是红色幔帐，中央摆着一个可以躺十来个人的软垫沙发，一个女人坐在里面正在吸大麻。

透过幔帐，葛兰看不真切，但那女人抬头的时候，对方也意识到了什么一般，一把撩开了那些繁复的幔帐，露出一张熟悉又陌生的脸。

“是你，好久不见。”女人吐出一口烟，差点喷在葛兰脸上。突如其来的烟雾缭绕让葛兰很不适应，她飞快地扭头咳嗽，听见罗拉猖獗的笑声，“哈哈哈哈哈哈，你怎么还是这怂样？”所有跟葛兰一同训练过的人都知道，她不抽烟，这毛病维多利亚纠正过许多次，都没纠正过来。

这让曾经最亲密无间的搭档罗拉也备感无奈。

爱德华没想到老板娘居然同眼前这位看起来像初出茅庐的女特工是旧相识，他撇撇嘴巴，连带着对葛兰的那么一丁点好感也没有了。

“既然你们认识，那小姐您直接找罗拉老板购买枪支吧。”

葛兰曾经设想过许多同罗拉再遇的情景，最坏的幻想是，到那一天时她们这两个曾经最亲密无间的搭档会不会站在对立面指枪以对。如今这样的场景下见面，比预想中好太多。她们都变了，罗拉从当年那个阶下囚到如今的酒吧老板娘，她还贩卖军火，只是……

“你这些年一直躲在这里吗？”葛兰没有理会她的嘲笑，问道。

“是。如果你还顾念旧情，我希望你不要拆穿我。”

“可是总有一天，他们会找到你的……”M 团在最初的时候有许多人，上百到几十个，最终留下来的无非那么几个，其他人不是死了就是失踪了，当然也有例外，比如马修和罗拉。马修是叛逃了组织，罗拉则是被莫雷长官放弃了，奇怪的是，他并没有杀了她。

“他当年既然选择放了我，只要我不碍眼，他不会再杀我的。”罗拉掐灭了烟头，一把将矮柜上的锡箔纸和白色粉末扫到地上，她让出位置让葛兰坐下。

葛兰坐下后，听见罗拉问自己：“你难道没有想过未来吗？这一行，不是长久之计。”

过去的六年里，从来没有人跟她说过未来，因为人们每天都在为明天而活，怎么样活下去才是重大之事。这些日子，罗拉是第二个提出问题的，第一个人是她怎么也没想到的莫雷长官。葛兰摇头，“能活下来再说吧。”

"也是，能不能活到那天都是问题。"

"我想买点东西，任务需要。"葛兰没有打算继续同罗拉叙旧，直截了当说明了自己的来意。

同样是做生意，葛兰的生意罗拉自然也会接。她让她坐好，手在沙发后摸索一阵，突然"咔嚓"一声响，她还没来得及做出反应，两人便随着失重的沙发往下坠落，原来沙发底下是气垫，两人稳稳地落在地下室。葛兰回过神时，便被眼前的景象给震惊到了，偌大的地下室里按照六芒星形状建筑，六面墙上都摆放着各式各样的枪支。

"自己选。"罗拉大方道，难得给自己的老搭档开了上帝之手，说完她已经从沙发上站起来，走到一面墙边启动了另一道机关，墙面旋转出了两道门，往里面走就是预备的炸弹和其他的电子仪器设备。

"你这里的东西够你吃一辈子了。"葛兰不知道罗拉被放弃，是否与这些枪支有关，但她猜测，绝对脱不了干系。

罗拉点头，"所以啊，我觉得我最后的归宿大约也就是这里了。"

葛兰挑选了自己需要的东西，她并不打算白拿，只希望罗拉给自己打折，离开酒吧的时候，罗拉亲自送她出去，走的不是来时那条路了，而是另一条更加快速，出了酒吧之后直接到街上的道路。

罗拉送她上车，站在车外挥手，两人告别时像一辈子也不会再见。

直到后视镜上看不见罗拉的身影后，葛兰才收回了视线。这场景，让她意外地有点心酸，六年前的她们，明明不是这样的。

莫雷长官是在一次解救人质的任务中俘虏了她，那时的罗拉是一名杀手，格斗技术还不过关的新人杀手。他没有杀她而是带回了基地，莫雷长官将罗拉当成了葛兰的陪练，所以从一开始，罗拉就仅仅以一个不光彩的身份出现在她眼前，所以罗拉讨厌她。

手摸到黑色袋子里硬邦邦的物品，葛兰闭起眼睛，陷入了回忆。回到六年前，那次，她同罗拉初次见面。

新搭档是杰克带来的，杰克指着那个被捆绑在地上的女人说道："这个是你以后的室友，她叫罗拉。"

顾朝阳打量着新室友，一个身穿白T恤但眼神冷漠犀利的女人，即便被绑着，她也表现出了自己的气势汹汹。最初，顾朝阳是害怕她的，每次宿舍熄了灯她总担心罗拉会不会突然拿着一把刀干掉自己。事实证明，是她想多了。

罗拉知道顾朝阳在打量自己，但是她没有伸出友谊之手，也没有作出反应，只是淡淡地回敬顾朝阳。

看到最后顾朝阳冲她点点头，她也没有反应。

劳拉走后，罗拉被顾朝阳解开。她扔下自己的行李，连样子都懒得装了，直接和衣躺在了床上，以沉默拉开了她们两人之间宿命般的搭档之旅。

顾朝阳是后来才听人说起："那个罗拉你们知道吗？是莫雷长官亲自带回来的人质，听说是个狠角色，干过不少事儿，也杀过人吧……"

窃窃私语的人是第一次上课时，故意拿了沾了酒精毛巾给自己身边的小个女生，叫什么名字，顾朝阳已经忘记了。她们似乎很热衷于讨论新来的，顾朝阳也不知道是应该高兴还是应该反感，起码罗拉的出现拯救了自己，省去了不少的麻烦。

果然罗拉在上第一堂格斗课程的时候，再次遭遇了其他人的挑衅。罗拉被三个人围殴了，三个人加起来也差点没在她那里讨到好处，都是带了伤下的课，但毕竟是以一敌三，罗拉的伤势更严重些，就如同刚来的顾朝阳一般，没有人会在意罗拉是否被揍得鼻青脸肿，她只能带伤继续接受其他人的挑衅，最后实在是难以支撑才晕了过去。

顾朝阳趁着没人的时候才把罗拉扛回了宿舍。她原本想学着其他人，也做个两耳不闻天下事的冷漠之人，但在挣扎过后，她确认自己实在做不到，于是去而复返。

"我有一些药膏，你要吗？"

被顾朝阳救了的罗拉似乎并不领情，她没有回答顾朝阳的话。

顾朝阳看了她一眼，确认她不想回答后，索性收起了药膏不再提这事。她虽不至是个冷血人，但也绝对不是个善良的人，既然你不接受好意，她也不会勉强。

不同于顾朝阳的，罗拉是个争强好胜的角色，而顾朝阳比较冷静理智，她从不打没有把握的硬仗。所以初入这个团体的顾朝阳反而奇迹般地鲜少负伤。

后来一连几日罗拉都被揍了，她也揍了别人。只是越到后面，大家越不敢再对罗拉下手，毕竟她也曾以一敌三，单打独斗的时候其他人绝对不是她的对手。这世上识时务为俊杰的人毕竟比愣头青多得多。

第三十二章 心意

葛兰带着一肩的雪回到酒店，时至午夜，林恩还没休息，穿着浴袍来开门，见到葛兰手里提的黑色箱子，瞬间明白那里面装的是什么东西。他让开了道，让她先进门。

大厅里的水晶吊灯已经熄灭了，他开了沙发旁的落地灯。葛兰将箱子放在角落里，抬头看见灯下的沙发上反扣着的一本书，矮柜上的杯子里还冒着热气。

“你在等我？”葛兰微诧，忘记了要摘掉脖子上厚重的围巾，大衣的肩上还有几缕未融化的雪花。

“嗯，你说过很快回来。”林恩说着话，已经上前一步，抬手的时候迟疑了片刻，没有触碰到她的肩，只提醒她，“你要不要换下外套？”

葛兰低头看一身的风尘仆仆，闻到大衣上沾染了浓烈的酒味和烟味。

“好。”她没有拒绝，转身想离开，又被他叫住，“你的行李我拿到了客房，晚上你住那里。卧室的房门我会打开，我们就像是在家里那样，有任何不对劲我都会叫醒你。”在她离开的这几个小时里，林恩已经替她做好了决定，“你订的那间房，因为乐团里有人生病，需要单独隔离。所以，这些日子你同我住。你介意吗？”

对葛兰来说，住在什么地方都无所谓。她没有其他的意见，只是掉转了方向进了客房。

简单洗漱一番再出来时，林恩已经放弃了看书，正在开放式厨房里忙着热牛奶，见她出来一定要看着她喝完以后才能回房间去休息，葛兰不是别扭的人，当着他的面咕隆咕隆就将热腾腾的牛奶吞进了肚子里。

其实喝牛奶和睡得好不好是两回事。

即便再放松的日子里，她也早已经养成了浅眠的习惯。临睡之前，她在门口做了警报，一旦有人靠近便会响起。天将亮，便被吵醒了。初初听见警报声时她立即精神了，披上外衣拿出了藏在枕头下的手枪，警报只响了一声，很快就断掉了，但门口的人还未离开，葛兰隔着墙听动静，只有一个人，也没有任何弹药的气味，再透过猫眼看见来人的脸。提着的心稍安，将枪收到了衣服里，葛兰没有立即去开门，转头见到林恩也被吵醒了。

“是谁？”林恩将她从一开始的戒备到如今的安心的举动都看在眼里，便猜到来人一定是她认识的。

“苏海安。”

“他？找我做什么？”林恩听见是苏海安以后，便大步跨了过来，挡在了葛兰身前自己拉开了房门。

葛兰也觉得意外，苏海安大清早扰人清梦，应该去找乔安才对，为什么会来骚扰林恩？

门口的苏海安像昨日一样，手里拿着大束玫瑰花，见到开门的人是林恩时也并不意外，“我是来找葛兰小姐的。”

林恩到口的话还没出口，苏海安已经讲明了来意。他干脆非常没有礼貌直接绕过林恩走了进来，将花递给葛兰，脸上依旧是欠扁的笑容，“葛兰小姐你愿意接受我的花吗？我可是一大早便去花店亲自买的，去了你房里后来才听说你搬来了这里。”他淡淡地说着全程，对于葛兰出现在林恩房里的事情丝毫不觉得意外。

他说了许多的话，但葛兰只听见了其中一句。

“你怎么知道我的房间号？”

苏海安微愣，随后便笑了笑，“还是你心细，有钱能使人推磨嘛！你听过这句话吗？这是中国的一句谚语。”

她不想纠正苏海安那句谚语的错误，但对苏海安的不欢迎是明面上的。无论是他调查自己也好，还是其他也好，她都不想要和苏海安有半点的牵扯。

“苏先生，非常不好意思，恐怕葛兰不能接受你的心意了。我对某些花粉过敏，所以家里也甚少摆花。”被苏海安故意选择忽视的林恩依旧好脾气，嘴角还是微微上扬，睁眼说着谎话。

相比起林恩的礼貌，葛兰便没有那么温柔了，直接上手去推他，将他推至门外，也试图让他知难而退。

苏海安暗自咬牙，心里很清楚自己打不过葛兰，如今又在人家的地盘。索性大度一笑，退了一步，“既然林恩先生对这种花粉过敏，那下次我再送别的花好了。”

还真是没见过如此厚颜无耻之人。

扭头又对葛兰说：“今日我就先收回，明日我再来。葛兰小姐你知道我的心意吧？”

葛兰抱臂看他，眼里满满的同情。低头的瞬间，似笑非笑。苏海安一时竟然有点尴尬，眼睛飞快地扫过她同林恩，两人的脸上一致表现淡定，不为所动。

没有得到任何的回应，苏海安也停了下来，含笑看着葛兰。

果然是他啊！葛兰想起许多年前自己认识的苏海安也是这样的，永远以自我为中心。对待乔安和顾朝阳时一直都是两幅面孔，愿意讨好的人无论说了多么难听的话，他也不会表现出任何的不满和受伤，依旧笑脸相迎，转头就对顾朝阳大发雷霆，宣泄不满。苏海安这个人，非常可怕，哪怕是如今的葛兰有时候做梦想起他那双藏在笑脸背后的阴森眼，也会感觉到毛骨悚然。

过了一会，葛兰将双手松开，从鼻子里哼出一声气，“苏先生，我怎么这么讨厌你呢？”

苏海安却像听不懂她在说什么，继续嬉皮笑脸，“没关系，我喜欢葛兰小姐就行了。我在很认真地追求你。”说完，他还不忘最后对葛兰眨眼睛。

这些葛兰都没有看见，因为林恩已经将房门关上了。

房门“啪嗒”一声，葛兰诧异地看着飞快抄起手假装刚刚那不礼貌的人不是自己的林恩，对方仅仅耸肩，什么也没说，转身便回了自己的房间。他还穿着睡衣，柔软的丝绸睡衣笔直地穿在他身上，即便是睡了一觉之后也平整无皱褶。

葛兰在原地站了一会，直到听见门外的苏海安没有了半点动静这才转身离开。

时隔一月后的再次演出，林恩非常重视，他要求乐团的每一个人提前两小时到他的房间，最后做一次曲谱调整，十几个人的团队意外地和谐，很快进入状态，林恩坐在三角钢琴前，调试了几个音阶，没有问题后，几人便拿出自己的乐谱一面试音一面讨论，浑然忘我。

葛兰打点好后，见客厅里已经没有座位，她便趁人不注意身手矫健地跳上了一米高的窗台，背对着窗户坐下。

她非常习惯在一个热闹的环境下独处，专注于四周的环境，即便是高楼大厦，在现如今科技经济发达的社会，暗杀组织在严密的布局下无孔不入。她从来都不是掉以轻心的人，在场的每一个人都有成为凶手的可能，哪怕是让人觉得别扭，她也不会离开大家的视线。偶尔也会抬头查看大家的情况，琴声一阵一阵地传来，并不连贯。

“对，这里，我们再试一次，乔安，专心一点。”林恩修长的指，点着音符。

“嗯。”失魂落魄的乔安回过神，被林恩当面指责，她脸色绯红，慌忙将目光从葛兰脸上收回，翻开了眼前的一页曲谱。

林恩停下了动作，不发一言地盯着乔安看，他对自己的团队要求很高，在座的每一个人都是精挑细选出来的，近来对乔安的表现他有了些许的不满。乔安很快找到他所提出的那段曲谱，挥动手尝试拉出了音乐声，悦耳的琴声响起，大家的脸色才缓和。

林恩没有再冷着脸，不着痕迹地抬头看了眼远处坐在飘窗上的葛兰。

她感觉到林恩在看自己，但没有抬头，目光落在窗边。

林恩很快就收回了视线，乔安结束这一段以后，他便站了起来，看时间已经不早，“你们先回去稍作休息，半小时后我们在酒店大堂见。”

听见声音，葛兰也从窗户上跳了下来。今日，她要陪同林恩去巴黎爱乐厅勘测环境。

苏海安被不礼貌地对待之后，在门口站了一会，低头看手中的花束，嘴角不易觉察地露出一点笑容。

抬脚离开。路过垃圾桶，将那束火红色的玫瑰像垃圾一样被了进去，花茎上满满的刺被挤压得脱掉了一层皮，上面还沾染上了一丝红色的血迹。

上了车，苏海安才皱着眉头看到手掌心里的被刺扎破的几个小孔，湿纸巾抹掉星星点点的血迹，他感觉不到痛一般，微微眯起眼看停在自己眼前的一辆车，带着血迹的湿纸巾被他猛地砸出了窗外，噗的一声落在对面的那辆车窗上。

电话铃声让他彻底平静了下来。

“什么事？”电话是Z国打来的。

电话那头的人说了什么，原本整个人陷进椅子里的身体僵了一瞬，“我知道了，我会回去。”

挂了电话，他疲惫地揉着眉心，一脚油门踩到底。他这次来巴黎，除了膈应乔安以外，再无别事。苏氏在下周就要召开股东大会，六年了，这是第二次提议罢免顾朝阳的股东身份，这一次的股东大会父亲势在必得，所以他必须回去参加，为父亲的成功庆贺。

顾家扎在苏氏的一根刺，就是顾朝阳，这让父亲寝食难安，彻底拔除的这一天终于要来了。

也意味着，顾朝阳在这个世界上所有的痕迹即将被抹掉。

第三十三章
诅咒

阳城，苏宅。

助理汇报工作的时候，苏晋成刚好挂了电话。

“什么事？”

“杜克明先生回阳城了，我的人也是这两日才查到的。”

“什么？”苏晋成重重放下电话，拔高的音量令助理不敢抬头。

助理慌忙解释：“他行踪隐蔽身边陪同着保镖，我们近不了身。”

“这几日他有见过什么人？”

助理摇头，回答：“没有。他这些日子一直住在郊区的别墅里，并未见到出门和访客。”

苏晋成这才松口气。眼下，专门针对顾朝阳股份去留问题的董事会召开在即，他不允许有任何纰漏出现。

杜克明是苏氏集团还未收购T集团时期的大股东，同苏晋成关系不差，六年前他试图稀释的顾朝阳那百分之二的股份时，杜克明就发邮件表示了自己的支持。对于杜克明，苏晋成是相信的，他应该不是不定数。生性多疑的苏晋成依旧不肯放下心来，“继续盯着，在董事会之前尽量不要让他见任何人。”

助理领了命，没有立即离开，递上了最新的股东名单。

排在第一位的依然是苏晋成，他手中握着庞大的苏氏集团的超过百分之二十的股份，理应在董事会上有一票否决的权利，但因为苏氏在吞并了T集团以及顾氏后盘根错节，庞大复杂，有一些股份不得不外流出去。这些年苏晋成一直在稀释其余的小股东，眼下，苏海安同唐娜也是股东之一，三人加起来超过了百分之四十。

所有的股东中，苏晋成最担心的依然是那不慎外流到境外的百分之八的股权。

这位股东从未露过面，虽然手中持股不多，引不起太多风波。但不能否认的是对方处心积虑几年时间，始终在设法购买苏氏更多的股份。

“一共七位股东董事，杜老应该会支持我们，加上少爷和夫人，这次应该不会出……”

“应该？”苏晋成一张严肃的脸更冷了几分，他不允许底下人这般。

“对不起。”助理偷偷捏手心，苏晋成不说话的时候很严肃，开口时便是阴风阵阵了，助理是新上来的，做事情颇有些束手束脚。

“下去。”苏晋成挥手让他退出去了，拿起电话拨通了杜克明的卫星电话。

老朋友回国，他必须去见一面。

在门口遇到夫人送茶来，助理遽然一惊，已经年过四十的夫人保养得宜，一身黑色毛衣，简单地绾起鬓发，看上去也无比高贵。助理唯唯诺诺，“夫人。”

唐娜余光看他，点头。推门直接进了苏晋成的办公室。

“新沏的绿茶，你试试味道。”

苏晋成放下了电话，在案几上抬起头，瞥了她一眼，眼神淡然，指着一旁的空地，“放着吧。”

唐娜放下后没有离开，美目落在那一排股东名单上，排在末尾的人是她的名字，良久后轻笑了笑，问道：“股东大会，海安参加吗？”

“我已经让他回来了。”

“好的。”

两人无话，陷入了沉默。这个家里，已经许久不再有人提及顾朝阳这个名字了，但最近，因为股东大会一再被提及。唐娜兀自坐在沙发上喝了一盏茶后，才悄声离开。

她是顾朝阳名义上的母亲，血缘上的姨妈。但是她在二十年前选择了背叛整个T集团，站在了苏晋成身后，成了全天下的笑话和叛逃者，苏晋成给了她夫人的位置，却始终没能给那颗心。最终，她落得的下场，还不如那个死鬼妹妹，苏晋成这一生的最爱，并为之疯狂的唐安妮，尽管最后，他还是派人杀了她和她的女儿。

很是奇怪，苏家的人就像是遭遇过诅咒，会爱上唐家的血脉。

苏晋成是这样。

苏海安同样。唐娜隐隐勾起了嘴角，嘲讽一般，朝着旋转楼梯下看。

纽约。

“少爷，人来了。”

偌大会议室里，坐在首位的男人正是韦伦家目前的掌权人，他转过了轮椅，正面对前来汇报的管家，苍白的脸上是掩饰不住的病容，黝黑眸子阴晴不定地闪烁着。他一抬手，老管家便退了出去。

来人异常高大，一身纯黑色的手工西装，手中提着黑皮箱。

黑皮箱被男人放在了会议室的长桌上，管家将厚重的房门关上，整个房间顿时只剩下两人。

“你好，我是范西。”轮椅上苍白着脸的男人先伸出了手。

莫雷站在他面前，棱角分明的五官，冷硬的唇线微微抿着。他没有伸手，径直在旁边的黑色转椅上坐了下来，“范先生，我是杜克明的代表，他委托我与你签合同。”

尽管他用金边眼镜很好地掩饰掉了眼中的寒光，但还是给人一种压迫感。范西看了眼停在空中的手，并没有觉得难堪，很快收回摇动着轮椅上的仪器，将椅子靠近了一些桌沿。对方已经抽出了黑皮箱里的文件。

文件一式三份，加上股权授权书以及转让书有十几页。

范西没有叫来律师，从杜克明那里购买的股权是整个韦伦家的秘密，不可走漏半点风声，所以每一份资料他都看得认真仔细。

“杜老人还康健吗？”看文件期间，会议室里很安静。范西随手翻过一页，客气询问。

莫雷伸手抬了抬眼镜，“嗯”了一声，算是回答了。杜克明是否健康他自然不知道，不过是夫人在苏氏安插的一枚棋子，如今，将股权转让，杜克明本人又有什么意见？夫人做事情，从来不需要理由。

“这次真的非常感谢杜老先生的支持，请您代我转告。”话落，抬手便在合约上快速地签上了自己的大名。

“是范先生的诚意打动了杜老。”韦伦家出手大方，为了买到这不到百分之十的股权出了高于市价两倍的价格。莫雷见他已经签署完所有文件，便一一归拢，收了起来。想起什么一般，又问道，“听闻，贵府的大小姐生病了，不知现如今情况如何了？”

原本他没有这么快能摸到，调查寻找顾朝阳的人是韦伦家的大小姐。意外之举，韦伦家为了快速得到更多苏氏的股份，找上了杜克明，顺着这条线，莫雷查到那位久病于医院的幕后人物。

据说是韦伦夫人前夫的女儿，但同韦伦老爷关系亲密，在双亲去世不久后，整个韦伦家族的生意都交给这位来路不明的大小姐了。

但不知道是谁，将大小姐藏得深，线索到这里便断了。莫雷也没想到，仅仅是一个合约，对方便露出了马脚。

范西没想到这人还做一些功课，搁在轮椅上的双手握成了拳头，但脸上并无波澜，“她很好，只是还要休养。”

这位大小姐，讳莫如深。莫雷也不再纠缠，从椅子上站了起来，说道：“是吗？有机会希望能去看望她。”

范西脸色微变，皱起了眉头对莫雷的态度不再和善，“你不是杜先生的代表人。”

“范先生多虑了。”莫雷已经提起了黑皮箱，打算离开。但范西明显不相信他的话，摇动着轮椅追了一步，莫雷转身，低头看他，摘掉了脸上的眼镜，露出一双透着危险气息的双眸，紧紧盯着范西，坐在轮椅上的男人尽管看似病弱，但那一张好看柔和的脸上却透着变化莫测，黎明前的暴风雪。

范西在方才觉察到不对劲时，已经悄然按动了轮椅上的警报。

虽无声响，但莫雷还是听见了门外多人那凌乱的脚步声。他咧着嘴扯出一小点弧度，声音如同来自地狱。

“范先生，你应该庆幸自己是残疾人。如果不想让你的人死在我手上，就撤掉外面的人。”

范西一愣，不敢相信眼前的人居然早已经猜到自己有了警示。莫雷的话，令他不敢轻举妄动，他绝对相信他有能力撂倒门外的保镖。深吸一口气，他按动了隐藏在轮椅左侧的一颗绿色按钮。门外的人，再次快速地撤离了。范西深吸了一口气，抬头再次看向莫雷，“你是谁？到底想做什么？”

莫雷扬了扬黑皮箱，“范先生，我们以后还会再见的。”说完，他转身便拉开了大门，转头不忘记提醒范西，“合同是真的，杜克明会支持你们在苏氏股东大会上要做的事情。”

范西没回话，深深地看他的背影。

老管家经历过这一切变化后，第一时间走了进来询问情况：“少爷？”

范西捏着轮椅控制器，脸色难看，他不喜欢失控的场面。但显然莫雷的出现，打乱了他掌握的计划。他曾以为，所有的一切都在自己掌控之中……

“加派人手去医院，一定不能让初心被人发现。”

“小姐她……”提到自家大小姐，老管家顿时红了眼眶。

“她会等的，在没有见到顾朝阳之前，初心不会有事的。”范西咬着下唇，无力地安慰着管家，也在安慰自己。

第三十四章 圣诞礼物

巴黎。

探测完音乐厅，天已经下起了蒙蒙细雨，林恩抬手接了几滴雨在手心里。听见葛兰的脚步声靠近，回头来笑了笑，“下雨了呢。”

“你很高兴？”葛兰只抬头看了一眼，很快便收回了视线。

林恩摇头，“说不上多喜欢，不过这样的天气应该做不了什么事情了，我们去商场走一圈如何？”

葛兰低头没说话，确切地说，她不喜欢在执行任务时去人多嘈杂的地方，那会给自己带来不少麻烦。但是，林恩决定的事情，应该很难改变。

“不想去？”

“我们应该回酒店。”

绅士的林恩选择用另一种方式说服葛兰，冲她眨眼睛，“像上次一样，我出钱，你出时间，陪我去走走。”

葛兰想起在柏林街头那一幕，一次亏本的买卖，她不仅没拿到钱，还差点让自己死在柏林。下意识地想要摇头，林恩看穿了她的想法，加码道：“给你双倍薪资，加上上次在柏林说好的价钱。”

“我考虑一下。”

“我答应你，一旦有危险立即撤。”

看在钱的分上，葛兰点了头。她已经许多年没有去过商场，林恩在前走，她紧随其后，这一切都让她觉得陌生。

穿着手工西装的林恩不像是来购物的，他的目标很简单，直接去了一家高级女装部，面对着满墙的高级定制成衣，上下扫视了一眼葛兰，拿起一件黑色大衣外套在她眼前比画，“我猜你前几日去买的必需品里一定没有保暖的衣服，巴黎这几天都在降雨。”

葛兰听了他的话，没有拒绝，“谢谢。”

大衣很合身，她身材高挑很适合这种长款风衣。但林恩对她随意的态度不是很满意，在试衣间外站了一会，见她出来，托着下巴想了想，还是上前一步，双手穿过她的腰际，摸到了大衣束腰带，林恩的动作很流畅，利落的动作没有半分异想。葛兰抬腿往后移，避开他的碰触，但因为四周没有危险的气息，她动作幅度不大。在她有动作时，林恩一只手已经拦在了后腰，微低头，身上的湿气喷在她的脸庞。葛兰想起方才一路过来时，两人共撑一把伞，他的手臂湿了大半。

抬头，对上他的眼睛，林恩轻拍她的腰，淡笑，“做个安静的女孩。”束腰带被他拉在腰腹处系了结，他没有多停留，湿气还没浸透，他已经后退一步快速拉开距离。

“很适合你。”

葛兰迟疑片刻，很快越过他，看到镜中的自己。没有什么特别的感觉，只是感觉手掌心里热乎一些。

走出商场大厅时，他们并肩站在大厅门廊外等车开过来。林恩朝她伸了手，低声吐了两个字：“礼物。”

“什么？”这还是第一次被人当众要求送礼物，葛兰下意识地揣紧了自己的衣服口袋。

林恩并没有觉得有任何不妥，小声说道：“衣服是我送给你的圣诞礼物。相对的，我也应该有礼物对不对？”

“我很多年没有过圣诞节。”葛兰拒绝得干脆利落。

林恩动了动鼻头，咧开嘴笑着露出两排白牙，“我很期待你会回赠我什么。”压根将她的话当作耳边风了。

葛兰皱眉，没有再拒绝。

演奏会是在两天后。如同前几日林恩所说，这一天巴黎依旧下起了雨。

出发前，林恩望着窗外连绵的大雨忧心忡忡，“上天注定我这一天不会太顺利。”

“神预告了今天不太平。”葛兰并没有安抚他，不知为何，她总觉得今天会是灾难日。但她不能因为自己的不祥预感说服林恩放弃这场演出。

林恩却是很意外她的话，“我还以为你会安抚我。”

“不痛不痒的安慰如果你需要，我可以说。”

“葛兰，你总这样直接会伤害别人的。”林恩扶额，表示很受伤。

“很可惜，即便如此你也只能暂时忍受，直到你的危险解除前，总部暂时不会将我调离你身边。”

“……”林恩意识到自己同她较真是一个错误的决定，不再开口说话。

演出前，乐团的人会提前彩排。因为还没有正式化妆，大家随性地聚在一起，从头到尾地排练了几次。林恩在演出前会做很认真的准备，这不是葛兰第一次见他排练，但是是第一次坐在观众席的位置上，观看他在台上的演出。大厅里，此时就她一个观众，所有的灯光都汇聚在了台前那个人身上。

葛兰可以很清楚地看见他们，台上的人却很难分辨出她的方位，上次来时，她已经确定了会场内的六个出口方位，因为人手不足，她不得不亲自动手调出了这附近的监控，手上动作不停，苏海安走过来时她已经停了手，盖住了电脑。

苏海安自来熟地将她的雨伞拿开了一个位置，坐在了她并排的位置上。

“我就知道你会陪着林恩先生来彩排。”

葛兰手肘撑在电脑上，扭头看了他一眼，没有答话。

苏海安不觉得尴尬，低头拍了拍肩上的雨滴，眼角瞥见她腿上的电脑，还有挂在耳朵上的细小耳机，了然一笑，“最好不要再发生上次那样的事。”

“苏先生。”葛兰打断了他的话。

苏海安“嗯”了一声，等她的下文。

“这世上没有绝对的事情，如果你担心会遇上麻烦，我建议你转身往后走，离开这里。”

“呵……”苏海安从鼻子里哼出一丝气，抬头望了望台上醉心于排练的几人，视线扫过了林恩再到乔安。台上的人没有谁注意到台下的他们。他一手托着下巴一手搭在椅背上，似笑非笑，“我很欣赏葛兰小姐的身手，上次那场景，非常刺激。”

“我很荣幸你这么想。”葛兰注意到台上的人已经有了动静，很快站起身来，绕过苏海安拿起靠在椅子上的雨伞，转身离开。

苏海安没有拦他，长指依然一下一下地敲击着自己的半边脸颊，笑呵呵的。

身后传来声音，“葛兰小姐，女人太酷会没有男人敢追。”

葛兰没有回头，她用实际行动验证了苏海安口中的“酷”。

“乔安，去化妆？”有同行的人拍了拍乔安的手臂，她回过神，将视线从长长的观众席那道越走越远的黑色背影上收回。捏着弓弦的指尖微颤了几下，她一扫而过林恩，很快低下头“嗯”了一声。

正式演出是在三小时后。

林恩推开门就见到葛兰等在门外，手里还握着那把早已经没有水渍的雨伞，背靠着墙低头看着地面，不知道在想什么。

这些日子以来，葛兰同他形影不离，他早已习惯她总安静地呆在一处不发出任何声响，“你为什么不进来？”他指了指休息室，她总是恪守距离这一点，仍然令他不满。

葛兰摇了摇头，没回话。从大衣口袋里掏出一个黑色的装备，举高在他耳畔，林恩没动，她愣了下，提醒着：“把这个戴上。”

林恩余光飞快地扫过那黑色的机械，手指甲盖大小，在市面上鲜少见过，尽管不知道那是什么，但还是抬手接了过来在眼前晃了晃，却不知道要如何戴。葛兰低声叹了口气，想起来他并非是自己的同事。

指着微小的那一头道：“这是针头摄像器，链接的另一头是对讲机和定位，”说着话，她指了指自己的耳朵，“我这里能接收到你的消息，待会我会一直在台下。”

说话的同时，葛兰踮着脚要给他戴上。林恩见状，微倾身，降低了自己的高度。

葛兰撩开他后颈的衣领，将细小的线藏了进去。抬头便见到近在咫尺的人，不知何时微微牵起了嘴角的弧度，她愣住，很快站定，一脸严肃，“这不好笑，林恩先生。”

林恩很快收起笑容，回到一如往常温和却拒人于千里之外的表情。

有人来催促，时间快到了，两人一前一后朝着舞台走去。

葛兰不得不承认，林恩是属于舞台的，一身裁剪合身的手工燕尾服，同色系的领结也随着聚光灯显得那般的优雅。迎接他的是如雷般的掌声，演奏前的乐章在他起身走到三角钢琴旁时静止了，大厅里的灯调到了最暗，只留有打在他身上的那一束光伴随着他的一举一动。

抬手，修长的五指在光源下格外动人。

所有人都屏住了呼吸，等待他的手指落下时耳畔响起的那道悠扬琴声。

林恩的琴声如同他的人一般，优雅而温和，李斯特的《爱之梦》被他掩去了开篇的低沉和暗黑，改编成属于他的乐章，由低到高，一声声渐渐融入的其他乐器，将整个乐章带上了顶峰，高潮迭起，逐渐进入佳境。

葛兰坐在第一排，入场台靠近左手边的位置。

而她的身侧是苏海安，她并不意外这个座位安排，有钱捧场的苏海安可以想到任何方法坐在这里。

只是，她没有说话，苏海安也意外地没有打扰。偶尔，葛兰侧头时会看见他整个人陷在椅子里，一只手半托着脸，安安静静地盯着台上，微微合上的眼眸仿佛在认真听。

苏海安虽生于世家，但绝不附庸风雅，没道理这几年转了性。葛兰并不认为他有认真在听，至于他到底在想什么，她更加不想知道。

“你一定在想，我为什么会来听这破音乐会。”苏海安坐直了身体，碰了碰她。

葛兰摇头，很认真地回答他：“我没有这样想。”

“不，你是这样想的，我知道的。”不知道哪里来的自信，苏海安坚持着自己的想法，说话的时候他依然没有收回看台上的目光，听起来像是漫不经心，没有得到葛兰的回复，他也不着急，等了良久，才突然摸着胸口道，“其实我想告诉你，能坐在你身边陪你听音乐会我很开心。不信，你听，我的心跳声越来越快。”他拍了拍自己胸口位置，等着葛兰真的回头来看他。

但葛兰回头的时候，他又放下了手。黑暗之中，苏海安收起了脸上的笑容，没有人看得见的地方，他连装都懒得再装，一张脸阴沉得可怕。这一变化没有让葛兰意外，他有点失望。

哑着嗓子，音量时低时高，“你知道吗？有时候我想掐死你。”

“在那之前，你应该先死了。”葛兰连头都不抬一下。

苏海安有点生气了，探着身凑在她耳边，呼出一口气，“你真的是石头心肠。”

“让你失望了。”

“呵……你们总是口是心非。”苏海安往后靠了靠，没有再说话。

耳边清净了，葛兰也悄悄从椅子上站了起来，看目录表，这一曲结束后，有几分钟的中场休息，她得绕到右边的入口处。只是就连她也没想到，危险来得那么猝不及防。

第三十五章
我会救你

轰然一声响，大厅的灯尽数打亮，亮光突然射来的一瞬间让人来不及反应。葛兰猛然扭头，六个入口处不知何时分别站着一个黑影，一阵震耳欲聋的枪击声，只停滞了半秒，四溅的火光随着那几个人的移动，整个大厅里响彻着尖叫声和逃窜的声音，来不及拔枪的保安被身穿黑色作战服的男人抵着枪口击中，射成了筛子。

四周飞溅的子弹，不断乱窜的人撞倒在葛兰身前，她没有理会，抬头望向此时站在台中央的林恩，二楼上站着一个手持重装武器的黑衣男人，枪口正朝下对准着林恩的头顶，他没有开枪，眼带兴奋地看着楼下，已经瑟瑟发抖的整个乐团。

林恩望着三米开外的葛兰，眼里全是悲悯。

葛兰半蹲下身，用椅子遮挡着飞来的子弹直奔向台前。手中的雨伞突然一沉，来不及转身，飞来的弹头在耳边呼呼而响，她仰头闪避，眼看着子弹在脸上飞过，砸在并排的椅子上发出扑哧声响，放枪的人站在走道上，压根没想到有人能侥幸躲开自己的子弹。

此时她才看清楚，拖拽着她手里的雨伞的人，正是不知何时紧跟着自己的苏海安。

他蹲在地上满脸的惊慌失措，瞪大眼看半仰着头的葛兰。

葛兰的眼神让他不敢轻举妄动，颤抖着手松开了雨伞。葛兰背靠着椅子手钻进了衣服里，摸出一把便携式手枪，递给他，“能不能活命，只能靠你自己了。”她不能带着他，如此便已经仁至义尽。

苏海安拿着枪，慌忙抓住她转身离开时的衣角，“跟着你，我才能活命。”他有这个预感。

葛兰冷冷瞥他，耳边的枪响声让她无暇顾及，她已经从地上站了起来，借着那些狂奔的人影朝着舞台上去，与此同时，雨伞被她打开，原来那并不是一把普通的伞，伞面用特殊材质制成，能抵挡射速每米七百以下的单发子弹。

这是罗拉免费送给她的礼物。罗拉说：“你会用得上，就当我送给你最后的礼物。”

不到十分钟时间里，这些人主宰了整个音乐厅。乐团的成员被逼到了墙角，被一个男人看守起来，他们没有朝这些人开枪，必然留着有用。

葛兰的出现在他们的意料之中，所有人都在找她，一直躲在暗处的葛兰有了机会，从她手中飞出的尖刀直奔二楼上那个用枪指着林恩脑门的男人，“啊”的一声，男人应声倒地，葛兰躲在人群里的身影立刻被捕捉到，其中有两人已经朝着她而来，枪口的火光直奔她，在她身旁狂奔的人们如同木偶一般倒地不起，顿时整个脚下血腥一片。

但她没有停留，趁着林恩暂时安全，飞扑上了舞台，子弹追逐而来，她狂奔上前，一把扯住林恩的手朝着紧急出口跑。

伞遮挡住了两人，耳到之处遍是枪声和惨叫声。

她一手按住林恩的脑袋，凑在他耳边说：“安全出口的垃圾桶里，我的电脑在那里。现在我需要你，你能做到吗？”没有同伴布鲁斯，她只身一人必死无疑，此时她只能将身家性命交给林恩。

林恩在慌忙之中望着她的眼，漆黑的眸子里写着信任，他重重地点头。

“好，我掩护你。”葛兰一面朝着紧急出口退，一面探手伸进了大衣下角，拿出那把在罗拉手上买来的FN5-7手枪，她精确地算着二十一发子弹所用之处，半个脑袋探出伞面朝着紧逼上舞台的暴徒。

掉头跑之前林恩突然握住了她的手，“等我。”

葛兰感觉到握伞的手被一股温热包裹，来不及开枪，已经有人抬起了枪口对准了她的脑门，葛兰反应过来掉转枪口正要对准那朝着自己开枪的人，男人却先一步倒地。子弹穿过他的腿，猛地跪倒在地。葛兰眼角一扫，瞥见方才朝暴徒开枪的苏海安已经躲在了暗处，葛兰皱眉，开枪击杀了受伤的暴徒。

同时，林恩在她的掩护之下退到了紧急出口处，他转身便跑，目标是葛兰所说的垃圾桶。

葛兰松口气，将雨伞拿开了一些，剩下的所有歹徒也纷纷将目标定向为她，一时之间，葛兰感觉到自己的无力，所到之处到处都是血迹，她只能拼死一搏，四面八方而来的枪林弹雨击中了她拿着伞柄的手臂，雨伞落地，她整个人暴露在外，紧接着，手上是一个接一个的血窟窿，看得人触目惊心。

所有人都提起了心，屏着气不敢呼吸，他们以为葛兰会死在当场，但很快她就从地上爬起来，手里的枪火光一闪，正面击中台上那看守着乐团成员朝着她放枪的男人。

“啊……”乐团中有人尖叫起来，吓得跌倒在地。

是乔安，她被逼入墙角不敢相信地捂住了嘴，死死地盯着地上不时从身体里冒出血来的男人。

约翰一把捂住她的嘴，她只能流着眼泪发出呜呜声响，挣扎。

葛兰收回视线，她的身后还有暴徒夹击，不能掉以轻心，连滚了几圈滚到那死掉的男人脚边，捡起地上的AK，正面迎上步步紧逼的暴徒，狂风扫射中其中有一人当场死亡，其他人疯了似的连发数枪，葛兰逃窜至台下，用椅子掩护，顾不得疼痛的手臂，只能咬牙掩护且开枪，一阵枪击之后，双方僵持不下。

不知道是谁，突然朝着天花板放了一枪，大厅里顿时暗了下去。

“别动，否则我一枪崩了他。”随着水晶吊灯掉落的巨大声响，有人在台上咆哮了一声。

葛兰猛然回头，看见一个穿军装的男人拿着一把枪，抵着林恩的脑袋走到了台中央，林恩果然没有让她失望，怀里抱着黑色电脑，但手无缚鸡之力的他再次成为了威胁对象。

她停下了手上的动作，但枪口没有移开，她不相信任何人。

“Bicth，放下枪。”

台上那人大喊，枪口更加用力地压在了林恩太阳穴上。

葛兰眯起眼睛，咬牙松开了枪。而身后另一个男人用枪一把抵住她的腰，在耳边粗声呵道：“走。”逼着她一起重新上了舞台。

一切枪声都停止了，指着林恩的男人居高临下地扫视着台下的一片狼藉，对葛兰恨得牙痒痒，但暂时他不打算杀了她，而是扭头对林恩道：“告诉我，那些东西在哪里？”

林恩手上环抱着电脑，五根手指头一紧，好半晌才吐出一口气，视线掠过其他人，“放过我的同伴们，我跟你们走。”

男人咬牙切齿，但仍旧恶狠狠挥了手。其他两人则收起了枪，对着葛兰的那人却没松手，更靠近了一些，威胁她：“跟上。”

葛兰抬脚动了动，但没走，突地弯腰，一个闪身，反身一脚踢中男人的要害，男人痛得弯腰，手上扣动扳机，子弹因为偏了位置没有射中她，打中了墙面，葛兰闪电般，抬手落下，手肘用力击中男人的颈间，其他两人也飞快地抬着枪射来，葛兰却一把对准了林恩。

声音冷然，“你们应该不希望他死……”

所有人都愣住了，没有人想到她会把枪对准林恩。

葛兰一开始也没想过，从那位军装男的话语中，她似乎明白了什么，这些人不可能杀死林恩，因为他们有东西在他手上？

“Bicth。”有人喊了一句，葛兰不在乎。

那人气急败坏，枪口随便一扫，一枪射杀了无辜之人，随着枪响，某处墙角一个瑟瑟发抖的孕妇痛哭起来，她抱着头歇斯底里，她的一旁不远处就是藏匿着的苏海安，他瞪着眼珠求救般盯着葛兰。

听见哭声的暴徒越发气急，一把将那孕妇抓在手上，枪口对准她脑门，“他妈的别吵。”葛兰眯起眼睛，拿枪的手颤了颤。

还来不及有所反应的苏海安，不知道从哪里来的一股力道，人已经被提起，他愕然，猛然看见葛兰在眼前，再抬头时，他整个人被推到孕妇手边。

“威胁个女人算什么。”

她……居然将自己扔到了歹徒手上，企图用自己换取孕妇做人质？苏海安惊恐，张嘴却没有发出声响。

暴徒一把推开那孕妇，没有遂了葛兰的愿，嗜血地一笑，依旧朝着地上痛哭的孕妇开了一枪，哭声戛然而止。转头，枪口对准了苏海安，下一个死的人是他……

“住手……”林恩大喝一声，制止了男人扣动扳机。

“我跟你们走。”他扭头看向葛兰，冷静下来，“他们不会杀我。”

几个人掉头朝着紧急出口走，音乐厅外早已经响起警报的鸣笛声，几个黑衣武装的警察出现在楼道，听见响动朝上开了枪，暴徒原本要扔掉苏海安，旋即抓得更紧了，两个人质，警察不敢轻举妄动，只能退到门外。

大厅外，雨声的凌乱，混杂着压抑的哭喊声。

葛兰从一堆尸体里踩过，紧跟而出。雨水，模糊了视线，葛兰看见被拖拽着的苏海安在歹徒手上绝望地盯着自己的眼神，那么的痛恨！

她张了张嘴，说：“我会救你的。”声音很小，压根听不见。但看口型，苏海安还是明白了，只是下一秒他整个人就被拖拽上了一辆车，那些人用林恩和苏海安姓名要挟警察放他们离开。

警察暂时同意，但很快整个警队便上了警车追踪而去，谁也没有注意到人群里一身黑衣的葛兰，她手里拿着的枪和雨伞，还有一条血肉模糊的残臂。

她在看见警察时，便退到了人群后，身后是一辆空车，她抬手砸碎了玻璃，从里面打开了车。坐进车里，葛兰抬手摸到耳边的通讯器，先给总部的杰克发了通讯，林恩身上装有摄像头和定位，那些暴徒的每一步都在她的监控之中。

后视镜里警车偏离了轨道，上了另一条路，她掉转方向盘，与警车错身而过。

第三十六章 死神降临

天已经黑了，还下着大雨，淅淅沥沥地拍打着车窗。这是一辆改装后的商务车，同上次见到的M团的改装车相仿，林恩抬手摸耳朵，暴徒异常谨慎，枪口再次抵住了他的太阳穴。

“别动。”男人去抢他拿在手上的电脑，林恩没松手，冷然一笑，“毁掉了撒旦要的东西，回去后，你也是死路一条。”

暴徒抢夺电脑的手顿了顿，转而一把扯住林恩的头发，冷哼：“别跟我耍花样。”

林恩的脑袋因袭击往后仰起，他没有挣扎，放在电脑上的手轻轻敲击着一侧。

此次的行动非常粗暴，甚至没有部署，暴徒凑近林恩没有从他身上发现类似跟踪装置的东西，便觉得无趣，松开了手。

苏海安被一人按着脑袋强压在坐椅上方，只露出了一对耳朵听得见对面发生的动静，无法看见林恩的表情，只是林恩说话时的声音太平静了，平静到他不得不咬紧下嘴唇。脸色已然苍白，葛兰给他的手枪早被暴徒缴械，两只空空的手用力地交握，尽量不让它们颤抖。

几乎没有了人烟，车下却突然传来了轰隆声，猛然地一沉，遽然停在了马路中央。

车内的四名暴徒意识到什么，带头人正坐在林恩身侧，他看了一眼开车那人，一扬手，那人飞快反应过来，跳下车去查个究竟。但紧随而来的不远处，一道刺目的远光灯射来，伴随着灯光的还有一击枪响，站在车外的男人迅速抬枪，但从身后飞来的子弹穿过狂风暴雨直奔他的脑门，又是一声“哐当”暴徒的身体重重地砸在车窗玻璃上，往下滑时，拖出一条长长的血痕。

光源再次射来，一下一下，闪烁不定，坐在林恩身侧的男人端着枪从窗户探出身体朝着那辆车扫射，车子不能开了，另外一名暴徒一把揪起车内的林恩和苏海安跳下车，紧随其后的便是带头的那人，他一把从林恩手中夺下电脑，一只手扯着林恩的领子，连拖带扯。

因夜黑风高，压根看不清楚那辆车里的人到底死没死，只是一阵七零八落的车身碎片落地后，世界突然安静了，再无动静。打头阵的男人弯下腰猫身向前走了两步，突然停下。

十米开外，车门上的玻璃碎掉落在了地上。一把雨伞露了出来，散开的伞面在黑暗里挡住了疯狂拍打的雨水，前进的男人端着枪又是一阵疯狂的射击，不到两发，子弹膛里没有了声响。男人气急败坏，转身去接同伴扔来的最后一把冲锋枪，不过闪电的一瞬，那举伞的人已经精准地瞄准了他的手，扔来的枪和带头人的手在空中双双被击中，接连的第二枪，击中他的动脉，血肉和碎片，落在林恩的脸上。

他没有惊慌失措，只是冷眼看着那手掌穿了洞，和倒在地上的尸体。

带头的男人并没有因为自己的同伴受伤而慌乱，他将林恩推开，抽出了腰间的手枪，对着黑影一击，被那黑影侧身闪过，这时才看见那黑影的脸，一个女人。

“Shit。”暴徒因为连开几枪都被那人闪避而懊恼，但已经没有了冲锋枪可用，比身手，他有预感，绝对不是眼前这个女人的对手。于是，他一把扯过身后的苏海安，对准了他的脑袋。

“再靠近我就杀了他。”男人说得咬牙切齿，仿佛走入绝境。

苏海安听见脑袋上的枪发出了响声，心上猛跳，他强作镇定地抬起头，看见葛兰举着伞一点点靠近，她没有停下脚步，苏海安握着的拳头青筋微跳，他绝望地扭头看林恩，透过雨帘看见林恩嘴角不知道何时受了伤，他抬手抹掉了嘴角的一丝血迹。苏海安不敢相信，他居然还冲自己微笑。心中油然而生一股愤怒，他想要挣扎反抗，但身后的歹徒一把用枪托砸在他的膝盖上，他痛得跪倒在地，再次抬头时被歹徒一把揪着头发，仰面朝天，他看见黑色的雨伞遮住了葛兰的大半张脸，而她，拿着枪的那只手直指着自己。

高跟鞋踩在雨水上的声音在男人扣动扳机的那一瞬间停止的。

苏海安瞪大眼睛，却看不清楚任何的物体，雨水落在他的眼里，他强忍着自己不眨眼，生怕自己一眨眼就成了枪下亡魂。

“你们已经没有武器了，如果用最后一颗子弹杀了人质，划不来。”她原本只是猜测，冒险跟来，幸好，她赌对了。

对于这种连孕妇都不放过的嗜血暴徒来说，他们何须忌惮警察不惜狼狈逃跑？林恩，他们不敢杀，杀死一个苏海安易如反掌，但迟迟不动手，那只有一个原因，他们没有武器了，不能开枪扫射警察，所以他们抓了苏海安做人质。

男人听见她的声音，枪口用力砸在他脑袋上。苏海安感觉到脑袋上的剧痛，有热流冒了出来，那人没有朝他开枪，而是一把将他踢开。

风驰电掣，葛兰握伞的手腕用力一转，反身飞踹，一脚踢中男人的要害，男人抬手开枪做最后的挣扎，但葛兰先一步用雨伞尖头那一面刺穿了他的喉结，她没有半刻停顿，另一只手旋肘向上，手枪在空中抛出一个弧度，落下时被她稳稳接住，枪口径直转向另一个暴徒的胸膛。

“砰”，毫不迟疑地开枪，挥拳抬腿的男人错愕倒地，砸出了水花。

一切都结束了。

葛兰收回手，瞥了一眼倒在地上的苏海安，抬脚走到林恩面前。

林恩张口，想说什么，却被一辆驶来的车打断，车灯太亮，他不得不半眯起眼，看葛兰站在光圈里，皱着眉头看自己。

她说：“是巡逻警察。”

话落，两个不明状况的警察跳下车，端着枪对着他们。林恩在黑暗之中举起双手，警察这才拿起对讲机说了什么，得到回复后很快收起了对讲机，慢慢靠近，发现地上躺着的几个武装暴徒后，才将枪放回腰间。

稀稀拉拉的两警察顾不得探查究竟，而是检查暴徒是否还有余孽，忙碌地汇报情况，林恩这才透过车内灯光看见葛兰的脸上和手上都受了伤，一只手臂上黑色的大衣破了洞，渗出的血夹杂着雨水暴露在外。他抬头望了望警察，一把握住那处伤口，将她拉远。

“你受伤了？”

葛兰见巡逻警察没空搭理他们，抽出了手，将雨伞拿低了一些，将自己遮住。抬头，看林恩湿掉的全身，“你拿了他们什么东西？”她眯起眼睛，第一次肆无忌惮地打量他。

林恩注意到她的目光，愣了愣，旋即笑着摊手，“不太重要的一些东西。”

葛兰等着他继续说下去，林恩停顿了一会，表情很无奈，“还记得我说过的那个故事吗？我保证，那些东西不值得他们如此大动干戈地杀人。”

“然而他们为此将整个音乐厅变成了屠宰场，那些东西不重要？”

“我也不希望变成这样。”语气淡淡。

葛兰没有问下去，她松开抿着的唇，“我不关心你拿了他们什么东西，只要你没死，我的任务就不算没完成。”

林恩动了动嘴皮，表情看上去有些严肃，“你不相信我？”

“我相信你能让音乐厅那些人活过来？”

“你的确不相信我。”林恩放弃解释，他的礼貌在此时此刻显得无比冷漠。

“恐怕是的。”葛兰转身离开，黑色高跟鞋下踩着积雨，溅起水花，打湿了大衣摆。

林恩盯着地上看了一会，再抬头时只看见她的背影，黑色雨伞将她整个人笼罩在里面，束腰的黑色长风衣盖到了小腿肚，只露出了一小截细长的脚踝和黑色的高跟鞋面。

她举着伞朝着方才打斗过的地方走去，脸上和手臂上的血迹早被雨水冲刷干净。被那群人打断了筋骨的苏海安躺在血泊中，葛兰探身用伞挡住了拍打他伤口的雨水，苏海安艰难地掀着眼皮，张口想说什么，一团黑影挡住了他的视线，葛兰半蹲在地上居高临下地看着他，动了动嘴唇，“小伤，死不了。”

苏海安脑海里不停地闪现过方才的片段，她如同暗夜天使，从逆光中走来，那一瞬以为自己看见了死神。来不及多想，很快感觉到了疼痛，有人用枪杆子砸在他的腿上，迫使他不得不跪在地上，湿透的全身黏糊糊，这让娇生惯养的苏海安非常难受，狰狞的样子着实难看。这一秒，他压根忘记了是谁害得自己到这境地的，是她一把将自己扔给了歹徒代替了那个孕妇做人质。嗯……可是他似乎不太生气。

“如果你因此恨我，想要报复我……随时欢迎。”葛兰抬手，帮他挡掉了警察叫来的救护人员因鲁莽一脚踩在地上溅起的水。

苏海安还有些许力气，挣扎着从地上半坐起来，与葛兰面对面平视，他不按常理出牌地笑了笑，脸上的污迹混合着血水衬得那笑容阴森森，“你没有食言，我为何要报复你。”

葛兰眯起眼，想起自己在他被拖上车时，说的那句话。她怀疑地看他。

苏海安没有再说什么，葛兰也无法从他眼里再读到有用的信息，只好站起身离开，很快有人上前，将苏海安从地上架了起来，带上了救护车。

方才在音乐厅的特警是在五分钟后赶到的，他们确认了暴徒的击毙后，随后才安排人送林恩回酒店。

第三十七章 敬而远之

回到酒店不出半小时，警方的人便赶到了。

这次事情闹得很大，暴徒射杀观众，死了十几个人，那么多的目击者，林恩无法再置身事外。

例行调查，葛兰也寸步不离林恩的视线。

事件过去了两个小时，他的情绪仍旧不太好。起码在外人看起来，非常不好。

“是我的错。在柏林时，我就应该停止所有的公开活动，就不会有那么多人因此而死亡了。”林恩埋头在臂弯里无比歉意地说着。

法国新闻记者将在柏林爱乐厅发生的事情再次挖了出来，用骇人的字眼报道着著名音乐家林恩就是个扫把星，“他到底得罪了什么人？”这是新闻报道的结束词，媒体将所有的罪责都推到他身上。

年轻警察听见他自责的话，一时却不知道如何开口询问下去。

另一位年纪稍长的警官瞪了对方一眼，踱着步子绕到林恩面前，“林恩先生，非常不好意思，我们也是例行公事，我想询问些事情？”

林恩从臂弯中抬起头，神色依旧阴郁，还是点了点头。

“你问。”

警官拿出了一沓照片，案件发生地，巴黎爱乐厅内死伤无数，但照片中的主要对象显然不是那些受害者，而是某些被一刀毙命的暴徒。

“林恩先生有什么需要解释的吗？”那警官说话期间，视线扫过酒店门口处放置雨伞的铁桶，目光一转，最终落在钢琴旁没有说话的葛兰身上。

整个客厅被警察占据，葛兰便翻身上了窗台，这期间她换下了那件破掉的外套，换上了黑色的夹克衫，利落又干脆。从警察进来开始，她的注意力就没有从林恩的脸上移开过，直到林恩无比内疚地低头，她轻轻撇开脸。

警官审问的意味太过强烈，葛兰不得不扭头来看他，与之对视。

林恩也顺着警官的视线看到了葛兰，抬手，指了指她说："我的翻译。"

警官面无表情，显然不相信，"是吗？"

"是的，警官先生。"是真是假对林恩来说不太重要，他认定的好像就再也无法辩驳。

警官停顿了下，深深看他一眼。转头，另一个年轻警察走了过来，凑在他耳边说了什么话，警官目光在林恩脸上扫过，没有再做停留，转身离开时只交代他："林恩先生，虽然我不知道你到底做了什么，但请你相信，我一定会调查出真相，总有一天你会对我说实话。"

很快，一大拨人离开了，房间里顿时陷入了安静。

葛兰坐在窗台上摇晃了几下腿，低头盯着自己的脚尖笑了一下，她跳下窗台，毫不掩饰脸上的一道血痕，因为跳下来时烈风刮过，微痛，她抬手擦了一下。

林恩全神贯注地盯着她，蹙起眉。葛兰没有说话，他有些失望。

葛兰走到门前，将房门拉开了一条缝，看见伍德先生规矩地立身于门外，没有按门铃的意思。

房门突然被人从里面打开了，伍德先生没有表现出意外，抬头看了葛兰一眼，便很快低下头。葛兰让开了一条道，对伍德先生说："伍德先生，我很感激你帮我解决了警察的纷扰和麻烦。"

伍德先生动了动身，抬头看客厅沙发上坐着的林恩。没有得到回应，他回答："这是我分内的事情。"

葛兰并不好奇伍德先生是何时出现在巴黎的，就如同现在，她一点也不好奇为什么林恩要询问自己是否有话？

她需要重新审视这位看似温和的雇主，他有着她不可想象的强大背景以及一些不为人知的秘密。她在思量，自己是需要知道还是假装没有看见？葛兰有些烦恼地擦拭着脸颊，小伤口最麻烦，痒痒麻麻的。

林恩不再追究其他，招手让伍德进门。

“做你自己的事情吧。”说完。他回身半倚在沙发椅上，朝葛兰伸出了手，“快到圣诞节了，我能收到你的礼物吗？”

这不像是林恩会做的事情，主动索要礼物，偏偏他把索取的言语也说得如此委婉。葛兰顺着他伸出来的手掌看，白皙修长，指关节微微曲起，掌心窝着一个漩涡。这个动作由他做出来丝毫看不出违和，自然到好像她就应该双手奉上礼物。如果不给，就是她缺乏礼貌。

葛兰沉默半晌，想起来自己何时又是一个守规矩的良人了？

“警察最终确认死亡人数三十四人。平安夜那天晚上敲响的钟声应该也是哀乐吧？”

林恩因她的话收回了手。他从沙发上站起来，走到她面前，因为个子很高，他微微侧着身子弯下腰来与她面对面，脸上的表情很沉重，“葛兰，我也很难过。”为了让她相信自己的话，他一定要看着她的眼睛。

葛兰从他的眼里看见了自己的影子，她往后退了一步，离他的距离远了一些。

“嗯。”

“我不希望你像别人那般指责我，虽然真的可能是我的错。”

“……”葛兰抿着唇不说话，伸手抚了抚手臂受伤的地方，脸上写着不耐烦。

她有什么资格去指责林恩，又有什么资格同情那些死掉的人？

林恩的视线也落在她手臂上，凝重的表情顿了顿，往后退了一步，拉开了两人之间的距离，招手让伍德先生拿来了医药箱，“你为葛兰小姐上点药，有必要的话，叫上医生。”

手臂上是被子弹擦过的痕迹，剪开衣服碎片，贴身的布料已经粘在血肉里。

站在一旁的林恩倒吸了一口气，安静地站着，看着伍德先生将碎片从血肉里用镊子夹了出来。

葛兰将脑袋扭到另一边，眉头都没有皱一下。再回头的时候，林恩已经转身回了自己的房间，很久没有动静。

感觉到手臂上麻麻的触感，她才回神抬手躲开了伍德先生要为她包扎的纱布，“不用包了，就让伤口接触空气吧。”

“少爷很担心您。”语气恭敬。伍德先生没收手，僵持在原地。

林恩有时候也这样，明明心硬得像石头，却非要在口中说着关切的话。她低头看了看伤口，不甚在意地拉下衣服袖子。

伍德先生没有再勉强她，起身将医药箱收起来，去做自己的事情了。

在伦敦的时候他也总这样，安安静静地做着辅助工作，除非必要时甚少出现在人前，像个听话的机器人。

葛兰想起许多年前，他们接到任务前往撒哈拉沙漠截获一起走私案件，在途中他们遭遇了伏击，接着遇上了黑沙暴的袭击，她同大部队走散，被掩埋在两米的沙堆下，存着一口气从死亡之地爬了出来，她的战友早已没有人迹，尽管很早就知道会变成这样，但她依然愤怒，因为莫雷长官把她扔下了，扔在了黑沙漠里任她生死。逃出来那天，她以为自己又是一个人孤零零了，但没想到杰克还在。

也是那次，杰克首次同她谈起莫雷长官，“有的人冷漠，但心是热的。有的人……看起来很好，但心是冷的。长官是前者。后者，我希望你一辈子也别遇上，因为你的心也是热的。”

葛兰问他：“为什么你会觉得我的心还是热的？”

杰克说：“你还会为被别人遗弃而愤怒。”

那么，连心也是冷的人，他们到底经历了什么才会变成这样的呢？

望了望那扇林恩紧闭起来的房门，又望了望伍德先生的背影，葛兰起身在窗台上点燃了一支白色的蜡烛，任风吹动着火苗。

启程回伦敦时，巴黎警方也前来送行，当然不止送行这么简单。

“没关系，你在这里等我。”林恩瞥了眼休息室角落里的警察，转身之前交代葛兰。

葛兰站在原地没动，距离不到十米，这是在她的可控范围内，也就没有跟上前。

不同于在柏林那次，警官面上情绪控制得很好，两人说了什么，很快便行了礼转身走掉了。

警察一走，其他人也凑了上去，担忧地询问情况。

林恩让大家安心，“其余的事情警察会解决，我对你们现在唯一的要求是，忘记这件事。”

上次在柏林，撒旦亲自出面，并没有参与扫射计划，乐团的众人没有零距离接触到死亡。这一次，大家都受到了惊吓，有几个人还受了伤。

亲眼目睹过葛兰在现场与恐怖分子对峙，现场尸横遍野……

这让平日里生活在温室里的花朵们一时还难以接受，就连看葛兰的眼神都变得很微妙，与来之前不同，一部分人对她敬而远之了。

学校派人来迎接，演出到巴黎站必须结束了，谁都不想再发生这种事。一行人站在机场大厅同林恩道别，匆匆告辞，并发毒誓近期不再有外出活动。

其他人都走得差不多了，只剩下约翰和乔安迟迟不肯走。

“放心吧，乐团不会解散，你们依然会是学校乐团的成员。”林恩宽慰他们。在乐团人面前，他始终是那个高高在上、温软如昔的林恩老师。

乔安踯躅在原地，小声道：“是不是以后我……我们就很难再见到您了？”

约翰站在她身旁，小幅度地偏着脑袋。转而看向葛兰，“其实我留下来是想问林恩先生，能否留一个葛兰小姐的联系方式给我？”

林恩看了看乔安，视线落定在约翰身上，见他冲葛兰眨了眨眼睛，微眯着眼睛回答乔安：“恐怕以后很难见到了，但你们如果有任何音乐上的问题也可以联系我。”

乔安突然听到他在回应自己很意外，旋即便笑开了花，用力地点头，“好的，那以后还需要麻烦林恩先生多多关照。”

林恩淡笑，见约翰同葛兰还僵持在原地，他摊手，心情不错地往前走了几步，过一会又停下来看几人，问葛兰：“你要留一个联系方式？”她在等他提出拒绝，可他居然还是将麻烦抛回给了自己。

葛兰视线从约翰脸上扫过，停留了一瞬，“我没有联系方式。”掉头，错身跟上林恩的脚步。

“回去吗？”

林恩点头，越过她的头顶看见约翰灰败的脸，无声地勾着唇角笑了笑。

“嗯，回去吧。”

第三十八章 利益羁绊

苏海安被转送回伦敦在惠灵顿医院三日后，才见到来慰问的乔安。管家是特意从阳城赶来照顾苏海安的，见到乔安带了一大束黄白相间的雏菊，一时有些犹豫，不知是否应该接？

“把花拿过来。”苏海安单腿支在床架上，上半身还能灵活地动作，探着身子伸出手来要接花。

乔安绕过管家，表情怪异地递给了苏海安。

管家见苏海安没有其他异样，松口气，招呼乔安：“乔小姐先休息，我去为您倒茶……”

话还没说完，苏海安捏着的花束，一把砸在正与他面对面的乔安脸上，光洁好看的一张脸上顿时划出了红痕，没有准备的乔安吓得倒退一步，诧异瞪他，一时竟然忘记作出反抗，苏海安眼一横，冷笑起来，顺势再次将花束扔在她脸上。

“乔安，你就这么期望我死对吗？”

脸上传来的刺痛感让乔安倒吸一口气，因为太愤怒，眼眶都红了。

苏海安何曾胆敢这般对她？小时候起，他对她便用尽心思，极致温柔。与生俱来的优越感也让她深谙其道，苏海安是要娶她的人，要风风光光将她捧在手心里的人。哪怕他明明知道自己有了喜欢的人，他又能如何？只要苏家需要她乔安一天，苏海安就不能轻举妄动。因为她同顾朝阳不同，她是乔家的大小姐，而顾朝阳只是一个养女。

以至于许多年来，她能站在高处，悲天悯人地同情顾朝阳。

苏海安再刁钻古怪，也不应该，不能对她下此手。他怎么敢……

乔安回过神，咬破下嘴唇瞋目切齿地瞪他，不发一言。

“呵……”苏海安从鼻子里哼出声，凉凉地挥手，示意管家出去。

“可是少爷……”在苏家，熟悉的人都知道苏海安的脾性，不敢造次，他一个眼神过来，管家便不敢再说话，转身走出了病房。

病房里更安静了，只听得见两人的呼吸声。

乔安距离病床不远，脚下是零零碎碎的花束，她硬着脖子颤抖着手质问：“苏海安，你怎么敢这么对我……”

“你以为我应该怎样对待你？”

“你会后悔的。”

苏海安冷笑一声，将手放在脑后，“这里没有外人，你不必做你高贵大方善良的乔大小姐。你是什么样的人，我一清二楚，乔安，我们装了十几年，你不累吗？”

乔安一点也不意外苏海安会说这些话，她冷静了下来，深吸一口气学着他笑，“既然你什么都知道，那我们解除婚约吧。”

苏海安直接坐了起来，昂起脑袋，一字一句斩钉截铁：“休想。”

“你压根不喜欢我，我们两人这样下去有意思？”

喜欢二字从乔安口中说出，竟然让苏海安笑出了声音，他呵出气，冷语冰人，“喜欢？你居然在跟我讨论爱情，看来你真的疯了。”

乔安愣在原地，苏海安提及爱情两字时，就像她主动放弃联姻一般，在苏海安听来，如此的匪夷所思。

苏海安说得没有错，她是疯了，为了林恩。

她曾踌躇满志，一心认定自己会是苏家未来的女主人，尽管她伪装良善，看似傲睨一世对此没有野心，但这么多年哪怕是厌恶苏海安她也做出了温柔的模样，不正因为那虚妄的野心吗？生在世家，不能选择自己的婚姻，尤其她还是个女孩，要立足在家族，只有抓住一个让哥哥们永远不敢得罪的靠山。她同苏海安是一样的人，他们出生在世家，不能选择自己要的生活，能做的只能让自己的羽翼更加丰满。苏海安需要乔家做支撑谨防唐娜，她又何尝不需要苏家来维持她乔家大小姐的风光？

这一切的改变都是因为林恩，为了他，她可以放弃学业，转而进乐团。为了他，她甚至不惜隐瞒家人，一步步走到今日。

一个林恩，值得吗？

可是……爱情最出其不意的浪漫不正是恰巧落在一个绝对不可能有爱情的人身上吗？

乔安不确定地往后退了一步，但很快便顿住，抬头直视苏海安，眼神坚定，“我难道没资格？那顾朝阳呢，你敢否认你没有喜欢过她？”

这是故意要让苏海安难堪。他很生气，抬手一拳头捶在病床上，整个床头都晃动了，“不要跟我提那个人。”

“你比我还不如，呵呵……”乔安原本因他那一拳头的力道受到惊吓，但听了他的话，紧绷的五官顿时放松了下来，冷然笑着，“你害怕她，因为她是你人生里不可以剥离的变数。苏海安，你真孬。”

“闭嘴！”一个枕头砸了过去，直直落在乔安脚边。

羽毛枕头落在身上，一点也不痛，但一次又一次地动手也让乔安怒目而视，她不仅没有收声，反而变本加厉，“何止是我疯了，你，苏海安，早在六年前，顾朝阳跳海的时候已经疯了。你太害怕了，一直掌握在手中的人，突然消失了，那可怎么办呢，你是不是特生气？”

“贱女人，你给我住嘴！”转身，苏海安又要抓起另一个枕头，伸手便被乔安拦住了。

她居高临下地看他，神色同情，“你才是疯子。苏海安，你这辈子逃不开顾朝阳了。你不是很想知道葛兰到底是不是顾朝阳吗？我告诉你，不管她是不是，你在意的那个人也不会来了。很失望对不对……啧啧，我真同情你，真可怜。”

“乔安，你这辈子也休想解除婚约，只要我苏海安还在一天，你就别想。”

“既然如此，那你就去死好了。”乔安用尽力气从他手中抽出了枕头，转而就往他脸上扔去，苏海安显然没料到她会突然发疯，单手掐住她的脖子。

乔安哪里会是他的对手，转眼就被扔在地上。

苏海安嫌恶地扫她，微眯起了眼睛，“滚，短时间里我不想看见你。”

这又何尝不是她的愿望？乔安狼狈挣扎着从地上爬起，才意识到自己方才做了什么，下嘴唇都快被自己咬破了，直到尝到了血腥，她才一转头冲出了病房。房门被她用力地摔上，惊醒了在外等待的管家。

管家进门看到一地的狼藉，连头也不敢抬。

直到苏海安理了理凌乱的衣物，冷哼着吩咐他："把东西收拾干净。"

"是。"

"顺便收拾东西，我们回阳城。"

"少爷，是要去参加周五的股东大会吗？"

两个枕头都在地上，苏海安只能用手肘支撑起半个身体，一双眼睛望着天花板，没有回应管家的话，管家不知道他想什么，只能赶紧低头按照吩咐办事。

逃也似的离开医院的乔安在停车场里终于找到自己的车，慌慌张张跳上车，看见后视镜里的自己头发凌乱如同疯子。

仿若梦魇，这一切在她看来都那样的不真实。

高高在上的乔安，怎么会落得如此境地？

她不敢相信镜中的人会是自己，抬手用力地去抹头发，想让它们平整柔顺地贴在头皮上，平整以后才颤着手在车厢里一阵翻找，好不容易找出了女士香烟，放在嘴边，火柴划了几下划出火花。

呼出一口烟，才平复好心情，抬脚想开车，但手机铃声不合时宜地响起来。

她厌烦地拿在手里，看见是哥哥打的电话，一股闷气再次涌上心口。

电话对面那个男声异常冷漠，"见到海安了，情况如何？"

"嗯，暂时死不了。"乔安的声音越加冷。

对面那人似是愣了一会，很快又接着道："如果你也是这样的态度面对苏海安，恐怕父亲会不高兴，苏家马上要召开董事会，苏海安手里拿着的股份不少。"

乔安将烟从嘴边拿开，长长地出了一口气后才缓和了语气，"放心，我们很好。"

例行公事一般汇报了事情，两人很有默契地挂了电话，没有多余的言语，也没有关心。

兴许是真的崩溃了，乔安将电话用力一扔，砸在车窗玻璃上，上好的质地居然没有半点痕迹，她像是不泄气，嘴里含着烟，一双手用力地拍打在方向盘上，几番按响了喇叭。

刺耳的鸣笛声，大约就如同她此时的心情，凄厉、愤怒。

第三十九章
要一起吗？

平安夜临近，商店和街道上的圣诞树早已经被挂上了彩灯。

林恩对圣诞节异常热衷，还不到平安夜十二点敲响钟声，他已早早准备了毛线袜子，一大早就等在葛兰的门前，她一拉开房门就看见了他笑着，在眼前晃动。

葛兰一向起得早，第一次比他晚，一时没有反应。

“喏，在你床头挂上。”

葛兰看他一眼，再看看那双大得可以放下一个婴儿的毛线袜。

“你不知道吗，这是小孩们的游戏，挂在床头就会有礼物。”他以为她不懂，所以才没接。

葛兰抬了抬眼皮，说道：“没有圣诞老人。”

林恩笑了笑，拉过她的手将袜子塞到她手上，“谁说没有，明天早上睁开眼睛你就能看见礼物了。”

葛兰捏着那毛茸茸的袜子，很是不适应，低头瞧了几次，红绿相间的袜子上，绣着雪花，有点可爱，有点柔软。即便是这样，她也不能收，便一板一眼地拒绝他的好意，“你不要给我送礼物，我没有回礼。”

林恩见她如此固执，抿唇道：“为了等你我凌晨就起来等着了，客厅里很冷。”说着，为了应景他双手抱臂，做出一副真的很冷的样子。

他没有说谎，因为知道她睡眠浅，他凌晨穿着睡衣就蹲在门外了，足足等了几个小时。

葛兰将袜子捏在手里，没有再拒绝，但也没有挂上，最终还是林恩不太满意，主动给她挂上。

黑色的铁艺床头，挂了一只红红绿绿的毛线袜子，有一些滑稽，葛兰按了按太阳穴，转开视线假装自己没有看见。

“以前平安夜的时候，你会有什么安排？”

客厅的角落里，一棵还未装饰完成的一人高圣诞树也打开了彩灯，一闪一闪的灯光落在柔软的地毯上，远远看过去，竟然让人觉得很温暖。

葛兰收回落在角落的视线，低头看餐盘里林恩替她切好的面包块，她没有用叉子，直接上手从餐桌中央的藤篮里拿了一整个牛角面包，就着牛奶咬了一口。

“你还没回答我，葛兰。”林恩也停下了手中的动作，目光落在她没有动过的餐盘上，轻声提醒道。

葛兰很认真地回想了一番，前几年，苏家是过圣诞节的，会有一场盛大的圣诞晚宴在苏宅里举办，大厅里聚集了众多上流人士，他们端着高脚酒杯，穿梭于人群与人虚假地寒暄。第一年搬去苏家，苏晋成会带她去认识人，后来就不怎么搭理她了，她也鲜少参加，只是远远地躲在二楼伺机而动，她总吃不饱，所以想方设法地藏一些食物。

后来，她到了M团，第一年参加训练，杰克带着他们偷溜出了无人岛，在市区买了一堆圣诞用品，那天，她在路过教堂时，无意中听到了一曲好听的圣诞赞歌，那应该是她这一辈子听过最好听的赞歌了吧。

那次，就连拜伦也跟着大家违反了规定，趁维多利亚不在偷偷地过了一个热闹的平安夜。当然这一切都被维多利亚发现了，拜伦作为队长，被关进了审讯室，一关就是二十四小时，出来后，铁骨铮铮的硬汉也躺在病床上呆了大半日。

自从这以后，她就再也没有机会过圣诞节。

“没有安排，我们听不见敲响的平安夜钟声。”无人岛离人群很远很远，隔着大海，开车要四五个小时，坐船走捷径也要两三个小时。

林恩咀嚼着食物的动作停了下来，他放下刀叉，用餐巾擦拭着嘴角的碎屑。动作轻柔缓慢，随后才从椅子上站了起来，一双好看的手撑在桌面上，微微倾身，凑近对面的葛兰，深如海的眸子盯着她的脸看得认真，葛兰抬头与他对视，从他眼里看见了笑意。

随后他才说：“我很期待，我们在一起过的第一个平安夜。”

说完，他已经站直了身体，转身走出了餐厅。

葛兰望了望他的背影，指尖触到的牛奶杯有点烫手，她动了动手指，还是端起了杯子喝了一大口。

今天的林恩心情不错，伍德先生找来了各种小饰品：卡片、糖果、彩灯、铃铛，那一堆小东西就堆积在壁炉下，林恩一点点地将小东西挂上树，偶尔还会在卡片上写字。

林恩似乎觉得自己一个人很无趣，转头就抓到站在客厅里的身影：“你要一起来吗？”

葛兰沉默了一会，抬脚走过去。

壁炉边上的火很旺，红火照得人脸通红。她学林恩盘腿坐在地上，拿起一圈绿色植物，捻在手上看了看那半成型的圣诞树，却不知道如何下手。

林恩扭头看她茫然的样子，嘴角勾起一个好看的笑容。

将绿色植物从她手中接了过来，指腹恰好触到她的指尖，微凉，他往她身边靠近了一点，她不喜欢人靠近，于是靠着壁炉移了移。

“这是槲寄生，也叫冬青，到了冬天，鸟类会聚集在结有果实的槲寄生周边。大家喜欢用它们来装扮圣诞树。”

葛兰点头，捡起一张他写过字的卡片。

In the season of joy I present my sincere wishes and kind thoughts.May the kind of Christmas outshine all the rest.（在这欢快的节日，我最真的祝福是亲切的思念，希望因为我的思念，今年的圣诞比往年更璀璨。）

林恩绑好了槲寄生，又说道：“这是我送给教会的祝福。”

“教会？”

“嗯，吃过晚饭，我们要去教堂。”每一年，他都会去教堂弹奏颂歌。

葛兰见他态度认真，也跟着点了点头。

或许是因为今天天气好，也或许是节庆日的热闹，她一点也不反对林恩午夜出行的举动。

有许多教堂会在午夜做布道活动。

虽然两人都坐在地上，但实际动手的依旧是林恩，他一个人花费了几个小时总算将半成品做成了一棵光彩熠熠的圣诞树。

吃过晚餐，天色已经暗下来，街道两边却灯光璀璨。

“那是什么？”葛兰站在二楼，看见伍德先生将一个大袋子搬上了停在公寓外楼下的车。

林恩已经穿上大衣准备出门，取了衣帽架上被葛兰遗忘的长围巾，从她身后往下望了望，“教堂里会有一些小孩子，我给他们准备了礼物。”

声音从头顶传来，葛兰下意识地就想走开，林恩抬手拦住了她的去路，一道柔软的触觉碰到了她的脖子，她诧异抬头，林恩微笑着双手交叠在她脑后，手里抓着黑色围巾的两头，声音轻柔，“把围巾戴上。”

他没有给她有下一步动作的打算，抬手自然而然地就围上她的脖子，仗着身高的优势，两三下就弄好。

葛兰愣了愣，低头一瞬感受到绒线在脖子处的柔软触感，她张了张嘴想说什么，但没能说出口，一个突然走近的声响引起了她的注意。

扭头，意外看见站在楼道下一个熟悉的身影。

拜伦穿着黑色大衣站在楼下，抬头望着她与林恩的身影，尽管天色很黑，她看不清楚拜伦此时的神色，但莫名而来的压力，她明显感觉到他生气了。

他在责怪她不守规矩，同雇主走得太近吗？

两人都僵持着没说话，最后还是拜伦闷声道：“葛兰，我们去附近聊聊。”

葛兰点头，同林恩一道下了楼。伍德先生已经坐在车内，她让林恩坐了进去，随后才小跑着跟上拜伦的身影，在十米开外的暗道口，停了下来。

市区没有下大雪，但拜伦的肩头却有一丝即将融化的雪花。

她看见了惊喜道：“岛上下雪了？”

拜伦双手插兜里，转过身来与她面对面，一张凶悍的脸上毫无表情，阴沉起来还真像莫雷长官。

“葛兰，你到底知不知道自己什么身份？”开口就是指责。

葛兰最恼他这凶巴巴的样子，语气也不好，不禁回嘴：“我知道自己是什么身份，不用你提醒我，倒是你，即便没有任务，突然来找执行任务的人就很懂规矩吗？”

葛兰说得没有错，他来找她并没有长官的指示，他是擅自行动。当场被拆穿，拜伦脸色不太好看，捏了捏拳头，“听说你们在巴黎遭遇了扫射。”

“嗯？”

“杰克研发了一些新型的监控器，我让布鲁斯在这附近安装了一些，工具我给你带来了。”

听见拜伦如此一说后，葛兰泄了气，接过他递来的黑皮箱，硬邦邦地道了一声谢。拜伦很少会对她和颜悦色，以至于到现在她也很少能对他有好脸色。

“还有其他事情吗？”她转身要走。

拜伦抬起的手，在她转过身的时候，看见马路上那辆停着的车，在看到车灯闪烁时顿住了，他摇了摇头，“没有。”

葛兰转身回到车上，黑皮箱被她抱在怀里。

“你同事？”经林恩询问，她才想起来去看后视镜里的情况，身后已经没有了人影，她撇撇嘴点头，“嗯。”

“他很关心你。”林恩说，不知道他从哪里得来的结论。

葛兰收回视线，看了看林恩的侧脸，阴影里五官显得英挺。

“每一个队友都关心彼此。”

“他不一样。”

“哪点不一样？”

林恩偏头，看向她，笑了笑，“他给我的感觉和布鲁斯先生的表现不一样。”

他的话让葛兰陷入了沉默，她似乎知道拜伦同布鲁斯、杰克不一样，但说不上来，哪点不一样？他曾是她的教官，是M团里除莫雷长官以外的另一个战神，他瞧不上她一个女人，手无缚鸡之力的女人。

后来是什么时候变得不一样的，她也想不起来了。

阴沉暗淡的巷子里，布鲁斯不知道何时出现在拜伦身后，拍了拍他的肩。

拜伦回过神来，神色淡然，动了动嘴皮，“回去吧。”

布鲁斯在身后吸气，眼角瞥见他捏在手里的粉色盒子，见他揣进了大衣口袋里，幸灾乐祸，“你这是何苦呢，你看，礼物没送出去，还赔了一套新设备。”

拜伦不理他，依旧往前走，每一脚都踩在黑色的污水里。

“就是因为你总这样，那家伙才不懂吧？”

拜伦突然停下，碎碎念的布鲁斯差点撞上他，“你做什么……”

“你是什么时候知道的？”

布鲁斯被他突然一问，也愣住。他咧开嘴笑了笑，想起许多年前，“很早就知道了，你从来也不会坏了长官的规矩。那一年的平安夜你不是受罚了吗？”

“五年前。”

“嗯。”布鲁斯点头，想起那日的场景。那时他们几个人偷溜出去买东西，拜伦和葛兰来寻他们，凭多年的默契他知道拜伦绝不会坏了规矩，但他却纵容了他们一次，也是唯一一次。他被惩罚了，维多利亚的酷刑就连杰克都怕，他明明知道却还是做了。“你是想让葛兰度过最后一个平安夜吧。”

拜伦顿了顿，捏着丝绒盒子的手指松开，“管好你的嘴。”

“对我你还有什么不放心的？”布鲁斯摇了摇头，见拜伦继续抬脚走了，这才放下心来。

一个团队里，队员之间产生感情是正常的。

但是……葛兰不行。

拜伦明白，布鲁斯也明白，他们都不是婆婆妈妈的人，有些事情心里清楚就好了。

第四十章 圣诞颂歌

午夜前到达圣保罗教堂时，广场聚集了许多从傍晚开始停留在此观看 Christmas carol service（圣诞音乐会）演出的路人，伍德先生将车停靠在路边，因游人较多，他们需要扛着礼物挤过人群。

走进廊柱花园向着右侧走，就是教堂的大殿，葛兰脚步稍缓，落后于两人，将四周的环境打量个遍，十三世纪阿拉伯科斯玛特斯风格，双排石柱支撑起雄壮的拱顶，从一侧缝隙望去还能看见广场上的人来人往灯火通明。相比较广场上的热闹，坐落于广场附近的圣保罗教堂内则只能听见朗诵《圣经》的声音。

这不是一个安全的地方，人群密集，又地处荒凉，如果有人设伏在人群中偷袭，恐怕很难排查出凶手从哪个方位出击。

路过花园重要的浅盆喷泉池时，葛兰抬手提醒林恩：“先生，这里地形复杂，人来人往很不安全。”

林恩直奔大殿的身影立时停下，转头来对她做了一个嘘声的动作，他上前拉着她的手朝大殿门口望了望，巨大的大殿里此时已经聚集了无数信众，虔诚的信徒走上前，在胸前画十字，向最高处的圣像鞠躬、唱诗，然后神父将圣餐送到他嘴里。

“圣餐还没有结束，我们去花园走走？”

“林恩先生，你一定要参加完午夜活动吗？”她其实很想建议他取消演出，“在平安夜这天作案，是许多暴徒的兴趣爱好。”

林恩没想到葛兰会用这种方式来劝解自己，他低头笑了笑，“看来你平时没少关注社会新闻。”

“极端分子喜欢戳穿伪善。”耳际是喷泉发出的水流声，葛兰跟在他身后，脚步很轻。

林恩在喷泉前停下了脚步，弯腰从浅盆里捻起一枚银色的钱币，在指尖把玩，晶莹的水珠滑落在地上，四周很安静，葛兰顺着水珠看见地面水花炸开，像暴风雨来临前的预兆。他转身与她面对面，居高临下地看着她，他没有生气，比她想的要温和。

“这可怎么办才好？你这句话既得罪了‘耶稣’也得罪了‘安拉的使者’，莫非你是佛教徒？”

葛兰意识到自己有了情绪，皱起眉紧闭着唇，固执得不想再开口。

她在懊恼，为什么要一再地讽刺他？

林恩见她这副样子，泛起一丝温柔，一抬手，手掌落在她脑袋顶上，无声地勾起嘴角，用一个浅到没有笑意的笑容来粉饰。

“放心吧，今天是平安夜，我们会平安无事的。”

他的手掌很湿，喷泉里的水很冰，刺激得她头皮发麻，葛兰抬脚往后退了两步，拉开了与他的距离，使林恩的手扬在半空中，“圣餐应该结束了，我们回去吧，演奏只有半小时对吗……我们最好在凌晨之前回到公寓。”

“葛兰，请你相信我，撒旦不会在今日来找我麻烦。”

转身往大殿走的葛兰停下来，没有收回步伐，转身去看他的脸，表情严肃，“你为什么会有这样的自信？”

林恩的眼里闪过一丝的诧异，稍纵即逝，他很快收回手，习惯地插入大衣口袋里，笑容很淡，“前几次他们损失惨重，恐怕如今正在养精蓄锐。”

葛兰点头，手摸了摸腰侧藏在大衣里的武器，声音冷淡，“看来，你对撒旦很了解。”

林恩向她走近了一些，在一步之遥处停下来，葛兰没想到他会突然转移话题。

他问她：“你看过《圣诞颂歌》这部电影吗？”

葛兰摇头，抬脚继续往前走，林恩跟在身后，没有靠太近也没有距离很遥远，他随和地展现着自己绅士的一面，“我一直想看这部电影，找个天气好的日子，你能陪我一起看吗？”

还没得到回答，人已经走到大殿门口，圣餐已经结束，伍德先生正被一群身穿着圣衣的孩子围住，他面无表情地分发礼品，丝毫没有慈祥的样子，一点也不像个称职的圣诞老爷爷。

孩子们见了林恩都很兴奋，手里拿着礼物，转移目标将他团团围住了，“林恩先生，真高兴您给我们又准备了礼物。”

林恩笑着揉了揉一个小孩的西瓜头，说着：“你高兴就好。”

圣殿里响起一阵钢琴声时，小孩子们才一哄而散，整整齐齐地跑上了台，伍德先生发放完礼物，上前为林恩挽起衬衣的衣袖，林恩将外套递给伍德先生同时扭头对葛兰说：“希望你也能倾听到我对上帝的赞颂。”他停顿了一下，嗓音低沉，“也期望你所同情的那些无辜者能得到上帝的眷顾。”

神父敞开双手，面对着耶稣的信徒，邀请了林恩上台，所有人的目光都落在了他身上，伍德先生找了个空置的靠前位置，让葛兰坐下。

林恩坐在了钢琴前，大殿里安静极了。他一抬手，准备落下时，目光落在唱诗班的小朋友脸上，他们手捧着蜡烛，橙黄的光照耀着每一个面孔，都显得可爱无比。

修长的手指落下，随着林恩弹出第一个音阶而起的同时还有唱诗班清脆的歌声。

（一）

Silent night！ Holy night！平安夜，圣善夜。

All is calm，all is bright！真宁静，真光明。

Round yon virgin mother and child！圣光环绕圣母圣婴，

Holy Infant，so tender and mild. 圣洁婴孩纯真可爱。

Sleep in heavenly peace，尽享天赐安眠，

Sleep in heavenly peace. 尽享天赐安眠。

（二）

Silent night！ Holy night！平安夜，圣善夜。

Shepherds quake at the sight！牧羊人，在旷野。

Glories stream from heaven afar，看见天上荣光降下，

Heav′ nly hosts sing Alleluia. 众军齐唱哈利路亚。

Christ the Savior is born！主耶稣今降生，

Christ the Savior is born！主耶稣今降生。

（三）

Silent night！ Holy night！平安夜，圣善夜。

Son of God， love's pure light. 神子爱，光皎洁。

Radiant beams from thy holy face，这是救恩黎明光芒，

With the dawn of redeeming grace. 救赎恩典降临四方。

Jesus，Lord，at thy birth，主耶稣已降生，

Jesus，Lord，at thy birth. 主耶稣已降生。

——《平安夜》（圣诞颂歌曲目之一，摘录）

林恩时常在家里弹琴，有时是即兴，有时是练习，上次在演奏会现场，他是高高在上的指挥家、音乐家，《English Country Tunes》在他手上也能轻松完成，而如今那个面对着神父和唱诗班的小孩们微笑、对唱的男人，又似乎变了一种模样，圣洁的金光落在他脸上，璀璨熠熠。

葛兰不懂如何去欣赏一个人的容颜是否美好，但此刻她惊心地发现，林恩低头抬头微笑定格的瞬间，确有一种美轮美奂的错觉。

他长得很好看，白皙干净的脸，挺立的鼻梁，深邃但很适宜的眼窝，眸子在圣光的折射下如蓝宝石，闪烁着属于它的光芒，低头的一瞬间，长长的睫毛在眼睑上下轻颤，晃动整个人心。

葛兰双手合十，将视线移开，最终停在了胸前垂落的发丝上。

她第一次觉得林恩眼熟，就连这首圣诞颂歌也让她无法忘记，五年前的那个平安夜。

那是她第一次因为圣诞节而愉悦的一天。

途经的一处简陋的教堂，尽管装潢不如圣保罗教堂的庄严，但是她太累了，连日的训练让她这个初生牛犊的女特工疲惫不堪，外面人声沸腾，街道四周都在为圣诞节张灯结彩，她想找个安静的地方休息片刻也难，最终得到了这个短暂安静的瞬间，那天她也学着大部分信

徒安静地坐在了木椅上默默地祷告。

音乐声响起时，她才从梦中惊醒，原来是她不小心睡着了。

稚嫩的童声和悠扬的琴声没有打扰到她，那欢快的曲目没来由地让人身心舒缓，她松开了捏紧的拳头，她有很长一段时间都不敢轻易松开拳头，因为永远不知道下一秒会出现什么危险，她总是每时每刻戒备着四周，为了保命，种种原因让她意识到生命脆弱得不堪一击，当然要惜命。

在神父身旁弹奏着钢琴的男子戴了一副无边框眼镜，也难以遮挡他那张好看的脸，颜如舜华这词应该没有形容过男人，但那一瞬间她便这样认定他了。

一曲终了，他从椅子上站了起来，绅士地鞠躬，抬头的时候目光顺着她看来，她有些错愕，他们见过，就在几分钟之前。

她躲在洗手间里呆了小半个小时，就为了避开罗拉同布鲁斯的视线，想找个安静的地方独自呆会，眼看着两人走远后才放下心来，转头却差点撞了人，那人身材高大，身形不宽厚但比她高出一个头，差点将她拥入怀中，她稳健地顿在当口，及时阻止了错误发生，只是脑袋上的黑色发圈装饰品不知为何钩在了他大衣内带扣子的羊绒毛衣上。

他比她还惊讶，下意识抬起的手突然停下，垂在两边，他看着她微笑并且道歉："对不起，差点撞上你了。"

其实是她没有看身后的路，二十一岁的葛兰有些许的不好意思，手脚笨拙到忘记了用文明的方式去解开纠缠到一块的发圈和毛衣，靠着蛮力推开了他，也扯落了那发圈。披散着头发的葛兰，很快低下了头，不给他任何开口的机会，抬脚错身走开了，她走得很快，发圈也没有记得捡起来。

台上的他也认出冒失的她了。

五年前的葛兰还脸带稚嫩，她不懂得如何应对这类尴尬的场面，只是脸微热，在心里感慨，原来这首让人觉得开心的曲子是他弹奏的呀！

教堂里的人开始散去了，他盖上琴盖朝着台下的她走来，手伸进了大衣口袋，但只抽出了空着的手，停在了她面前，对她挥手，"Hi，这么快又见面了。”

从没有人笑容这般好看，葛兰在心里想，他会不会是天使？

但天使和她有什么关系？她愣了愣却冷目灼灼面对他，什么话都没有说。

他不介意，依然是笑着，对她说：“Merry Christmas，Hope all your Christmas dreams come true!（圣诞快乐，希望你所有的愿望都能成真）”然后他离开了。

一句简单的来自陌生人的问候，他是第一个对她说祝语的人。

“Merry Christmas. 葛兰。”恍若隔世，耳边是平安夜里敲响的钟声。

葛兰抬头，看见林恩一张脸赫然出现在眼前。他半蹲在她身侧，因为回忆太真实，她没注意到他已经结束了演奏，在钟声响起的那一刻，第一时间走到她身边，送出他的祝福。

第四十一章 股东大会

林恩没有动，依旧半蹲在她面前，盈盈地笑着。

葛兰动了动嘴唇，说：“圣诞快乐！”她懊恼自己违反职业操守，没有全心注意到周边的环境，只是这种情绪很短暂，很快就收拾好心情，从椅子上站了起来，看看四周，平安夜的钟声已经敲响，唱诗班的小孩们都很雀跃，欢快地跳跃起来。

林恩的心情很不错，他们跟随其他人来到广场上，人们在新年的喜悦里相互拥抱亲吻。

孩子们早已经不见了人影，旁边的情侣接起了吻，音乐喷泉在聚光灯下放出了壮观的水花，趁着大家都在往身后躲避飞溅而来的水时，林恩扯住了葛兰的手，她一点也不在意会被水花溅湿，但他在乎，所以将她拉出了人群。

直到走到人群外，他也没有松开手，反而顺势将她的手包裹在手心里，得意地炫耀自己的先知：“我说得没有错，今天晚上撒旦是不会找上门来的。”

他的手指很凉，葛兰下意识就要把手收回，却被他紧紧握着，一下子竟然没抽出来。

“放手。”她看了眼周围的人，低声说道。

他没有松手，侧目依然笑着，“葛兰，你既然祝福我圣诞快乐，那我的礼物呢？”

“没有那种东西。”这次，她稍微用了些力道抽出了自己的手，身体力行表述着抗拒。

手掌心里落了空林恩也不失望，依然自作主张说道："我的圣诞愿望是希望葛兰能安静地站在我面前呆一分钟，你可以替我实现对吧？"

"什么？"

他抬手穿过她的脖子来到脑后，手心里束起了她被寒风吹散在整个肩头的长发，撩在耳后，另一只手上拿着黑色发圈在她眼前晃了晃，"我很早以前就想这么做了。"

他手里拿着的发圈光秃秃的没有任何装饰品，只残留了一丝手工制作过的痕迹，装饰品被人扯掉了。葛兰抬起的脚停住了，决定安静地呆上一分钟，满足他的愿望。

林恩的动作很轻，他没有替人绑头发的经验，但绑得很好，没有弄痛她一分。

双手探在她脑后的模样更像是拥抱，只是外人看不见，他们之间还有一点距离，扎好了马尾，他也没有很快拉开距离，微微低头去看她的脸，近距离地观察，他能感觉到她细腻的皮肤上细小的毛绒，随着他呼吸的气息颤动。

"刚刚在教堂，你在想什么？"他开口，信心满满，热气全数落在了她脸畔。

经他提醒，葛兰后退了一步，离开了他的包围圈，一分钟的时间已经到了，她很有原则地满足了他的圣诞愿望。

似乎是迟疑了一下，她还是指了指脑后那绑住头发的发圈，问他："这是我的，对吗？"

林恩盯着她的眼睛终于弯了弯眼角，如释重负，"我很高兴你还记得，虽然很短暂。"

葛兰抬头看他，她确定，这次他真的笑了，因为笑意爬上了他的眼睛。

她因为那句祝福记得，那么林恩呢？又是因为什么原因记得那么短暂又不起眼的一次偶遇呢？

股东大会如期举行，苏海安是被助理用轮椅推到会议室的，这些年苏晋成把持着整个集团，董事局在前两年被迫更迭了一次，现如今在场的六位股东多数是心腹。

苏晋成姗姗来迟，熟络的几个董事见了苏海安这样子，纷纷上前表达了关心。

“这是怎么回事呀，出国留学怎么还把自己弄伤了？”苏海安如今的身份还不适合直接进入集团工作，加上苏晋成很看重海外事业，把他扔到英国一面攻读博士学位一面打理海外的工作积攒业绩。

苏海安瞧见说话之人便是父亲的左右手，也是新入局的董事，惨白的脸上露出谦和的微笑，“烦您惦记，小伤很快就会好起来。”

那人点了点头，又寒暄了几句便各自坐下了。

苏海安在主席位左下角位置停下，抬头向巨型长桌外最角落的那位穿西装的男人看了一眼。这人不属于苏家派，是早年因为苏氏集团还不够强大时，遗留下的外来资金注入的股东董事，这位，除非必要是不会出席董事会的。

苏海安再次一扫而过其他人，现场的支持者加上他同父亲手上的股份，足以掌控整个会议，他的自信满满如同他父亲一般。

“董事长来了。”秘书汇报。苏晋成是在五分钟后准时到达会议室的，随行团很有气势，特助、秘书、夫人，唐娜同苏海安一样，持有少量股份却没有正式进入董事局的非董事会成员，苏晋成的狼子野心昭然若揭，太猖獗。当场有老董事变了脸色，但没人出这个头。

早前与苏海安寒暄的副董事长率先起了身迎接，苏晋成的表现远不如他庞大的野心，面上仍旧是和蔼可亲的决策人。他与几个老朋友相互握手后才正式进入会议阶段，站在主席台的位置总有一种睥睨现场的俯视感，他没有立即就座，扫视了一圈，好奇道：“杜老今日没来吗？前几日原本是想约他喝茶，哪知他又匆匆忙忙出国了。”

提起这事，苏晋成的眉头也皱了起来。杜克明这次回国回得蹊跷，连日又闭门不见客，他虽然派的人盯得紧但心里总有一丝不安。

“杜老应该是不会来参加董事会了。”说话的人是坐在圆桌最下首那位外方股东的代表，从进入会议室起他就没有说话，突然开口想必不是什么好事。

“明先生为何有此结论？”苏晋成危险地眯起了眼，助理已经将椅子拉开，他坐了下去，双手合十放在下巴处轻擦。

这个动作在熟知的人看来已然明白有了防备的讯号。

被称呼为明先生的男人抬首一笑，意味不明地轻摇头，“只是不知道今日苏董事长叫我们来，是要召开股东大会，还是召开董事会？又是所为何事？”一双精明的眼在苏海安和唐娜的脸上扫过，即便装傻的人也不得不正视这个问题了。

唯独苏晋成丝毫不在意，他摊手一笑，肆无忌惮。

“两者有什么不同？”

“当然，如果是董事会恐怕我们就不能继续坐下去了，如果只是召开股东大会，是否应该通知每一位股东亲身参与？”想要通过董事局投票表决将顾唐两家当初冻结的股份以监护人的身份拿出来，大会的目的，在座各位心知肚明，只是明先生特意提及，好像阴暗的心思不摆上台面来谈就有点假公济私了。

苏晋成恨得牙痒痒，面上却仍是带笑，“明先生可能不太记事，股东们这不都到齐了吗？既然如此，那我们直接就唐老先生留下的股东解冻一事表决同意吧。”他自己已经率先举起了手。

其他人正要紧跟其后，明先生整个身体向后仰，摆起手来，“苏董事长先别急着表态。既然是股东大会，那就等股东到齐后再议不迟。”

“没什么可等的……”苏晋成收回手，目光停留在明先生身上。

“苏董事长当真是果敢，股东的意愿也不顾及。”明先生冷哼一声，讽刺道。

他的话太直白，会议室里一时陷入沉默，只是很快，会议室的大门被人从外面推开了，一助理模样的男人疾步走进来，附耳跟苏晋成说了什么，众人只见他脸色骤变，刚要抬手就已经有人擅自进来了。

来人坐在轮椅上，由一个管家模样的老者推着。

“是你。”唐娜率先认出他来。六年时间的洗涤仿佛在他脸上没有留下痕迹，依旧是那张稚嫩的脸，只是略苍白了许多，还有那双断掉的腿，这些都是苏晋成和唐娜赋予他的！

“原来您还记得我啊！”那人微微低头，摘掉了眼镜。嗓音喑哑，嘴角泛起的笑意带着一抹薄凉，他的视线轻轻移动，扫过打扮得高贵典雅的唐娜，最后落在苏海安的腿上，相同的，苏海安也在打量他，如同观察猎物，侵略的神色。

“真有意思。”他不由得笑了笑。

苏晋成放在桌子上的手掌松开了又一收，冷声道：“徐助理，请这位先生出去。”

老谋深算的苏晋成怎么会被突然冒出来的一个黄口小儿吓倒，他怎么会记得一个区区范西，早就将关于他的记忆抛诸脑后。

唐娜却清楚地记得，昔日那个拿着顾朝阳跟她谈条件的少年，如今却大摇大摆地出现在苏氏集团的董事会现场。

许久不说话的明先生则从椅子上站了起来走到那人面前，伸出了手，“范先生又见面了，别来无恙？”看好戏的语调，转头又对苏晋成说，“董事长何必如此着急，范先生出现在这自然有他的道理。”

会议室里已经窸窸窣窣地响起了私语声，有人在揣度范西的身份，也有人在质疑他的出现。

显然明先生是认识范西的，并且关系匪浅。

“苏董事长果真是太着急了，我还没有说明来意就着急赶人，是不是做了什么亏心事啊？”范西呵出一口气，语调轻柔，这让听的人误以为他已经病到即将断气。不等苏晋成再做反应，他也不打算再逗留下去，抬手，推着轮椅管家模样的老者将一份文件递交在他手上，他拿起来并没再看一眼，“这是杜克明先生给我的股权让渡书。也就是从今日起，我就是苏氏集团的股东之一，苏董事长，不知现在我是否有资格留下来对您的提议作出表决了？”

苏晋成何等的老狐狸，这么一会的工夫已经料想到最坏的结果。他泰山崩于前面不改色，自然将让渡书拿在眼前翻看了几眼便扔了回去，“这位先生未免太莽撞了，你手中的这些股份暂时没有入主董事会的权利，今日开会的内容不是你能插手的。”

“哦，是吗？”范西没有立即作出选择，表情淡淡的似没有情绪，继续道，“既然如此，那我就以股东的名义要求暂停会议，接下来就申请召开临时股东会议，以此来确定我入主董事局的权利吧？”

“范先生的申请资格还轮不到说这种话。”

“这恐怕不是苏董事长一个人说了算。”管家再次将另一份资料递给范西，“这是李董事的股权让渡书，这样算起来，我个人手上就握有百分之二十的股份，我记得苏氏集团的章程里有明文规定过。持股不超过百分之二十的股东没有权利要求召开临时股东大会？”

这些年，苏晋成为了更好地掌控整个苏氏，几番提议修改章程，言明持有超过百分之二十股份的股东有权进入董事局，并有一票否决权。

自作主张改组董事会也是苏晋成这些年筹划的事情，除了他本人以外，这些年他一直在做平衡工作，没有让人持股超过百分之二十。正因为如此他才能将整个董事会、监事会的组成变更成他的派系人手，只是没想到居然有人拿章程与他说事，这可谓搬起石头砸了自己的脚。

苏晋成也没有理由当即反驳，他沉默了一阵，随后才招手让助理弯下腰来听他的吩咐。

“你去准备临时股东会议。”召开股东大会是一个集团头等的大事，事前准备工作繁复漫长，提议解冻顾朝阳的个人股份一事只能暂时搁置。

第四十二章 存在价值

离开会议室时，苏晋成神色冷然地瞥了眼苏海安，“你有多久没回家了？”

从伦敦回来后苏海安就没有回家而是住在旗下的酒店，苏晋成既然开口，他定然不能再住在外面。助理将行李箱搬上车时，车里的苏海安还有些许不满，“伦敦的事情多，礼拜一我就要赶回去。”

苏晋成没答话，锐利的双目扫过他的腿，“我让你在英国是希望你能做出成绩，不是让你去混日子的。”

“伦敦的事情很稳定。”苏海安双手放在腿上，遮挡什么一般，冷声回话。

“安分点，不要给我惹麻烦。”显然他已经听说了苏海安被暴徒当人质的事情，但他担心的仍然是自己的生意。

苏海安闭上了嘴巴，没有再开口说话的意思。反而是唐娜笑着打圆场，“海安，你已经不是小孩了，以往只当纵容你，如今你也算公司的股东了，事事应该为公司着想才好。”

苏海安讥笑，“这么说起来，你还挺关心我的。”

“我当然关心你。以前你怎么玩闹，闹出了人命你父亲不也什么没说？别人你可以不在乎，但你自己的……”

“闭嘴。”苏海安最烦唐娜张口闭口沾亲带故地假意关心，实则警告。

以往苏晋成是不会理会两人之间的针锋相对，今日因着董事会的变故导致脸色难看，冷着脸呵斥一声："你以前在英国做的什么乱七八糟的事情我不管，但从今日起，如果再让我发现你乱来，小心我不客气。"

车子平稳地朝着苏家行驶，车内的气氛一再紧张，苏海安和唐娜都不敢再反驳。

一路回到苏家，苏海安就被叫去了书房。女佣因两人的到来忙碌起来，书房里点了禅香，偌大的办公桌上青烟缕缕，苏海安坐在沙发上，取出一支雪茄用雪茄钳剪开了口递给父亲。

苏晋成有抽雪茄的习惯，吐了口烟他才开始提及正事，"回伦敦之前，去一趟纽约，替我去见一面道尔先生。"

"佛罗里达州的研究小组出了什么事情吗？"

"勘测室前些日子发生了变故，听说有人混了进去。"

苏海安一愣，露出了担忧之色，"有人发现什么？"

苏晋成摇头，雪茄烟还夹在他指尖，"人抓到了，嘴很硬，什么都不肯说。"说完，吐了一圈烟，又想起什么一般，继续说道，"道尔的老雇主，你替我去摸下底。总觉得这事情同他脱不开干系。"

"雇主？"苏海安不是很明白。

"哼，你以为就凭道尔那老东西可以搅乱整个阳城的秩序？当年的顾家和唐家哪一个是吃素的？"

三十年前，那时阳城的经济链由四大家族支撑，其中顾唐两家根基最为扎实，一方为生物科技研究的权威霸主，另一方则提供资金链也是最大的出口商。

作为苏家最不受宠的小儿子的苏晋成，原本是没有任何机会走到如今这一步的，那些人找到他，愿意给他钱帮助他得到苏氏，一念成劫，深爱唐安妮的苏晋成因为顾家同的插足，嫉妒成狂，接受了他们的安排，娶了指定的女人，一年后，他们确实帮助他拿到了苏氏。

后来，那些人的野心日渐壮大，顾、唐两家手中的能源科技业和出口业成为他们的下一个目标，一个苏氏不足以满足他们。作为特派员的道尔先生找到了苏晋成，他需要一个契机，彻底扰乱整个阳城。

道尔家族在M国的势力不容小觑，但苏晋成不愿意成为别人手中的提线木偶，趁对方毫无防备时将他踢出了董事会，尽管如此，如今庞大的苏氏集团依然没有铲除海外势力的最后根基。

明先生就是那些人派遣而来的眼线，苏晋成被迫依旧活在他们的势力范围内。

顾、唐两家遇害以后，海外势力也不知为何，突然停下了继续扩张的步伐，他们放任苏晋成做大，顺水推舟，苏晋成便将两家败落的阴谋全数推到道尔身上，将自己漂得一干二净。即便是唐家老爷子临去世之前，也不得不将外孙女顾朝阳托付于他照料。只是那狐狸老头，居然留了一手，为顾朝阳争取了最后的股份。

父亲的话让苏海安陷入了沉思，他想到今日会议上那个坐轮椅的男人，“会不会是杜克明那里？”

“杜克明还没有这能耐，”苏晋成将没有抽完的雪茄烟拍在矮柜上，桌上的水杯颤了颤，提及杜克明转让股权的事情，苏晋成的声音更冷了几分，“这个老匹夫，盯得如此紧居然还让他钻了空子。”

“今日那位年轻男子是什么来头。”苏海安则想起了那年轻男子，苍白的脸上带着的笑，不知为何，他觉得那人的脸如此讨厌。

苏晋成冷哼一声：“跳梁小丑不足为惧。”

“您认识？”看身形感觉那人年纪不大。在会议室时，唐娜表现出有些意外，这让苏海安不得不去在意那人。

“十年前拿到一丁点的东西就来找我要好处的小人，不过是一个地痞无赖，将他送去了美国让他吃的苦头看来不够，如今倒打起我的主意来了。”以前他没有将范西当回事，如今，也不会为了他突然冒头有所在意。

十年前？顾朝阳刚到苏家，十四五岁的小姑娘，性子生得跟狼狗一样烈。这么说起来，两人还有点关系？

这些年苏晋成把控着整个苏氏，坐在高位已经二十多个年头，更已目下无尘，孤行己见。如今居然不声不响让外人买足了股份，如此大的纰漏，实在是讽刺。苏海安将手搭在沙发背上，侧过身体淡笑，“既然父亲您自有安排，那便好。”

苏海安转身离开书房，因为脚伤还没有痊愈，他拿了手杖，轻声敲击着地面，关上房门时，他暂缓了脚步停留了片刻，很快，房里有电话响动的声音。

是苏晋成的声音，“帮我调查范西的来路，此人不得不防。还有，找到杜克明的下落，如果有必要，解决了他。”

苏海安听见他挂电话的声音时，缓缓勾起了唇角，抬脚离开此地，另一只手已经将手杖拿起在半空中，没有再落地。

路过的女佣看见了他，“少爷你的腿……”

“嘘。”苏海安用手指比了一个噤声的动作，女佣很快低下了头不敢再说话，苏家的佣人都知道，苏家的少爷脾气不太好，没有人敢得罪他，除了夫人。

“腿这么快就好了？”下了旋转楼梯，唐娜正在客厅里插花，抬头见了他手里提着拐杖也没有使，走路时与常人无异，笑容染上她妆容精致的脸上，明明说的是腿，目光却在打量他的脸色。

“看来今天的事情没有影响到你的心情。”苏海安勾起唇角，看到桌子上摆放着散落的玫瑰，呵出一口气，见她没回答，他转身想要走。

唐娜抬手拦住了他的去路，冲他眨眼，“你就不想知道今天打断你爸计划实施的男人是谁？”

苏海安半眯起眼，讥诮道：“你会这么好心？”

“我很乐意告诉你。”唐娜放下了手中的花朵，双手合十放在胸前，做出一副心甘情愿的假模假样。

“说。”苏海安很厌烦她卖关子，火气很快就冲上了脸。

他这反应惹笑了唐娜，她笑出了声音，差点没回过气来。冷眼旁观的苏海安危险地眯起了眼，仿佛下一秒就要爆发，他的手掌已经捏紧了手杖的一头，“那人到底是谁？”

“好吧，我告诉你。但你用什么感谢我？”收起笑容的唐娜伸出了一只手，索取属于她的好处。

苏海安微挑眉，转身就要走，唐娜是真急了，连叫了两声：“好了，好了，我告诉你，那人叫范西，是顾朝阳在孤儿院一起长大的孤儿。顾朝阳你还记得吧？”为了确定苏海安的记忆力，她故意抬头去看他的表情，不过让她失望的是，苏海安冷着一张脸没有变化。像是不甘心，她凑近了他小声提醒道，“放心，我不会告诉你爸你放不下顾朝阳。”

“如果你只是想让我听这些话，那么你大可以闭嘴了。”苏海安抬脚再次要离开。

唐娜拦住他，正色道：“其实你应该恨那人，如果不是他，恐怕你爸至今也没有找到顾朝阳的下落。是他将顾朝阳送到苏家的，那孩子……朝阳那孩子也不知道交的什么朋友，我都开始同情她了。”她悲从中来，脸上难过的表情似当真在同情顾朝阳。

苏海安怎么可能不了解实情，这人的假仁假义，就连父亲也过犹不及。一把甩开她的手，“收起你假惺惺的眼泪，我没空陪你演戏。唐娜，你是我见过最恶心的女人。”

唐娜不在意地摆摆手，依然在他身后抛出橄榄枝，“你难道就从来没想过同我合作吗？毕竟在这个家里，我们两人的价值是同等的。”

苏海安这次没有停下，他大步走出了客厅。心里像是被人撕开了什么伤口般难受，唐娜这个无耻之徒，居然敢在他的伤口上撒盐……

可她的话，他也无从反驳。

唐娜说得没有错，在这个家里……他苏海安的价值同唐娜一样，只是父亲的工具而已。

第四十三章 锋芒毕露

圣诞节过后，就失去了基地的音信，葛兰给常驻基地发射了讯号也没有收到回复。而跟随在林恩身边的日子过得紧张又清闲。

连日来的安静和勘测，葛兰发现了一件惊人的事情，所有的危险似乎在一夜之间远离了林恩。在最后一场演奏会告别以后，林恩在家里待了一周，他停下了每日的练习曲，开始躲在屋子里不出门，尽管他的房间装了窃听器，葛兰依然不明白他在忙碌什么。

“葛兰小姐，少爷工作的时候不喜欢被人打扰。”伍德先生在她第五次经过林恩房门前时，终于表达了自己的不满。

林恩在工作？葛兰不知道他除了弹琴外还有什么工作，她看了眼伍德先生不苟言笑的脸，说道：“我听不见屋子里的动静，不能及时判断林恩先生的人身安全状况。”

伍德先生不为所动，依然恭敬且默然地道：“葛兰小姐不用担心，少爷没什么问题。”

“他……”

“你找我？”葛兰的话还没说完，林恩大约是听见门口有声响，房门从里面被拉开了，林恩站在门前侧身看着两人。

他还穿着棉质睡袍，额前，零碎的头发散落下来，看上去有刚睡醒的慵懒感，但葛兰可以确定他并不是刚刚睡醒的状态，他面上很干净，目光清澈，垂在两侧的手其中一只上沾了黑色墨迹。葛兰抬眼，从他露出的门缝看到卧室露台旁，一张干净的书桌上的台灯还亮着。

葛兰很快收回视线，她指了指自己的耳朵，“我听不见你房里的任何声音，六个小时，这种时长很不安全。”虽然作为特工，她是第一次给人做保镖，但在任务行动之前，她早已熟读了保安手册，当事人是不能离开她视线范围超过半小时的，即便是在家里。

她将自己的担忧阐述得很清楚，但林恩仍然故作不知情地问道：“啊，对不起忘记你会担心我。”

葛兰动了动嘴皮，想解释自己不是关心他，但又无从反驳。

“伍德，你去忙你的吧。对了，不要准备我们的晚餐了。”

“好的，先生。”伍德先生退了下去。

葛兰意外地看着已经连续一周没有出门的林恩，“你要出去？”

林恩点点头，“晚上我们要去见一个客人。”他抬手想去拉她，葛兰眼疾手快地躲开了他伸来的手，林恩落空的手在空中却半道转弯，改去牵她的衣袖，在房里，葛兰今日穿了一件袖口呈喇叭状的白色毛衣，林恩灵活地抓住一角，自顾自地扯着她去客厅里的沙发上坐。她没动作，他就回头来冲她笑，“你不是好奇我在房里做什么吗？这说起来话长，我需要好好跟你解释。”

“我不好奇。”

“你骗我，葛兰，你的眼神出卖了你。”林恩上扬的嘴角，牵出了一丝酒窝，看她的眼神半带嗔怪，“我刚刚看见你在观察我的房间，我忘记关台灯，还是被你发现了。”

“我只是在确认你是否安全。”她从来也没有见过这般强词夺理的人，林恩从来也没有将她的话认真听过对吧？

葛兰一再地解释，让林恩沉默了。两人僵持在原地，她没有动，他也就没下一步反应。

她是比谁都固执的人，最终还是林恩打破了沉默，皱眉故作难过的说着：“是我想告诉你，我有些闷，想同你说说话。”

“放开我的衣袖，我们两人的谈话姿势可能会更方便一些。”葛兰抬手，顺带也带起了他的手，在两人眼前晃了晃。

林恩抿嘴，松开了聚拢的两道英眉，食指在质感柔软的毛衣上轻轻摩擦了一阵，才松开了手，问她：“那你愿意听我说了吗？”

葛兰点头，转身想走。不料他突然伸手一把将绑住马尾的发圈拉了下来，她一头柔顺的卷发顿时飘落在肩上。

葛兰诧异，瞪大眼回头来看他。

他似早有准备，从睡衣口袋里拿出了另一条带水晶饰品的发圈，旧的被他捏在手里，他略抱歉地晃了晃手，“新的给你，旧的就还给我好吗？”

葛兰想要训斥，张口却想起他是雇主，她当然不能像对待杰克和拜伦那样有任何的不满当场揍得对方满地找牙，她突然发现，自己居然在很多时候对眼前的男人无从下手，打不得碰不得。

最终她什么都没有说，只是在接过那条新发圈时表情不善，手上的力道也很大，像是在抢。拿过发圈抬手要束起发尾，就见林恩伸手要来帮忙，这次他没有如愿，她微微偏头便躲开了他的手。

葛兰侧目瞥见他捏着发圈的手尴尬地停在半空，心里依旧有一丝恼怒。

注意到她的视线，林恩自然地收回手，摊开手心在她面前，“这些日子它在我这里呆习惯了，突然不见了，我每次都会失落好久。”

“如果你喜欢，就不要还给我好了。”还给她的东西哪有要回去的道理。

“你生气了？”林恩居然笑了笑。

“没有。”

林恩没有继续说下去，只是抿着唇意味深长地多看了她几眼。还想说什么，听见壁钟整点敲响的声音，他有些失望道：“我们要准备出门了。”转头又问她，“需要给你时间准备吗？”他已经习惯了同她出门前，她的全副武装了，即便是在家里，她毛衣下的腰间也藏有一把便携式手枪。

葛兰摇头，拜伦送来的新工具同以往的装备不同，她一时还没有弄明白解锁方式。想到这里，她便想起发回到基地的讯号为什么一直没有回复？这还是头一次遇上的情况，以往这类情况除非出重大的任务，全员出动，不然总会留下杰克坐镇的。

林恩很快穿戴整齐，葛兰不再将思绪停留在其他事情上，同伍德先生要了车钥匙，两人径直去了车库。

“我的车你动过了？”林恩坐进车里第一时间觉察到了异样。

葛兰坐在副驾驶，抬眼看林恩的眼睛，他在看她，表情自然看不出来有情绪。

“嗯。”葛兰垂眸弯眉，安全带被她扯到身侧，“咔嚓”一声扣上。倾身，摸到前视镜后侧，黑色盒子内装有摄像头，传送终端是她的电脑。这台车，内部已经完全变了大样，防窃听设备、危险物检测仪都被安装在了隐秘的位置，从外观上看，发现不出什么端倪。

她没有觉得意外，上次在柏林街头，林恩也是在第一时间觉察到有人动过自己的车。林恩这人，从第一次见面起，她就知道不能当作一个普通的雇主，那逼人的气势是与生俱来的。

“很抱歉没有经过你的同意就动你的车。只是，为了更好地保护你，我没有理由不这么做。”

林恩注意到葛兰低垂着头，手上拿着平板电脑，指尖在上面滑动，脸上没有任何的歉意。他转过脸，平视前方的路况，临近傍晚，街道上却杳无人烟，车子路过泰晤士河时，偶尔能听得见酒吧吵闹的声音，林恩将车子拐进了最热闹的SOHO酒吧区，街道两边站有醉酒大汉和穿潮牌的年轻人。

车子在Gherkin楼下的一间咖啡酒吧停下，这里相对安静一些，透过车窗能看见酒吧里坐满了人，下了班的白领对坐在一起，喝着爱尔兰啤酒，烛光中的影子一道道地映在墙面上，意外地动人心魄。

“客人还没到，你要不要陪我喝一杯？”林恩绅士地替她开了车门，他就是这样，即便葛兰只是他的保镖，但一举一动都像是将她奉若上宾的女伴。

林恩找了一张靠街边的桌子，学着那些下了班过来度过闲暇时光的上班族一样，点了啤酒，蕴着酒香，在烛光和夜色里浅尝。

杯子放到葛兰手边，没有喝。

她在观察四周，神色紧张。林恩看了就笑，“放轻松点，我们也学他们一样安安静静地喝酒狂欢就好。”

酒香味越来越浓郁，葛兰决定听他一次，金黄色的液体灌入口中，麦芽的香味很浓郁。

“奥丁格 5.0 黑啤？”她有些意外，杯子在手里晃了晃。

林恩心情很好，自作主张地拿着杯子碰了一下她的，爽朗道：“原来你对啤酒还有研究。还记得上次我们在柏林被迫中断的啤酒之行吗？正好今日补上。”

葛兰当然没忘记，所以才好奇。

“客人什么时候来？”话落，有人拉开了酒吧的玻璃门，风一吹，带响了风铃。

林恩举手打了个招呼，葛兰这才回头看去。

一个蓄了满下巴胡茬的中年男人，穿一身咖色皮大衣，戴了礼帽，见到葛兰再去看林恩时，眉毛微挑，“先生好雅兴。”

林恩没有同他说话的意思，食指和中指曲起微微动了两下。转而对葛兰不好意思地提到：“我同客人有点事情要谈。”

葛兰起身从椅子上站起来，“我在外面呆一会。”

这是第二次，他有不能让葛兰知道的事情，上次是在古堡里。

林恩略显抱歉。她并不觉得有什么不对，雇主的私事她本就不应该听，哪怕只是一件小事。

第四十四章 远离雇主

葛兰并没有走远，她站在门口，只隔着一道玻璃，偶尔回头时还能看见身后的两人。

那戴帽子的男人已经占据了方才她的位置，而与他面对面的林恩接过他递来的平板电脑，还有一个密封的牛皮文件袋，林恩指尖快速地在平板电脑上翻过几页后，神色严肃起来。在男人说了什么之后，他的脸色愈加难看，似犹豫了一下，但还是拆开牛皮文件袋抽出了里面的资料，几张照片倒在了桌面上。

没有看清楚照片上是什么画面，在林恩抬头时，葛兰已经转过了头。

两人谈话的时间很短，不出十分钟，那男人走了出来，礼帽被拉得很低，几乎遮住了他整个脸，与葛兰打过照面便半低着头，匆匆离去。

男人走后不久，林恩独自一人坐了会，再次查阅了一遍照片时，表情愈加难看。室外的冷风吹得人麻木，葛兰站在门口没有抬手推门，她猜，此时的林恩或许需要一点独处时间。

林恩推门出来的时候，一阵热空气迎面扑来，葛兰倒吸一口气，这一热一冷的温差让她有些许的不适应，下意识地便环抱住了双臂，方才从店内走出来的时候她没有拿上外套，林恩抬头就看见她只穿着毛衣站在寒风中，低头叹气，从身后为她披上了大衣，语气责怪，“外面这么冷，出门的时候怎么不记得拿外套？”

感受到身上突如其来的温暖，葛兰诧异抬头看他，脸色煞白无表情。

葛兰抬脚往前走了一小步，抬手将大衣穿上，拉了拉衣领，低声道：

“谢谢。”

林恩紧跟其后，绕过她走到了她面前，高大的身影为她挡住了迎面而来的寒风。他离她很近，近到几乎能闻见他身上淡淡的酒香，葛兰抬眼去看他，他没说话，低垂着眼眸看地面，不知道想什么眉头皱成了川字，幽蓝的眸子里染着阴郁。

葛兰很快收回视线，望了望街边的车，出声提醒他：“我们都喝了酒，不能开车。”

“伍德先生很快就到了。”林恩依然站在原地没有下一步动作，葛兰扭头看了看身后，正挡着酒吧的大门，酒保从门后偷偷地打量他们。她抬脚想要移开，林恩两只手握住了她的双臂，语气低落，“别动，就这么站一会。”他的身后就是路灯，灯光落在他的头顶，她只要一抬头就能完全将所有的表情尽收眼底，但葛兰没有再去看他，她只是平视着前方，看见他的胸口因为呼吸起起伏伏，耳边是呼呼而过的风声，刮得人耳朵生疼。

两人面对面地站在路边，不管不顾酒保的眼色，就这么过了几分钟，直到看见一束光打来，是伍德先生。

回去的路上是伍德先生开车，林恩同葛兰两人坐在车后座，车子穿梭于暗夜之中，万籁俱寂，两人都没有说话，只听得见车子开动时，风落在玻璃窗上的声音。

葛兰侧头去看林恩，他整个人陷入阴影里，黑夜将他笼罩，在夜色里无法看清是悲是喜。视线落下，停在他放在腿上手中拿着的文件袋上，手指握得很用力，指关节泛白得反光。

突然，一记沉重的力道落在左肩，葛兰愕然偏头，脸颊上传来他温热的气息。

“让我靠一会，就一会。”耳边传来林恩的嗓音，闷闷的喑哑。

葛兰张口的话到嘴边又吞了下去，她暗自吸了一口气，肩上沉沉的重量让她挺直了背脊。

林恩掀开眼皮，感觉到她的不自然，嘴角微微弯起，眼前是她散落下模糊的发丝，飘着幽香。他长出了一口气，问她：“你为什么对我不好奇？”

葛兰笔挺地坐着，平视着前方，伍德先生在安静地开车，很多时候他都这样，似乎不插手林恩的决定，自然也不关心他。

“好奇了之后呢？”葛兰思索了一会，反问他。

就像她并不需要别人的好奇心、关心和慰问一般……她以为，林恩同样不需要别人的关心。

林恩好像真的被她问倒了，竟然一时变得哑然。好奇心之后是什么……会是关心吗？这些重要吗？他居然没有考虑后果，自私得就想要得到关怀。为什么难过，又是为什么开心？这些……都能被人惦记。

可是有的人是越靠近越温暖，有时候哪怕明知道自己自私也想要多靠近一分。林恩动了动脑袋，将整个自己更靠近她一些，鼻尖轻触到她露在空气中的颈窝，细腻柔软的触感让他心里猛然一惊，他没想到，这一处如此温软。

葛兰意识到他的越来越靠近，想要躲避，但右手臂已经贴在车门上，她昂起脑袋，抬手试图要将他推开，但指尖碰到细碎的短发后，她又停下了动作，放弃了推拒他。

头顶上微弱的碰触感让林恩偷偷地弯起了嘴角，他以为她会推开自己，但她没有。这足以弥补他的忧郁和难过了。这是不是代表着，他可以更加肆无忌惮一些……林恩想着，但很快主动放弃了这想法，以葛兰的身手，如果自己太过分，她定然不会客气。

“哎……”林恩叹了口气，安静地闭上了眼。

那一声叹息，葛兰没有去深究，她想，就这么呆着好了，眼前就是公寓大楼了……

车子开进地下车库时林恩就已经调整好身姿，两人从车里下来，一起上楼，葛兰都跟在他身后，他没有主动开口她也就什么都没说。

进了门，他望了望厨房，终于想起来问她：“对不起害得你晚餐也没有吃上，我让伍德先生准备点吃的，你想吃什么？”

这时伍德先生正好进门，他脱掉大衣露出了那一身永远在身上标准的燕尾服，见了两人很快又是一副恭敬的态度。

葛兰并不想麻烦他，摇头拒绝了好意，“不用，如果饿了我可以自己解决。”

林恩便不再勉强，摊了摊手，挥手让伍德先生退下了，自己转身去拉房间的门，接下来他应该又会呆在房里几个小时没有动静，葛兰下意识地抬手一把拦住了他，手挡住了房门，“请让我先检查一番房间里的设备可以吗？”她曾一度怀疑过林恩对她的窃听器动了什么手脚，不然也不至于什么都听不见，想到什么一般，葛兰快速地收回手解释了一番，“我不是想要窃取你的隐私，只是，这事关你的安全问题……”

林恩拍了拍她的手，安抚她，“放轻松，我不会有事的。”

葛兰将信将疑，但还是让开了道，林恩绕过时，看见她顿了顿，神色不定，有话想说。

“你……有话要问我？”他停了下来，低头看她。

葛兰半眯着眼，不太确定的神色，“或许，你知道莫雷长官他们的去向？”

林恩脸色微变，阴霾闪过他的双眼，只是这一刹那，让人还捉摸不定。

“你怎么会以为我知道，直觉？”

葛兰偏头看他，见多了他一派温和的模样，反而心生了更多的疑虑，“我不会凭直觉去猜测一件事。”

林恩愣了愣，声音冷了下去，“你累了，去休息吧。”转身，关上了房门。

林恩离开后，葛兰站在客厅里盯着紧闭的门看了良久，敏锐地听见房间里的电脑传来接收讯息的信号声，电脑是杰克特制的，隐秘讯号传送是通过脑电波发射，所以她能第一时间确定这是基地发来的信号。

是杰克的视讯电话，葛兰匆匆接起。

视频里的杰克正在伦敦附近的荒岛训练基地，笑嘻嘻地冲她挥手，“嗨，葛兰。”

“其他人呢？你受伤了？”她知道，杰克到死那天也不会换新眼镜，今日脸上非但没有他那副四季都戴着的眼镜，就连脸上也都挂了彩。杰克属于后勤支援部，掌握着M团的整个安全，几乎不会出外勤，如果连他也出动了的话，那肯定是一次重大任务，但是，她却半点风声也没有听说。

“嘿，放轻松点，我们都还活着。”即便受了伤，杰克仍然是一副笑嘻嘻的模样，“拜伦受了伤，维多利亚在照顾他。”

拜伦受伤了？能得到维多利亚的亲自照料，想必伤势不轻。他是M团除长官以外公认的全能型，怎么会受那么重的伤？

见葛兰皱起了眉头，杰克安慰她，“不用担心，他没什么事，只是他有句话让我转告你，”他有些为难，“葛兰，离你的雇主远一点。”

“什么意思？杰克告诉我实话，你们去出了什么任务？为什么都没有人告诉我……”我是被你们排挤了吗？差一点，她就要问出口了，但忍住了心中的怒火。

杰克摇了摇头，难得地认真起来，“我们去了乌克兰。”

乌克兰？“撒旦……你们去找撒旦了。”难怪，林恩如此自信满满……他早知道，没有人可以威胁他的性命吗？

杰克点头，但没有继续说下去，他在视频里突然转头，远远的电脑室门口出现了一个人影，他已经起身飞快地中断了视频连接。

“杰克……”葛兰急了，站起来想要重新连接网络，但对方一再地选择了拒绝。

到底发生什么事情了？为什么杰克要那样对她说……

第四十五章 你怕会输

葛兰是在半夜听见隔壁房间有声响的，林恩穿着睡袍出来的时候她正在开放式厨房里准备做点简单的食物，冰箱里食材很充足，她只挑拣了简单的蔬菜，切碎了往锅里扔，火炉上的锅里正在翻腾，她失神地看了会，没找到主食，打算就喝汤罢了。

林恩走出门时正好看见她站在琉璃台前愣神。

他凑过去看了看，微微蹙眉，五颜六色的蔬菜混合在一起发出了咕噜声。抬手关掉了炉子，他有些好笑地看她，“你没找到主食？”说话间，他已经自作主张地将一锅蔬菜汁倒在水槽里，葛兰张口想叫他停手，但他动作太快，已经全部倒掉，回身去取顶上的柜子，葛兰就站在他身前，他丝毫不觉得障碍，越过头顶探身向前。

林恩的突然靠近让葛兰退无可退，她只能被他挤在琉璃台之间，低着头不作声，只是他身上柔软的绒面睡衣面料擦过鼻尖，有些痒痒的发麻，她抬手拭去了那股子骚乱，别开脸与他拉开距离。

“稍等一会，很快就好。”再回头时他手里已经拿了一袋意面，说话间他再次转身在冰箱里拿出了一些蔬菜。

葛兰见他忙碌起来，刀功也很不错，砧板上发出切菜的“嗒嗒”声，节奏规律。

依稀记得林恩的厨艺还不错，她索性也就让他去弄，自己站在一旁做个旁观者。

不出半小时，已经能闻见食物的香味，一道色香味俱全的意式熏肉面很快被送到吧台。林恩见葛兰还站着，努了努嘴巴让她坐，“你先试试看。”说着话，他已经用叉子和汤匙卷起面条送到她嘴边。

葛兰不习惯如此，仰头避开，用手接了叉子，说：“谢谢，我自己来。”

林恩自然不勉强她，守着她吃了一口，这才心满意足地转身去取水杯，倒了一杯热好的牛奶，放在她手边。随后才端了自己的餐盘在她对面的位置坐下，他做了两份，两人分别占据着吧台两边，她实在有些饿了，吃得认真，他则半趴在吧台上，手里的叉子有一下没一下地转动着盘里面条，偶尔看她一眼，笑眯眯的样子，非常满足自己的成果获得她的赞赏一般，像是个讨要奖赏的孩子，眼睛放光地看着她，期望得到评价。

葛兰吃得着急，只偶尔咀嚼时抬头看他。

“你很喜欢意面？”林恩找了话题。

“还好。”没有什么特别喜欢和讨厌的，对她来说食物只要够填饱肚子就行。

“很小的时候，我就一个人在外读书，母亲和外公很忙，所以学会了自己照顾自己。”

“……”葛兰吸溜完最后一根面条，有些莫名地看他，不明白他为何突然同自己说这话。

林恩居高临下地看她，觉得她这表情竟然有些可爱。他笑了笑，大掌落在她的头顶上，轻轻揉乱了头发，在她抬手之前很快又收了回来，动作娴熟又快速地收起餐盘。

“吃过饭以后先站一会。”他故作正经地提醒她。

葛兰盯着他转身去洗碗的背影，挤眉弄眼一番，沉下脸来决定无视他的顾左右言他，正色道：“林恩先生，我们谈一谈。”

这是葛兰第一次主动提出来要同他谈谈，林恩有些意外，关了水龙头的水，他回头看葛兰，露出一个古怪的笑容，森白的牙隐隐泛着光，他问她：“你想跟我谈什么？”

他的笑容仿佛看穿了一切，让她感觉到了无形的压力。

“我希望你能如实相告，他们去乌克兰跟你有关系对吗？”说话时，她放在大理石上的手指微微动了几下，石面很凉，一如今夜的她心寒得无法入眠。

林恩停下来，认真地看她的脸，似无奈，笑容淡在眉梢没有了下文。

他沉默一会，忽而低头吸了一口气，“无论我说什么你都不会相信我对吗？”

“你为什么要我相信你呢？我要知道的只是真相而已。撒旦现在如何了？”我是不是就不用留下来了？这才是她的目的。

“我不知道。”他摇头，一点余地也不留。

“我想见长官。”

林恩摊手，“你可以通过你的方式见他，我并没有限制你的自由。”

她如今无法联系上基地，若非这样，她也不会贸然找上林恩，明知是徒然。葛兰沉默了，无声地倔强着。

良久后，林恩问她：“为什么？你为什么一定要见他们！在我身边呆着不好吗？”

“我不喜欢这种感觉，明明是一个团队，却好像被人扔下了，一无所知。”

“葛兰，你不能永远按照自己的喜好生活。”

葛兰当然知道这很奢，只是，拜伦的受伤，长官的隐瞒，杰克的话……让她心里隐约意识到，很快会有什么变化了。

她留在林恩身边并非本意，如果撒旦真的被解决了，那他也没有了生命之忧，她也无用武之地。

“林恩先生，不管你是什么人，我相信你一定能有别的方式帮我联系上长官的对吧？”

林恩没有回答她，重新拧开了水槽的水龙头，水声哗啦啦的，他动作缓慢地洗了餐盘和银叉，归置到原位。

离开之前，他突然停下来，提醒她：“虽然我不了解你们的规矩，但很明显，葛兰，你在向我提出要求时已经破坏了你们的军规。”

葛兰没有追问下去，她不得不承认他说得没有错。这并不是一个成熟的特工应该表现出的一面，长官没有义务让她参与所有的作战行动，更加没有义务向她打报告。

可是为什么会变成这样呢！这一切，从遇见林恩开始似乎就在发生变化了。

她需要更强大的后盾来让自己安心。

后来的两周，基地依然没有联系上，她开始尝试着去回忆，用过往的经历来安抚自己。

这期间，她第二次随他去见上次那个戴礼帽的男人。

这次，她开车。他甚至没有告诉伍德先生他们出来了。

还是上次的那家店。到的时候男人已经等在户外的桌子上，下车时他交代她："你就呆在车里等我。"

两人依旧没有说很长时间的话，匆匆交代两句，那人便再次提前离开了。不过两句话的工夫，却让他大费周章。

男人是私家侦探，尽管他小心翼翼，但那一举一动的谨慎反而出卖了他的身份，葛兰不知道林恩在偷偷调查什么，她只是无形中意识到自己可能发现了他隐藏最深的秘密，她不太懂，如果他真有能耐请得动整个M团为他卖命，为何却要找如此一个名不见经传的私家侦探帮忙？

但无论是什么，她都没有多余的时间思考了。露天咖啡酒吧外的林恩已经起身，服务生送了他打包的咖啡，他拿了便转身上了车。

热咖啡是给她带的，"天气太冷了，手冻僵了吧？先喝点热的暖暖胃。"

不等葛兰有反应，他已经强行拉过她的手将热热的杯子塞进了她手中。

掌心里一片温热，让人心里也不经意间暖了一瞬。

"谢谢。"她低头道谢。尽管，她不知道他总是表现出的关心是真是假。

林恩没有让她马上开车，他等着她试试咖啡的味道，见她抿了一口才笑着提到回公寓。

林恩并不想让伍德先生知道他来见这位私家侦探模样的男人。

车子途经公寓附近的超市，伍德先生提了大包小包装车，林恩偏开了头，仿佛没有看见。

他注意到葛兰怪异的眼神时，无声地笑了笑，"你很好奇我为什么要去见这个男人，找他帮我做什么？”

葛兰握着方向盘的手动了动，她抬头透过后视镜看他的表情，带了一丝揶揄，还有调笑，有什么事情得逞一般地自得。

她忍不住打击他的兴奋，“我不好奇。”

“葛兰，你很爱说谎话。”林恩并没有被打击。脸上的笑容变大，“对一个人产生好奇心是漫长交集的开始。这不是坏事，说不定它很浪漫。”

林恩变幻无常的心思，她确实在意。她最近总在思考杰克代拜伦转达的那句话——远离雇主——或许是对的。她从一开始就不应该跟他有工作以外的交集，看似漫不经心的温和有礼貌，尊重女性的绅士，这一切都是林恩的表象。

事实上，他就像是变色龙，大多数时候待人温和有礼，但恐怕很少有人发现，他的心思深不见底，或许隐藏得最深的是比她所想象的更恐怖。

“林恩先生，我想你应该没忘记我只是你的保镖。你的生命不会再受到任何威胁时我就会离开了，我们都很清楚。此时的撒旦恐怕已经无法再威胁到你。我和你……以后永远不会有超出工作以外的交集。既然明知道，就不能有开始。”她很清晰地表达了她的意愿。

但林恩却好似听了笑话。他有些肆无忌惮，“我们要不要来个赌约，就赌我们不会变成陌生人。”

他的自信满满没有让葛兰在意，她只是意外，“你像个赌徒，毫无意义。我不跟赌徒下注。”

“你在担心。”

“担心什么？”眼前不远处就是公寓了，她打转方向盘，将车开进了林阴道。

阴影笼罩整个车内，她看不清他的表情，只听见他说：“你怕爱上我。”

她无声地勾起嘴角，不想辩驳。

因为这对她来说，永远不可能。

第四十六章 狭路相逢

阳城·国际机场。

苏海安回伦敦前一日突然收到消息，杜克明去了纽约，他必须在确定杜克明没有找上道尔之前转道去纽约。

冤家路窄，偌大的头等舱里竟然只有两人，苏海安最近在找人调查范西，消息还没拿到手却先一步撞个正着，他没想到会在飞机上遇上范西。

“范先生，真巧。”范西这是第二次见苏海安，在会议室里两人打过照面，虽没有机会说话，但他的大名却早已听过，在伟伦家这些年查找顾朝阳的信息回馈时，此人的大名紧随其后，息息相关。只是，注定的敌人，范西又怎会给好脸色？

哪怕对方此时并无恶意，他们也在偶遇彼此那一瞬间露出虚伪的本性。

范西呵笑一声，抬头看站在面前的男人，眉心微蹙，语气凉薄，“苏先生？”

苏海安双手插兜站在原地，他矗立的高度，对双腿不便的范西来说有一种刻意而为之的压迫，他在用自己的身高优势营造一场不必要的对立。

“范先生回纽约啊？”他放低了语气，没话找话。

范西脸色已然很难看，他不喜欢苏家的人，尤其眼前的苏海安。对方气势汹汹地突然出现，铆足了劲要压自己一头，简直幼稚可笑。

他冷冷勾起了嘴角，微抬首，指了指他应该有的座位，“苏先生还是坐下说话好，飞行途中颠簸，恐怕你这么站下去会给其他人造成不必要的麻烦。”

既然他已经这样说了，苏海安还有什么理由不配合，微撇嘴，他似笑非笑，“听家父提起，范先生年轻时曾受过苏家的眷顾，我却不知道这其中的缘由。”

眷顾二字，被他咬字慎重，听来让人觉得好不讽刺。

范西没有被他激怒，多年的蛰伏让他学会收敛脾性，一只手扶上了膝盖，冷冷道：“我这双腿也深受苏老先生眷顾，如今才这般。”

“那确实值得范先生布局五年，处心积虑地收购苏氏的股份。”根据父亲所调查到的资料，范西借由空壳公司的名义在五年前便有意识地收购苏家的股份，这些年，可谓步步为营，小心谨慎，居然丝毫没有让人觉察到半点风声。

苏海安笑了笑，视线扫过他的双腿，面上扮着同情。实则句句话针锋相对，无疑是想彻底激怒范西。

范西一双手揪紧了身上的毛毯，面上却丝毫没有半点波澜，他依旧寒着一张脸，带着诡异的笑，“苏先生也真沉不住气，这点东西就值得你恼了？今后只怕我进了董事会是愈演愈烈。毕竟以后是同一个公司的合作伙伴，苏先生何不客气些？置这点意气，让人看了，还当你们苏家的人没有教养。”

苏海安没想到范西居然当场便撕破伪装，毫不掩饰地指责他的意气用事。这话，听着，从苏晋成到整个苏氏都脱不了干系。他居然开始有点欣赏眼前的男人，索性放开了说：“如果没有记错，范先生所在的伟伦家从不干预亚洲的生意。范先生此行迹，倒是有点让人琢磨不透了。”说到这里时，他停顿了下，侧目去看范西的脸，企图在他的神色里看出点什么，范西一张白皙病弱的脸上几乎看不出任何异样，他冷下脸，不由得想到那人，“你到底想要得到什么，范先生？”

报仇？为自己，还是为顾朝阳？

范西“呵呵”笑起来，他只是没想到那些口讯中的纨绔子弟苏海安与他想的不同，他比他想象中直截了当，也比听说的更让人难以琢磨。

“顾朝阳的东西，谁也不能动。”这是他最后的底线，也是此行的最终目的，进入董事会，大动干戈地高价收购股份，不惜代价。范西没有说谎，只是在苏海安听来，仍然觉得讽刺于耳。

“范先生当真是念及旧情，呵呵。不过一个死人的东西罢了。”

顾朝阳作为顾唐两家的血脉，在苏氏的最后底线，就好比扎在苏家人心脏的一根刺，不拔可惜，拔掉似乎也没什么大不了，但就是横亘在其中，让父亲寝食难安。

这些年，父亲几乎耗尽心思都在解决这个麻烦。一再地被横加阻挠，如此，怎能不让他更加痛恨顾朝阳的死亡？

苏海安讥诮的话怎能听不出来。他在讽刺范西的假仁假义，打着顾朝阳的旗号发号施令。

顾朝阳跳海长达六年的时间，总有人无时无刻不在提醒着苏海安那人死了，当着他的面，跳了海，她不仅要让他背上一条人命的代价，甚至不惜说出，做鬼也不放过他，哪怕是死，也不要让他好过这样的话。

这六年里，苏海安厌倦了这样的日子，但凡有人提及，他总能炸毛恨不得当场撕了那人的嘴。唯独范西，他第一次觉得这人比自己还虚伪，良心上竟然有了一丝安慰。

一个亲手将顾朝阳送到敌人手上牟利的人，有什么资格在多年后以保护者的姿态出现？如此信誓旦旦，不顾及脸面。只怕是在九泉之下听了这话的顾朝阳，变成厉鬼也记恨的人会是眼前之人了罢？

范西没有再接苏海安的话。哪怕真是如此厚颜无耻，也是他同顾朝阳之间的恩怨，同旁人没有半点瓜葛。他没有义务去转告别人，自己当初的决定有多么的难以抉择，多么的不得已而为之。

如非因为苏海安，他怎么会将她提及口中。

从本质上来讲，比起其他人，范西更能理解苏海安心中的矛盾，他们是相同的人，气焰嚣张但也同时在良心上亏欠过一人，也只有顾朝阳，才会让他们如此狼狈不堪。

伦敦。

林恩开始变得忙碌。

他不再呆在房间里，公寓里便每日有客人来往，有时是送了许多文件和资料来给他看，开始变得忙碌，他在工作，做一些有关于新能源开发的研究投资案。这些是她偶然听见一两句话猜测的，后来也得到了他的证实。

两周前，林恩最后一次弹琴，突然兴致勃勃，拉着她做听众。

他一口气在家里举行了小型演奏会，荡气回肠地结束了最后一个音符，随后便让人将钢琴锁了起来，不愿意再碰。客厅的一角，突然空了下来，人心也空落落了，一整个下午，林恩都坐在沙发上望着空地出神。

他真的放弃钢琴了。葛兰不知道他是以什么样的心情选择这条路的，或多或少有许多的无奈。

但在这个世上，又有谁没有一点无奈呢？

林恩并没有因此而一蹶不振，很快，客厅里的电话响起时他便从万千思绪里回过了神，老式古董电话只有林恩的家里人会打来。电话是伍德先生接的，他几乎没有说话，全程只在恭敬称是。

挂了电话，不等他汇报，林恩已经从沙发上站了起来，拍了拍因为坐下时弄出些许褶皱的西装。

“接下来一些日子要麻烦你了，我可能会常常外出。”他走到葛兰身前，略有些抱歉。

“保障你的人身安全是我的工作，并不麻烦。”她回他。公事公办，毫无怜悯心。

林恩盯着她看了一会，随后才扭头看着窗外，天色快要暗下去了。伍德先生挂完电话后已经备好了衣物，站在门口恭送他出行，他们要去古堡了，林恩要去见自己的家人，葛兰跟在他身边的两个月里，他同家人甚少见面。

这一去，凶多吉少。

第二次随他去古堡。葛兰比上次紧张，那沉寂在喧嚣中的庞然古建筑物，矗立在巨大茫然的雪地里，冬季的到来让那坚固的庞然大物显得格外威严。远远的，就看见了，笼罩在阴天里的古堡比上次见更阴森。

老式古董车的车轮子压过雪地发出刺耳的声响，听得见轰隆的声响。

葛兰奇异地觉察到了这四周的异样，不像是危险，但远比危险传递而来的更要让人感觉到恐慌，车子离古堡越来越近，她的心也越跳越快。第一次有这般让人难以形容的心境，葛兰抬手捂住了心口，企图压制它们的狂跳。

闭目休息中的林恩不知道为何，手悄悄地爬上了她的心口，捉住了她按压着心跳的手，包裹在了手心里，死死地拽住。

“先生……”

林恩抬手，食指在嘴上比了个噤声的动作。另一只手抬起，指着窗外那快被大雪压断枝丫的银杏树艰难地在寒风中寻求生存。

“这里的风景一年四季凄凉。”他说着话，将她的手拽下了心口，按压在坐椅上。

葛兰尝试着抽出手，但他用尽了全力，掌心发凉，这触感竟然让她平静下来。

“少爷，春天的时候四周会温暖起来。”开车的伍德先生听了他的话，主动回话。他向来甚少插嘴，今日却脸带微笑。

林恩低头，目光落在那被他隐藏地按住的手心，葛兰的手指很纤细，指甲修剪得很干净，只是抓在手心里，手感不细腻，因为常年握枪，指腹上还有一层薄薄的茧子。良久，他才弯着嘴角回应伍德先生的话，语调低沉没有波澜，“是了。这是你的故乡，你在古堡中长大，自然比我清楚得多。”

伍德先生张了张嘴，想说什么，很快却闭上了。

林恩也已经松开了葛兰的手，到古堡门口了，门外站了几个身穿燕尾服的中年男人，竖列着在等待迎接他的到来。

“欢迎回来，少爷。”说话的人是有过一段时日相处的埃尔南先生，一个固执、目空一切的老管家，接了林恩的大衣外套，他才扭头对葛兰说话，“别来无恙，葛兰小姐。”

葛兰自然不会在意他迟来的问候，昂首跟上林恩的步伐，走进了巨大如宫殿的大厅内。只是上了楼，她便被拦下来了，如同上次一样。

“葛兰小姐，你不能再进去了。”大门前，林恩回头来挥手，埃尔南立即收了声，恭敬地退后一步，收敛起对葛兰的不客气。

“你在这等我，记住，哪里也不能去。”林恩掉头，走到她身边，轻声交代她。言语严森，不容人反驳。

葛兰将手背在身后，点头答应。这是杜邦家的地盘，容不得她做决定。

只是，恐怕林恩也没想到，待他转身离去不久，埃尔南便将她带去了一处偏殿，在那里，她遇见了意想不到的人。

第四十七章 服从命令

埃尔南先生并没有告诉葛兰要带她去哪里，他只会一言不发地走在前面，她则跟在后面。

古堡很大，有很长的走廊，尽头是雕花拱门，庄严又寂静，四周鸦雀无声，只听得见一前一后的脚步声。在这里生活的人，循规蹈矩，长廊下路过的女仆和佣人排成一列，悄声前进，气氛压抑到了极致。

葛兰想，如果自己是林恩，也宁愿住在城市喧闹的公寓里，这里，更像是一个巨大坟墓，里面住着的人，除了服从和守规矩以外，恐怕连血肉都是冷的。

突然有点明白杰克口中的两种人。

林恩大约就是后者，因着他的家庭，他的性格，即便他看上去很好，心……依然是冷的。

葛兰抬头望了望远处的尽头，有些烦闷，这让原本就对此地心生厌恶的她愈加难受，突然停下了脚就不愿意向前走了，“你带我去什么地方？”她试图叫停在前方的埃尔南。

埃尔南一如既往地不喜欢她，皱着眉头回头，“在古堡里不要大声喧哗。”

葛兰愣了愣，“难不成这里住了吸血鬼，天黑之前不能吵到他们？”

埃尔南被她的话气到了，扭头固执地说道：“跟着我走就是了，有人要见你。”

葛兰没来由地想起了上次，莫雷长官带她去见那位神秘的夫人时，此时此景，如此的想象。她不关心杜邦家有什么人要见她，“如果你耳朵没聋的话，应该听到了，林恩先生让我不要离开。”葛兰沉着气，没有因为心生不满便对埃尔南痛下拳头，在与雇主相关的人面前，她的脾性总是出奇的好，显然埃尔南没有意识到这一点，他依然将她当作会拐走林恩的妖女。

“你必须跟我走。”埃尔南冷下脸，坚定不移地看着葛兰。

她已经转身打算回到方才的大厅，“我只是林恩先生的保镖，没有义务去见你口中的人……”

话还没说完，长廊上响起了一阵脚步声。

葛兰愣在了当场，尽管她背对着走来的人，但军靴脚踏声如此的熟悉，她怎么可能忘记？如果说听脚步声还不能确定，那来人的声音，总不会错了。

“葛兰。”是莫雷长官，他从阴影里走来，一如往常那样冷漠。

失去了联络的长官居然出现在杜邦家的古堡里，葛兰怎么也想不通，“长官，您……怎么会出现在这里？”

莫雷长官不喜欢解释，他当然不会告诉她原因，抬手间，已经挥退了埃尔南。此时长长的走廊里就他们两人，对立而站。葛兰有些意外，埃尔南是杜邦家的管家，他怎么会听从他的指示安排？

“我知道你现在有很多疑问，但现在还不是你问的时候。”长官张口停顿了半秒，才说道。

葛兰将信将疑地看他，途经一条暗黑的地下走廊，两人来到一间封闭的暗室。

她没想到，不仅莫雷长官，杰克也在此处。

见了葛兰，他好像很高兴，跳下椅子就奔了过来，“葛兰，你怎么会来这里？”杰克比她还意外。

葛兰扭头看了看长官，依然是满脸的疑问。

莫雷长官指了指墙上的屏幕，那里只有一个画面，一间空旷的房间，正中央坐着一个男人，一身的白袍与墙面融为一体。

莫雷带他去见的人，不是别人，正是被杜邦家囚禁起来的撒旦，那个蓄满胡子，一身雪白长袍装扮的中年男人，即便是做了俘虏，看摄像头的眼神依然摄人魂魄。

他一动不动，画面就像是按下了静止键。

“如何了？”莫雷长官问杰克。

杰克摇头，“没有什么实质性的进展。”说话的同时，他扭头看了眼葛兰，表情有些犹豫，“刚接到通知，待会有人会去见他。”

莫雷长官没有顾忌他的犹豫，挥手示意他闭嘴。

这是一间封闭式的小隔间，巨大的屏幕里映出的画面就像是将这个房间一分为二，撒旦就是在另一头一般。

监控下出现了一片阴影。有人进去了。

葛兰到口的疑问被那阴影阻止了，她不敢置信地闭上了嘴巴，是他。

林恩抬头扫过空房间的摄像头，目光才逐渐落在撒旦身上。

他同撒旦说了什么，葛兰听不见，有人特意屏蔽了声音，外面的人什么都听不见。只是看画面，撒旦的情绪很激烈，他甚至差点冲上前去抓他。但他压根近不了林恩的身，眼前就是红外线机关，只要他跨出一步，便会死在乱枪之下。

神色淡定的林恩与平时没有什么不同，唯一的不同大约便是他低头靠近撒旦那一瞬，嘴角的笑意了吧。葛兰感觉到一阵冷风吹过，她抬头望了望小隔间的四周，并没有发现任何的通风口，她不知道这风是从哪里吹来的。

她下意识地往后退了一步，莫雷长官就站在她身后，她退无可退。

“长官，你为什么要带我来看这些？”她有太多的疑问，为什么突然失去联络，为什么他们会在杜邦家的古堡里来去自如，林恩到底是什么人……为什么撒旦如此恨他？

这些，她都想知道。

“葛兰……”杰克不忍心见她被蒙在鼓里，想要解释，但一开口便被莫雷长官的眼神制止了。

他不敢再说话，莫雷长官挥手让他离开，“你先出去，我同她谈谈。”

杰克意味深长地看葛兰一眼后才退出了小房间。

杰克走后，葛兰终于敢正视长官。她仰着脖子看他，一如多年前那次初见，明明狼狈不堪，却要昂着脖子直视他。

“你早就猜到林恩不是普通人，如今怎么会问我为何带你来看？”他的声音，也和多年前无异，依旧冷漠到让人心惊。

“林恩是什么人，跟我没有关系。您说过，我们没有权利干涉雇主的事情。”

“很好，我的规矩你没有忘。”莫雷终于缓和了脸色，他抬手，替她撩起额前的发丝，“葛兰，从今日起，你暂时回到岛上去吧，林恩先生不需要保镖了。”

“好。”她很快就答应了，像往常那样，没有对命令的质疑。

莫雷收回手，低头看了看自己的指尖，无声地叹息，“林恩先生他可能……不会让你走，但你要服从命令。”

“好。”依旧是一个单音节字。

“对于你信任我的好处，现在你有什么想问我的，我都可以作答。”他说得像是在做交易。

葛兰放在两侧的手紧紧地攥成了拳头，她盯着莫雷长官的眼睛看，什么都看不见，那里是一团迷雾。论掩饰能力，她远远不是他的对手。

“我没有什么想问的。”到口的所有疑问，突然之间都释然了。知道了又如何……这些都跟她没关系了，她愿意拿出所有来交换团队的信任。只是，她不明白自己做错了什么……

“你没有做错，你做得很好，任务完成得也很好。”他早已看穿了她的心思，不容她问，已经解答。

这样的长官，反而让她更加疏远。

“没有告诉你我们去乌克兰是不想你担心，葛兰，我们不是好人。我们只拿钱办事，很多事情是没有理由的。你要学着去理解，大多数的事情是得不到理由的。”

“那如果你们回不来呢？”所以，也不打算告诉她吗？哪怕他们都死在撒旦手上了，她是不是最终连他们怎么死的也不知道？

“我从来不打没有把握的仗。”

“你们从很早以前就开始筹划了对吗？是马修出卖了撒旦的老窝。”葛兰的猜测莫雷没有否认，“那林恩呢？他在这里面扮演的是什么角色？受害者复仇记？”

莫雷动了动嘴皮，他没有打算隐瞒她，这是他真正的目的。

“你们前往柏林前几日，我、拜伦、埃文斯在马德里一个废弃的工厂里找到一批货物。那是撒旦用来做交易的筹码。”

“什么？”

“林恩先生同撒旦见面，也同交易有关。”

“你们抢了撒旦的交易货，所以他差点炸毁了柏林爱乐厅？”葛兰没有往下猜，更加不想知道这批货物最终落在谁手里了，心里已经明白了大半。

莫雷长官没有说话，就是默认了。

“你们的雇主是谁？林恩？”

莫雷长官摇了摇头，只说：“不是。”却没有告诉她，到底是谁。

葛兰知道不能再问下去了，她怎么会不记得，马修最终交给了谁。只是，那人……她知道，自己干涉不了。她泄了气，人已经退到了门后，妥协道：“以后我什么都不会再问，今日我回岛上。”

莫雷正要点头，不知何时，林恩早已从空房间里出来了，他气急败坏，不顾阻拦地推开了房门。

看见葛兰站在门口，他微愣了愣，再抬头看见监控画面，顿时沉静下来，他冷冷地勾起唇角，一步一步走到莫雷面前，“没有我的允许，葛兰不能离开。”

“你不能这么做。”

“呵，我是她的雇主，为什么不能？”

莫雷瞥了眼他身后的葛兰，神色不变，依旧说道：“我给你们时间单独告别。”他抬脚绕过他走出去，停在葛兰面前，拍了拍她的肩，“我在外面等你。”

葛兰张口想说，不用道别了。

她不习惯同人道别，依照职业习惯，她也没有义务和雇主道别……

只是，林恩看她那一瞬间，她想起了今日在车里，他死死拽着自己的手时，那一刻，他的温柔不再是伪装的吧。

她点了点头，莫雷走了出去。

林恩已经走到她面前，沉默了一阵，他指了指屏幕上的撒旦，说：

“你还记得吗，他差点杀死我。”

葛兰点头，“我知道。”

“我是受害者。”此时此刻，他依然在假装弱者，企图得到她的同情心。就因为他知道，她只是看起来冷漠。

“林恩先生，保护你只是我的工作。”她委婉地告诉他，是不是受害者不重要。他并不知道，她不关心，即便被欺骗，都没关系。因为她不在乎。

“对我来说很重要。这关乎我在你眼里是好人还是坏人。”

“那你认为自己是什么样的人？”

林恩摇头，只是要求她：“留下来，葛兰。”

“可我的工作已经结束了。”

“在我看来还没有结束，他们只是想让你离开而已。”

他们是谁？葛兰没有深究。她摇头拒绝他，“这是我的选择，林恩先生，希望你能理解。”

林恩没有再说下去，他知道她有多固执，只是紧紧地盯着她看，人的眼神欺骗不了人，他以为能在她眼里看到另一种答案，但很可惜让他失望了。

葛兰已经拉开了房门，抬脚要走出去，他才后知后觉地伸手去捞，指缝擦过她的发丝，收拢五根手指头，却什么也没抓到。

他只能看着她一点一点走远，跟在莫雷的身后，离他越来越远，人影也越来越模糊。

他想起了许多年前，希思罗机场，他在人群里匆匆一瞥，意外闯入他眼帘的女孩，漂亮到让人失神。再转身，她就不见了人影，抬脚想去寻找时，她却又如天使降临，突如其来地撞入了他的怀中，那样小小的人，一把撞上了他的心。

人群中擦肩的那一瞬，终成他此生最难的追寻。

短暂的相遇注定无疾而终。

第四十八章 后会有期

莫雷长官给了葛兰一小时时间回林恩的公寓收拾东西，从监控室出来半小时后林恩才姗姗来迟，看见葛兰靠在车门前等自己，呵出一口气，快步上前，笑了笑，“让你久等了。”似乎并没有发生过要离别的谈话。

“嗯，我们直接回去吗？”照理来说，葛兰可以不需要再以保镖的身份跟在林恩身边，但是因为公寓的主人是林恩，要拿走东西，她得跟林恩一起回去。

林恩想了想，便点头同意了，“回去吧。”

同来时一样，两人坐在后排，伍德先生开车，很快穿过宽厚的雪路，回到市区。

一路上，林恩没有再说话，慵懒地靠在坐椅上，面色略显疲惫，一只手抵着额头，用大拇指和食指捏揉眉头两边。

葛兰瞧见伍德先生特意透过后视镜看了他一眼。

回到公寓，葛兰回了房间收拾东西，林恩卸下了大衣，站在她房间门口没有走进去。直到衣物都被叠好放在行李箱中，他才缓缓走进来，看着她将拆卸下来的电子设备收进黑皮箱，林恩张口指了指自己的房间，“那些要拆掉吗？”

葛兰犹豫了一下，摇头，她的东西不多，莫雷长官给的一个小时时间已经到了，杰克会准时到楼下来接她。

她提着箱子站起来，林恩已经走到她面前，高大的身影挡住了她的去路。

葛兰皱眉，做了一个耸肩的小动作，她在思考道别的话要怎么说？

林恩见她低头不适应地摸了摸鼻头，微微一笑，替她接过箱子，“我送你下去，车子已经到了。”

葛兰跟着他下了楼，车子停在路边，但让葛兰意外的是开车的人并不是杰克，林恩冲伍德先生招了招手，两人说了几句话，伍德先生视线扫过葛兰便转身离开了，林恩拉开了副驾驶的车门，示意葛兰上车。

葛兰站在原地没有动，心里明白了什么，“去哪里？”她看了眼时间，确定杰克今天是不会来了。

林恩想了想说：“我们去吃晚餐，一直说要请你吃饭却没机会。”

“告别晚宴？”葛兰问他。

林恩笑了笑，让她坐下，今天他自己做司机，替她扣好安全带，他笑盈盈的样子看她，“对我来说，这是一次约会。”

葛兰吸了口气，想说什么，他已经回身启动车子朝着市区的方向而去。

林恩订了位于伦敦郊区的一个宁静小镇的西餐厅的两人位，餐厅开在泰晤士河畔，抬眼就能看见夜色下河面上的绿绿灯影。餐厅里很安静，只有侍者上前为客人服务时衣料偶尔摩擦的声音，悠扬的蓝调音乐在餐厅里响起，醇香的香槟酒入喉，林恩切下一块西冷牛排放进嘴里咀嚼后，用餐巾布拭去嘴角的酱汁，方才停下来去看对面的葛兰。

葛兰没有他这般悠闲的心思，餐盘里的牛肉还带着血丝，鲜嫩到她没有胃口。

“你在想什么？”林恩放下了手，搁在桌沿边上。

葛兰透过墨晕的灯光去看他，林恩的五官立体，有东方人的柔和却也有着欧洲人血统的挺立，鼻翼处因灯光折射隐约泛着光。从他始终保持着微笑的脸上看不出任何的痕迹，她转动着杯子思索一阵，开口询问：“我什么时候能离开？”

林恩张开一双手平摊在桌面上，“随时。”

葛兰回头望了望身侧一望无际的河面，一阵风吹来，心下微跳，她有刹那的错愕，脑海里一闪而过什么，但那念头太快，她没来得及抓住。她看了看面前的林恩，他仍然在笑，下午在监控室时他也这样对撒旦温柔地笑着，像是浸了毒液藏了罂粟的昙花，。她抓起手边的东西，站了起来，“既然如此，那我就先离开了。林恩先生，后会无期……”

林恩怎会让她如此轻易地走掉，他有些失望地收起了脸上的笑容，抬手拉住她，指腹轻触在她的掌心里，葛兰没有躲开，她知道他有话没有说完。

“葛兰那你有没有兴趣知道我的故事。”

葛兰这才缓缓抽出了手，盯着他看了一会，淡淡地摇头，“林恩先生想跟我说什么？”

“你还记得上次我们一起见的那个私家侦探吗？他在帮我寻一个人，寻了许多年了，最近我才知道，那人早在许多年前就成了一堆白骨。”他说，伸手想去拉她继续坐下，葛兰微微侧身避开了他的碰触，但没有抬脚继续走的意思，她重新坐了下来，洗耳恭听。

她想，林恩不会如此大费周章地同自己讲一个久远的故事。

“你找的人是谁？”

“我父亲。”他没有迟疑，很快说出答案，那样直接倒让葛兰稍感意外。不等葛兰开口，他接着说，“一开始同撒旦见面，听说他知道父亲的下落。柏林之前的事情你都听说了吧？对此我没有可解释的，因为我也是受害者，撒旦卖了假消息给我，甚至差点杀死我。”

能感觉得到林恩确实很愤怒，原本始终绅士模样的他用力地攥起了拳头。

葛兰顺着他的手看，看见手背上冒着青筋，她依稀记得林恩这几日的情绪远不如他所表现出来的那般温顺，如今也只不过一时不受控制。

果不其然，林恩很快便松开了拳头，他抱歉地看葛兰，“我父亲是从Z国来的生物科学家，在多年前与母亲相恋并结婚，进入了杜邦家。只是后来不知道发生了什么事情，他突然消失了，母亲再也不提及他的名字。我不甘心，所以花了很多钱去寻找他的下落。后来听说在几年前，撒旦曾见过他，就在前天，我得知了他的死讯。”

“所以你以为是撒旦杀了他？”

林恩听着葛兰的疑问，淡淡摇头，“我也不知道。或许是他，或许是别人。”

“也许没有人杀他。”是不是代表没有人死？

林恩意外葛兰的话，带了一丝安慰，她没有冷漠地听过就算好了。

可惜，他心里清楚安慰这两个字眼只是为助长弱者继续懦弱下去的动力。他沉默了一阵，指尖碰到了玻璃杯壁，微凉的触感让他回过神，他摇头苦笑，“希望如此。”

葛兰没有接下去，她沉默地低着头去看自己的手指，一直都觉得自己的手指不算好看，相比起林恩来，更粗糙了不少。她暗自叹气，想起了莫雷长官，动了动嘴皮，却什么都没有说。她无暇去猜测林恩和莫雷长官之间，到底是谁说了谎，又或者两人都在说谎。

到口的疑问被她吞回去了，她就要离开了，真相是什么好像也不是特别重要了。

林恩以后的事情她都不会再插手。

想到这里，葛兰端起酒杯浅抿了一口，杯壁留下一个浅浅的唇印。不知道何时，餐厅里的女歌手的声音停顿了，有侍者拉着小提琴向他们一步步走近，最后停在她面前，一曲《爱的致意》让在座的女士投来艳羡的目光。音乐非常好听，葛兰觉得莫名其妙，抬头看了眼林恩，他已经起身，绕到她面前牵起了她的手。

葛兰抽回手用眼神询问，这是要做什么？

林恩笑了笑，做了一个邀请的动作，“这么好的景色和音乐，你要不要陪我跳一曲。”

其间，已经有其他的男士起身邀请同行的女伴，葛兰望了望林恩带笑的眼睛再看其他人，有客人鼓励她接受他的邀请，葛兰低头看见他的掌心，将自己的手放了上去，随着音乐声，穿梭于餐桌周围，缓缓摇曳。

第一次同葛兰靠得如此近，林恩的手放在葛兰腰上，这浪漫的灯光下，手心里却摸到她随身携带在腰间的手枪。

林恩低头叹息，气体喷到葛兰的耳后，她方才反应过来，顿住了脚。

“怎么了？”林恩见她突然没反应了，低声询问。

葛兰摇摇头，将手再次从他手中抽出来，两人面对面站着，气氛尴尬，但幸好，侍者拉完最后一个音符，变魔术一般变出了一枝火红色的玫瑰递给林恩。

林恩笑了笑，将花送到她眼前，“餐厅的传统，为美丽的女士赠送玫瑰。”

葛兰没有接，抬头看见餐厅外的天色已经暗下去了。她往后退了一步，与林恩拉开了距离，冷冷道：“林恩先生，我应该走了。”话落，她不管林恩做何反应，转身拿起大衣外套穿上，准备离开。

林恩没想到她的反应来得如此突然，当下愣了愣，掉转视线落在她方才留下唇印的水杯上，想起什么一般，拿起衣服追了出去。

葛兰没有走远，林恩的腿长很快就追到了，反手拉起她。

“我送你去码头。”林恩指了指停在路边的车，“你的东西还在我车上。”

“把车打开。”葛兰跟着他走到车前，没有答应他的提议。

林恩便没有动，两人站在路边，僵持了一会，林恩才叹着气说道：“我同莫雷要了一点告别的时间，他们会在码头等你到十二点。”说着话，他笑了一声，“我以为我能拖延到那个时间。”

莫雷长官很少会跟人谈条件，她不知道林恩是怎么做到的。

但是不管如何，她都不能再同林恩纠缠下去了。

“我自己去码头。你把车打开，不然我就砸了它。”葛兰抿着嘴唇，死死地看林恩。

林恩微愣，转身去开车门，黑箱子递给她，“我送你，不会再拦着你。”

葛兰抬手接东西，不料他没有松开的手上用力一扯，将她突然扯到了面前，一把拥入了怀中。葛兰被他突如其来的拉扯连带着转了一个圈，背对着街边。

不知道哪里来的冷风吹得他脸痛，低着头靠在葛兰的肩上，知道她抬手就要推开他，难过地抢先一步说道：“告别拥抱，就一小会。”

林恩的唇贴在她耳后，说话时，柔软的唇瓣扫过她的耳廓。

葛兰觉得自己全身上下被一股电流扫过，一时之间竟然忘记了有所反应，直到一束光刺目地扫来，开车的人按了喇叭，葛兰看见开来的吉普车里坐着的男人有一张熟悉的脸孔。

是拜伦。他正冷漠地盯着他们看。

葛兰想抬手推开林恩，扭头时却明显感觉到一股寒风从手上刮过。一道突如其来的枪声响起，葛兰的余光扫过熟悉的身影，愣了一瞬才伸手去拔枪，却因林恩的束缚慢了半秒，枪子直奔林恩的手臂，她听见扑哧一声，林恩的臂弯被打出了血窟窿。

车里的拜伦也听见响声了，他飞快地跳下车，顺着狙击方向开了一枪，但因距离隔得远，枪声没有得到回应。

葛兰已经拔出了枪，转身想去追人，林恩忍着疼痛咬牙扯住了她，“别追了，他不是故意的。”

“你……”

“这是下下之策，我原本想用苦肉计留住你，才找那人来开了一枪。”他说。抬头却见到拜伦走了过来。

他没有去追开枪的人，眼神不善地看着林恩。

“葛兰，长官在等我们。”

“后会有期，葛兰。”林恩也看见拜伦了，他终于松开了手，捂住了受伤的手臂，指缝间已经冒出了鲜血。

“你为什么要这么做？”葛兰看了眼走到身后的拜伦，再看林恩时，眼里蒙上了一层阴霾。她看见了，那藏在暗处持枪的男人正是前些日子林恩见的那个私家侦探，而那人一开始将枪口对准的人是她。

“对不起，我……”

“林恩先生，你的同伴应该会送你去医院包扎伤口。”拜伦皱着眉头走近了，他的伤势也才刚刚好，一只手上还缠着绷带，用完好的另一只手将葛兰从林恩身边拉开了一些，“那么，我们就先告辞了，后会无期。”

身经百战的他怎么会看不明白？藏在暗处的人只开了一枪，枪法不准，只瞄准了非要害的手臂，如果是狙击手这是绝对不可能的事情。

拜伦没有给葛兰说话的机会，他蛮横地一把将她拦腰扛起，扔进了车里。

若非葛兰不愿意，往日里拜伦轻易也不敢如此对待她。他们都知道，她是狼狗性子，烈起来谁都咬，可有肉吃的时候，又温顺得不像话。

林恩最后这一击，彻底激怒了她。

第四十九章 杀人灭口

鲜红的血染满了指缝，林恩似乎感觉不到疼痛，双眼目不转睛地看着吉普车消失在杳无人烟的街道尽头。

“对不起……我没想到你会突然替她挡这一枪。”躲在暗角的风衣男人有些为难，见到林恩终于动了，他才上前去扶住他，还好只是射中了他的手臂，低头看了看那鲜红的血，男人叹气，“你为什么要这么做？”

林恩吃痛地嘶了一声，淡淡道：“我只是有点可惜，她好歹救过我的命。”

“她知道得太多，这对你来说没有好处。”穿风衣的男人依然不理解他的做法，但还是将他拉到了车上，翻找一番，找出了刀片，将大衣破口的地方割开了一道，露出了血肉。

林恩没有回答男人的话，盯着伤口处看了一眼便道:“送我回去吧。”

“你不去医院了？”

林恩摇头，伤口处的血已经停止外流，“我不能去医院。”他的身份以及身上的枪伤只会引起不必要的混乱，他咬咬牙，说道，“先把车开走，方才的枪响很快会引来这附近的巡逻警察，然后找个附近的药店买点消炎药和纱布，替我包扎。”

风衣男人略沉默了一下，还是点头答应了。

回到公寓已经是一小时之后，林恩意外地在楼下遇见了此时本该早已经离开的莫雷。

他显然在等他，等得不耐烦了站在路边抽烟，扔了一地的烟头。

“你来做什么？”林恩对他难得给了脸色，收起了那一派的温和。

莫雷扔掉了最后一个烟头，上前拉开了林恩车后座的门，取出了里面的黑色皮箱。转身离开之前，目光停留在他被掩饰得很好的手上，冷冽的眼微眯起，叹气道：“子弹取出来了吗？”

在市区发生的事情他已经听过汇报了，心里很清楚林恩找人开的这一枪的目的。只是，连他也没想到，林恩选择了挡掉这一枪。

“你在关心我？”林恩笑了笑，表情有些意外。

莫雷抬头看他，黑夜里，背着路灯的光看见林恩微微扯起的嘴角，带着讽刺，他没有移开目光，动了动嘴唇，“我替你取出来。”

林恩抬了抬手，他换了新大衣，伤口被简单包扎了起来，从外表看，看不出任何痕迹。

“不用麻烦你了，我暂时死不了。”

莫雷没有勉强他，只是盯着他看，神色复杂。“你可以有一万种方法让她不追究，为什么偏偏做如此笨拙的安排？葛兰是我的人，由不得你来动手。”

林恩扯起嘴角，脸上总算是露出了真诚的笑容，“你原来是这样想的？”

“当然。”莫雷回答，“这不是你的目的吗？让我相信，你想杀了她灭口。”

“可惜……我竟然连这点都做不到。”林恩叹了口气，低头看自己苍白的双手，手心里什么也没有，说话时语气暗淡，果真很惋惜，“我居然舍不得让她受到半点伤害，没想，一时的心软即将给她带来更大的麻烦，葛兰她……应该很讨厌我吧？毕竟我如此虚伪。”

“就当是还债吧，你欠她的不少。明知道她可能会记恨你，却执意如此不正是你的决定吗？”

“嗯。”林恩没有再呆下去，他抬脚走进了公寓大门，毫无留恋地上了楼。

他想告诉莫雷，从相遇那一刻起，他就知道自己不会后悔未来作出的每一个决定。

莫雷看他修长的背影消失在黑夜里，脚尖踢了踢满地的烟头，随后才转身上了路边的车。

等在码头的人中，除了杰克以外还有维多利亚。远远的，葛兰就看清楚那几个人影了，她奇怪地看开车的拜伦，见他依然表情严肃什么话也不说，心里明白了什么。

“你们以为我回不来对吗？”她突然哑了嗓子，说不清楚这是一种什么情绪，是难过还是悲伤。

拜伦将车子在码头前停下，他没有很快下车，而是转头来看葛兰，摇了摇头尽管不愿意还是替林恩陈述了事实：“他没想杀你，那人开枪的位置故意偏离了。”

林恩的目的她不知道，也不想知道。尽管后来，他替她挡掉了一枪，她也无法贸然相信他并没有想杀自己，他找人朝着她指枪了，这一点永远也无法抹掉。她这样的人，怎么可能相信一时的善意？人性的最大的恶意远比善意更强烈。

“无论林恩先生想做什么，都跟我没关系了不是吗？”葛兰不会傻到非要去追究林恩的用意。

拜伦的突然出现，今日在古堡里的所见所闻，都不可能是巧合。

拜伦将嘴唇抿成了一条线，他抬头看见车前的杰克已经在冲自己招手了，他的身后是游艇，维多利亚站在船头透过微弱的光在看车里的他们。拜伦低头替她解开了安全带，凑近了才冷冷地说道：“我早警告过你，不要同那人走太近，你总是不听我的话。”

这一声指责咬牙切齿，想来他是真的生气了。

葛兰微挑眉，想说什么。抬头间也看见了船头站着的维多利亚，她收回了到口的话。

有人敲响了车窗玻璃，杰克站在车下冲两人挤眉弄眼，探出一个脑袋，“你们俩在车里磨蹭什么？”

拜伦这才起身下了车，杰克又转头过来看葛兰。跳下车，直接上了游艇，维多利亚给了她一个大大的拥抱，什么都没说。

近乎全员出动式的迎接让葛兰心里很没有底，她不知道发生了什么事情，直觉告诉她有什么东西变了，这种感觉让她摸不清楚，总感觉有一层迷雾在眼前散不去。

到达岛上已经接近午夜，安静到只能听见知更鸟在夜间发出的声响。

维多利亚走在最前面，一路上她始终保持着沉默，进了基地，她才总算回头来对葛兰说："去休息吧，好好睡一觉。"说完，她转身便离开了，没有多日不见的叙旧，听起来却像是一句道别的话。

葛兰动了动眉毛，视线转向了拜伦。

他冲她笑着耸了耸肩，并重复了维多利亚的话："去休息吧，好好睡一觉，这些日子辛苦你了。"

葛兰摇头，保护林恩的任务算不上辛苦。

她在杰克转身离开之前，抬手拦住他，比起拜伦，很多时候她宁愿同杰克纠缠。

杰克鼓着眼珠子不明所以地看她。

"我们谈谈？"

谈什么？杰克的表情看上去像是在惊恐，他一点也不想同葛兰谈话。

葛兰怎么会看不出来？但是满心的疑问让她不得不破坏规矩，寻求真相，"告诉我，莫雷长官同林恩什么关系？"

"雇主的关系。"杰克说得理所当然，听上去不像是在撒谎。

"他为什么要让我看见下午的场景。"如果没有记错的话，规矩都是莫雷长官定的，而他要求他们所有人，不应该对雇主好奇。首先违背这一条规定的人，偏偏是他。

杰克沉默了一阵，抬头看拜伦，试图从他的神色里看到一些支持，但拜伦面无表情地盯着葛兰看，妄图在葛兰脸上看出一朵花来，杰克有些丧气地叹气，却依然道："无非是想让你看清楚某些真面目？"他比葛兰还要好奇长官这么做的目的。

"你撒谎。"

杰克因她的直截了当一时有些无语，他有些为难，"葛兰，你不应该问的，有时候知道太多事情反而不是好事。”

“我们是一个团队。”葛兰硬声打断他。她不敢质问维多利亚，但杰克和拜伦，她从来就不顾忌。

“我们可能马上要离开了。”

“什么意思？”

“葛兰，你好好休息吧，其他的事情，莫雷长官会找你的。”

葛兰还想说什么，但拜伦先一步挡在了她身前，阻碍了她同杰克之间的交流，拜伦黑着一张脸，严厉得如同当年的教官，“我送你上楼去休息。”

她的房间在二楼，那是唯一通往训练基地的房间，位置特殊。

厚重的房门被拜伦粗暴地推开，身后还拖着满脸不悦的葛兰，一把将她扔进了房里背抵着墙，拜伦依旧气势汹汹，“你好好呆着，这些日子不要再试图想要知道别的事情。”

葛兰的手被他勒得很痛，拜伦用了全力来禁锢她。

她想问他为什么，但拜伦不给她机会，已经开口道：“我会向长官求情，新任务，我同你一起去。”

拜伦坚定地盯着她的双眸里写满了挣扎，葛兰愣住了，她有些傻眼，“什么任务？”

“要命的任务。”

他们这一行，哪一次出任务不要人命？但这是从拜伦口中说出来，似乎又是另一种意思了。她想起了罗拉，组织想要放弃的人，都会有一次不为人知的秘密任务，然而这次的出行，大多数会要了他们的命，不会有人活着回来。葛兰张了张嘴，因为太过震惊，有些慌了，连质问的话也结巴了，“怎么……会？”

拜伦见她那样子，沉着脸静默了半晌。最终还是松开了禁锢着她的手，大手掌，落在她惊慌失措的脸上，放缓了语气，“不要多想，不是你想的那样。”

“那……”

“我们是一个团队，我们都会和你一起。”像是不愿意看见她满眼的慌乱，拜伦替她遮住了眼睑。

葛兰微张的嘴没有再发出声响，她知道，自己应该相信拜伦的，他向来说一不二。

“好，我相信你。”

第五十章 新的任务

基地很大，独自矗立在孤岛上的洋房，从外观上看并没有什么了不起，但这地方甚少有人能接近，方圆百里内早已布下天罗地网。洋房有三层高，第一层是普通居民区的客厅以及厨房，二楼复杂一些，房间很多，葛兰住的房间是面朝着西，夕阳落下时，太阳光很毒。她曾有一段时间怀疑过是不是维多利亚对她有意见？初来乍到时，罗拉就住在她的对面，那是一个朝向非常好的位置，偶尔抬头能看见森林深处的风景。

后来才知道，维多利亚是出于对她的喜爱，所以她才能住进这间房。房间里有一面巨大的镜子，推开镜面则通往另一个地方。

那才是基地的心脏，地下，是M团所有财富的象征。

至今，葛兰也无法忘记第一次进入那个训练场地时的震撼。

回到基地的日子没有太大的变化，所有人回归原位，杰克成日将自己关在实验室里研究他所谓的“蚂蚁追踪器”，拜伦喜欢把自己关在训练室里，没日没夜地挥舞着他的拳头。

许多年前，他曾是葛兰的格斗训练教官，起初，拜伦非常讨厌葛兰，认为她只是个没用的娘们，正因为如此，他对她从来不假以虚招，那时的葛兰漂亮的脸蛋上时常挂着彩色，鼻青脸肿的像是个从泥地里爬来的难民。

葛兰不服输，一次一次地被拜伦揍，但每一次总进步一点，后来她发现拜伦也有弱点，这人太自负，不屑阴招，葛兰想，自己反正在他眼里也没什么好印象，索性学了一些出其不意的招式，拜伦果然输在她手中一两次，只是后来被揍得更狠了。就连罗拉也抽搐着嘴角暗地里喊他是大魔王。

至于维多利亚，她还是老样子，负责所有人的起居饮食，偶尔会恶作剧，但没有人敢惹她，哪怕她在你的食物里放毒蛇，你也只能笑嘻嘻地将毒蛇解剖了，取出蛇胆，上交予她。

一切都安静得如同暴风雨来临的前夕。

莫雷长官是在一周后回到岛上的，同行的人中还有布鲁斯以及许久不曾再见过面的克尔和汤尼诺。

汤尼诺是M团驻守总部的指挥官，只听命于莫雷一人，克尔则是莫雷长官的随行官，葛兰几乎没见过他参与战斗。

M团第一梯队第一次凑齐了所有的人。

当天晚上维多利亚为了热烈欢迎长官的回归，特意准备了丰盛的晚餐，所有人在点着烛光的长桌前切着烤烟熏肉品着红酒，氛围一如当年刚到伦敦时。维多利亚对长官总是格外偏心，只有见到他时，她才会展颜，露出魅惑众生的微笑。

所有的人都知道，维多利亚喜欢长官。

长官喜不喜欢维多利亚没有人知道，葛兰有时候在猜测，他许是看重维多利亚的，这份看重仅次于爱情，在他看来，感情应该是最没用的东西。

长桌上所有人因为莫雷长官在场，连吃饭时刀叉碰撞的声音都不再发出。

维多利亚养了一只狼狗，名叫麦加，平日里凶神恶煞谁也不服，但它见了莫雷长官也乖乖的赖在长官脚边不走，杰克曾私底下嘲笑这家伙是个识时务的狗腿子，被麦加咬了一口。

莫雷切了一块带血丝的牛肉扔在了脚边，麦加屁颠屁颠跑来一口叼进了嘴里，咀嚼声吧唧吧唧地响着。

“好家伙。”莫雷就喜欢麦加这般狼性的模样，总担心维多利亚将好好的一只西伯利亚狼狗给养乖了。

众人等到莫雷长官开口说了话，便不再如开始那般拘谨，杰克是最坐不住的，对于汤尼诺和克尔的到来，感到了前所未有的惊讶，“接下来我们有新任务了吗？看上去阵仗很大？”

为此，葛兰也很在意，竖起耳朵在听，她还在在意前些日子大家的反常。

莫雷长官掀开眼皮瞥了杰克一眼，淡淡地应了一声：“嗯。”他咬下叉子上最后一块肉，端着酒杯浅浅抿了一口，整个人靠在椅子上，一派悠闲的模样打量了一番在座的其他人，克尔已经随着他停下动作时放下了刀叉，安静地等着他的吩咐，过了好一会儿，莫雷才道：“晚餐结束以后，开个会。”他放下杯子已经从餐桌上退了出去，扭头对着葛兰说道，“你随我。”

是要找她单独谈话。葛兰望着他转身离去的背影，不明所以地看了看众人，维多利亚的表情古怪，杰克则对她挤眉弄眼，显然大家也不知道长官找她所为何事。

心里虽然没有底，葛兰还是很快结束了晚餐追着长官走了出去。

一路到了地下训练室。

从二楼她的房间下去，通过了长长的黑色通道，在训练厅的黑色皮沙发上见到了长官，空旷的大厅里，墙面上是一张巨大的显示屏，上面正播放着无关紧要的东西。见她走了来，莫雷扔掉了手中的遥控器，将声音调到最低，拍了拍身旁的位置：“坐。”

他让她坐在他身边，这是头一次如此亲和。

葛兰小心走过去，在有一段距离的位置上坐下，她还有些拘谨，不是因为害怕，实在不太习惯与人靠太近。

莫雷显然并没有将她的不适应当回事，将黑皮箱交还给她，声音凉飕飕的：“自己的东西都保护不好，如何能顺利完成我交给你的任务？”语气里带了一丝责备的意味。

葛兰接过箱子，不用打开看也知道那是遗落在林恩车上的那个黑皮箱子。

吃饭的家伙都被她给扔掉了，确实非常不尽责。

“对不起，下次我会注意。”

预想中的严厉批评并没有继续而来，莫雷只淡淡说道：“没有下次。”

“是的。”

其实他找葛兰来是有别的事情，两人沉默了一阵，他才将新任务的资料交给她。手中接到牛皮纸袋，葛兰有一瞬间的不明白，“为什么……只给我？”

她以为这次，自己是参与团队作战。

莫雷摇了摇头，没有回答她，只让她拆开资料，“这项任务只能你自己去，我们所有人都帮不了你。”

葛兰心里有了不好的预感，但长官已经抬手示意她拆开资料。

她做梦也没想到，阔别多年以后得到范西的消息竟然是通过这样的途径，寥寥的几张纸上全是范西的资料，但交代得却不清楚，只知道他目前的身份，整个伟伦家族都在他手上，目光落在显示他坐在轮椅上的照片时葛兰顿住了。

“他……发生了什么事情？”

莫雷长官好似没有注意到她的神色，依然公事公办着向她讲述着任务的要求。

“这位先生被绑架了。”

“是什么人绑架了他？”如今的葛兰早已经练就了不动声色。

莫雷长官摇了摇头，抬手打开了视频的音量，“对方是什么人我们也不知道。汤尼诺通过消息网也只打听出了他失踪的地点，一周前，范先生前往 Z 国阳城参加会议，回程时便没了踪迹。威胁视频是昨日收到的。”

说话的同时，莫雷长官打开了视频，大屏幕上赫然出现着范西被人蒙着双眼，一身狼狈不堪的模样。

葛兰看到范西嘴角还挂着一丝干涸的血迹，他在用英文断断续续地说着什么，录制视频的人一直在哈哈大笑，摇晃个不停，压根很难听清楚他在说什么，葛兰想凑近了听得真切一些，但镜头很快调换，一个戴着黑色头套遮住了整个五官的男人出现在镜头面前，他恶狠狠地竖起了中指，依然在肆无忌惮地大笑着。

视频很快中断了，那几个歹徒并没有表达自己的需求，他们似乎仅仅是觉得玩弄范西是一件值得开心的事情，所以录制了视频，让他的家人看见。

家人？葛兰不记得范西什么时候起有了新的家人。

“为什么不找警察？何时起，我们还要接这种案子了？”葛兰收回视线，深吸了一口气，再抬头时脸上挂着淡淡的笑意，仿佛方才看到的画中人无非只是一个普通的受害者，她没有任何的同情心。

莫雷将双手交握着放在了腿上，他深深地看了葛兰一眼，微挑眉，继续说道：“雇主是纽约十大家族之一的伟伦家，如此庞大的家族怎么会轻易将掌舵人的性命交给警察，范先生现在掌控着集团所有的操控权，他对他们来说至关重要。”

葛兰听明白了，大家族做生意不会绕弯路，他们会选最佳路径。伟伦家百年基业，势力范围庞大，这其中的仇家何止一两家？交给警察，是查还是不查？这当然是个问题。而找到声名赫赫的M团是他们的捷径。

等了许久，葛兰也没有说话。莫雷长官也没有催促她，静静地等着。

过了半晌，她才苦笑一声，提出了异议，“我有选择不接的权利吗？”

莫雷长官深深地看她一眼，无比残忍地说道：“你应该知道，你选择了这条路，就没有回旋的余地。”

她当然不能选择自己想做的事情。

莫雷长官说完最后一句话，便没有再给她任何余地了，他已经从沙发上站了起来，抬脚要走，却还是迟疑着拍了拍她的肩膀，“早去早回，晚上的会议你不用参加了。”

最后一句话，彻底让葛兰心冷了半截。她抬头去看他，她的角度，只看得见莫雷硬朗的下巴，坚毅又冷然。

第五十一章
Round and round

会议依然是在地下室的大客厅里进行，葛兰离开的时候拜伦带着众人正好从旋转铁梯上下来，正面迎上葛兰。

葛兰的脸色不会很好看。拜伦视线扫过她手中的纸袋抬头看向莫雷时，眼神微变，他张了张嘴，却什么话都没有说，莫雷扭头便错开了他的目光。

拜伦收回视线，上前一步走到葛兰面前，碰了碰她的手臂，昂头硬邦邦地道：“你先上去休息，结束后我去找你。”

作为这一支小队的领队，拜伦很少拿出他作为领队的气势对待众人，今日听这话的意思，当着莫雷长官的面要挡在前面了，他越过葛兰走到莫雷面前，主动提及：“任务，我同葛兰一起去吧。”

他想履行答应过葛兰的事情，但莫雷长官听了之后脸色便难看了许多。

莫雷没有立即给予回复。两人在原地僵持了一会，拜伦才动了动嘴唇扭头对身后几个对他表示不赞同的人说道：“可以让我同长官单独聊一会吗？”

葛兰并不能理解拜伦这时的出头，她更加不想因为自己不想接一档任务而让拜伦有忤逆长官的意思。

“教官，任务我已经接了，即刻便要启程……”她想要阻止拜伦反抗长官。

拜伦却抬手打断了她的话，依旧冷冰冰着一张脸，他就像是另一个翻版的莫雷长官，但似乎又比长官更认死理一点，性子硬得跟臭石头一样。似乎有许多话要说，拜伦动了动嘴唇，看向众人，所有人得到长官抬手间的允许后，才悄声退了出去，包括没有得到任何回应的葛兰，她也被布鲁斯和杰克两人拉着离开了。

到了角落里，确定已经听不见大厅里的声音后，杰克好奇心重，探出了半个身体竖起耳朵想偷听两人的对话，但什么都听不见。

站在二楼楼道间的所有人只看得见偌大的大厅里，拜伦同莫雷面对面站着，两人的气势都很强大，但真要论起来还是莫雷长官更胜一筹，他带来的冷然，是透过骨子传递而来的，拜伦则是硬生生要将自己打造成一个冷漠的特工模样。

“说吧，最好给一个我不会惩罚你的理由。”半天不说话，只凭半个眼神压迫拜伦的莫雷先开了口，他头痛得揉着眉心，看似心不在焉。

拜伦知道莫雷长官有太多忌讳的事情，如今，他占了两条，哪一条都是重罪。

“我很抱歉，长官。”

莫雷没说话，等着他的下文。

“您打算怎么处置葛兰。”

“处置？”莫雷声音凉了几分，抬起的眸子暗了下去，透露着危险的意味。

拜伦的目光闪了闪，敛起表情，再次开口缓和道：“纽约那边……那些人并不好惹，葛兰很危险，我不能让她一个人去。”

“你在质疑我？”莫雷转身走到酒柜旁，抽出了一支陈年佳酿，取了两只杯子，倒一杯递给了拜伦，他面无表情，实在很难让人猜透此时他的心思。

莫雷长时间地停顿，让拜伦陷入了沉默，他知道自己就算解释也没有任何意义。他捏紧了杯子，一动不动地看着莫雷一口吞下了烈红的液体。

砰的一声，杯子重重地被搁置在大理石台面上的声响。

“好，既然你想去，就去吧。”

“谢谢您！”

莫雷似笑非笑地看他一眼，那眼神里包含了太多讯息和警告，“呵，谢我？仅此一次，下不为例。你知道规矩，而我最恨破坏规矩的人。”

拜伦点头，长官说得没有错，M团里没有人敢堂而皇之地反抗莫雷，他在许多人眼里就是梦魇，嗜血杀人的魔鬼。

可是拜伦跟了他十年，他知道莫雷不一定非要自己跟着葛兰前去，但他同意了。莫雷长官对葛兰的宽容，远比他所想的要深。

莫雷没有再说话，他转身上了楼。踢踏踢踏的军靴声一走近，所有人都装模作样起来，生怕被惩罚，葛兰没有躲闪，直愣愣地站在原地，视线穿过莫雷那张硬朗的脸落在他身后的拜伦身上。

莫雷不着痕迹地蹙起眉头，这种被忽视的感觉让他有一瞬间的不满，但这种感觉很快就消失了，再看时，他冷着脸扫过众人，克尔很快会意一般，立即跟了上去。

“长官……”杰克有些莫名其妙地看看葛兰，再看拜伦，叹口气转身也跟了上去。

会议就这么被延后了。维多利亚靠在墙边，似笑非笑地扫过两人。

最后地下室里只剩下了拜伦和葛兰两人。

葛兰想说点什么，但一开口就被拜伦打断了。

他似乎并不觉得刚才自己的鲁莽有什么错。

“去收拾东西吧，我去找杰克拿些用得上的设备。”

“好。”拜伦显然没有告诉她的意思。

葛兰转身上了楼，不见杰克等人，只能按照吩咐去收拾东西。

此时的家庭影院室内暗沉一片，莫雷整个人窝进沙发里，一手两根修长的指头扶在额角，屏幕上在播放着不知名的电影，微弱的绿光落在人脸上，影影绰绰的只看得见他挺立的五官。

维多利亚推门进来时，只看见他的背影，低头微微一笑，将手里提着的酒瓶和杯子放在他身边的另一个空位上。

莫雷放下手，没有抬头也知道是维多利亚来了，耳边响起倒酒水的咕噜声。

莫雷才抬手轻轻敲击了木桌面。

维多利亚看着高脚杯里剩了不到三分之一的液体，拧眉松手。

"不想来点？"

莫雷摇头，坐直了身体，语气疲惫："嗯。"

维多利亚没有勉强他，坐下后陪他看起了电影。

电影里男女主角历经生死，所到之处响起轰隆的爆破声，立体环绕的音响震动了地面，维多利亚在黑暗中扭头看了一眼莫雷，见他没有反应，好看的眉目再次皱了起来。

电影里一系列惊险的场面闪过后，她才轻声埋怨道："您对那小丫头太好了，我有点吃醋。"说话的时候，她已经噘起了红唇，身体也随之靠上了莫雷的手。

莫雷不为所动，任由她温软的身体倚在自己身上。女人性感的香气钻入鼻孔，绿光里布满了暧昧的气息。

"维多利亚，你僭越了。"即使现如今这般迷醉的时候，莫雷说出的话依旧冷冰冰。

维多利亚噘嘴表达了自己的不满，靠他的脸更近了一分。

"以前我只当拜伦喜欢葛兰，他不想她送死，却没想到，你也不愿意。"

莫雷沉默着，没有回话。

"一起这些年，没有人比我更了解你，你不忍心。可这次是夫人的命令，她想让葛兰吃些苦头。"

提及那人，莫雷锋利的眉宇半挑，冷哼一声："违背了，那又如何？"

维多利亚心里一惊，面上也愣了愣，她只当莫雷对葛兰不同，却没想，他甚至不惜正面同夫人作对，也要拦下她的命，绑架伟伦家掌舵人的那伙人，十年前她交过手，很难对付，夫人偏偏提议让葛兰一人前去，分明是不想让葛兰留下了。

"你……"维多利亚心里有了想法，但又不太确定那可能性。莫雷这样的人，怎么会因为一个葛兰而同多年的利益相关者撕破脸？除非，"看来，是我误会了。"

"你误会了什么？"莫雷抬手端起了酒杯，杯子在手中辗转反复，问道。

维多利亚顿了顿，直言道："我以为你想假他人之手，杀了葛兰。"

有些事情，大家心知肚明，但从没有人在明面上提出来。

比如当年叛逃的马修，到后来被组织放弃并追杀的罗拉。莫雷从来没有当面提及要置这两人于死地，但最终马修还是死了，罗拉……躲起来了。

他们曾以为葛兰会是下一个罗拉，尽管谁也不明白长官为什么要如此对待葛兰。

“没有非不可的理由，我永远不会将枪口对准自己的伙伴。”莫雷的语气很坚定，仅凭听语调，维多利亚也知道，他说的都是真话。

可是……一个月之前，他逐渐断掉了大家同葛兰的联系，团队出的每一次任务，都刻意对葛兰保密，甚至后来，将林恩的秘密曝光在她眼前。

“这么说起来，我记得前些日子，你亲自去了一趟纽约，所为何事？这件事又同葛兰此次的任务有什么关联吗？”

能如此直言不讳地询问莫雷，大约也只有维多利亚一人了吧，她在M团厥功至伟，即便是莫雷也不会同她较真。

“一些私事。”莫雷显然没有说实话。

维多利亚眉头锁得更深了，她发现自己第一次见到莫雷如此徘徊不前。对于葛兰的事情，他甚至不愿意多提。这一切，都让人难以琢磨，她吸了一口气，似乎不愿意再谈起葛兰，牵起嘴角去看他。

莫雷虽然没有吞下玻璃杯中的酒，但他微俯身用鼻尖轻触，嗅到了酒香。

维多利亚见了他闻得酒味，微微蹙起了眉头，心中一紧，说不出的一股子烦闷感冒出头来。她张口还想说什么，莫雷已经放下了杯子，食指和中指将杯子推远了一些，那凝起的表情像极了厌嫌眼前之物红酒。

果然，她听见他轻声说道：“醒过头了，失了原本的醇香。”

维多利亚对品红酒没有特别高的造诣，但莫雷说的话总是对的，她也觉得入口时那股子液体中饱含着涩涩的感觉，让人好不尽兴。

她烦闷地摇了摇头，将脑海里各种关于葛兰的思绪甩了出去。

第五十二章
目击证人

出发前杰克来为二人送行，带了一箱子新研究的武器。玻璃瓶里装的是他花了三个月研究做的机械蜂鸟。

“你别看这玩意弱小，威力可不小。”杰克得意洋洋地介绍着自己的新成果，“我在它头上安置了探测仪，用来探路再好不过。”动手玩弄电脑是杰克的强项，但制造武器优势上还数布鲁斯为第一，毕竟他是队里的机械一把手，战斗机在他手里都只是小玩具。

杰克此举，显然已经有抢生意的意思。

布鲁斯早听说杰克在研究“昆虫”探测仪，只当他随便玩玩，没想到，这家伙居然蹬鼻子上脸，还打算高价出售。

“这绝对比无人机好用。”杰克无视了布鲁斯要吃人的红眼，仍然孜孜不倦地推销着自己的成果，精明地笑着竖起三根手指头，“这个数，这神器就是你们的了。”

大个子拜伦正在往车里扔行李箱，二十公斤重的黑色袋子在他手里就跟玩具沙包似的轻巧，一抬手，就给稳当当抛进了车里，砸出了碰撞的声响。显然拜伦没有搭理杰克的意思，连眼神都没想分一丁半目。

比起拜伦的冷漠，葛兰则相当感兴趣地拿着玻璃瓶摇晃了几下，杰克心疼得嗷嗷直叫：“你轻点，弄坏了算谁的。”

基地里也不是任取所需的地方，这里的东西尤其是武器装备在出任务之前，是要暂时在库房里预支的，拿了什么武器都会被记录在案，案子结束了，人活着回来了拿到了任务奖金，再支付高昂的材料费。

有时候兜售武器的人哄抬价格，逼得大家不得不掏钱，没有武器就等于死，命没了，钱算什么？当然，每次任务的佣金也不少。

将玻璃瓶子放进了包里，葛兰难得笑容满面地拍了拍杰克的肩膀，“我很欣赏你的作品，我先用着，好用回头任务结束了，补给你就是。”

杰克原本见她收了，心里还美滋滋地想一笔巨款到手没跑了，谁知葛兰要赊账？

“不不，这可不行，我对你的信用度不抱什么希望，你还是还给我好了。”杰克可没忘记自己不止一次被葛兰敲诈的事情，如今想要敲诈自己的新产品，想都别想！

到手的东西葛兰怎么会还给他，反手就搭上了他的肩膀，葛兰依然是好言好语，“大家都是同事，居然如此不信任人，不就是钱的事，我还会欠你的？就这么说定了，谢谢你了。”说着话，另一头的拜伦已经准备完毕，跳上了车要离开了。葛兰身手矫健，不给杰克说话的机会，转身就跳了上去，末了还留给他一个深沉的眼神。

杰克摸着脑袋看车子走远，才反应过来自己被一脸欣赏自己的葛兰给迷惑了，白白拱手让出了自己的新玩意。

布鲁斯见他难得吃瘪，幸灾乐祸，“你可真大方。”

“黑子，你是不是得意得太早了，你这个司机佬。”

“我警告你不要再攻击我的专业！”布鲁斯有印尼血统，皮肤黝黑，从第一天进入组织便时常被杰克压了一头，两人通常一言不合就人身攻击。他平生最讨厌别人叫他司机。

“黑鬼司机……”杰克嬉皮笑脸，冥顽不化地打算惹毛布鲁斯。

布鲁斯恨不得抬起枪一枪毙了这家伙！他扬手想给杰克来一拳头，莫雷长官不知何时出现在了道路尽头，两人顿时浇灭了嚣张的气焰，及时收回拳头的布鲁斯秒变脸色，却见到杰克已经狗腿般地走了过去，“长官，您是来送行的吗？”别墅外有一条很长的走道，穿过树林才能走到停车的小道上，除了送行之外，也实在很难想明白长官的目的。

莫雷扭头凉凉扫过杰克，再抬头看已经走远的车子。

他没有很快回答杰克，收回目光盯着地面看了一会才道：“我让你办的事情弄好了吗？”

杰克点头，“嗯”了一声，欲言又止。看了眼不明所以的布鲁斯，有些为难道：“长官，您真的要这样做？葛兰她……”

莫雷冷眼扫过他，杰克便不敢再吱声了，“不要过问不相干的事情，你余下的任务便是盯紧他们便好。”

“是。”

杰克给葛兰的探测仪上，他并没告诉葛兰，那上面还安置了定位器，这意味着葛兰接下来的所有行程，他都将了如指掌。听着两人对话有些奇怪的布鲁斯聪明地没有开腔，直到莫雷长官转身回别墅，他才同杰克两人相对一望，尽管不清楚杰克同长官有什么秘密，但敏锐的洞察力还是让他猜到，接下来，日子可能不会太平了。

隔日。

葛兰同拜伦顺利在纽约见到了伟伦家里的人，负责所有事情的人不是别人，正是在伟伦家呆了大半生的老管家。

带两人下了蜿蜒的小道，来到一栋独立的古堡门前，偌大的铁门气势恢宏，孤零零地矗立在一丛树阴下。警卫室室长走在前面向两人介绍了情况，“这家里看着辉煌，但人丁稀薄。老夫人早些年便去了，随后老爷爷跟着去了，偌大的家里就余下了一根独苗，爱丽丝小姐身体不好，常年住在医院，后来这个家便交给了范先生，如今这家里就一个呆了大半生的老管家在管着事，事态还没有对外公布，如果外界发现韦伦家如今成这样，想必又要起大风波。”

高个子的警卫室室长走到大门边时，停顿了一下，站在原地等了一会，才听见有脚步声从古堡里传来，一个身穿黑色西装戴领结的精神老头走了出来，寒着一张脸隔着铁栅栏观察了几人，确定后才抬手让人拉开了铁栅栏。

警卫室室长并没有介绍老人的身份，但看那身装束，想必便是那位忠心耿耿的管家。

“几位是远道而来的客人？请随我来。”老人表情很淡漠，话落，转身就朝里走去。

葛兰走在最后，观察了一阵四周，这里地处离中央公园不算远的繁华地带，闹中取静。这就是范西曾居住的地方，巍峨庄严的古堡处处透露着金钱权势，葛兰扫了眼金碧辉煌的大厅，微微低头，不知是应该为范西高兴还是难过。

他已经达成了曾经说过的誓言，如今地位崇高，再也不是当年那个颤颤巍巍躲在她身后小心翼翼的少年。这般的他，应该是过得幸福的吧。只是不知他那双腿……

“几位请坐。”进了大厅，老人让几人在客厅里坐下，自己则转身离开了，很快有菲佣送来了热茶，热气还未散去那老人便再次出现，这次手里拿着卡片和一些录音资料。

“歹徒曾打过威胁电话。”

“提了什么要求？”拜伦问。

老人迟疑了一阵，才缓缓道，“是有一些。”眼尖的老人家目光从葛兰身上扫过，落在了拜伦脸上，将录音笔递给了他，还送上了一副全新的耳机。

拜伦会意，知道他是想要减少麻烦。接过耳机听了一阵，眉头紧蹙。葛兰见他表情不对，神情也严肃起来。拜伦摘掉了录音笔的耳机，抬头看了眼葛兰，便对老人家问道：“能否给我说一些事发时的情况？”

老人家点了点头。

“范先生是在从阳城返回纽约时，在机场便被人带走了，随行的人也不见了踪影。”

“现场还有谁？”葛兰抓住了他的字眼，低头看到他送来的卡片，那上面有一串数字，落款的名字却是眼熟的苏海安，“这位苏先生……”

老人像是才想起来似的，“当日这位先生与范先生同班飞机，他也是唯一见过凶手真面目的人。”

葛兰微眯起眼，没有再说话，她突然沉默引起了拜伦的注意。他奇怪地看她一眼，视线扫过那张卡片，很快转头对老人继续询问：“我们是否可以见一见这位先生。”

苏海安是唯一能找到范西下落的线索，韦伦家的人自然早已经派人见过苏海安，但……老人有些为难地与警卫室室长互看一眼，“不瞒你们说，先生这次去阳城，与苏先生处得不太愉快，苏先生拒绝了见面。”

“苏海安还在纽约？”葛兰迟疑地抿着唇角，仍是问道。

“嗯。我们的人守在酒店，这位苏先生在等什么人，也就迟迟没有离开。”警卫室室长答道。

拜伦听着两人的对话，若有所思，他没有继续追问有关苏海安的线索，手指捻起录音笔辗转在指尖把玩，约摸过了半刻钟时间，他突然说道：“如果对方真如录音里所说这般神通广大，恐怕如今已经知道我们前来的消息。”扭头，对葛兰道，“你去工作吧，这里要密不透风，飞不出一只苍蝇。”

葛兰瞄了一眼提来的黑皮箱子，明白了拜伦的意思，这四周她都得监控起来。葛兰很少干这般体力活，但显然拜伦还有其他的话要对那老人说起，她不便久留，应了声好便提着东西走了出去。

出门前，她听见拜伦对老人说起：“既然对方如此狮子大开口，不知道你们的意思如何？”

老人的声音听上去有一丝惶恐，“这……”

“去准备吧，我明白你的意思了。”拜伦没有继续问下去，想来心里已经有了主意。

葛兰前脚一走，韦伦家警卫室室长便跟了上来，他弯腰伸出手想要替葛兰拿箱子，但被葛兰拒绝了，“我一个人就可以了。”

“你不了解这附近的设施，我在会方便一些。”警卫室室长是个聪明人，收回手也不觉得尴尬，好意道。

葛兰见他说得没错也不便再追究，只是这室长也是明眼人，似看穿方才葛兰停留在卡片上的目光，似无意提议：“葛兰小姐是否要去见一见苏先生，这或许对寻找范先生的下落有帮助。”

葛兰走在前面，没有停下脚步。她没有点头，但心里却深知，自己应该去见一面苏海安。范西……是要救回来的，这是长官派的任务，她必须完成。

第五十三章 秘密窃听

结束了这一路对古堡的监控安置，葛兰同拜伦兵分两路，拜伦依然留在古堡内等待劫匪的下一次来电，葛兰去往了苏海安住在市区的酒店。

苏海安在纽约住了三四天，依然没有等到想要见的人，据说杜克明也住在这个酒店，却对他一再地躲避见面。按照苏海安以前的性子，怎会这般有耐心，心中早已猜到杜克明背叛的事实，他耐着性子同他耗，并非是要得到一个答复。他是在等，等有人主动送上门来，只是等了几日没等来杜克明上门，却等来了意想不到的葛兰。

接到酒店大堂的电话，苏海安有些错愕，等到葛兰被带上了酒店房间他才能确认还真是葛兰。

颇觉得有趣，苏海安还记得林恩同葛兰两人形影不离，开口便讽刺她：“林恩先生没有跟来，还真是让人有点不适应。”

苏海安有着一张比女人还要美的脸，端着茶杯笑得花枝乱颤时，有点招摇刺目。

这还是葛兰第一次主动找上门，苏海安自然要拿出原本该有的少爷架子来，从葛兰进门时，便坐在欧式皮沙发上没有起过身，葛兰站一旁，没有听见他邀请她坐，自己便寻了一处坐下，与他面对面，一点也不介意苏海安的嘲讽，葛兰冷淡回应他：“我是拿钱办事，离开了上一个老板自然便没有了交集，这有什么问题吗？”

苏海安见她丝毫不在意自己的故意为难，收起了脸上的笑容，正色道："既然如此，那我花钱请你来做我保镖如何？"

葛兰瞥了他一眼，说道："那你得找我们的负责人了。"

苏海安咧开嘴笑了笑，露出了两排白牙，没有再继续这个话题，客厅里陷入了沉默。葛兰也不浪费时间，马上说明来意："我来是因为范西先生的事情，希望苏先生能提供一些有用的线索。"

没想到她还真是因为范西而来，苏海安并不意外，"我好像没有什么特别的理由一定要告诉你。"放下咖啡杯的手微顿了一顿，被热气烫了才突然收回手，想起什么一般，招手让人给她倒咖啡，继续对葛兰说，"我这里只有黑咖啡能招待你。"

葛兰没回话，盯着他看，试图从他眼里看见其他的讯息。她道："选择权确实在你。"

等人送上了冒着热气的咖啡后，苏海安没有回应葛兰的话而是状似不明地问道："怎么，你们还负责拿钱帮人查案子？"

明知故问。

葛兰忍不住冲天看了一眼，"苏先生，救人的事情迫在眉睫，如果你确实无法提供线索……"说着话，她已经要起身，只是放在矮柜边缘的咖啡杯像是要故意作对，她一动，杯子也不小心打翻，咖啡渍在灰色大衣上留下了印子。葛兰被热咖啡烫到的第一反应不像别的女生快速地闪开，她似早有准备，略皱了眉头，冷静地询问苏海安，"我借一下你的洗手间。"

苏海安微愣了一瞬间，很快笑起来，指了指洗手间的位置。

葛兰离开以后，他便盯着那打翻了的咖啡杯没有动静，酒店管家听见了声响，很快上前收拾了餐具，重新上了一杯新的咖啡时，葛兰才从洗手间里走出来，路过客厅，她没打算继续坐下去，张嘴想要告辞，苏海安却突然开口说："我可以提供线索，但是，告诉你线索这对我来说并没有什么好处。范西的气焰太嚣张，我为什么要对自己的敌人满怀善意？"

"听苏先生的意思，跟范先生可是有深仇大恨？"

听了她的话，苏海安摇头失笑，"我开始怀疑你不是来有求于我了。"

葛兰摊手，"我没有求你。"

如此直接地说出事实，让苏海安错愕半晌，他想，如果范西见到葛兰，会不会像自己一般将她错认成顾朝阳，既然如此好玩，那就做一次好人吧！

“你这么直接，我很没面子。”他说的是实话。

葛兰半眯起眼，朝他的方向走了几步，直走到他身前，微微弯腰俯下身去看他的眼睛，深锁的眉头久久没有散开。苏海安因为她突然靠近，眼眸微转，坐直了身体，挑衅般迎上她摄人的目光。他已经许久没有同一个女人如此近距离地接触了，苏海安感觉得到葛兰鼻尖的气息落在自己脸颊上，他半抬手要拂去麻痒感，被葛兰挡在了眼前，“苏海安，你如此顾左右而又言他，迟迟不能道出线索，莫非是范先生的失踪跟你有什么关系？”

苏海安怎么料到她会突然这样问自己？愣怔了片刻。并非因为惊讶，只是这语气对自己充满了怀疑，若非不了解自己的人怎么敢作出如此大胆的猜测？

他冷呵一声：“你这个想法很是有趣。”

“范先生这次去阳城想来是得罪了了不起的人物。而听你的语气，他显然惹恼了你，而你看起来像是睚眦必报的人。我这么猜测没有毛病。”话落，她已经站直了身体，远离了苏海安，脸上闪过一瞬的厌烦，被苏海安一眼捕捉。

“看来，我为了力证自己的清白不得不告诉你线索了。”

“不说也没有关系，我不是警察，不会要求你负刑事责任。”

苏海安头一低，整个人朝后靠了靠，背脊抵在沙发椅背上，抬手指了指自己左脸颊，指腹停在了左眼睑以下的半张脸上，“带走范先生的人，其中一人这里有一处暗色的文身。”

“什么？”葛兰想要问得更清楚一些。

“多的我就真不知道了，葛兰小姐，我的答复你还算满意否？”

葛兰知道再问下去也没有意义，她昂起下巴，“嗯”了一声，“既然如此，我就不耽误苏先生您的时间了。”转身，便要离开。

“葛兰小姐，考虑一下我的建议。”

葛兰扭头来看他，不确定他有什么建议？

“做我的保镖，我会给你一个满意的价格。”

葛兰没有回话，低头看了眼浅灰色的地板，停顿了一秒才接着踏出脚步走出了酒店房间的大门，听见身后有人在小房间里挂断了电话，前来回报苏海安，“先生，道尔老先生来了。”

“请他进来。”苏海安的声音微扬起，语调里充斥了欢快。

葛兰没有过多停留，刚一出了门便与苏海安的客人，佣人口中的道尔老先生错身而遇。

这是一个精明的老头，浑身穿着精致的手工西装，注意到葛兰在走廊时，目光轻轻飘过，却已经将她上下看了一遍，他身后随行的大汉眼露凶光，也从葛兰身上一扫而过。

葛兰面上没有异样，却在那两人推门进了苏海安的房间时，闪身躲在了走廊暗角，透过墙缝她看见方才那个身形彪悍的大汉朝着走廊两边再次扫了一眼，如此的谨慎防范。

葛兰抬头望了望走廊中央的监控，她摸了摸衣服口袋里的硬物，视线转落在苏海安的隔壁，方才她在洗手间时已经翻墙爬过去看过了，隔壁房间没有人入住，而她安置的窃听器在客厅的暗角，只有在最近的距离才能听得清楚这两人谈了什么。

苏海安这个人很谨慎，她几次都没有下手的机会，只能打翻了咖啡寻了个由头去了洗手间。

闪身避开了监控器，贴着墙面足尖借着墙面的力道一跃而起，掏出随身携带的“化妆”喷雾将监控四周喷上了泡沫，落地时，没有发出任何声响。葛兰再次确认了四周，一片安静，她摇晃了一下肩膀，落落大方地走到了隔壁房间的门前，从衣服口袋里掏出了一张芯片制成的扑克牌大小的方形铝片，随着铝片嘀嘀响了两声，房门咔嚓应声打开。

进了房间的葛兰将落地窗的窗帘拉上，转身走到对着隔壁的那面墙，耳朵贴着墙面听了听，没有半点动静，她挥手拍了拍墙面也只听得见“啪啪”的声响，这才从衣服里找出了装备贴着墙面拉出一条线，有时候不得不说杰克真的非常聪明，他改装后的窃听器非常方便，声音也很清晰。

戴上耳机的葛兰直接坐在了地板上，因为酒店安装了反窃听装置，她利用无线电与在伟伦家的拜伦联系，拜伦很快给了反应，在电脑上改写程序，不出五分钟，耳机里已经断断续续能听见一些声响，听声响应该是方才进去的那位叫做道尔的老爷子，声音沉稳但仍然有一丝的颤抖，想必是因为年迈的缘故。

“韦伦家的人不成气候，不足为惧，这次让他们得到了杜克明的东西想来是有别的原因。”道尔讲着一口纯正的美式英语，语气里夹杂着咬牙切齿。

“老先生可是有……”苏海安的尾音上扬，明显感兴趣的意味。

道尔短暂停顿了一会，葛兰低头靠得更近了一些，生怕自己错过了什么细节。

“我还没有把握。如果真的是他们……我希望你们能履行曾经的承诺，在他们追查到我身上之前，我们的合作直接终止。”

苏海安嗤笑了一声，“到底是什么人，居然让道尔先生也如此害怕。”

“他们的爪牙……很可怕。”半闭着眼，像是想起了某个可怖的画面，脸上的赘肉颤动了几下，“我奉劝苏小少爷，最好不要再去逼杜克明现身，恐怕有危险。”

“呵，杜克明那老家伙……不足为惧。”

“我的话已至此，苏小少爷日后可莫怪我不提醒。伟伦家那位……”

“嘘……”苏海安抬手做了个嘘声，他下意识地望了望窗外，微微一笑，“道尔先生可知道说话要谨慎。”

“这……”苏海安的警觉也引起了道尔身后的大汉的注意，他顺着苏海安的视线看过去，大步上前，拉开了窗帘，房间里突然透来明亮的光，还有些许的不适应，他微眯起眼睛，手沿着墙壁摸索到了另一边。

苏海安却是笑了笑，“老先生不用如此紧张。再说你提起的不可说的那位，可否便是你多年前的老雇主。如果我没猜错的话，六年前随你前来我家的那位穿军靴的男人，便是他们的人？”

苏海安想起什么一般，记起初次见到道尔时的场景，那时道尔先生被迫滞留在阳城，前来找苏家人帮助办理出境的通关文件。道尔的出现让父亲异常紧张，甚至不惜派遣心腹暗杀。

当日的道尔身边有一位身穿军靴的男人，第一眼，苏海安便觉得那不是普通的保镖，派去在路上追杀的西蒙吃了苦头差点死在那人手上。

这么想来，葛兰的出现像极了那男人。

葛兰没有听见道尔的回应，随后两人又再说了什么，但再也没有发出声响。

葛兰心道不好，她一跃而起，撤掉了贴在墙面上的装置，动作利落地收起来所有的零件，最后再检查了一番，看看是否留下蛛丝马迹，摸到门边耳朵贴着门听了一阵，确定没有人找来，这才动身离开了酒店。

第五十四章 追踪位置

“你说的可是这个位置？”拜伦的手指着左眼帘下，“可是一处暗色的龙鳞文身？”

葛兰认真看了拜伦所指之处，轻轻摇头，“稍微往下一点，另外，并没有听说是什么形状的文身，确实是暗色。”

拜伦收回手，抬首看了眼偌大客厅的复古天花板，一双手交叠放在腿上，似回忆起什么，突然转头，询问伟伦家的警卫长：“那位目击证人的资料你可曾查过。”

顺着拜伦的视线，葛兰看见警卫长扭曲的表情，他保证他们绝对已经调查过了，只是警卫长的脸色却怪异极了，他看了一眼站在另一旁的管家阿德先生。

阿德管家面色不改，沉稳道：“是的先生，已经调查过了。”

“将资料给我。”

阿德管家屈膝，上前一步在电脑前调出了所调查的关于苏海安的资料，拜伦一目十行地扫过，目光落在阳城二字时，短暂停留了会，转头去看葛兰，她神色淡定，没有露出多余的信息。拜伦收回视线继续看下去，“范先生此次前往阳城便是与这位阳城的首富之子有关联。”

“是的。”阿德说着，顿了一瞬，又说，“这是公事。”

“难不成你以为，范西先生是因为私事才会被绑架，别忘了，绑匪可是要你们拿出一大半的股权去交换。”

“这不可能，我们不会交出伟伦集团的股权，一股都不会交出去。”

拜伦见阿德脸色铁青，反而露出了一丝笑意，讽道："看来范先生对你们来说，还没有重要到这个地步。"

"我们愿意出钱，只要范先生安然无恙。"

拜伦冷哼一声，他没有再回应阿德，而是转头去看葛兰，问她："你同那位目击证人先生认识？说说看他是什么样的人。"

葛兰眉微挑，"睚眦必报之人。"

"这么说起来，范先生确实有可能是因得罪了苏氏集团才遭遇不测的。"

"苏家人为什么要做这么明显的举动？"警卫长不是很明白，"还有那位苏先生，他为什么要告诉葛兰绑架犯的消息？"

警卫长看葛兰的眼神深了几分。

拜伦瞥了他一眼，"我希望你能理解不择手段这个词的含义。"

"至于，为什么要将绑匪的消息告诉葛兰，这要去问那位目击证人先生了。"拜伦的语调淡淡，但从话里，葛兰仍然听出了他的不满。她知道，拜伦是希望自己在工作中不要带任何私人情绪。

葛兰装作没有听明白，只说："我在苏先生住的地方安装了窃听器，他确实有在谈话中提到过关于范先生的一些线索。"

"你有什么结论？"

"我所知道的苏氏集团绝对不会任人宰割，我认为你的猜测是对的，苏晋成非常有可能做出这样的事情。苏海安告知了我线索，但不是全部。"她抬手，敲了敲自己的左眼睑下方。

拜伦听了她的话，转头对警卫长说道："你派人去跟着了吗？"

警卫长点头，"出事后，我已经安排人在监视，但苏先生自从住进酒店后，并没有见过什么人。"他顿了顿，看向葛兰，"昨日倒是有些意外，相信葛兰小姐已经有所了解。"

拜伦点点头，说："先从阳城查起。绑匪没有再来过电话，想必是有人通知了他们。"

葛兰突然想到苏海安，有些抱歉："对不起，是我打草惊蛇了。"

警卫长笑了笑，客气道："葛兰小姐没有错，你给我们带了最有用的线索。"

拜伦没有参与两人的对话，他从电脑里快速翻找了资料库，人事资料快速在眼前闪过，最终他将画面定格在一张不太清楚的照片上，一个身穿黑色紧身衣，身材高大，长相偏东亚的男人。

尽管画面不是很清晰，但葛兰还是看见了他左眼下的疤，一块暗黑色的疤痕，大约是为了掩饰脸上的缺陷，男人做成了龙鳞般的文身。

“这就是你所提到的那人？你怀疑苏海安提到的绑架犯是他？”

虽然苏海安所说的人，看上去有些许的偏差，但拜伦仍然不愿意放过这条线索。

“查一查这个人的出入境资料，伟伦家的警卫，这点小事能办到吧？”

警卫长应道：“稍后给你消息。”便急匆匆退了出去。

拜伦从沙发上站了起来，阿德管家上前了一步，跟上，“阿德先生，我可以麻烦你帮我沏一杯红茶吗？”

葛兰意外地看向他，知道他是想要支开阿德。

阿德先生看了看葛兰，便点头离开了客厅。

阿德先生一走，拜伦便转到葛兰的面前，抱起的双臂成了一条直线，像是在思考问题，双目紧紧地盯着葛兰黑色马靴的脚面。

“你有什么要问我吗？”葛兰抬手挑开贴在脸上的几根凌乱的发丝，小动作掩饰掉了眼里的不安。

她好像猜到拜伦在顾忌什么。

拜伦叹了口气，抬起头来看她，“我现在有点好奇，苏海安为什么要告诉你西蒙的线索。”

“你认识那人？脸上有文身的男人。”

拜伦抬手摸了摸脸，“嗯。”

“十年前，西蒙的名号在行业里如雷贯耳，后来，他消失了，听说这些年被一些有钱人雇佣为特工。”

“你和他交过手？”

拜伦摇头，“没有。”

但看拜伦的神色，葛兰一点也不相信拜伦对西蒙完全不了解。

葛兰疑问的眼神没有让拜伦太在意，拜伦确实没有正面与西蒙交过手，但在六年前的阳城，莫雷长官和布鲁斯遇见了他，西蒙不知听命于谁，一路追杀，在环山公路上双方发生了激烈的枪战，后来听布鲁斯提及，他们几乎没有近过西蒙的身，并不清楚他到底有多大能耐，只是那枪法，却也是准到没几个狙击手能是他的对手。

比起西蒙，拜伦更在意的是，“你和苏海安有什么渊源？他告诉你西蒙的线索，明摆着对自己不利。你应该知道，他有何目的，你又给了他什么好处？”

葛兰无奈叹气，她知道拜伦绝对不会放过自己，张口说起谎话来面不改色：“如果我说，他是因为觊觎我的美貌，你肯定不会相信对吗？”

她的话引起了拜伦异样的目光，他没想到葛兰会如此说，但葛兰的表情意外地很认真，拜伦的心猛跳了几下，感觉肺腔里冒出一股子酸辣的气体，呛得他猛然咳嗽了两声。

拜伦转开脸，没有再看葛兰。

此时，阿德先生带了一位女佣端了茶点出来，并没有觉察到两人有什么异样，放下茶点后便让女佣退了下去。

“Ben 带来了消息，出入境处并没有查到那人的资料。”Ben 是那位警卫长。

拜伦抬手看了眼手腕上的机械手表，露出的半截肌肤上有暗沉的文身印记，葛兰记得曾见过他半裸的背，整个身后都是密密麻麻的文身，有咆哮的狼和狮子头。

“不到十分钟，看来是我低估了伟伦家的实力。”拜伦没有情绪的声音拉回了葛兰的视线，她抬头去看拜伦，他已经跨出一步，走到矮柜前的电脑面前，手指飞快地在键盘上找出一组密码。

那是一串数字密码，一共三小组数字，对应的数字指向世界地图的北纬度，最终落在纽约的某个角落。

葛兰也曾用过这种密术，通常是情报员所在的地理位置。

电脑上发出了红色“嘀嘀”声，拜伦很快将电脑关上了，他用纸张抄写了地址，递给了葛兰，“去这个地方……”葛兰正要伸手去接，他又突然收了回去，临时改变了主意，“我随你一同前往。”

葛兰有些为难，“可是这边……”

“Ben 会看着办。”

葛兰对于拜伦的随行没有意见，但这绝对不是M团曾经执行任务的准则，如果是两人出任务，总有一个人驻守在事发点，像这样抛下任务，还是第一次。

但拜伦已经拿起了皮衣外套，快速利落地穿上，走在了最前面。

要找的人应该在布朗克斯区的波山脚下，有一座可以俯瞰哈德逊河的犹太教堂。

穿过嘈杂的黑人区，拜伦驱车到了教堂外。

这一处的四周热闹非凡，到处是穿着嘻哈重金属打扮的行人，街头还会聚集着几个青年交头接耳地打探着什么。

葛兰率先跳下车，那几人的眼神亮了亮，再看时立即收回了目光。拜伦从车里走了下来，高大身躯的他，浑身散发着暴力的气息，没有人敢上前。

葛兰扫了眼四周，第一次发现带拜伦出来确实有好处的，减少了许多不必要的麻烦。教堂藏身在左前方的角落里，狭小的教堂门前雕塑已经毁坏了许多，依然乏人问津，不时有调皮的儿童路过，站在雕塑下撒尿，几个孩童嘻嘻哈哈地比赛谁的射程更远。

拜伦走过来时，葛兰才收回了目光。她见拜伦皱着眉看那几个小男孩，凶巴巴的样子，心中暗自下决定，如果拜伦要对小孩子动手，自己一定要拉住他才好，拜伦可是个十足的神经病。

当然，拜伦没有欺负小孩的想法。

他冷哼一声，转过脸，扫过葛兰毫无羞耻心的脸，再次从鼻腔里哼出一丝气来。

朝着教堂里走，老旧的室内，已经看不出装潢，墙面已经脱了一层皮，并列的木椅子也东倒西歪着，稀稀拉拉的有几个人在做祷告，葛兰和拜伦进去的时候动作很小心，没有打扰到大家，找了位子安静地坐下，身穿黑色长袍的牧师手捧着一本泛黄的《圣经》，正念念有词：“我们好像阴间，把他们活活吞下；他们如同下坑的人，被我们囫囵吞了……”穿黑袍的牧师抬起头来，看见了只有三四个人的教堂里又来了两个不速之客，他的眉毛微蹙。

只一眼，拜伦抬手在头顶晃了一下，那牧师的脸色便更加难看。牧师“啪”的一声，合上了书，缓缓而道：“各位教徒，今日的祷告便到这里了。”

原本就没什么人的小教堂里几个其他虔诚的教徒也纷纷站了起来，一言不发地离开了。

教堂里只剩下了三人时，那牧师才缓缓走下台，来到葛兰身边，怀疑地看着拜伦，“这位先生找我可是要解惑还是要倾诉？”

“自然是解惑。”拜伦答。

牧师了然，轻轻将套在头上的帽子拉开了一条缝，露出了一张极为年轻的脸，似笑非笑地盯着葛兰看，“那二位请随我来，女士优先。”

第五十五章 争分夺秒

葛兰看了眼拜伦，她在犹豫是否尽快跟上，从方才开始，她便感觉到有一道黑影跟在他们身后。

显然拜伦也意识到了。

他低头看了眼光洁的地板，倒映出自己的影子，沉吟一阵，伸手指了指前方，“去吧。”

这表示，跟踪那人，并没有进教堂，拜伦一点也不担心走漏风声。

如此，葛兰便跟了上去。

教堂后面是一间黑漆漆的屋子，直到牧师拧开了灯后，葛兰才看清楚室内的现状，一间空旷的封闭性屋子，整个房间里只有一张桌子，和一盏挂在头顶的灯，光晕落在木桌上，牧师彻底撩起了长袍，露出了更清晰的真面目，这张脸带着青涩，皮肤黝黑五官分明，像是初出茅庐的少年，如非黑袍加身，想必很难让人将他与牧师这职业相提并论。

觉察到葛兰的视线落在手中的《圣经》上，黑脸年轻牧师咧开嘴得意地笑了笑，冲葛兰眨眼睛，“混口饭吃，学会读《圣经》也是一门本事。”

葛兰没有说话，转头去看拜伦。

拜伦无视了年轻牧师的话，将平板电脑拿给他看，“这照片上的人，最近有在你的地盘活跃过吗？”

牧师探出脑袋看了一眼电脑：，“有点印象。”

拜伦有些意外，但更多的是惊喜，“替我查一查他最近做了些什么？”

情报员有一套特殊的体系，他们利用天眼（一种追踪装备）调查曾闯入这座城市陌生人的行踪。通常这类人没有出入境资料，灰色地带的情报让他们赚钱无数，当然这种组织也是极其有风险的，所以他们的身份很隐秘。

“你们赚得不少吧？我听上一任说，你们赚的都是卖命钱。”黑脸的年轻牧师一边打开电脑一边喋喋不休。

拜伦面无表情，递了一张纸片给他。

“发到这地址。”

“天境邮箱。”男人看了眼那纸片上写的邮箱地址，不由得多看了拜伦两眼。天境邮箱是一款阅读后会自动清理痕迹的软件，拥有这款软件的人大多是特殊情报工作的官方工作人员。

杰克利用邮箱漏洞入侵中情局伪造了拜伦的身份，M团里只有拜伦有这个地址，他似乎很喜欢这种形式感。

以至于牧师误以为他是中情局的人，吊儿郎当地吹了一声口哨，“Yes，长官，明天之前你就能收到好消息了。”

拜伦没有解释，昂着脑袋面无表情地“嗯”了一声，转身便要离开，葛兰赶紧跟上，两人一道出了教堂，天色已经很晚了，路边的灯红酒绿渐渐没了影子，只有几个醉醺醺的大汉在街边东倒西歪。有黑影从眼前一闪而过，葛兰的神色闪了闪，抬头看见身侧的拜伦，他已然意识到有人在跟踪，拜伦不动声色回看了葛兰一眼，葛兰心领神会，脚步放轻朝着左侧偏移，身后那人似有觉察，黑影再次一闪，试图往身后暗黑的巷子躲去，但动作却不及拜伦快速，拜伦猛然一回头，上前跨了几个大步，一把挡住了来人的去路，暗道上的视线模糊，压根看不清楚来人，黑影见拜伦高大的身躯已经堵住了出口，掉头就想要往后跑，却不知道何时，葛兰已经站在另一头的出口，两人夹道挡住他的去路。

黑影有些无奈地叹气，快速地做出反应，双手举起，示意投降。

来人极有自知之明地很快举手缴械，拜伦没打算为难他，手掌中巴掌大小的手枪被他收回了皮衣里侧的腰间。葛兰闪身让出一道光线来，借着微弱的光看见对方戴着黑色的鸭舌帽，身穿紧身衣，那身形，有些眼熟。她上前走了两步，一把扯掉这人的鸭舌帽，竟然有些意外。

“Ben，你为什么要跟着我们？”

拜伦听见葛兰的话，也不由得上前了两步。看见低着头做投降状的人，果然是白日里见到的，伟伦家的警卫长。

“别误会，我只是不放心。”

“不放心我们？”葛兰冷哼一声，“不放心我们什么。”

“韦伦家对范西先生的生命非常重视，我们希望这件事尽快解决，但同样，希望不要节外生枝。”Ben 机械地说着，这话听上去，不像是他的意思。

“阿德先生让你跟着我们的？”

Ben 看了葛兰一眼，没有继续说下去。

拜伦微眯起眼，神色严肃，“我不管你是因为什么而跟着我们，如果你们想救范先生的命，最好听我的。”

“我很抱歉。”Ben 放下举起的手，做了个摊手的动作，“我跟到这里后，就没有再进去了。这教堂外有检测装备，我带着武器，它们会探测出来。”

正因为如此，Ben 才放弃了继续跟上。

葛兰先前并没有注意，抬头看了眼那被几个小孩尿出一圈地图的陈旧雕塑，果然发现了一抹红色的光，探测警告器被嵌入了雕塑身体里。

见葛兰脸色略暗沉，拜伦活动了一下肩背，视线扫过她，他已经倒退了一步，转身要离开此地。葛兰听见他在前方冷淡的声音，“如果这个检测装置连接机关扫射，恐怕方才我们走进大厅时早成了筛子。”

葛兰愣了愣，她知道拜伦是在提醒自己，她和拜伦同样身上带有武器，居然丝毫没有发觉。

“是我大意了。”

拜伦没有回话，他在责怪葛兰的掉以轻心。虽然及早地发现了探测装置，推测出它们只有扫描功能而已，但拜伦从头至尾都没有告诉葛兰。葛兰的领悟力不低，这一次的失误自然不能让他轻易原谅。

“你这样，如何让我放心让你单独执行任务？”拜伦做出了一副教官的样子，让葛兰总是想起许多年前的他。第一次单独相处的两人并不愉快，势同水火，现在比起来也没有好到哪里去。

拜伦从葛兰出现在M团伊始，便心存了疑虑。大男子主义的他并不能认同女人做特工，她们除了拥有美貌和柔弱，什么也不行。所以，当日长官让他作为葛兰的教官时，心里别提有多不乐意了，他一再地警告葛兰："在我的地盘，最好不要像个小女孩一样哭哭啼啼，我会打得你满地找牙，所以，不要试图惹毛我。"

他的话凶巴巴的，样子看起来也凶神恶煞。

拜伦果然履行了自己的承诺，几次将葛兰打得满地找牙，他教授她拳脚功夫和狙击，杰克教授她黑客知识，如何熟练地操控各类新科技设备，布鲁斯则是她们的战斗机教官，将她吊在直升机上飞了几个来回，下了飞机后便差点将整个肝肺吐出来。尽管训练时如此艰辛，拜伦依然没有放松对她的要求。

所以，葛兰非常理解拜伦此时的心情，应该是像吃了苍蝇一般难受。

"如果你带着私人情绪，最好今天我们就离开这里。不要再让我发现你走神，葛兰。"拜伦总结陈词，总算给了葛兰一个台阶下。

葛兰心里虽然不服气，但当着Ben的面，她知道自己不能当面反驳拜伦的话，只能默默地跟在身后，一前一后地回到了韦伦家。

从进门起，Ben就消失了一般，同前来开门的阿德管家对视一眼，他便乖乖退了下去。

葛兰注意到阿德老先生的神色并没有任何异样，便确定此人并非管家如此简单。

"阿德先生，我们虽然是你们花钱请来的，但如果你们对我们无法信任，合作起来恐怕有些麻烦。"拜伦冷冷的声音从头顶上传来。

阿德先生面不改色，依然恭敬道："先生言重了，我们所做的事情都是希望能支援先生们尽快完成任务。"

"哼，最好是你说的这样。"拜伦自然不会将阿德的话当真。

这是葛兰第一次对这家人好奇。到底是一个什么样的家庭，没有主人，在深陷权力的漩涡的时候，还能安然自处。听Ben的话，这位阿德先生在韦伦家的权力不小，比起家族来说，他们对范西的在乎又似乎不那么重要了。那么藏在幕后的人又是谁呢？哪怕是不救出范西，也要藏起来的东西或者人……又是什么？

葛兰站在韦伦家偌大的客厅中央，抬头望了望高耸的天花板，空旷的房中安静极了，只偶尔能听见拜伦敲击键盘的声音，但断断续续的。

视线再次落在阿德管家身上时，葛兰微微眯起了眼，他站在客厅的角落，安静地等候消息，不时地掏出胸前挂着的怀表查看时间，这一屋子的冷清，突然之间让她不那么痛恨范西了。年少时的背叛，都变得不足挂齿。

如今，葛兰只希望范西能活着回到这里。

无论是地狱般的生活，还是天堂般的待遇，都同她没有干系了。

拜伦应该早就看穿了自己的心思，葛兰有些懊恼，在处理这件事上，她确实带有私人情绪。如果不是因为范西，她甚至不会去找苏海安。

第五十六章 营救计划

十二点之前，拜伦的邮箱便收到了西蒙的坐标位置，是在郊外的一处废弃的停车场里。

拜伦一动，躺在沙发上闭目休息的葛兰也立即弹了起来。拜伦已经在穿外套，瞥见葛兰已经醒来，顺手扔了一把改制的榴弹枪给她。

“待会你断后，守在外面。”

葛兰拿着那飞来的铝制枪，瞪大了眼，“什么？”

“我们必须在天亮之前将这件事解决，今日去找苏海安便已经打草惊蛇，一下午的时间足够西蒙搬离老巢，现在，我们只能祈祷他动作还没有那么快。”拜伦的话里有责怪，葛兰自然没有任何言语反驳，只能听从。

此时，听见响动的阿德先生和Ben也急匆匆走了进来。

灯火通明的客厅里顿时热闹起来，见到拜伦蹲在地上毫无顾忌地在检查武器设备，Ben快速地反应过来，“我随你们前去。”

阿德先生也反应过来，急道：“Ben，叫上警卫室的其他人随拜伦先生一同前往，务必要将范先生带回来。”

两人的话并没有让拜伦停下手中的动作，从箱子里拿出装满了子弹的手枪插入两腰侧，再挑了一把狙击扛在了肩上，回头看了眼Ben，“对方的人不多，但按照西蒙的行事风格必然里外设有伏击，人多反而让他们有所警惕。”

Ben明白过来，抬头看了眼葛兰已经完成准备，掉头往外走：“我去开车。”

拜伦没有拒绝，跟着走了出去。

葛兰握枪的手紧了紧，趁着拜伦没有注意，她从地上捡起一把狙击枪收起，她知道，拜伦一定不会让自己冒险，守在外面照看无人机必然是她的工作。

葛兰追上时，拜伦眼尖地发现她提了一把狙击枪，打开车门的同时无奈地摇了摇头，知道她是个倔强的人，虽然没有阻止但依旧严苛地下达着命令，“葛兰，不要意气用事，你难道忘记了我们的规定？”

在M团只有一条规矩，那就是服从命令。

葛兰当然知道拜伦所指何意。她没有反驳，只是说道：“我会听从你的安排，但狙击枪我一定要带着。停车场里的形势很复杂，我给你们打掩护。”

坐在前排启动车子的Ben听了她的话竖起了大拇指，“全靠你了。”

葛兰说得没有错，拜伦便没有再理会。车子急速向着郊外行驶，在黑夜里带起了一阵狂风，听着风从耳边急切地擦过，便知道，今夜这场战斗，绝对不会那么轻而易举。如今，他们只有从情报员处得来的坐标信息，其他的一无所知，多少人，有什么武器，这些都是未知的危险。

废墟的停车场很大，车子停在百米开外，夜色阑珊，路灯因久未维修，闪烁个不停。

“你在车里呆着。”拜伦拦下了葛兰下车的动作。

葛兰知道这时候团队协作的重要性，便收回了腿，她扭头看了眼四周，到处是废弃的车辆，有的已经成了废铁，堆积到了一块。她手里拿着黑色背带，缠在腰上，往背上一拉，动作利落到让Ben咋舌。

“我去那上面。”她指了指那一堆废弃的铁块，不等拜伦答应，已经从车窗里探出身体，手握住车窗边沿，轻松一跃便上了车顶，借助车顶的高度跳上了废铁堆顶。

“cool。”Ben看了眼约摸有两米高的废铁堆，不由得对葛兰另眼相待。

“能听见我的声音吗？”无线耳机里传来了葛兰的声音，她已经调试好了无人机，在前方探路，“前方二十米暂时安全，但在废墟楼的第二层，有一丝亮光闪过，你们做好心理准备，敌人说不定已经觉察到了不对劲。”此时的葛兰身侧挎着一把狙击枪，脸上戴着的眼镜能清楚看见无人机前方的境况，一条杂乱的大道，越往里面甬道越是狭小，停车场里有许多的拐角，这些狭窄的地方都是狙击盲区，在远处的她无法帮助到两人。

“葛兰，我感觉有点不对劲。”抱枪俯身在前的拜伦突然顿住了脚，抬手止住了要上前来的Ben。

葛兰的无人机停在了当空，她也感觉到了什么不一样，正想将无人机召回，突然听见一声枪响，无人机被人从远处击落。

眼前一片黑暗，葛兰放弃了无人机，手往身后的黑色袋子里一摸，快速取出临走时杰克送给她的“机械蜂鸟”，将它放飞了出去，代替无人机探测前路，紧接着抬起了手中的狙击枪，半蹲在铁堆上，透过枪身上的全息瞄准镜对准了方才无人机被打落的位置，果然看见百米处一辆废弃车辆里探出了半个黑色的脑袋，对方没有注意到她的存在，葛兰没有立即扣动扳机，枪头一转，视线锁定停止前行的拜伦和Ben，两人藏身的地方正好是一个三岔路口，就在他们的左前方，有异动。

“小心你们的左前方，有埋伏。”葛兰皱起了眉头，她再次移动枪头，发现两人的右前方同样有人的倒影，而此人比另一人更冒进一些，手伸出了隐蔽处，打算朝着能看得见衣角的拜伦开枪。

葛兰发现拜伦已经瞄准了左前方那人，扣动扳机，两声枪响炸裂在空中，她与拜伦两人同时开了枪，解决掉了埋伏的两人，也打破了原本就不太平的静谧。

“我现在很肯定，苏海安跟这些人有点关系了。”在苏家的那两年里，葛兰铆足了劲想要逃开苏家人的眼线，却从未想过，这些人哪里来的通天本事可以将一个活生生的人毫无声息地软禁起来。若非逃跑过几次都失败了，她怎么会知道苏晋成养育她的目的？

无线电的另一边，拜伦没有回葛兰的话。两人离废墟的大楼越靠越近，地势也越加复杂了起来。对方似乎猜到了他们的到来，突如其来的扫射直冲两人而来。

隔着无线电也能听见两人躲避扫射时发出的声响，场面混沌模糊，拜伦和 Ben 无暇分身，敌人在暗，而从上至下的视角注定两人在明处，形势非常不利。

葛兰戴上了机械蜂鸟的链接屏幕，通过 FPV（第一主视角）眼前再次清楚地探查到了前方的场景，二楼的水泥墙边趴着十几个人，没有露头，只露出了枪口。这些人将自己非常隐蔽地藏了起来，一致将枪口对准了下首躲避着也没放松警惕一直在搜寻子弹来源的拜伦和 Ben，葛兰抬起枪，想要一枪解决了将将冒出的一丁点黑色头颅，却在下一秒眼前溅起了血花，机械蜂鸟因离得近，还未被人发现差点弄脏了隐藏摄像头。

那颗子弹是从楼下击来，葛兰用瞄准镜看见了拜伦，他藏身在一辆废弃的火车头后，那人是他杀的，枪法精准到令人咋舌。

Ben 藏在另一边，两人互看一眼，拜伦指了指他，又指了指自己，然后再指了指二楼。葛兰明白，他在部署冲击障碍的计划，Ben 负责掩护，而他则要冒险冲到前面。

明白情况的 Ben 背靠着车面，换了一个弹匣，用力地点头。

机械蜂鸟探测的画面，再次掉转，葛兰一把捞起枪，利用蜂鸟幼小鹰眼瞄准了藏身在废墟楼二层墙边的一个黑色人头，“砰”的一声，瞄准镜里看见那人的脑袋一偏，溅起了模糊的血水和脑浆，葛兰没有等他身旁的人有所反应，掉转枪头便击毙另一个意识到有狙击手时正找寻自己位置男人。

一连两枪，二楼坐镇的男人听到动静，一把抓起望远镜朝着开枪的方位看来，看到一个黑色不明物立在一百米开外的一堆废铁顶上。

“枪给我。”扔下望远镜的男人露出了自己的脸，正是前些日子拜伦调出照片的男人，他的左眼下有一处文身，近了看，那文身格外可怖，是张了血盆大口的蛇头，吐着殷红的信子，没错，是他，西蒙。

男人面无表情地接过狙击枪，枪身架在了墙沿上，拜伦抬头便看见他的半个身体和对准葛兰经纬度方向的枪口。

拜伦掉转枪口朝着西蒙开枪，大喝了一声：“葛兰，小心！”随之而来的是狙击枪响起的声音，他并没有阻止得了西蒙开枪。一时的分心却迎上了正面扫射而来的子弹，来不及躲避，手臂被子弹擦过，痛得他闷哼了一声。拜伦皱眉，却意外听见无线电里传来油门的轰鸣声，葛兰喊道："我接应你们。"

"你没事？"Ben 惊喜道。话落，一辆车急速而来，带起了一阵风沙，就停在他身侧。

葛兰从车窗里探出半个身体，手里拿着榴弹枪，面不改色地躲避着眼前扑面飞来的弹雨，手上却扣动了扳机，一声巨响，二楼的墙顿时成为了碎石哗啦啦往地上掉落，弹雨戛然而止，有受伤了的狙击手随着碎石坠落在地。

"上车！"拜伦一声大吼，Ben 反应过来，一手压下新的弹匣，开枪扫射着二楼剩下的残余枪手做掩护，快速地跳上车。

躲在人墙后的西蒙一把推开替自己挡住了榴弹袭击的枪手，凶恶的脸上铁青一片，抄起手边的机枪，瞄准了半个身子探出窗外的葛兰。

葛兰已经扔掉了榴弹发射器，捞起狙击枪食指扣在扳机上还来不及做下一步反应，抬首间已经看见西蒙正面枪口对准了她。她的手紧了紧，手背上和手臂处传来微痛感，方才的子弹雨虽然没有让她致命却也擦过了几处肌肤，伤口最重的地方是在肩胛上，被弹药穿了洞，还在冒血。

比起肩胛上撕裂般的疼痛，葛兰最为担心的却是十几米高处枪口对准自己的男人。只要她扣动扳机，子弹会穿过那男人的眉心，就算不死，最多也只会偏离一厘米的距离，让他吃点苦头，她应该无所畏惧，但心里的慌张却是不可忽视的。

或许西蒙也是这样想的，西蒙不知道她有蜂鸟的协助，压根没有瞄准的时间。

蜂鸟传递而来的画面里，西蒙的眼里写着轻蔑。他当然不敢相信，眼前的女人便是方才从自己的狙击枪下留下一件外套和一堆废铁的老手。想起那放在铁堆上被做成人形的外套在被枪击中时，露出来的废铁块，差点让他气得扔了枪。

葛兰猜不透西蒙内心里的愤怒，却知道此刻的自己九死一生。但她并不打算让西蒙得意太久。

第五十七章 近身肉搏

轻触着扳机的食指压了下来，枪声响起时对面的西蒙也扣动了扳机，子弹没有在空中相会，葛兰此时根本没有闪避的可能，她只能用大拇指将手中碎裂的零件弹出，恰好在眼睛的高度，利用碎片的力道分散子弹带来的冲击。

葛兰的反应在西蒙的预料之中，因为他也有此打算，钢制弹匣被子弹击碎，也改变了原来的轨道，没有击中致命的眉心，而是从他的眼角下擦过，留下一道血痕。相比西蒙的幸运，葛兰指缝间弹出的那一块碎片却没能救得了她的命，碎片被轻易击碎，不到十厘米，她就会魂归西天，耳边是嗡嗡响起的声音，还有拜伦的声音，“你不会死在这里。”

“不，怎么会？”葛兰想问拜伦，但后脑勺的重击让她的脑袋很痛。葛兰吃痛地看着用半个身子压在自己身上的拜伦，他的块头大，葛兰的背抵着车身，差点没有喘过气，见状的Ben反应过来打碎车窗，朝着二楼的西蒙连开了几枪，暂时没有后援的西蒙被两个受伤的男人掩护撤退。

抬头瞄见拜伦侧脑上被打出了一个血槽，探手感受到拜伦还有心跳，她呼出一口气。

想要推开拜伦。

“我可以。”拜伦的声音从牙缝里挤出来，大掌一把撑住车身，一把捂住冒血的侧脑，血从指缝里冒了出来，“你别忘了，我们曾一起发过誓言，谁先死谁是孬种。”还好子弹只是从他的头皮上开了个口子，还不至于把脑浆打出来。

葛兰松了口气，没有回话，也没有询问他为何如此。站直身体，一下钻进车里，拜伦随即跟上，在葛兰踩下油门时，他撕裂了衣服将脑袋缠住一圈。

葛兰透过后视镜看见拜伦将伤口包扎得差不多，她提醒了一声：“坐稳了。”一脚将油门踩到了底，伴随着巨大的轰隆声，车头猛烈地撞击着墙面，车子冲进了停车场内，突然的急刹车让所有人差点跌倒。

“那是什么？”坐在副驾驶的Ben猛地抬起头时，率先发现了废墟中央摆着一个电脑，荧屏上播放着一张他熟悉的脸。

是范西。

他被人蒙着黑皮条绑在椅子上，他的身后有一张英式大床，还有一面白色的墙，墙上挂着一张看上去很值钱的画，这场景看上去，同这废弃的停车场半点关系也没有。范西没有说话，紧闭着唇，似乎是他对面的人愤怒了，一个黑色物体扔进了摄像头里，砸在范西脑袋上。

“妈的，哑巴。”紧接着是一道黑影，有人上前在范西的腹部狠狠地揍了一拳头，范西咬着牙关闷哼出声，那人似乎还不解气，一连的拳脚相向，直到将范西打倒在地，让范西不得不蜷缩起整个身体，这才摸着嘴角作罢。

视频中有人咒骂了一句，但范西依然什么都没说，将整个脑袋埋进了身体里，下半身……有一只断掉的腿也因为激烈的暴击失去了遮掩物，丑陋地暴露在人前。

“他妈的，不在这里！”Ben气急败坏地怒吼了一声，他看了看四周，破旧的废墟里哪里像是有一面干净纯白的墙？

葛兰没有说话，拜伦则扔掉了没有弹匣的机枪，将手枪握在手中，四周一片安静，地上躺着几具尸体，最惨不忍睹的是一个身穿餐厅员工外套的男人，趴在地上，血早已经干涸，想必是死了多天，周围的虫子已经爬上了他的背。Ben愤怒地一脚踢翻了尸体旁边残留的餐盒，“他妈的这些人真是恶魔，滥杀无辜。”

拜伦没有理会Ben，环顾了一圈四周，哪里还有西蒙的身影。他奇怪地看葛兰一眼，接收到对方更凝重的表情，很快，他用下巴指了指另一方通往二楼的楼梯，“我去找西蒙，Ben 你从后侧方去看看，纵然有通天的本领，他也不可能一瞬间消失不见。”

“等一下。”葛兰的视线依然没有离开那电脑上的画面，上前一步，食指在重播键上方，顿了顿，迟迟没有按下去。

“怎么回事？”Ben 觉察到不对劲，上前一步正要抬手，被葛兰拦在了空中，“别动。”

葛兰没有回应 Ben，扭头突然对拜伦说道：“去看看那尸体下面有什么？小心点。”

拜伦忽然明白了什么，捡起被自己扔掉的机枪，用枪杆将那尸体翻了过来，果然看见闪烁的红灯被掩埋在人体下，是一枚炸弹。

葛兰指了指荧屏最后定格的画面，在狭窄的墙角，看到一处污迹还有油漆往下淌的痕迹，“这里，是重新布置过的。”

“什么意思？”

“西蒙不可能在一瞬间就消失不见，只有一个可能，他们藏起来了。”拜伦说，“如果葛兰真动了键盘上的任何一个按钮，尸体下的炸弹就会爆炸，而我们会死在这里。”

Ben 心有余悸地看了一眼葛兰，指着电脑屏幕继续问道：“你什么意思？”

“他们耗费这么多人力物力守在这里就为了伏击我们？”葛兰自问，紧接着又摇头。

“不可能，你们来纽约是机密。”

“所以只有一种可能，苏海安将我们在调查范西遭绑架的事情告诉西蒙是在今天，他们根本来不及转移人质，只是提早有了防范之心，人一定是藏在这里。”

Ben 听了葛兰的话，再次举起了枪，戒备地看了一圈四周，依然不是很明白，“可是他们会藏在什么地方？”

葛兰沉默着，按下了戴在耳朵上的操作器，机械蜂鸟因为体积很小，并没有被西蒙及时发现，发射榴弹时，葛兰便将它藏在了隐蔽的地方，如今正好派得上用场，蜂鸟可以将整个废墟场清晰地拍出来，葛兰顺着蜂鸟的方向走着，发现靠近楼道的一处地面上有白色的油漆，走近了还能闻到刺鼻的味道，葛兰在原地转了一圈，突然趴在楼道下的地板上，用枪杆子敲了敲地面，发出咚咚的声响。

拜伦见她有异动，立即上前，一脚用力地向下踩压了地板，这一脚却没想踩空，地板被人从里面抽了出来，拜伦一个重心不稳掉了下去。

“拜伦！”葛兰大喝一声，确认地板下有猫腻，可此时的拜伦掉在两米以下的地面，毫无防备，顿时被三人用枪指着脑袋。

“别动。再喊，我就杀了他。”西蒙的声音从地下室里传来。

他手中的枪已经对上了葛兰。狙击枪挂在腰侧，葛兰手中没有任何武器，只能将双手举起来，做投降状。

一高一低的角度使西蒙压根没有注意到Ben的存在，自然也没有留意到葛兰在冲Ben摇头，手指朝下的暗号。

Ben很快明白，悄声走到楼道后面，等着葛兰往下跳，西蒙枪指着葛兰命令她：“退回去。”

葛兰盯着西蒙看了一阵，脚才缓缓地往后退了一小步，但脚底没有落地，就在西蒙关注她是否往后退的时候，她猛地向前一跃，直接跳下了地下室，正好落在西蒙的头上，骑在他肩上去抢夺手枪，与此同时，藏在身后的Ben见时机成熟，冲出来对着地下室里的另外两人开枪，分散了两人的注意力，使得拜伦有机会动手去抢两人手中的枪。

西蒙的块头比拜伦还要粗壮，拼身手和力道葛兰都不是他的对手，电光石火间，葛兰将手枪的后座猛地砸在了西蒙的太阳穴上，这一击彻底激怒了西蒙，他一把扯住葛兰的头发，翻身将葛兰从自己身上扯了下来，顺势抬脚就要踢来，躺在地上的葛兰连滚了几圈，才避开了重击，待自己安全时猛地反身跳起，正面对上西蒙送来的拳头，来不及做下一步反应的葛兰硬生生地挨了一拳头，牙缝里被打出了血，她舔了一口，抬手反击，拳头却被西蒙一把扯住，西蒙将她整个人拉近，接连几个拳头重击在她腹部，葛兰闷哼出声，红着眼看见拜伦正与另外的两人缠斗，而Ben同时也遭遇了其他人的射击，四处逃窜中。葛兰被西蒙压曲了身体，毫无反击之力，她已经没有了力气，但还是咬着牙屈膝顶住了他的下盘，西蒙没想到会被她突然袭击，痛得松了手，趁他不备，葛兰抬手反击，拳脚并用，每一处力都直奔人体最脆弱的地方，五官、脑袋、下盘，她拿出了当年反击拜伦时的力道，每一次都惊险地闪避，找准了西蒙的弱点攻击。

“啊……”咔嚓一声，葛兰听见另外两人惨叫的声音，拜伦依然徒手解决掉那两人，掉头便找上西蒙，一脚过去，正好踢中西蒙的脸，西蒙连退了几步，正面对上两人时，他咬着下唇动了两下手臂和脖子，冷笑一声：“凭你们想在这里杀了我？”

“当然不杀你，我们会送你去警局。”拜伦说道，他看葛兰一眼，视线落在地上。葛兰眼角一扫，发现了拜伦掉在地上的手枪，一把捡了起来，在两人打斗时，几次瞄准一枪打在西蒙的腿上。

突地跪倒在地上的西蒙瞪大眼睛看葛兰，那眼神仿佛在质疑葛兰不守规矩。

葛兰挑眉，去他妈的规矩。咧嘴说道：“结束吧，西蒙先生。”枪口抵住了他脑门，那一声结束就真的结束了，即便如此，拜伦也没有放过西蒙，他一把提起西蒙，在他腹部揍了几拳头，西蒙咳嗽起来，口中已经吐出了鲜血。

“别打了，找人。”葛兰出声提醒，拜伦才住手了。

拜伦抬头看了眼头顶，发现Ben没有跟上来，外面的枪声也没有了，他微微蹙起眉，猜测是否失去了一个战友。虽然Ben算不上他的战友，但这种不满的情绪对无辜的陌生人也会产生。

“西蒙先生，带我们去找范先生。”当然找到范西才是他们最重要的任务。

西蒙痛恨地看了一眼葛兰，即便心里恨不得当场杀了她，但此时也不得不指向了一条通道。

葛兰看过去，那是一条幽深的长走廊，很暗。她没有直接上前，而是召回了机械蜂鸟，先去一探究竟。

蜂鸟穿过漆黑一片的甬道，约摸五分钟后才出现了一丝亮光，视频里终于拍到一间狭小的房，那个空间里只放得下一张床和一张椅子，而被打得昏迷的范西躺在冰冷的地上，那画面就如同在电脑上看见的一模一样，露出的半截断掉的腿，丑陋地暴露在空气中，瘦弱的范西看起来那么的楚楚可怜。葛兰收回视线，朝拜伦点头。

拜伦这才抬脚走过去，葛兰没有动，她依然站在原地，拿枪抵着西蒙，谨防他再次袭击。

拜伦去的时间不久，不过几分钟时间，回来时手里便抱着一个穿白衣的男人。

范西是在拜伦进门时从昏迷中醒来的，他眯着眼缝看见拜伦，没有穿陆军裤，便猜到，“你是来救我的吗？”

他的声音清冷，很平静。拜伦愣了愣，视线落在他的腿上，范西也强撑着手半坐起来，目光同样落在自己的腿上，但很快便移开了视线，表情里，露出来的神色是嫌恶。他伸手想拉原本盖在腿上的羊毛毯，但太远，他的手根本够不着。

拜伦上前一步，既没有帮助他也没有说话，只是弯腰将他打横抱了起来。

这个时间，他们还没有回去，阿德先生多半已经通知了警察，所以他要在警察赶来之前，先将人带走。而西蒙则将留在这里，接受应该有的惩罚。

魅丽文化 花火工作室

柏林，也许不相逢

罗小葶 著

下

江苏凤凰文艺出版社
JIANGSU PHOENIX LITERATURE AND ART PUBLISHING, LTD

图书在版编目（CIP）数据

柏林也许不相逢 ： 全2册 / 罗小葶著. -- 南京 ：
江苏凤凰文艺出版社，2017.10
ISBN 978-7-5594-0985-0

Ⅰ. ①柏… Ⅱ. ①罗… Ⅲ. ①长篇小说—中国—当代
Ⅳ. ①I247.5

中国版本图书馆CIP数据核字(2017)第207978号

书　　名	**柏林也许不相逢 ： 全2册**
作　　者	罗小葶
出版统筹	黄小初　邹立勋
选题策划	吴小波
责任编辑	胡小河　姚　丽
文字编辑	肖　童
责任监制	刘　巍　江伟明
出版发行	江苏凤凰文艺出版社
出版社地址	南京市中央路165号，邮编：210009
出版社网址	http://www.jswenyi.com
印　　刷	湖南凌宇纸品有限公司
开　　本	880×1230毫米 1/32
字　　数	420千字
印　　张	20
版　　次	2017年10月第1版，2017年10月第1次印刷
标准书号	ISBN 978-7-5594-0985-0
定　　价	65.00元

（江苏凤凰文艺版图书凡印刷、装订错误可随时向承印厂调换）

目录

CONTENTS

目录

CONTENTS

第五十八章 你恨我吧？

葛兰知道拜伦怀里的范西在盯着自己看，但她没有动作，反而大方地任由他看着。

她踢了一脚半跪在地上的西蒙，“走，离开这里。”

西蒙抬起头，目光从葛兰脸上缓缓扫过，他竖起中指，什么话都没有说，咬牙站了起来。即使是被人拿枪指着头，他也没有丝毫的狼狈，昂首挺胸地走出了地下室。

地下室的出口在另一个方向，距离通往停车场被毁掉的正门有一段很长的暗道，这对西蒙来说是非常有利的。

“别打歪主意！你是没有机会逃掉的。”葛兰上前一步，用枪抵住了他的脑袋，警告道：“看是你的腿快，还是我的枪快！”

西蒙从鼻子里哼出一丝气，“你们打算要如何处置我？交给警察并不是明智的举动。”

“西蒙先生，不要试图用你的狡猾来挑战我的忍耐力。”葛兰硬着脖子，没有松动。

“哼，愚蠢！”西蒙说道。

将西蒙交给警察是阿德先生的主意，想必这个时间，警察早已经包围了整个停车场。

刚出门，便见两辆警车，还有全副武装的特战队，已经将整个大门包围。看见四人时，特战队警卫立即竖起了枪，直到看见拜伦身后的范西这才收回了对准他们的枪口。

站在几人中间、身穿便服但看上去职位应该不低的男人，正与站在他一旁的警察低声说话，见到范西后两人快速上前，那警察手中推着新轮椅，拜伦便将范西交给了他。

“对不起先生，我们来晚了。”警察恭敬地道，尽管很抱歉，但面上依旧没有表情。

范西低头掩唇，视线从葛兰脸上滑过，而后猛地咳嗽了起来，“咳咳，我……没事。”他拉了拉阿德替他盖在双腿上的羊绒毯，抬头面对着那为首的警察，“米恩先生，辛苦你专程跑一趟。”

为首的警官看了一眼拜伦和葛兰用枪抵着的西蒙，笑道：“范先生平安无事便好。”

范西笑了笑，点头道：“也非常感激你们派遣的这两位特工警察，他们救了我的命。”

几人说话的同时，已经有武装警员上前来押解西蒙，葛兰帅气地收回枪，站在一旁没有插话。

“我们还要留下来勘查现场，尽快送范先生去医院。”

推轮椅的警察先生点头，转身正要离开，范西却抬手拦住了他，“由这两位‘警官’送我回去便好。”他指了指葛兰和拜伦。

为首警官的目光在两人身上短暂停留了一会儿，才挥手让警察退下，而后自己也跟着大部队进了停车场，留下一言，道：“改日去拜访您。”

警察一走，范西便扭头问拜伦：“Ben 还活着吗？”拜伦没答话，转身从另一个方向进了停车场内。

范西张了张嘴，没发出声音，葛兰解释道：“他去找 Ben，如果运气好的话，还没死。”

在与西蒙交手时，葛兰的腹部和脸颊都有伤，大大小小的伤口遍布了全身，撑着最后一口气才得以活命。如今的她实在没有多余的力气面对范西，说完话，便靠在车边低头喘气。

范西打量着她，视线最终落在她腰间的手枪上，“你是谁？”

“我不是你的人请来的‘警察’吗？”葛兰抬手将召回的机械蜂鸟，收到了腰后的包里。她抬头，直视着范西的脸。两人脸上都不干净，青一块儿紫一块儿，但没人觉得滑稽。葛兰有一双迷人的眼睛，有时候抿起嘴来，眼角也跟着弯，像是在笑，就和朝阳一样。

范西保证，眼前的女人在讽刺那纽约警察对他们的称呼。他疑虑地眯起了眼睛，再次打量眼前的葛兰。顾朝阳跟她长得很像，但又不像……脸和表情明明是同一个人，但气质却完全变了一个人。

“你知道我在问你什么，或许我应该叫你另一个名字，顾朝阳，对吗？”

时隔多年，再见到范西，葛兰觉得自己的情绪比预想中要平静。

那个曾夜以继日地出现在她的梦中，无比温柔地叫着自己姐姐，可又一瞬间会变了脸面，令她从梦中惊醒的男孩子。此时就在她的面前，成了一个远去的人，跟她再无瓜葛。

葛兰收回视线，依然没有说话，范西却不放过她，“你是顾朝阳！是你！没错，就是你！”范西激动得差点儿要从轮椅上站起来，一只手揪着她的衣角，像小时候那样，不撒手。

“你认错人了。”葛兰掰开他的手，冷声道。

“你在说谎，明明就是你。你一定很恨我吧……”范西无法抑制自己的情绪，泛红着双眼，再次伸手去拉她的衣角。这次葛兰没有掰开他，并非不忍心，只是觉得自己做了没意义的事情。她低头，看见范西红眼眶里夹着一闪而逝的光。

“你一定在恨我吧……可是你有什么资格恨我？苏晋成从第二年开始，就不再支付我的学费了，为了生存，我去打黑拳，他却找人打断了我的腿。我比你过得惨，顾朝阳。你有什么资格恨我？”

范西总是小孩儿脾气，在孤儿院时，他也曾闹过几次，别的小朋友都不喜欢他，只有她，愿意搭理他。

范西的失控在葛兰的意料之外，她没想过要如何应对，索性就不应对了。于是，她走开了几步，尽量让自己远离他，免得被殃及无辜。

这举动再次激怒了范西，他甚至焦急地要去摇动轮椅，可任凭他怎么闹，葛兰依旧对他视若无睹。直到拜伦带着Ben回来后，他才总算消停了。

刚刚，拜伦绕开警察的视线回到地下室爬上了楼，发现Ben干掉了袭击他的两个人，但自己也腹部受伤靠在了墙边。看见拜伦，他还忍不住抱怨了一句：“你再不出现，我恐怕要死在这里了。”

车子被毁了大半，回去的路上并不顺利。Ben和范西坐在后排， 拜伦凑过去查看了他的伤势，说道：“命大，不是致命伤。”

Ben很nice地耸肩，差点儿扯痛了伤口，嘴里嘶了一声，但还是笑着用拳头在拜伦肩上打了一下。

拜伦在车里找到了备用的医用纱布暂时帮Ben的伤口止住了血。被包扎完伤口的Ben活过来一般大喘了一口气，眼角无意瞥到正直愣愣地盯着开车的葛兰看的范西一眼。

“范先生，您哪里受伤了吗？”Ben 尽职地看了一遍范西的全身，视线碰触到他的腿时，尴尬地移开了。

范西回头淡淡地瞥了他一眼，从喉间哼出一声气，“嗯，还好。”

Ben 松了口气，不敢再出声。在韦伦家，同范西相处时都是最难熬的时刻，现在自然是能避则避。

阿德先生早已经收到了通知，车子一到，几个医护人员便冲了上来将范西送进了房间。

拜伦和 Ben 都受了重伤，两人分别躺在医疗室的两张行军床上，葛兰则坐在一侧，等着医生将两人处理结束后再轮到自己。安顿了范西以后，阿德先生才抽空前来看望做着伤口处理的其余三人。看见医疗室里一片狼藉，染血的棉球扔了一地，不由地皱起眉头。

环顾了一眼四周，阿德先生的视线落在葛兰脸上，表情古怪地道：“葛兰小姐，可否在伤口处理结束后随我前去见一见范先生？”

原本坐在角落里准备自己做消毒处理的葛兰，听见阿德先生的话，抬起了头。可还未等她回答，一旁的拜伦便硬声问道：“不知道范先生找葛兰有什么事？”

此时，医生替拜伦包扎完伤口，推着药品架走到了葛兰身旁，替她剪开了手臂上和腹部的衣料，露出了血口子。

“范先生想要同葛兰小姐单独谈一谈。”阿德先生答。

“我们的任务完成了，今日就离开。”说着，拜伦捂着伤口从行军床上站了起来，手里抓起了外套。

因处理伤口而剪开了无数道口子的黑色 T 恤里，露出了他背上凶神恶煞的狮子头文身。嫌碍事，他一把扯掉了已经沦为破布的 T 恤，直接套上了外套。

阿德先生上前一步，挡在了他面前，“范先生非常感激你们的营救，设了晚宴，聊表谢意。”

拜伦冷哼一声，“感谢？”

“是的，先生。”

“与雇主的雇佣关系在任务结束以后，就解除了。阿德先生，我希望下次你们不会再有麻烦到我们的事情，毕竟，你没有遵守我们的规则。”

葛兰知道拜伦说的是警察的事情，顺着视线也看向了阿德先生。只见他面不改色，恭敬守礼地回答："先生无须担心，米恩长官是自己人。"

拜伦看了他一眼，没有搭腔，回过头来看葛兰，等她伤口处理得差不多了，说道："天亮了我们便离开。"

葛兰点头，收回用纱布包扎过的手，站起来打算同拜伦一起离开，阿德先生皱皱眉头，侧身再次挡住了葛兰的脚步，"葛兰小姐，范先生想要见你。"

"我没有理由见他。"葛兰斜眼看他。

"请求您。"

看阿德先生低眉顺眼的模样，葛兰心想这人总算低下了那高高昂起的头。他让她想起了林恩的管家，伍德先生。他们一样的固执，一样不好相处。葛兰张嘴想要回绝，一旁的Ben拉了拉她的手，"葛兰小姐，您去一趟吧？"

葛兰奇怪地看他。只见Ben一个大男人，不自然地低下头，说道："我们都是韦伦家的家臣，我是被阿德先生带大的。"

葛兰犹豫了片刻，最后轻轻点头。

第五十九章 我在找你

葛兰上楼去见范西的时候，房间里热闹的阵仗还没有散去。

范西被医生安置在偌大的欧式古典床上，站在他身体侧面的年轻女护士正检查着输液瓶的情况，另一边，医生半蹲着身子在为他检查其他的伤势。

“范先生受了惊，需要静养。”一个穿白大褂儿的英国男人发现站在门口的葛兰，皱起了眉头。

葛兰看了眼躺在床上闭目休养的范西，耸肩摊手准备退出去，这时却听忽然睁眼的范西道：“你们先下去。”

“将门带上，谢谢。”范西与她说了中文。

久违熟悉的音调让葛兰愣了愣，她的手停在关门的动作上，半晌才轻轻一推，将门掩上了。回过头来时，脸色如常。

“你离我那么远，是在害怕什么？”

“范先生，找我有什么事情？”

范西嘴角朝后轻扯了扯，在口中重复低声呢喃：“范先生……”他轻笑出了声音，“如果你喜欢这样，便如此好了。”

葛兰微眯眼，站在原地没有反应。

范西冷呵一声：“木头。”

范西现在这副样子，很是奇怪。他想半靠在床头上，可脚上的力气使不上，只好靠着双手去撑起全身的重量，偏偏一只手还在输液，用力时，只见输液管里倒流回了一小节鲜血。葛兰看见了那抹红色，但没有上前去帮忙的意思。

范西咬着下颚，感觉自己的牙缝里冒着酸涩，于是干脆自暴自弃，放弃了挣扎。葛兰在等他的下文，范西却迟迟不开口说话，反而一手掀开了被子，露出了那条只剩下半截儿的腿。

绸面的睡裤恹恹地耷拉在腿上，他伸手将裤腿往上拉了几下，露出了粉红色的皮肤，一圈没有骨头的血肉软趴趴的，看上去格外触目、丑陋。

范西见葛兰的眉头已经皱了起来，这才松开手，让绸面的布料将那一块缺陷遮住了。但他没有停下来的意思，继续去拉起腹部的衣料，露出白皙的小腹，那上面，有几道错综复杂的暗色刀疤。睡衣继续被拉开，锁骨下侧也有几道类似的刀疤，但明显是伤到骨头了，没有愈合得很好。

范西的手麻了，他咬着下嘴角吃痛地闷哼了一声："这些，都是我离开阳城后，在留学期间所遭遇的。"

葛兰抿着嘴，听他继续道："将你的下落告诉苏晋成，他答应我会支付我在美国期间所有的留学费用。那时的我，别无选择。到了美国的第二年，他断了我所有的经济来源，我不得不去地下赌场打黑拳。尽管日子过得很凄惨但勉强能活下去。我以为，假以时日，我会立足在这个国家……"他低头嘲讽地笑了笑，"可我低估了苏晋成的心狠手辣，他压根儿没有想过让我平安度过，他买通当地的一些小混混，来我住的地方挑衅、骚扰我……"

范西说的话，葛兰没有质疑。以她对苏晋成短暂的了解，苏晋成的确是如此心狠手辣又小心眼儿的男人。她说："范先生，如果你让我来只是要听你过去悲惨的故事，以你如今的身份，大可以写一本自传去感动更多的人。可能你不知道，我这人见惯了生死，不太容易哭。"

葛兰说话的声音里，没有任何情绪。

范西见她嘴角上还带着浅浅的笑意，攥紧的拳头颤抖着，修剪得干净的指甲抠着手心里的肉，他沉下脸，半晌没有说话。

葛兰挑眉，抬手拨开挡住眼睛的发丝，"范先生，您还有什么事情吗？"

"我知道你就是顾朝阳，不管你承不承认。"

"就算我真的是你口中说的人，那你又要如何呢？听你话中的意思，你欠了她不少，所以，你想要还债？"她停下来，笑了，"你如今的地位，还债应该也不会小气，如此便将我的私人账户留给你，你朝里面打钱，直到我满意为止。"

"顾朝阳！"范西感觉自己被葛兰愚弄了，一口气没提上来，哑着嗓子喊了一声。

葛兰嘲讽地笑了笑，态度不明，“我是。所以你还不明白吗？我一辈子也不会原谅你，如果你觉得内疚，非要给我打钱，我不会拒绝。”

“朝阳……”这一声，范西的语气里多了无奈和难过，“我在找你，这些年，一直在找你。”

“是吗？”

“你不应该恨我。”范西说道。看她的眼神隐去了方才的内疚和迟疑。范西有一双灵动的大眼，亮晶晶的，小时候他便总揪着她的衣摆撒娇，眨眼求她答应自己各种各样的要求。比如，圣诞节时求着她带他出去看烟花，半夜两人爬墙回来，他总是冲在前面，从两米高的地方跳下去，稳稳落地，然后张开双手对比他大的顾朝阳笑得很开怀，嘲笑她是个没用的小女孩儿。

有时，大家都睡着了，他裹着被子穿过长长的走廊爬到她的窗边喊她名字，要她一起去看流星。结果被院长阿姨拧着耳朵拖回了自己的宿舍。

长大一些了，院长阿姨不让他们两人走得太近，范西气急败坏，私底下诅咒院长阿姨长成胖子。

或许是范西的愿望灵验了，院长阿姨没出半年，确实胖了不少。范西很是开心，揪着朝阳的长发要替她编辫子。

葛兰想起了许多以前的事情，每一桩、每一件她都记得，也一直都相信他。就连最后那句话，她也都相信了。他说：“苏先生是好人，他答应过我，会把我们当自己的孩子抚养，以后，我们就是名正言顺的姐弟了。”

他笑得那么甜，那么开心，她没理由不信任他。于是，十七岁的她在那一纸收养书上按下了手印。

可最后，搬到苏家的人从两人变成了她一人。再后来，她从苏家人的口中得知，范西被苏晋成送出国了，她很欣慰，甚至为他祝福。范西恨透了孤儿院的生活，一直想着有一天能出人头地。她想：他总算遇到了一个好人家，可以花钱支持他了。

只是后来，她发现，自己被骗了。

苏晋成有一个儿子，她成了他的眼中钉。他一次一次地搞恶作剧针对她，可那被称之为好人的养父对她置之不理。

她开始反抗、逃跑，但每一次都被逮回来，然后就会被关在地下室里，连着几日没人搭理她，除了苏海安。她意识到自己生活在地狱里，也发现苏晋成收养自己另有目的，终于，她策划了跳海。终于，在苏家生活三年后的她，自由了。可这短暂的自由过后，她却上了一条驻扎了一个外籍雇佣军队的赌船，差点儿死在那里。

葛兰抿嘴耸肩，“范先生，您的态度不对，哪有做错了事情的人，要求受害者不要恨自己的。”

“人为自己着想有什么错？我没有做错。”

葛兰叹气，“范先生，我很为你口中的那人难过，可能此生她最后悔的事情便是认识你吧？”

“你什么意思？”

“我的意思是，我不是你所说的人。您非要说是，那我也没有办法。另外，我要离开了，如果不是看你确实受伤惨重，又是残疾人，按照我以往的性子，你这样的人，在我面前活不到明天。”葛兰抬脚走到了门边，回头再看他时，手上握着门把，咔嚓一声，她一只手卸掉了木制门的把手，眼角微弯，“范先生，如果早知道你是这样的人，哪怕是退钱，我也不想救你。”

范西眼看着她将门从外面反手关上，地上还有一堆木渣，愣了半晌，终于松开了咬紧的牙关，尔后才抬手拿起床头的铃铛，晃了两下。

第六十章 留下待命

在旋转楼梯间，葛兰偶然撞见了听见摇铃疾步上楼的阿德先生，他见了她，停了下来，微微屈身交代：“葛兰小姐，餐厅已经备好了早餐，请您务必用一些再去休息。”不等葛兰回应，他又急匆匆地走开了。

葛兰狐疑地看他一眼，探身去看餐厅，Ben 已经在大快朵颐了，但不见拜伦的身影。

还未开口询问，Ben 嘴里叼着食物，含含糊糊地交代：“方才他去外面接电话了。”Ben 指了指眼前丰盛的食物，“范先生担心我们，所以让阿德先生准备了。吃过后，去休息一会儿吧。”

葛兰站在餐桌边没有动，她在思考是否要去找拜伦。她一刻也无法在这里再待下去了，她有些丧气，原本以为早就不在意的情绪，现在却全部涌现在心头，百般不是滋味儿。

Ben 见她不说话，也不吃东西，猜到她的想法，用力吞咽下面包片，又灌了一大口牛奶才说：“你们恐怕暂时不能离开了。”

葛兰疑惑地看着 Ben。

“晚上的宴会，米恩警长也会来，你和拜伦先生的任务还没有结束。”

“我不是很明白。”葛兰偏头，抬手拿起面前的一粒新鲜蓝莓，放进了嘴里，轻轻地咀嚼。

“韦伦家同警察之间关系密切，虽然这次他们同意了范先生的提议，找了你们，可政府不希望范先生再出事，范先生的身上肩负着整个纽约市百分之六十的税收，韦伦家一旦有风吹草动，这对他们很不利。”

“所以？”

Ben 用餐巾布擦了擦嘴，透过偌大的雕花门看见拜伦脸色凝重地坐在木椅上，手中抱着一台黑色电脑，他时不时会说话，每一次开口脸色就越加难看。Ben 接着说：“我猜想，他正在与你们的长官通话。”

葛兰食指与大拇指之间已经捻起了另一粒蓝莓，但她没有送进嘴里，而是在指尖辗转搓了一圈后，抬脚朝着拜伦走去。

拜伦在她走近之前收起了耳机线。

“怎么？”葛兰见他戒备的样子，停在了木椅半米之外。

拜伦腿上放着电脑，他抬手将电脑关上，嗯了一声，什么也没回答。

沉默了一会儿，拜伦的视线从她的脸上扫过，最终落在了别墅的三楼。葛兰听见拜伦叹了口气，又见他从椅子上站了起来，抄起电脑走到她面前，“吃点儿东西。”

葛兰挑眉，不解地看他：“我们什么时候离开？”

拜伦越过她走了两步，突然收回脚，动了动嘴，“我晚上的飞机。”他停顿了一下，“你，留下来，待命。”

“什么？”葛兰的脸色难看了几分。

“这是长官的命令。”

“有什么变故吗？”

“没有变故，只是命令。”

葛兰低头，苦笑了笑。她很气恼，但她知道自己不能有情绪。她说：“如果是这样，我留下来便是。”

她的不情愿被拜伦看在眼里。拜伦深深地看她一眼，想要抬手做点儿什么，可大约是枪伤扯痛了什么地方，他蹙眉又收回了手，再次叹气。

“有时候，我宁愿你不这么忠诚。”拜伦转身离开时说的话，葛兰没有听太清。

范西设的宴会是在晚上。

不到傍晚，庄园里的佣人便开始忙碌了起来。吃过午饭后，阿德先生去邀请葛兰与拜伦在花园里喝茶，范西坐着轮椅也去了。

对拜伦这种常年混迹战场的男人来说，跟一些附庸风雅的人喝茶，是一件为难的事情，既无聊又伤脑筋。阿德先生邀请了几次，见他没有反应，索性就由着他一个人坐在客厅里摆弄电脑了。

拜伦对待大多数人都很冷漠，范西见了冷脸也不生气，继续邀请葛兰，

“那就麻烦葛兰小姐陪我喝杯茶。”

葛兰似乎早忘记了上午两人之间的冲突，恢复到陌生疏离的状态。

她还未张口拒绝，范西再次说道：“既然从今日起，葛兰小姐便是我的保镖了，那么雇主的要求，你是不是应该立即同意下来？”

葛兰站在落地玻璃门前，看着门上倒映出范西的身影，很是奇怪地看着他。范西自然也透过玻璃门看见了葛兰的表情。他得逞一笑，“看来你还不知道。”

“知道什么？”

“他们都赞成你做我的保镖，在接下来的日子里。”

葛兰下意识地回头看去，见到那张笑脸的时候，她有一瞬间的恍惚。这张脸她太熟悉了，十多年前，他就这样站在自己面前，阳光明媚。嘴角两边有酒窝，微微侧着的脑袋，看上去还有些许的少年感。

“是你联系了我的长官？给他开价，让我留下来？”

范西收起笑容，摇头，“我不认识你的长官，我只是提出了建议，自然有人替我去办。”

葛兰眯着眼打量他，口气硬了几分，“你知道自己在做什么吗？”

“当然知道。拿了钱，你就会待在我身边，听我的话。这样很好啊，我们彼此可以有许多的时间来相处，或许你就不会对我有如此深的误会了。”

“误会？”葛兰冷笑一声，从鼻息间哼出气来。

“我们没有误会，范先生，我想你并没有多余的时间同我在这里聊下去了。”葛兰眼角闪了闪，瞥见拜伦已经从沙发上站了起来，侧身的时候露出电脑屏幕上的画面。电脑上连接的是门外的现况视频，有一辆黑色的阿斯顿马丁停下，一个男人走了下来。

大门的铃声响了，阿德先生从遥远的厨房里走了出来：“客人来了，先生。”

范西点点头，视线从门外花园里的茶桌上移开，缓缓地说道：“这天气变幻无常，撤下去吧。”很快有两三个佣人上前去收拾，而后他扭头又对葛兰说道：“随我一起去迎接客人吧。”

话毕，二人一前一后走到了门边。途中路过拜伦时，葛兰看到他神色平静地弯腰端起了电脑，盖上，嘴角抿成了一条线，不发一言。

阿德先生很快将客人迎了进来。

外边的天色微暗，不知道何时春雨将至，整个纽约城湿答答的，沿着小道儿走来的客人手指微红，举着黑色的伞柄，抬起头来时，正巧见到主人范西。

葛兰没想到范西晚宴上要招待的客人之一居然是苏海安。

这两个怎么也不会让她想到的人，何时走到一起了？对葛兰来说，苏海安的出现并不值得欢迎。范西显然并不觉得苏海安是不速之客，他的一举一动的确是在招待贵宾。

“苏先生，一路过来淋湿了吧？”阿德先生听见范西的话，抬手接了苏海安手里的伞，迎他进了门。

苏海安客气地摇头，“还好。”略抬头，淡然扫过葛兰的脸，似笑非笑。

一道光从不远处射来，车辆的鸣笛声再次响起，陆续有其他车辆接踵而至。

“警司来了。”阿德先生看车牌号便认出了来人。

范西点点头，他便撑开伞跑了过去，接着来人往里面走。范西摇动着轮椅转身进了屋。客厅里，拜伦已经收了电脑，一身正装坐在沙发上喝着佣人送来的红茶，一派绅士的动作流畅到位。

佣人的动作很快，转眼工夫已经将晚宴的食物全部端上了长条形方桌，高架烛台上燃烧着缕缕烛光，映衬在人脸上，红彤彤的。

“拜伦先生，这位是苏先生。”范西的声音传来，拜伦才缓缓地抬头打量苏海安。

如果不提，苏海安很难将拜伦同葛兰的身份联系在一起。

苏海安并没有放在心上，礼貌地点头算是打招呼。不多时，大厅的房门再次被推开了，阿德先生和警司一道走来。

“苏先生，许久不见。”来人是一位约莫五十多岁的有着斑白头发的老头儿，身上虽然穿着彰显斯文的西装，但看身形和举止，不难看出是一个练家子。他抬手取下了头上的帽子，动作轻缓地放在身前。

“罗森先生，欢迎您的到来。”被提及了名字的这位，很明显是一个身居要位的高官。

苏海安同拜伦已经占据了沙发的各一边，有佣人送上了男人们聚会最常用的娱乐道具——雪茄烟，用钳子剪开了，双手奉上。

“晚宴还要多等一等，今天有我特意让人准备了新鲜的鹿肉，到时各位可要好好品尝一下。”范西说。

罗森简单地同几位在座的男士打了招呼，却自动忽略掉了葛兰的存在。几个人各怀心思，话题并不多，大多数围绕着范西这次被绑架的事情，偶尔还会插上两句别的话。

“米恩警长为何没来？”范西问道。

罗森从口中吐出一口烟，缓缓地道：“绑你的人不是个容易对付的角色。”

范西了然地点头，目光一转，落在了苏海安身上。此时，他半句话都没有说，只肆无忌惮地盯着葛兰看。而后，他突然抖了抖烟灰，从沙发上站了起来，径直走到葛兰面前，一把拉住了她的手。

“范先生，可否让我同葛兰小姐去别处单独聊一会儿？”

被几个男人忽视了的葛兰被苏海安忽如其来的这一举动惊了几秒，而后便听范西的声音冷冷地传来：“我好像不能替葛兰小姐做主，苏先生何不征询她的意见？”

此时，范西的脸色不太好看，拜伦也是。依葛兰的了解，这情况如果出现在别的地方，指不定拜伦已经一拳头挥了过去。

话是问的范西，但做主的还是葛兰本人。

苏海安嘴角衔着的笑容，让葛兰心里更加疑惑，略略做了思考，她出乎所有人的意料，点了点头。

“我们去外边？”苏海安得到肯定的答复，心情不错，抬头扫了一圈，指了指客厅背后的后花园。

夜晚的院子，飘着毛毛细雨夹带着一丝凉风。

苏海安站在通风口的位置，替她遮挡住了一丝凉风。他比她高出一整个头，垂眸看她时，便能见她细腻的耳廓，往下移又能看见她的受伤之处。

“事情不太顺利？受伤了？”

葛兰听见他的询问，蹙眉站开了一点。苏海安不解地看她。明明是一个温柔似水的女人，但每次都要假装成刺猬，说出来的话也总是硬邦邦的冰冷。

“苏海安，你到底有什么目的？”葛兰问。

苏海安偏着头看她，嘴角微抿，看不出来是笑是怒。

“在你眼里我就是不择手段的人对吧？葛兰，你不应该质疑我。你只需要接受我的好意，毕竟你曾救过我的命，而我因此喜欢上了你，这一切都水到渠成。因为喜欢你，所以帮助你。”

葛兰冷哼道："我差点儿死在那里。"如果让她深陷危险，差点儿不能活命也算帮助的话，"假话说多了，总有一天会应验的。"

苏海安没太在意，只说："可是你还活在我眼前。还有，我不信基督、佛教，更加不信任命运。"

葛兰不想跟他纠缠不相干的话题。既然问不出有用的价值，何须再问？

"我不管你和范西之间到底是怎么回事？但是，请你别打我的主意。苏海安，你见识过我的手段，我不太讲道理，惹急了我，我会杀人的。"

苏海安淡淡地摇头，做出一副很受伤的样子，但眼里是明显的挑衅，"我都将父亲的左膀右臂送给你做见面礼了，你还不相信我？"

果然，情报是没有错的。

见葛兰了然的神情，苏海安耸耸肩，"其实你不用想得太复杂。我不过是和范先生做了一笔交易，我们各取所需，现在，皆大欢喜，没有人的利益受到伤害。"

"死了很多人。"

"他们，跟我有什么关系吗？哈哈。"苏海安无情地笑出了声音，很快，他抬起食指放在嘴边，"嘘……聪明的女孩儿，不要把你猜到的事情说出来，知道的事情越多，生命越没有保障。这点，你应该比我更加清楚。"

"你还是担心自己吧。"葛兰微眯起眼睛，给了他一个非常不友好的神色，抬腿转身离开。

葛兰感觉自己的脑子方才一闪而过了什么。她想要抓住那一缕线索，可那线索却转瞬即逝。

她不管苏海安到底有什么用意，是敌是友。就算不是敌人，但绝对也不应该和他再有交集。

第六十一章 互惠互利

葛兰和苏海安结束谈话后没有再回到餐厅里，她爬上了三楼，似乎无所事事，像个旁观者在观察一部电影。

屋里偶尔会传来男人们的说话声，杯盏交错。佣人在旁，尽责地服务，很周到。

苏海安和范西两人互动频繁，葛兰微微蹙眉，不想再看。她走到走廊尽头的窗户边，朝楼下看去。

此时，窗外的楼下，有几个身穿制服的女佣正打扫着前院的小喷泉，被突然启动的喷泉打湿了衣服的她们，不时传来嘻哈的笑声。

葛兰看见其中一个年轻女孩儿，不畏惧天冷，捧了一手心的泉水浇到另一个稍年长的女人身上，引得那褐色卷发的女人发出了爽朗的笑声。那笑，引得葛兰的嘴角也在不自觉间微微勾起。

“太吵了。”范西说着，摇着轮椅靠近时，葛兰听见机械滚动的声音，但没有动，依然站在原地。

葛兰没回话，他继续自言自语：“但是时间紧迫，我也不得不让人安排她们早些收拾。”

葛兰抬手看了眼时间，知道楼下的晚餐已经结束了，她转过身面对着范西，眼角的余光透过护栏看到楼下的烛光已经熄灭了。

“你没有吃晚饭，如果饿了，就让阿德为你准备一些送到房间。”

“拜伦人呢？”葛兰岔开话题，问他。

“罗森先生会送他离开纽约。”

“罗森？”

“他在为我们做事，找你们来帮忙，也是他的建议。”

葛兰挑眉看他，范西的反应一点儿也不像是被绑架者刚刚获救的样子。他看起来，格外冷静。视线扫到他受伤的地方，她抿着唇沉默着。

对于拜伦不辞而别的事，葛兰没有其他反应，这让范西有一些意外。

沉默了一阵，范西摇动轮椅离她更近了一点儿，“你与苏先生……”说着似乎是想到什么，他停顿了一下，重新拧起眉，“你们认识，西蒙的消息是他透露给你的。”不是疑问，是肯定句。

葛兰背靠在围栏上，微微低头，视线没有撞上范西。他知道绑架者是西蒙，一定也知道，西蒙是苏家的人。

可笑的是，他今晚还邀请了苏海安共进晚餐。

“嗯，有什么问题吗？”

范西表情凝重，“为什么是你？”

葛兰瞥他，知道他在问自己为什么苏海安透露消息的人是她，而不是别人。范西在寻找她和顾朝阳相同的痕迹，如果没有猜错的话，很有可能今天安排的晚餐邀请苏海安出席，也仅仅是为了确认这一点。

范西的心思，她一眼洞悉，唇畔微扯，嗤笑一声：“他说他喜欢我，想帮我。”语气像是在开玩笑，但她的表情却很认真。只是，明明是难以启齿的事情，却偏偏被她不在意地说着。

任谁听了，也不会当真。

范西的神色暗了暗，黝黑的眸子里深不见底。他昂头，深深地看她一眼，试图从她眼里得到什么讯息，但葛兰并没有其他的反常，瞳里如一潭深泉，什么也映不出来。

空气有一瞬间的凝结，长长的走道上安静得能听得见两人呼吸的声音。

葛兰在等范西的下文，只见他深深吸了口气，忽而笑起来，露出酒窝还有熟悉的虎牙。从前葛兰常常笑话他长了两颗能吃人的牙齿，是只小老虎。范西舔着齿尖，反驳她：“等我长成了大老虎，第一个把你吞到肚子里。”

葛兰觉得范西脑子有问题。

不过很快，他又笑嘻嘻地说：“这样，我们就永远在一起了，血浓于水。”

葛兰意识到范西的心理出了一点问题，是在十岁那年。范西被父亲送到了孤儿院没多久后，他父亲就跳楼自杀了，新闻上直播了那天发生的事情。

那天，范西躲在角落里不声不响，没有哭闹。所有人都以为他没事了，他却半夜钻进她的被子里，捏着她的衣角一个劲儿地问她："顾朝阳，你也会死吗？"

死？怎么会！

年幼的她并没有觉察到死亡离他们都很近，所以坚定地告诉他，当然不会。

自那日后，范西便寸步不离她身边，偶尔她要配合院长阿姨照顾其他小朋友，他便号啕大哭，不吃不喝。他在惶恐，无时无刻不在恐慌葛兰会像他的父母亲一样，丢弃他就走了。正因为她知道，才那么了解范西的为人。

只是没想到，莫雷会答应他的要求。

葛兰没有痛快地承认自己是顾朝阳，范西却开始不着急了。放弃了追问，他抬手摇动着轮椅也靠近了护栏边，用双手艰难地支撑着半个身体看了眼楼下，客厅里已经没有客人了，几个佣人在收拾残局。

这些人离开时，总不如来时热闹非凡，悄无声息地就走了。

葛兰发出几不可闻的叹息，他忍不住地问她："你在生气？我本以为，你同你那位同事关系甚好，他临走时，看了我许久，却什么都没交代，那眼神不算友好。"

葛兰瞥他一眼，缓缓摇头。说不上埋怨，她心里也很清楚拜伦有他的苦衷。只是，她对范西实在难有好脸色。说起来，她倒是难得喜形于色的那类人，大概是因为大多数时间都没什么值得开心的事情。

对范西的厌恶感，是摆在脸上的。同样的，范西也看得出来，她并不太喜欢苏海安，想到这里，他心里才会好过一些。

"就像你现在看我的眼神一样，格外让人讨厌呢。"范西说着，脸上配合着做了一个耸鼻子的动作。

葛兰移开脸，冲天看了一眼，无声地表达了自己的无奈，然后抬脚要走，走了几步又停下来问："我住哪间房？"

范西没有办法走路，只能摇着轮椅跟在她身后，指了指自己房间的隔壁，"你是我的保镖，当然住在我旁边。"

葛兰快步走到他所说的房间门前，停了下来等他一阵。

"这个房间原来住的是韦伦家的女主人。"身后传来说话声，葛兰奇怪地回看了一眼。

范西耸肩，一副无所谓的态度，"我们很快会离开纽约。"

“去哪里？”

“奥兰多市。”

“你会有危险？”葛兰问，所以才一定要留下她？

“嗯，谈一笔交易，韦伦家旗下的生物科技公司将要引进一项新的能源，这关系到一笔非常可观的资金。”葛兰点头，没继续回话。可范西好像没有停下来的意思，继续说道：“等我们回来，她也就回来了。”

“女主人？”

范西隐晦不明地避开了她的眼神，“见到她以后，你就知道了。”

葛兰摊手，没有窥探秘密的意思。沉默了一阵，她向范西问道：“我是不是可以去休息了？”

“你不想问我苏海安今天为什么会来吗？”范西侧着脸，眉宇深锁。

葛兰预备抬起的腿收了回来，她在思考，自己是否要知道，而知道两人的关系后，又是什么后果？显然，这两人关系不深，却有着不可告人的勾当。

不等葛兰做出反应，范西一脸不拿她当外人的表情，便说开了。

从阳城回来的飞机上，苏海安和范西两人关系并不融洽。首先提出合作的人是苏海安，他堵在范西洗手间的门外，双手抱胸，高深莫测的模样。

“范先生，以我对我父亲的了解，你恐怕难逃一劫。”

苏晋成睚眦必报的为人，范西早看清了，他做的哪一件事是光彩的？

“我有办法让他们不对你下手，但你要受一点儿小苦头。”苏海安提出条件。

范西也有所戒备，“既然我已经知道他派了人来抓我，我为何要答应与你合作？”商人嘛，总要先讲条件。虽然他并不清楚苏海安为什么要干对立自己父亲的事情。

“我会送一份大礼给你，相信你看到这份礼物时，绝对不会失望。范先生，你要不要赌一把？”

范西当然不相信他，“你们姓苏的，害得我已经够惨了。我怎么可能相信你？”这双腿，就是苏晋成的杰作。

苏海安却是有备而来，他一点也不介意范西的讥笑，他缓缓地吐出三个字：“顾朝阳。足够你冒险一次了吗？为了确保万无一失，你可以现在就去告诉你的人，会是什么人来危害你的生命。”

似乎早就预料到，提出关于顾朝阳的线索，范西会答应下来。苏海安胸有成竹，以顾朝阳的线索为代价，两人最终一拍即合。

想到这里时，范西心情愉悦地笑出了声音，他有些幸灾乐祸，“苏海安想必也没想到。因为你的出现，他的那些线索变得一文不值。”

范西依然没放弃认定葛兰就是顾朝阳。

葛兰知道，范西不是这般轻易放弃的人。她也不甚在意，只是用眼角的余光去看他，听着他自说自话。

听过两人的话之后，她想，如果自己没猜错，苏海安要一根一根拔掉父亲身边的爪牙……取而代之。她所认识的苏海安，是绝对有这种想法的。她曾目睹过，苏晋成对苏海安冷漠而严苛，但又不得不因为他是自己唯一的儿子，施舍父爱的模样。

那范西图的是什么？让他不惜以身犯险？

仅仅是因为可以得到她的线索吗？

好似猜透了葛兰的想法，范西突然有些高兴。果然，这个世界上，最了解她的人是自己，动一动眉头，就知道她在想什么。

高兴之余，他大方地替她解答：“我们曾耗费了许多物力和人力去找寻你的下落，你对我们来说很重要。这一点你毋庸置疑。”

葛兰没说话，甚至懒得反驳自己不是顾朝阳了。

她的沉默让范西明白，她甚至懒得多费口舌。

“你不愿意叫顾朝阳这个名字就不叫吧。”

“我们什么时候离开？”葛兰无比厌烦他继续上一个话题，于是牛头不对马嘴地插了一句。

范西显然没料到她会突然问这个，微愣了一瞬，才道：“在去之前，我们要接待一个从远方来的客人。这位客人对我来说，太重要了。”

第六十二章 再见西蒙

一周后，韦伦庄园里得到警察局的消息，州政府很快会对西蒙起诉多种罪名，不出意外的话，他会被判刑终身监禁，将在本周转到杀鱼监狱。

苏海安在这天再次拜访了范西。他要去探监。

通过一周的改造，范西总算将葛兰装扮成了秘书的模样，穿上了窄裙，收敛了戾气。苏海安见到性感知性的葛兰时，当着范西的面吹响了口哨儿，引来范西老大的不乐意，差点儿当场驳回了苏海安的请求。

“你一定也很想看到西蒙被羞辱。”苏海安从唐娜口中得知了范西的为人，他一点也不担心范西会拒绝自己。

范西最终还是给罗森先生打了电话，确定了探监时间，但他有一个条件，“葛兰小姐将作为我的秘书，随你一同前往。”

苏海安呵呵笑了两声，“范先生不用这么认真吧？”

范西没有退步的意思，他当然是认真的。西蒙羞辱过他。有什么能比打败自己的女人来探监更讽刺的？

葛兰和苏海安的同时出现对西蒙来说，更是双重打击。

“苏先生可能也听说了，我是真小人。当然不会错过这个报复的好机会。”

苏海安笑不出来，他沉默地权衡了一番，其间不时去看安静地待在一旁的葛兰，轻触到葛兰的眼神，他鼓着眼睛不甘示弱地瞪着她。几日不见，葛兰比之前话更少了，苏海安看得出来，她非常不喜欢这里，但尽量不让自己的情绪外泄。

葛兰淡定地移开脸，并没有将他的小动作放在眼里。

苏海安有些挫败感，直到范西咳嗽了一声，他才突然说道：“好吧。我同意。”说完便气呼呼地离开了。

不见了人影后，范西才淡淡地问葛兰：“你猜他去见西蒙有什么目的？”

葛兰抬眼，扫了一眼范西认真的脸。

“不清楚。”

范西冷声喝道：“你跟他一起住了三年，应该对他很了解。”

葛兰闭嘴，没有再说话。这些日子以来，范西时不时总要展现两人的熟稔，好似故意要提醒她，承不承认自己是顾朝阳没什么了不起，反正我已经看穿了你的真面目。

葛兰非常不喜欢他这般似是而非，索性每次都闭口不谈。

范西也已经习惯了她如此，摇动着轮椅在客厅里转了几圈。

范西由于行动不便，鲜少出门。除了处理公司的事情以外，葛兰随时都要陪同在他身边，所以他转了一圈，她的脚下也没停，跟着走了两步，如同机器人。注意到她的小动作，范西微微蹙起眉，突然停了下来。

“你非要这样对我吗？”

葛兰仍然没有回话，范西叹了口气，放弃了与她对话。

低气压一直持续到了前往监狱那天。

苏海安开车来接葛兰，穿了一身骚包的蓝色西装，头发梳得一丝不苟。范西摇着轮椅将葛兰送出门，远远地看见苏海安从车里走下来，怀里捧了一束花。

范西冷不丁地讽刺道：“你是要去监狱约会？”

说话的同时，他看了一眼站在身旁的葛兰，眼神不善。

苏海安咧开嘴笑了笑，面上丝毫没有去探监的沉重感，顺着范西的视线看见葛兰，眨眨眼睛道：“我第一次和葛兰小姐单独出门，自然要表示对美丽女士的尊重。范先生你果然不是绅士。”

范西冷哼一声。

“你别忘记答应我的条件，我可不是白白帮你做事的。”

苏海安给他一个安慰的眼神，“苏家迟早是我的，你根本不用担心。”

范西没有再说什么。葛兰没有接苏海安送的花，径直选了后排的位置坐进了车里，苏海安眉毛微挑，将花束扔在了副驾驶的位置上，坐进车里时低声笑了起来，透过后视镜看见葛兰低头沉默着。

“这是第二次，你将我送给你的花拒之门外。”

“希望不会有第三次。”葛兰说，她抬起头来看他，“下一次你应该不会蠢到再带花来。”

“当然……会继续的。”苏海安似乎是觉得有意思极了，“我确定你不是在跟我玩欲擒故纵，你是真的讨厌我，为什么呢？”

葛兰一时半会儿没有回答他，苏海安已经启动车子开了出去，窗外的风呼呼地刮过，她抬手将玻璃窗关上，车厢里突然安静了许多，葛兰似才想到缘由一般，轻声说道：“如果无缘无故讨厌一个人也算理由的话，你就权当是这个理由吧，可能会让你面子上过得去一些。”

苏海安没有再试图惹怒葛兰，从纽约市区出发到杀鱼监狱路途遥远，接下来的几个小时里两人都没有再说话。

杀鱼监狱在郊区，远远看过去像是一栋豪华的古堡，车子近了一些才看见门口守卫严谨，站着几个配枪的狱警，围栏四周有两列配枪的狱警在来回走动着巡逻。临近高速公路，这附近人烟稀少，苏海安的车很是招摇，从驶入开始便受到了狱警的关注，葛兰下车的时候已经有一个狱警走了过来，脸上凶神恶煞。

苏海安上交了探监文件后，才得到一丝好脸色，两人进去之前都要搜身，甚至不能携带任何电子产品。

葛兰的枪在下车之前，已经乘苏海安不备放在了座椅下方。

狱警带他们进了监狱，四周用非常厚的铁丝网围着，院子里穿着绿色囚服的犯人正在做运动，声音很吵闹，甚至有人透过铁丝网看见了葛兰，吹响了口哨儿，引来其他狱警的一阵呵斥。

葛兰黑目扫过那几个皮肤黝黑的拉美裔男人，微微蹙眉。

苏海安看她脸色不好，特意停留了几步等到她追上自己，凑在耳边阴森森地笑着说：“比起被我吹口哨儿，被这些个人渣调戏你更加不爽吧？”

葛兰瞪了他一眼：“苏先生，请你闭嘴。”

苏海安继续笑了几声，快步追上了狱警。

西蒙是重大恶性枪击案的犯人，探监情况也很复杂，一间小小的隔间门口站了四个狱警。

如同范西料想的一般，西蒙在见到葛兰时情绪异常激动，就算穿着囚服，戴着手铐，他还是冲撞开了两个押解的狱警，啪的一声一下扑在玻璃隔门上，猩红的双眼恶狠狠地瞪着葛兰，激烈地拍打玻璃。

方才被西蒙撞倒的两个狱警一拥而上，用警棍狠狠地敲了他的脑袋，一阵拳脚相送。西蒙的伤还没有好，手铐脚镣的束缚让他使不出平日里的力气，只得被两个狱警一阵殴打，但他没有喊出声，因为他的视线始终停留在葛兰和苏海安身上，因为范西的身份，监狱开放了特权，他们可以私下对话，但被苏海安拒绝了。

比起葛兰的淡定自如旁观现场，苏海安更为过分一些，他咧开嘴角在笑，好似在嘲笑西蒙如今也有这等下场。

西蒙咬着牙，面对苏海安时不像面对葛兰一般激烈。

终于，苏海安抬手阻止了这一场殴打，两个狱警这才一把将西蒙扯到凳子上坐下。

苏海安与他面对面坐着，他抬手指了指手边的电话，西蒙咧着流血的嘴角迟疑地拿起了电话。

葛兰听不见西蒙说了什么，但可以听见苏海安的声音。

他说："监狱的生活还好吗？"

西蒙说了什么，苏海安的表情很是愉悦。看口型，大意是在呵斥怒问苏海安为什么要这么做。

"你怎么会想不到呢，我为什么会这么做？"苏海安的口气听上去漫不经心，明明想要惊讶，但看他的表情只看出了报复后的快感，"你做苏晋成的走狗二十多年，做了多少坏事？一次两次想不起来没什么，可是……你怎么可以忘记，是你当着我的面逼死我的母亲，西蒙，如果你非要装傻，我还真的没有办法呢。"

苏海安的表情从龇牙咧嘴到扭曲，看着西蒙的眼睛，一动不动。

西蒙不敢置信地看着他。

"没错，我当时就躲在衣柜里面。我听见父亲给你下的命令，你要送她去精神病医院，她坚持不走，所以……"苏海安怒目圆瞪的双眸里布满了血丝，猩红得吓人。有一瞬间，葛兰看见他眼角似乎有泪光闪烁，但很快，苏海安那低吟的如同地狱里传来的声音，让人不得不觉得此时的苏海安如同吸血鬼一般阴沉可怖，苏海安抬手，比了一个张开的动作，"砰……啪唧……你还记得这个声音吗？是她摔下楼时发出来的，血溅了整个地面，用人们尖叫起来，也是你，朝天开了一枪，他们才总算住了嘴。"

西蒙的嘴动得很快，葛兰竖起耳朵才隐约听见他说的话，"我不是你的敌人，下命令要弄走你母亲的人是苏晋成。"

"你说的没错，杀死她的罪魁祸首不是你，是我父亲。别着急，慢慢来，你们一个都逃不掉。唐娜……她也别想逃。如果当初不是因为她用手中握着的T集团股份做要挟，执意嫁进来，恐怕就不会发生如此悲剧的事情了。”苏海安的声音总算平静了下来，但没有语调的话语听上去没来由地让人感觉到心慌和不安。他微微敛起的眉宇间，透露着一丝危险。

苏海安放缓了语调，“西蒙，我以后还会来看你的。希望你在这个监狱里能活下去，活到同苏晋成做伴儿的那天。”

苏海安单方面挂了电话，不等西蒙再说什么，他已经被两个狱警拖着离开了探监室。

西蒙没有反抗，他只是几近绝望地望着冲着他笑的苏海安。跟了苏家人二十多年，苏海安是苏晋成的儿子，这两个人，他对他们太了解了，既然苏海安开了口，他知道，自己活不过明天。

拖入拐角时，他清楚地看见苏海安从西装口袋里掏出了一张蓝色的手帕，他轻轻地擦拭着每一根指头，擦了许久他才有了下一步动作。苏海安从椅子上站起来的时候，手中还捏着手帕，但脸上的表情已经恢复到平静了。他冲葛兰笑笑，抬起指尖揉了揉眼角，“我刚刚吓到你了吧？”

葛兰摇头。

他挫败地嗤笑一声，“是了，我差点儿忘记了，你怎么可能会被我吓到？”

葛兰深深地看了他一眼，从前做顾朝阳那会儿，她就知道苏海安的性子有些阴晴不定，苏海安对她和唐娜都很坏，甚至是痛恨。她一直不懂，这一丝恨意是从何而来，如今她明白了。

而她，很可能是唐娜的亲生女儿。尽管她非常不想承认，自己是被抛弃的。

苏海安叹了口气，走近了她。

趁她愣神儿，抬手轻轻摩挲着她的脸，“你们真的太像了，以至有时候我会不由自主地想起她。”说话的时候，他的声音是咬着牙，挤出来的。

葛兰回过神儿，一巴掌拍掉他的手。

“不要对我动手。”葛兰回以颜色，一巴掌拍过去，拍红了苏海安的手背，也露出了他捏在手心里的白色支票。

苏海安嘶了一声，忍着手背上传来的火辣辣的疼痛。他没有生气，只是摇头，错身走开了，走到门口将支票塞到了带他们进门的那个为首的狱警的皮带扣里。狱警面不改色，好似没发生任何事情一般。苏海安拍了拍他的肩膀，这才走了出去。

上车离开时，葛兰透过玻璃窗户看见那个狱警从皮带扣里拿出了支票，折好，放进了钱包里。他抬手冲其他几个人招了招手，很快围过来几个人，脑袋凑在一起不知道说着什么。

第六十三章
博取同情

“听过我的悲惨身世，你有没有对我有别的看法？”

“什么看法？”葛兰锁好车窗，没有回头。

苏海安启动车子，耳边响起跑车轰鸣的声音，葛兰收回目光，没有再看那些人，眼角瞥见开车的苏海安一脸的平静，嘴角挂着似笑非笑的弧度。不做他想，她也知道苏海安私下里找这些人做了见不得人的交易，又或许，这个交易范西也是清楚的。

见多了，就没什么可在意的了。车子平稳地行驶在高速公路上，葛兰几乎没有在意苏海安的突然搭话，只是突然听到他回应说：“比如同情，紧接着将同情演变成爱情。”

爱情两个字让葛兰有了反应，她瞥他一眼，似思索了一阵后才认真地道：“苏先生，我对你悲惨的身世和遭遇深表同情，真心的。”停顿了一下，又说：“但这不代表什么。”

苏海安无声地扯起嘴角，似讽刺似认同，“我还以为让你知道这种事情后会对待我可以同范先生一般一视同仁，至少，你可以不这么讨厌我。”

葛兰奇怪地看他：“你是从什么地方得出的结论？我会因为同情你，开始选择去喜欢你。”

“你难道不是因为同情范先生，才答应留在他身边的吗？你瞧，他连腿都没了，还被绑架，写成自传说出去会感动不少女人吧？”

葛兰有些厌烦听他阴阳怪气的讲话。从他口中说出来的可怜，那就是当真可怜了，苏海安无时无刻不在寻找制高点，高高在上的目光睥睨着别人，所以，在他眼里的范西是真可怜的，却不是真同情，只是用一种比较特别而又奇怪的方式表达自己的优越感而已。

葛兰不清楚苏海安为何会这样，明明挖开隐秘的伤口给人看到了，却又要在嘴上逞强，显得自己好像不在意一般。

越是欲盖弥彰，越在意，不是吗？

“苏先生，我既不是你的朋友也不是造成你生活如此凄惨的罪魁祸首，你实在没有必要证明什么。对我来说，你有什么悲惨的过去也好，生活得幸福美满也好，都不重要，我不在乎。”

葛兰将厌恶之情彻底表现在了脸上，没有保留一丝一毫。

她不知道苏海安有没有觉得难堪，自然也不会在意。只是低头打定主意不再理会他。

车厢里总算是安静了一会儿。葛兰望了眼车窗外的风景，偶尔会看见擦身而过的车辆里面坐着不同的人。她将车窗打开了一条细小的缝，让冷风吹了些许进来。苏海安将车内的热气开得很足，呼吸总是不太舒服的，感受到凉风后她才舒服的呼出一口气，整个人安逸地往皮沙发上靠了靠。

葛兰所享受的安静异常短暂，很快她又听见苏海安在前面轻声说话了。

“西蒙只听命于我的父亲，要骗过他需要费很大的力气。”或许是漫长的路途太过无聊，他也不管有没有听众，就算没有得到回复也自顾自地继续说道：“起初我并没有想到父亲会找了西蒙来暗杀范西。呵，我父亲年纪大了，有些情绪表露得太早了，也有一些操之过急了，如此才露了马脚。”

葛兰仍然没有回复，苏海安特意回头看了她一眼，抿着唇角停顿了一瞬，接着说：“我并没有想过要同范先生合作的，我猜想他应该像我讨厌他一样讨厌着我。”

葛兰深吸了一口气，点头道：“你的猜想没有错。”她有预感，如果自己再不搭话，苏海安会无止境地说下去。

苏海安厚颜无耻地咧着嘴角，似乎很开心葛兰终于回答了，“尽管如此，我知道他一定不会拒绝我的提议。他这个人挺容易琢磨的，睚眦必报，小人之心，甚至很贪心。只要送上他想要的好处，他就不可能会拒绝。”

葛兰低头哈气，不得不承认苏海安将范西看得很透彻。他说的每一点，她都很清楚。

“我亲眼看着西蒙将他弄走了，父亲的意思是，让范西交出手上的股份后就杀人灭口，可惜，西蒙跟着父亲这些年并没有落下多少好处，人都是贪心的，我稍微提点了一下，他便贪心得想要更多，这个时间足够我拖延到等范西请来救兵。”

“你早就知道西蒙的线索，为什么要拖到最后？如果西蒙没有按照你的计划行事，范先生恐怕在救兵赶到之前就死了。”葛兰并不能理解苏海安的想法，这个计划对范西来说没有任何保障，“还是说，你压根儿就没有将范西的生命计划在内？因为……如果范西死了，西蒙也逃不掉，你会在某个特定的时间告诉警察关于西蒙的线索。”猜到此处，葛兰的声音低了下去。

她突然明白了，苏海安的心思……

他迟迟不肯见韦伦家的人，是因为他在等，等西蒙一怒之下杀死范西。无论如何，他的目的都会达成。如果范西死了，韦伦家的人一定不会放过西蒙。

苏海安从喉咙里发出了几道咕噜声，“韦伦家在纽约的势力不容小觑，警察迟早会找到西蒙的。只要一个人能证明，绑架犯是他。你说的没错，我唯一没有料到的是，范西的人居然找了你们。”

葛兰的身体往后仰了仰，她微微抬起头去观察苏海安，可惜从她的角度只能看见他后脑勺儿，提供不了任何讯息的后脑勺儿。

“你就不担心被你父亲知道，是你在背后搞鬼？”

似乎感应到葛兰在看他，苏海安突然侧头，一眼撞见她还来不及收回的目光，笑了，“他当然不会知道。你和范先生我自然是相信的，而唯一的变数，是西蒙。他明天就死了，有何畏惧的？”

葛兰想起了离开时，凑在一起的那几个狱警。她一点也不意外，脸上没有多余的表情。

“那你又许诺了范先生什么？我不相信，他会轻易冒险。”尽管苏海安分析范西没有差错，但是以她的了解，范西不是一个轻易会被打动的人。如果只是蝇头小利，是不可能让他以身犯险的，除非，他有十足的把握，自己不会死。

“一个女人的下落，还有一些他想要的股份，就这么简单。我想，那个女人对他来说很重要吧。”车子正好路过一个大转弯，苏海安打转方向盘的时候动作弧度有些大，等车头正式进入正轨后，他才接着说：“范西怎么想的我并不清楚。直到见到你，我猜想，他给自己留了后路。”

葛兰开始有些明白范西口中那句“对我来说，你很重要”的话是什么意思了。

如果仅仅是因为找到她下落的线索，范西为何一定要以身犯险呢？她真的有那么重要吗？那一句，“我们费了人力财力去寻你”中的我们又是指谁？

回程时比来时快一些，远远的已经能看见韦伦家的古堡矗立在森林后，不如近距离看着宏伟，车子穿过一片雪白的松林，才靠近了一些，古堡看着孤零零的样子。那样子让她不由得想起范西来，与他相处的短暂一周时间里，他都待在那如同牢房的古堡里，整个韦伦家的用人都战战兢兢的，生怕做错了一丁点儿事情惹怒了他。

工作的时间不会很长，所以范西大多数的时间都在发呆，望着花园里的喷泉发呆。

有时候，看见有用人在忙碌，他会攥紧拳头，按压着那双毫无用处的双腿，失神落魄一阵后，突然想起她来，猛然回头一把抓住她来不及收回的目光。此时的他会笑着叹气，小声地说：“还好找到你了。”

那一瞬间，葛兰会误以为多年前那个阳光少年又回到自己身边了，而他们什么背叛和痛苦也没有经历过，还是一如当初。

明明是错觉，却差点儿当了真。

思索间，眼前已经能看见韦伦家的古堡了。范西早已经收到他们回程的消息，等在大铁门外了。苏海安把车停在了路边，故意忽略了范西的方向，转头看见葛兰弯腰将车座下的枪拿了出来，别在腰间衣服内，眉尾微挑高，意识到自己的表情有些大惊小怪，他故作淡定地抬手按压起了眉毛两头。

“这玩意儿……你随身携带着的吗？”他问的有些迟疑，虽然早已经见过葛兰杀人时的模样，但每次都会觉得很惊讶，她明明长得这般的瘦弱。

“有什么问题？”葛兰抬手正打算推门。

“当然没有问题，”苏海安咧开嘴角，皮笑肉不笑，“你这么堂而皇之地带着，我会担心某天，你也会朝着我开枪。那种场景，我再也不想经历了。”

葛兰眯着眼看他，想起在巴黎时撒旦的人袭击音乐厅的现场，她亲手把苏海安推给了恐怖分子，差点儿让他命丧黄泉。

“毕竟你如此讨厌我。”

“你离我远一点儿，我不就没有开枪的机会了吗？”葛兰衷心地提出解决方案。

无奈苏海安不会接受，他探出半个身子越过座椅背靠近她，小声说着：“我怎么会舍得离你远点儿……我的毅力请你不要怀疑。我说过喜欢你吧？我们的关系不止如此简单。”话音刚落，车窗已经被人从外面扣响了。

范西坐着轮椅，双眼正好平视着两人。

苏海安眼角上带着笑意，这才缓缓退了一些。范西顺着他的动作移动着眼珠，看得出来，他已经无法再忍耐苏海安了，隐忍的愤怒就要爆发了。果不其然，葛兰一下车，就听见他对苏海安说道：“苏先生，我们的交易到此为止，请你以后不要找上门了，我这里不欢迎你。”

“范先生还真是没有礼貌。”苏海安打心眼里没把范西放在眼里，嘴上虽然说着话，眼神却一再地落在葛兰身上，咧开嘴角笑了笑，“范先生可不要太早下结论，我们以后见面的机会很多，这不是你能决定的。”

“请你离开。”范西指了指通往古堡的那条蜿蜒马路，已经没有耐性同他周旋了。

范西以前就是这样的脾性，来得快去得快，容易动怒也很好哄。葛兰见他孩子气的样子跟以往无二，不由得往后退了一小步，离两个男人远了一些。

气头上的范西没有注意到她，但苏海安将一切都看在眼里。

小弧度地动了动嘴角，却是没有再多说话，绕过两人回到车里，他厚颜无耻地朝着葛兰挥了挥手这才启动车子扬长而去。

看不见车影后，范西没来由地松了口气。回头看葛兰的眼神凶巴巴的，咬着下嘴唇要求她：“离他远一点。”

葛兰没说话，让他越发生气了。

“还是说，这些年你们已经产生了兄妹情谊？”他忍不住讽刺她。

葛兰抬脚，转身离开。范西的身边没有人，只能自己摇动轮椅跟上，怎么也不能跟上葛兰长腿迈步子的速度。他一肚子火气无处可发，只能更加用力地摇动电动轮椅的把手。

跟自己赌气这般幼稚的举动，大约也只有范西才能干得出来了。

打心眼里认为范西幼稚的人不仅仅只有葛兰，就连苏海安也轻易摸透了他的性子，他每次同葛兰靠近，范西都像被抢了玩具的小朋友，龇牙咧嘴地维护着自己的归属权。

“嗬……”苏海安对着空气冷哼一声。

他扭头瞥见副驾驶位置上火红的玫瑰，格外惹眼，抬手抓了一把那盛开的花朵，捏在手心里，花瓣一片片散落开，抓了满手的火红。花茎上还带有刺，他过了半晌才惊觉到痛，气急败坏地一把抓起它们，扔出了窗外，车轮子轧过花瓣，成了黑色的泥浆。

第六十四章 不要插手

伦敦。

二月初的伦敦在经历过一周的艳阳天后，温度突然降低，居然下起了大雪。

林恩花了两个晚上处理完手上的工作，伍德先生中途前来汇报了几次工作，最后一次进来时手里还端了热咖啡，一如既往的面无表情，公事公办。

但林恩还是注意到了他看向窗外的眼神，他抬手主动接过咖啡杯，低头吹了一口热气，无意般地问道：“有什么事情吗？”

伍德先生并不是多管闲事的人，他这人面冷心冷，林恩还没见他在意过谁，只是觉得异常，便开口询问了。伍德沉吟了一下，还是决定告诉林恩。

“先生，乔小姐在门外等了六个小时了。”

穿着质地柔软的羊毛开衫的林恩一如既往的温柔，他没有及时回话，浅抿了一口咖啡，缓缓抬头看了眼窗外飘零的雪花，积雪落了一些在窗台上，不知道想起了谁，良久都没有给出指示。

伍德站在原地，因为没有得到他的回复也就没有下一步动作。

像是过了一个世纪那么久，他才总算放下了咖啡杯，一双手撑着办公桌站了起来，“把桌子上的东西都收拾下吧，看着怪让人心情不好的。”因为夜以继日的工作，桌面上摆放了几个空杯子和碟子，叠放得很规律，倒是不显得多乱。他所谓心情不好，也怪不得这一张桌子。

伍德先生应下来后，他才缓缓踱着步子朝着门外走，也没有穿个外套，直接开门走了出去。

乔安六个小时之前便来了，按了门铃，一直没有人开，是林恩吩咐的，他以为自己的态度表现得很明确，乔安会很快感受到自己不受欢迎，主动离开，但显然他低估了乔安的固执。

见到林恩推门出来，蹲在楼道边冷得瑟瑟发抖的乔安红了眼眶，慌忙地要站起来，但因为蹲的时间太久，差点儿跌倒，还好林恩眼疾手快地扶住了她。

“老师。”乔安带着哭腔从他怀里抬头来唤他。

林恩虽然看起来很温和，但他的内心冷硬的时候谁也招架不住，乔安知道自己这次的举动太过鲁莽，定然让他不高兴了，所以连先生也不叫了，企图用师生的身份来挽救一丝关系。

在林恩眼里的乔安楚楚可怜，但这并不足以让他同情她。

他扶她站好，小声地叹着气，声音温和却冷然，“你一定要见我是什么原因？”

“我……”乔安吸了吸鼻子，冷空气把她已经冻得浑身冰凉，她不得不环抱着整个身体，颤抖着说话，“我只是想来见一见你。或许……是最后一面了。”

“既然是最后一面，又何必多此一举？”林恩轻声道，听上去似乎在顾及她的感受，实则每一个字都透露着无情。

乔安张了张嘴，一时之间却是委屈极了。她守了六个小时，等来的只是他的一句多此一举。心里酸涩不已，却也只能苦笑，她追寻他多年，早已经明白这个人的心，恐怕这世上很难有人能让他柔软了。

乔安想起了葛兰，她哈了口气，心里很清楚，她也不会是例外。

林恩只是看上去温和而已。

“我喜欢老师。”就当作是最后一次见面吧。她索性不再顾忌两人的未来。这是她的N次表白，但每一次都得不到回应，恐怕这次也同样，“我马上要回阳城订婚了。没有爱情，只有痛苦。因为家里人这样希望，在未来的日子里，我要生活在煎熬里，我不甘心！老师，即便是这样，你也不会喜欢我对不对？”

林恩半低着头，沉默。

乔安凄凉地笑了笑，“我真傻，明明知道你的答案，却还要一再地问你。”

“一路平安，乔安。”林恩避开了她的话，抬手间，五指已经碰触到了门把手，他已经不耐烦了。

乔安看着他的动作，眼泪夺眶而出，怎么也收不住，只能用手捂住嘴含含糊糊地说：“好。我会平安到达。老师，你不要讨厌我。”

“好。”好什么呢？不讨厌她还是别的？乔安想要得到答案，但是再抬头时，林恩已经退了进去，缓缓关上了房门，面对她的只是一张冷冰冰的木门。

“先生，乔小姐已经离开了。”伍德先生是在半小时后才发现乔安不见了人影的。

此时的林恩已经放弃了工作，他有些头痛地揉了揉眼角，在客厅的沙发上坐了下来，视线却无意识地转到了靠近书房次卧的房门上，黑色的木门紧闭着，他有些恍惚地想下一秒推开门走出来的人会不会是葛兰，但很快自己便否定了这个想法。

意识到自己会有这种不切实际的想法后，他自嘲地勾起了嘴角，突然想起什么来，“新的行程安排出来没？”

伍德先生甚至没有查看日程表很快就报出了日期：“下周三的晚上，到达纽约后，先在酒店休息一晚，第二日去会见这次合作的对象，一同前往奥兰多参观研究所。”如今的林恩已经完全接手了公司里的工作，把自己过得像个商人，行程安排很忙。他很尽职地在工作，但情绪也是异常低落。陪在身边的伍德先生像是没有任何觉察，依然伺候着他，也只是工作着而已。

林恩点头，挥手让他退了下去。

纽约。葛兰在那里，她的动向，每一步他都清楚地掌握在手中，只是他没想到莫雷会有这样的安排，居然让她留下了，他不知道莫雷在打什么主意，但这绝对不是自己想要见到的情景。所以，哪怕推掉所有的工作，他也必须去那里见见那人。

家里的座机鲜少有人会打，响了两声便被伍德先生接了起来。

看他那恭敬的态度，林恩已经猜到是谁了。果不其然，伍德很快送来了电话：“夫人打来的。”

林恩立即便当着伍德的面也拧起了眉头，但还是接起了电话，语气恭敬地道：“母亲。”

“为什么临时改变行程？”母亲没有责问他去纽约的原因，但听口气，显然已经不高兴了。

“有更重要的事情。”林恩没有解释。

“你最好清楚自己在做什么。”

“我知道，您不用担心。”林恩和母亲的对话简单到没有任何情绪。挂了电话后，他长久的沉默了，直到伍德先生来叫他吃晚餐，他才从沙发上离开。

这是一个不算太平的夜晚。坐落于伦敦郊外的海岛上，莫雷风尘仆仆地回到基地，他总是很忙，没有出任务的时候他也有许多的事情要做，谁都不知道他在忙什么，因为没人敢问。拜伦被莫雷叫到了电脑室，他大约猜到长官是要同自己说起葛兰。只是没想到杰克也在，更让拜伦意外的是，杰克将自己封闭起来时刻关注的监控画面里居然是葛兰的定位。

刚进门，莫雷长官便脱掉了外套，搭在椅背上。

“最近有什么异常？”

杰克虽然很意外拜伦也出现在这里，但还是老实地回答：“前些日子去了纽约上州的杀鱼监狱，除此之外，并没有离开超过二十英里的地方。”

杰克在监视葛兰，为什么？

拜伦脸上写满了疑问，显然莫雷没有及时关注到他，只是吩咐杰克：“盯着，不能出任何差池。”

“放心。”杰克比了一个 OK 的手势。

莫雷依然没有解释，站在原地多看了一会儿显示屏上的信号后，转身又退了出去。拜伦只好跟上他走出去，两人一前一后地走着，拜伦几次想开口都被他抬手打断了，他在低头思考问题，约莫过了十分钟，才抽空搭理拜伦。

“你有很多事情想问我？”

拜伦快步走上前，与莫雷面对面，“我不明白，您为什么要让葛兰留在纽约。那不是她应该待的地方。”

这一群人中，拜伦属于最没心没肺的，但他对葛兰的关心却超过了其他人。莫雷自然不会迟钝到什么都没觉察，他想起维多利亚跟自己说的话，眉头深锁地看了一眼拜伦，动了动嘴唇，却没有提及心中所想，只是语气冰凉地道：“没有什么为什么，那才是她原本就应该待的地方。”

“长官……”

“拜伦，这些年你一直没有让我失望，你是我最得力的士兵。未来，我也希望你不会让我失望。”

"是，长官。"莫雷生气时看人的眼神异常凌厉，就连拜伦与他多年相熟，也明显感受到停在脸上的那一层火辣辣的凝视，他不得不低头，"对不起，长官，我僭越了。"

"葛兰的事情你不要再插手了。"

"是。"

"自己去维多利亚那里领罚，上次我说过，下不为例。"他向来是说到做到的人，上一次因为拜伦插手，他已经纵容过了。这次，绝不轻饶。

第六十五章
重要客人

葛兰没想到范西所谓重要客人是林恩。

他做了简单的伪装，戴起了金边眼镜，一身的西装革履让自己看起来更像是一个精明的商人。葛兰推着范西进会客室的时候，林恩正在低头查阅手中的文件，听见响动，他抬起头来，看见了葛兰。

他笑着站起来，走到范西面前。

“范先生，我是杜邦·林恩。”他非常照顾范西的身体，微微屈身，伸出手。

范西的视线从他漂亮的脸上扫过，客气地握手，“杜邦先生，很高兴你答应了我的邀约。”

林恩笑笑，收回手，转头看向他的秘书，伍德已经拉开了椅子。

两人谈的是公事。

范西半年前就开始试图联系杜邦集团，寻求合作。过了半年之后，在范西以为彻底没戏时，杜邦集团给予了回应，双方沟通了一些时日，林恩会答应他的邀请，实属意外。

“关于DT再生细胞的研究，实验室还没有拿到最终的成果。”

“资料我看过了，首轮试验已经成功，是什么原因导致成果无法得到进展？”

DT再生细胞是一种多肽细胞因子，在许多年前杜邦集团已经发现这种多肽细胞因子可以消除人体内坏死的细胞。杜邦集团投入了大量的资金研发和试验，几年过去了，依然没有获得成效。

林恩表情淡定，不深不浅地抿着嘴角，“缺少人体试验，DT细胞曾注射在白鼠身体里，确实剔除了坏死的细胞。”

“只是因为这个原因？”范西惊讶地吸了口气，没想到杜邦集团的研究成果已经走到最后一步，只是……“迟迟不敢组织人体试验，是不是有什么副作用？”

林恩收起嘴角的弧度，“范先生仍然坚持自己的决定？”

这么说起来，是承认确实有副作用了。

“副作用是什么？”

“多肽合成细胞因子不能分辨什么是坏死细胞，什么是健康细胞，如果使用不当，会加快人体的衰老和疾病。”

“半年前杜邦集团并没有给我们答复。”

人的心理的确会这样，找你时，你没有反应，等到你反过来找我时，我反而要思量思量了，总担心前方被挖了坑等着自己跳。

林恩不太在意范西的犹豫不决。

他抬手，食指和大拇指轻触到眼镜腿，向上的视线瞥见葛兰，“半年前，我没有正式接手工作。”

“我知道，你以前是钢琴家。许多年前我曾在柏林听过你的演奏会。”

“谢谢。”

“你还是没有告诉我，你为什么答应合作。”

林恩压下手，淡笑道：“我想提醒范先生，我并没有正式答应与你们合作。”

“那你……”

“我想见见你。”林恩抬手，指着从两人谈话起就在作背景板的葛兰，“我想见她。如今她跟着你工作，约见你是最方便的路径。”

范西比预想中淡定一些，顺着林恩手指的方向看到葛兰站在墙角，背靠着墙，但双腿站得很直。她一点儿也不惊讶林恩的直接，只是原本平静的脸上，眉头渐渐皱起。

“不过，范先生的合作意向，我也有进一步打算。”林恩收回手，敛起目光的神色看上去有些冷漠，“我在等你的答复，范先生。”

范西放在腿上的手动了动，停顿片刻他已经做好了决定，“我坚持当初的决定。”

林恩嘴角微弯。

“好的，希望我们的旅途会是愉快的。”

林恩没有多做停留，谈话结束以后便要起身离开了，走到门口时，忽然停在葛兰面前。

“明天晚上，我们一起吃晚餐？”熟稔的语气，像是分开不久的老朋友。

葛兰被迫抬头去看他，呼出一口气，摊手道：“我在工作。”

林恩笑了笑，不介意她的拒绝，扭头看范西，只见他脸色铁青。

“范先生，明日下了飞机后一起共进晚餐，你没什么意见吧？”

“晚餐过后，我还想安排二位与实验室的科研人员一起喝茶。”

范西没得选择，哪怕只有零点零一的机会，他也不能错过。医院里躺着的那人，不能再等了。如果这一次手术没有成功，她就再也不会醒过来了。

“我当然很荣幸。”

“葛兰一定要出席。”

林恩离开后很久，范西还待在会客室里。葛兰站在角落，听见他呼吸的声音由大变小。直到没有了声响，葛兰才抬脚走上前，说道：“回去？”

范西瞪着眼珠看她。

“回去吧。”

葛兰推着范西离开韦伦集团的办公大楼，沿路的人见了他无不唤他一声范先生，在这栋大楼里他就是王者。

但是，范西从来不这么认为，他总是在尽可能地嘲讽自己，来表现自己的谦逊。

“你是不是特别奇怪，我这样的一个人，怎么会突然走到这一步？”

葛兰低着头，心里对范西后来的遭遇有过无数种猜测，这样的结果也没什么不好。

“你觉得自己不配？”

“听你的意思，是你觉得我不配，你还不承认自己是顾朝阳。”

葛兰皱眉，“我不是顾朝阳，她可能已经死了。”

以往听见有人提到顾朝阳死了，范西定然会发火，但现在他的声音听上去很是平静，“我不知道这些年你经历了什么，以后，不要再与姓杜邦的有任何瓜葛。”范西做了掩耳盗铃之事。

葛兰挑眉，表情古怪。她想，什么时候起，自己需要服从范西的安排了？

范西和林恩不一样。

你越跟他唱反调，他越来劲，所以葛兰不打算理会他。黑色的SUV车开到了公司大门口，司机正是保安队队长Ben，后来葛兰才知道，Ben除了是韦伦庄园的保安队负责人，还是范西的随从，他贴身保护他的安全。

葛兰站在原地等Ben安顿好范西。Ben将范西抱上车，又收起了轮椅。贴心而周到，没有她插手的余地，她也不想凑上去。有时候葛兰特别不理解长官的做法，她不应该留下来的。

“想什么呢？”Ben关上了车门见她没有上车，抬手推了她一把。

葛兰这才反应过来，范西已经端正地坐进了车里，探身推开她这边的车门，定定地望着她。

葛兰张了张嘴，深吸一口气，只是摇头，接着弯腰钻进了车里。

出发去奥兰多之前，葛兰失眠了。

她的睡眠本就浅，更因为无法联系上基地连假寐都做不到了。她翻来覆去地思考其中发生了什么变故。这是第二次出现这种状况了，上一次发生这种事情是在几个月之前的伦敦。在此之前，从来没有出现过此类的情况，除非，基地遇上了什么危险。

可是她压根儿不相信，基地会遭遇翻天覆地的重创。

葛兰皱着眉从床上坐起，内心里的不确定让她有一瞬间的失神，她从未有过这般焦虑的心情。

再次选择使用特殊通讯器给基地发送信息，在深夜里静等了许久，却始终没有得到回应，她噌地一下从床上跳下来，摸着黑儿打开了电脑，就连M军团的内部监视网的进入她也失去了权限。

突如其来的噩耗让葛兰难以接受，一怒之下，拳头砸在了电脑上，整个屏幕蜘蛛网般裂开了缝。

葛兰发出的响声不大，但还是惊动了隔壁的范西。

腿残了以后，范西就对声音异常敏感，变得小心谨慎，不多久葛兰就听见隔壁的房间摇动铃铛的声响，一阵匆忙的脚步后，她的房间被人从外面打开了，逆着光，葛兰看见范西仰着脑袋看她。

范西的视线从她脸上扫到碎裂的电脑屏幕，他知道，她常常抱着电脑，几番都试图联系谁，可一直没有得到回音。

“你在做什么？”葛兰的模样不算清爽，穿着一身乱糟糟的睡衣。

葛兰双手撑在琉璃台上，喘了一大口气，没回话。

阿德先生见她神色不对，正要上前，却被范西抬手阻止了。

“你先下去。”

阿德先生看了眼葛兰，再看范西，只能点头退了下去。

等到阿德离开后，范西摇动轮椅来到葛兰身后，她已经收回了手，站直了身体。

“我没事，你去休息吧。”

范西看了眼墙上的时钟，“已经凌晨了。”像是梦喃，声音很轻，“你从见到杜邦先生起，就心神不宁。”

“……”葛兰无法反驳。

她不得不承认，是因为见到了林恩，自己才会对莫雷长官产生质疑。她的绝对忠诚因为林恩的出现，开始有了裂缝，摇摇欲坠，一推就倒。莫雷和杰克出现在杜邦家的古堡内，林恩正在审讯撒旦，那个十恶不赦的恐怖分子头目在手无缚鸡之力的林恩面前，露出了惶恐之色，她永远也不会忘记撒旦那几近绝望的残酷笑容，而林恩，正冷漠地望着她。

“我很嫉妒。”范西的声音再次响起，他抬手揪住了她睡衣的衣摆，“嫉妒苏海安，在我离开后的三年里，你们一直住在一起。嫉妒杜邦先生，嫉妒所有的一切，在没有我的日子里，出现在你生命里的任何一个人。朝阳，你不要再讨厌我了好不好？我错了，我也受到了应有的惩罚。”

四周突然安静了，空气在无声地流通。

葛兰定定地望着比自己矮半截儿的范西，揪着她的衣摆，他竟然是在认错？明明白天，他还警告过她。

“你为什么不承认，你就是顾朝阳？我不会认错人的。”

“放手。”

葛兰用力地吸气，才克制住了自己抬手去扯衣服的举动。她知道自己总是很暴力，此时，一旦出手，范西很可能被自己伤到。

范西听着她冷冰冰的声音，格外刺耳。

跟预想中的不一样，他以为会得到顾朝阳式的回应，但是没有。他有一瞬间的错愕，门牙咬着下嘴唇，有一丝不甘心，一丝怨怼。

两人在僵持，迟迟不动。

最后还是范西先松了手，比耐力，他永远比不过葛兰。

就像葛兰的耐心始终不如林恩一样。

范西叹着气，“明日的行程，我有些后悔带上你了。我有预感，你不应该去。”

“已经来不及了。”葛兰提醒他。

范西脸色暗了暗，一言不发。临走之前只轻飘飘地提醒她："下午的飞机，折腾了一宿，明天上午你可以在房间里休息，我放你假。"

葛兰没答话，在他出门后反锁上了门。

第六十六章
奥兰多之行

奥兰多是佛罗里达州中部的一个沼泽城市，从纽瓦克机场出发，不到四个小时的行程。

林恩只带了伍德为随行人员，作为合作方的东道主，林恩主动承担了预订机票和酒店的任务，双方在停机坪碰头。航空飞机是杜邦集团的客机，林恩并没有搞特权使用私人飞机，他像是普通出差的高级管理者，预定了商务舱。

上了飞机，葛兰发现两人的位置紧挨着，范西和 Ben 以及林恩的管家伍德都在相隔两排之后的另一边，葛兰不太确定地看了一眼林恩，他的眉毛微挑，显然对这安排很是满意，“伍德很会看眼色行事。”

林恩见她犹豫不决，嘴角微弯，扶着她的肩膀坐下，转头对被 Ben 抱上飞机的范西笑道：“一个座位而已，何必在意？”

范西知道他这话是对自己说的。葛兰对于路途中谁是邻居并不在意，但她知道，范西在意。

“杜邦先生说得对，一个座位而已没什么好在意的。既然不用在意，葛兰，你还是坐过来，你是我的秘书，当然需要随时照看我。”范西说的是认真的。

葛兰没有动作，林恩却轻轻笑出了声音，指着伍德道：“照看好范先生，毕竟他行动不方便。”继而又转头对范西说道：“伍德先生是专业管家，范先生如果有什么事情可以放心吩咐。”

他的眼神很轻，似乎压根儿就没将范西放在眼里。葛兰从来没有见过他如此明目张胆地轻视别人。葛兰见到范西铁青的脸，猜想他如今一定很后悔上了杜邦的地盘，令自己毫无反击之力。她皱着眉，想要从椅子上起来，林恩的双手已经扶上她的肩膀，定定地看着她，眼里闪烁着光。

葛兰放松下来，林恩说得没有错，一个座位而已，何必在意？

决定不会更换位置的葛兰靠着椅背，没有下一步举动。林恩满意地勾起嘴角，顺手问空姐要了毛毯和舒服的拖鞋，毛毯猝不及防地盖在了葛兰的双腿上，“起飞以后气温会降低，如果你感冒的话，会很难办。奥兰多此时正在爆发病毒性瘟疫。”他说着话的同时，已经微微屈身，半蹲在空间狭小的座椅间，将拖鞋放在她脚边，抬起头看葛兰，“换上会舒服一些。”她穿着正装，脚上是尖头高跟鞋。这不是她擅长的装扮，但职业习惯让她保持心平气和，强压制下了撕碎窄裙、踩坏高跟鞋的冲动。

葛兰没有惊讶，视线只是扫过林恩那双洁白修长的手，“谢谢。”她吐字清晰，但没有换鞋的意思，而她躲避他的手时缩起的双腿，表明了她的抗拒。

林恩收起手，规矩地坐好，没有再对她做出格的举动。

林恩没有骗她。奥兰多国际机场内，来往的行人无不带起了口罩，人人步履匆匆，仿若身处鬼城。

“为什么会这样？”

伍德先生为大家分发了口罩，解释道：“这座城内最大的湖受到几处工业研究所的污染，造成了某些病毒的爆发，政府和杜邦集团旗下的生物科技研究所正在竭力找寻源头。”

“我们现在去酒店，先入住。”林恩边走边说。一辆商务车已经等在门口，司机同样戴着白口罩和手套，将几人的行李放进后备箱。

林恩为大家预订的是杜邦集团生物科技馆旗下的酒店，位于近郊，靠近依奥拿湖。从酒店出发去科技园穿过了整条湖，途中听司机介绍，杜邦集团的研究所在湖的对面，而近两年，这周边成立的研究小组里，不止杜邦一家。

有传言说，杜邦集团找寻的DT合成细胞的重要组成因子就是在依奥拿湖内找到的某种新型生物体内的多肽因子。在杜邦集团公布DT合成细胞的研制过程中，有其他觊觎这项研究的财团也成立了属于自己的生物科技研究小组，驻扎在奥兰多。

“几年前的奥兰多倒是一座安静又干净的小城，因为大量研究人员的会集，整个依奥拿湖也遭到了严重的生态破坏，导致环境污染。当地人，也因为担心，鲜少再靠近湖边。那地方，简直成了禁地。”

“这么说起来，杜邦集团旗下的研究所，驻扎在湖边岂不是高危作业？”范西从后排发出了笑声，他并没有戴口罩，压根儿不在意是否会被传染上病毒。

“算不上高危吧，只是民众太过害怕罢了。”林恩轻声解释。

他同范西一般，也抬手摘掉了口罩。

“听杜邦先生的意思，DT 合成细胞里的重要因子并非来源于依奥拿湖？”

范西毕竟是商人，很快抓住了核心问题。

司机的介绍被打断，他停顿下来，看了林恩一眼，见对方点头，这才笑道：“怎么会？新型多肽因子是化学合成的细胞，这跟湖底的生物没有半点儿关系。”

“哦。”范西将信将疑，语气寡淡，“这么说起来，我倒是很好奇传言从何而来了。”

“传言的事情，总是没头没尾。”林恩笑道，示意范西不要过多在意。

“是吗？”范西没有继续追问下去。

机场到酒店的车程不到半小时。比起市区匆匆忙忙的人群，郊外确实安静极了，众人跟随司机下车，空气湿润，果然鼻尖能感受到一阵刺激的味道。

“先生，还是将口罩带上吧。”伍德提醒着。他瞥了眼葛兰，从上车开始，葛兰就没有说过一句话，也同样没有戴口罩。她从不相信有什么毒气是可以通过空气大量传播的，除非是人为的生化武器。

显然，生化武器的危害又不仅仅只是让人得“病毒性感冒”，那是会当场要命的。

酒店门外站了门童，前来替几人提行李。

几人安排的酒店房间均在一楼，房门后面有一处相通的后院，越过休息区，对面不远就是依奥拿湖，湖面很平静，看不出什么，却散发着隐约的恶臭。抬头冲对面远远望去，果然能看到一排白色的建筑物，与杜邦酒店的建筑并无二致，恢宏的大门沿用十来根石膏柱作支撑，三米高的房梁并列而起，看上去不比白宫差。

“在看什么？”简单做了收拾后，林恩也来到了后院。

林恩已经换上了舒服的便服，腿上是质地柔和、剪裁合身的黑色长裤，上身是浅灰色羊绒衫。葛兰回身看他，注意到他身后半开的玻璃门。林恩住在她隔壁，很难说这不是他蓄意安排的。

“我想出去走走。”她不是在征求林恩的意见。

十分钟之前，她看见 Ben 匆匆忙忙地从范西的房间里出来，离开了酒店。直觉告诉她，Ben 和范西有什么事情瞒着大家。

“如果你需要，我可以做你的向导。”林恩指了指湖的四周，“但我建议你穿一件外套，外面风很大。”

葛兰没回答他，而是说道：“我去看看范先生。”她抬脚离开，却被林恩先一步追上，他没有拦着她，只是倒着面对她走着，笑容满面：“我随你一起前去吧。此时，伍德应该在安排咱们的晚餐，范先生应该是一个人。”

葛兰突然停下脚步，他也停下。

“你在监视他？”不然他怎么会知道 Ben 离开了酒店？

林恩对葛兰的说法很是意外地耸肩，“你怎么会这么想？我没有理由这么做。”

“最好是。”葛兰的表情看上去并不相信他。

“我以为比起你其他的雇主，我不一样。如今你对待范先生的态度，像极了当初面对我时。你这样，让我很受伤啊。”林恩大步跨上石英石台阶，整个人挡在了玻璃房门边上。

“你和范先生，没有什么不同。”

“不，我知道你在欺骗自己。”林恩自信满满，“你对我应该有好感。”

葛兰上上下下看着他点头道：“当然，你出手大方，没有人不喜欢这样的雇主。”

林恩见她承认的理所当然，虽然不是自己想听见的答案，但心情还不错。他让开了身子，跟着她进了范西的房间。

范西来找葛兰的时候，正巧看见两人从同一个房间里走出来。

“范先生你可有什么不舒服？脸色不太好看。”林恩替葛兰顺手关上了房门，回身时，见到范西，好似很惊讶。

葛兰听见他的话，抬起眼皮，动了动嘴唇，却没有解释。

“我很好。”范西当然不会领情。

“Ben 先生不在吗？伍德已经准备好了晚餐。”林恩再次确认了 Ben 的去向。

“我让他去帮我买点东西，他会自己解决晚餐。”

知道范西不会告诉他实情，林恩不太在意地忽略了对方的神色：“那便如此好了。”他转而对葛兰说道：“晚餐过后，我陪你在附近走走。”

“有劳杜邦先生做向导了。”范西回答道，脸色恢复如常，招手叫葛兰，“葛兰，可能要麻烦你推我去餐厅了。”

葛兰绕过林恩走到范西身后，见林恩没有要走的意思，挑眉看他一眼，“林恩先生带路？”

“林恩？”范西不太理解。

林恩笑着走在前面，解释着：“我的父亲是中国人，但我不知道他姓什么，索性就直接用林代替。”他走在前面，背对着葛兰，她没看到他的表情，只是注意到他脚下的步伐有一瞬间的停滞，很快又如常地继续往前走着。

对于父亲的话题，三人都没有多做纠缠。

晚餐是在酒店的露天餐厅里，老远已经闻到了 BBQ 的香味，伍德作为专业管家，早已经恭候多时。他站在长方形长桌一侧，微弯着的手臂上搭着白色毛巾，另一只手上拿着红酒，长桌另一头有两个工作人员在帮忙烧烤食物，上菜的侍应生停下了手中忙碌的工作，替林恩拉开了椅子。没有 Ben 在，葛兰则主动负责起将范西抱到椅子上的活。在场的人不少，范西见葛兰弯腰伸出手来，脸顿时就红了。

他突然就发脾气了，孩子气地一把推开葛兰的手，“我自己来。”

葛兰可不会同情他，果真就收了手。站在一旁安静地看他如何应对，她岂会不知，他自尊心强，不想在林恩面前丢份。

范西双手颤颤巍巍地撑着长桌，探出剩余的那一条腿落在地面上，但常年不使用的那条腿也无法支撑他的整个体重，半撑起的身体一个趔趄，身体歪斜差点儿就摔倒在地，幸好范西的手还算灵活，用手肘一下压住了桌面，使得自己并没有特别狼狈。

仅仅如此，范西也感受到了前所未有的难堪，他咬着下嘴唇扭曲了脸。

侍者想要上前，葛兰抬手阻挡了他。她想，此时侍者上前，范西大概会更觉得丢脸。最终范西还是逞强地自己坐在了椅子上，费劲到使他气喘吁吁。

葛兰待他平复了气息，才轻轻上前，将掉在地上的毛毯搭在他腿上。

范西显然没想到，这个人会是葛兰。他原以为会在葛兰眼里看到轻视和嘲讽，或者是另一种冷漠，但葛兰没有，她只是替他拆开了餐巾布铺在了桌面上，拆了用丝绒布包好的银制刀叉放在餐盘两边，动作快速轻柔。做完这一切，她才回到自己的座位上。

伍德得到林恩的示下，端着酒先走到了范西身侧，为他斟酒，范西恢复了属于上层人的表情，目光冷冽地扫过酒杯，余光落到坐在主位的林恩身上。

林恩没有露出他预想中的嘲笑，他只是全神贯注地关注着葛兰的一举一动，眼神轻柔，似月光倒映在湖里泛起的涟漪。似乎感觉到范西在看他，林恩慢条斯理地收回视线，对他露出一个从容自若的浅笑。

他们都明白那个笑容代表什么，林恩对葛兰的好感表现的很明显。尽管谁也猜不透这是真是假。

“女士，需要一点吗？”伍德已经用白色餐巾擦拭了瓶口的红色液体，绕了一圈走到葛兰另一侧。

葛兰一手敲在桌面上，示意他三分之一的量足够，她不喜欢酩酊大醉，微醺便好。

侍者送上烤好的墨鱼，林恩细细地切成了小块，送到她面前。他甚至记得她不喜欢草莓，在她进食之前提醒她：“餐前点心是红酒草莓馅儿饼，如果你不喜欢，他们可以替你换成奶酪面包。”

对于林恩的举动，葛兰一点也不感到意外，拿起手边的叉子，没有迟疑地入口。

林恩的全副心思都在葛兰身上，他替她切好肉块，分给她，照顾周到，偶尔才会抬起头来，笑容满面地看范西，抬手，示意他也进食。

他们娴熟得让人难以介入。

范西觉得自己没有什么食欲，餐盘里侍者及时送来的食物，他半分没动。他一味地喝酒，透过红酒杯看葛兰半低着头专心致志地吃东西，小弧度地咀嚼。她吃东西很快，这是从孤儿院里带出来的毛病，生在那样的环境中，朝不保夕是时刻担忧的事情，能吃饱饭的时候当然会毫不吝惜自己的胃。

范西还记得，刚到孤儿院时，不适应的他赌气不吃饭，半夜，饿得只能求葛兰带他去厨房里偷冷馒头。葛兰的身手很矫健，两米高的围墙，只要他做垫脚石，她两三下就能翻过去，再趴在墙头来拉他。

他们也曾如此熟稔过，却只是十多年前的事情了。

葛兰虽然消灭食物的速度很快，但动作却不会太难看。吃饱后，林恩送了两次食物后她便停下了手。餐桌上的另外两个人还在从容不迫地品尝着美食，她只能摇晃着酒杯，时不时地浅抿一口，红酒入口甘甜。

波尔多酒庄的红酒多半口感不涩。她喝上了瘾，便让伍德将酒沿着杯壁超过三分之一再往上倒。M军团曾有规定，在执行任务的时候不能喝酒。当然，特殊情况除外。譬如，此时，对她来说就是特殊情况。她受够了这该死的规矩，在心里狠狠地诅咒了一声，该死！去你妈的规矩。她端起酒杯一饮而尽，没有半点儿犹豫。

一杯酒下肚，饱腹感传来，葛兰不打算虐待自己的胃，索性，半眯着眼规矩地坐在原地，时不时会有冷风吹来，让她稍微清醒一些。她甚至清晰地听得见林恩和范西的闲话家常，大多是围绕着她的。

第六十七章 湖中浮尸

“杜邦先生和葛兰是怎么认识的？”范西举着酒杯，邀请林恩共饮。

林恩自然不会驳去他这点要求，举杯在空中交会。

“说起来，应该是有特殊的缘分吧？”他将十年前在教堂里的相遇比喻成缘分。

这么说，好像并没有错。

葛兰偏着头思考一阵，也点了点头。

得到葛兰认同的林恩心情明显很好，此时盯着她微醺后红彤彤的脸颊，心念一动，放下了酒杯，起身走到她面前，脱下了伍德为预防他冷而准备的外套，搭在葛兰肩上。

葛兰本能地要拒绝，却被他早一步觉察，紧紧地握住了她的肩头。

“我说过，希望你不会因此感冒，引起不必要的麻烦。”

“我不担心。”葛兰说的是实话，刀伤、枪伤她都习惯了，哪里还会在乎这点病毒性感冒？

比起这些，她其实更在意的是，这座城市为什么会变成现在这般模样。

以林恩对此地的熟悉，她有绝对的理由相信林恩是知情者。

或许范西也正因如此猜想，所以才会派遣 Ben 匆匆忙忙地外出吧？

林恩没有松手，葛兰皱起眉。她实在很清楚林恩盯着自己看的眼神，她只有两个选择，要么直接将他放倒，要么乖乖披上外套。武力对她来说自然是第一选择，但葛兰今晚不想惹出麻烦，所以拉了拉衣角，林恩这才满意地松开手。

林恩站定，似笑非笑地瞥见范西铁青的脸色。

如果不是范西有求于他，他可以猜测范西已经派人暗杀他了。当然，他才不在乎呢。

林恩简直将会餐当作了他的私人约会，起码范西是这样想的。在他看来，比起苏海安的自来熟，林恩的举动更惹人讨厌。

两人喝酒都不多，也没什么食欲了。范西将银叉扔到餐盘里，发出了清脆的响声，也因此引来了其他人的注目。

范西吐了口气，戏谑地道："酒足饭饱，好戏也结束了。葛兰，我累了，送我回房间休息吧。"显然他打消了随同林恩外出散步的念头。哪怕是三人行，他也受够了林恩的挑衅。

葛兰刚要起身，被林恩按住了。

"范先生，让一位喝了酒的女士送你不太妥当，伍德可以代劳。"

两人明显地针锋相对了，葛兰怎么会看不出来？她没有身处旋涡的打算，挥开林恩的手站起来，走到范西面前："范先生，我送你回房。"

弯腰将他双手抱起，放在轮椅上，一系列动作，快得林恩根本来不及阻止。他也没有能力阻挡葛兰想做的事情，大多数时候，她纵容林恩激怒范西，仅仅是因为她不觉得自己有插手的必要。范西是商人，孰轻孰重，心知肚明。

之后，林恩是什么想法，葛兰压根儿没打算去揣度。

将范西送回房间后，葛兰在沙发上安静地待了一会儿。范西需要一些洗漱协助，在家里的时候会有女佣帮忙，但显然，葛兰没有帮手的打算，所以，她在等，等 Ben 回来。

幸好 Ben 没有让她等太久。过了十分钟左右，Ben 风尘仆仆地推门走了进来。

Ben 很意外葛兰来替自己开门，他一身的黑衣黑裤，脑袋上还有没有摘掉的鸭舌帽，单看装扮就猜到不是仅仅买东西而已了，而且他手臂一侧带有被铁质利器划伤的伤口，黑色紧身衣都被划破了洞。

"先生。"听见响动，范西便摇着轮椅从洗漱间出来了，Ben 在犹豫是否要当着葛兰的面汇报情况，没有得到范西的指示前他什么也不会说。

意识到这一点的葛兰没有识相的打算，反而老神在在地继续在沙发上坐下，并且奉劝 Ben："你确定不需要我帮忙？"视线落在他的那处划痕上，言下之意，她愿意搅和进来。

当然，她参与的目的并不是为了范西，更多的是因为自己。林恩的出现，莫雷长官的态度，不得不让她将这一切联系在一起，看似毫无关联，但又不能完全撇清。

Ben很确信，如果葛兰愿意帮忙自己会事半功倍。葛兰的能力他目睹过，她的身手和狙击能力绝对在自己之上。动了动唇角，他看向范西，希望得到一个明确的指示。

显然范西还在犹豫，他沉默半晌，盯着葛兰看了好一会儿，这才对Ben点头。

“我去杜邦集团的研究所探查情况了，范先生对杜邦集团的诚意有所怀疑，所以，我猜想，是否有可能偷偷打听到DT合成细胞现阶段的情况。”

葛兰心里猜到了范西对林恩的不信任。对于林恩的为人，她不得不认同范西的做法。

“我没有理由相信杜邦先生，而DT合成细胞的成败，对我们来说，意味着一切。”范西轻描淡写，示意Ben继续说下去。

“只是我没想到，杜邦集团居然将研究所监视得如此严密。”

“什么情况？”葛兰敏锐地觉察到Ben的慎重，那里很可能超过了一般的阵仗。

Ben迟疑了一下，还是说道：“是军队，我亲眼所见。”

“怎么会？”范西明显吓了一跳。他要的只是DT合成细胞的研究成果，并没有往更深处思考，而他实在也想不出来，杜邦集团为何如此重视DT合成细胞。这虽然在医学领域以及生物研究领域会产生跨时代的意义，但，杜邦集团动用军队的可能性为零。

军队是从哪里来的？

“不，或者不能说是军队。他们只是自由组成的，没有正式军衔的特工。”

“你是说雇佣兵？”葛兰问道。

Ben点头，“对，是这个意思。”

雇佣兵的出现让葛兰不算太意外，毕竟杜邦家能请来一次M军团，就有可能请到别的军团。

葛兰沉默的时候，范西和Ben也跟着安静了一会儿，他们在等葛兰的下文。

但葛兰却在思考另一件事。

“你们的目的是什么？”葛兰不了解所谓合成细胞的研究，但她需要了解范西的用意。如果只是单纯的合作，何须大动干戈？

“得到DT合成细胞的研究方向，或者，达成合作，我们需要它帮我救活一个人。现在，我们一无所知，所谓副作用到底是什么？能改变什么？整个奥兰多城市变成这样，是否和副作用有关系？这些，都是我们的目的。”范西没有隐瞒她的打算，他干脆得毫无保留，反而让葛兰有些不知所措。

“什么人？”葛兰下意识地就问。

“如果你是顾朝阳，我会告诉你。很可惜，你并不这么认为。”

葛兰知道范西是小气鬼，这时候还在计较。她摆摆手，表示自己不太想知道了。只是，心里仍然对这所谓合成细胞报以不认同的态度。

“除非它真的是长生不老药，或者，我认为，研究所不会需要这么强有力的武力防守。这里面很可能比我们预想的更复杂。”

Ben认同葛兰的说法，葛兰在这方面绝对比他更有发言权。

但范西似乎铁了心，“无论如何，这是我们唯一的机会了。我不得不去尝试。”

“葛兰小姐，我们接下来应该如何做？”

“明日去了现场不就清楚了？据我所知，林恩明天会带我们去研究所参观。”

这是合作意向的要求之一，但范西知道，自己明日所见的，未必是全部。如果他要确保万无一失，而Ben反馈的现场当真如此，那么他们不得不需要葛兰的协助。

让范西头痛的不仅仅是DT合成细胞，还有突然涌入奥兰多的研究小组。

“Ben，你明日不能跟我们一起去。”范西提醒他的伤口，很可能已经被研究所觉察到有外人闯入。相信以研究所内看管的严谨程度，查出来是迟早的事情，“另外，我需要你去帮我调查其他几支研究小组的背景。”

“你怎么想？”

“我认为他们是针对杜邦集团来的，很可能跟我们所知道的内情背道而驰。”

葛兰不太清楚范西为何会这般笃定，但自己心里仍然存在疑问。她总觉得自己抓住了什么核心，但始终无法将它们串联起来。这种感觉非常让人难受，她一面深切地明白，不管发生什么都跟她无关，另一面又不得不怀疑，发生的所有事情她都参与其中了，甚至是一步一步被人推动而至。

葛兰的浮躁感，在第二日一大早再次蒙上了更深一层的阴影。

天色还未大亮，葛兰被几个人吵醒。那些人步履匆匆，焦急地谈论着什么。葛兰睡眠浅，当即从床上跳了起来，一直藏在枕头底下的手枪被她用十秒时间上了膛，附耳在门边，听了一阵她才收起枪，拉开房门走了出去。

几个侍者正在交头接耳地指着酒店身后的湖。

“警察已经来了，现在可热闹了。”

“还真可怜。”

“可怜可怜我们自己吧。正是因为这些可恶的资本家，我们如今才生活在惶恐之中。”最后一个说话的人，面部表情有些许的狰狞，看上去像是个狂暴分子。但这几人见到葛兰，立即闭了嘴，很快恢复到尽职的工作人员身份，微微欠身，表示了对葛兰的恭敬。

葛兰没将这几个人当回事，心里猜到是什么地方出了事情，但她没有立即前往事发点，而是掉头去了林恩的房间以及范西的房间外面，确保两人都还没有醒来之后，这才回到自己的房间。天色没有大亮，葛兰并没有拧开灯，而是找来了应急手电筒，拉开了后院的玻璃门。

从入住这间酒店时，她就发现了一条无人知晓的小路，可以绕过依奥拿湖到达对岸。事发地点聚集了人群和灯光，她一眼就锁定了目标。

湖的另一面，跟葛兰预想的不一样。

杜邦集团的研究所在两英里外，确切地说，离湖边还有一段距离。

不过，这不是重点，重点是她发现人群后停了两辆警车，附近的居民已经有人在围观了，葛兰藏在人群里，好一会儿才看清楚有人在湖面上打捞。打捞上岸的是一具尸体，尸身已经被湖水泡发到面部肌肉和皮肤起了皱，看得出来这是一个个子很高的男人，他的身体很强壮，但他的双腿上已经缠绕了许多海藻和湖底的水生植物。老远，人群里就散发着恶臭，顺着昏暗的灯光看去，葛兰皱起了眉头，不知道哪里来的一束光，正巧落在那尸体的前胸，湿嗒嗒的纤维衣服被湖水腐蚀得几乎看不见任何标识。

然而那束光就像是上帝的眷顾，让葛兰清楚地看见一个菱形，类似徽章，比起一般的纤维更结实的东西。泥浆将那些衣物原本的颜色掩盖了，胸前的领口和手腕处的裁剪，仍然给了葛兰提示。

她觉得有些眼熟，这类特质的衣服似乎在某些地方见过。

警察要将尸体搬离，人群被挤开了，做着疏散工作。葛兰随同看热闹的人退到一侧，目睹警察将尸体用塑料袋套上，扔进车里，就像是在搬运垃圾。她蹙眉，没有多做停留，转而看向另一个方向，有两个类似警察长的人，正在与一个民众模样的中年女人谈话，手中拿着录音笔和卫星摄像，另一人手中拿着纸笔，正在写写画画，显然是在做笔录。那么，这位是目击者？

第六十八章 有迹可循

回到酒店，葛兰在餐厅细嚼慢咽了一整块面包后，她才看见林恩推门走进来。侍者取下了他的外套挂在壁橱里，他回身时发现葛兰已经打算解决第二块吐司了。

林恩信步走来，不等侍者替他拉开椅子人已经坐下。

他看起来神清气爽，对于葛兰出现在餐厅里很是好奇，“为什么没有叫餐点到房里？”

葛兰吞下口中的全麦吐司后，才让嘴抽出空闲来回答他的话。

“太热闹了，在房里实在无法待下去。”

林恩的表情细微地变化了一小下，尽管他尽量抑制自己，并用笑容掩饰，但葛兰还是细心地觉察到了，方才那个小小的变化证明他已经知道凌晨依奥拿湖里打捞出尸体的事情。

“我听伍德提过了，现在已经平息了不是吗？一切交给警察。”

“当然，一切交给警察。”葛兰耸耸肩，很是认同的样子。只是嘴角的弧度，出卖了她讽刺林恩总是找警察的毛病。

经她提醒，林恩也不由得笑起来。

记得他第一次见她，产生分歧，林恩执意由官方解决麻烦，却一再因为葛兰的要求放弃自己的原则。

葛兰并不会由此认为自己在林恩心目中的地位举足轻重。她只会从另一个方向去想，林恩是真心想找警察还是假意？一个外表温润如玉的人，你永远不知道他的内心里藏着什么。

范西和 Ben 早餐时间没有出现在餐厅里。

葛兰见他时，客房服务生正在收拾餐具，范西穿着丝绸睡衣半靠在床边，动作优雅地擦拭着嘴角。

Ben 手中正在翻看手机资讯，湖中出现浮尸的事情已经上了新闻网。对偌大的美国来说，找到一具尸体算不得什么大事，过去几个小时，便没有再听见有人提及。因为事发地点离居住的酒店太近，Ben 还是向范西做了简单的汇报。

“警察现在还在调查，但依我看，也调查不出什么。”Ben 属于严重看不起美国警察的那类人，说话的时候嘴角轻撇，说不出的讥讽感。

范西听了他的汇报并没有很快有所回应，半低着头，待服务生退出房间以后，才淡淡地说道：“就只是死个人这么简单？”他作势要起床，Ben 眼疾手快地上前帮忙，将范西挪到轮椅上后，Ben 才继续道：“先生的意思是？”

范西摇了摇头，再看了眼葛兰，并没有提出别的意见。

“作罢，我们有更要紧的事情。”

范西没有将过多的心思用在这件事上。一个上午过去，好像大家都忘记了早上的新闻。

吃过午饭后，林恩便继续行程。

Ben 在吃过午饭后就消失不见了，已经习惯了他的缺席，林恩并不太在意。前往研究所之前，他交代了一些无关紧要的杜邦式规则。

比如“研究所里的守卫严格，你们只需要跟着我就好了。”

研究所的负责人大卫来的匆忙，大衣里还罩着白色的大褂儿，看样子大约是从实验室里刚出来，手套还没来得及完全摘下，他迟疑地看了眼自己的手心，略带歉意地说：“实在对不起，没有来得及消毒，握手就免了。”

林恩很 nice，自然不在意。

“刚下实验？”林恩边跟随大卫往里走，边回身来介绍其他的人，“范西先生，很可能会成为我们的合作伙伴。这位美丽的小姐，叫葛兰，是范先生的秘书。”

大卫看起来异常忙碌，只匆匆用眼神示意了一下礼貌，并没有寒暄。他在前方引路，穿过空旷的大厅，来到露天走廊，四周的视野很是开阔，两边是更为空旷的草坪，四周用白色的围墙圈了起来，像是一个巨大的牢笼。四周分别站了守卫，确实如 Ben 所调查的一般，这些人穿着作战服，戴着墨镜，耳朵上还有扫描镜，手上端的枪看起来射程不算短。

百忙之中的林恩自然也注意到了葛兰观察四周的神情，他微微一笑，略落后推着范西往前走的伍德，踱步来到葛兰身边。

“这些人只是来维护治安的，他们并没有危险性。”认识她以来，他也习惯了她在陌生环境里观察四周的安全。当然，这地方，对林恩来说，显然不是陌生的地方。

大卫带他们来到了三层高的实验室，脚踩着最新纳米材料锻造的旋转走廊，从上往下望，是高筑的玻璃房，分成了几处，每一处都有穿着白大褂儿的科研人员正在做着观察，那些人的另一侧是用同样的玻璃材质建筑的小白鼠穴居。它们有的异常活跃，甚至用不算锋利的前爪挠密封的玻璃壁，有的却奄奄一息地躺在木屑做的小巢上，叽叽喳喳地动着四只小腿，一双小眼睛血红，看得人心惊胆战。

林恩他们显然来的并不是时候，科研人员们很忙。有人在玻璃房外小跑着到了另一间房，附耳在一个金发戴眼镜的女博士耳边说了什么，女博士惊异地抬头看他一眼，说了什么，扔下手中吸收了半截儿蓝色液体的试管，飞快地跟着来人跑开了。

似乎是出事了，几个人都围了过去，停在了一堵玻璃墙前，那金发女博士飞快地拿笔在玻璃墙上写了几个无法辨识的字母和公式。

大卫也注意到了楼下的事情，眸色一紧，说：“我去去就来。”说完，掉头就沿着旋转楼梯跑下了楼。大卫冲到人群里，拨开了大家，金发女博士跟他说了什么，大卫也是一惊，示意女博士继续说。

“发生什么事了？”范西问道。

林恩看了一眼楼下的人群，心里猜到应该是有什么重大发现。他微微摇头，“现在还不清楚。”林恩按了电梯，“下去看看。”

一行人在入口便被拦住了，一个身穿白大褂儿的年轻人抱歉地说：“抱歉，这里是实验重地，你们不能随意入内。”

林恩没有生气，他有些无奈地冲范西耸肩，“实验室的事情我不太知情。”

范西淡淡地点头，表示自己理解。他的思绪依然被围在一起的几个人吸引，他们在大声说着话。

“所以，隐藏在细胞背后的FX06蛋白质我们就束手无策了吗？”大卫在金发女博士说完以后，略带责备地耸着鼻梁。

“很抱歉。”金发女博士无奈地叹气。

“我来假设，我们的DT合成细胞能否与‘英雄蛋白’PN3结合，阻止FX06伸出的恶魔之手？”

“事实上，您的假设我们已经在研究阶段，但是，这仅仅只能让大量DNA受损伤的小白鼠活得更久一点，它仍然无法达到我们的预期，我们甚至无法知道DT合成细胞是否会杀死健康的细胞。”

“假设我们能找到另一种能引导DT合成细胞找寻到坏死细胞的多肽基因呢？”

“当然完全成立，但我们还需要长时间的观察，确定没有副作用。”

“OK，我们达成一致了。”大卫显然是这些人里的头儿，他面无表情的说完，转身又走了回来，头痛地揉了一下鼻梁，请示林恩，“我们去多媒体会议室，那里会有长达一个小时的纪录片让你们更加了解DT合成细胞的发现史和作用，当然，还有我们所面临的阻碍。”

林恩看看范西，“范先生意下如何？”

“我接受。”

观看纪录片是一件异常乏味的事情。

“林恩先生，我能否在这附近走一走？”葛兰的走一走，当然并不是字面上的走一走。

前后两任雇主都知道她要做什么，范西哈哈一笑，说道：“也是，你们女孩子肯定觉得无趣。”范西的支持有些明目张胆。

显然林恩没想到葛兰会提出无礼要求，他愣了一下，而后才淡笑着点头，“当然。”

林恩的笑意没有达到眼底，葛兰却不是一个会看脸色行事的人，她退出了会议室。会议室是独立的白色房子，出来以后便是长长的露天走道，四周来往的工作人员不多，守卫却不少，有人在葛兰出现时便注意到她了，视线毒辣辣地从她身上扫过，葛兰回以锐利的目光，那人在确定不是可疑之人后才微微收起水平端枪的手。

会议室后面有一大片空空的草坪，中央是独立的白色建筑，全部用玻璃和现代化白色墙面结构筑成，从远处看，这个房间呈T形，大门上写着几个英文字母。但因为隔得远，葛兰并没有看清楚上面的字母是什么。

奇怪的是，这里似乎并没有部署严密的警卫。葛兰快速地扫了眼四周，异常安静。她想要再走近一点，还来不及靠近，身穿作战服的守卫不知道从哪里得知了讯息，追上她。

“女士，这边是重大实验基地，未经许可不可以进入。”高壮的男人挡住了葛兰的去路，她撇撇嘴，僵持在原地。

虽然没有继续向前的动作，但视线仍然掠过来人看着大门外出现的几个穿白大褂儿的人，其中之一便是带他们进入的大卫，他走在最前面，拿出芯片工作牌扫描了门口的电子仪器，大门打开，一行人走了进去。

这没什么奇怪的，他们都是研究人员，自然有权利进入。

葛兰正要抬脚离开，突然响起一阵大型机动车驶入的声音。葛兰顺着声音看去，一辆墨绿色装载车开进了草坪，但看车身摇晃的程度，车里没有重物。葛兰往回走了两步，对高壮的黑人守卫耸肩摊手道：“OK，我到别处逛逛。”

男人脸色凝重地盯着她看了一会儿后，始终没有放松警惕心，直到葛兰渐渐消失在走道后的会议室外，他这才掉头离开。

葛兰隔着墙露出一个脑袋，见四周没有更多的人，又看了几处很可能装有摄像头的位置，确认了它们的方位。葛兰发现摄像头是可以移动的，并不是人为在操作，应该是自动的，每一个镜头都非常有规律，分别朝着相反的方向扫视，两头的摄像头中间重叠的时间不到十秒，她只有十秒的时间躲开摄像头，才能达到百米外的玻璃馆实验室，而现场没有死角，毫无遮掩。这附近严密的监控地却没有警卫，葛兰直觉不对劲，务必要看清楚那车里装了什么。

葛兰暗自咬牙，用手上的银质戒指敲击着地面，发出声响的同时闪身躲开了摄像头的第一次扫视，汽车已经越来越近了，声响也在逐步加大，这类摄像头会通过动态物体发出的声响和侧影寻找方位，扰乱它们只有这一个方法，葛兰顺着装载车的平行方向移动，车子在那不让外人进入的重大实验楼后方停了下来。

一个身穿白色制服、肩上贴着银灰色肩章的肥胖男人跳下了车，男人的皮肤近乎白至病态，动作并不矫健，跳车的时候，迟疑了几秒。迎接他的人正是方才阻拦她前进、身穿黑色作战服的男人。男人拿了记录本模样的东西递给对方，对方笑嘻嘻地说了什么，却只得到一声呵斥。黑衣男人看上去很是凶狠，他只能在上面快速签了字，并警惕地看了眼四周。

藏身在白色墙壁与玻璃门之间的葛兰飞快地隐蔽了自己的位置，但一抬头却又发现，左上方有一个黑色摄像头一样的东西，随着她的身影移动。

葛兰暗骂了一句：“该死。”

正想退开一步，躲开移动摄像头的追踪，却听见有人在远处喊了一声奇怪的土著语，葛兰回过头看去，伍德站在百米开外，正疾步朝自己走来。

葛兰收回鬼祟的脚步，站定在原地。白色建筑物后的两人也听见了响动，听声响，有人重重地将后车门再次关闭了。葛兰想要回头看，但伍德先生冷着一张脸已经走到了她面前，挡住了她所有的视线。

“葛兰小姐，您不应该出现在这里。”伍德的脸上依旧没有表情，语气冷漠，甚至是厌恶。

葛兰摊手，做出一副你奈我何的无赖样，“是吗？这里可没有贴上字条说我不能进入。”

伍德先生没有同她斗嘴，只说：“先生在寻你。”

葛兰心知，自己要继续待在这里的可能性是零，撇嘴跟上伍德，穿过草坪再次回到了会议室。

范西和林恩已经等在门口，伍德上前一步附耳告诉了林恩方才的事情。

林恩一面听他汇报，一面拿眼睛打量葛兰，神色却没有太多的变化，依然温和地扯着嘴角。末了，大方地为葛兰解释道：“草坪上那栋楼是为DT合成细胞做重大试验所设立的，我也不被允许进入。”

范西听得林恩的解释，眉毛微挑，也看向葛兰。

葛兰没有给予范西任何眼神上的回应，只淡淡地道：“哦，是吗？”

“当然！我可不会撒谎。如果范先生有兴趣，我可以让大卫带你们进去。”

能随意进去的地方好像瞬间失去了它神秘的面纱，范西当然不可能以为林恩是真心在邀请他，他们无法在被动的情况下得到任何林恩不想让人知道的有价值的信息。范西摇头，拒绝了他的提议，“我已经了解得差不多了。”

“既然范先生没有兴趣，那我们今日便先到这里。”林恩对下来的行程还有其他安排，“今日大卫他们有新元素的发现，会试用到试验体上，不出意外的话，过两日我们便能得到一些成果。”

“但听杜邦先生的安排。”范西也有意了解DT合成细胞的研究过程，自然接受。

也就是说，他们还需要在奥兰多待上两日。这个消息，对葛兰来说没有好坏之分。

第六十九章 潜伏进入

“说说看，你发现了什么？”

伍德听从林恩的吩咐安顿了范西之后便退了出去，房间里只剩下范西与葛兰两人。

葛兰整个人靠在落地玻璃的门窗上，出神地盯着外间被风吹动的花草。葛兰的心不在焉令范西皱起了眉头，他猛地咳嗽一声，也没有得到葛兰的回应，她仅仅抬起眼皮扫了他一眼，依旧是沉默半晌，过后才轻声询问他：“我在思考，我为什么要帮你。”

这不是疑问句，更像是她已经做好了决定，不会回答范西的任何问题。

范西没想到葛兰临时变卦，一口气堵在喉咙没出得来，气急败坏地瞪她。

“别这么看我，我不会告诉你的。”葛兰说着，停顿了一下，抬手将窗帘拉上了，人依旧没有离开原位，“除非你告诉我一个不得不帮助你的理由。”

范西知道他再也不能用之前那一套说辞来应付葛兰了。

他动了动嘴皮，脸上的表情很是苦恼，“Ben 打听到在半个月之前，依奥拿湖内也发现了一具尸体。”

“你怀疑是杜邦集团？”葛兰半眯起眼睛，这也正是她所怀疑的地方。今天在研究所突然出现那辆装载车时，伍德口中大喊的那一声“vigilância”，如果没猜错的话，是葡萄牙语里警惕的意思，但她一开始并没有听清楚，因为伍德先生在讲这句话时带着浓重的口音，这是墨西哥本地的土著人才会说的纳瓦特尔语的发音。

显然，伍德知道那个开车的司机是什么人，而那人虽然没有穿显示身份的制服，但白色衬衣上的银灰色肩章却出奇地让人意外。那是墨西哥边境监狱里的狱警才会有的标识。那个肥胖的男人皮肤白皙，显然很少有机会晒太阳，他会嬉笑着打趣黑衣人，没有得到回应依然吊儿郎当，不觉得尴尬。签字的手上露出了细微的伤痕和被烟蒂烫过的痕迹，还有老茧。当然最关键的仍然是徽章。

这不得不让葛兰联想到在湖中被打捞的尸体。

她可以确定，那尸体是墨西哥监狱的死囚犯。

“不，我并没有确凿的证明怀疑。只是直觉认为杜邦先生口中所说的副作用并不简单。”

“或许你是对的。”葛兰认同地点头。

范西双眼放光，“你一定发现了什么。”

“是。湖中的浮尸，如果我没有猜错的话，是墨西哥人。”在没有见到研究所的那一幕时，她是不会如此大胆猜测的。

“偷渡者？”

“或许，但也有可能是囚犯。”

“杜邦集团在用死囚做试验！”范西的音量拔高了N个分贝，他惊觉自己发现了真相，情绪有些激动，“林恩在骗我们，他们的研究已经进入到临床试验阶段了，但他说没有。”

是吗？葛兰却仍是摇头，她并不能确定范西发现的真相是否就是真相。

以她对林恩的了解，不太可能让外人如此迅速就抓到把柄，他一定还有什么秘密隐藏着。撒旦……莫雷长官，这些人跟他到底有什么样的关系？

葛兰决定不再思考下去，想起莫雷长官，让她头痛欲裂，M军团的再次失去联络让她意识到这一次是动真格的了。或许，她在无形中，做错了什么事情。

葛兰不由得眉头深锁，一抹愁云在脑海里挥之不去。

Ben带回来的消息印证了范西的怀疑。在整个奥兰多市，因为听说湖中发现有携带能合成DT细胞基因的生物，许多闻风而来的财团组成了自己的研究小组，向政府购买依奥拿湖的打捞权，大量地打捞湖中的生物，使得整个湖生态平衡缺失，污染严重。

死一两个人对他们来说不算什么新闻，更何况这些人是无法查询身份背景的偷渡者又或者死囚呢？

“阳城的苏氏集团也想分一杯羹？原来如此。”

Ben 点头，“所以，杜邦集团真的在做一些让人无法理解的事情。”这是他最后的总结陈词。

“葛兰，你怎么想？”范西听了 Ben 最后的认定，沉默了好一会儿，才抬起头看葛兰，他知道她并不想插手，“如果我请求，你愿意帮助我们吗？我一定要得到 DT 合成细胞的研究结果。”

“我帮不了你。”葛兰说的不是赌气的话，她知道自己确实无能为力。她在单打独斗，整个 M 军团已经失去了音讯，她就像是个被遗弃的婴孩，自己也漫无目的。她接着说：“我想，你应该去找林恩，他会很乐意帮助你的。无论你是要救人也好，还是要抢夺杜邦集团的研究成果也罢。我相信，只要有利可图，林恩不会置身事外。”

尽管葛兰说着自己无能为力，但她打定了主意，天黑以后再次返回研究基地，林恩藏着什么秘密，她想要知道。

一进入午夜，研究基地万籁俱寂，葛兰放缓步子，在这昼警暮巡之地，她单人作战唯有小心翼翼。

机械蜂鸟的闯入并不是异常顺利。利用蜂鸟第一视角传递回来的画面异常惊险，差一点儿就要撞上迎面走来的巡逻士兵。杜邦集团布下了天罗地网，从大闸门到实验室不到五百米的距离，便有四列来回密集巡逻的守卫，进入会议室阶段人手相对少了一些，白天被阻止进入的封闭实验大楼附近却半个人影也没有。

葛兰暗自咬牙，不太确定是否有难以预测的埋伏，但眼下的情况，她没有选择的余地，正面引起冲突只会让她被机枪扫射成马蜂窝，此处是她唯一的突破口。

疾步穿过草坪，葛兰停在了实验室外的百米处。半蹲而下，草坪上忽然明灯大起，唯恐暴露，葛兰俯身趴下，躲开射来的灯光，藏身在墙根。

有几个人影从远处走来，直奔离她百米远的封闭大楼。葛兰没想到林恩去而复返，借着远处的光她将来人收进眼底，林恩走在最前方，身后跟着大卫还有其他人，大卫在同他说什么，林恩神情很是难看。

一行人匆匆而过，停在大楼门前，大卫扫描瞳孔指令，大门咔嚓一声打开。

葛兰趁机躲开因为发出声响有短暂空挡的摄像头，连滚带爬地来到大楼墙沿，她的不远处就是白日里那辆装载车，葛兰背靠着墙壁，召回蜂鸟，沿着地面查探了大楼四周的警戒状态，有窸窣的声音响起，越来越靠近，葛兰压低视线，看到一双黑色军靴，离她不足十米，葛兰只得借助装载车做掩护，一连滚到轮子底下。

又是几道零乱的脚步匆匆而过，葛兰不敢动弹，只能透过车底的缝隙看见几个穿着作战服的男人围在一起抽烟，嘴里骂骂咧咧地说着葡萄牙语。葛兰在思考是否要正面对上，这几个人一时半会儿不会离开。约莫等了几分钟，车身忽地轻颤了一下，葛兰蹙眉抬头，装载车发出了轰隆的声响，肥胖的司机从几个人里走到车边，爬上了车，葛兰不敢贸然移动位置，抬手已经在摸枪，车子一旦离开，她就暴露了，只能正面迎战，幸而那几个人扔掉了烟屁股朝着肥仔挥手，转身离开了。

车子似乎出了什么问题，肥猪打了几次火没点燃，葛兰感受到车身再次晃动了几下，这明显不是一个人的重量，葛兰探出脑袋，却瞥见有人先一步动手了，一直暗藏在车里的人拿枪抵住了司机的脑门儿，没有消声器。

那人显然早就注意到了葛兰，但她没露面，只是抵着司机的脑门儿命令他下车。司机举起双手不敢声张跳下了车，那人才探出半个脑袋勾起唇角叫藏在车底的葛兰："你出来。"

葛兰听出来人的声音了。

罗拉，有着乌克兰美女典型的姣好身材。葛兰没想到上次在巴黎一别后，能再次见到罗拉。她以为，两人再也没有机会相遇的。

葛兰没有在这种时候询问罗拉的来意，她从车底爬出来，那司机也不是省油的灯，见罗拉分神正要张口喊话，被葛兰一脚踢中要害，司机疼得弯了腰嘴里还没发出惨叫声，葛兰又用枪托一把砸在他后颈，使他晕了过去。

罗拉见她如此暴力，瞪了瞪眼："我还留着他带我去秘密基地呢！"

"什么秘密基地？"罗拉显然知道的比她多。

"这辆车，每隔半个月会来一次，送人来。"

"人？"

"是，囚犯，流浪汉，偷渡者。"罗拉冷着脸，神色不明地抬头看见那栋灯火通明的大楼，深恶痛绝，"这栋楼，比地狱还可怕。"

葛兰不由自主地缩了脖子，"他们在用人体做试验？"

"或许吧，也可能比这更可怕。"

“你知道？”葛兰不太在意地问，她已经在给枪上膛，既然已经到了接近真相的角落，她自然不会就此作罢。她抬脚就要往前走，但被罗拉一把拦住，压低两人的身子。

“这不是你应该管的事情。”

“那你又为什么管？”

罗拉动了动嘴唇，没有解释。她想起十天前，在巴黎的93区，她藏了许多年，最终还是被莫雷找到了。仆人通知她，有客人在等，她很是奇怪，何时起，她也有客人了？她进了房门才发现，莫雷穿了一身笔挺的戎装，翘着腿打量她的一小片天地，发出啧啧声。

“回到奥兰多，我要救一个人。”这是莫雷答应放过她的筹码。

但罗拉怎么肯轻易同意，她再也不想回到这个鬼地方了。两年前，莫雷派她执行死亡任务，目的是要她死，因为她在无意中发现了某些藏在奥兰多研究所里的秘密。在执行任务期间，M军团出卖了她的位置，他们把她抓了起来，关在一间封闭的小房子里，给她打针，她昏迷了几天几夜，醒来后，忘记了许多事情。那段日子里做了什么事情，她也不太记得了，只觉得双手沾满了血，她成了不折不扣的杀人魔。

好不容易她才逃出去，怎么可能再次回到这里！

可是她没有选择，莫雷一招手，拜伦便冷着脸将她多年不曾见面的家人，一个不留地押了过来，跪在她面前。她对他们没什么感情，但也无法忍受自己的父母在面前被爆头，迸出脑浆和鲜血。

她不会告诉葛兰这些。

在这里见到葛兰时，她很意外，甚至以为：“你被他们放弃了？”

葛兰偏头看她，不知道罗拉为何有此一问。

罗拉却凄凉地苦笑，她太了解莫雷的行事风格了，要你死，也不会告诉你马上就要死了。只是当你意识到自己被放弃的时候，很可能已经走上了黄泉路。

“你不要往前走了。这里虽然没有警戒，但有天罗地网。”罗拉将她再次拉回，扬手扒掉那司机脑袋上的帽子，朝实验大楼的门前一扔，一张如同电网的东西在半空中便将帽子割成了碎片。

葛兰倒抽一口气，她今日差点儿就闯上去了。

“这就是他们肆无忌惮的原因，据我所知，没有人能从这个安全门硬闯过去。”

葛兰沉默着，回头看罗拉，“就没有突破口吗？”

罗拉只摇头，“有，但今天肯定不行了。”她抬头指了指高处的三楼。两人已经没有多余的时间再逗留了，要么赶紧离开，要么硬闯进去。这栋大楼的人似乎预感到了什么，已经有影影绰绰的影子绕过玻璃门往下来。

葛兰一把捏起那胖司机的鼻子，胖司机骤然醒来，面临的依然是地狱。

枪口对着他满脸的横肉，“带我们出去，不然弄死你。”

司机只能选择爬上车，她和罗拉藏在车厢里，枪口抵在司机后背上。罗拉说得没有错，这后车厢里有人的味道，不管是恶臭味还是尸体腐烂的味道，混杂在其中，异常刺鼻。

警卫在门口排查。车子晃荡一声遽然停下的瞬间，葛兰和罗拉对视一眼，两人心知肚明。

胖司机哆嗦着跳下车，先送烟给守卫但被拒绝了。他很清楚，一旦被发现有人藏在他的车内，自己也脱不了干系，所以他不得不跳下车，亲自来开车厢让人检查。

打开车门，并没有看见两人的身影，胖司机松了口气，正要关门，眼角才瞥见车厢门口的顶上两个角落的衣角，胖司机面不改色，将车门关上。

没有觉察到异样的警卫这才放行。

装载车是改装过的，车厢用很厚的材质加过顶。罗拉和葛兰选了直线视角的盲区，才险险地躲开了警卫的搜寻。胖司机显然是人际关系里的老手，尽管没几个人愿意给他面子，他们心里却是对这种没脸没皮的小人物瞧不上眼的。

第七十章
我在等你

车子在两公里外的湖边停了下来。

葛兰没想过便宜胖司机，一把拔出了枪对准他的脑门儿。胖司机受到惊吓一连滚下车，连滚带爬了几圈，喋喋地道：“你想知道什么，我都可以交代。”

他企图因为几分钟前的结盟讨得奖赏。

“这是你助纣为虐的代价。”话落，就是一枪。

胖司机一条腿中了弹，在地上吃痛地叫了两声，这已经是最轻的惩罚了。

“滚！”葛兰没想当场杀了他。刚从鬼门关里活了过来的胖司机忍着痛爬起来就跑，连车都不要了。

罗拉见葛兰当真是打算放过此人，眉目微挑。

“何不干脆一枪解决了事？”

葛兰半低着头，收了枪。罗拉失笑摇头，“我差点儿忘记了，你心地善良，从不滥杀无辜。”

不知是讽刺还是什么。葛兰没准备回应，只抬头看了眼那被遗弃的装载车，嘴唇开合，“现在告诉我，你为什么会出现在这里。”

罗拉不确定葛兰和 M 军团目前的关系，显然不会告诉她实情。

“你不会傻到以为我会告诉你实情吧？”

葛兰不说话，只盯着她。两个女人都不是省油的灯，她们从第一次见面时就知道，对方会成为自己并肩作战的队友，然而这并不代表她们要互相欣赏。罗拉对葛兰的妇人之仁瞧不上眼，葛兰也瞧不上罗拉的唯利是图。

在成为队友的四年时间里，两人亦敌亦友，关系说不出的微妙。

但罗拉太了解葛兰了。仅仅从她看自己的眼神里，她不得不选择相信葛兰。

“既然你执意要掺和，”罗拉笑了笑，拿她没有办法地妥协道：“七天后，在这里，等我。如果我没死的话。你会知道一切真相。”

“你要去做什么？”葛兰一把拉住她。

罗拉沉重的表情让她想起了两年前。直觉告诉她，这一次并不比两年前轻松。那时，她们所有人都不知道，莫雷长官交代了秘密任务给罗拉，而她不得不从，这一去，却成了黄泉陌路。罗拉再也没有回到基地，她消失了。杰克告诉葛兰，罗拉很可能已经死了，因为M军团的分队在追杀她。

他们给罗拉安上了一个叛徒的罪名，上了M军团里的黑名单。

这一切都是葛兰听说的，这些年，她始终站在她的队伍里，也抛弃了罗拉。从前的葛兰是不会对M军团产生任何怀疑的，如今却不再确定了。

“我要去救一个人。”罗拉淡淡地道：“三天后，那死胖子会再送一批‘货物’进去，而我就是其中之一。”

“救谁？”葛兰不知道是什么样的人值得她如此冒险。如果一切都如罗拉所说，她有足够的理由相信杜邦研究所里藏着可怕的秘密。以后也不断地会有尸体从那里面抛出来。

罗拉却不愿意再说出口，她抬手拍了拍葛兰的肩膀说：“好自为之。我希望你活下来。”这是她真切的希望，尽管她并不喜欢葛兰，但毕竟，她们曾出生入死过。

古巴的丛林，捣毁毒贩分子基地时，罗拉不幸被抓，当时她唯一能正常通讯的队友只有葛兰，她曾以为自己会死在那些人手中，死状很可能极其残忍。万万没想到，救她的人会是葛兰。那时，葛兰在身上横跨两把机枪，只身回丛林基地，腹部连中了两枪，却还是架着她逃了出来，两人在归队的途中被追踪，差点儿没被打成马蜂窝。

她记得，徒步八小时后获救的她们醒来第一次相视而笑，笑话对方差点儿成为马蜂窝。

那是唯一一次，两人走得最近，是用命换来的。

回到酒店已经是二十分钟后，老远，她就看见酒店门口站了两道身影。

风尘仆仆的林恩，站在酒店门口等她。

他看了看手腕上昂贵的手表，表情看不出情绪来，只说：“我以为我还需要等半小时。”

葛兰动了动嘴皮，不确定他是否已经猜到了她的行踪。

林恩心知肚明，嘴角一弯，上前来拉她的手，“我知道你去了什么地方，葛兰，你知道的，我总是不希望你出事，下次如果你要去哪里，我可以带你去。”

葛兰讽刺地想起林恩的谎话连篇。她早应该猜到，那守卫森严的地方，不可能让她们如此轻松离开的。原来是他，放了她一马。无法觉得庆幸，她看他的眼神都凉了。

林恩拉着她的手微微颤抖着，连带着他的手心也冰凉一片。

耳边是林恩微微叹息的声音，他总是语重心长，“去我房间，我们聊聊好不好？就我们两人。”说话间，他已经张开了握住她手的五指，交叉穿过她的指缝，十指相扣。

葛兰的视线从手上收回，盯着他一字一句，“如果我不愿意呢？”

“你不会的。”林恩咧着嘴角，扬起一个没有温度的笑容，晃起两人的手，“你应该不想看到范先生死在奥兰多。”

“你大可以杀了他。”

“不，我不会。我不会杀任何人，我没有恶意，我只是想跟你聊聊，这几个月，我很难过，你离开的日子让我辗转难寐。”

“你想得到什么？”

“很多，包括你。”林恩说话的时候，喜欢盯着人的眼睛看，迫使别人不得不注意到他的神色，是那么的认真、坚定，也阴险狡诈。她大可以直接捏断了他的五根手指头，让他再也没有机会弹钢琴，但是腰后抵着她的硬物，让她不敢对他痛下毒手。

她侧过头，被迫躲开他的视线，无奈地叹气。

“林恩先生，你总在强迫我做不愿意做的事情。如果仅仅是想同我聊一聊，未免太没有诚意了。”

对于伍德的自作主张，林恩很不高兴。他恶狠狠地刮了一眼站在她身后的伍德，示意他收枪，但伍德却没有动作，声音凉凉地道：“葛兰小姐，先生只想同你谈谈。”

“谈什么？”

“爱情。”林恩说，他打断了伍德的话，“我爱上你了。”

那样温柔的话，从林恩口中不是第一次听说，但第一次让她感觉到了彻骨的寒冷。她没有动弹，任由林恩牵着她的手往前走，后腰上，伍德的枪口始终没有松开。这让她感觉每一步都像是踩在荆棘上，脚底泛酸。

拧开了灯，林恩反手将房门关上，葛兰还来不及反应，他已经挤身上前，将她压在了门上，砰的一声，葛兰感觉自己的后背撞上了门背上的棱角，她直起脖子，却正中林恩的下怀，林恩顺势低头，柔软的触感压在唇角，葛兰感觉被强压在后背的右手一阵酥麻，使得她有半秒的愣怔，身前的人越发得寸进尺。

葛兰偏头，林恩的唇角落了空。

他早有准备，并没有失望，只是探出左手反锁了房门，直接将伍德隔绝在了门外。林恩的另一只手，也摸到了她的腰间，那把便携式手枪的枪托落在了他的手心，但没抽出来，葛兰反手压住了他的手背。

葛兰冷眼看着他如此防备自己，嗤笑出声："你以为离了枪我就不能将你摔倒在地吗？"

林恩将整个人的体重都放在了葛兰身上，两人身体相贴，他的鼻尖碰到了她的侧脸。他一笑，气息全数喷在葛兰脸上，夹着薄荷的烟味，她不知道林恩居然抽烟，不由得蹙起了眉头。

"我当然见识过你的厉害。"林恩从来都不会小看她，心里甚至很清楚，如果是被自己整个人乃至右手压在门上，她甚至不用同自己废话，上一秒的他很可能已经被扔出了窗外了，"也知道你不会伤了我。"

他在赌，赌葛兰没有对他下狠手的想法，所以才要挑战她的权威去抽那把枪。

葛兰曾说过林恩是赌徒，不过是一句玩笑话。

谁也没想过，有一天他们会用在彼此的身上。尽管不是现在。

一把枪而已，葛兰不需要靠它来维持自己的生命安全。她松了手，同时也推开了林恩，力道大得令林恩一个趔趄，差点儿跌倒，幸而一手撑在了摆放在房屋中央的钢琴上，几道重重的音阶响彻在房里。

这间房葛兰是第一次进入，像是林恩的专属房间，放了钢琴。其他的摆设，也像极了在柏林初见时酒店的房间。她想，林恩一定经常来这里。

借着力道，林恩也顺势将枪拔出。不等他有下一步动作，葛兰已抬脚将枪踢飞，重重地砸在了玻璃门上再次发出了巨响。

不过一瞬，林恩愣了愣，盯着自己空空的手心忽而笑起来。

林恩站稳，手指没有离开三角钢琴的黑白琴键。

"你才不会让自己置身于任何危险之中。"所以他才觉得心悸，"如此惜命，却几次因为救我差点儿死了。"

"我为了钱，而你的命很值钱。"葛兰从不欺骗雇主。

林恩沉默了一阵，他在思量自己的命值钱是否值得高兴。

他面向葛兰微微一笑，耸肩道："假设这是我的资本，至少你对我有了一层好感。"

"我不会喜欢你的。"她也不相信林恩的爱情，他在她眼里满口谎言。

从来没有女人一本正经地拒绝他，林恩下意识地笑了起来，似乎觉得很愉悦，长手指在琴键上弹出几个音节，葛兰记得，这是几个月之前他在音乐会上演奏的《平湖秋月》，古典式的序章，戛然而止时也充满了上世纪的悲怆。

琴音末，他似乎已经忘记了方才的剑拔弩张，恢复如初温润如玉的模样。

"以前的我起码不会令你讨厌对吗？"林恩没有看葛兰，盯着琴键没有动，自说自话，"我可以假设你也曾对我有过好感，人的眼神无法欺骗人。"而他最擅长观察眼神，葛兰看他时，眸子里有别的东西闪动。是什么，他不能确定，只是觉得单方面的欣喜。

葛兰没有反驳他的话。她得承认，林恩的确不让她讨厌。

可是那又如何？

"你和我生在两个世界。"

"哪两个世界？"他笑了，觉得她的推托之词听来可笑，至少她还有原因，比什么都没有强，"你我都活在修罗场，又或者是地狱，我们没有什么不同。"

"我不爱你。"葛兰再次强调。

这比不喜欢还要让人觉得难堪，林恩抬手轻放在胸口："你爱谁？"他凄凉地苦笑，似乎已经听见心在滴血的声音。

"没有谁。"葛兰好看的琉璃目闪烁着。她爱谁？想不出来会有谁。她曾用真诚对待过的人，后来都背叛了她。她想不出来，还有谁值得爱。

心，早已经长了老茧。

"总有一天，那个谁，会是我。"林恩笑了，指着她的心，"不惜一切代价。"

他说得郑重，像是在宣誓。

可惜誓言最不可信。

第七十一章 清除任务

“葛兰使用了蜂鸟，在奥兰多。”杰克汇报最新情况时，特意观察了莫雷的表情。

莫雷转过背对着杰克的旋转椅，单手放在眉间，抚平了皱褶。

“我们……要提醒她吗？半个月之前，她已经尝试用入侵的方式进入基地的网络。”杰克小心翼翼，生怕这个消息惹怒了莫雷，就连没心没肺的他，也有些心软了。

“没有我的命令，不能轻举妄动。”莫雷终于开了口，冷漠地拒绝了杰克的提议。天知道，莫雷长官对葛兰有多在意。即便如此，他能做的，却也只有这么多了。

“她很可能已经遇上了罗拉，瞒不下去了。”杰克依然担忧。

“我知道。”

“长官……”

“克尔和布鲁斯回来了没？”莫雷的声音低沉，听得出来，是从胸腔里挤出的声音，“回来了。”杰克摇头，心里已经猜到长官如此一问的目的，他的手悄悄地握成了拳头，手心里全是汗。

“让他们准备行动。”

“可是……”杰克还想要再说点儿什么，但莫雷制止的眼神令他不敢贸然再开口，话锋一转，他提议道：“罗拉在奥兰多，她可以参与行动。”

“她有更重要的事情。”莫雷想也不想，便拒绝了。沉吟了一会儿，他又交代杰克，“你们谁也不能帮葛兰，她必须经历这一劫。”

“是。”杰克低头，已经将任务发布了出去。这个命令，他甚至不愿意当面示下。

“拜伦怎么办？”

“让维多利亚送他去反省室，没有半条命不能出来。”

杰克倒吸了一口气。半个月之前，杰克发现拜伦想要偷偷联系葛兰，就被关押了起来，如今如果得知M军团要追杀葛兰的话，拜伦铁定会发疯。但即便如此，杰克也没料到，长官甚至不惜取拜伦半条命，也要让葛兰死。

收到命令的众人里，维多利亚最为冷静。

她知道会有这么一天，只是可惜了拜伦，“如果你求饶，我可能不会让你太痛苦。”

反省室一向是维多利亚的地盘，黑漆漆的房间，拜伦被机械困在中央的椅子上，他的身上带了许多电子设备，40V的电压通过一道道线路穿过他全身，每一次都不得不让他战栗，二十四小时不间断的电击让人体的承受能力降到最低，她不会让拜伦死掉，但会让他生不如死。

然而，这一切只是开始。

拜伦的沉默激怒了维多利亚，她咬着牙在他脖子上打了一针，奄奄一息的拜伦这才扬起脖子吃痛地叫出了声音。

这种药剂，能加倍让人体会疼痛，最大限度是一百倍。

“为了一个女人，你一定要将自己弄成这样吗？”维多利亚从牙缝里挤出声音。平日里毫无波澜的声调里出奇地多了愤怒和不忍。

“葛兰……她没有做错什么。”拜伦咬着后槽牙，感受着一波一波电压带来的痛感，猩红的双眼奋力地瞪大，让自己看上去据理力争。

“我们的世界里哪里分对错？”

拜伦不甘心。

“我要见长官。”

“死心吧，他已经亲自下了命令，克尔和布鲁斯亲自出手，他已经够仁慈了，没有让杰克和你去。”维多利亚冷冷地说着，语气里毫无情绪。

她不在意葛兰的生死，就像当初她不在意罗拉一样。维多利亚不喜欢异数，一字一句，她要亲手毁掉拜伦最后的希望，她凑近拜伦耳边，听得见他牙齿摩擦的声音：“长官怎会不知道，你对葛兰有感情，生死之交……呵呵，多么伟大。”

维多利亚听见拜伦咬破牙龈的声响，电流穿过身上的感觉痛得他仰面朝天，嘴角已经有一丝隐约的鲜血。拜伦死死盯着维多利亚的眼睛布满的血丝，似下一秒就要爆裂，尽管见惯生死，维多利亚也愣住了，她微张着嘴迟迟不知道说什么。她认识拜伦十几年，第一次见他的眼角滑下了眼泪。似要证明真伪，她抬手用指尖碰了碰，指尖的湿润和微凉真实触目。

“你……不应该怪长官。”

拜伦颤抖的全身已经瘫软，他再无力气应对这该死的惩罚，只是默默地闭上了眼。

“当一个女人的出现动摇了一个男人的宏图霸业，制造阻碍的人，没有办法活在这个世界上。这是规则，拜伦。”

维多利亚试图劝说拜伦接受现实，看在相识十几年的分上。

但是拜伦的一再沉默令她愤怒了。

“我就不信，你真的连命也不想要了。”维多利亚的脸有多美，心就有多狠，对付拜伦她没有拿出十分的本事，如今却要走到一一付诸实施的地步。

“你是我的秘书，不管你有任何理由，都不应该出现在其他男人的房间里。”

凌晨，葛兰从林恩的房里走出来，这一幕，让范西恨透了她。

葛兰没想激怒范西，但易怒的他却又总是被林恩牵着鼻子走。她在想，自己应该用什么样的言语转告范西，他其实一直在被林恩愚弄。因为林恩在挑拨两人的关系？这话，说出来连她自己都想笑，何况是范西。

就算范西气得朝她扔水杯，她也懒得解释半句。

范西这些年的坏脾气越发难以收敛，气急时抓到什么就扔什么，水杯没砸中葛兰，落在她脚边碎了，范西复又抓起矮柜旁的圣经砸了过去，这次水平线很准，只是依然没有砸中葛兰，被她反手接住了。

“顾朝阳！”范西气得要跺脚，却只有一只腿，无计可施。

葛兰撇撇嘴，难得的心里有了愧疚。她总在无形中激怒范西，每时每刻，他都能暴跳如雷，然而他的面容看上去又似病入膏肓的将死之人，她实在不应该如此。

“你总是这样子，我没办法好好跟你说话，像个 baby。”这是葛兰能给他好脸色的最大限度。最好范西能接受，不然，谁也奈何不了他，“还有，不要叫我顾朝阳。如果你执意，我不敢保证会对你做出什么事来。”

“你就这么讨厌这个名字？”

讨厌！当然讨厌。那是一个生活在地狱里，不堪回首的过往。狼狈让人变得凄楚可怜，同时又百般厌恶。

葛兰的沉默范西当作默认。

他点头，“好，葛兰。”他换了名字唤她，自己摇动着轮椅慢慢靠近她，暴风雨过后是宁静，他收敛了怒气，抬手一点点拉她的衣角，企图将她拉近自己，葛兰不懂，任由他拉着自己的衣角离自己越来越近，近到他抬手就能将她整个腰环在怀里。

范西哭丧着脸，试探地探出手去抱她的腰，将脸埋在她的小腹上，像是小时候那样，撒尽了小孩儿脾气。他的声音闷闷的，“我讨厌你跟杜邦在一起，非常非常非常讨厌。”

可是我有什么理由因为你的讨厌，也去讨厌？

葛兰没想范西会使出这一招，小时候就爱这样耍赖皮。她定定地看着他靠在自己肚子上的脑袋，毛茸茸的一颗，抬起的手将要触到范西的发丝时又收了回去，她掰开他紧箍的手，退后一步，她已经在尽力控制自己的暴力倾向了。

“别碰我。”

范西被她推开后，有点儿失落。他挥手，想要再一次去抓，但这次被葛兰在中途拦截，她握住他的手腕拉开两人之间的距离。

“不要再让我重复第二遍。”手上微微用了力，范西的手腕已经红了一大片，疼痛感传来，范西也涨红了脸。他微张着嘴巴要说什么，房门却被Ben从外面推开了。

Ben显然没料到会是这情景，愣怔地看了眼两人的神色，葛兰在皱眉，她不开心，而范西红着脸在忍痛，听见骨头小小的咔嚓声，葛兰才一把扔开他的手，“你照顾范先生。”

葛兰转身离开了范西的房间，无视了Ben看她的奇怪眼神。

她知道Ben误会了，就像是他曾误会她和拜伦的关系。她想，自己在Ben眼里应该是无耻的女人。

葛兰没下重手，但对范西来说手腕也差不多脱臼了，Ben跟在范西身边的日子不短了，还是第一次见他这样子，狼狈得不敢呼痛。Ben小心翼翼，生怕把他弄痛了。

“先生，您得忍着。”Ben见范西点了头，才一把将他脱臼的骨头回归原处。

范西果然说到做到，没吭声，只是满头的大汗，下嘴唇也被牙齿咬出了痕迹。范西从牙缝里挤出声音：“给我盯着葛兰，去任何地方都给我汇报。”

Ben 不明所以：“先生，葛兰小姐犯了什么错吗？”

“闭嘴。”

Ben 果然闭了嘴，他其实想建议范西，对待女人，尤其是葛兰这样的，最好不要对着干。如果被发现了，挨打的人很可能就是他。范西的要求着实让 Ben 犯了难，他跟踪葛兰，有非常大的概率会被发现。

第七十二章 完成任务

Ben 一连跟了葛兰几天，唯独这次跟丢了。

几人在奥兰多逗留了一周，林恩安排范西进入了常规实验室观察 DT 合成细胞的实验现场，一周前注射了细胞的衰老小白鼠起到了细微的效果，这个发现足以让范西激动了半天。这意味着，DT 合成细胞确实有用。尽管，小白鼠出现了副作用，现象是变得暴躁。

林恩答应范西：“如果你需要，我们可以提供少许的剂量让你带回国研究。”

林恩的慷慨，让范西很是意外。

“当然，我们申请了专利。”不管范西最终得到什么研究成果，这项专利都归杜邦集团。尽管不确定林恩如此大方的原因，但范西依然欣然接受了，他太需要这东西了。

从研究所回到酒店后，葛兰就“失踪”了。Ben 拍胸脯保证自己盯牢了她，但仍然给错失了。早在一周之前，葛兰就发现 Ben 在监视自己，她任由他跟了几日，如今不得不使障眼法甩掉了他。

在午夜来临之前，她要赶赴七日之约。

在约定好的地点等了将近一个小时，葛兰才意识到事情的严重性，远处的研究所发出了火光还有枪声，震耳欲聋。葛兰赶到研究所基地附近时，枪声渐行渐远，葛兰寻着枪声往反方向追了过去，路经依奥拿湖时才发现几个穿作战服的人端着枪在芦苇丛里搜寻什么。他们朝天开了几枪，却依然没有惊醒这附近的居民。

芦苇生得茂盛，人群走在里面，已经没过了腰。

这并不是一个躲避的好地方，却也不容易搜索。葛兰抿着唇，藏身在黑暗里，让黑夜整个吞噬了自己的身影。顺着那几人枪头的方向，观察着四周，并没有发现异样，但葛兰却直觉一定有人藏在其中。

她不得不快速地在脑海里做了衡量。

按罗拉言出必行的行事风格，除非已经死了，不然她一定会回到约定的地方找自己。葛兰很快做了决定，拔枪朝天开了几枪，转身便再次隐没在黑暗中。听见属于队友的枪声，芦苇丛里展开搜寻的人警戒地朝着葛兰的方向看来，没有看见人影，对着空气开了枪。为首的人挥了挥手，其他人跟上，用行军步伐一点点撤出芦苇丛，靠近葛兰方才所在的位置。

葛兰自然不会待在原地，开完枪她掉头就跑了。不过几分钟，什么踪迹也没有寻到。作战队的人扑了空，才意识到很可能中计了！再回头追到芦苇丛里，地毯式的搜索也不可能找到人影了，但就在方才走过的地方不远处，一摊染红了泥土的鲜血，证实了他们的猜想。

葛兰绕了一圈才回到约定地点，只是令她没想到的是，等待她的人除了罗拉以外还有一位不速之客。尽管这位不速之客受了重伤，瘫倒在地上奄奄一息，脸重重地跌在泥土上。葛兰用脚将他翻身过来才认清来人，“马修？”预料之外。

罗拉的伤势没比马修好多少，她喘着粗气，靠坐在指示路牌脚下，被刮了几道口子的手臂垂直放在身前，手上还握着一把枪。葛兰顺着血腥味寻去，罗拉的身上还挂着一把榴弹枪，被枪托遮住的腰间中了子弹，她做了简单的处理，用衣服上的布料堵住了伤口，却也仅仅是止住了少量的血，那地方还在不停地往外冒血。

她好容易才直起脖子看葛兰，咧嘴说道：“是你引开那些人的？”

罗拉从基地逃出来后，第一时间将马修藏了起来，然后才故意往反方向跑向芦苇丛，她企图引开那些人的视线。但她明显低估了那些人的狙击准确度，她的腰被人开了一枪，差点儿死在芦苇丛里。就在罗拉耳边已经能听见军靴踩着芦苇发出的声响准备拔枪硬拼时，远处几道响彻天际的枪声成功救了她的命。她透过芦苇丛的缝隙瞥见了一道黑色人影跑开，她想，这个人应该是葛兰没错了。

“不用谢。救人一命，胜造七级浮屠，更何况，我想从你身上得到一些真相。”葛兰知道她想说什么，但又说不出口，她用脚尖踢了踢地上明显昏迷的马修，“怎么回事？如果我没有记错的话，在几个月之前，他就应该已经死了。”尽管她没有亲眼看见马修死，但脑海里不由自主地冒出了一张女人的脸。

莫雷称呼她为夫人，莫雷将马修交给了她，就再也没有了消息。如今马修却奇迹一般地出现在这里，葛兰抿起唇，连带着两道眉也凝起。她隐约感觉到了不对劲。

“我不知道他为什么会出现在这里，但我可以告诉你，是莫雷让我来找他的。我的任务是将他从那里面带出来，送到莫雷面前。”罗拉吃痛地嘶了一声，低头面对自己的枪口讽刺地笑了一声，“我这副样子看来也没办法将他送走了，他们的人应该会来接应。”说话的同时，她已经抬起拿枪的手，用枪托敲击了一番自己的太阳穴。

他们，是指M军团。她们都曾熟悉到不分彼此，并肩作战的队友。

葛兰不知道如何形容此时的心情，一阵心酸，一阵委屈，还有愤怒。她已经连续一个月无法联系到基地了，其他人也突然之间对她隐藏了信息，她查不到任何人的下落。想不到，他们会为了一个马修特地跑来奥兰多接应。

“莫雷要他有何用，我并不知情。”罗拉似乎料到葛兰会问自己什么，先一步开口，她用枪支撑着自己站起来，“此地不宜久留，带上他，我们去隐蔽的地方。”

罗拉看上去很不好，不仅感觉到来自枪伤的疼痛，还有脑子里的嗡嗡叫声。

一页一页的片段像是拼凑碎片一样在她脑海里不停地播放，突然的画面强制接收让罗拉头痛难耐。

罗拉感觉自己脑子里有什么神经突然断裂了，痛到她惊呼出声。她暗自咒骂了一声：“该死。”在她混入实验室时，那些人朝着她的脖子扎了一针，就像是三年前一样，重复的画面，令人窒息的熟悉。

根本不给葛兰询问的时间，罗拉转身强撑着身体往前艰难迈步。

罗拉隐藏的所在地居然就是葛兰居住的酒店，却是在南边的一栋建筑楼里，罗拉走在前方，穿过停车场一面为葛兰带路，一面解释道：“那些人不会来这里搜寻。这附近的监控也被我动了手脚。这越明目张胆的地方，反而才最安全。”

葛兰不得不承认罗拉说得没有错，就连她也没想到罗拉会选择住酒店。

进了房门，葛兰便将架在脖子上一路拖行的马修扔在了地上。原谅她，无法礼貌地对待一个差点儿杀了她的人。

马修吃痛地呻吟一声，有转醒的迹象，半睁的眼球布满血丝，初看，葛兰也不由得抽气。不等她上前，罗拉已经从医药箱里翻出一剂针管，扎在马修的手臂上，马修的眼皮向上翻了翻，露出了眼白，仿若一个僵尸。

确定马修不会再转醒，罗拉这才低头撕开自己中枪部位的衣料，露出了血肉模糊的血窟窿，葛兰见她已经点燃了酒精灯，将长钳子一头经过火苗加热，递给她。罗拉自己动手挖出子弹时，葛兰转开了眼，见过太多血腥的场面，惹人厌烦。

罗拉将取出的子弹扔在了垃圾桶里，下嘴唇已经被自己咬破了，没什么血色，但还是勾起唇角嘲讽葛兰，“你最是见不得血腥，却还是干了这一行。”

葛兰蹙眉，抬手将鼻尖嗅到的血腥挥开。

罗拉自行包扎了后，再次在医药箱里翻找出了一支针管，针管是新的，她忙低头又找了一番，却没有翻到她需要的东西。罗拉急了，抬头深深地吸了口气，一拳砸在自己的伤口处。

葛兰不知道她突然为何要如此，想上前阻止，但罗拉的手劲很大，一把将她推开，“不要管我。”

“你……”

罗拉的呼吸突然变得急促起来，她疯了似的将整个医药箱里的东西倒在了地上，趴在地上一点点地寻找，看得出来她很痛苦，声音都颤抖了，“该死。”

“你要找什么，罗拉，看着我，告诉我你要找什么，我帮你。”葛兰一把将她从地上拉起来。

罗拉的神志有些混乱了，她颤抖着全身，像个癫痫患者抽搐起来，瞪大的眼珠也在一瞬间泛起了红血丝。她痛苦地捧住了脑袋，颤着音叫着：“找药，药……”

完全失去自我控制的罗拉突然尖叫起来，葛兰唯恐叫声引来酒店的人。一把将她的嘴堵上，夺走罗拉手中的针管，对准马修方才扎针的位置，抽出一小管血。

罗拉整个人已经蜷缩在地上，仅仅存了一丝气息，望着葛兰的双眼红得快要滴血了，声音听上去已经绝望，“没……没有用的。”腰间包扎过的伤口在不停地往外冒血，葛兰生怕她会失血过多而死，不管了，对着脖子将那管血送了进去。

被刺痛的罗拉再次受了刺激，一张嘴都被咬出了血，她尖叫出声。她一把抓住葛兰的衣服，用力地摇晃脑袋，另一只手颤抖地指着太阳穴，“没有用的，葛兰，杀了我！杀了我！”

“怎么会这样？”半蹲在地上的葛兰向后跌了一步。

第一次，她的眼里写满了惊恐。

罗拉的一双手抓着脑袋，指甲陷入了头皮里，她感觉脑袋里有什么东西在游走，但她无法控制，只能用指甲去抓，这样让她的脑袋更痛。

这样的罗拉看上去越发可怕。

马修方才的样子也实在可怕，葛兰不得不将两人和杜邦集团的研究所联系起来，“他们在你们体内注射了 DT 细胞？”

罗拉的嗓音已经嘶哑，只是一个劲儿地摇头，“细胞……没有细胞，但那里的确是修罗场，死了很多人，我也快死了……”罗拉已经开始语无伦次，但葛兰还是抓住了重点。

“他们对你做了什么？”

以前也有过这种场景，每次神经痛到罗拉甚至想自己开枪解决了自己。罗拉一直认为自己活在地狱之中，直到三天前，她见到了马修。

“我见到马修的时候，他已经疯了。我猜测他有很长时间没有睡过觉了，两只眼睛里爬满了血丝，像吸血鬼……好可怕，他将身边活着的所有生物都杀死了，完全失去了意识，不受控制，很可能……我也会变成这样。”

葛兰想提醒罗拉，不是很可能，她已经变成了这副样子。

触目惊心。

罗拉整个人躺在地上，身体还在抽搐，她想说点儿什么，但总是想不起来，她用力地回忆只会加速她的头痛，然而最重要的那一段记忆却是空白的，“我……我不知道，不知道……”显然，罗拉神经已经失常，“你杀了我吧。如果不是你，也会是他们……葛兰，求你……杀了我。”

疼痛让罗拉一心求死。

“他们是谁？”

“M 军团……”罗拉瞪大的双眼紧紧盯着葛兰。她猜到葛兰不会信，看着葛兰往后退了一步。

“我们是被抛弃的，马修，我……我们不是叛逃者，而下一个……是你。”

第七十三章 你没得选

葛兰从地上爬起来，不敢置信地捂住了嘴，尽量不让自己发出声音。

她不能相信，但是……又不得不相信罗拉的话。

再低头看时，罗拉已经没有了声息，她的嗓子已经发不了声响，只看得见嘴唇一上一下的在动，她已经不再激烈地拿手去抓头，宛如死人一样瘫在地上，任由可怕的神经机能让身体继续抽搐，血红的双目瞪得老大，已经没有再转动。

葛兰的双手不受控制地颤抖起来，她感觉到了害怕，但不得不上前去探罗拉的鼻息。她还在呼吸，气息很弱……状态却如死人一般。葛兰用右手压下颤抖的左手，想要将她扶起。

突然而至的一声枪响，打碎了玻璃窗，葛兰猛然惊醒，那子弹没有打中自己，砸在了墙面上。不等葛兰拔出枪，紧接着又是一声枪响，葛兰闪身躲开，此人的枪法算不上精准，但身藏在隐蔽之处狙击，不得不防。葛兰匍匐在地，爬到窗沿想要将窗帘拉上，但很快接踵而至的枪声再次响起，擦过她的手边，直奔罗拉，这一枪不是冲着她来的，而是地上的罗拉，葛兰意识到时已然来不及了，子弹穿过空气，精准地打在罗拉脑袋上，砰的一声，葛兰目睹罗拉的脑袋开花，迸出了脑浆。

葛兰张大嘴巴低呼出声，她已经许久没有觉得悲伤了，但目睹曾经与自己并肩作战的人死在眼前，悲怆得她呛出了眼泪。

狙击手没有收手，对方没有给葛兰多余的时间，已经接连开了第三枪，葛兰一把将窗帘拉上，一跃飞扑到另一头，飞速而来的子弹擦过她的手臂落在地上。背靠着墙面，葛兰皱眉看了眼自己的手臂，没有在意，如今的角度，她没有办法捕捉对方的方位，只能躲在暗处伺机而动，很快，对方也觉察到了她的想法，没有再开枪的意思。

房间里突然安静了，葛兰用枪杆挑开一丝缝隙，只有高楼安静地耸立在地上，在漆黑的夜里，格外寂静阴森。葛兰不敢掉以轻心，依然半趴在地上，一点儿一点儿地将马修移出了房间，直到确认没有狙击手再开枪时，她才架着马修躲开摄像头进了电梯。

罗拉的突然死亡让葛兰有一瞬间的迷茫，她突然不知道自己应该去做什么了。

带着马修去见莫雷？既然莫雷如此重视，是不是代表她能以此为借口见他一面。可念头刚爬上脑海，她自己却先讽刺地笑起来。

一个被抛弃的棋子。

在奥兰多无人的街头正面对上克尔时，葛兰终于明白，她的人生从来就没有选择题。

她压根儿不用思考带着马修何去何从，因为就算她不去找他们，他们也会找上门。只是，原本以为再也不会痛的心，却还是剧烈地痛了起来。

一步一步朝她走来的人，手里拿着狙击枪的，是布鲁斯。他们曾经同吃同住，去过世界各地，一起对抗过无数的敌人，一起中过枪。甚至就在几个月之前，他们在柏林还并肩作战，然而，就在几分钟前，布鲁斯用手中的狙击枪朝她开枪，杀死了他们曾经的另一个战友。

葛兰抬手扶住了额头，她希望这一切都只是梦。

但是布鲁斯看她时，眼里写满的愧疚让她不得不面对现实。

“为什么？”喑哑的嗓音里是失望和无奈。葛兰觉得自己的鼻尖微酸，眼睛肿胀，她定定地瞪大眼，一动不敢动，生怕自己眨了眼，眼泪会不受控制地落下。十年前，她就警告过自己，绝对不再为了任何人流眼泪！绝不！

布鲁斯捏着枪的手泛白，他不知道会有这一天，拿枪口对着葛兰。布鲁斯泛红着双眼，好几次想说什么，动了动嘴唇，却没有发出声音。

看口型，葛兰猜到他在说“对不起”。

对不起什么？因为现在他们要杀了她吗？

“把马修交给我们。”克尔没有举枪，他走到葛兰的身前，问她要人。

克尔是莫雷的心腹，他从来不同他们一起生活，却无时无刻不出现在四周。直到看清楚他的脸，葛兰才不得不相信，罗拉说的是真的，自己被抛弃了。

克尔不听命任何人，他只听莫雷的。

命令是莫雷下的！

葛兰的脚往后退了一小步，她忽然笑起来，眼角笑出了眼泪，“如果我不交出来呢？”她哽咽地停了下来，凉凉的声音在黑夜里听上去格外刺骨，“是不是，你们也要朝着我的脑袋开枪。”

克尔没有回答她的话，看她一眼。他比谁都冷漠，他不是布鲁斯，更不是拜伦，他不在意葛兰的生死。

“你没有选择。”他说，再次逼近上前。

尽管他不回答，也给了葛兰最残忍的答案。

葛兰突然怒了，她抬起枪对准克尔，“那你们就踏过我的尸体带走马修吧。”

她率先一步对准了枪口，朝着克尔，负隅顽抗。

迫使得布鲁斯也不得不抬起了枪，他们心里都很清楚，葛兰手中的枪杀不了人，而布鲁斯却可以一枪毙了她的命。明明是以卵击石，她却要奋力一搏。大概是气急了，沉重的背叛感让葛兰起了赴死的心，她要拿自己的命来下赌注。

布鲁斯知道，此刻的葛兰有多绝望。

“开枪啊！既然他让你们杀了我，就开枪啊！”葛兰吼完，食指已经扣在了扳机上。

咔嚓一声响，敲响了决裂的钟声。

“不要怨恨我们，葛兰。长官……不想让你死的。”布鲁斯终于开了口。

葛兰冲天仰起头，阻止自己那不争气的眼泪往下滑，“他不想我死，却还是下了令杀我，不是吗？”凭什么还要求她不要怨恨，“一个死人而已，你们觉得愧疚吗？”

布鲁斯没法反驳。

她说得没有错，如果没有莫雷长官的指示，方才他就不会对着她开枪，甚至在她面前杀死了罗拉。莫雷有多在意葛兰，他们心里很清楚，谁也不明白为什么会突然变成这样，但莫雷做事，总是有理由的吧？

“这是你的命。葛兰，有人要你死，长官救不了你。”克尔不想再废话，他抬手一把堵住葛兰的枪口，他们都知道，葛兰不会开枪，他们所有人里，葛兰是最容易心软的。她对这个世界充满了厌恶，以及同情。

但今天，他们必须完成一个任务，所以，他抽走了她手中最后的枪，掉转枪口对准了她的胸口：“对不起，葛兰。”

话落，他已经扣动了枪，子弹穿膛而过，在葛兰的胸前溅起了血花。

来不及眨眼，葛兰便听见子弹划破皮肉的声音，就在耳边。她瞪大的眼，没有诧异，只是认真地盯着前方看，葛兰觉得自己的心脏被撕裂了，但是她感觉不到疼痛，已经扑通一声倒在了地上。

“不！葛兰……”

布鲁斯愤怒地扔下手中的枪，双手在颤抖，眼前全是葛兰倒下时，盯着自己看的双眼。那里面写着，绝望和痛恨。

她恨他们。

布鲁斯何尝不恨克尔。他没有想到，克尔会真的开枪，而葛兰明明知道，却没有躲。

“克尔，你为什么要开枪！”布鲁斯歇斯底里，他一个箭步冲上来，想要将葛兰抱起来。手刚要触到她逐渐变凉的身体时，克尔一下把枪对准了他的太阳穴：“布鲁斯，你救不了她。”

“我们是兄弟！”布鲁斯冲克尔吼！

克尔无动于衷，扳机被他扣动了，停在了那里：“如果你不想陪她死的话，现在就离开这里。”布鲁斯不知道，莫雷长官除了下命令追杀葛兰以外，还有另一道命令，无论如何，保她一条命，哪怕是残废，或者成为植物人，都不能让她死掉了，所以，那一枪，克尔没有对准葛兰的心脏，偏离了些许位置。

布鲁斯恨极了克尔，他跟莫雷长官一样的冷血！

但为了保命，布鲁斯还是离开了。

葛兰还有意识，她偏过脑袋，侧头看见布鲁斯和克尔离自己越来越远，她甚至听见布鲁斯发出了呜呜声，然后他的脸一点儿一点儿在眼前消失，最后变成了一个小黑点。

不争气的眼泪还是滑了下来，落到耳际。

葛兰没有当即死去，死死地咬着嘴唇，压抑着不让自己发出呻吟，长官曾说过，哪怕死在敌人手中，她也不能哭着求饶。这就是他们的命。

胸口在冒血，浸染了她黑色的衣服。手，胡乱地抓在中枪的伤口处，钻心的疼痛让她再也无法抑制到唇边的嘤嘤声，她觉得自己快要痛死了，心脏在裂成碎片。

想要求救……

可所到之处，放眼望过去却只是一望无际的黑暗。

第七十四章 囚禁岛屿

葛兰做了一个很长的梦。

梦中来来往往太多的人，每一张脸都从微笑一点儿一点儿变得狰狞，每一个人都想要杀她，她逃亡在沙漠里，身后有追兵，她不能停下来，只能竭尽全力地逃跑，她知道，一旦自己放松警惕，就会成为枪下亡魂，可是她越跑越没力气，太累了，想要停下来，脚步已经迈不开步子了，追兵终于追上她了。

他们笑着，突然又哭了，眼角哭出了血泪。葛兰终于看清楚那人的脸，是范西，还有苏海安，但是朝着她开枪的人，扣动扳机的人是莫雷。

他居高临下地看着倒在血泊中的她，像是多年前在船上初遇那次一样，他对她依旧冷漠。

她的胸口更痛了。

葛兰满头大汗，从疼痛中惊醒，映入眼帘的是一片白色的屋顶，她用了五秒时间听清楚了耳边的轰隆声，那是直升机螺旋桨发出的响声，很大，但并没有吵醒握着她的手的人。

“你醒了？”林恩转醒时发现葛兰已经醒来，脸上总算露出了笑容。

伤口被包扎好了，上了药，行军床的一头上还挂着输液瓶。林恩就这么握着她那只手趴在床边睡了两个小时，眼眶四周有很深的黑眼圈，葛兰见他揉了揉眼睛，许是休息时间太少，太过疲惫吧。

“你再忍一忍，我们很快就到了。”林恩终于松开了她的手，替她掖起被角来。

葛兰感觉自己的五根手指头有些许的僵硬，她试图动弹一下，但失败了。长时间被紧握，导致身体机能一时没有反应过来。

“去哪里？”葛兰没有看见其他人，飞机上只有林恩。

她知道是林恩赶来救了她一命，尽管她不知道林恩是如何得知自己去向的。

“去岛上，那是我的私人岛屿，我把它称为‘女妖岛’，很浪漫。”林恩揉了揉酸胀的手臂才回答道，他知道她在想什么，但不想解释许多，“你需要养伤。在岛上，没有人能找到你。”

葛兰用眼角瞥到窗外临近小岛的景色，那是一个有白色沙滩的小岛，很干净。林恩带着她离开了奥兰多，对范西没有任何交代，甚至没有带上伍德。

葛兰尝试着去动自己的四肢，但都失败了，现在已经没有回转的余地，只能闭上眼睛，无奈地接受了这个安排。

早已有人等在那里，几人合力将行军床搬下了飞机，送到这岛上唯一的古堡内。林恩为她安排了靠近海和阳光的房间，视野非常好，拉开窗帘就能感受到从海上吹来的风，还有刺目的阳光。

安排妥当的林恩已经换了一身舒适的衣服，他站在窗边替葛兰拉开了窗帘，说道：“你就安心住下吧。在这里你是安全的，以后你会爱上这里的。”

林恩清楚葛兰的喜好。

古堡里还有几个女仆人，林恩交代她们只需要负责葛兰的饮食起居。其他的事情他并没有假手于人。

医生看诊的时候，林恩就站在一旁，寸步不离。

葛兰的伤势很严重，子弹将将擦过心脏，稍偏一点，可能就死了。

“好在处理得及时，只是小姐可能有一些时日要休养了。”医生挂上了监控和消炎点滴。葛兰想要坐起来，刚一动，林恩就上前来揽住了她的肩，“你要做什么？”

葛兰动了动嘴唇，视线越过林恩看向医生，“我的四肢不能使用。”她看医生的眼神里写着质问：“你们对我做了什么？”

医生一面打开医药箱，取出了新纱布和药物，一面回答：“小姐您需要静养，不适合过多的运动。”医生变相承认动过手脚。

葛兰眯起眼睛，但对方依旧面不改色，林恩没有下一步动作，他也就僵持在原地，也没有提出要帮葛兰换药的要求。

葛兰抬手要推开林恩，手上的力道却甚微。

她有些懊恼地侧头看向近在咫尺的林恩，林恩没有看她，伸出手接过医生手中的药物和纱布。

“我来，你出去吧。”他要替葛兰换药。

医生应了一声将医药箱留了下来，林恩等到房门关上以后才松开揽住葛兰肩膀的手，拿着纱布站在她面前顿了顿，随后才笑着指了指她的胸口，“可能会有一点儿冒犯。”

葛兰冷眼看他，“我可以自己动手，但你得替我‘解禁’。”

林恩上前一步，坐在床沿，不等葛兰同意已经抬手去解她领口的扣子。葛兰没有力气反驳，他似乎很享受欺负她的过程，指腹划过她白皙的颈项，短暂地停留了一瞬，他低头淡笑出声：“救你回来的那天晚上，身边没有别的人，也是我替你换的药。”

葛兰也不是不经人事的贞洁烈女，没有与林恩争辩的兴致。

对于葛兰的“乖巧”林恩很满意，沿着解开的领口从左往下拉，伤口在胸前偏右的位置，连日的颠簸让伤口又裂开了，胸前一片鲜红，触目惊心。

除开新伤口以外，葛兰的脖子以下从锁骨到胸前还有大大小小的旧伤，一道一道结痂的粉色伤疤纵横交错，满目疮痍。

虽然早已目睹过，但再看一次依然让林恩的心狂跳了几下，心里泛着酸，他取来了剪刀，将染了脓水和血迹的纱布剪开，伤口边缘的肌肤没有受到粘连，干净如初，林恩将无用的纱布扔掉，指尖轻扫过她那干净的肌肤，微微叹息，鼻尖泛红。

“痛吗？”林恩迟迟没有上药，只是抚着那几道疤痕问她。

葛兰昂头，视线不由自主地被他吸引。她不太自然地动动唇角，“还好。”她已经不太记得这些旧伤疤起初是什么感受了，一开始应该是痛的，后来慢慢结痂就不觉得痛了。

她转过了头，不打算看林恩，心里说不出的滋味儿，受伤是再正常不过的事情。没有人露出过这种表情，不管是真心还是假意。

林恩见她撇开了脸，叹息一声，给伤口处换了药，低下头，轻轻吹着气，林恩的嘴唇离得太近，细绒毛好似贴到了她的肌肤，吹得人痒痒麻麻的。葛兰不太适应，动了下肩膀，林恩双手撑着她肩膀两侧固定了她的身形，她一动，他便抬起头，一双明眸里明明写着狡猾，但脸上的表情却是无辜的，看上去好像不明白她的不满。

葛兰抬了抬脖子，假意没注意到他。

林恩收回视线，嘴角微弯，替她将衣服拉好，修长的手指如同敲击钢琴键一般轻柔，叠影交错，一粒一粒地将扣子扣好，林恩的动作很慢，葛兰半仰着脖子配合他，静等了几秒，林恩迟迟没有下一步动作，手停在了倒数第二颗纽扣上。

葛兰一侧头，就发现他盯着自己看，眸子里莹莹闪闪，心念一动，葛兰下意识地便又要避开这如炬的目光，林恩却先她一步，抬手捏住了她的下巴，让她正面对着自己，葛兰被迫迎上他的目光。

林恩手上不客气，面上仍是笑意盈盈，“我想做一件一直想做的事情。”

话音刚落，林恩已经欺身将唇压了下来，正面衔住她因为不满而微微嘟起的唇瓣，含在口中，他没有下一步动作，掀开眼皮去看葛兰的表情，葛兰在睁着眼瞪她，看得出来她很愤怒，但连日来注射的药物起了效果，抬手推搡得绵软无力。林恩捉住她要抬起的手，握在手心里轻轻摩擦，葛兰身后是床头，已经没有退路。

林恩眼角带笑，含糊不清地提醒她：“不要大动作，会扯开伤口。”

居然在这种时候还虚情假意地担心她？葛兰冷冷地瞥他一眼，张嘴想要咬他的嘴唇却给了林恩机会，掐着她下巴的手探到她耳后，压着她加深了唇上的力道，舌尖刷过唇齿，葛兰轻颤着避开他的每一次深入，她不配合，他也不恼，手掌全开，从耳后捧到脸庞。林恩终于退开了一点，放过了她被咬得发红的唇，大拇指在她的脸颊上轻柔地扫过，然后是食指，从眉到眼睑，葛兰闭上眼悲哀地想，自己居然也会有虎落平阳被犬欺的这一天。

林恩没有给她多想的时间，他的指腹正好扫过她的眼睫毛，温热的触感停留在那里半晌没有动静，葛兰听见他从鼻息叹出一丝气，再次靠前，唇角从眼一路向下，鼻翼，脸颊，每一个动作都很轻，小心翼翼。最后，他在她的唇上轻轻一印，放开了钳制她的手。

“我开始有点儿喜欢你乖巧的样子了。”退开了一步的林恩捧着她脸的手没有收回，拇指还在轻轻地摩擦，掌心里细腻的触感让他很是不舍，迟迟不肯松开。

敲门声响起时，林恩才收回手，兀自坐在床边，“进来。”

一个身穿黑衣的男人走了进来，对他毕恭毕敬，“少爷。”

“有事？”

男人没说话，林恩会意，从床边站起来，动作不急不慢，盯着葛兰看了一眼，笑开来，倾身将脸靠了过去，两人的唇齿相隔不到一厘米，“我很快回来。”在她唇上轻啄了一口，才得逞地走了出去。

葛兰一拳落在棉被上，却没有半点儿波澜。

林恩下了药，如今的她就像被禁锢了起来，使不出半点儿力。葛兰强迫自己冷静下来，环顾四周的环境，在一个全新的环境里，想了解四周的可能性和未知性，这是人类的天性也是她的职业病。

门外许久没有了动静，葛兰咬着牙去拔手背上的针头，林恩并没有给她服用的药剂，她唯一能联想到的就是这点滴药水里藏有肌肉麻痹针药，才会导致自己如今成了这么一副任人宰割的模样。

第七十五章 我的选择

葛兰没有将针头完全拔出来，利用胶布将一头歪歪斜斜地插在皮肉里。手背上传来一阵刺痛，门边已经能听见林恩的脚步声了，葛兰闷哼着不让自己发出声音，在等待他进来之前，闭上眼假寐。

林恩的眼神似有毒，一眼看穿了她的假装。

“将东西放在书桌上就出去吧。”林恩没有及时拆穿葛兰，吩咐仆人将最近需要办公的文件放下后，才轻声走到床沿。

他弯腰为她掖起被角，脸凑得极近。葛兰能感觉到他轻缓的呼吸落在自己的脸上，她不太舒服，不由自主地偏开脑袋。

林恩在上方发出了笑声，手已经爬上了她的脸，食指从额头划到她鼻尖。

被如此肆无忌惮地冒犯，葛兰再好的演技也无法假装，睁开眼睛瞪他。眼角瞥见另一头的角落，背靠着正面墙的书柜、书桌上摆放着无数的文件夹。葛兰蹙眉，一种不太好的预感油然而生。

林恩没有说话，他转身进入了衣帽间，二十多平的衣帽间就连接在卧室的右侧，再走出来时，林恩已经换上了家居服。窗外夜色已经渐渐暗了下来，岛上的风很大，海风不时吹打着窗户，发出声响。林恩嫌吵，将窗户半掩了起来，房间里顿时安静了许多。

葛兰见他回身走到了书桌旁，拧开了落地灯，心里不好的预感已然证实，她有点儿生气，恨不得将林恩扔出窗外，但此时的她只能冷冰冰地表达自己的不满：“你在这里会打扰我的正常休息。”她说的不算客气，下了逐客令，“如果你这里没有多余的房间，可以把我扔出去。”

林恩坐下，打开了一份文件，头也不抬，“这是我的房间，我有权利留下来。另外，我不太可能把你扔出去。”

“你想从我身上得到什么？”葛兰提高了音量。

林恩总算抬起头来，看她，沉默了一阵，突然说道：“我让他们准备了晚餐，等会儿送上来，你不方便，就在房里吃完。”末了，他又说：“你不能生气，你需要静养。”

葛兰冷哼一声。不过一会儿，果然有人敲门，是送餐食的女佣。

古堡里的女佣话很少，听从林恩的吩咐放下东西以后就退了出去，绝对不会多留半分钟。葛兰不知道这是否是林恩授意的，但葛兰无法与他之外的人交流，就算她想说点儿什么，其他人都不会回答任何话。

葛兰身体里的肌肉麻痹注射剂让她成为一个生活不能自理的人。眼看着食物在面前，却无能为力。

林恩端着蔬菜粥小心地吹冷，勺子递到葛兰嘴边，她没有张嘴，林恩也就僵持在原地，也不嫌手酸，他固执得令人讨厌。

“如果不吃东西的话，身体不会很快恢复，你这样的状态会持续很长一段时间。”

“你威胁我？”

“不，我只是不想看你受苦。”林恩解释着，嘴角微微上翘。

“你不能把我困在这里。”

葛兰还是没有张口，大约是手酸了，林恩把勺子放回碗里，抬起手揉揉眉宇间的褶皱，“做个普通的女孩子不好吗？不用打打杀杀。”

她没想到林恩会这样想，葛兰愣了愣，半晌才说道：“我没有选择。”这句话莫雷对她说过，罗拉说过，就连克尔也说过。

这些人，用行动证明了她的命运没有选择题。

林恩却斩钉截铁地说：“我就是你的选择。”

“你只要留在我身边就好了。”

“这是一件冒险的事情。”葛兰撇撇嘴，她知道林恩隐藏的实力里，是足以护她周全的。可是这又如何？与林恩交手，本就不是一条安全之路。

葛兰说的没错，爱上林恩很冒险。可是，他爱上她，又何尝不是一件冒险的事情？林恩叹息，幽蓝的眸子认真地看她，她的脸色苍白，眼角微肿，他不相信她哭过了，却怎么也无法忘记当他得到消息赶到现场时，她躺在血泊里失声痛哭，指甲缝里蓄满了鲜血，她在用自己的手去抓伤口，企图让血液流失得更快一些，林恩感受到了她的绝望，对最亲密之人的失望。

直到这一刻林恩才真正了解葛兰，她比谁都决绝。即使她看上去那么容易心软，她同情无辜者，对敌人却绝不手软。她应该恨极了莫雷，甚至不惜用自己的生命作为惩罚莫雷的代价。

这样的葛兰，哪怕是莫雷，也无法放手。

葛兰最终还是选择吃了林恩喂的粥，她想活下去。不为了别人，哪怕只是为了自己，惩罚一次，已经撕心裂肺。

赶不走林恩，葛兰只能放弃。

但林恩的工作很忙，夜深人静，他还在书案上工作，偶尔才会抬起头看看床上的葛兰有没有其他的需要。

葛兰昏睡了一阵，因为伤口阵痛睡眠很浅。岛上的天气不太好，到了后半夜就开始狂风暴雨，半掩的窗户被吹得咣当响，葛兰在梦中感觉自己快要不能呼吸了，雷电一闪，她猛然惊醒，粗喘了几口气，才发现一条手臂横在她的腰上。

林恩不知道什么时候上了床，躺在她一旁，四周很安静，耳边还能听得见他浅浅呼吸的声音，睡着的林恩嘴边没有始终挂着的假笑，看上去格外的温柔，他睡眠也不深，眉宇间一直没有抚平。两人之间距离极近，葛兰想要挪开一点位置，林恩却似早有预谋，横在她腰上的手往里收紧了一些，葛兰整个人连带脑袋被带入了他的怀中。

林恩没有睁开眼，但葛兰知道他早已经醒了。他的动作幅度不大，担心碰到葛兰的伤口，只是乘机让另一只手扣住她的后脑勺儿将她的脸压向自己的胸前，葛兰一双手抵住他。

“别动，让我眯一会儿。”听上去很是疲惫。

他的力道不算大，但这个姿势让葛兰也不舒服，她弃甲投降，放弃了抵抗。只是耳边再也不能安静了，她能听见林恩浅浅的心跳声，丝绸睡衣的领口很大，一扯一动之间，敞开了口子，葛兰的脸直接贴在了他的肌肤上，听别人的心跳声是一件奇妙的事情，不会觉得很吵，莫名的安定，不一会儿，她也就闭上眼浅浅地睡去。

胸前感受到葛兰毛茸茸的脑袋，林恩在黑夜里悄悄睁开了眼，嘴角微翘，满足地叹息一声才再次闭上眼。

天光大亮，葛兰在林恩的骚扰下醒来。

一夜相拥入眠让林恩心情格外好，一睁眼葛兰就看见他眼底的笑容，心情愉悦的林恩笑起来比平日里温和了许多，让葛兰也差点儿产生错觉认为眼前的人便是自己未来会相爱一生携手走到尽头的人。

葛兰很快醒悟过来，这不过只是林恩要的假象。过了这几天安静的日子，一切又会回到剑拔弩张的地步。

“早安，我的天使。”林恩抽回放在她腰上的手，摸上了她的耳朵，捻着耳垂细细地揉捏。

林恩没有现在就起床的打算，如今的场景是他一直梦寐以求的，他怎么可能轻易放过？

葛兰仰起脑袋，试图躲避他的触摸，林恩的手穷追不舍，“你这么看着我，会让我感觉自己做错了什么。”

“你不能把我永远困在这里。”葛兰深吸一口气，不打算再做出妥协。

“嗯，如果可以的话，我想这么做。”林恩大方地承认了自己的私心，但他也很清楚，要留住她，还有许多的麻烦要解决。

譬如莫雷。林恩沉默了一阵，他在思考，这个变数要如何应对。

“你在想什么？”葛兰试探地问他，听那话的意思他还有所顾虑。

林恩淡笑，垂眼看她，似乎看穿了她的心思。

“我在想，你为什么不愿意。”

“……”葛兰动了动嘴，没说话。她想，如果是另一个情景，她不是特工，而他也不是杜邦集团的少爷，或许林恩会是一个很好的男人。其实她也想不出一个非要拒绝的理由，但直觉告诉她，林恩和她不合适。

“我还在想，莫雷什么时候会找到我这里来。你一失踪，他就急了。”

一听林恩提及莫雷，葛兰的神色都变了，“他不会找我的。”

葛兰像是个赌气鬼，明明很生气，却又在乎对方是否会在意自己。

“不，他会找你的，那一枪……”林恩探出手，抚上她胸口中枪的位置，小心地将衣服半拉下，看见隐约的血迹没有扩散，松了口气，“是他心软了，他没想真的杀你，甚至，很可能他已经知晓你的方位了。”

“你什么意思？”关乎于M军团，葛兰格外的在意。

“葛兰，你这么聪明还需要我说明什么吗？”他当然不会相信莫雷真的会想杀了她。当初，他不过找人故意开了一枪，莫雷破天荒地上门来警告，“莫雷在你的身上安装了定位器。这应该不需要我提醒你。”

林恩的话让葛兰陷入了沉默。起初发现布鲁斯要杀自己时，她被愤怒冲昏了头，甚至感到绝望。她想，不是他们死，就是自己亡。她下了狠心想要开枪，最终还是放弃了。

克尔那一枪，不能要她的命，她是清楚的，冷静下来后，才会细想，失去联络两个月的M军团怎么会那么精准地找到自己的位置？

是谁想要杀我而莫雷不得不听命，才出此下策？

“不管是谁，他都再也没有可能伤害你。”林恩认真地道，像誓言，也是警告。

猜准了林恩不会说真话，葛兰想，他一定知道是谁想要杀她。

她心里有了怀疑，只是，她不确定那位曾经见过她的夫人和林恩是什么关系。

林恩总给葛兰一种奇异的感觉，被撒旦穷追不舍地追杀，请她做保镖，奥兰多的研究所，紧接着是这个岛上，步步紧逼，促成了如今的局面。

洗漱过后，林恩将葛兰从床上抱到了浴室，他要替她洗漱，热毛巾细致地擦过她脸上的每一寸肌肤，被人当作残废一般照料，葛兰的脸色并不好看。

葛兰不愿意配合他，撇开了脑袋。

林恩不恼，用手掰过她的脸，“能困一天是一天。”他心里很清楚，他是困不住她的，“哪怕时间很短暂，我也想和你待在一起。”

“我会报复你的。”

林恩摇头失笑，“好。我等你来报复我。但现在，你需要洗脸刷牙，头发我会帮你清洗，洗澡的话，可能需要你自己动手了，但我会守在门外，一旦有什么问题你叫我。”

这时候的林恩表现得像个绅士了。

林恩将葛兰圈禁了起来，寸步不离，就连起居饮食，他也不曾假手于其他人。他就像是个卫道士，做尽了温柔之事，也做尽了错事。

第七十六章
逃脱计划

岛上的日子与世隔绝，葛兰每天除了见到送饭的女仆和配药的医生外，其余的时间都与林恩待在一起。受尽了葛兰的冷眼，林恩也不在意，照样每天清晨从她身边醒来。偶尔，林恩也会大发善心，推了轮椅来带她到海边去走一走。

海滩的守卫不多，这个岛屿就像林恩所说的，是个孤岛，外人很难进入。

“你喜欢吹风，明天我再带你出来。”林恩屏退了所有的保安，坐在沙滩上看葛兰望着海面出神。

葛兰没回话，她不喜欢吹风，她只是在想，等伤养好以后，自己要如何逃离这个岛。这不是十年前的阳城，也没有那艘赌船。她也不会再遇到另一个莫雷，救她于火海也让她葬身于火海。

林恩盯她盯得很紧，医生每次来扎针他都一定守在身旁，以确保肌肉麻痹注射剂进入了她的体内，但再密不透风的盯梢总有失手的时候，葛兰觉察出消炎药里的成分后便每每将针头偷偷移到血管外。偶尔林恩发现了，会帮她将针头摆正，林恩给她输送的是慢性肌肉麻痹注射剂，只有这样才不会要了她的命。运气好的某一天，林恩没有发觉，那一天她的身体是可以使力的，只是长时间的不适应，让她还有一些迟缓。

葛兰想要逃，林恩怎么会不知道？盯得再紧也会有疏漏。

这个机会就在今天。葛兰面对海岸握紧了拳头，但很快又松开了，她不能让林恩看出异样。

一件西装外套搭在了她的肩上，林恩半蹲着在她身旁，问:“冷不冷？”

葛兰摇头，任由林恩推着她回到古堡。

夕阳落下的时候，古堡里来了客人。林恩被仆人叫了出去，葛兰透过窗户看见海岸港口上，停泊了一艘货轮，船身原本是白色的漆面，几经风霜，如今却也是旧迹斑斑。

那艘船，化成灰葛兰也认识。

十年前她就是爬上了这艘看似货船，实则却是赌船逃生离开阳城的。命运竟是如此的相似，如今要带走她的，依然是莫雷和他的船。

是林恩提醒了她，莫雷并不想杀死她，甚至很有可能在她身上安装了定位器。她在脑海里搜寻了所有的可能性，甚至联想到了莫雷曾植入在她手臂皮肤里的芯片，最终她确定，定位器是杰克半强制半送给她的追踪器，机械蜂鸟。

机械蜂鸟被林恩扔到了海里，当葛兰意识到这个严峻的问题时，莫雷已经踏上了出海的船。

莫雷在海上盘旋了几日，最终他让杰克掉转方向搜寻附近的无人岛，得到情报三百海里附近有一座岛在杜邦集团的名下，他不假思索地找了来，莫雷猜测的没有错，林恩在这个岛上，守卫森严。

“我要带她走。”莫雷开门见山。

林恩当然不会撒下弥天大谎掩盖葛兰确实在他手上的事实，早知道莫雷会找上来，“你的侦查能力我不怀疑，倒是没想到居然这么快。”

“通知我去救人时，我以为你要抛弃葛兰。怎么？如今不杀她，反而要带走她了？她身上到底藏着什么秘密，值得你不惜违背命令？我非常好奇。”

原来是他通知林恩来救人的，现在想来，也只能如此解释了，不然林恩怎么会那么及时地出现，将她救了。

躲在门后的葛兰讽刺地勾起嘴角，她越来越不明白莫雷的想法了。

“违背命令的人不止是我，你把她藏在岛上，以为夫人不清楚？我没有将枪口对准队友的坏习惯，对她开枪本就是逼不得已。”

“逼不得已……呵呵。”林恩重复了他的说辞，语气里满是讽刺。

“你不能留着她。这对她来说不公平，你的母亲会不高兴的。”

“如果我一定要呢？”林恩在听见母亲两字时，短暂停顿了一下，而后提醒他，“是你先抛弃她的。”

“那就别怪我不客气了，我一定要带走她！”莫雷的强势，在M军团，没有人敢违背他的命令。林恩却完全不将他放在眼里，他依然温和地笑着，眼里没有笑容，幽深的眸子里透露着危险。

“带走了她，把她送给我母亲邀功？”林恩知道葛兰藏在门后听，所以，他才要揭穿莫雷的真面目，“你在杜邦家，就是一条狗，你谁都救不了。还试图惹毛她，如果她知道是你派人将马修那废物带走的，你认为，她会放过你？”明明是那样温和的表情，说出来的话却残忍至极。

莫雷授命于杜邦家，甚至整个M军团都是由杜邦家在资助。

葛兰猜到了夫人是M军团的背后出资人，却没有猜到，那人会是林恩的母亲。林恩的母亲要杀她？为什么？葛兰唯一能联想到的是，她一定发现了什么别人不想让她发现的秘密。但是这个秘密，又是什么，还有待考证。

葛兰总算明白，莫雷为什么要做这一场戏，让克尔开了枪又通知林恩来救人。因为林恩的关系，夫人可能会暂且留她一命。

林恩质问莫雷的话，没有得到回应。

葛兰捂住胸口靠近了一些，透过门缝看见莫雷笔挺的背影，他与林恩面对面，在强势的莫雷面前，书生气的林恩反而显得阴森可怕。他步步逼近，一定要让莫雷亲口承认，就算带走了葛兰，他也不能公然对抗杜邦家。

他一定会将葛兰送到夫人手上。

那时的葛兰，生不如死。

葛兰看见林恩扫过门缝的眼神，他发现了她，他似笑非笑地眨眼，视线最终落在莫雷脸上。莫雷迟迟没有做出回应，葛兰了解他，他生气了，紧攥的拳头很可能下一秒就会落在林恩的脸上，葛兰等了一会儿，莫雷松开了手，这一拳头没有砸下去。

古堡外，敲响了整点的钟声。葛兰不能再耽搁了，她必须在莫雷上船之前逃出去，爬上那艘货轮。

她没有枪，不能沿着楼道硬闯，回到房间从林恩的衣帽间里翻出了所有皮带，一个接一个地扣在一起，林恩的房间在西侧，这附近守卫最稀疏，林恩特意营造的二人世界让葛兰有了逃脱的机会。

皮带扣挂在窗沿上，葛兰使出全力向下扯，确定能承担起她整个重量后，翻身出窗，三节相连的皮带够不着地面，她借着力道纵身一跃，突然的重击让肌肉还没有完全恢复的葛兰差点儿一个踉跄，幸好双手及时撑住了。

古堡正前方，靠近海滩边缘的守卫因为莫雷的到来，增加了两人巡逻。葛兰借着夜黑风高，藏进了树丛里，等到一队人马走来时，她一个手刀劈下，听见响动的另一个人刚一抬枪就被她一脚踢在脸上，来不及惨叫，葛兰飞扑上去又是一拳头直接将人打晕。

两人被拖入树丛，她换上守卫的外套，朝着海边跑去。甲板上站着两人手持 M4 卡宾枪，居然是有备而来。葛兰收起心思，钻进船底的螺旋桨，顺着螺旋桨爬上了船尾，她还记得这附近有地下室，用来藏匿军火的，运气好的话她还能顺手摸一把好枪使。

凭着记忆，葛兰下了船舱，木梯发出陈旧的嘎吱声，葛兰收起力，下脚轻了一些。莫雷向来做万全准备，这废弃的舱底果真藏了不少好东西，葛兰尝试了勃朗宁 M2H8 机枪的手感，撇嘴捡起 DCU 挎在身前，又捡了几个手雷捏在手心里，然后找了个透风的隐蔽处。

不出十分钟，林恩就会发现她不见了。这时候他会大面积搜查四周，包括莫雷的船，莫雷定然会拒绝林恩的要求，但若是运气不好，双方火拼她就没有这么容易逃走了。

就在葛兰祈祷时，林恩确实带人上了船，要求彻查。

莫雷将人拦在货舱口，双方僵持不下。

“你确定要在这里同我火拼？”莫雷知道林恩最怕计划被打乱，M 军团是杜邦家手上最得力的棋子，林恩不会因为葛兰跟莫雷闹到你死我活的地步。

葛兰不知道两人做了什么交易，最终林恩放莫雷离开了这一片海域，只是等船开出百里后，葛兰听见头顶有搜查的声音。林恩亲自带人上门，莫雷不做他想，也猜到是葛兰逃跑了。

葛兰能逃的地方只有这艘船，船一启程，他便让人开始搜寻。终于还是要搜到这里来，葛兰竖起耳朵听见船甲板嘎吱一声被拉开的声音，漆黑的舱底透进来一束光，葛兰听见有人走了下来，是莫雷没错。

“放我走，你应该不会想脑袋开花。”她从黑暗里走出来，卡宾枪口对准了莫雷。

莫雷见了她，扫过她中弹的胸口，见她无恙才松开紧蹙的眉。

“你的枪法是我教的，有多准我知道。”莫雷抬手将她的枪口移开了一些，“你不会开枪，你的性格我也清楚。”

“你总有看走眼的时候。”葛兰的确没打算开枪，但枪杆子已经挥了出去，莫雷仰头一闪，葛兰抬脚扫他的下盘，被莫雷一掌定住，葛兰的小腿被莫雷抓在手心，“招式是拜伦教的，退步了。”

扔下腿，莫雷拎起葛兰的衣领，将她抵在墙边，“我知道你怨我，但你没资格。”

“把我交出去，不如杀了我。”她指的是夫人。

莫雷弯腰捡起被她扔掉的枪，确认她全部听见了，并不意外，“除非我同意，在那之前你不会死。”他停顿了一下，板起脸来，严厉地告诫她，“拿好枪，是你最不应该忘记的事情。”

克尔将当日追杀葛兰的现场交代了，显然莫雷对她一心求死的态度很是不满。

“杰克在船舱里，你要什么问他拿。明天，我送你去纽约。”

“我不去。”

莫雷盯着葛兰看了一会儿，确定她不是在赌气。她只是不想再回到范西身边，无论是谁也好，哪怕是逃亡，她也要离开。

“你必须去，在那里你才能找回原本的自己。”

“既然你知道我的过去，就很清楚，我不可能与背叛我的人相处。”范西是这个世上，第一个背叛她的人。

“留下你本就是冒险，还是你乐意见到我们给你陪葬？像罗拉或者马修？”

提到罗拉，葛兰心里也不好受，罗拉说的没错，他们都不是叛逃者，是被遗弃的。

“回到过去，找回属于你的东西。”

属于她的东西？葛兰在心里冷笑，早在十年前她就一无所有了，阳城那地方，没有任何东西是属于她的。

“我知道你不愿意，但你必须去。”莫雷停顿了下，执起她的手，从那一堆枪械里选出一把柯尔特 M1911 塞到她手上，指头划过她的手腕，有一块褐色的印记，那里面藏着一块芯片，加入 M 军团那天起，所有人手上都带上了这块芯片，但葛兰这块，跟别人的不一样。

“守住它。这是唯一能救你的出路。”莫雷说完，转身上了台阶。

葛兰不明所以，低头看了看自己的手腕，捏紧手中的枪，跟了上去。

船上除了杰克以外还有布鲁斯和克尔，没有拜伦。布鲁斯见到葛兰时不自然地咧嘴笑了，上前来就要给葛兰一个大拥抱，被葛兰一脚隔在半米之外，被葛兰一脚踢飞的布鲁斯百折不挠，爬起来捂着自己的命根龇牙咧嘴，“他妈的，下手这么重。”

葛兰的美眸扫过他的下盘，“你应该庆幸，我现在没心情揍你。”

“我只是想表达歉意。”布鲁斯再次警戒地捂住身体最脆弱的地方，满脸惶恐，“朝你开枪的人又不是我，就算要打，你也应该去找克尔。”

天外飞来一只鞋，差点儿拍晕了布鲁斯。

克尔依然是死鱼脸，看得出来他对布鲁斯的话很在意，面对葛兰时故作不在意地哼唧了一声，别扭地光着一脚走上前，抬手好哥儿俩似的要拍葛兰的肩膀，被葛兰凶狠的眼神制止了。他收回手，尴尬地在裤腿上擦了一把。

布鲁斯一手捂着命根子，一手捂着脑袋，那军靴不轻，脑门儿顿时就青了一块。他第一次见克尔这样，心里很是愧疚，上前大咧咧地戳葛兰的肩膀，“你就原谅他吧，他没想杀你。”

葛兰冷哼，她记仇地道：“好啊，除非你们吃我的枪子儿。”

布鲁斯缩起脖子，不敢再言语。

M军团追杀葛兰的命令没有撤下，莫雷谎报完成任务的消息，这才让几个人相安无事，真到夫人觉察的那天，又会是腥风血雨，就像罗拉死在布鲁斯枪下。不愿意出手的人，下场就是拜伦。没人敢跟葛兰提拜伦的情况，落在维多利亚手中，多半不会有好果子吃。

布鲁斯在对罗拉狙击的时候不比面对葛兰时轻松，都曾经是他的队友，罗拉还是他带过的兵，但罗拉的情况不同，她不得不死，活下来也是行尸走肉。

第七十七章
分道扬镳

莫雷花了大精力弄出来的马修，居然在奥兰多时已经逃掉了。

“好家伙，差点儿咬断我的脖子！”布鲁斯在说起押解马修回伦敦的路上马修如何逃脱时，一脸的愤恨。

“简直不是人，比僵尸还可怕。”布鲁斯灌了一口香槟，又抹了一把脖子，酒气冲天。布鲁斯不提，葛兰恐怕还没注意到他脖子上的伤口，血管爆裂开了，如果不是及时救助恐怕他就失血而死了。

布鲁斯口中的马修，葛兰不陌生，想起罗拉死之前的状况，她还心有余悸。

轮船途经东部海岸，很快就会经过哈德森河口。杰克总算从电脑室里冒出了头，手中提了几瓶 Dalmore，扬起手冲葛兰笑道：“再来点？”

克尔开枪事件后，所有人都对葛兰抱有愧疚之心，这不仅仅因为莫雷下令杀她，还为了未来，很可能他们会再次针锋相对，成为敌人。

在这一天来临之前，他们都曾是过去的兄弟，打算以酒祭奠多年的情谊。

“看来你们是打算灌醉我，接着把我丢到海里喂鲨鱼了？”葛兰接过他递来的酒杯，视线落在 Dalmore 水晶酒瓶上，讥诮道。

“哎，葛兰你何必这样？”布鲁斯心里也不好过，见葛兰阴阳怪气，也想说点儿什么。

葛兰防止他继续说下去，抬手碰了碰他的水晶杯，“来，敬我们的兄弟情谊。一醉方休，最后一次。”

没有人同她喝，都捏着酒杯沉默了。

葛兰一口灌下，那苦涩的味道直钻入喉管，滑到脾胃。她一把夺走杰克手中昂贵的Dalmore，再满上。对着几人笑了笑，泛起苦笑，“这一杯，敬明天。再见是敌人，奉劝大家都不要心慈手软，不是你死就是我活。”

杰克这人大多数时候装糊涂嘻嘻哈哈没个正形，关键时刻还是明辨是非的。转动的酒杯突然停顿，与葛兰的杯子在空中交会，“好，再见时，谁也不要心软。”

他们都知道，葛兰才是他们之中最容易心软的人。

“好。”葛兰仰头，再一次一口吞下那浓度不低的褐黄色液体。

“你简直把一瓶十万英镑的酒当成了饮料。”布鲁斯不满地道，嘴里骂骂咧咧，哪里是看不惯葛兰的浪费，只是不想她真醉成个疯婆子。

几人许久没有聚在一起了，只可惜他们这个团体里，人越来越少了，死的死了，走的走了，拜伦也不在，葛兰嘟起嘴，双眼迷离地扶着船舱支架站起来，走到舱口，望着天边的一抹朝霞，天快亮了。

一阵海风吹来，葛兰感觉有人一把将自己收拢进了怀里。她茫然抬头，看见莫雷铁青的脸，如刀刻的下巴与性感的颈脖连成一条线。

“你醉了，休息吧。”

“长官。”葛兰含糊不清地喊他，满腔的委屈和怒火。这比他将她丢在丛林里自生自灭时还要难过。

莫雷垂下眼睑，遮住从未露出过的悲伤。略一低头，将她打横抱起，送到了舱房。

杰克跟在他身后，说不担心是假的。他跟莫雷多年，头一次见他为难成这样，还不能说出口。

“长官，您为什么不告诉葛兰，您的计划。”

将葛兰平放在床上，莫雷大掌擦过她的鬓角，细碎的刘海儿被他抚平，莫雷敛起神色，替她将被子盖好这才推门走了出去。

“她应该有另一种生活。”

“可是，我们这样的人怎会有干干净净离开的时候？”

“所以，克尔必须‘杀’了她。”葛兰这个名字，不应该再存在。

莫雷将她扔在码头后，连同整条船都消失在了海面上。

临走时，杰克送了葛兰一批礼物，交代她在纽约市区二号地铁线的储物柜里取，密码写在送给她的离别贺卡里。

真是形式化的礼物，太符合杰克的作风了。

葛兰进了市区，没有直奔地铁线去取东西，一口美式英语的出租车司机不耐烦地将她扔到了城郊，距离韦伦家还有两公里，老司机拒载了，原因是葛兰太小气，小费给得不尽如人意。

翻遍兜里的所有票子，葛兰才惊觉自己离开M军团时连她所有的存款都忘记了带走。这是她最为后悔的事情，她得去投靠范西，唯一的办法是，承认自己是顾朝阳。

阿德见到葛兰出现在门外，一副公事公办的模样。等待通报的时间里葛兰就被关在门外吹寒风。

该死的美国佬！葛兰在心里咒骂了一声，打定主意找机会一定要揍这老头儿一拳头。

范西被Ben推来客厅时葛兰手上刚刚捧起女佣送来驱寒的热茶。范西在生气葛兰在奥兰多的不辞而别，铁青着脸，质问她:“你还回来做什么？”

他又在耍脾气。

葛兰放下茶杯，站起来就要往外走。

“站住！”范西急了，赶忙叫住她，“我这里是你想来就来，想走就走的？”

葛兰摊开手，“我以为你欢迎我。”

范西知道眼前这女人说一不二，一旦自己表现得过于冷淡，她掉头就会走人。他脸上的表情缓和起来，语气还是冷冰冰的，毕竟葛兰是同林恩一起消失的，这不得不让他联想起不好的事情。

“无事不登三宝殿，我有什么可以帮到葛兰小姐的？”

故意强调了“小姐”两个字，葛兰不计较他的阴阳怪气，“这么多年，你一点都没变。”她说。

范西愣了愣，很快反应过来，惊喜地道:“你终于肯承认是顾朝阳了？”意识到自己的表情不受控制，立即又黑了脸，“你说是就是，不是就不是？你当我是谁，任你玩弄？”

“你不会在等着我道歉，顺便哄哄你吧？”葛兰头痛地揉了揉眉心，她没时间同范西耍性子，“奥兰多的事情不简单，我需要你的帮助。”

哪怕是离开了M军团，她也没想过放任不管。

究竟杜邦集团的研究所里隐藏着什么秘密，这跟夫人追杀自己又有什么关系？这些都像是一团迷雾，越缠越多，她不能坐以待毙。

提及奥兰多，范西也严肃起来，葛兰说得没有错。

“带回来的合成细胞，你们研究过了？”见范西收起小脾气，葛兰直奔主题。

范西摇头道：“没有异样，与我们在实验室里所见无二。”

“这么说来，杜邦集团还真是在为人类谋福利？”葛兰怎么都不相信事情有这么简单，“你们打算用 DT 合成细胞做什么？”

“如果可以的话，我们想等到它成功那天。”停顿下来，范西抬头看了看客厅里挂在墙壁上的壁画，那是用彩墨绘制而成的一家三口。葛兰顺着他的视线，看见了画上的三人，年轻的女孩儿笑容灿烂，露出洁白的牙，站在她身后的一男一女上了些年纪，神色温和。

“我们不能再等了。”

葛兰的视线停顿在那年长女人的脸上，她有着精致的五官，有着东方美人古典的神韵，这份美貌一点也不低调，张扬到令人窒息。

葛兰盯着那画看得出神，范西摇动着轮椅走到她面前，突然提及：“你想要去见见她吗？”

“谁？”

“画上的人，这个家里曾经的女主人。”

葛兰犹豫了一下，点头道：“好。”

Ben 开车送两人来到了伍德劳恩公墓，环境好到足以成为景点的伍德劳恩公墓埋葬了许多的名人，而韦伦老先生和他的夫人安妮也葬在这里。

葛兰不明白范西为何提议带她来这里，在见到唐安妮之前，脑海里都只是存着对这两位的敬意，直到看见那墓碑上的姓氏，她的脑袋才轰然一声巨响，某根弦绷断了。

“她是谁……”葛兰没发现，自己的声音在颤抖。

“安妮夫人是韦伦先生的第二任夫人。他深爱她，从学生时期，等了她近二十年。”范西将带来的木棉花放在墓前，他没有抬头看葛兰，浅浅地说着，“我来的时候，她已经死了，是她的女儿救了我，让我得到了现在的一切。”

“你为什么要同我讲这些？”

“因为这关乎你的身世。”范西没有隐瞒葛兰，接下来，他就要带她去见另一个人，“我之所以在乎 DT 合成细胞，就是因为这个人。我们要救她，现在就是机会。她等了你十年。这些年，我们花费了所有精力，都只是为了找到你。”

“……”葛兰张着嘴，没发出声音。莫雷让她找回的过去就是指她们吗？

准备去见顾初心之前，范西安排医院做了会客准备。

顾初心身体里的细胞机能衰竭已经多年，半年前她做了新的手术，却也只是将她维护成了植物人的状态，透过玻璃窗户，葛兰很清楚躺在床上的女人有多狼狈，氧气罩遮住了她的大面积脸部，心电图上指示的生命迹象很平稳，也很低。

范西在同主治医生说话，打乱了葛兰的思绪。

“这很危险，我希望你们的决定是深思熟虑后的结果。”穿白大褂儿的男医生眉头深锁，严肃地盯着范西。

范西低垂着头，不知在想什么。

看得出来，他在做出决定时，内心很挣扎。他忽然抬起头来看了眼葛兰，用力地点头，做出了最终的决定。

医生叹了一口气，说道：“我尊重你们的决定，现在就安排临床试验时间。”

医生离开后，葛兰才问范西：“你们要给她注射 DT 合成细胞？”

“嗯。这是目前为止唯一的办法。”范西点头。

“这很冒险。”那医生说的没错，林恩也亲口承认了，会产生副作用。

“她也会同意的。”

范西没有推门让葛兰进病房里近距离接触顾初心，甚至没有跟葛兰解释过多，一切都安排在一周后，医院前期做了许多准备工作，为了以防实验效果出现可怕的副作用，设想了各种可能性的解决方案。

顾初心是在试验两周后逐渐醒来的，接到医院电话时范西与葛兰正在共进午餐，阿德捧着电话跑来差点儿摔倒。冷冰冰的阿德先生，对自己的前任主人忠心耿耿，连带着对葛兰脸色也好了许多。

范西独自去见了顾初心，在没有得到同意之前，他打算让葛兰自己待一会儿。没想到范西带回来的消息却是噩耗，顾初心的状况并不好，尽管方案完美，但 DT 细胞的副作用还是毫无预警地来了。DT 细胞虽然帮助她清除了体内衰竭的坏死基因，但同时也杀死了一些良好的技能。

范西带葛兰去见顾初心那天，阿德先生带了行李箱去医院。

“初心说第一次见你，她需要好好打扮一下。”范西在车上同葛兰交代，“她很重视这次的会面。”

葛兰不知道自己是什么心情，她隐约猜到了顾初心和自己是什么样的关系，可多年的孤儿院生活，让她的亲情意识很薄弱。她无法跟范西一样感同身受。

她不在乎顾初心的生死。

医院的路很漫长，这可能是心理作用。

临近病房时，葛兰听见房间里响起虚弱的女声，顾初心对着镜子问阿德：“阿德叔叔，我这样好看吗？朝阳她见了我，会不会不喜欢？”

阿德的声音清冷，但听得出来带了笑意，“小姐无论怎样都好看。”

这一主一仆的对话，听上去心酸极了。

范西苦笑着瞥葛兰，她没有多余的表情，看上去很凝重。他必须得承认，环境对人的改变有多大，葛兰和顾初心完全是两种性格。

单看长相，路人也能猜到两人是姐妹。葛兰初见她时，心里也“咯噔”了一下，脑子里忽然一片空白。眼前满脸病容的女孩儿有着十年前顾朝阳的脸，她们太像了，但如今的顾初心完全无法被看成是顾朝阳的姐姐。

十年前，她的身体和面容就停止生长了，所以，她的脸看上去既憔悴又稚嫩。

第七十八章 前情过往

“Hi，朝阳。”收起小镜子，听见房门被敲响，顾初心又摸了两把凌乱的头发，见到葛兰时，她艰难地扯出了一个笑容，“啊，对不起，阿德说你不喜欢叫这个名字。我应该叫你什么呢？”

葛兰绷起的神经刹那断裂，她看着笑意盈盈的女人，她有着和年幼的自己相同的脸，但，她笑起来一点也不像自己，起码是真诚的。

“随便你。”葛兰话说出口才意识到自己太冷淡了，阿德和范西都在拿眼睛瞪她，于是她咳嗽一声，放缓语气道：“叫我葛兰吧。”

“好的，葛兰。”她指了指自己的脸，“你知道我们的血源关系对吧？”

葛兰点头。

范西吩咐阿德给她加厚了后背的枕头，确认没有别的问题后两人一起离开了病房。

顾初心让葛兰在沙发上坐下，递给她一个沉香木盒子，盒子有些年头儿了，看上去很是宝贵，用丝绒布包裹着的是一方相册。照片不多，每一张都保存得完好，第一页是一张全家福，统共六个人，年长的老者葛兰觉得眼熟，住在苏家的时候她似乎见过照片，而站在他旁边的女人化成灰，葛兰也认识。

是唐娜。

十年前，就是她带着一纸协议声情并茂地“打动”了范西，也是她将葛兰带回了苏家。

她说：“从今日起，我就是你的母亲，你是我的女儿。我会让你过上好日子，但你得听我的话。”

葛兰不喜欢她，因为她总是盛气凌人，她看葛兰的眼神像是在看垃圾，她给葛兰的所有东西都是施舍。

是苏海安一再地告诉她："你就是唐娜的亲生女儿，你瞧，你们长得多像。"后来她渐渐地也开始怀疑，唐娜应该就是她的母亲，但是哪里会有这样的母亲？女儿被关在地下室，三天三夜没有吃喝，她不闻不问。女儿逃跑被抓回来，被打得遍体是伤，仆人还讽刺是寄生虫，她却幸灾乐祸。

哪怕唐娜真的是她的亲生母亲，葛兰也不想认。

一双苍白的手指着相片，顾初心的声音很轻，"这是我们的外公。"手指头移到站在唐娜身旁的老者脸上。

"那她呢？"葛兰指向唐娜的脸。

"我们的姨妈。"顾初心后来从范西口中得知了葛兰离开孤儿院住进苏家的遭遇，唐娜的为人，她知道，葛兰在苏家的日子过得不好，她也知道。顾初心故意不提及，指头往下移，坐在椅子上的一男一女，看上去很年轻，如果没有记错的话，那年轻的貌美女人便是在韦伦家墙上看见的那位安妮夫人，她笑得很开心，被身旁的男士搂在怀里，两人手上分别牵着一个小女孩儿，年长一点的女孩儿被男人牵着，年纪小点的，则被她牵着。

"我们的父亲顾家同，母亲，唐安妮。"顾初心指了指年长点的女孩儿，"这是我，看，跟你长得很像对不对？"

年纪小的女孩儿就是葛兰了。她被女人牵在手里，不过三五岁的年纪，还一脸的懵懂。

葛兰不知道自己应该用何种心情去面对照片里的自己，眼前的人是自己的亲人，过去的二十多年里，她从来没见过他们。或许见过，但已经忘记了。

"你一定很想问，后来发生什么事了，为什么这么多年，我们都不去找你？"

葛兰没有说话，顾初心淡笑着，语气迟疑，"我不知道你有没有埋怨过我们，如果有希望，我们一定不会不去找你的。"

葛兰将相册合起来，蹙眉摇头，"我没有埋怨你们。我这样说可能会不近人情，但这是事实，在我的记忆里没有你们的存在，我从不抱怨父母为什么要丢弃我，不管有什么原因，抛弃就是抛弃。"

顾初心没想到葛兰是这样的直接，起初她还担心，现在明白了，葛兰不在意她们，"这样也好，我离开的时候你不会太难过。"哪怕冒着生命危险，能在这个时间醒过来，顾初心也很开心，“我很感激上天让我能在死之前再见你一面。”

她们都很清楚，顾初心活不过一周。

“我很遗憾。”葛兰说，这是她唯一能做的事情了。

顾初心摇了摇脑袋，“我给你说说以前的事情吧。”

过去的事情，无非就是恩爱一家人，家破人亡，不得已分道扬镳。

“父亲和母亲是在留学期间相爱的，小时候我听外公提起，年轻时的母亲因为长得好，又肯争气，深受阳城几大家族的喜欢，父亲和母亲两人结婚时，导致阳城不少青年才俊悔不当初。”

顾初心说得比较片面，在葛兰看来，照片上的唐安妮何止长得好。

苏晋成喜欢唐安妮这不是秘密。

在苏家时，唐娜嘴里常常提到这个名字，将她看作假想敌，葛兰曾以为那是苏晋成以前的旧情人，却没想到，唐安妮压根儿没有爱上过苏晋成。

“这也大概成为发生后来那些事情的导火索吧。”顾初心继续说着。

三十年前的阳城，因港口贸易的兴旺，一跃成为全国经济支柱，其中唐家最为兴盛，几乎占据了阳城大半经济链。唐家手中的T集团，囊括了出入海岸以及生物学新研究的主导，是人人眼红的大家族。

整个唐家王国却也有抹不去的遗憾，唐家仅有的两个血脉都是女儿，长女唐娜是城中名媛，不乏众多青年才俊竞相追逐。小女儿唐安妮却完全与之相反，十五岁就出国留学了，后来在普林斯顿生物科学系念到了博士，与在临床医学系的顾家同相识相知相恋，两人的爱情原本也是一段佳话。

没几年，唐老爷子对外公布了继承人所属唐安妮，而当年依附着唐家生存的顾家也将整个家族交给了唯一的儿子顾家同，顾唐两家达成协议，合并成立T集团，从商业角度来说，如虎添翼。

悲剧发生在二十三年前。

“我还记得那天，父亲接到来自美国普林斯顿大学临床医学院同学来的电话，电话里的人很是着急，一定要父亲前往，据说他发现了一种叫作‘神经元’的元素，在研究过程中，发生了意外，他需要父亲的帮助。”

“他去了？”

“去了，那时候，父亲已然放弃了自己的医学专业，投身学习经营。国内的情况很不好，半年前，有一个海外投资方寻求合作，找到外公，希望T集团能引入并且研发他们的新能源。外公拒绝了，海外势力心怀鬼胎，联合了苏氏集团扰乱国内的材料市场，并在港口搞破坏。当时的T集团面临着巨大的压力，父亲不得已，带着我来到了美国。”

“父亲见了温先生以后，”她停顿了下来，“温恒便是父亲的同学。两人见面后，这一切都发生了改变，温恒手中的东西很危险，父亲已经意识到那会带来生命危险，所以他连夜将我送到了老友韦伦先生家里。”

“这中间出事了？”

顾初心点头，“是的，出事了，父亲出了交通事故。”

葛兰仰头，凭她多年的经验说道：“这不是意外。”

“一定不是意外，父亲的车有被人翻动过的迹象，他也不是当场死亡，有人在父亲出事后补了一枪。他是被人蓄意谋杀的。”

“温恒呢？”

顾初心摇头，“我不知道，紧接着，阳城出事了，苏晋成手里获得了一大笔资金，联合公司的元老吞并了T集团的股份，外公……外公一病不起，手中握着小部分股权的唐娜为了讨好苏晋成不惜出卖自己的亲人，在董事会上罢免了父亲和母亲的职务。”

“整个T集团都被苏晋成霸占了，他威胁母亲交出外公最后的股权，母亲抵死不从，他们囚禁了她。得知父亲噩耗的母亲崩溃绝望，她逃了出来，全城都有人在找她，她被逼无奈，只能将你委托给她那狼心狗肺的亲姐姐，母亲以为唐娜即便再狠心，也不会对你怎么样。”

“我对这一段没有印象。”葛兰诚实地道。

“母亲偷渡到美国，已经是半年后的事情了。父亲的死差点儿让她一蹶不振，是韦伦先生救了我们母女。等办完父亲的丧事，T集团已经奄奄一息了，苏晋成以你做要挟，逼外公交出最后的股权，唐娜终于怕了，意识到自己正在为自己掘坟，为了不让外公受到要挟，她谎称你死了，把你丢掉了。那时候，海外的势力一直在追踪母亲的下落，韦伦先生只好将我们藏了起来，等到我们回国来打探你的消息时，外公过世了，你也不见了。我们以为，你死了。”

事情终于水落石出，葛兰沉默良久，不知道应该说什么。

顾初心的双眼已经含泪，她望着葛兰，勉强自己露出一个温柔的表情，但或许是因为身体太痛，她每动一下，就皱一次眉。

“母亲临死都在自责，她很后悔把你留在了阳城。”

葛兰说不出原谅的话，她是明白是非的人，知道不能怪唐安妮，可是这些年她遭遇的非人日子，的确跟他们所有人有关联，苏晋成、唐娜、范西、唐安妮甚至苏海安，是他们让她一步一步走上了绝路。

“既然认定我已经死了，为什么又要找我呢？”

顾初心吸了吸鼻子，收起泛红的眼眶说道：“是范西，是他告诉我们你没有死，那时候的范西在黑市打拳，他把我错认成了你。”

“找到我又能如何？”这才是葛兰关心的重点。

顾初心知道自己的时间有多宝贵，抬手抹掉眼角的泪，示意她再次打开那陈旧的木盒，“父亲将我送走之前，在我身上偷偷放了东西，这是温恒给他的。我猜想，父亲遭遇追杀，很可能跟这个芯片有关系。”

芯片？

葛兰拆开相册，在夹缝中抽出了一块指甲盖儿大小的芯片。她半眯着眼，脑海里一闪而逝了什么重要的线索，她觉得自己快要摸到真相了，只差一点儿……

顾初心终究没能活过一周。

DT 合成细胞将她体内的健康细胞也一并清除了，她的五脏六腑完全衰竭，在三天后的凌晨去世了。

顾初心临走时，范西和葛兰都陪在她身边。

阿德说：“小姐走得很安详，她很高兴，能将你找回来。”

韦伦家唯一的继承人去世，并没有在商圈里引起麻烦。因为范西在那之前已经做好了安排，在顾初心的授意之下，继承人变更为顾朝阳，正确地说，顾朝阳在纽约的商圈里，以后将以顾初心的身份活下去。

这就是莫雷要她找回的过去吗？

顾初心的丧礼办得很简单。

范西对她是有真感情的，她没有见过范西哭成那样，送花的手不住地颤抖，最后还守在墓前整整待了一夜。

第七十九章 追杀命令

从墓地回来的范西半身湿透了，淋了雨还不自知。

他来敲葛兰的房门，“你在做什么？”望着葛兰床上摊开的行李箱和枪械，他的脸色顿时难看起来。

葛兰让他进来，自顾自地收拾着。

她自己也不确定，“我想去别的地方走走，给我点时间，让我考虑考虑接下来应该做什么。”

“你应该回阳城，拿回属于我们的东西。”

葛兰突然明白了，他们也不是无条件找寻她的。韦伦这个庞大的集团，需要一个名正言顺的人支撑，哪怕她只是个傀儡，而且顾朝阳在苏氏集团还有尚存的股份。这些，都是范西想要的，所以他一定要找到她。不管是为了顾初心，还是为了他自己。

“我不能现在答复你，我要去奥兰多。”

好像一切的偏移，都是从这座城市开始的。遭到追杀，浮出水面的芯片之谜，一切的一切，都让葛兰想不明白。这些事情团成了一个杂乱的毛线球，而她要找出关键的那根线头。现在她终于明白，那根线头，应该就藏在奥兰多的研究基地中。

范西拦不住她，所以他也没有出手去拦，只说：“需要什么帮忙就开口，毕竟我们现在是同一条船上的人。”

葛兰瞥他，在思量同一条船这句话里的含义。

她想，自己未必会让范西如愿。

三日后，葛兰再度回到了奥兰多。

当葛兰重新回到奥兰多时，她突然想到，来奥兰多不是为了迪士尼乐园还是环球影城，只是而今事出有因，整个奥兰多恍若鬼城，再也不见昔日的风采了。

若是这次能够在杜邦集团的研究所有所发现，那便是最好不过的了。

一想到杜邦集团，葛兰的脑海中便忍不住浮现出林恩的脸来。她轻轻摇摆了下脑袋，企图把这种无关紧要的思绪赶出脑子里。

奥兰多，以前拥有最宜人的天气和最迷人的阳光，但这一切都变了。

想到这里，葛兰忍不住耸了下肩膀。天空已经渐渐暗了下去，从机场到酒店的路上灯火通明。她尽量远离车窗，身体呈现出一种防备的姿态，而出租车司机却呈现出一种反常的快乐。他的车载收音机中播放着夜间新闻，间或插播着歌曲。司机透过后视镜向这位漂亮的女乘客投来目光。葛兰看了他一眼，便迅速挪开了视线。

她的世界，终究是无法和旁人相较而论的。

到达酒店后，侍者帮她拉开车门。葛兰从风衣口袋中掏出两美元小费递到他的手里，那人展颜一笑，向她问候晚安。葛兰随意应答着，转瞬之间，便将此地的地形打量了个透彻。

十字路口前的摄像机尽量要避免，右手边的街道上有处理违停的交警。她看过之后，不动声色地向侍者打听："请问那边的巷子通往哪里？"

她随手指了过去，侍者循着她的手指方向看去，对她一笑，说："那边通往本市最大的商场，还有另外一个酒店。"

最大的商场？只怕也快荒废了吧。

葛兰点了点头，拎着皮箱走进了酒店。

在前台check-in的时候，她顺便摸清了酒店的内部结构，还特地问出，这间酒店没有十三层，因为老板是个十分迷信的人。

她走向电梯，六间电梯只有两间是空的。她刚刚进入一间电梯掏出房卡，正准备按下楼层，却用余光瞥见电梯镜子里反射出一道熟悉的人影。葛兰眸色一僵，是马修！

马修居然还活着？

葛兰闪身出了电梯，马修似乎看到了她的身影，横冲直撞地朝她的方向奔来。看他赶来的身姿，不像是一个神志清醒的人，倒像是一头发了疯的野兽。那样的神态，仿佛早就失了神智。

这是怎么回事？

容不得她细想，马修已经朝她逼近。

葛兰的大脑飞速地运转着，酒店从大堂至电梯间都有客人，为了将影响降到最低，葛兰看准安全通道的方向，迅速闪身而出。

马修察觉到她的异动，一把推开眼前的障碍，一鼓作气地跟了上来。

两人一前一后，迅速消失在众人眼里。只有摔倒在地的人还一脸莫名其妙，并不知道刚刚发生了什么。

通往酒店外的门被上了锁，葛兰只能顺着楼往上爬。安全通道里黑黢黢的一片，只有应急指示灯散发出幽幽的绿光。她很清晰地听到，除她的脚步声外，还有一道急促的脚步声紧随其后。

她正在思考，哪知黑暗中传出了一声枪响，子弹胡乱地打出了轨迹，她扭头看到身后出现了一闪而逝的火光，随即墙壁被击穿。

在大堂时，她就注意到马修奔跑时露出的腰间的枪柄。CZ75 手枪，十五发子弹。如果他之前没有开过枪，满打满算还有十四发。

还没容她细想，一声接着一声的枪响接连不断地响起，她一边跑路一边数着数字，等他只剩七发子弹的时候，枪声便停止了。

葛兰猜测，他应该没有多余的武器了。

这时，她刚刚跑到一扇安全通道的门口。葛兰倒退几步，用力踹开安全门。32.5kg/ ㎡的门应声而开，葛兰闪身而入。

十三层果然没人，这里放置的全是机械设备，还有一些废弃的家具。因为常年无人收拾，所以葛兰吸了一鼻子灰。她躲在角落，打开皮箱搭扣，取出了两把弹夹满满的手枪。她将其中一把别在腰后，另一把安上了消除后坐力的长枪托。

近距离枪战中，这把沙漠之鹰可以发出惊人的威力。但与此同时，它的后坐力也不是一般人能够驾驭的。为了保证自己的实力，葛兰在这把枪上加装了一个可拆卸的枪托。只要给她几十秒的时间，她的沙漠之鹰一定能够让她占据绝对的优势。

安全门再一次被打开，她躲在暗处，身形被一扇打开的柜门掩盖。她的视力已经适应了黑暗的环境，窗外仅有的街灯足够明亮。

在这样昏暗的环境中，马修已经彻底暴露在葛兰的射击范围中了。她瞄准方向，扣动扳机。

子弹被压缩的空气送出，明明该一击命中，可马修突然展现出惊人的反应能力。即便是在一片黑暗中，他还是准确躲过了那颗子弹。

一击不中，葛兰的位置已经被暴露。她连续射击，三发子弹射出，她听到了马修的一声闷哼。

可就是这样的火力也不能阻挡马修的脚步。他举起手枪开始射击，七发子弹全部用完，有一枚子弹擦伤了她的手臂。强烈的灼热和疼痛传上神经末梢，她狠狠咬唇，拼命地不让自己发出声音。

哪知没过多时，她眼见这男人从后腰处拿出了一把霰弹枪。原来刚才的举动只是为了让她掉以轻心，马修还有后手。

再撤退已经来不及，只能冲了。

葛兰观察地形，向左边开了一枪，趁着马修的注意力被吸引过去，她将手中的沙漠之鹰狠狠地抡向马修的脑袋，男人被砸了个措手不及，葛兰顺势将他劈倒。他扣动扳机，葛兰躲闪不及，子弹从她的左臂贯穿出去。

她顾不得疼，反手抢过他的枪械逼住马修的脑袋。哪知马修仿佛不怕死一般还在继续挣扎反抗。她连喊马修几声，马修根本没有反应。他的嘴里喃喃自语，不停地念叨着："杀了你，杀了你。"

马修的异状让葛兰想起罗拉，但两人是两种截然不同的反应。马修更像是被人抽走了精元，彻头彻尾地变成了一个杀人凶器。

葛兰跺脚，左脚鞋下的铁块狠狠地砸向马修的手腕，"格拉"一声巨响，他捏着霰弹枪的手终于松开。葛兰抢过霰弹枪，却被马修突如其来的力量给掀翻在地。她扣动扳机，打中了马修大腿，减缓了他前进的趋势。

她又开一枪，哪知马修闪避开来。他似乎察觉到了情势不利，转头跑走。

即便葛兰打伤了他的一条腿，马修的速度也快得不像常人。她攥紧手里的枪支，心下总觉得有异。

等到神经松懈下来，葛兰只觉得手臂上的伤势更重。她抽出风衣的腰带，嘴里咬着一头，右手不停，将伤口处勒得死紧。流血的速度减缓，她在地上呆坐了一阵，直到失血过头的头晕症状过去，这才站起身来。

她整理了仪容，一手持枪重新走回了安全通道。好在楼道里空无一人，她通过第十二层的安全门重新回到了一片光明中。

葛兰走到电梯前，按亮了上行键，没过一会儿，电梯到了。她一脚踏入其中，却看到里面站着一个熟人——

苏海安。

男人精致的眉眼一如初见，他伸出左手，五个指头依次向掌心收拢，向她 say hi。

这样的姿势放在别的男人身上可能会显得很娘，可由苏海安做出来，却有一种说不出来的诡异美感。

电梯里灯光明亮，苏海安的眉眼被映得璀璨。他的目光尽数落在葛兰身上，嘴唇无意识地勾了起来，“葛兰小姐，我们又见面了。”

那样的声音，仿佛将曾经的回忆尽数唤起。葛兰冷着一张脸，“是啊，可能苏先生是属狗的，不管怎么样都能嗅到我在哪里。”

即便是这样说话，苏海安依旧没有动怒，反倒哈哈笑了起来，他顺着葛兰的话，凑近她的身边，用力在葛兰的身上嗅了几嗅。苏海安说：“这样说来，我可嗅到了你身上的血腥味道，想必刚刚又有一场鏖战？”

葛兰没说话，镜面门映射出两人的表情。他微笑，她冷漠。

电梯到达二十三楼，葛兰刚准备离开，却被苏海安一把揽住了肩膀。女人本想还手，他却凑到了葛兰的耳边，“新能源的事情，想必不是我一个人觉得可疑。刚刚十三楼的枪声早就传了下去，警察已经赶到了，而且我房间里有急救箱，你还是跟我一起上去吧。”

葛兰的脚步生生一顿，她重回电梯，一把甩开了苏海安的手。

男人吃痛，脸上却依旧挂着欠揍的笑容。他丝毫不在意葛兰的冷脸，只是兀自调侃了一句，“早知道今天会遇上葛兰小姐，说什么我也要带上一束鲜花。林恩不在，也没有什么花粉过敏的借口了。”

葛兰不说话，只是默默地将鞋跟黏上了苏海安的鞋面。男人的笑容一瞬间变得有点儿扭曲，不知怎么地，葛兰突然觉得心情变好了一点。

不过，也只有一点点。

不管是组织的离弃，还是马修的异变。这些东西都像石头一样重重地压在了她的心口。虽然她从不表露，但并不表示那些事情不沉重。

第八十章 制造混乱

两人来到属于苏海安的总统套房，葛兰一路避开楼道上的摄影机。她将头发打乱，举手投足间虽然表现自然，其实时时都在挡住自己的脸，好让镜头无法照到自己的全貌，甚至连身高她都经过了修饰。如果利用自动识别机器连同录像，一定不能在第一时间内将她找出来。这样可以顺利地为她拖延时间。在这种危急时刻，能多出五分钟，都能够救她自己一命。

进到房间后，葛兰脱掉风衣，左臂上的伤暴露无遗。她扎着伤口的腰带被染得血红，即便是苏海安，也忍不住瞳孔紧缩。男人本是随意地仰躺上沙发上的，这时也不自觉地坐了起来。

可葛兰却不觉得这有什么，她熟门熟路地走到浴室，扯下毛巾，又掏出鞋子里的军用匕首，将其划成小条。苏海安难得好心去找客房服务员拿了急救箱，他回来的时候，正好看到葛兰剪开手上的绷带。他清楚地看到，她的左胳膊上几乎被打出了一个直径两厘米的透明小洞，他甚至可以看到光线从其中穿过。

有血溅到了女人的脸上，葛兰只是随手抹掉，粘在脸上的血迹让她的脸庞更显妖冶，苏海安一时间居然看得痴了。

染血的天使，从良的恶魔。苏海安竟然不知道哪一种形容更加贴切，还是她本来就两者兼备。

“有时间发呆，还不如给我把酒精递过来。”葛兰冲他喊了一声。

男人回过神儿来，他哦了一声，立即埋头从盒子中找出盛满酒精的小瓶。她拿过那瓶酒精，全数倒在伤口上。苏海安看得眉目一凛，心尖不自觉地有些发颤。

他都觉得疼，可女人表情如常，仿佛只是倒了点白水上去。

葛兰处理好伤口，将染血的毛巾扔到垃圾袋中系好，随时准备抽空销毁。等她忙完这一切，苏海安看着她，说："你来这里，不是度假的吧？"

"如果被人追杀也算愉快假期。"葛兰说。

"西蒙的事情，你怎么看？"苏海安说。

"难道不是你们的杰作？"

"我们？太好笑了，我怎么请得动西蒙。如果你认为一个二世祖有如此能力，那我为什么还不能把苏晋成赶下台来自己坐上去？"

若是他能请得动西蒙，只怕第一个死的会是唐娜，怎么还轮得到别人。

他的话仿佛自嘲，又像是对自己的莫名质问。葛兰也不明白为何男人要在突然之间敞露心扉，听起来总觉得有些莫名其妙。

但她知道了，西蒙的事情有异，幕后人总会走到前台，纸永远包不住火。再漂亮的魔术，也总有被拆穿的一天。她要做的，便是抽丝剥茧揭开这些疑团。

两人相对而坐，其实葛兰也没想到，自己有朝一日能够如此心平气和地坐在苏海安的身边，而且他还是活的，没有被她打成一具尸体。

"你来奥兰多是为什么，兴致突发想逛逛迪士尼？"葛兰问。

"那老个家伙一直忧心忡忡，他的神经敏感仿佛传到了我的身上，我想来想去，还是来奥兰多一趟，看看杜邦集团的研究所，免得他夜夜生疑。"苏海安说。

葛兰看了苏海安一眼。他的话有几分真假她并不知情，但苏海安的描述却已经泄露了不少东西，只是有些内容需要印证。待她去基地看过之后，便能解开部分疑惑了。

"你也要去基地，原因和我一样吗？"葛兰不动声色地说。

其实后半句话是她凭空添上去的。什么原因，他的原因永远不会跟她一样。只是这种故作玄虚的说法十分有效，很容易就能让人上钩。

果不其然，苏海安眯了眯眼。他勾起唇角，说："你也发现了？"

"动作很大，谁会不知道？"葛兰故作轻松。

"所以你知道杜邦集团研究所为什么要大批量招募试验员吗？"

听到这话，葛兰心中警铃大作，她瞬间反应过来，原来不同寻常的地方正是此处。

可表面上，她依旧是一派轻松，葛兰说："这正是我为什么要来这里的原因，你不也一样吗？"

"是啊，真巧。"

最后两个字，苏海安咬得极重，不知他是在感慨缘分，还是在想要把那两个字在牙齿里尽数嚼碎。

他那阴晴不定的神情让葛兰有些戒备，这男人，只怕再过一百年也是这副不阴不阳的德行。

说到这里，苏海安仿佛想起了什么，他点了点下巴，看向葛兰，"基地戒备森严，你准备怎么进去？小偷小摸，还是大开杀戒？"

他看了葛兰的左手一眼，说："想要大开杀戒只怕有点儿困难吧，毕竟你现在只能算残疾人。"

"杀你一个还是绰绰有余的。"葛兰冷冷地道。

"要不然，让你的老相好网开一面，放你进去？"苏海安提议。

葛兰的手刀已经劈到了他的喉结处，女人眼里清晰的杀意让向来无法无天的苏海安忍不住打了个战。

不是因为他害怕，纯粹是生理反应。人在察觉到危险的时候，总会有一种兽类的本能。面对葛兰的他，第一次察觉到这种潜伏在身边的杀机。

"玩笑，玩笑。"苏海安举起双手，做投降状。

反正在葛兰面前，他早就没什么脸面可言了，还不如乖乖投降来得好。

"我记得你们公司在附近也有个小研究所，能不能找什么借口混进去？"葛兰问道。

"我们研究所自然是畅通无阻，可是你说杜邦集团？人家可是铜墙铁壁呢！不过为了你，我可以给你制造一个空当。"苏海安说。

"哦，那真是要洗耳恭听了。"

苏海安告诉她，明日，杜邦集团的实验室有一批外购的原料即将到货，那是唯一的机会。如果能够趁乱混入其中，便能一窥究竟。她想到上次随林恩去研究所的场景，她单独离群，见过一辆墨绿色的装卸车。

上次机会不好，如果这次有人刻意在外面制造混乱，她觉得可以再试一次。

"你看，我都准备给你制造混乱了，你就没有什么奖励给我吗？"苏海安扬起头，看向站在一边的葛兰。

"你想要什么？"女人问道。

暖黄的灯光落在他的眼中，即使是恶鬼也被这短暂的温暖染上了与平日不同的姿态。他屈起右手食指放在唇边，眸光流转，对葛兰说："一个吻。"

听到这个要求，葛兰愣了一下，她无意识地歪了下脑袋。

空气沉寂了下来，葛兰突然上前，两人间的距离越缩越短，她将右脚踩在沙发上，凑近了苏海安。

这是她第一次主动接近自己，苏海安喉结一动，心跳增速。

凑得近了，葛兰的美更是一清二楚，他的眼神几乎散焦，不知该看向何处才好。

越来越近的距离让苏海安有些忐忑，两人鼻尖相擦，他忍不住闭上了眼睛。

哪知这个时候，葛兰伸手，重重拍向他的嘴唇，啪的一声脆响，震得不远处茶几上水杯里的水都泛起了涟漪。

苏海安吃痛，他连忙用手掩住嘴巴，双眼大睁，怒视葛兰。

葛兰勾唇一笑，美不胜收，她对苏海安说："没把你这张嘴打烂就是好的。希望你在十分钟后能给我交上一个可行性高一点的计划，不然……"

她举起了自己完好的右手，又指了指他的嘴唇，"你最好小心点。"

隔日，葛兰和苏海安用过早餐，苏海安绕行至自家研究所，他换上了员工服，又开出了研究所的车辆，一路驶向杜邦集团的研究所。

顶着研究所字样的车十分打眼，但越扎眼越好，毕竟是为了制造混乱，太不起眼儿，对葛兰没什么帮助。

想到这里，她忍不住侧过脑袋看了苏海安一眼。原来这人除了在虐待人上颇有造诣外，搞事的时候本领也不算小，以前真是没看出来。

大概是苏海安感受到了葛兰的打量，在红绿灯前，他弹了下帽檐，"怎么，终于察觉到我的魅力了？"

听到这话，葛兰转过头，看向另一边。

赶到杜邦集团研究所时，正好是早上十点，微风里飘来难以言喻的味道。葛兰记得，那是湖水的味道。

自从这些研究所大量涌入，奥兰多一改昔日的光彩，变成了这个鬼样子。

驾驶座上的苏海安时而看着手表，时而看着通向研究所唯一的马路。

装卸车随时可能到来，他的唯一作用是，等到杜邦集团研究所大门洞开接纳装卸车的时候，他开车狠狠撞过去。这时警卫会涌出，他只需要拖延时间，让葛兰顺利混入其中。

这时，远方已经传来了车辆的声音，葛兰下了车。她关上车门时，用力拍了拍车厢外侧，苏海安一时间有些疑惑，葛兰的声音传来：

“要活着。”

女人看起来冷酷，但她有时候猝不及防的温柔，还是让人软了心肠。

苏海安抿了下唇，随即讥诮地反驳道：“你还欠我一个吻，自然要活着等你还给我。”

葛兰完美地隐匿起来，墨绿色的装卸车行至门口，照例要经过重重盘查。上次那个白胖子换了人，这次的司机是个看起来有些阴鸷的男人，他手拿单据递给安检人员，等他们筛查通过后，大门缓缓打开。

就在这千钧一发的时候，不远处的苏海安开着货车疾驰而来。众人尚未反应过来，他的车便直接冲入了研究所大门。门口的工作人员四散而逃，有人拿着对讲机呼叫其他安保人员。

但眼下的混乱已经足够被葛兰利用，她拖住其中一名落单的工作人员，手刀劈下，那人昏死过去。她顾不得其他，剥光那人的工作服摘下他的工牌后，迅速套在了身上。

接着，她佯装受惊，随着人流往研究所内走去。

门口传来枪械的声音，向来听惯了此声的葛兰一瞬间有点儿犹疑，她并不知道苏海安能不能顺利脱身，或是被人当众击毙。

祸害遗千年，希望这个人能多活一天吧，葛兰想着。

混入研究所大门，其实是最微不足道的一步，越往深处，越是难行。上次她被拦在实验大楼外，而这次她还左手负伤，不知道有没有机会能够顺利进入其中。

她这样想着，精神越发紧绷起来。好在葛兰上次来过，对地形不算陌生，这次她又有工作服加持，更是顺利躲过了一系列盘查。待她走到一处拐角，突然听到了几个人急匆匆的脚步声。

“门口是什么情况？”

“有车撞了我们的运输车，那辆车里装载了试验样本。”

“紧急派送警力过去，快快！”

……

脚步声消失，葛兰闪身而出。怪不得这次入侵格外顺利，原来是因为苏海安吸引了全部火力。这小子真是足够“幸运”，一出手便撞上了研究所格外重视的试验样本，不知道那试验样本是人还是别的什么。

现在由不得她多想，趁着警力疏散，她要赶紧混入实验楼中。

葛兰记得那些摄像头的位置，好在警力撤走了部分，躲避起来也没有那么困难。她几个横跳翻滚，轻易躲过了机械镜头。好在实验楼外有几丛半人高的草丛，要不然隐匿可是个大问题。

赶到实验楼前，葛兰用事先准备好的电子干扰系统破坏了门锁，她推门而入，终于走进了杜邦集团研究所的核心秘密之地。

这里除了有实验室外，居然还有几间武器库。什么样的实验楼里需要配备武器库？葛兰不禁有些怀疑，而且所谓新能源的开发，在这里没有任何痕迹，仿佛只是一个噱头。

但她时间不多，只能匆匆看过。这时，她在尽头处听到一些窸窸窣窣的声音，那样的声音有些熟悉，像老鼠发出的动静，却比那些试验用小白鼠的动静要大。

葛兰往前走了几步，看到一个铁闸门，闸门上有扇小窗，她踮脚，打开了那双小窗。

往里看去的时候，葛兰一阵心惊。原来这个房间里关着的全部是人类。他们或站或坐或走，可每个人的神情都古怪得要命，好像失去了魂灵，只有躯壳还在。每个人的反应和表现都不受他们自己的控制。也就是说，他们根本就没有神智。

这群人，当真是试验用的白鼠，只是他们把白鼠换成了人类。只怕他们在装卸车里放置的试验样本，也是人类。

一瞬间，葛兰想到了马修。马修在追杀她的时候也是这副模样！

第八十一章 实验噱头

葛兰在进入实验楼的时候出奇的顺利，可是出去的时候便有些麻烦了。不知是不是苏海安的骚乱平息，各区的安保恢复正常。有人侦查到实验楼门口的系统被电子干扰器破坏了，整个实验楼都被封锁了起来。她无从选择，只能从顶楼逃生。她将速降绳索绑在栏杆处，从高处滑落后收回绳索，一路躲藏，最后躲在班车的底盘下才得以逃生。

她一路平安地回到酒店，哪知苏海安早就坐在沙发上等她了。男人的一张俊脸有点儿破相，眉角上蹭上了青紫的颜色，可他依旧摆出了笑容，“怎么样，我的制造骚乱的能力还算可以吧？”

“杜邦集团那群人居然放你走了？真让我意外。”葛兰说。

“嗬，车辆撞过去的时候，我人就不在车里。”苏海安回应。

原来在车辆冲向基地的时候，苏海安也趁乱跳出了车内。他捉住门口警卫，告知对方他被杜邦集团内部的工作人员威胁，要求趁机开车撞向研究所，他不从，对方便将他打伤扔下，自己开车撞了进去。

加之苏海安本就一副瘦弱阴柔的模样，谁也无法将他和肇事者联系起来，而且此人演技高超，自然骗得对方将信将疑。为了增加事情的可信程度，他还似模似样地描绘出那个虚构工作人员的模样。

正在这个时候，有人察觉出核心实验室被人入侵，内忧外患，自然大家就放松了对苏海安的看管。他乘机逃走，回到了市内。

看来之前的担心是多余了，祸害果然是可以活很久的。

“为了庆祝劫后余生，我定了餐厅，晚上赏脸陪我吃个饭如何？”苏海安说。

葛兰一笑，也没说话，她伸出左手食指，狠狠点上男人眉角上的伤处。苏海安疼得大叫，葛兰说："你要庆幸我用的不是右手，晚餐我想吃羊排。"

这便是应下了。

入夜，两人从酒店走出，葛兰依旧是风衣打扮，将玲珑有致的身形全部裹入其间，不让旁人窥见半分端倪。苏海安借机伸手想要揽住葛兰的腰，却无意间摸到了一只硬硬的东西。

葛兰看过来，说："你在向我的格洛克17问好，它的枪口很需要血肉滋养呢。"

听到这话，苏海安讪讪地缩回了手。

他们刚刚伸手拦车，这时从街口蹿出了一道人影，葛兰迅速反应过来，她一把将苏海安挡在了身后，同时拔出枪来，向那人射击。

苏海安还没回过神儿来，便听到葛兰的声音："跑，往酒店里跑，我去追他。"

"他？"苏海安重复了一遍。

"马修出现了。"

这一次，她绝对不会再放过他。

不管是追踪还是狙击，都是一件很需要耐心的事情，而葛兰最不缺的便是耐心。昨天夜里她已经查看过这片街区的卫星图，根据马修逃跑的方向，她已经预计到他大概的逃跑路线。这时，她追赶着，来到了一片相对隐蔽的区域。

两栋楼之间存在空隙，里面堆满了杂物，一人高的垃圾桶堆了几个，两边的居民楼都有防火梯，很适合隐匿。

凭借往常的经验，葛兰迅速做出判断，锁定了几处藏匿点。正当她准备走向第一个目标点的时候，黑暗中一道火星擦过，有人开枪了。

她的生理反应更快，迅速闪避后，朝开枪的位置喂出了一颗子弹。砰的一声闷响，像是打中了人，而不是别的什么。

马修旧伤未愈，又添新伤，只怕也是跑不远了。

想到这里，葛兰一跃而出，身形如豹矫捷，三两下间，凭借对方发出的细微动静，她迅速探查到马修的所在。女人踢开眼前的遮挡物，马修便暴露在她的面前了。

马修也有准备，好在葛兰吃过亏，这次没有轻易上当。她在来之前找到了一根废弃的棒球棍别在身后，她早就料到马修要开枪，在踢开旧纸箱前，棒球棍应声挥落，重重地砸在了他的头上。

谁也经不住这样的敲击，即便是马修也无法例外，他昏死了过去。

这时，巷口外传来零乱的脚步声，葛兰预计只有一人，并且不是雇佣兵特工之流。她沉下心，再次拔出手枪，对准巷口方向。

脚步声歇，有一人站在那里。那人扶着墙壁大口大口地喘气，除了喘气，还在一边断断续续地喊："葛兰……葛兰……葛……兰！"

听声音，是苏海安。

"这里。"

葛兰喊了一声，一脚将马修从障碍物上踹了下去。接着她跳下垃圾桶，半蹲下身，揪起马修的衣领，将他从暗巷中拖了出来。走到苏海安的面前，她一脚踩在马修的身上，抬头问苏海安："要你往酒店里跑，你怎么到这里来了？"

苏海安没说话，他不想告诉葛兰，是因为担心她的安危，可是凭借葛兰的身手，她真的需要自己担心吗？

见他没说话，葛兰也没有追问。她指了指脚下的人，"正好，既然你来了，帮我把他拖回酒店吧。"

回到酒店，葛兰将还在昏迷的马修捆了个结实，绑在了装饰柱上。她给马修注射了肌肉麻痹针，即使他醒来时没有意识，也无法摆脱浑身无力的症状。

接下来，就等范西登场了。她知道范西一直在找她，并且现在已经跟来了奥兰多。葛兰也不打算隐藏自己的行踪。她发了个坐标给范西，让他直接过来好了。

晚餐计划泡汤，苏海安叫了 room service，好在这家酒店也有羊排，葛兰分切过那些骨头之后，便伸手直接拿来吃了。

经过两日的高强度"生活节奏"，葛兰也懒得纠结这些餐桌礼仪。不过坐在对面的苏海安倒是像看新奇事物一般盯着葛兰。她被看得烦了，扔出了手上吃干净的小羊排骨头，砰的一下砸到了苏海安的头。

"低头吃饭，我又不是菜。"

苏海安揉了揉被砸的地方，一声不吭，专心吃饭。

二人间少有如此安静的时候，葛兰伸手按住高脚杯的底座，震荡着杯子里的红酒。她晃了两下，房门被敲响。

葛兰站起身来，打开了房门，Ben和范西一同出现在她的视野里。她看着范西，说："来了，正好有事要找你帮忙。"

范西来之前，并没有通知葛兰，想必早有计划。

范西被Ben推到了房间里，第一眼便看到了坐在餐桌前的苏海安。两人对视一眼，范西侧过脑袋看向葛兰，"有什么事？"

"那边。"她伸手指了指被绑在柱子上的人，"找两个人帮我看看他到底是怎么回事，为什么会突然失去神智。这方面，你比较在行。"

"我需要借用一下苏海安公司的研究所，要不然有人也没用。器材不够，没办法找出原因。"范西说。

被点到名的苏海安放下餐具，他咽下嘴里的食物，说："借用自然可以，但我的研究所并不是借给你的，而是借给葛兰的。这一点，你要搞清楚。"

范西轻哧一声，不知是不屑还是好笑。苏海安也不计较，他转而看向葛兰，"看，我又帮了你一次。"

如此讨好的神情，真像是一只大型犬类等着主人摸头夸奖。

一行人来到苏家在奥兰多的研究基地。苏海安走在最前面，葛兰紧跟其后。Ben带着昏迷的马修走入了实验室，他们站在外面，等候专家的结果。

在等待的时候，苏海安问葛兰："在基地里，你看到了什么？"

"等价交换，我的每一条线索都是明码标价的。"葛兰说。

"我帮了你，我提供了实验室，这样还不够？"苏海安反问。

葛兰略一思忖，说："杜邦集团的新能源计划，恐怕是个噱头。他们真正研究的东西跟新能源没有关系。"

"哈，早就猜到了。杜邦集团怎么可能会像个慈善家一般去研究什么新能源，不破坏资源就好了，说来真是可笑。"苏海安说。

"还有什么，就要等到马修的报告出来了，毕竟我探查的时间不多，看到的东西也有限。只是我能肯定，杜邦集团的秘密，绝对不少。"

两人站在外面又聊了一阵，不一会儿，范西和Ben走了出来。范西对葛兰说："很遗憾，我也不知道马修到底是怎么了。试验报告显示，他的大脑内不知被什么东西影响了神经突触间的信号传递，并对突触受体造成了不可逆的破坏，长期服用会影响人的思维判断能力。可具体是什么东西，我们也不清楚。”

想到实验楼里的那群“行尸走肉”，还有罗拉死之前求着她开枪，再看看马修的现状。葛兰开始怀疑起那所谓DT合成细胞的真实性了，细胞在顾初心身上并没有发生此类的异样。

除非……

杜邦集团骗了所有人，他们研究的东西压根儿就不是什么清除细胞的。

第八十二章 “行军”计划

从研究所出来，葛兰自觉不是一无所获。

这次探访杜邦集团研究所看到了一番让人震惊的现象，足以推翻所有林恩说过的谎言，当然，实质性结果她没有捉到手上，这让人有些怅然。

即便她能够证明杜邦集团的DT合成细胞计划很可能是个幌子，也没有足够的证据。一来，她手上没有相关资料，二来，她进到实验楼里连相机都没带。连最基本的照片都没有，她该如何在关键时候以此作为要挟？

根本没有用。

想到这里，葛兰有些懊恼。虽然她已经隐隐猜出研究所的计划应该和那些失去意识变成行尸走肉的人有关，而且马修的异样同样也证明了这一点，可是这个关键突破口却犹如死结。摆在她面前的，是一个无解的难题。

她该如何从此处突破找到答案呢？

在奥兰多停留的时日，葛兰本想再去一次杜邦集团研究基地看看情况，碍于上次入侵后他们的安保系统再一次强化，她实在无法找到突破口下手。明明知道线索就在眼前，却怎么也拿不到手里。

这样的感觉，真的是糟透了。

又一次潜入失败，葛兰回到酒店。她刚刚拿出房卡打开房门，便发现屋内有异。她事先做好的防入侵装置被人破坏了。

肯定不是酒店员工清扫房间，因为她早就特殊关照过不需要清扫。那么这样直接的入侵方式，会是谁？

葛兰拿出手枪做出戒备姿态，她没有插上房卡，黑暗中，她观察到沙发处有一人形，光看轮廓，十分熟悉。

“长官？”

黑暗中，莫雷点了点头。

即便是这样，葛兰依旧不敢掉以轻心，她的子弹上了膛，用左手将房卡插入了卡槽，右手举枪顶在身前，生怕长官有什么轻举妄动。虽然她很清楚地知道自己和长官之间的实力差距，但有所防备，还是必须的。

前段时间的追杀让葛兰心有余悸。即便是曾经并肩作战的战友，也会在一瞬之间取下她的人头。命只有一条，她不得不防。

“何时起，你对我也这般戒备了？”莫雷自嘲。

“因为你已经不值得我信任了。”葛兰停顿了下，手上的枪握得更稳，这是莫雷教她的，一次又一次的教她，枪能保命，如今，这一招用在他身上不为过，“别忘了，在船上，我们喝过了诀别酒。”

她将上次的一醉方休称为诀别酒。尽管莫雷没有参与，但这也证明她大可以放手离开 M 军团，不再留恋。

莫雷低头，揉着眉心，“我不会杀你。”

葛兰在心里冷哼，上次她还了一枪给克尔，如今却不敢保证了。空口无凭，这种骗小孩儿的话她可不信。葛兰站在原地没动，一直将两人的距离保持在一定的安全范围，甚至随时准备撤退。

如果要说在军团里最不想跟谁对上，拜伦是一个，莫雷首当其冲。长官之所以是长官，便是因为他那不可撼动的地位，和无法与之近身肉搏的武力值。

“我一路追踪马修身上的信号来到这里，这才知道马修被你捉到了。”莫雷说。

“并不是马修被我捉了，而是他一路都在追杀我，两次了。”葛兰回答。

说完后，葛兰意识到了莫雷话里的重点。马修的身上一直带着信号发射器？他的随身定位到底是莫雷的行为还是别人的有意为之？在无人岛后，马修发生了什么？

一连串的疑问瞬间涌到她的脑里。葛兰挪动了几步，仍旧保持着警惕。

“我今天来这里，就是为了和你谈谈这件事情。葛兰，放下枪，坐到这里来。”

莫雷指了指对面的椅子，又站起身来高举双手，为了展现诚意，他甚至整个人转了一圈。葛兰上下打量过后，确定长官并没有带什么冷兵器，这才收起了枪支，缓慢地走了过去。

她在莫雷的对面落座，男人习惯性地掏出雪茄，他剪掉雪茄头后用长火柴点燃，静置一会儿后，这才开始抽了两口。

“这一切，都和你曾经在古堡中见过的‘夫人’有关。”莫雷说。

葛兰眯了下眼睛，“我知道，林恩的母亲。”

和夫人有关，那和林恩有关吗？葛兰因为自己的想法愣怔了半晌，她心里有百般不愿意想起林恩。

林恩为人阴险，这是葛兰不愿意想起他的原因之一，另一个原因是在无人岛上的那段日子，两人之间确实很亲密，这超出了她的预想，从没有男人对她动手动脚，不被自己打成残废。

林恩算是一个，苏海安则是例外。他压根儿不值得自己动手。

一时间，葛兰想了很多，但她并未暴露分毫，只是点了点头，说：“杜邦集团研究所的真正研究项目，并不是什么 DT 合成细胞，也不可能拯救人类吧？”

听到这话，一向表情平稳的莫雷露出了惊讶的神色，他看向葛兰，说：“不错，一段时日不见，你成长了不少。”

葛兰点了点头，权当是奉承话接下了。

“你还知道什么？”莫雷又问。

“不是你来和我谈谈的吗？”葛兰捉到把柄，反问回去。

莫雷摸了摸下巴，又狠抽了一口雪茄，“听说你将马修送到了研究室，结果呢？”

“结果是，我们发现他长期受到一种干扰，对他的大脑造成了不可逆的破坏。他的遭遇，和被组织追杀有关对吧？”

葛兰的问题很尖锐，莫雷没有迟疑地点了点头。对于眼前的这个女人，他抱有了诸多复杂的感情，就连维多利亚都说，他偏袒葛兰。葛兰身上有夫人想要的东西。这些都是他赋予葛兰的。即便是要夺走，也只能是他亲自手。

葛兰不能死，她的存在，能够改变很多东西。

“既然你已经零零碎碎知道了这么多，我会告诉你的。”

一根雪茄燃尽，空气中残余着烟叶的味道，最后一缕蓝色的烟雾袅袅而上，让莫雷坚硬的脸庞变得神秘起来。

那一瞬间，葛兰有些恍惚。也许每个人身后的不为所知，都是一段让人扼腕的秘辛。

杜邦集团初涉生物科学研究时，一心想要研究细胞清除的计划。计划得到了政府的支持，一时间还为杜邦集团提升了不少股价。他们拿下了政府投资，免除了三年税金。这对杜邦集团的研究所来说，是一笔不小的收入。

这是一件造福人类的好事，所以，他们称之为“拯救人类计划”。

然而这一切，都是假象。

莫雷十几岁起就是杜邦家的家臣，起初他只是负责保护夫人艾琳娜的安全，后来，他们出资让他成立了M军团，为他们在政商两界排除异己。

M军团成立之初，他便知道“拯救人类计划”的实施，他以为这一切和自己的M军团毫无关联。

直到，撒旦的出现，他才有了疑问。

柏林音乐厅爆炸事件发生前几年，莫雷听命于夫人追踪过撒旦的位置，撒旦很聪明，好几次从他手上逃走。直到六年前，在去往阳城的途中，莫雷的军团偶遇撒旦的游轮，在海上他们抢夺了撒旦的军火，并在撒旦的老窝做了一次清理，他发现了撒旦的秘密，还有一块藏着的芯片。

那是一块谁也读不出来的芯片，但撒旦将它视为珍宝，莫雷便藏了起来。

“芯片？”葛兰听到此处，手下意识地抚上了自己的手腕。

莫雷点头，大方地承认，“是的，就藏在你的皮肤里。”

“这就是夫人想要杀我的原因？”葛兰猜测。

莫雷没有承认也没有否认，“不完全是，林恩对你的好感是让她下手的动机，你的出现有太多不确定性，芯片肯定是她的目的之一，但她和我都清楚你的身世。这才是她最终的目的。”

“……”

“你的父亲，顾家同……死在杜邦集团手中。”

“他们的目的是什么？”她想，应该和顾初心给她的芯片有关联。但，目前葛兰不能完全信任莫雷，对于不清楚是敌是友的人，葛兰依然很戒备。

莫雷没有解释夫人的目的，继续说道：“我并不清楚芯片对她的重要性。六年前，就是遇见你之前。我的队友——马修被夫人派遣了秘密任务，在执行任务期间他消失了一段时间，再回来时，他就突然叛逃了M军团，夫人下令追杀他，这些年，夫人一直在找他。”

“所以在巴黎抓住马修时，你把他交给了夫人。对于实验室的事情你知道多少？后来又如何得知马修被送往了实验室？”葛兰听得很明白，每一件事心里都有了计较。

莫雷点头，“我同你一样，以为他会死在当时。”

“然而并没有，夫人将他送去做了试验品。”

“这不是第一次。”莫雷抽着雪茄烟的手顿了顿，“马修是第二批试验品。”

“？”葛兰看他。

“撒旦，是杜邦集团送去做人体试验的第一代试验品。”

葛兰想起在古堡地下室里见到撒旦和林恩时的场景，也是那一次，莫雷故意让她看清楚林恩的真面目。那场画面里，撒旦畏惧林恩，也很痛恨林恩，他对他穷追不舍，不仅因为M军团抢了他们的军火。

还有报复！

“芯片呢？对于芯片你知道多少？这和‘拯救人类计划’有什么关系？”

“所谓‘拯救人类计划’从头到尾只是一个噱头。他们凭空造出了一个项目，就是为了掩盖真实目的。”

往往真相都比预想的可怕。

杜邦集团真正投入研发的项目是一种称为“神经元”的东西，他们试图控制人类脑部的脑神经元。想要借由这样的干扰再配合药物控制，抹去试验者脑内的自我意识和判断能力，销毁掉试验者曾经的记忆，从而以训练的方式，让人完全变为听从命令的“机器”。

这样的死士比人更加乖顺听话，他们无法感知疼痛，虽然是个活人状态，但已经失去了作为自我的意识，剩下的不过是一具听人驱使的躯壳罢了。

听到这话，葛兰惶然的说道，“他们居然想要制造完全服从命令的军队。”

“他们成功过。”

葛兰震惊地抬头，莫雷没有继续说下去，他久久凝视着落地玻璃窗，半晌后才说：“对他们来说人类太廉价，遍地都是。所以他们购买死囚，处理叛逃者。加之药物和芯片的作用，是一本万利的生意。不管是暗杀、操控，只要客户需求，便可以让他们满意。这样庞大的势力，谁不想拥有？”

葛兰看着莫雷有些落寞的脸，一时间竟然感到了悲伤。

一旦研究获得成功，这个世界可能会充斥着没有意识的杀人狂，既不会出卖主人，也不会被敌人刺探出任何线索。他们没有头脑，唯一能做的便是服从命令。

“杜邦集团……想要毁灭世界？”

“谁都想拥有至高无上的权利。”

“这不可能！”葛兰硬声道。发现莫雷一直在看着自己，葛兰一愣。莫雷又说：“他们不仅仅做出了研究，甚至还在着手培养这样的死士军团。在M军团之后，死士军团也一并诞生了。”

第八十三章
叛逃真相

“杜邦集团的计划本该完美无缺，但二十年前一场意外的发生，直接导致了研究的中断。”

“什么？”

‘神经元’元素的确可以操控人类的脑神经，但长时间服用，试验品的脑神经无法得到抑制，出现幻想，被偷走记忆，没有喜怒甚至不懂得休息，导致服药的人会精神失常，直至死亡。

“发现‘神经元’的温恒，带走了可以抑制神经元稀释脑子的方程式。”

“温恒？”葛兰听过这个名字。

“他是‘神经元’研究的主导人，也是第一发现人。我不知道他们之间发生了什么事，但这件事对杜邦集团的影响非常大。”

最重要的“神经元方程式”被带走，试验无法进行下去。有人想要强行继续，此后却出现了一系列的差错，最恶劣的后果，是试验品的出逃。

“试验品？”葛兰十分敏感的想到马修。

莫雷赞许地点了点头，说：“先是撒旦，后来又陆续出现了几个。”

葛兰微眯起了眼，嘴唇都在颤抖。“是西蒙！”

如果西蒙是试验品的话，那么拜伦执意与自己同行的理由就可以解释了。

“但是西蒙的症状良好，并不像马修。”

“撒旦和西蒙都是第一代试验品，他们的体内有‘神经元方程式芯片’抑制，他们的战斗技能提高了，长时间没有服药后，逐渐找回了自己的记忆。”

“所以最后马修投靠的人是撒旦，那么罗拉呢？她为什么会出现同样的症状？”

“罗拉在三年前执行任务时，无意中触碰到了‘神经元’的秘密，夫人将她送到了研究所，就是她曾消失的那一段时间。”

“因为这样，所以军团将她打上了叛逃者的标签，和马修一样。”

莫雷点了点头，“布鲁斯开枪射杀她，是形势所逼，罗拉不能活下去了。”

葛兰茫然地听着莫雷讨论着罗拉的生死，原来“人”也有被剥夺身份的一天。只要“人”被贴上试验品的标志，他没有记忆没有过去，甚至连名字也一并失去了，西蒙不再是西蒙，他只能被人们唤作——试验品。

葛兰垂下脑袋，头发散落一肩。

两人间一阵沉默，直到葛兰再抬头的时候，莫雷从衣袋里取出雪茄盒，对葛兰摇晃了两下，“来一根吗？”

葛兰发誓，这是她见过的属于莫雷的最温情的时刻了。

她接过了莫雷递来的雪茄，拿在手上把玩。莫雷说：“你在想什么？”

葛兰从胸腔里叹出气，“我在想，人类的欲望和野心会将面容变得多么狰狞可怕。”

她想到了林恩，在柏林时的从容自信，他告诉葛兰他相信撒旦，是出于人性，而不是出于别的。她讽刺地扯开嘴角，那人，满口谎言！林恩打从一开始，就是戴上面具俯瞰所有人的主宰。所有人的倾囊相助不过是取悦他的表演。

出逃后的撒旦和西蒙，应该有很长一段时间处于一种认知障碍中。他们既不能分辨自己是谁，也无法找到自己在社会上相应的位置。流浪汉还有过去和回忆，而他们除却一具肉身，便什么都没有了。

他们还要在各个国家游走寻觅。寻找记忆是件很困难的事情，撒旦和西蒙被剥夺了生而为人的权利和意识。他们如果不去反击，更加难消心头之火。

如果记忆可以转载，葛兰真想让夫人和林恩尝尝试验的滋味儿，让那对母子剥离自己的身份，成为没有意识的工具，让他们不知道自己到底身为何物。

当科技的发展成为犯罪的工具，我们就束手无策了吗？知道真相从来都不是什么让人愉悦的事情。葛兰自嘲地摇了摇头。如果事先知道了撒旦和林恩之间的牵扯，她还会不会一而再的救林恩？

莫雷看着葛兰，声音冷下来，“收起你的同情心。葛兰，接下来，我们还要奋战，我希望你站在我这方。”

“为什么是我？”葛兰低头，盯着地上的脚尖，她明明已经被放弃了。

莫雷原计划并没有将葛兰拉进来，他甚至不惜让克尔朝她开一枪，也要她脱离出来。如今，事态越发不可收拾了，葛兰再次闯入了研究基地，夫人就算再迟钝也知道自己被欺骗了。

当然还有更加重要的原因，莫雷说道：“你见过了顾初心，说明你已经得到了另一块芯片的下落。”

“我父亲……顾家同是从温恒那里得来的芯片，那温恒呢……”

莫雷灭掉了雪茄烟，吐出烟圈，才道：“他是林恩的父亲，也是神经元的发现者。”

莫雷深吸了一口气，“夫人不可能那么轻易就放过背叛她的人，你父亲的死和温恒的事情有很大的关联。”

从第一次见过夫人时莫雷所表现出来的态度便让葛兰明白，夫人并不只是资助者这么简单。莫雷是一个非常骄傲的人，要他低头是件难事，可莫雷对于夫人的谦卑，让葛兰早就有所怀疑。

在建立M军团之前，杜邦集团便联合边缘国购买死囚进行试验。他们把药剂注入那些死囚体内，引导并观测这群试验人体的行为和动向。经历过无数次的失败后，在夫人的带领下，杜邦集团建造了一个全部由试验体组成的死士军队。

刚开始时，夫人沾沾自喜。

与此同时，夫人培养并资助莫雷建立了M军团。起初，她对这个军团并不是很在意。毕竟死士在手，她觉得已经十分满足了。哪知研究所意外发生，温恒的背叛，撒旦和西蒙的接连出逃让夫人感受到了死士军队并不是绝对的受控。事态一度失去控制，夫人派出M军团前去搜捕两人。

M军团的成功让夫人开始反省，死士军队虽说没有过去也没有未来，但是他们的能力还是远远不如M军团。计划还不够成功，她需要更多的试验，和截然不同的试验品。

夫人将目光投向了M军团。马修和罗拉成为牺牲品。夫人还嫌不够，她想要更强大更完善的作品。

M 军团，这个为她所有的强大雇佣兵集团，便是最好的试验样本。

不是死囚，不是有罪的人。夫人已经越过了道德的底线，她的贪婪和狂妄促使着她将手伸向了别的地方。

六年前，夫人向莫雷下令，马修的任务是追捕杜邦集团研究所的一名出逃人员，据说那名人员身上携带了重要数据，必须不惜一切将他逮捕，拿回那些丢失的数据。

马修去研究所调查情况，得到了很重要的信息，此人与二十年前的一次试验品出逃案件有关。那时这人就已经被记录在案，作为重点观察对象。因为十几年来一直表现良好，监管人员便慢慢松懈了对他的监控，而这次携带数据出逃，纯属意料之外。

当马修追问是什么数据的时候，所有人缄口不言。高层人员告诉马修，这是研究所的机密，接触此项目的人全部签署了保密协议，无法向外透露关于数据的任何细节。

马修反问管理人员："你们不告诉我那是什么，如果我捉到那个人，他给我一份假数据，我可就什么都不知道啊。"

马修将自己的怀疑转告了莫雷，也正是从那时起，莫雷开始留心夫人的一举一动。马修感觉自己并不是在追着一个人跑，而是那个人在鱼钩上撒了饵，钩着自己往前跑。即便他知道那人是故意的，但是人人都有好奇心，而且那人似乎是深知人类的弱点。他每次放出的消息总让人欲罢不能，让马修想继续追查下去。

顺着那人的线索，两人发现了不得了的东西。那些东西，果然应该被称之为"机密"。

从实验室中潜逃出来后，为了报复夫人展开了一系列的计划。

夫人的手段实在是太过毒辣了，马修决定冒险将自己得知的情报通过加密手段传达给莫雷，哪知这组数据在中途被夫人截获了。

夫人先一步截获消息。她亲自向莫雷下令，马修协助犯人潜逃。

莫雷并不相信马修会背叛组织，可夫人的命令无法违抗，他只得要求军团其他人等追杀马修。

马修潜逃多年，最终投靠了撒旦。

葛兰心里仍然有疑问，"以 M 军团的实力，追捕两个背叛组织的人，真的可以让他们成功逃走吗？”

莫雷没有说话，他略过了这个话题。

谁都说M军团里没有感情，但只有身在其中的人才会知道有没有感情这么一说。很多东西，眼睛看到的都是假的。他们之间的友情很微妙，即便称之为友情，也没有人会相信，但是在M军团中，人人之间都是有羁绊的，这一点谁也无法否认，而且以葛兰对长官的了解，他的冷酷只是表面的。

第八十四章 冰释前嫌

葛兰起身，从酒柜里取出了仅有的一支红酒。红酒年份很近，也不是什么知名酒庄出品。她拿着红酒对莫雷晃了晃，问：“要喝吗？虽然不是你喜欢的那款。”

“开吧。”莫雷摆了摆手。

一番深谈，两人明显都显露出疲惫的表情。这样的对话甚至累过一天的击打训练，葛兰情愿被拜伦罚打沙包都不愿意再经历这种事情。

抽丝剥茧地将过往一一摊开来说是很让人痛苦的。他们需要回忆每一个镜头每一个细节，那种仿若切肤之痛是无法躲闪的。

可是这就是他们的生活，人生永远不可能一成不变。即使是身为M军团的长官，莫雷也有说不出的难言之隐。他的队员一个接着一个地折损，夫人的态度暧昧不明，这种种的一切，都逼着他要做出选择。

即便是看似最无可奈何的一步，他也要赌上一把。

莫雷将目光投向不远处的葛兰，她打开红酒注入醒酒器中，接着又拿了两只高脚杯，走了过来。

落座之后，葛兰从醒酒器中倒出红酒。醒酒的时间是不是恰到好处她并不在意，因为是便宜货，所以也没必要那么认真地对待。

红酒注入杯中，液体激荡的声音十分美妙。葛兰有些失神，她伸手将一只酒杯推给莫雷。莫雷举起酒杯，借着灯光看了看杯中的液体。

酒体厚重，年份较轻。这样的酒本是没有什么细看的必要的，但他仍旧因为习惯多看了两眼。

一杯酒下肚，莫雷的神经稍稍松缓过来。他那双如鹰隼一般的眸子看向葛兰，说：“你还记得巴黎音乐厅的事情吗？”

从德国一直炸到巴黎，她想要忘记都难，而且在巴黎时候的一场血战，若不是因为罗拉额外赠送的那把伞，她不知道自己能不能救下林恩和苏海安。

也正是在巴黎，他们遇到了马修，M 军团将他一举拿下。马修被带回无人岛拷问，之后的事情葛兰便不知道了。

莫雷突然提到巴黎音乐厅，是和马修的事情有关吗？她抬头看向莫雷，眼波闪动。

马修在巴黎事件后被夫人转移到研究所，被控制脑神经，配合药物和管制手段，在慢慢地摧残之下，马修开始失去了自我意识。虽然技术不完善，但经过了大量的人体试验之后，已经初显成效了。

葛兰深深吸气，伸手按住了太阳穴。血管怦怦直跳，她感受得到自己比平常快过一拍的心率。

活生生的人，亲眼在她面前失去理智，这样的转变，对谁来说都是一种震撼。更何况，那人是她曾经并肩作战的队友。

她慢慢握紧了拳头，继而又缓缓地松开。

“所以你派罗拉去实验室里弄走马修，是免于他再受苦？”

“不，我没有那么好心，我只是想知道真相。这么多年，夫人能让我们触碰到的真相，微乎其微。”

想到前几日的事情，葛兰倍觉无力，她并不能为曾经的队友做点什么。现在的葛兰，甚至无法阻止夫人的为所欲为。就在这一瞬，她突然感到自己能力有限。与此同时，葛兰也切身感受到，她想要去改变什么，而不是坐在这里，眼睁睁地看着自己身边的人一个接着一个地被人毁掉。

即便她孑然一身，也是想要维系现在力所能及的一切啊。

葛兰收拾了一下情绪，对莫雷说：“罗拉呢？我还是不敢相信，布鲁斯会开枪。”

“罗拉已经没救了，她的脑髓都坏掉了。”

“我在巴黎期间见过她，她躲了起来，在贩卖军火，我以为她从此退出江湖了。”葛兰的话是在怪莫雷，如果不是他，或许罗拉不会死。

罗拉死在最后的任务中，那是一场有去无回的丧命之旅。即便罗拉心知肚明，但她没有回头的选择，只能自己踏上一条死亡的大道。

知道了研究所秘密的人，都该死。这是夫人对所有人的警告。

“那你呢？她大概猜到你已经得到了真相。”她是指夫人。

夫人没有杀莫雷，这让人意外。

葛兰清楚，只怕身经百战的莫雷更加明白自己的立场。他此次前来寻找葛兰，肯定不是为了给她说故事这么简单。男人的时间和耐心都很有限，说这么多话，一定有其理由。

“长官，说说你的目的吧。既然我们都说了这么多，那么你背着其他人来找我，一定有理由。”葛兰说。

“我已经损失惨重，不能再失去什么了。”

说话时，莫雷看着葛兰。

毕竟相处了那么久，葛兰很快明白了莫雷的意思。他已经有反抗夫人之心了。在M军团接连遭受损失的情况下，莫雷不想再忍。

“我根本就没有什么可以失去的。空无一身的人，自然不怕再失去什么。”葛兰说。

两人相视一笑，眼里的意味相同。

“这件事情，你还是考虑之后再回答我，我可以等。但是在此期间我可以保证，你所遭遇的追杀行动，全部不是出于我手。”莫雷说。

葛兰明白，这是属于莫雷的诚意。男人并不会说出什么漂亮话，也不会许下更加隆重的承诺，但是这番话的情分已经足够。葛兰点了点头，表示满足。

莫雷起身，他拿起醒酒器，亲自往葛兰的杯中斟了半杯酒，接着，他又往自己的杯子里倒了满杯。他举起酒杯，对葛兰说：“敬我们。”

葛兰凑上酒杯，玻璃器皿发出撞击声。她将杯中的酒一饮而尽，深红色的液体在灯光下流转出瑰丽的色泽，看上去让人感觉目眩神迷。

“偶尔喝喝这种次品，也别有一番风味。”莫雷放下酒杯，语气意味深长。

莫雷要她做的事情很简单，现在手上已经拥有两块芯片的她，定然是夫人的最大目标。

“神经元方程式应该是被温恒分解成了三块芯片，如今夫人已经知道你拥两块，那么第三块，她定然会先一步下手去得到。”

“第三块在哪里？”

莫雷摇头，“我不知道，或许……你应该知道。”

“什么？”葛兰愣了愣，不明白莫雷的意思。

“温恒逃出杜邦家时，第一时间找的人便是你父亲，顾家同手上有一块，另一块被后来追杀夫人的撒旦找到了温恒，他抢走了的那块，被我得到了。那么，最后一块，最有可能还是在温恒身上，他消失了。”

随着温恒的消失，这一切线索都断了。

林恩曾经告诉葛兰，撒旦抓了温恒，原来这是真的。只是后来温恒去了哪里，谁也不知道。她突然很想知道，林恩对其母亲的所作所为知道多少，他是否也是帮凶？

“据我所知，温恒没有家人，或者家人都被杜邦杀光了。他最信任的人，应该就是你的父母。”

“所以你猜测温恒很可能为了找寻我母……唐安妮而去了阳城？”

“这只是我的猜测。”

葛兰点头，莫雷分析的有道理。顾家同出事的同时，T集团也遭遇了苏晋成的围剿，当初帮助苏晋成的海外势力，又是什么人？跟杜邦集团是否有着关联？

“所以，你想我利用我的身份，回到阳城，去苏氏查探情况？”

莫雷点头，他曾经听从夫人的命令见过范西，以杜克明的身份。也是那时期，他猜到夫人很可能对葛兰起了杀心。

“既然你已经动了反叛夫人的心，我们为何不一击即中？”葛兰做事情不是弯弯绕绕的人，她能想的方法很直接。

如果奥兰多的研究基地就是一切噩梦的根源之地，何不直捣黄龙，毁掉那鬼地方？

莫雷何曾没有想过这个问题。

“奥兰多研究基地守卫严谨。”莫雷还在考虑另一个问题，“这些年，夫人利用M军团抢夺了不少军火，我们在伦敦的基地仅仅是冰山一角，其余的，你猜最有可能是在什么地方？”

“在基地。”

“我怀疑他们在地底下埋了许多的炸弹，一旦东窗事发，必然会为了自保引爆整个研究所。”

葛兰知道事态的严重性，如果真如莫雷所顾虑的，有那么多炸弹，或许整座城都会遭殃。这就是杜邦家的人行事的风格，宁愿毁掉一切，也不会让人抓到任何把柄。

“可是你忘了，这座城已经如同鬼城。”葛兰低垂着眼，不知道想着什么，说出来的话，却如此决绝，“毁掉也就罢了。这城市已然没有多少人愿意留下了。”

葛兰的话不是没有道理。与其让夫人成功找到芯片，培养死士军队，不如干脆炸毁整个基地，让所有有关神经元的东西都消失在空气里。

“你等我的消息。”

葛兰知道，做这个重大的决定莫雷需要时间。她点点头，答应给他时间，“我会在奥兰多停留一段时间，如果你决定了，就联系我。”

“好。”莫雷仰头，吞下红色的酒酿，从容地从椅子上站起来，临走时告诫葛兰，“这可能是一个会改变你人生的抉择，我希望你能仔细思考。”

“我知道。”在今天之前，葛兰不会有这种感受，但莫雷的确在背后为她抵挡了许多危险。这是毋庸置疑的，她很感激他。

莫雷离开后，葛兰独自将剩下的酒饮尽。如今的奥兰多早已夜幕降临，整座城市都笼罩在黑暗里，她想，为这座城市做点什么好呢？

第八十五章
团队协作

在等待莫雷的消息时，葛兰特意去找了范西。

范西出于某种原因一直留在奥兰多等待葛兰完事，一道回纽约。他铁了心要耗着，葛兰却不能让他这样任意妄为了。

自从得知葛兰成为韦伦家第二顺位继承人后，Ben 在听从命令这件事上，相当服从。葛兰在一番劝说之下，范西仍然无动于衷，她只能出此下策，联合 Ben 将范西直接打包去了机场。

范西气急败坏，恶狠狠地咒骂 Ben 的离经叛道。

“你什么时候跟她是一伙的了？”范西被五花大绑，很是不爽，不停地摇晃那张轮椅。

其实不用绑着，范西的身体状况也没办法威胁到葛兰，但是葛兰就像是存心报复，吩咐 Ben 一定要将他绑好了，安全送回纽约，不然唯他是问。

Ben 在被葛兰一通拳头威胁后，终于下定决心，以后跟着葛兰行事，就算是范先生也奈何不了他，找到葛兰这一座大靠山后，Ben 越发厚脸皮。

“先生您怎么能如此中伤葛兰小姐，她是为您的安全着想。”

“屁！她就是怕我耽误她的事情！”尽管范西不知道葛兰做了一个什么样的决定，但她这么大张旗鼓地送走自己，想来不会是什么好事。

被喷了一脸口水的 Ben 也不生气，不慌不忙地抹掉脸上的雾气，继续推着他往前走。

途经安全出口时，范西突然叫停喊他：“那人是杜邦先生？”

Ben 停了下来，只匆匆看见一个背影，并不确定。

“葛兰小姐吩咐过，无论您有什么要求，都不能耽搁送您回纽约的行程。”

“Ben，你听我说，我觉得杜邦这一行人来得蹊跷……”

范西心里布满的疑问并没有得到Ben的重视。他只当这是范西的假意推脱之词。他不知道，正是因为这擦肩而过的一次错过，葛兰遭遇了人生里重大的浩劫。

送走范西后不到两日，莫雷回复了葛兰。

M军团即刻启程前往奥兰多与她会合，莫雷做出了决定，他们要团队协作一次，毁掉整个研究基地。

这是个重大的决定，小组会议商量后，莫雷才出动了全部人员。

许久不见的拜伦也出现了，养了两个月的伤，如今总算能参与行动了。葛兰对于拜伦的伤势，还是从布鲁斯时不时的抱怨中听说的。

布鲁斯对维多利亚向来没什么好感，拜伦被她整得差点儿丢了大半条命，这件事更是令大家很不满意。

“这次维多利亚下手的确是过分了些。”就连亲自下命令的莫雷也皱了眉头。

“这次多亏没带上她，不然又是麻烦。”布鲁斯插嘴道，他还记得和葛兰差点儿闹掰的事儿，现在正不停地暗送秋波，企图同葛兰再次回归到好兄弟的关系。

葛兰却是懒得搭理他，视线一转，落在拜伦身上，“你可以吗？”

她不知道拜伦的伤从何而来，是因为什么，但难得地表达了关心。拜伦一个大老粗，差点儿红了脸，忙摇头，拍着自己的肱二头肌，说道：“没问题。”

“好，我们要部署现场了，任务很严峻你们都了解情况吗？”葛兰说着，手上已经摊开了一张手绘地图。

那是她根据前两次潜入基地所绘制的地图。

这一次，他们要干场大的，聚集了所有的人，葛兰心里有一种说不清的情绪，这些年来，他们已经鲜少聚在一起同时出任务了，大多数的时候都是两人或者三人协作，更别说同莫雷长官一起了。

有此感慨的人不仅仅只有葛兰。

布鲁斯也下意识地揉着鼻头，扫了眼大家，“我们有多久没这么聚在一起了？只可惜……少了一个人。”

布鲁斯在惋惜罗拉，自己亲手开枪杀的人，心里多少有些愧疚，不管是出于什么原因。

听出他意思的杰克站在身旁，双手插兜，视线扫过他，咧开嘴笑道：“别他妈婆婆妈妈的，干正经事。”

布鲁斯吸了吸鼻子，掩饰掉情绪，主动提出自己的排位，“我还是老样子，接你们跑路，去的时候开车，离开的时候，开直升机。”

莫雷也认同他的想法，指了指杰克，“杰克负责所有的电路和网络。”

“研究基地门外有一层激光渔网，足以让人粉身碎骨。在那之前，杰克一定要黑掉他们的网络。”

杰克打了响指，“交给我没问题。”

“布鲁斯要提前隐藏好直升机的位置。”

“明白，备选逃生方案二是西郊的装甲车，我等你们五分钟，超过一分钟，就换方案。”

“好。”葛兰点头，又将视线落在莫雷身上，在任务部署方面，莫雷最有发言权。

“葛兰和拜伦负责实验楼二号房。”这就是上次葛兰潜伏进入后，发现有大量囚犯被关押的地方，那里还有一个齐全的武器室，葛兰对这块最熟悉，忙点头，“好，我们负责安装炸弹。”

“逃生口想好了吗？”莫雷问她，知道她有经验。

葛兰点头，“天台。”

莫雷接着道：“我和克尔负责外围的守卫。”敲击在地图上的手指略停顿了一下，“另外，大家要注意安全。这绝对是危险的任务，比以往任何时候都要打起精神来。”

在出发之前，杰克要通过天眼排查关于研究所基地附近的网络，以确保逃生路线万无一失。杰克需要找的位置很高，最终选在了杜邦集团的酒店顶楼。

杰克简单伪装后，扮作游客成功入住了酒店，架好了望远镜以及电脑，无人机也准备妥当，电脑界面上已经调出这座城里政府所有安装过的天眼。

“没有异常，准备行动。”

分别潜伏在研究所基地四周的几人收到消息后，开始了行动，葛兰和拜伦兵分两路，分据对面两点，翻墙而入，前方有守卫，莫雷和克尔吸引他们的注意，在东南方和两侧安置了小型炸弹。

炸弹引得守卫不得不上前查看情况，葛兰和拜伦借机潜入实验大楼。

“杰克，已成功进入，黑掉对方的网络需要多久？”葛兰半弯着腰，小声对着耳机。另一头，拜伦扔出障碍物测试，障碍物刚刚接触到大门，就被激光切割成了碎片。

“三十秒，很快。”杰克双目紧盯着电脑，一双手飞快地在键盘上敲击，终于重重落下一根指头，“OK，可以进入。”

大门是瞳孔和指纹解锁，她瞥了眼三层高的楼，上一次她就是爬楼进入的，今天恐怕时间更短。她咬牙抬枪，朝着门锁连开了两枪，门锁咔嚓一声打开了，两人飞奔入内。

“实验器材在负一楼，囚犯在负二楼。”楼道间的葛兰突然顿住，“如果可以，先把那些人放出去，制造混乱。”

这话她是对拜伦说的。拜伦了解她，点头道：“我尽力。”话落，两人分别上了楼和去了负一楼。

不知道为何，葛兰觉得这次潜入非常顺利，反而让她有一瞬间的迟疑和猜测。

她曾两次来过这里，第一次甚至没有办法靠近实验室。今日也不知是因为有团队协作还是……

葛兰的猜测不是多余的，就在她深入上到二楼没有发现任何人影时，终于发现了事态的严峻。

“不好，有埋伏！”葛兰对着对讲机大喊了一声。

然而她还没等到其他人有别的反应，窗外一束刺目的光亮直射而来，一架直升机在半空中，发出了轰隆轰隆的声音。葛兰躲开那搜寻的光亮，藏身在墙角，耳机听见了拜伦焦急的声音，“负一楼没有人，囚犯也没有！”

葛兰暗叫糟糕。果不其然，另一头，再一次响起直升机的声音，紧接着是第三架……几乎将他们完全包围了。

“杰克……杰克什么情况？”葛兰焦急地大喊，但对方乃至莫雷那边突然断了声响。过了好一会儿，才听见杰克的声响，“对不起，我被家伙抵着脑袋。”

其他人没有说话，想必也遭遇了杰克同样的事情。

这就像是特意为他们量身打造的陷阱，每一个都束手无策。

“葛兰，藏好！”拜伦大喊一声，“你在哪里，我来找你。”

拜伦也意识到了事态的严重性，心道不妙，疾步跑上了二楼，在窗角下见到了葛兰。

“趴下！”葛兰一见他出现在门外，就急了。

这时，窗外直升机上的人说话了，是奥兰多警方，“你们已经被包围了，放下枪，走到草坪上。否则，我们会将这个实验大楼变成马蜂窝。”

拜伦弯腰摸到葛兰身边，“你怎么样？”

葛兰抱着 ZC001 摇头，“我没事。他们……”

实验大楼外，直升机还在轰隆着发出响声，楼下，草坪上也在不到两分钟的时间里聚集了大量的警察。他们被包围得密不透风，无处可逃。现在唯一的出路，只能是缴枪投降。

警察又一次警告，葛兰和拜伦两人对看一眼，很快做出了识时务的决定。

就在两人下楼时，另一架直升机里，被人用枪抵着头的莫雷目光深沉，坐在他前方的男人正是从前那个温文尔雅的钢琴家林恩，如今，他却是这场埋伏的最高指挥官，而他身侧坐着的另一个人，是莫雷怎么也没料到的。

“你瞧，维多利亚多了解你们的部署，近乎完美的捕捉。”林恩透过后视镜看见莫雷。

他没有意外也没有愤怒，平和地看待着维多利亚背叛的事实。

淡定的莫雷让林恩有点儿不高兴，他将视线转向实验大楼二楼的窗口处，那有朝着楼下扔掉了枪，举起手来的葛兰。他又一次将她掌控在手心里，却怎么也高兴不起来。

林恩觉得自己跟中了毒似的，视线从未从葛兰身上移开过，而站在她身边的那个高大的男人，让他很是头痛。男人故意站在前方，做出保护的姿态。这个男人他见过，在他伦敦的家门口，也在街头，男人的眼神无法欺骗人，他对葛兰有占有欲，这让林恩异常不满。

“你做什么？！”维多利亚一把打掉林恩抬起的枪，愤怒地呵斥他。

她不敢相信，林恩这样的人，居然举起了枪，对准了拜伦。

被这一巴掌拍醒的林恩反应过来，方才他被嫉妒冲昏了头脑。他收起枪，似笑非笑，想起什么来似的把枪递给了维多利亚，“差点儿忘记了，是你选择投靠我的，我还没看见你的诚意。”

“你什么意思？”维多利亚无比震惊地盯着林恩。维多利亚的脸色不太好看，紧紧捏成拳头的手止不住地发抖，愤怒和林恩脸上那一抹笑容带来巨大的恐惧感。

她果然听见林恩轻启朱唇发出的声音，只见他淡然地说道："杀了那个男人。"

"你疯了！"维多利亚不肯去接他递来的枪，大喊起来。

就连后排的莫雷也抑制不住地担忧，说道："你怎么会变成这副样子？"

怎么会？变？这一系列的字眼让林恩不由得笑了起来，明明笑着，但声音寒冷刺骨，"你从来就没了解过我。"

转头，他已经掰开维多利亚的手，将枪硬塞到她的手心里，一字一句地道："杀了他。"

那声音如同噩梦，仿佛来自地狱。维多利亚一个激灵，颤抖地抬起手，透过打开的窗户将枪口对准了拜伦。她尝试了几次，也没能扣动扳机。曾经英国的空军上校，维多利亚第一次心慈手软了，不为别的，只因为她在当着莫雷的面，射杀他最在意的队员。

维多利亚喜欢莫雷。如今的这一切，也源于她的嫉妒。

她嫉妒葛兰凭什么有那么多人喜欢、爱护，就连莫雷，也成了她的裙下之臣。不！她要杀的人不应该是拜伦，是葛兰才对！没错！维多利亚疯了一般，将枪口往左移了一下，"咔嚓"，扳机被拉下，只差松手放出子弹。

意识到维多利亚的私心时，林恩眼角一转，猛然惊醒，"找死！"他愤怒地打偏了她的手，砰的一声，子弹穿过玻璃飞了出去，震碎了玻璃丝毫不减威力，差点儿穿过葛兰的脑袋，拜伦听见子弹响起的瞬间，将葛兰推倒在地，那颗蓄意的子弹直接打穿了他的背，从身体里飞出去，砸落在墙面上，还带上了血。

"不！拜伦！"就连在直升机上的两人也听见了葛兰撕裂的喊叫声，紧接着是一声扑通声，拜伦高大的身影倒地不起。

这一切来得太过突然，那一瞬间，拜伦突然倒在她面前。葛兰连滚带爬，来到拜伦身边，将他托起时，已经是满手的鲜血，而拜伦被打穿的窟窿还在冒血。

拜伦偏着脑袋，已然没了声息。他瞪大的双目死死地盯着葛兰，眼角有晶莹的泪珠滑落。

他多想再看看葛兰的脸啊，多想抬手帮她抹掉眼泪，让她别哭啊。

"别……哭。"拜伦使尽了最后的力气，也没换来葛兰哭泣的停止。哭泣的葛兰，不是他认识的葛兰。

"我要救你。"葛兰咬着下颚，捂住他的伤口，崩溃地大叫起来，眼泪和鲜血抹了一脸，看上去特别狼狈，她将他扛在肩上，用一己之力支撑起拜伦整个人的身体，一点儿一点儿地往楼下拖行，拜伦身体高大，整个重量压在葛兰身上，半个身体没有支撑，一双脚尖给沿路留下血印。

拜伦重重地呼吸着，感觉到身体里所有的血液都流尽了。

眼前是漫长而又绝望的楼道，耳边只能听见葛兰因为拖行而吃力地喘息，咔嗒、咔嗒，一步又一步，他被拖下了楼梯……回头望，走来之路留下的都是他死亡的前奏。

他张口，喊她，想叫她够了……放手吧。

明明双手沾满了血，也破了口……就算到了草坪上又如何……

第八十六章
正面对峙

直升机依然轰隆响着，林恩冷眼看着葛兰拖着拜伦的身影从二楼一路到了草坪上。

他抬手，吩咐直升机下降，三台直升机同时停在草坪的三角线上。眼前，葛兰已经看见这架直升飞机了，她朝着他走来。每一步都很沉重，他明明感觉到她的身体在摇晃，肩头上那高壮的男人脑袋偏向一侧，分明没有了声息。她离他最近，已经感受到了拜伦停跳的脉搏和心脏，但就是不死心，她看见坐在驾驶舱里的林恩了，她拿眼瞪着他，就算隔得很远，林恩也能感受到她眼里的痛恨和愤怒。

林恩冷着脸，他终于不再虚情假意地笑了，沉着的脸阴森恐怖。

转头，他将满腔的怒火发泄在维多利亚身上。

“你找死！”林恩反手夺下手枪，对准维多利亚的脑袋，但没开枪。

如果维多利亚干脆地解决了拜伦，而不是对准了葛兰，拜伦挡了那颗子弹，她应该没有这么恨我吧？

林恩无比天真地想着。

维多利亚奸计得逞，幸灾乐祸地看林恩后悔但又气急败坏的样子，她感觉自己报复成功了一小半儿。

哪怕是没有杀死葛兰，也让她恨死了林恩害她失去了拜伦吧？

她肆无忌惮地笑着，扬扬得意地笃定林恩不会打死自己。

尽管她猜的没有错，但林恩的枪口还是往下移朝着她的腿来了一枪，近距离的射击让溅起的血花，落了林恩一脸。

他推开直升机舱门，脚踩在草坪上，四周的警察和安保人员随时准备着朝葛兰开枪，他们都在等林恩的示下。

林恩一抬手，所有人齐齐抬起枪口，对准葛兰。

葛兰无所畏惧，将拜伦放在脚边，他们都知道拜伦没救了。

“是你杀了他？！”林恩笔挺地站在距离葛兰不到十米的前方，葛兰没有抬步往前走。

她看着他，目眦尽裂。

那一声质问从空中传入他的耳朵，很平静，心如死灰的沉寂。

林恩脸上还有血，直升机螺旋桨带起的风将他黑色的风衣吹动，发出呼呼的响声。他盯着她，眉眼温柔如旧，“不是。”

林恩否认得很干脆，确切地说，的确不是他。

林恩回头，瞥见机舱里的维多利亚，因为那一枪惨叫连连，没人同情她，莫雷冷眼旁观，身旁的士兵用枪抵着她命令她下直升机。

发现埋伏时，葛兰曾怀疑过莫雷。看见了维多利亚，她心里也没有多轻松。

那一枪，目标是她，只是拜伦将她推开了。葛兰半眯着眼看直升机上低着脑袋抢救腿伤的维多利亚，她抬起手指着直升机，“是她？”

林恩的目光没有从她的脸上移开过，他无比虔诚地看着她，有些许的忧伤。

回过头看维多利亚时，莫雷被一个士兵模样的人要挟着下了直升机。

葛兰的眼神微闪，她听见自己的声音是挤出牙缝的：“你在等着我们送上门来？”

“这些警察等了你们两日。”林恩已经卸掉了伪装，他大方地承认了自己的计划，却又假惺惺地说：“他们不想杀你们。”

“放过他们。”既然莫雷被抓，那么其他人怎么可能幸免？

不出所料，很快，一个穿黑衣模样的刺客押着杰克朝草坪上走来，而另一头的布鲁斯也被几个人抬了上来。

布鲁斯被人打得差点儿残废，平日里嬉皮笑脸的脸肿得老高，见了眼前的场景，他唔唔地号叫了几声，但很快又被几个穿作战服和实验室工作服的人几脚踹下去，差点儿没了命，又是惨叫连连。

葛兰握紧的拳头两次松开，咬牙切齿地说：“林恩，让他们别打了！”

林恩听她的话，一抬手，那些人便停了手。只是可怜了布鲁斯被扔在冰冷的草地上，哼唧着发不出声响。

六个人，死了一个，抓了四个，唯独还有克尔因与莫雷的埋伏点距离远，躲过一劫，但此时单打独斗的克尔无能为力。

空中响起几道打空了的枪声，听着那声音是从北门外传来的，几个穿着制服的人掉头便追了上去。那应该是克尔在做最后垂死地挣扎。她不能责怪此时的克尔意气用事，她想如果是自己，队友全部遭遇伏击，她也不会逃之夭夭。

哪怕是死，也要并肩作战。

林恩的人有没有抓到克尔，葛兰不知情，但林恩提出了条件："你跟我走，我就放了他们。"

那口气听上去，像是为了她而来。

葛兰冷笑，何时她变得如此重要了？

"你笑什么？"

"我笑这些警察愚昧。"

林恩皱起眉头，看见一个警察长模样的人从另一架直升机上走下来，显然，他是这次埋伏的主要指导人之一。面对林恩，他很是客气，"杜邦先生，这些人我要带回警察局接受调查。"

"警察先生，你怕是抓错人了吧？"杰克就站在两人身旁，被人用枪要挟着。他似笑非笑，眼里充满了讽刺，他指着林恩道："你口中的林恩先生罪大恶极，购买死囚，非法研制违禁药物，操控人类培养军队。哪一条，都是无期徒刑。"

警察长当然没有在意他的话，林恩却仍然礼貌地解释了一番："这个研究所是获得政府批示和支持才得以生存的，这里面除了试验样本，没有这位先生口中所说的事情。"他指了指那栋原先被封闭起来的实验大楼，"警察可以彻底搜查。"

"当然搜不出什么，你们已经将那些人转移了。"葛兰插嘴道，她非常讨厌林恩的谎话连篇。

在场的人，哪里在乎真相？他们要的只是一个结果，警察长根本不会听从外人的话，他们根本就是一伙的。

警察长摊开手，对葛兰道："你们没有任何证据。"

原来关押囚犯的地下室，人去楼空，从何而来的证据？"你们根本就是一伙的。"葛兰抢白，但那警察长丝毫不在意，朝林恩看了一眼，挥手让警察上前，将杰克和莫雷押到了另一架直升机里，布鲁斯也被他们抬着丢了上去。

临走时，他无比暧昧地从葛兰身上扫过，最后落到林恩身上。

那眼神是个人都看明白了。

警察长带着三人和两队人马上了直升机离开了，余下林恩与她面对面，葛兰还想抬枪反抗，却被人先一步踢伤了手，枪掉在了地面上，三个男人，一人拿枪指着她，两人压着她将她送上林恩的直升机。

“我会杀了你！”葛兰冲着林恩喊，后颈上一记重击，她昏倒在地。

那三个黑衣人要将她拖上直升机。“住手。”林恩抬手制止了他们。

他走上前，弯腰将葛兰抱在怀里，紧蹙的眉毛让其余仨人心有余悸，他生气了。他不允许任何人用任何粗暴的手段对待葛兰。抱在怀里的人，他总是小心翼翼，生怕伤了半分。

葛兰是在一间空房子里醒来的，她被五花大绑在一张巨大的床上。天花板很高，吊在顶上的欧式大灯还在燃烧着蜡烛，亮光刺目地映在她脸上，格外的红。

“你醒了？”这是第二次，葛兰睁开眼时林恩趴在她身边。

葛兰有一瞬间的恍惚，但很快想起什么来，她恶狠狠地转过眼珠，愤怒地盯着林恩，她用力扯动手上的铁链手铐，发出巨响。

林恩对于葛兰的反应并不生气，他起身，走到一张空旷的桌子前，拉开抽屉取出了一支针管。

“你要做什么？”葛兰见他一步一步朝自己走来，是肌肉麻痹还是什么？她飞速地在脑海里转动着思考。

“别怕，是麻醉剂。我们需要对你动一个小手术。”林恩似乎猜到她在想什么，声调温柔，长指抚上她的脸，一路从她饱满的额头往下，一点点滑落在她细长的脖子处。他忽然低头，嘴唇碰了碰她因为使劲而毫无血色的嘴唇，伸出舌尖描绘着四周。

葛兰讨厌这样的自己，不能反抗，只能用仅有的双目恶狠狠地刮他。

林恩微微屈身，一手抚摸着她的头发，另一只手摸到她的手臂，沿路向下，最后停在了手腕上，食指和拇指成圈环住纤细的骨头，掌心轻轻摩擦着那一块青色印记。

葛兰顺着他的手，觉察到他要做什么。

针管扎入了肌肤里，小小的刺痛让她再次陷入了昏迷，闭上眼之前还隐约看见了几个穿白大褂儿的男人推门进来，他们交头接耳在说着什么，林恩退了一步，站得远远地看着他们拿出了明晃晃的刀，葛兰感受到了冰凉的触感，刀切入她的皮肤，一刀一刀地割在她的手腕上，她感觉到有什么东西从自己体内被取走了，手腕上被划出了一道口子，芯片被取走了。

第八十七章
你是我的

葛兰觉得自己度过了一段非常漫长的时间，迷糊中她看见两个戴口罩的白大褂儿离开了这间空置的房。林恩留下来善后，他的手轻柔地扫过葛兰，用纱布细细地包扎着伤口，一圈一圈缠绕着，葛兰厌恶地闭上眼，她不想看他那张虚伪的嘴脸。

“睁开眼看我。”林恩知道她已经醒了，在她的伤口上轻轻按压了一瞬，指头沾了血。

葛兰吃痛，但没给出反应。

林恩抬起的指尖轻颤，他弯腰将脸凑近她的脸，“葛兰，看着我。你总是这样反抗，我会很生气。你的长官还在警察局，你应该不想他们受苦吧？”

“你威胁我？”葛兰的眼睛平日里很亮，眼珠很黑，但此时却像是扎进了一望无尽的星际，要将人整个吸入其中。

林恩不受控制地嘴角微颤，沉默着与她对峙，明明是一张温润如玉的脸，笑起来却让人感觉到微凉，眉心很平坦，他没有生气，只是咬合在一起的嘴角看得见紧绷着的青筋。

良久，葛兰听见他在上方从口里叹气，随后整个人便被一团温暖的体温锁住，林恩趴在床上环抱着她，脑袋埋在她的脖子处，嘴唇相贴，肌肤相亲。葛兰的手近乎被人挑断了筋脉，她无法抬起手去推开他，而双腿被拴在床沿上，葛兰无望地闭眼，她感觉到林恩将整个人的重量压在了自己的身上，一只手穿过了她的后腰，两人之间只隔着一层手术用的白色棉布，上面还血迹斑斑。

她能感觉到他的体温，还有上下起伏的心跳，说话时，他的胸腔在震动，“留在我身边不好吗？”

那样高高在上的人，用近乎到绝望的语气请求着。林恩感觉自己的心缺了一道口子，从前没想过会这样，爱情对他来说太过冒险，如果不是葛兰出现，或许这一辈子他也不会这样狼狈。

“永远，不可能。”

葛兰的话音刚落，刺啦一声响起，她胸前的衣服从中裂开，露出黑色的内衣。林恩一手撕烂了她的上衣，一手扼住了她的喉咙，“我现在就让它变成可能。”

一如既往温柔而隐忍的语调，完全听不出他内心的阴暗，但葛兰分明能听出，他话语里的强势。

他被激怒了。

林恩跪在葛兰的双腿之间，火热的欲望抵住了她的下身。仅仅一布之隔，微微颤动的欲望，呼之欲出。

葛兰呼吸困难，呼吸变成了奢侈。全身的感官集中在腿部，她昂起头企图躲开他的碰触。

“你……敢！”喉咙里发出如片段的字眼，葛兰满脸通红，眉头紧蹙，眼里满是鄙夷和怨恨。这让林恩更加恼怒。

接连几声布料碎裂的声音响起，二人之间连仅剩的阻碍也没有了。肌肤相接，房间中只剩下喘息声。

窒息感让她渐渐放弃了抵抗，她睁大了双眼，恨不得在这一刻死掉，但林恩总会在她即将窒息时放开她，胸腔内涌入空气，她剧烈地咳嗽，刚要开口，脖颈儿再次被他扼住。

“我从未如此爱过一个人。你是第一个，这很冒险。把我变成了一个自己也唾弃的人。”欲望被她的温暖包裹，林恩双颊微微潮红，如常的微笑里却带着从前没有痛苦。

他的攻势更加猛烈，狂风暴雨一般将她所有的骄傲摧毁。

漫长的折磨不知道持续了多久，他才在她的身体里留下了难以磨灭的灼烧感。

林恩终于放开了扼住她脖颈儿的手，葛兰再也发不出声音。

林恩拿来热水和药物，为葛兰重新包扎了伤口。清洗下身时，看到鲜血，他的脸上露出了迟疑和悔恨。而后变得柔情似水，“不论现在还是未来，你都会是我最爱的女人。”

葛兰闭着眼睛，他的话一字不落地传进了耳朵里，可她却毫无反应。

她突然想起第一次见林恩的时候，但无论是何种模样，都决然不会想到，有朝一日他们会变成现在这样。

“对不起。”林恩蹲在床边，在葛兰额头轻轻印下一吻。

葛兰知道，从此以后，她将万劫不复。

林恩将葛兰关了起来，在这个灰暗的小房间里，没有窗户，看不到外面的世界，一切都陷入了黑暗之中。

葛兰知道这是在实验室里，这里曾经关押过重要的囚犯。铁门上了三道锁，如果不是林恩信任的人是没有机会进到这里来的。

葛兰尝试了多种方法，也没能打开的门却被一个医生模样的人从外面打开了。她记得他，在“女妖岛”上时，那位曾给她注射肌肉麻痹针的医生。

“我是来救你的。”男人表情木讷，但手上的动作却很娴熟。他在解开葛兰身上的铁链，生怕被人发现一般，警觉着屋外的声响，将葛兰从地上托起，“你能走吗？”他也注意到她腿上的那些淤青。

对葛兰来说，那是小伤，但也是无法磨灭的黑点。

她摇头，没有让自己陷入愤怒的悲伤中，她知道此时逃出去对自己更重要，但是……“你是谁？为什么要救我？”

医生给她套上了白大褂儿，戴上了口罩。他在前方带路，出了门是黑色的甬道，望不见前方的景象，似要走入深渊。葛兰一手扶着墙，艰难地行动着，尽管前途未卜，却不得不寻求到这一丝机会，逃出去！

男人回过头来上下扫了她一眼，这样的葛兰很容易让人看清楚发生过了什么。

他抿着唇角没有明说，只说：“有人让我救你，见到她以后你就清楚了。”

逃跑的路上很轻松，林恩大概没想到自己的人中出现了内鬼。医生并没有将她直接送回纽约，他们出了大门直接上了一辆黑色的货车。

车子通往的地方，葛兰做梦也没有想到会是杜邦集团在奥兰多的总部。

经过重重安全测试，医生将她带上了顶楼，那是一个露天的玻璃房。高科技的液晶大屏幕成了房顶，正在播放着杜邦集团的宣传文案，那一声拯救世界听来让人觉得无比的讽刺。

葛兰被带到了偌大房间的中央，她不知道等着自己的是什么，但心里很平静。

“你来了。”是夫人的声音，她从另一个房间走出来，声音一如当初的清冷。

“艾琳娜夫人。”葛兰在来的路上心里就有了眉目。只是亲眼所见，才会愿意去相信是她救了自己，“您为什么救我出来？”

一直想要杀她的人就是夫人。这一切转变得太快，葛兰心里有一百个疑问。

艾琳娜身穿棉质复古裙，她的妆容精致优雅，只看脸，她是一个温柔无害的美貌女人，说话的时候声音也很轻柔，“救？”她疑惑地呢喃一声，不过这一切都是假象，葛兰无须思考，杜邦家的人，最擅长演戏。

“我没有打算救你，我只是在救我的儿子。”她说话的时候面无表情，陈诉事实一般，“他喜欢你。我们杜邦家的人一旦爱上谁，哪怕是毁掉她也要得到。我不希望他错下去了。”

“做错的人是你们，购买死囚，做人体试验，你们利用这些死士军队，想要做什么？”

“你以为是什么？”

“人不人，鬼不鬼。你们没有权利霸占别人的人生。”

“呵呵……”艾琳娜忽而笑起来，“霸占？”她踱步走到葛兰面前，睨着眼看她，神色睥睨。葛兰心中一颤，这一眼让她想起了林恩，他们太像了。以前她怎么没想到两人的关系？葛兰自嘲地笑起来，为自己的一叶障目。

“你觉得我们对那些人，哦不，不应该叫人，他们是这个世界上的残余，是垃圾，我们只是在利用他们的剩余价值，他们应该感激才对。”

“不可理喻。”葛兰不想再与她说下去，“要么你放了我，要么杀了我。”

“不，我不会杀你。”

葛兰收了声，沉默着等艾琳娜下一步反应，她知道她一定还有下文。

果不其然，艾琳娜沉默了一阵，继续说道：“我会告诉你怎么逃开林恩，还有一个天大的秘密。”

艾琳娜已经走到了她身边，两人身高一致，她略倾身靠近葛兰耳边，说道：“你想听吗？”

“我有什么好处？”

“救出你的队友，毁掉你所有讨厌的世界。你没有拒绝的理由。”

葛兰抿起唇角，一只手已经扶上了受伤的那处，隐约有了痛楚，蹙起的眉头出卖了她此时的心情。艾琳娜笑了起来，张狂地笑着，“承认吧，你没有办法拒绝我。”

“你想得到什么？”葛兰不会相信她无欲所求。

“得到什么……这就不是你应该关心的事情了。你只要告诉我，一本万利的买卖是否要成交。”

葛兰感觉手上传来的痛感越来越难以抑制，她咬着下嘴唇，仍然点了头。与恶魔结盟是冒险的举动，但凡还有其他选择，她一定不会同艾琳娜这样的人有牵连。她的世界，虽然充满了血腥，弱肉强食，但艾琳娜的野心，是凌驾于这个世界之上，她不能认同。

“好。”艾琳娜抿嘴笑了，凑得更近了一些，她告诉了葛兰这一生被隐藏得最深的秘密。

这个秘密，足以让一切回归于平静。

第八十八章 制裁世界

葛兰踏上了离开奥兰多的飞机。林恩赶来时，飞机已经起飞，透过窗户她也能感受到林恩的愤怒。此时的林恩全然没有了以前的温文尔雅，嗜血的眼，比那些关押在地下室的死士更来的可怕。

艾琳娜知道林恩会找上门，她又一次激怒了自己的儿子。

“这不像你。”林恩来时，艾琳娜正在阳台上喝茶，她一直保持着下午茶的习惯。一贯的优雅，透过藤桌上的杯壁倒映出林恩暴怒的身影。

“我警告过您，不要插手葛兰的事。”林恩的声音出奇得冷静，不是预想中的歇斯底里。

艾琳娜手中拿着杯子，指尖一弹，发出清脆的一声响。

这是她生气前的预兆，林恩太了解她了，但他无所畏惧，只是冷眼旁观着她。艾琳娜捏着杯子的指头泛起白色，她在隐忍自己的发怒，转眼她已经站起身，一巴掌打偏了林恩的脸。

“林恩，你知道自己是什么身份吗？”

这一巴掌使了全力，林恩偏着脑袋，感觉到嘴角裂开了口子，他抬手抹掉嘴角的零星血迹，似笑非笑，“母亲，我当然知道自己的身份。”

“既然知道，你居然敢如此大胆！为了一个女人，将整个实验室转移。”艾琳娜冷静下来，倒退一步，“交出你手中的芯片。”

“不可能。”

“你没有选择的余地。”艾琳娜看他，眼里丝毫没有波澜。

林恩忽而笑起来，他低头看了眼自己的指尖，食指上有一点猩红。

“你笑什么？”艾琳娜这些年里鲜少见林恩，每次他来探望，两人都是匆匆一别。

艾琳娜不喜欢林恩，这是童年时期的林恩就发现的事实。

林恩，与他的父亲温恒有七八分像，都曾是温文尔雅的人，翻脸起来却比谁都无情而又决绝。

最亲密的爱人突然的背叛让艾琳娜悲痛交加，父亲的怪责和迁怒更让她生不如死。整整一个星期，艾琳娜被关在了地牢，一个养尊处优的女人突然与世隔绝，吃馊掉的饭，与老鼠同屋而眠。亲生父亲像对待死囚一样折磨她，企图让她低头。

生在杜邦家，林恩从懂事起，就明白了弱肉强食的道理。

外公带他去看望母亲，艾琳娜疯了似的蹲在墙角，面壁思过，碎碎念着自己错了。

她错了什么？爱上了一个背叛她的男人，让整个杜邦家陷入绝境，她要负起这个责任。

而她的亲儿子，冷眼旁观了这一切。

“这个世界从来没有所谓公平，强者就是法律。”外公告诉林恩。他的父亲差点儿害死了母亲，而现在，整个杜邦家都会追杀他的父亲。

温恒离开时，林恩已经六岁了。

亲眼看见父亲拿枪指着母亲的脑袋，猩红的眼危险之极，他在强迫艾琳娜告诉他密码，因为他要取走“神经元方程式”。

那时的林恩，却一直在思考另一个问题。

父亲会杀了母亲吗？

温恒最终没有朝他母亲开枪，他只是带走了杜邦家最重要的东西。离开时，温恒冷漠地看了眼他唯一的儿子，“怪物……”

在温恒眼里，不哭不闹的林恩就是杜邦家制造的怪物，他是下一个继承人。

这个冷漠又残酷的家族，将来都会是眼前这样的怪物，而这个怪物是他的亲生儿子。多么悲凉！

艾琳娜也认为林恩是一只怪物，她不喜欢他，甚至厌恶他，但因为血脉，她又不得不承认他的存在。那厌恶的眼神看久了，也就习惯了。林恩低声笑起来，像是阴谋得逞。

“这些年，我们花费多少人力精力找温恒？而你，作为杜邦家的人，却将他藏了二十年。”

艾琳娜似乎没有猜到，林恩会在这时候找自己算旧账，气得手指颤抖，“你什么时候知道的？”

“从一开始就知道。”林恩低笑出声，“温恒在顾家同死后，为免被找到，逃去了阳城，在途中被你的人截获，而你们在躲避外公的人手时撞见了前往阳城追踪温恒的撒旦，所以你将计就计，利用撒旦做掩护，让所有人都误以为撒旦将温恒杀了。”

“你……”艾琳娜不可思议地望着他。

“怎么？你以为我就是你的傀儡，什么都不知道？”

“你那时候还小。”艾琳娜吞咽着口水，她突然意识到了害怕。林恩这些年一直表现得很听话，有时候甚至温雅得让人怀疑他是否有资格做一个合格的继承人呢。不承想，从一开始他就算计满满。

“你想要什么？”艾琳娜突然平静了下来，如此看来，林恩果然是父亲相中的继承人。

“交出温恒身上最后的芯片，我放你们离开，烂摊子，我接。”

那所谓烂摊子，不正是杜邦集团一直执着的“神经元”计划吗？

“就算拿到芯片又怎样？你甚至不敢对一个女人下手。”

“我的事不用你管。”林恩神色平静，他有十足的把握，艾琳娜会同意。因为她别无选择，即便温恒恨了她整整三十年，她也放不下这个人。如果其他人知道她将温恒藏了二十多年，也不会放过她的。

“好，我答应你。”艾琳娜举手投降，“我得提醒你，还有一块芯片在韦伦集团手上，你应该知道他们和葛兰是什么关系。”

“少废话！”林恩已经没有了耐性。

艾琳娜沉默着，她细细地打量眼前的林恩，像是第一次认识他，带着审视还有……怜悯。她知道林恩在隐忍怒气，她是他母亲，却觉得他无比陌生。

“不要用这种眼神看我。”林恩的声音在颤抖，说明他介意。

是了，他小小年纪被培养成冷血动物，目睹自己的父亲和母亲自相残杀的人。这样一个环境中长大的小孩儿，会成为什么样的人？

“你不觉得自己很可怜吗？”

“你不用同情我。”罪魁祸首有什么资格？

艾琳娜没有告诉葛兰真话，她会救她，只有一个目的——为了林恩。当艾琳娜意识到莫雷的背叛之后，她居然担心林恩。她当然不怕莫雷会杀了林恩，温恒告诉她，林恩变成了彻头彻尾的怪物，而他们是怪物的父母，是他们亲手将林恩培养成这样的人的。

哪怕是偶发善心也好，艾琳娜希望林恩不要重蹈她的覆辙。

一辈子活在悔恨和绝望中。

“葛兰会恨你一生，这样也没关系吗？”艾琳娜想，如果他爱上一个人，起码还有一丝希望吧。

林恩没有回答艾琳娜，只是垂在两侧的双手，微微颤抖着。

他知道艾琳娜在说什么，因为他不打算再继续等下去了。下一个目标，就是范西，最后一块芯片能助他成功抑制神经元给死士军队带来的副作用，只要试验成功了，他就是这个世界的制裁者。

成为王的男人，不需要得到世界的原谅。

林恩兑现了自己的承诺，他放过了自己的母亲和父亲，但同时他也下达了另一条命令。

范西成为他的下一个目标。

葛兰听说范西出事的时候正前往医院取得最后一块芯片，顾初心死后，她就把芯片藏了起来。只是怎么也没想到，范西却因此遭了殃。

前来搜寻芯片的人是维多利亚。她已经彻头彻尾地成了林恩的走狗。为了逼葛兰现身，她将范西被绑架的视频发布得满城皆知。

视频中的范西满脸淤青，合着眼，了无声息，像死了一样。

同时，林恩登上了前往阳城的飞机。

苏氏集团发生了大事件，苏海安和乔家的大小姐要订婚了，林恩以股东代表的身份前往参加。

谁也没料到，杜邦集团便是这些年一直潜伏在苏氏的海外势力。

葛兰没有去拦截林恩，而是被维多利亚逼回了韦伦家在半山上的庄园，整个韦伦山庄成为维多利亚的根据地，她的人包围庄园，就等着葛兰身陷埋伏。

“你不能去。”说话的人是被夫人从监狱里弄出来的布鲁斯。

莫雷被盯得最紧，艾琳娜也无能为力，葛兰的帮手只有杰克和布鲁斯。他们都不建议葛兰以身犯险，维多利亚摆明了要她现身。

“我不能放任不管。”范西的命和整个韦伦家，被维多利亚捏在手里，她不得不管，就算这些人同她没有亲密的关系。

正因为这点，维多利亚知道葛兰一定会现身，而林恩选择在这个时候前往阳城，目的肯定不止是参加订婚典礼这么简单。

他们太了解葛兰的为人了，从离开监狱后一直沉默的杰克终于还是开口说话了："如果你执意要这么做，答应我们，活下来。"

葛兰第一次听到队友说这样温情的话。

她重重地点头，"我答应你们。"

可是现在，葛兰有更重要的事，"我需要你们去跟踪林恩，杜邦集团既然潜伏在苏氏多年，事情绝不简单。"

"我留下来帮你。"布鲁斯说，"跟踪的活，杰克一人足矣。"

"不，维多利亚要的人是我。"她不知道，维多利亚居然这样恨自己。爱情会让人变得盲目，甚至可怕到六亲不认。

维多利亚猜到了葛兰会出现，但没想到她是只身一人来的。

一根升降绳从天而降。

"你居然敢一人前往！"维多利亚恨她恨得咬牙切齿。她并不比葛兰好，身上狼狈不堪，高级时装身上残留了血迹，高衩裙没有遮住她那双被林恩差点儿打残的腿。

"对付你，我一个人就够了。"以往的维多利亚美艳似火，而眼前的她早已经被嫉妒蒙蔽了双眼，成为一个杀人机器。

"哈哈哈，那就看你有多大的本事了。"维多利亚笑起来，差点儿笑弯了腰。

维多利亚没有让人将范西带上来，而是给她看了视频，那是一天前的视频。范西身上绑了许多炸弹，维多利亚嬉笑在旁，她对范西说："你要怪就怪葛兰吧。"

然后，丧心病狂的维多利亚引爆了范西身上的炸弹，短短几秒的时间，葛兰看见整个屏幕血肉横飞。

葛兰捏枪的手青筋暴跳，她用力地闭上双眼，心中的怒火无法平息。

她的愤怒足以让维多利亚死在枪下。

她杀了范西……

维多利亚根本没有想过让范西活，她只是想要泄愤。当着葛兰的面，亲手杀死她在乎的人。

上次是拜伦，这次轮到了范西，林恩的目的和任务都不重要。

她试图激怒葛兰，让她彻底与林恩为敌。

“你找死！”葛兰一定不会让维多利亚死得痛快，她抬手开枪，第一枪被维多利亚避开了，接着的第二枪打中了她的腹部，维多利亚倒地不起，葛兰步步逼近，接连开了第三枪、第四枪，在不同的位置，每一枪都没有打中要害，却让她痛不欲生，血干致死。

第八十九章 我要悔婚

“什么？”林恩在私人飞机上接到维多利亚的死亡消息。

“我们赶到时，她已经死了，身上连中数枪，死状……”

“我知道了。”林恩愤怒地将电话砸在舱沿，碎成了两半。维多利亚死得其所，哪怕不是葛兰开枪，他也会杀了她。他最恨自作主张的人。

“少爷，我们到了。”

苏晋成亲自迎接。这突然冒出来的杜邦集团让苏晋成措手不及。

这是不速之客。

“苏先生，久仰大名。”林恩态度温和。

“道尔从未提及过，杜邦先生如此年轻。”见了林恩本人，苏晋成眉开眼笑，在他看来林恩不过是个乳臭未干的小子，很好对付。

但林恩这次前来，是另有目的的。

“不知苏先生是否收到了秘书给您的传真？”

“杜邦先生还是太年轻啊，上来就要召开股东大会，太急躁可不太好。”三天前，苏晋成收到来自林恩办公室的传真，书面通知他以第二大股东的名义申请召开股东大会。

林恩想要罢免董事长，入主董事会。

苏晋成猜到了他的野心，却没想到林恩有意罢免董事长。

“当然，苏先生是前辈，还需要你指点。”林恩客气地说着，一行人上了苏家安排的车。

订婚是在三天后，苏晋成邀请林恩去苏家做客，不可避免地撞见了乔安。

乔安正与苏夫人唐娜在花园品茶，阳光明媚的下午，美艳动人的女人，巧笑倩兮，怎么看都是一幅美丽的风景。

“想必是苏先生的夫人吧？那位美丽的女士。”

苏晋成在外人眼里倒是一个良心企业家的模样，和煦地介绍起来：“我夫人，乔安，即将成为我们的儿媳。”

林恩浅笑着点头，视线越过唐娜停留在乔安身上，恰巧乔安回过头来，顿住，手里拿着的红茶杯一不小心被推翻了。

“呀！”唐娜惊叫一声，乔安才回过神儿来忙去擦拭碎花桌布上的污迹。

如此的失态，倒是不像她了。

“乔安你怎么了？”唐娜顺着她的目光看见了已经朝着这边走来的苏晋成和身后的林恩。

器宇轩昂的林恩带着满身的神秘。唐娜嘴角含笑，忙站起来，迎上两人。视线不由得从乔安身上扫过，却没有任何表示。

“这位先生？”唐娜问道。

苏晋成和气地笑着：“杜邦先生，内人唐娜，这位是乔安。”他为大家做了介绍。

乔安的神色不自然，唐娜全程都看在眼里，但面上仍然是笑着的，她一听苏晋成介绍，便清楚这位的来历，“杜邦先生晚上留下吃个便饭吧。”

林恩微微点头，谢道：“那就有劳苏夫人了。”

林恩表现得很绅士，其间与两位谈话都算礼貌，乔安没有提及两人的关系，他自然也就当作没看见，只是偶尔转到她身上时，她便紧张到涨红了脸。

苏海安是在晚餐时回到家里的，一如既往的跑车发出轰鸣声，车子停在院子里就不管了，管家冲出来忙接过车钥匙。

“诶……少爷……家里来了客人。”苏海安大大咧咧的样子让老管家皱起了眉头。

苏海安一听说有客人就来了兴致，问道：“什么人？这么神秘。”

老管家自然什么都不会说，苏海安已经快步进了屋。他自然不会预想到，林恩会出现在他家里，还和老头子谈笑风生。

林恩在提奥兰多研究所的事情，“听说苏先生和纽约的道尔先生合伙做了一项关于医药科技的研究。”切牛排的声音嘎响，长形饭桌上时不时觥筹交错。

“杜邦先生很清楚这一行？”

林恩偏头笑了笑，“我对这一行有点儿兴趣，杜邦集团也在许多年前有过接触。”

“杜邦集团一直在研究‘长生不老药’的科技，这我倒是清楚的。”

林恩没有再接话。

“林恩先生，稀客。”苏海安的出现打断了大家的兴致。

“苏小少爷，许久不见。”林恩停下，侧身去看他，一手还搭在椅背上。

“杜邦先生和海安相识？”苏晋成很是意外，瞟过苏海安，蹙起的眉头隐约带着警告的兴味，他在怀疑苏海安与林恩私下来往密切。

苏海安冷嗤出声，心想天底下如此严防着自己儿子的人，也只有苏晋成了吧。

“何止认识，乔安和林恩先生关系匪浅。”苏海安似笑非笑地扫过饭桌上的另一个女人，乔安，即将成为他的妻子的人。他笑得暧昧，看笑话的意思。

“这是怎么回事？”苏晋成脸上依旧带着笑，视线却看向了乔安。

乔安慌忙放下刀叉，勉强让自己挤出笑容，正要解释，林恩已经开口说话：“乔安是我在伦敦皇家音乐学院的学生。”

“杜邦先生还在音乐上面颇有造诣？”苏晋成缓和了脸色。

林恩点头，“我的爱好是钢琴，也曾小有成绩。如今也算继承家业，迫不得已。”

“林恩先生的爱好可不止音乐，如此绅士的教授在大学里怕被不少女学生追着跑吧？”苏海安自顾自地拖开椅子坐下，用人赶紧送上餐具，他手里拿了刀叉在空中挥舞，说得起劲，“林恩先生的风采，我见过的，让人羡慕。”那眼神戏谑地扫过乔安。

再傻的人也听出点儿味来了，何况苏晋成这样的老狐狸。

“过两日便是犬子和乔安的订婚典礼，杜邦先生来得很是凑巧。”

林恩理所当然地点头，“我选这个时间上门拜访，也有这一层原因。乔安是我在音乐方面得意的学生，我当然希望亲眼见证她的幸福。”

听见幸福两字，乔安不自然地移开了目光。

这场订婚，是苏晋成和乔家人策划的，苏晋成希望通过两人的婚礼得到乔家人在声望方面的帮助。当初苏晋成不顾情谊，联手道尔集团吞并了

T 集团，在阳城，早有传言他心狠手辣，不近人情。这些年，他没有得到其他家族的支持，就连股东里也有人心存不满，苏家在阳城，被不少人惦记着，民众口碑也很差。

乔家是传承老字号的大家族，能得到他们的支持，在商业委员会上说话的分量会大幅度提升，更何况是股东们的想法。

苏晋成对乔安和林恩之间的微妙关系不作评论，也不会由着苏海安乱来。他很快转移了注意力，说起苏氏的情况。

苏氏集团的情况如今形式复杂。韦伦家从范西绑架被公示，股票久跌不停。当初从杜克明手中买来的股份，一夜之间全被杜邦集团稀释，就连韦伦手上原有的股权也没多留，更让人意外的是，杜邦集团从天而降，在最短的时间里大量收购了其他小股东的股权，苏晋成意识到事情的严重性时，杜邦集团已经将人打得措手不及，甚至毫无反击的能力。

苏晋成从道尔惶恐的话语中听出了门道，这便是二十年前让整个阳城商界大逆转的幕后黑手。

道尔那胆小的老匹夫奉劝苏晋成不要和林恩对着干，尽管苏晋成嘲笑了道尔胆小。今日见了林恩，苏晋成却也收敛了平日里的气势。

林恩此次前来，目的很简单，可谓是势在必得，要得到苏氏集团董事长的位置。

苏晋成生怕乔家人突然来个大转变，对乔安和林恩的关系很是在意。林恩冷眼旁观了整个晚餐，苏家人刻意表现着和乔安的关系良好。

林恩的恶趣味，苏海安不甚在意。

他不会娶乔安。

从前并没有这种想法，但在见到林恩时，一个大胆的假设在他脑海里盘旋了许久。

或许，他是有机会得到葛兰的青睐的。

尽管，他也不知道爱情是怎么一回事，但关于葛兰，他异常的坚定，这个女人，应该是属于他的。清楚了内心里的认识，苏海安整个人都愉悦起来，他像是一个观众，看尽了乔安不自然的演技，与林恩的娴熟对比起来，她怎么看都那么好笑。

葛兰对苏家的结构不算陌生，这么多年都没什么变化。她摸黑儿进了苏海安的房。从杰克那里得来消息，林恩参加了苏晋成的鸿门宴，楼下此时正在觥筹交错，杯箸连连，好不热闹。

她的心却已经凉了大半，楼下的每一个人，都是她的仇人。

她咬着牙思考着不如干脆直接扔颗炸弹将所有人埋葬在这里，索性还是理智占据了上风。

苏海安这个幼稚鬼，还留着当年扔到她衣服里的死蛇，挂在窗头。

苏海安哼着小调推门进来时，做梦也不会想到葛兰会出现在这里，手里捏着那条死蛇把玩。

“你……你怎么会？”

葛兰用食指在嘴边做了一个嘘声的动作，她用脚尖指了指楼下，“我还没做好见唐娜的准备。”

苏海安点头，上次在奥兰多两人的关系还算不错，好哥儿俩似的上前就凑了过去，“莫非你是为了还我那一个吻而来的？”说完自己跟着也笑了，他觉得不可思议，怎么会想什么来什么呢？正美着呢，葛兰用那冰凉的假蛇尾巴抽了他一嘴巴子。惊得苏海安跳脚，捂着嘴就埋怨：“跟你在一起每一秒都要担心生命安全。”

“六年前，你没想到会这样吧？应该说是报应才对。”葛兰反讥。

“等等……”迟钝的苏海安这会儿才意识到她话里的意思，“顾朝阳？”

“是我。”

“我知道，但你死不承认。”苏海安打断她的话，心里很是疑惑，“你回来这里做什么？我开始有点儿怀疑，你并不是单纯地来这里。为了老相好来的？”

葛兰用眼角瞥他，“你以为呢？”

“你肯定不是为我而来。”

“当然。”

苏海安指着她的手顿了顿，他有些难过地张着嘴，方才的喜悦因为她的冷漠一瞬间降至冰点。他突然扯开嘴角，生硬地通知她：“我要订婚了，和乔安。”

葛兰沉默着，没有抬头看他。

“我说我要订婚了。”苏海安再次强调了一次。

“嗯。”

“我恨你！顾朝阳。”苏海安又开始犯病了，像多年前那样，莫名的歇斯底里。从前，葛兰总怕惹毛了他。他会找一些莫名其妙的事件来陷害她，污蔑她，让她受到惩罚。如今不同了，她不需要去迎合任何人。

“那又如何，我不欠你。”

“不，你欠我太多。”在葛兰不知道的长达六年时间里，苏海安都活在噩梦中，每日被扑面而来的海水惊醒，总有一个声音告诉他，“你是凶手，你害死了顾朝阳”，她害得他夜不能寐，终日活在愧疚之中。

久而久之，他也将自己当成了一个杀人犯。

“你要偿还欠我的一切。”苏海安的声音充满怨念，“用你的下半辈子来还吧。顾朝阳，我要悔婚，然后娶你。”

第九十章
第一混乱

这是一场震惊整个阳城的盛宴。

苏乔两家一时之间成为全城民众热议的话题，媒体在关心乔安这位天之骄女会穿着什么样的礼服出席订婚典礼，商界在关心苏家的股市会上涨多少个百分点。

苏氏集团的股东全部被邀请出席，葛兰代表韦伦家，莅临现场。

“你去现场安放炸弹吗？”杰克替她捋着新买来的礼服裙，笑言。

韦伦家如今深陷泥沼，这时候葛兰以顾初心的身份出现在公众现场并不是明智的，但她知道，只有这次机会，她要将苏晋成踩在脚下。

葛兰从长身镜里冲他白眼，“我只是想去看一场热闹。”

“就因为林恩会去？”

“当然，林恩想要从苏晋成手中夺下苏氏，是看中了阳城这个缺口，也看中了苏氏在奥兰多的研究所。”

“那和你有什么关系？”

“和我没有关系，但和顾朝阳有关系。苏氏，有顾朝阳一份。属于‘她’的东西，谁也不能拿走。”

杰克仍然不明白葛兰非要出席这场订婚典礼的用意。

或许他永远也不会明白。女人的心思，有时候想来可怕。

“小姐是？”保安在门口登记名册，没有发现有关符合葛兰的身份，抬手将她拦在了门外。

今晚的葛兰穿了黑色的礼服，长到遮住脚踝，很庄严又性感，虽然葛兰恨透了维多利亚，但不得不承认她教授她如何进入上流社会，举手投足之间，不比名媛差，优雅到了骨子里。

“顾朝阳。”她报上自己的名字。

对苏氏集团来说，这个名字就能掀起一场血雨腥风了。

保安被她抬手拨头发的动作吸引，一时没有反应过来，半晌才低头看名册，依然没有翻到名字。抱歉地笑着，想要说什么，却被匆匆赶来的一个男人打断，男人凑在他耳边说了什么，很快，保安便抱歉地九十度弯腰，“小姐请进。”

葛兰撩裙，抬脚往里走。苏海安在人群里穿梭，视线却始终盯着入场口，看见她时，嘴角露出笑容，冲她眨眼睛，就像两人是约好了要一起搞破坏似的。

来的宾客都是阳城有头有脸的人物。苏晋成准备了一席晚宴，入餐会之前，大家在大厅里各自寒暄。

葛兰混迹在人群里，手中端着香槟酒。

林恩是压轴嘉宾，来的自然晚。苏晋成亲自迎接，两人之间明明水火不容，却还要维持着表面上的礼貌。

刚一打完招呼，林恩就发现了角落里的葛兰。他总能这样，不管多么复杂的人群，总能第一时间寻到她的身影。

如今的他们有着不共戴天之仇，但林恩总能表现出一副什么事情都没发生过的样子。

“嗨，葛兰。”他冲她挥手，厚颜无耻地打招呼。

葛兰嘴角扯出嘲讽，“维多利亚被我杀了，你还笑得出来？”

林恩听了却全然不在意，一条生命对他来说不重要，但对葛兰来说，太重要了。

“这很公平，维多利亚那样对待范西。”他从侍者手中端起酒杯，有些费解，“范西的事情我很遗憾，我没想到维多利亚会那样，节哀顺变。”

“你不需要道歉。”葛兰声音凉凉的，在林恩面前她从不伪装，“因为我会杀了你们所有人，替他报仇。包括，你的研究所。”

“葛兰。”

葛兰没回话。

他继续喊她的名字，“你不会原谅我对不对？”

葛兰点头，永远，不可能。

“我知道了。”林恩仰头，喝下了那杯子里所有的液体，“就因为范西？我没想杀他。”

“他死了。”血肉横飞，连尸体都找不到，葛兰没让自己哭，“你还杀了拜伦。”

“你不能将所有的过错都怪在我身上。”事到如今，他还在为自己开脱和狡辩，“我要怎么做，你才能原谅我？”

“你去死吧。你死了，我就原谅你。”葛兰似乎是觉得好笑，咧开嘴，冲他晃动手中的酒杯。

林恩比谁都惜命。

他不可能死！

晚宴在八点准时开始，苏晋成协同夫人唐娜出现在现场，准新娘乔安挽着自己的父亲出现，在场的人都围了上去，他们道贺，羡慕。

准新郎苏海安更像是到场观礼的宾客，站在人群外，浅浅地抿着酒。

被道贺冲昏了头的苏晋成和唐娜没有注意到角落里的葛兰，林恩注意到了，苏海安也在关注着葛兰，他在谋划一场大阴谋。

满场的宾客，阳城所有有头有脸的人物都来了。

订婚仪式却被苏海安搞砸了。

“对不起，我要娶的人是顾朝阳。”苏海安害怕别人听不见，在介绍一对小新人时，对着乔安又说了一声。

声音不大，但周围该听见的人都听见了。

苏晋成气得把酒杯砸在他身上，水晶酒杯落在石英地板上，发出破碎的声响，“住嘴！”

苏晋成恨不得当场掐死苏海安。

唐娜今晚穿了一条高叉鱼尾裙，婀娜多姿，焦急地要替苏晋成顺气，苏海安的视线锁着唐娜，脸上笑出了一朵花。

“唐阿姨，我喜欢你的女儿，我要娶她。”他再次打算激怒在场的各位。

“海安，你不要再说胡话了，”唐娜难得一脸怒容，“顾朝阳已经死了。”

“你们当然都希望她死了，但是很可惜……”苏海安的视线穿越过人群，最终落在角落边，站在林恩的身旁，有一个穿黑裙子的女人，她无动于衷，静静地注视着，“她还活着呢。”

所有人顺着他的视线，落在了葛兰脸上。

那是一张既陌生又熟悉的脸，乔安挽着自己父亲的手颤抖起来，在场脸色最难看的还是唐娜和苏晋成吧？

“这不可能！”唐娜喊了一声，这个家里没有人欢迎顾朝阳回来，哪怕她有一张和顾朝阳一模一样的脸，却还是找遍了理由拒绝接受，“你从哪里找来的替身？她根本不是顾朝阳。”

苏家人的反应在大家看来是怪异的，眼前的女孩儿沉默着，她不说话已经让整个苏家人惊慌失措了。苏晋成驰骋商场多年，一颗强大的心脏也出离的愤怒了。

苏海安干脆穿过人群大步走到她面前，将她拉到两人面前。

“为什么你们总是不接受事实？”

“苏海安！你不想活了？！”唐娜凑近他，咬牙切齿，这样的挑衅让他更来劲，“你在害怕什么？唐阿姨，自己的女儿都认不出来啦，要我帮你回忆一下吗？”

“闭嘴！”

“顾朝阳，你自我介绍一下吧？”苏海安铁了心要让唐娜和苏晋成颜面扫尽。

葛兰倒是难得的配合，她微微一笑，展现着自己的大方，“好久不见，我是顾朝阳。你们应该不会忘记我的脸，仍然质疑的话，我可以提供血液做 DNA 检测。”

苏海安火上浇油，“其实今天我还有一个大节目。”他一挥手，整个客厅里的灯都暗了，只有一束聚光灯落在葛兰身上，一个侍者将花束和戒指递给了苏海安，他丝毫没有犹豫，跪了下去，“顾朝阳，嫁给我好了。我们两个祸害，一定要相爱相杀才能让世界和平。”

这一跪，引起一片哗然。

乔安、葛兰和苏海安成为人们眼中的戏码，大家看得津津有味，老成的苏晋成抓起手中的椅子就朝着苏海安砸下去，引起大家的惊呼。苏晋成那一椅子下去指不定要了苏海安的命，椅脚还没落在苏海安头上，葛兰一抬手便将那椅子接在了手里。

苏晋成不可思议地瞪大眼，“你给我松手！”

葛兰果然就松了手，却差点儿让苏晋成一把老骨头摔倒。

“老爷。”苏晋成随身携带的保安听闻了风声，冲了进来，苏晋成从未吃过这般大亏，顿觉颜面尽失，气得就要让保安把葛兰抓起来，“给我把她扔出去。”全然已经没有了原本的风度。

那些保安哪里是葛兰的对手，她一抬腿，一拳头，这些人就像虾兵蟹将一般摔倒在地。现场一片混乱，还有人在逃窜，当然也有人在看笑话。比如林恩，他差点儿没笑弯了腰，苏海安就跪在葛兰面前，双手呈献花的状态，他也不觉得丢人，欣赏着葛兰打人时的身影。

少了西蒙这个杀手助力，苏晋成被攻破易如反掌。

看在过去好歹有一口饱饭的分上，葛兰不打算让苏晋成名声尽毁，她将一个打手模样的男人扔到了苏晋成面前。从未见过如此暴力场景的苏晋成和唐娜自然不淡定了，颤抖着手还要喊人，喊来的确是苏海安早准备好的人，他们只听苏海安的命令。

从很早开始，苏海安就想这么做了。无奈生活不是拍电视剧，没有葛兰的身手他不敢轻举妄动。

苏海安已经从地上站了起来，他没事人一样拍拍膝盖上的灰尘，跟随葛兰走在她身后。

“老婆，你轻一点。”

“你喊什么？”

“老婆。”苏海安厚着脸皮。

“噗。”苏海安也不能幸免，被葛兰打偏了脑袋，她扇了他一巴掌，“不管我是葛兰还是顾朝阳，我都不喜欢你。再听见一次，撕烂你的耳膜。”

苏海安没想到方才一副女侠豪气冲天的样子，一下子遭殃的人又变成了自己。他不可思议地摸着下巴，却不敢对葛兰反击。她是货真价实的特工，偶尔也干着杀人越货的勾当，正常人会选择不跟他们结交朋友。

葛兰一路将小混子扔掉，苏晋成手中没有王牌，最终做出了妥协。

“你想要什么？”

“要什么？很简单，我要回我的身份，还有原本应该属于我的东西。”

“你休想！”苏晋成严守着顾朝阳的股权，谁都不能碰，就算这样杜邦集团依然成为第二大股东，如果再得到顾朝阳这个小门户的支持票，苏氏很可能改姓杜邦了。

苏晋成当然不可能交出股权让渡确认书。

“既然如此，那我只好硬来了。”

苏晋成养过一批杀手，只是他还来不及开口，忽然听见会场里有人尖叫起来，一列武装过的佣兵层层将会场包围了。为首的外国人走到林恩身旁，只等着他下命令。

葛兰冷哼出声，她一直知道螳螂捕蝉黄雀在后这句话，林恩永远都会是那只黄雀。他的阴狠和不择手段，让人叹为观止。

如今整个大厅里的宾客散去了大半，该走的早走了。

留下的，都是大胆看笑话的。

“苏先生，交给她可能是你最明智的决定。”她铁了心要做的事情林恩都会帮她。

所有人都盯着那个叫林恩的年轻人，他们不敢相信，林恩居然让一列军队出现在这里，稍有不慎，这个会场里就没有活口了。

“老师……”将订婚宴搞得如此混乱，乔家的人哪里还有脸面待在这里。乔安的父亲，气急败坏地拖着乔安就要走，但乔安不动，她死死地盯着林恩的每一步。

林恩就在现场，她猜到了林恩和自己的差距，但不知道他们有着天壤之别。林恩不喜欢她，彻头彻尾的冷漠，原来不是假装的啊，是真的讨厌她。

葛兰步步逼近，唐娜感觉自己从未如此狼狈过，对这不按常理出牌的一幕无所适从，“你……你要做什么？”

葛兰已经将两人逼到了墙角，从胸前的衣服里拿出一纸合约。

那是有关顾朝阳成年后继承T集团约等于苏氏集团百分之七的股权确认函。

“签字吧。”那是需要苏晋成签字才能生效的文件，苏晋成的不愿意让葛兰再次拧起了眉头，她干脆直接扯了他的手在上面按了手印。

见到葛兰收起确认书后，林恩才上前说道：“闹够了吗？”他的眼神温柔得快滴出水了。苏海安看了嫉妒到发狂，“林恩先生，你未免管得太多了。”苏海安已经六亲不认，哈巴狗一样跑到葛兰面前，求表扬，“这场混乱，我功劳最大。”

“苏海安，你这个孽子！”苏晋成的声音气到颤抖。

这一场闹剧，的确是够了。葛兰没有理会苏海安，她扭头看到林恩，偏头说道：“还没够，林恩先生想不想看更有意思的？”

林恩见了她的表情，神色不太好看。

葛兰捋了捋头发，“不如我们换个场景，我请林恩先生看几场好戏。”

第九十一章 报复快感

“我在等你的好戏。”两人一前一后地走了许久，拐过安全梯，到了一栋楼的天台。葛兰让林恩站在边上，他似笑非笑地说道：“莫非你要把我推下去？”

葛兰给了林恩一个白眼，“你的人一路紧跟其后，只要我稍微有举动，他们会立即射杀了我。”

林恩扑哧一声笑了起来：“那也挺好的，我们就当殉情好了。”

“你不配。”对面一栋五十层高的楼，便是林恩在阳城居住的酒店，葛兰从废墟里找出了望远镜，递给他，“你看，好戏马上上演。”

林恩不疑有他，接过来朝着对面那栋楼看，不出两秒，天空响起一声巨响，那栋大楼22层，2212的房间轰然响起了爆炸声，火光四射，在黑夜里看上去居然有一种蘑菇云的美感。

那是林恩居住了几日的地方，他却看得津津有味，没有当即愤怒。

在林恩看来，一场爆炸案，死多少人都没有关系，只要死的人不是他。林恩在对待自身的问题上，有一种迷之自信。他看得津津有味，不痛不痒。

“这就是你所谓好戏？”他咧开嘴笑，盯着黑暗里的葛兰愣神儿，今晚的葛兰太美了，让他目不斜视，上前就想要亲密地替她捋顺耳边的刘海儿，被葛兰用平板电脑挡在了眼前。

她最恨人碰她，尤其是林恩，他让她感觉到耻辱！

“放心，还有很多大戏在等着你。”葛兰将平板在空中翻了个，正面屏幕对准林恩的脸。

柏林的丽思卡尔顿酒店，林恩的专属套房，他最钟爱的钢琴就在客厅。

那是他曾经最喜欢的一架钢琴。

摄像机的机位角度异常开阔，完全将整个过程拍摄了下来，布鲁斯在镜头前露出了笑脸，指着那间房里竖起大拇指，很快他消失了，五分钟后，整间房连同那架钢琴在瞬间灰飞烟灭。布鲁斯自制的定时炸弹，发挥得很好。

林恩感觉到眼皮在跳，他不自然地按着眉角，心里总算有了芥蒂和波澜。

“就这样？”他还在嘴硬。

“当然不，下一个场景是在巴黎，你没忘记我们住的酒店吧？那间房很快也会灰飞烟灭。”

“葛兰，你太稚嫩了，这样做是无法伤害我的。”林恩一把捉住她拿着平板电脑的手，拖着她的手心放在自己心口上，“你想伤我的心就要伤害你自己。你才是对我来说最重要的东西。”

葛兰抽回自己的手，嫌恶一般。

“不，你会撕心裂肺，最后痛到苦苦哀求我放过你。当然我不会放过你，从今天开始，我们会给你制造许多麻烦，你住过的酒店，甚至你曾经在伦敦的公寓，所有的一切……都会被我毁掉，直到……你交出新研究所的地点。”

一定是恨极了，葛兰才会这样不顾青红皂白地满世界报复林恩。

如果说拜伦的死彻底让她心死，那么范西的死亡，彻底唤醒了她体内的恶魔。

其实，她曾对林恩动过心，一秒、两秒也好……一刹那，心跳快了，有了期待，想要亲近，所以她放任了他几番几次。后来……就没有后来了。

“你在全世界制造恐慌，受伤的只是无辜的人，不能伤害到我。”林恩始终觉得葛兰的决定错了，但是又不得不承认，葛兰真的恨死他了。

“至少，全世界会害怕你。”葛兰的决定是对的。林恩不喜欢被人讨厌，所以才会常年带着笑。

而他曾经所到之处都发生了爆炸，一次两次是巧合，次数多了，林恩就会在人们心目中成为一个不祥之人，他会遭遇冷眼、歧视，到最后，会成为全世界的公敌。当然不乏一些变态，会欣赏他。

林恩没有当场捉拿葛兰，他很清楚，葛兰的身手除非他设埋伏，派遣大量的军队搞得满城风雨，不然，哪怕是死，她也会逃出去。林恩从来不做赔本的买卖，葛兰的人，哪怕是要，他也要她好好的。

葛兰一直在脑海里厌烦自己，她在想，如果刚才直接解决了林恩是不是就没有烦恼了？搞得自己这样狼狈，蹲在墙角一遍一遍地倒酒，这不像她。

电话响了，没有数字、号码，是杰克和布鲁斯的视频电话。

杰克刚从林恩住的酒店爆破现场回来。因为疏散人群，花了他许多的精力，他正大口大口灌酒安抚自己柔软的内心，他有些不适应。

杰克唔唔了两声，示意布鲁斯先说。

“柏林的现场画面我拍摄得很完美，不过想起以前，还是会有一点舍不得。”

“这只是开始。”

“没错。”布鲁斯停顿了一下，叹口气，“你想做到什么程度？”

葛兰摇头，她也不知道：“我只怕自己对林恩的怨恨不会消散。”

这世间情和恨最折磨人。明明两头都不沾边，偏偏恨极了林恩。想起他在她身上掉下的眼泪，他也曾痛苦地埋在她胸前，颤抖着叹息。

葛兰甚至不相信，这会是林恩。

“长官呢？”

“在杀鱼监狱，他想留在那里。”

“？”

“他累了，想休息。你是我们现在的最高执行官。”

“好。”这一行，走到头，要么死，要么沉寂，同死一样，葛兰也想过自己最后会如何。停顿了良久，葛兰觉得手边的几瓶酒都被她干掉了，她才犹豫着询问：“现场的伤亡人数？”

“零。”

葛兰脸上露出一个松口气的表情，“谢谢你们。”

杰克在电话另一头发出“呵呵”的笑声，不知道是嘲讽还是什么，“你杀一个人都会犹豫很久，何况是无辜的人？你早应该一枪解决了林恩，就再也没有后续的事情了。”

葛兰低头，盯着酒杯

“我让你们担心了。”

“我们只希望你走出来。林恩……不是你应该心慈手软的人。他活着，对你来说就是折磨。”

“我知道。”

“你心里清楚就好。”杰克停顿了下，“接下来，你准备怎么做？”

“苏海安提供了一条线索。”

“嘘……”葛兰挂了电话，她看向墙头，电视墙上有一簇花，上面有一点亮，闪闪烁烁。

苏海安推门进来时，葛兰就坐在地上，脚边摆满了酒瓶子，满屋子充斥着各式各样的酒臭味。他捏着鼻子挥手，不可思议地望着地上俨然醉汉的葛兰，她半个身子趴在床头，一双眼睛布满血丝，定定地望着他。

“你受什么刺激了？”

“我睡不着。”葛兰的失眠症很多年前就开始有了，但以前哪怕是睡不着她也会为了养精蓄锐强迫自己休息。

拜伦和范西死了之后，她就变成了这副样子。

苏海安微张着嘴，他从未见过她这样。不知道应该庆幸她在自己面前表现得脆弱，还是应该为她难过。

“范西的死，不怪你。”

“嗯？”葛兰偏头，询问地看他。

“你在难过，为死去的人折磨自己，这样没有意义……”因为他太清楚那种感受了，让人生不如死，没日没夜地做噩梦，把自己当成凶手，愧疚到死，还无处发泄。所有人都说，这不怪你，但自己却不得不责怪自己，常常想，啊，原来凶手真的是我啊，那又怎样？但夜深人静的时候又不得不一个人痛哭流涕。

苏海安痛苦的表情被葛兰看在眼里，她开始有些同情他。

“对不起啊，苏海安。”

“你在说什么？”

“虽然我没办法原谅你，但我是内疚的，让你这些年一直生活在自责之中。那是我的阴谋，我想，死在你面前，你每天晚上做噩梦我变成厉鬼来找你。这些，比杀了你都让人痛快。”

“你就这么恨我？”苏海安哑着嗓子，难过极了，“比林恩呢？”

“为什么要提他？”葛兰闷闷地说，语气里全是冷漠，“我恨不得杀了他。”

“你对他……动了感情。”

葛兰没有反驳，她将头埋在棉被和双手之间。她必须承认，有那么一瞬间，她想过林恩和她的画面，但很快，被林恩亲手给捏碎了，他们再无可能。

“我想知道，最后你会怎么对他。”苏海安真是给了她一个难题。

“不是他死，就是我亡吧。”

恨到这种程度，已经没有回旋的余地了。

是吗……

林恩取下耳机，听筒里沙沙的声音没有继续传来，他沉着脸抬头看窗外，夜色笼罩着整个城市，明明应该陷入地狱的城市却因为灯光的点亮，又继续让整个城市回归到了美好。

伍德没见过林恩这副样子，他在难过，张口的嗓音嘶哑，却又抑制不住地满足，“她爱过我。”

爱情对他们来说，是奢望。

最后它会一点儿一点儿吞噬着他们，直到将他们变成行尸走肉。

第九十二章 结束

午夜。

葛兰已经不太记得苏海安是什么时候离开的了。

门缝里透出一丝光，但很快被人给掩上了，葛兰在林恩推门进来时掀开眼皮看了一眼，她知道他来了，心里嘲讽自己为什么会走到这个地步，被人盯梢，还能任由别人在她房里进出。

可是葛兰觉得很累，她不想睁开眼，仍然借着酒劲不愿意醒来。

床的另一侧塌陷了一瞬，有人在她身旁躺了下来，那人动作小心，侧过身子，手臂穿过她身下将她搂进了怀里。

林恩身上有很好闻的薄荷味道，他不嫌弃她满身的酒味，下巴抵着她的脑袋，葛兰听见他长舒了一口气，嗓音沉沉，“不要逃，可能是最后一次了。”

葛兰没想动，她不会推开他，更不会在这个时间跳起来杀了他。

她的安静让林恩嘴角微弯，低头，嘴唇触到额头，轻吻，往下是鼻尖和嘴唇。林恩的动作很小，每一下都像是虔诚地对待信仰，手摸到了她的后腰，然后落在腹部的位置，停了下来，垂目看着她，眸子迷茫而绝望，“我现在收手，还来得及吗？”

“来不及了。”

黑暗里，她听得见林恩骤然停止跳动的心脏，而后狂跳起来，紧接着，又是长久的沉默。

他用力地将她揉进怀里，似要让她的身体嵌入他的身体。

“我爱你，葛兰。”

林恩后来没有再说话，他只是抱着她安静地度过了一个晚上。

临走时，林恩说要送她一个礼物。

股东大会在下午就结束了，苏海安急匆匆地来找葛兰。

“我知道林恩为什么一定要得到苏氏。”

“他要资源输送。他需要苏氏大量地输送试验品和试点。”葛兰说。

“你知道？”

葛兰点头，她已经在擦拭枪，上膛，腰上缠了子弹夹，还有炸药包。苏海安见她专注而认真，傻了眼，“你要做什么？”

“做个了结。”她声音淡淡的，似乎没有任何情绪。

“林恩会带着苏氏的股东前往实验基地，他疯了，整个苏氏集团都被他控制了，而那些股东都是他的人，他们知道林恩要做什么。”

葛兰没说话，杰克已经在对讲机那边呼她的名字了。

“你们到底要做什么，葛兰，不要去送死。”

怎么会是送死呢？葛兰苦笑着摇头，她是去解脱，她和林恩都清楚，因为即将解脱，不得不正面相对，所以她才没有爬起来直接杀了他。林恩一个人，不是她的目标，她要那些作恶的人都死在实验基地。

这是艾琳娜夫人告诉她的秘密。

林恩将实验基地搬到了阳城，那个他父亲曾经出生的地方，也是他父亲温恒最终被囚禁起来的地方。林恩形式化地将那一场屠宰行动做成了仪式，不知道是祭奠什么，而那地方的地底下，才是艾琳娜埋着大量军火的确切位置。

“苏海安。”葛兰将最后一颗子弹上了膛，突然想起来喊他的名字，苏海安严肃地看她，嘴角微颤，“嗯？”

“你要活下来。”

“我跟你们一起去。”

葛兰没想到，到最后，要讲义气的人居然是苏海安，她无奈地摇头，六年前的自己应该做梦也想不到，苏海安可以和自己心平气和地对抗外敌。

她不会让苏海安去的，“对不起。”一抬手，已经将他打晕在地。

苏海安必须活着。

葛兰没想到杰克和布鲁斯骗了她，居然连夜赶到了阳城。出了酒店，车子已经停在门口，布鲁斯从驾驶位探出了脑袋，冲她吹口哨儿，杰克则依然嬉皮笑脸，“不要这么惊讶。”

“你忘记我们是兄弟了？我们还不了解你？”杰克埋怨道：“你的演技太拙劣了，一眼就被人看穿了。”

“我以为，林恩说的没错，同归于尽挺好的。”葛兰低头笑了，这个时间她还有心情开玩笑。

“我们不会让你死的，要死，也一起。”布鲁斯说，他突然有些伤感，“拜伦和罗拉，应该也会这样想。”

葛兰低头笑了起来，她点头道：“好。”

他们想象中的一场杀戮战并没有如想象中一样发生，潜入实验室的路程异常的顺利，林恩独自一人站在实验室大楼里，身边没有军队，也没有苏海安口中的那些罪魁祸首。

葛兰独自前来。林恩眼皮微抬，一眼望进了她心里。比起穿晚礼服的葛兰，她这样干脆利索更好看，他这样想。

林恩在等他们，只身一人，“那些人，被我关起来了，在地下室。”

葛兰满脸疑问。

“如果要下地狱，他们应该会去修罗场，而我，起码手上是干净的，我没有杀过人。”

林恩说得没有错，他从没有亲手杀过任何人。

“你可以不用死。”她盯着他，示意他可以召唤他的军队。

但林恩只是摇了摇脑袋，“你们已经控制了这里，我没有选择。我不得不死，因为你想置我于死地。”

“林恩，别把自己搞得像情圣，这不是你。”

林恩嘴角泛起笑容，“没有遇到你之前，我以为得到这个世界就是全部。”而现在，得到你，才是世界。

他不知道自己是从何时开始有了这样的想法，意识到的时候已经越陷越深，无法自拔了。

“就算活着，你这一生也恨透了我吧？”他凄凉地笑，声音都在颤抖。

“是的。”葛兰点头。她上前，走近他。

林恩没有骗她，他的军队没有埋伏在附近。对付林恩，轻而易举。

布鲁斯已经皱起了眉头，他不耐烦林恩这样的人，在对讲机里提醒葛兰：“不要跟他废话，动手吧。”

布鲁斯已经摸到了地下那些炸药的引爆点，他在等葛兰的指示，原计划是，葛兰和布鲁斯逃出以后，杰克远程引爆炸药。那些死囚和整个实验室，还有林恩，都会葬身在火海里。

葛兰没有动静，布鲁斯急了，“葛兰！你刚刚答应过我们。”要逃出去，而不是和林恩同归于尽。

是的。她答应过他们，她是最高指挥官，应该信守承诺。

葛兰转身抬脚离开。

“葛兰。”林恩喊她，他没有动，站在原地，压抑着情绪喊，“我别无选择。”

她也没有停下脚步，实验室的内部网络已经被杰克控制了，她的背影消失在铁门之外，踏出那一脚时，杰克就将铁门关上了，林恩只能望着她逐渐消失的背影。

耳际传来轰然倒塌的爆炸声，如惊天巨雷，像是要将整个天空都爆裂，响彻云霄，火光蔓延了整个阳城的天空，一时之间，将这个安静的城市笼罩在地狱之下。街上有人群在逃窜，他们害怕火势蔓延而来，引火烧身，只有一人，在人群中逆行跑来，他在人群中寻找，尽管觉得希望渺茫，但还是想要寻到那个黑色的身影。

“苏海安？”

苏海安气喘吁吁，他狼狈地站在她眼前，“是我。”

“我没死。”

“但你的心死了。”

葛兰望着他眼泪夺眶而出，在转身离开后，她就没有回头，她知道自己不会后悔，但是心还是一点儿一点儿地发着紧，在痛。

（完）

番外
六年前

1. 死去的顾朝阳

——阳城

苏海安是在警察局撤离在海上打捞尸体后才回到苏宅的。警察在海上搜寻了四个小时，一无所获。苏海安气的差点砸了那些没用的人。但父亲的电话打来，他不得不收手。

只好将怨气撒在水手身上，没了顾朝阳，苏海安将气撒在他们头上。现在没有了水手，所以他又只好将气撒在了唐娜头上。

“海安，怎么样？”唐娜是顾朝阳在苏家的母亲大人。

她刚刚得知顾朝阳跳海的消息，匆匆忙忙从宴会上赶回来，晚宴的妆容还没有卸掉，身上带着浓郁的香水味。苏海安几不可察地皱眉，瞥了一眼那一身华贵的装扮。她看起来一点也不难过，只是质问着。

“失踪了或是死了，都有可能。”

唐娜没接话，只是问：“警察怎么说？”

“警察？”苏海安音调微微上扬，“巴不得她死了。”

得到警察的证实，唐娜这才反应过来似的，一屁股跌坐在地，惊恐地捂住自己的眼睛，丝绸披肩滑到了她的腰际。她的样子看起来不像是难过，却是惊恐的。

苏海安从鼻子里哼了一声，居高临下地盯着她，声音冷到了骨子里，“怎么？害怕了？害怕地位不保？”

说完，他也不等唐娜有所反应，哈哈一笑，道不尽的嘲讽，“如果天下人知道你这个苏夫人的位置是靠卖女求来的，大家会有什么反应？”

“海安，你误会我了……”

苏海安才懒得搭理唐娜一副装出来的难过，不等她有下一步反应，兀自上了楼。二楼，顾朝阳曾经住在最靠北边的位置，那个房间潮湿又阴暗，就连仆人也不常去。

一周以后，警察局再次来人，大队长亲自上门。

苏家现任掌舵人，苏晋成自然也亲自接见。好歹也是首富家里的养女，出了事情不能说多么在意，面子上还是要做出悲痛的。唐娜坐在苏晋成身边，哭得梨花带雨。不知道的人道她是顾朝阳的妈，虎毒还不食子呢。

但苏海安，始终冷笑着看她演戏。

顾朝阳出事后，苏海安做的第一件事就是将顾朝阳的房间废弃了。任何人都不能进去，包括他自己。

警察想要采取一些顾朝阳自杀征兆的证据，要求看看她的房间，苏海安一口拒绝了。

“没找到人没找到尸体，你们倒是来找我们家麻烦了。”苏海安守着门口，不让警察进去。警察为难了，征求意见地看苏晋成，苏晋成冷眼旁观着也是不说话。警察大队长到口的话也给硬生生吞了下去。

苏家人他们不敢得罪，一年之中光是一家子公司纳的税就能抵得上普通人家多年的积蓄，跺一跺脚就能影响整个阳城的格局，说难听点，他们做警察的也不过是拿纳税人的钱吃饭，得罪金主这种事情有点儿眼色的人都不会做。

年轻点的警察不明白其中的利害关系，咂吧着嘴巴道：“苏少，我们这是例行公事……”

“呵呵。”苏海安冷冷地笑，“公事？你们的公事应该是找尸体，而不是找受害者家属的麻烦。”

小警察还想说什么被老警察给拦住了，转头对苏海安笑道：“对不起苏少，是我们唐突了，这个案子我们马上就会结案，如果之前有得罪之处还请原谅。”

苏海安丝毫不买账，“结案？你们该不会以为就这样把顾朝阳定死了吧？”

“苏少，我们警察局很尽力地在找人了，那片海域太大，寻找起来非常困难。”

“少废话，我说过，死要见尸！”

“海安。”安静了半天的苏晋成终于发话了，神情淡淡地走到儿子面前，瞥了他一眼，转头对老警察说：“结案吧，尽管那丫头这么忘恩负义，可我们也不能怠慢她。”转头又对坐在沙发上低着头，擦拭着根本没眼泪的眼角的女人说：“让人准备葬礼吧。”

唐娜点头，又有点儿嘤嘤要哭的势头。

“爸……”

苏晋成看了儿子一眼，转身走了。

唐娜也立即站了起来：“管家，送客。”

葬礼办得很盛大，如果不是门口摆放着黑白花圈，只怕会被人误以为是商务洽谈的聚会之地了。

当然这种盛大“聚会”绝对是少不了阳城嗅觉敏锐的狗仔们的，媒体闻风而至，就连大门也被堵得密不透风。苏晋成和夫人唐娜随后才现身，身穿着黑色系外套，保安面无表情地挡开媒体的涌动。

苏老爷和苏夫人就像是到场观礼的人，不过十分钟就离开了。

家属答礼是苏家的仆人，苏海安双手插兜站在角落，看着那空空如也的棺木，无声地勾起唇角，看不清楚神色，究竟是难过还是不难过，没有人明白。他只是就这么盯着那水晶棺木看，看得出神。

直到仆人来叫，他才跟了出去。

偌大的加长林肯车里，唐娜倒了一杯红酒递给苏晋成。苏海安拉开车门进来的时候两个人好似正在品尝这从波士顿远道而来的红酒味道如何。

“要给你一杯吗？”唐娜问。

苏海安看她一眼，淡淡地笑，“唐小姐，我真的很怀疑顾朝阳是不是你的亲生女儿。”

唐娜似乎并不生气，在这个家里苏海安从来都不会尊称她，而她，也并不需要。她抿着唇角，“当然不是。”

苏海安瞪她。

“我从未没说过她是我亲生女儿。”她顿了顿，眼神飘忽，像是在回忆很多年前的过往。但很快，她又叹气道：“如果没带她回来，她起码不会想到寻死吧。”苏海安不吭声了，从鼻子里哼出一丝气。

苏晋成似乎挺享受妻子和儿子的针锋相对，全程没有打断任何人，只在最末了象征性地说了儿子两句：“差不多得了，人都死了你还想怎么样？”

苏海安张嘴想反驳，最终没有说什么。

这个家里恐怕对顾朝阳唯一存在着感情的人就苏海安了吧？如果，恨也算得上一种情感表现的话。

苏海安恨顾朝阳，原因很简单，她是唐娜带回来的。

这两个理由足以让苏海安日复一日地折磨她了。

睡觉睡到半夜，蛇虫老鼠爬上顾朝阳的床这种事情已经屡见不鲜了，头几天苏海安总是很享受地听见顾朝阳惨烈尖叫着拍打门板的声音。久而久之，顾朝阳将那些可怖的生物关在笼子里养了起来，苏海安便觉得很挫败，开始对她展开人身攻击。

他会“不小心”地挑拨顾朝阳在学校里的人际关系。“牺牲”自己，乐不知疲地当着大人的面对她做亲密的动作，毫不知羞。后来变本加厉，顾朝阳曾有一段时间清早起来就能在自己的床上看到衣衫半解的苏海安，见到顾朝阳终于有了害怕的神情他就会很高兴的录下“罪证”发布在校园网站上，让顾朝阳背负浪荡女的名号。

总有一些人，尤其是苏海安在学校里的追随者，她们会对顾朝阳打压排挤。

顾朝阳的校园生活如同想象般，受尽非议，遭遇冷对和嘲讽。每一天都遭遇着不同程度的折磨，被男同学当面要求开价，女同学明里暗里嘲笑，便当盒里面永远都会有蟑螂，路过时，被泼得一头雾水，还有一次有人把她反锁在坏掉的洗手间里，一关就是两个小时，如果不是苏家的人找来生怕她消失不见，可能死在里面也没人发现吧？她的名声到后来越传越难听，甚至有家长到学校抗议，施压学校开除她。

如此幼稚的手段，不得不让顾朝阳怀疑这些人都是苏海安那个小学生请来的托。

顾朝阳不在乎被人歧视。恨是需要花费很大力气的，这些人还不够资格让她痛恨，恨只对曾经爱过的人来说，才会有，而她最恨的人已经不见了。

2. 加入雇佣军

顾朝阳活到 19 岁时，只参加过一次葬礼。葬礼的主人公是她自己。顾朝阳在成年礼，愚人节那天，她‘死’了。如果她不死，也总有人想让她在这天生不如死。

顾朝阳守到了灯灭，等到最后一个仆人离开后才偷偷摸摸地进礼堂。

观摩葬礼的时间很短。因为她答应了一群野蛮人加入他们，所以长官才会大发慈悲让她下船来最后看一眼这个城市。这个让她满身是伤，卑微痛苦的城市，终于要彻底告别了。

她很兴奋，也很畏惧，更多的是可惜。可惜她还来不及上前为自己献上一朵最喜欢的花，就被克尔带走了，到了一切噩梦复苏的开始。

那地方……

是连死都觉得是解脱的地方。

十个小时的飞行才到达内罗毕。

据说这是他们的秘密基地，一栋古老的大楼，听说那是二十世纪六十年代英国政府在内罗毕的训练总部。一九六三年的时候英军大批量地撤出肯尼亚，留下了唯一的旧址，现如今它残破的外表下却隐藏着世界顶尖军事研究基地。

直升机停在大楼楼顶，瘦小男人带着他们穿过秘道，来到仓库。远远的在昏暗的灯光下见到一个身穿丛林迷彩服的男人，双手叉在牛皮腰带上，左脚上的军靴在轻微地抖动着，身体语言学家说过，那是不耐烦的迹象。瘦小男人对他敬礼，转身走了出去。

男人鹰一样的目光扫视了一圈，顾朝阳感觉自己的皮肤也变得火辣辣的疼，下意识地就想要寻找出口，单敏锐的观察力告诉她这里没有人能逃出去，根本找不到第二个通道，唯一的通道是那用麻绳吊着的滑轮电梯。男人的两边停了三辆中型军用卡车，车型是一九九一年美国国防部队所用的同款战术车辆。男人身后则是奥什科什公司的 MTVR 重型越野卡车。这些车辆的出口应该是那十丈高的封闭式铁门。

静默了大概两秒左右，男人走到他们面前，“你们来到这里就要忘记以前的前尘往事，这里没有时间让你们去怀念过去，你们只需要记住自己的代号还有活着出来就可以了。”

不等所有人回复，他接着说道：“我是你们的长官。”他就是 Murray 长官口中的汤尼诺，一个白皮肤纯种英国男人。

“是！长官！”其中一个小伙子一鼓作气地喊了出来。

有人发出了哄笑，汤尼诺狠狠瞪了那人一眼，大家便停止了笑声。汤尼诺走到顾朝阳面前，粗狂的大手抬起她的下巴，盯了几秒，他的另一只手放置在耳边，伸开手掌，大拇指和食指成圆形，做了个 OK 的手势。

随着他的动作，三两个训练有素的黑人突然出现在众人的视线内，他们的手里大多端着一把AKM冲锋枪，枪口对准了随同顾朝阳来的这些人。大家都意识到了什么，紧张地退后了一步，顾朝阳心里也有些害怕，但是下巴还在汤尼诺的手里。

汤尼诺见到她这反应才满意地扯着嘴角拉开了个弧度。

转头对三个黑人叽里呱啦地说了什么，然后黑人快速地收了枪。汤尼诺对着顾朝阳抬了下下巴，“你跟我来。”

顾朝阳心里惊恐着，步子上却不由自主地跟了上去，跟着他上了滑轮梯子，一道力道迫使他们上升。

那三个黑人也陆续拉开了车门，说着英语让剩下的其他人分别上了车。

汤尼诺把顾朝阳带到了空旷的武器装备室，瘦小男人也正等在那里，跟一个穿着白大褂儿医生模样的男人说着什么，见到汤尼诺，两个人快速地停止了交谈。

汤尼诺看了眼那个穿白大褂儿的男人，“BOSS亲自交代的，你做个详细的军事评估。”

白大褂儿男人好奇地看了一眼顾朝阳，说道：“OH，Gad。”

顾朝阳没有反对的余地，只能眼睁睁看着汤尼诺转身走了出去。直到看不到汤尼诺，顾朝阳才忍不住询问他：“跟我来的那些人去哪里了？”

瘦小男人淡淡地看她一眼，目不转睛地吐出两个字：“丛林。”

顾朝阳惊讶地瞪大眼睛。白大褂儿调皮地插话：“他们没有你好命，只有走出丛林活着的人才能出现在我面前。”

顾朝阳不知道是该感激那个叫Murray的男人对自己的区别待遇还是应该担心接下来的日子。这种感觉，就像是世界上，唯独她一个人在挣扎，经受着恐惧。

军事评估主要从体能状况、擒敌术、战术、射击、军事体育、洞察力、武器运用以及持久耐力、抗压力等数个方面来评估。

“敏锐力、体能、战斗力、洞察力数据一致，啧，真奇怪。”白衣服男人手里端着文件夹，对身边的男人说着话，视线却瞄到玻璃门里面的女人。那是一道单面透视玻璃，他们能看见她此时在做什么，而她只能看到漆黑一片。

这是军事评估中的一项。

白褂子男人正是两周前接收顾朝阳的那位看起来长得像是医生的男人，他的名字叫杰克。一个普及欧洲大陆任何电视剧里面都会有的名字，顾朝阳自然不会认为这是他的真名。

这里的人，他或许有无数个名字，无数个代号。如非必要的人，一定不会知道对方的真实姓名的。顾朝阳知道自己的身份并没有重要到可以知道杰克的真名。她在这个群体里面的地位，渺小到如同蝼蚁。

“你说什么？”汤尼诺因为杰克的话来了兴致，接过评估表格飞快地扫了两眼。

“很神奇，你不觉得吗？她没有经过专业训练，没有任何一项达标，但是……每一项却神奇地做到了近乎相同的水平。”

汤尼诺自然也看出来端倪了，但是他没有杰克这般诧异。

“这意味着假以时日她能通过训练的话应该是一位全能型……砰”杰克托着手比了个枪的手势，配合着嘴巴里发出的声音，跟着抬了下头，“全能型狙击手，没有缺点。”说完对着指头吹了口气。

汤尼诺好似没有注意到杰克的耍宝，抬头瞥他一眼，示意他不要大惊小怪，杰克识相地马上闭上了嘴巴，举起双手发誓：“我保证，我的评估分数器是身体健康的。”

汤尼诺动了动嘴巴，视线往下看。他的脚下踩着的是单面防弹玻璃，往下看此刻正好能将那个屋子里的事情看得一清二楚。定定地看了一会儿，他没有再说什么，像是没事人一样扔回了表格，快速地转身下了楼。

他如实向Murray长官报告了这件事，就在杰克拿了数据报告的当天。

接到汤尼诺的电话报告时，Murray正在香港酒店的豪华总统套房里擦拭着他的CPM420V刀锋，这把刀曾是他用于潜水的，现在应该早就沾满了血腥。

收起刀，Murray制止了想要上前的士兵，抬手示意大家出去，房间内安静后他才接起了电话。电话拿到耳边，他慢悠悠地问道：“孩子们有情况？”“孩子们”是他们表现亲切的一种手法，就像是主人对宠物，而孩子们自然是那些刚刚进入训练团队的新人……

只有在某些决策上汤尼诺才会给他打电话。

“那个女人，我打算把她送到中东。”

“女人？”Murray似乎早已经忘记了这么个人，听到汤尼诺突然提起才想起那张并不太清晰的脸，能让汤尼诺亲自打电话来请示，看来她很入他的法眼。

“怎么？你看好她？”

其实恰恰相反，汤尼诺说道：“我想看她能撑到什么地步。”

“你可真不怜香惜玉。”中东那块唯一一支队伍，就是他亲自所带的野狼队，那是一支真正舔着刀血过日子的队伍。这些人完全脱离了法国国际雇佣军队的控制，中东是最赚钱也最危险的地方。

Murray 并没有空闲到要去在乎一个女雇佣兵的去留，今天，就在挂完电话之后，他们这一支简单的小型队伍就要立马出发了，每一次任务和行动都代表着用生命去搏斗，既然敢接这个任务，Murray 想必都做好了两个打算，要么匪徒死在兄弟们的枪下，要么自己和兄弟们死，谁还在意一个不相干的女人？

他把这个难题扔给了汤尼诺，没想到汤尼诺再次把皮球抛给了自己。

——内罗毕

这是一间演练室，它的四周是单面玻璃，能从外面看到楼里面的任何场景，这里面设置了模拟红外线警报，还有感应器模拟敌人，如果顾朝阳不能在制定的最短时间内躲开射击找到逃生口，她就可能会因为缺氧而死。

杰克双手插着裤兜里，饶有兴味地看着脚下那间房子里发生的一切。

顾朝阳躲在房间的最死角，那是红色瞄准线唯一扫射不到的一小块地方，不过很快，不知道她做了什么，房间里发出吱吱的声响，一时间所有的警报器响了，仿真的枪声噼里啪啦地响起来。

她扔掉了什么东西，整个人蜷缩成一团匍匐在地滚了一圈，身手敏捷地躲开了最接近地面的那一道红色射击线。

杰克好奇地睁大眼看那被她扔出去的东西，不过是最普通的匕首柄子。杰克想起来发给她的作战工具，在真实逃生的时候一定不会有太充足的准备，他给的东西除了一把虎牙 MT，还有一款在市面上随处可买到的改装通讯器。杰克没想到顾朝阳会利用通讯器发出的声波引出最大一轮的扫射，仅仅是一把柄子就能避开十二个扫射口射出来的枪子儿。

顾朝阳并没有因为枪口没有对准自己就坐以待毙，在这里面她不能被动，必须是主动的，快速地在脑子里转动设想了无数个最有可能关押敌人、犯人的封闭式监狱，那么这种地方只有一个逃生口……

似乎是瞄准了对象，下一秒她就主动出击了。用力一跳，握着仅剩的刀片，将头顶上飘过的拟真布偶扑倒在地，刀片割断了布偶的脖子，她随即蹲下身来，摸索了一番。

“Cool。”

像是明白了她的意图，站在顶端的杰克忍不住吹了口哨儿。汤尼诺和Murray通完电话后返回原地，有幸见到杰克兴奋的时刻。

“Tony，你一定想不到我给她制定了最短逃出来的时间是多久？”

汤尼诺并没有好奇，而是面无表情地陈述事实：“你看起来有些亢奋。”

杰克咧着嘴角笑了，快速地对着手表，数着数字，1、2、3、4……10房间门咔嚓一声响，顾朝阳满头大汗地站在门口，胸腔上下起伏很用力，房间里的两个大男人也感觉到了她的疲惫。她没有去管自己用了多少时间，只是安静地等着杰克快速记录完毕，才松口气靠着墙壁喘气。

“你有没有什么不适应的反应？”杰克端着本子，写着什么。

顾朝阳吞咽着空气，尽量让自己缓和气息，“你是医生吗？”

杰克一副吊儿郎当的模样，伸着双臂转了个圈，“又被误会了呀。我可是响当当的军事专家。”

顾朝阳用手背抹着汗水，点点头，并没有再说什么。

杰克好奇地探着脑袋到她面前，“诶，你需要医生吗？你找医生干吗？”

顾朝阳看了他一眼，回答：“我想知道如果吸入大量的毒气会不会死……”话音刚落，顾朝阳整个人就朝着地面砸去，杰克眼看着她脸朝地落下，砸出重重的响声，扯开嘴角笑了。

3. 窥探秘密

“这是怎么回事？”汤尼诺指着倒地不起的顾朝阳，询问的视线扫过杰克。

杰克正忙着把顾朝阳用绳子绑在椅子上，一副无所谓的态度，“她坐不稳我就帮她一把了。”

他是指顾朝阳为什么会被绑的事情，可明显汤尼诺并不是要问这个。

汤尼诺不满地皱眉，不吭一声，作为多年的战友，杰克怎么会不知道他生气了？摸摸鼻子，不怀好意地笑道：“一氧化碳中毒。”

“我没让你把人弄死。”汤尼诺的声音有点儿阴森森的，也说不上多生气，只可惜了一条人命。

杰克愣了愣，“怎么？留着有用处？”

汤尼诺的嘴角抿成一条线，上上下下打量着顾朝阳，“给她制作专门的训练计划吧。”想了一会儿，又说：“把她跟那群死囚放在一起。”

忙着在顾朝阳身上插各种仪器管子的杰克手上略微顿了顿，问道：“你到底是要她死，还是要她活着？”

“活不下来，那就只能死了。”

轻飘飘地说完，汤尼诺转身走出了“咨询室”，杰克在这个地方扮演了多重角色，偶尔会是医生，为受伤的士兵们疗伤，偶尔又会充当军事专家，解剖弹药研究核武器，当然他的本职工作其实是M军团的咨询师。

来到这里的人，大多有或多或少不可避免的理由，理由无非就是爱恨情仇那些东西。当然也有死囚，那是专门训练死士的，五十个死囚里面只有一个人能生存下来，成为M团的一员。

没有几个人能见到杰克，来到这间咨询室的人要么是存有异心，被上级所怀疑的对象，要么是走过死亡边缘，真正经历过血雨腥风的人。这个女人，倒是个例外，杰克非常想要研究她，他的变态因子又一不小心暴露了，他想要把顾朝阳逼迫到某种潜意识里最危险的程度，当面告诉她自己要研究她估计太残忍了，所以杰克想到一个聪明的办法，在氧气中掺杂了不少毒气。

杰克咧开嘴笑了笑，真是觉得自己太善良了！

没有打算快速地帮顾朝阳解毒，杰克慢悠悠地准备好一切工序，他的左手边并排着四台电脑，上面清楚地记录了顾朝阳的潜意识脑电波。

她现在就像是睡着了一般，渐渐地进入梦乡了。

杰克兴奋地操作着仪器，他有一套设备和研究仪器，通过制造脑电波还原她记忆深处的记忆，然后再慢慢地窥视她的隐私。挖掘隐藏在最隐秘的地方的那些东西，总是让人兴奋异常的，杰克就是这样的人。

似乎进入到什么地方了，杰克停止了手上的舞动，拿着小型电脑站到顾朝阳面前，果然隐约看到顾朝阳额间密密麻麻地渗出细汗，她皱着眉头，像是回忆起了什么。

听见她细细的声音轻轻地叫了个名字：“范西。”

杰克高兴极了，快速地接话：“范西是谁？你又在哪儿？come on 宝贝，来吧，告诉我，把你内心里最压抑的事情告诉我，我帮你解决，让你不再痛苦。”

就像是催眠师，杰克一点点慢慢地引导她。

顾朝阳已经很长一段时间不再想起范西了。

如果不是这深入骨血的背叛，她怎么可能还会记得一个范西？

小时候的范西还是很讨人喜欢的。那一年，顾朝阳过十一岁生日，院长阿姨和小朋友们都在为她唱生日歌，范西被一个穿西装的男人送到门口。顾朝阳还记得，那个男人穿着的西装上布满了灰尘，范西抱着他的大腿不走。那个男人还是狠心地推开了他，最后就看到新闻说，那个男人跳楼死掉了。

范西是个非常腼腆的小男孩儿，他的个头儿不大，小小的，就连声音都是小小的，胆子也很小，总是用脏兮兮的小手拽着顾朝阳的衣摆，跟着她跑，叫她姐姐。

其实顾朝阳比他小。

那时候的范西刚刚失去父母。顾朝阳同情他，就默默地允许他这样依赖自己了。范西告诉顾朝阳，原本自己生在一个幸福的家庭，可是有一天，他们的家突然就散了，爸爸跳楼了，妈妈不见了。那之后他才明白，自己被抛弃了，范西发誓总有一天没有人能再抛弃他。

院长收养了他们，从此顾朝阳和范西在户口本儿上成了姐弟。如果有得比，他们一定是世界上最亲密的姐弟了。

范西长个头了，高出顾朝阳整个脑袋，但他总拿额头抵着她的肩膀撒娇。

院长对他们姐弟很好，她送他们去上学，不管多累也不让两个孩子停掉学业。顾朝阳十六岁的时候就学会了自己赚钱贴补生活费，她不得不常常出入鱼龙混杂的地方，忍受各种言语羞辱，很小的时候她就学会了卑躬屈膝，她卑微地活着，以此来换取和范西、院长的平稳生活。范西心疼她，但是又无能为力。

范西的成绩很好，他很努力。因为他发誓一定要出人头地，将来有一天能报复曾经践踏过他们的所有人。范西有个最大的仇人，就连做梦都没忘记要在梦里杀死那个人，这个害得他父亲跳楼，母亲出走的仇人姓苏。

没有比这件事更讽刺的了。

顾朝阳还记得自己很小很小的时候，有个女人满身是伤地抱着她从别墅里逃了出来，身后有许多人在追击她们，女人抱着自己跑了很远很远，直到女人再也没有了力气，两个人躲在芦苇丛中，才险险逃过一劫，后来那个女人把她带到了陌生的地方，就离开了。那时太小，顾朝阳早已不记得女人的长相了，只依稀记得，她哭了很久，嘱咐自己千万不要相信姓苏的人。

拥有同样的仇人，有着不幸的身世，这一切都足以让顾朝阳和范西惺惺相惜，他们亲密无间，经历生死，也要携手走到最后。原本，顾朝阳是这样认为的。

是什么时候变了呢？

那一年，范西亲手把顾朝阳推给了自己的仇人，推入深渊。

从被院长撞破范西偷吻自己？还是院长竭力反对，固执要送走范西？

十六岁那年，院长突然死掉了，死在楼道间里，她是心脏病发作。之前院长就知道自己时日无多，她要送走范西。范西太脆弱了，他需要一个家庭照顾，而只有十几岁的顾朝阳根本没有照顾他的能力，但范西一再地反抗，好几次逃回来。

直到那天，噩梦一般的那天。

“那天发生了什么事情？”就要到关键之处了，挖掘人的隐秘事情令杰克变得兴奋，他紧紧地拽住椅子上一再挣扎冒汗的顾朝阳，焦急地问。

他企图让顾朝阳在催眠中将所有的事情和盘托出。

但睡梦中的顾朝阳似乎进入了一片迷雾中，拨开重重迷雾……她看到了躺在地上尸体冰冷的院长。

“啊……”顾朝阳在睡梦中尖叫出声，身体也不由自主地跟着乱动起来，她想要逃，想要冲破在睡梦中看见的场景。

杰克见状心道不好，扔了本子整个人扑上去按住了顾朝阳的两条腿。

空出来的手摸在她脑门儿上，笨拙地安抚道：“好了好了，没事了。你看到的都是假的，是假的……”

顾朝阳重重的呼吸声在杰克的安抚下终于逐渐平复。

杰克停顿了一会儿，见她不再挣扎便想要再次引导她说出秘密：“很快你发现这一切都是假象，时间过了很久很久……你还有见到过范西吗？”猎人敏锐的直觉告诉杰克，这个人对顾朝阳来说无比重要，他需要知道一切。

躺着的顾朝阳沉默了很久，呢喃道：“再也没有见过了。”

过了不久，范西就消失了。她给范西写了很多信，不管是打电话还是发邮件，范西从来都没有回过，他就像是突然凭空消失了。

“后来呢？”

后来……

孤儿院被一群人闯入，瞬间强拆变为废墟。顾朝阳不是第一次见到唐娜，唐娜曾来过孤儿院几次，表示想要收养顾朝阳，但都被院长拒绝了。每一次，顾朝阳都和范西躲在门缝外面偷看，只知道她是苏家来的。

这次是唐娜第一次见到顾朝阳，她裹着皮草大衣，猫在迈巴赫里，摇下车窗只凉凉地瞥了顾朝阳一眼，就对她说："上车。"

顾朝阳僵直在原地，唐娜一挥手，三五个西装大汉把她架上了车。

无论她如何挣扎都再也逃不出苏家的掌心了。

唐娜把她带回了苏家，苏晋成亲自见了她，要求她在股权托管书上签字，并让她出席董事会。

顾朝阳拒绝了苏晋成所有的提议，她便被唐娜关在了地下室。

记忆里，地下室很冷，湿气很重，她不得不蜷缩在唯一一小块没有污水的地面上睡觉。唐娜是在第三天才来看她的，带来了干面包和牛奶。

她居高临下地看着顾朝阳狼吞虎咽，眼里全是同情，她在同情顾朝阳的无知幼稚。她说："顾朝阳你就这点能耐，还敢跟苏家对着干？现在搞成这样都是你自己找的。"

"放我走，我要见范西。"

"范西？那个少年？多亏了他我们才能找到你，你还惦记一个背叛你的人做什么？"

"你骗人，范西永远不会背叛我。"

唐娜呵呵笑了许久，差点儿笑弯了腰。

"顾朝阳，你真聪明，那我就好心告诉你，他被苏晋成送到一个没有人知道的地方，折磨他……"唐娜吸着粉色的烟，吐着气体在她脸上，"如果你还想再见到他，那就乖乖听我的话。"

"那你要我怎么做？"

"做我女儿，我给你优渥的条件，我让你上最好的学校，你再也不用跟老鼠同住一个屋檐下。"

"可我不是你女儿！"

顾朝阳的咆哮在唐娜眼里就像是小猫在挥爪，她一点也不在乎，"你是！苏晋成说你是，你就是！记住了，在别人眼里，你就是我唐娜的亲生女儿。"

"为什么……他为什么要这么做？"苏晋成害得她家破人亡，害得她不敢再信任这世界上任何一个人。他让她知道，这个世界上没有一个人可以无条件为了自己，没有任何人值得相信！

唐娜又呵呵笑了两声，拉开了门，“其实我也很讨厌你，所以给我听话，乖乖儿地待在这里。你要知道，这一切都是你造成的，你不应该怪我，要怪就怪你自己吧。”

唐娜走了，从那之后就正式成为顾朝阳的亲生母亲。苏晋成举办了一场盛大的欢迎会，邀请了公司的元老，向他们展示了顾朝阳，做出一副慈爱的模样。

4. 枪战

“所以你是孤儿，后来呢……”

后来……就再也没有后来了。被催眠的顾朝阳再也没有了回应，杰克挑眉探了探她的鼻息。

“你搞什么？”汤尼诺站在电询室门口，透过玻璃门见到杰克差点儿弄死顾朝阳，气急败坏地踢了一脚铁制大门。

杰克嬉笑了两声，“哎哎，我不会现在就弄死她的，放心，就是Co中毒而已。”说着话，杰克给顾朝阳罩上了氧气面罩。

杰克推开门走了出去，见汤尼诺还沉着一张脸，于是说道：“长官这会儿在参与行动吧？你不忙？”

“作战行动还有二十分钟，十五分钟后长官要见你。”

杰克哦了一声，抬手看了看自己的手表，沉吟了一下做了一个暂停的手势，转头去了自己的医务室，出来的时候手里拿着针筒，在顾朝阳的手臂上注射完后，扔到垃圾桶里，这才电讯通知了人过来，“把她送回去。”

交代完事情出来后汤尼诺已经离开，杰克掐着时间出现在视讯室，视频电话恰好接通，宽大的屏幕上出现的男人正是一身迷彩军装的Murray，他已穿戴整齐，腰间的皮带上挂着他向来带着的来复枪，他正在拆另一把改装过的带瞄准镜的狙击枪，子弹膛被他拆卸了下来，在手心里把玩了片刻后又装了上去，见杰克推门进来，才没有继续方才的动作。

杰克见到Murray吹响了口哨儿，“长官，多日不见帅气了不少。”

杰克向来不着调，Murray 没搭理他，只说：“查到对方安保系统。”

杰克早在他开口说话时，手指飞快地在电脑前敲打着，“给我一分钟。”他正在黑进对方的安保系统，他是一位天才级的黑客，在敌人毫无防备之下攻克对方的防火墙易如反掌，与此同时Murray 已经关闭了视频通话，声音自耳机里传来。

“地点、人员。”

“Cool，六层安全防御网，Z国真是个小心谨慎的国家。”杰克似乎对于自己查到的东西非常不满意，语气轻佻，“GPS正在获取方位，OK，已经发过去了。”地址发到了Murray行动组的电脑系统里。

收到讯息的Murray按下蓝牙耳机，瞥了眼角落里抱着手提电脑飞快运作的士兵，“启动火警警报。”

士兵点头，很快说道：“最多三分钟就可以行动。”

武装整齐的四人带上六个AK弹匣，八把便携式手枪立即出动，目标是一百米外对街的阳城百货，由于启动了火警警报，百货商场里的客人纷纷出逃，其他便装的士兵趁乱进入了商场。

“老大，我们直接冲进去他们会枪杀人质。”

Murray作为指挥官，没有亲自出马，站上天台上，从望远镜里看到人质被几个穿西装的男人带进了观光电梯，另一边伪装的士兵也上了三楼扶梯，正向着目标前进。

“这群人为的是钱，不敢轻易射杀一国元老，注意隐蔽。”

“是。”收到讯息的行动组之首抬手在耳际，压低了半个身体，示意随行人员注意隐蔽。

“三楼，时装区，一女四男，两个押送人质。”

“长官，你总是如此心软。”埋头于查探百货现场视频的士兵抽空抬头看了Murray一眼，又盯着截获的百货商场监控室里的视频，由于警报的触发，客人们七七八八跑得差不多了，但保安却都寻了出来，似乎在查找触发警报的源头。

“克尔，有几个‘玩具’上来了。”

“OK，交给我。”

严格来说，他们对在闹市作战是毫无顾忌的，但Murray似乎跟别的长官不一样，他有一条原则是不滥伤无辜，所以他嘴里说着，手上却不停。

“他们上了五楼，进了会议室。”

带头的领队是个身材雄壮的白人，一口纯正纽约腔：“那就让这里成为他们的坟墓吧。”

说话间，他已经从腰里摸出了一把MK23手枪，在耳边晃动了两下，敏捷地转过墙角，上了五楼。他前脚刚落地，一枚子弹疾驰飞来，闪电般的速度让人根本来不及做出反应。

那便装领头白人被他们称呼为拜伦，在收到提醒的同时他已经一个利落的旋转避开了子弹，子弹将将擦过他的手臂。

啪啪又是一阵枪声响起，场面正式进入白热化，敌方迅速地转移人质的位置，但扑面而来的射击让人寸步难行。

为首的拜伦急速前进，并抬手示意其他两人分散行动，距离会议室不到二十步，拜伦突然停了下来，转头看向躲在装置物后的同伴，食指从下到上，再由左至右，同伴会意，朝着距离门口十米远潜伏的敌方开枪。

被掩护的拜伦耳边呼啸着子弹穿过空气的声音，噼里啪啦的子弹打在地面墙角上，碎裂的水泥混合着石块砸在人身上，拜伦似没有痛感，一个飞扑朝着会议室大门而去。

“拜伦，十点钟方向。”

拜伦在空中一个回旋，避开了会议室里压着人质躲在投影仪下疯狂扫射的女枪手。

人质是个大胡子外国佬，被身穿黑色紧身服的女枪手用力按压着后脑勺儿，女人的枪法很准，几发擦着拜伦手臂而过的子弹都是她射发的。

Murray 拿下望远镜勾着唇角笑了：“拜伦，留活口。”

拜伦闻言从会议室桌底向上开枪，正好打中那女人的手腕。

女人手里的枪应声而落，她敏捷地做出反应，侧身躲开另一发子弹，再抬头看自己的同伴，两人眼神相撞，她便在刹那间托起人质，手肘摁住人质的颈部，另一只没有受伤的手捡起落地的枪指着拜伦。

“再过来我就杀掉他。”

乌克兰口音，拜伦咧嘴一笑，也站直了身体，“由不得你……”

话音刚落，一声自外而来的枪声响起，窗外突然飞来的子弹稳准地射在女人的后臂膀，她吃痛地闷哼一声，松开了人质。拜伦顺势一枪打中她同伴的胸膛，男人被击中动脉，血液冒出，跪倒在地。

紧接着拜伦跳上会议室桌面一连几个滚转，快如闪电般地一把扼住女人的脖子，“美女，身手不错，但还差点儿。”他的大手遏制住女人的下颚，使得她没有自杀的机会。

拜伦扭头透过玻璃窗户看向对面的天台上，慢悠悠地收回改装版带瞄准镜狙击枪的 Murray，两手在额前比了个军姿。

Murray 抿着嘴唇瞥了眼监控视频的士兵。

“老大，我们要快速地撤离，Z 国的警方即将到达，我无法在短时间内黑进他们警察局的安全防御网搞破坏，只有杰克……”

“老八去后面接应。”Murray 凉凉地说。

士兵脸色难看地答应着，自己的表现在长官看来肯定逊毙了。

下了楼来，拜伦压制着女杀手，另一个身穿着黑色 T 恤的黄皮肤男人搀着人质快速到达后门，车门一开便把两人推进车内。人质还被蒙着黑眼罩儿，闷哼了一声倒在座椅上，说道：“嘿，老兄，这就是你们对待客户的态度？”人质先生已经猜测到这一行人来的目的。

拜伦瞥了一眼后座咬牙切齿的女杀手，心情大好，吊儿郎当地拍了拍人质先生的脸，说道：“这位长官，我们可不是你请来的！”

开车的男人是个皮肤黝黑的小个子男人，但是他肌肉结实，一看就是练家子。此刻，他正嚼着口香糖看好戏似的瞥了一眼人质先生，眼神再扫到另一个被五花大绑推进车内的女人，耍帅地吹了一声口哨儿，被女人恶狠狠地瞪回去，他也不恼，脸上的嬉皮笑脸越发的深。

油条痞子在首领面前倒是不敢耍威风的，见 Murray 款款走来，他吐掉口里的口香糖，跳下车推开了车门，“长官！”

这一声响，也惊动了人质先生，多年混迹商场的敏锐令他一下子就觉察到，此刻进来的人应该就是这群人的头了，感觉身旁的位置沉了下去，他下意识地被迫往里面挪了挪。

拜伦见到 Murray 也一改方才吊儿郎当的模样，问道：“长官，要怎么处理？”

Murray 的唇角依然抿成一条线，视线落在人质先生身上，没有回答，而是问候道：“道尔先生，很荣幸认识你。”

人质的身份他们早在接到任务时就已经攻入中情局调查过了——M 国能源业的商业巨头。M 国靠着他每年奉上的巨额税务养活了一大批政要，此次的解救行动找上这支在北欧地区令人闻风丧胆的雇佣兵团也是在意料之中的。

人质显然从一开始就知道自己的价值，才会在混乱的枪战中保持着淡定，当然，Murray 仍然一眼就看穿了他的故作镇定，人质先生被绑在一起的手还在轻微颤抖着，他说：“你们对待客人的态度可不是荣幸。长官先生，既然我的人花了钱请你们为我服务，那么接下来请顺利送我出境，现在立刻对我松绑。”

Murray 的视线落在他的手上，“道尔先生恐怕是误会了，雇主可没交代我们送你出境。”道尔在M国的地位很高，这次M国官方花了大价钱救他，Murray他们可没想过就这么放过了他。

“他们给你们多少钱，我给双倍。”

有钱嘛，生意就好谈了。拜伦笑着看自己的长官，话是对道尔说的：“在Z国这样安全防御级别达到高密的国家，我们可不好轻易出面，现在外面到处都是警察。”他虽然是在解释着，但话里没有半点儿尊敬，反而让人听出来了傲慢。

道尔急了，语速也快了些许，“你们要多少钱都可以。”

“恐怕道尔先生得帮我们一个忙了。”

“什么？”

Murray没有立即回答道尔，只吩咐前面的人开车。

5. 谈判

车子开出了闹市区，在一栋独立的三层危房门前停了下来。

Murray先下车，拜伦“搀”着道尔。

士兵推了推慢吞吞地挪动脚步的女杀手，催促道：“走快点。”

女杀手没有戴眼罩儿，只绑住了上半身，也不知道是他们太过自信还是太过放心，这女人性子倒是个烈的，士兵紧随在她身后刚跳下车，她抬腿就踢了过去，正中士兵的命根子，痛得他弯下了腰。

女人已经往外跑了几步，见状的拜伦恶狠狠地瞪了士兵一眼，快步追上，一个施臂压肘轻松地擒住女人，“胆子倒是大，进来了还想逃？”

这边的小插曲并没有引起Murray的注意，他一万分相信自己的手下，只淡淡地看了一眼，就邀请道尔先生进了房子。

Murray在客厅里正中的沙发上坐了下来，很快有人将道尔带到下首按着他坐下，解开了眼罩儿。

长时间处于黑暗之中的道尔还不太适应突如其来的光明，幸好房间内的光线并不如所想象般的刺目，他抬手揉了几次眼睛，模糊中看见端坐在上首的男人，冷峻的脸不苟言笑，他的眼神，像是染了血，要杀人一般的样子让人背后一凉，压抑得令他说不出话来。

Murray总给人这样冷酷的感觉，静默了半晌，也不知道是谁打开了电视，传来了细微的声音。

“今日下午，阳城百货发生了一起枪杀案，疑似帮派斗争，警察在现场勘测时发现四位死者均为外籍人士，警方暂时还未对死者身份进行说明，或疑为非法入境者，现在警察已经封锁了全城，全力彻查此事，以确保民众的安全。”女主播面无表情的播报结束后，电视画面接入现场，摄像头扫过一片狼藉，“可见现场战况激烈，据一位目击者称，一开始大家只以为发生了火灾，保安现场查探火警触发源头时听见枪响，及时报了警，警方截获的视频里发现了可疑目标，但是未看清楚人的长相，可以肯定疑犯应该是非法入境者。”

记者话筒一转，接入了一个目击者的声音：“我甚至可以肯定这绝对是一场蓄谋已久的阴谋，那群人训练有素……更像是外籍军人……”

口无遮拦的目击者如此一说，那记者也变了脸色。

在Z国发生枪击案件的可能性在0.1%，这也正是歹徒为何要将人质从百货商场里转移、M国的政要找上他们雇佣兵的原因。Z国对国家安全的布控达到了世界安全系数第一位，他们不敢轻易冒险。

Murray脸色未变，拿起遥控器关小了电视声音。

“道尔先生也听到了，如今全城戒备，海上的情况可想而知并不好，我们要送你出境恐怕没有那么容易。”

“你想我怎么做？”道尔眼下明白了这人的用意。

Murray大手一挥，立即有人送上了东西，那是一本企业宣传册，翻开第一页，苏晋安的照片被拍得异常温和，乍眼看过去，还以为是个慈善家，但谁都知道，这个人是笑面虎啊，心比谁都狠毒。

“道尔先生不如找找故人，想必他是愿意帮忙的。”

道尔自从见到那张照片时，面上的神色甚至整个身体里的细胞都僵硬了。过了半晌，他才扯着嘴角无奈地说：“看来我没有选择了？”

“道尔先生，很遗憾地通知你，你没有其他选择。”

“那还请Murray先生也答应帮我一个忙，此人可不是好对付的。”

Murray颔首，没有答应也没有拒绝。过了一会儿，拜伦将之前抓回来的女杀手推了进来，丝毫不怜香惜玉地粗鲁地一把推倒在地，女人吃痛闷哼一声，但仍是倔强地不开口。

“老大，这个女人怎么处理？”

Murray略略看她一眼，视线转向道尔先生，说道：“既然是绑架道尔先生的罪犯，不如做个礼物送给先生？如何处理先生说了算。”

道尔听他如此一说，原想欣然接受，但转念一想绝对不是什么好建议，Murray这么精明的生意人，自然不做亏本的买卖，留活口自然有自己的道理，立即摆手拒绝了，“不，人是你们抓到的，自然由你们处理。”

Murray看了他一眼，道尔也说不清楚这一眼是好是坏，下意识地挺直背脊，下一秒又很庆幸自己说对了。

“带到地下仓库，先关两天。”

拜伦立即会意，扯起女人，几乎拖着她在走，“美女，奉劝你老实交代，是谁请你们的？”

原来是打这个主意啊。女人更加不愿意开口了，手被扯得很痛，却是一句话也不说。

“嘴还挺硬，关两天再让你见识见识我的手段。”拜伦哈哈一笑，他平生最佩服有骨气的人，更何况还是个女人，他向来对柔弱的女人看不上眼。

为了避免女人自己想不开自杀，临走时，他还找来了布条塞进了她的嘴里，谨慎地查看一番后才转身离去。

回到地面时，Murray已经让人请道尔先生去房间休息了，自己则去了临时搭建的机房，拜伦进去的时候Murray正在通话，对象是他不敢僭越的。

Murray的耳力很好，很快便发现了拜伦，抬眼瞥他，挥了挥手，拜伦立即退了出去。

“已经接近目标。”

“是。我已经命人去查看了。”

手底下的人鲜少能听见Murray如此详细地汇报工作情况，可想而知电话对面的那个人一定比M国政要还要让人忌惮三分。

通话很快结束，Murray挥手示意拜伦进来。

打开了通讯工具，视频一接通，远在内罗毕的杰克便发来了Z国警方全城的出入境的港口和航线，电子图上布满了红色警报点。

杰克还有心情开玩笑，“看这景象，Z国的警力不容小觑，除非你们有翅膀……恐怕插翅难逃。”

“少废话，帮我调查的事情怎么样了？”

杰克只有在认真做事情的时候才会严肃，理解地调出了自己方才随手调查的资料，“苏晋成，阳城首富，还真是富可敌国啊，明面上的账目赶

杰克见她正襟危坐，想到了早些年那些个一板一眼的女兵，脸上笑容不减。他大约猜到了她会这样说，把第二份表格再次递给她，“那么从今天开始，你就交给我了，这里是课程表，你嘛，没有任何优点，比别人起步晚，接下来会辛苦很长一段时间。”

顾朝阳看着手里排得满满的课程表，像是做梦一样，从来没有想过有一天自己会被人训练成杀手。也罢，能活着就好。

杰克带顾朝阳第一天看到的那部老旧的麻绳滑轮电梯里，约莫十分钟后，电梯一顿，毫无防备的顾朝阳身形晃了晃，被杰克眼疾手快地扶住。

“技术部的人就没有好好修过。”杰克抱怨了两句，跨了出去。

顾朝阳已经隐约听到了声音，再走近了点，声音还不小，声音里混杂着汗水，是击打的声音。

“他们是你的师兄师姐们。”

顾朝阳同杰克站在围栏边，向下看去，有将近二十个人。汤尼诺站在他们正中间，口里喊着：“再用点力，别像个娘儿们一样。”他正在纠正着一个高个子黑人。

这几日她生活的地方除开杰克和汤尼诺以外，几乎没有见过其他人，眼下看见一行身穿格斗紧身T恤的人正各自在自己的区域里练习击打沙包，挥洒汗水的场景时，顾朝阳有些微愣，看向杰克，杰克冲汤尼诺打了个手势。

汤尼诺抬头看到两人，眉头微皱。

“怎么过来了？”视线扫到顾朝阳身上，言下之意是怎么带顾朝阳过来了？

顾朝阳被他一看，脸上没有什么变化，心里却在疑惑自己什么时候让汤尼诺如此不得眼了。

“我制订了训练计划，在长官回来之前先做一些基本训练。”

杰克这样说，汤尼诺沉默了会儿，似乎也找不到什么别的说辞，只略点了头，“让劳拉给她安排。”

劳拉是训练基地里另一个女医生，主要负责大家的生活饮食，用杰克的话来说就是勤杂工，“但是千万别小看这里的任何人，他们都有过……”杰克抬起右手，手掌放在脖子处做了个抹脖子的动作，“都是干过这行当的，脾气躁得不行。”

“那么你呢？”顾朝阳跟在杰克身后去了劳拉的办公室。

杰克没想到顾朝阳会问自己这个问题，似想起了什么一般，突然顿住了脚步，顾朝阳来不及刹车，险些撞到他背上。

“真有意思，还从来没有人问过我这个问题。这里的人，他们都怕我。”

顾朝阳听着杰克的声音，隐隐约约里带着兴奋，他在高兴什么？

“你不怕我，很好。葛兰，我记住你了。”

顾朝阳还有点儿不太习惯自己的英文名字，一时没有回话，杰克也不恼，推开了劳拉办公室的门。

正巧从里面走出来一个人，那人见了杰克愣了一下，很快又恭敬地行了个军礼。

顾朝阳还记得这人，是曾经在船上陪同自己去参加葬礼的那个瘦小男人，他不是带跟自己一同前来的新人去丛林了吗？已经回来了？

“米恩，这批资质如何？”

听到杰克的询问，米恩瞥了顾朝阳一眼，回答：“死了一个。”

杰克哇了一声：“看起来很不错。”

“在里面。”米恩又指了指杰克正想敲响的房门，杰克看看米恩又看看顾朝阳，了然地点了点头，挥手示意米恩可以离开了。

“走。带你看点好玩儿的。”说着，杰克敲响了房门。

跟在他身后的顾朝阳隐约觉察到有什么不好的事情，房间里有人应了一声，杰克推门而入，顾朝阳的视线被他高大的身姿挡住了一大半，尽管并没有亲眼看见，但顾朝阳敏锐的嗅觉已经闻到了空气中弥漫着的血腥味。

她下意识地握紧了掌心，大概猜测到杰克口中所说的好玩儿的事情是什么了。

劳拉的办公室不如杰克的医务室那般到处是复杂的电子设备，她这里只有两架简单的担架床，一张办公桌，一个柜子里装满了瓶瓶罐罐，此时劳拉和助理正在帮从丛林里回来的新人处理伤口。

担架上躺着的是两个受伤不太严重的年轻人，顾朝阳还记得他们，是跟她一道坐直升机来的其中的两位，而角落里，有个人躺在地上，他的边上蹲着另外两个外国佬，脸色为难地看着他。躺在地上的人手掌已经被撕裂开了，胸膛处也有枪伤，衣衫褴褛，鲜血已经凝固成了乌紫色，他一动不动地躺着，像是死了。顾朝阳强忍着反胃，终于鼓起勇气去看那人的脸，她还记得，第一次见到汤尼诺那天，就是他在人群里发出了笑声被呵斥了，那个小伙子……在来的路上也曾跟她搭过话。

“别害怕，以后这样的场景你会看见很多，有时候躺着的冰冷尸体很有可能是你的战友。”

顾朝阳知道杰克在给自己打预防针，但是她没办法感激他，没有见过之前她只担忧，眼下，目睹有人死在自己面前，见过后心里才害怕得要死，如果她也跟他们去了丛林……一定必死无疑了。她太害怕了，手不受控制地轻颤，但她掩饰得很好，顾朝阳知道，只要自己一旦露出了胆怯，总有人会嘲笑自己，甚至轻视自己……

“他还没有死呢。”顾朝阳吞了吞口水，视线再次落到那人身上。

“我当然知道他没死。”杰克口中的劳拉说话了，她手里拿着纱布，嘴里发出咬着胶布含糊不清的声音。劳拉手上麻利地替担架床上的人包扎好了伤口，再回头看顾朝阳的时候嘴角微微勾起，似嘲笑般地说：“我这里不接待死人。”

顾朝阳感觉自己遭遇了一击，她不敢再去看劳拉，也不想再看杰克此刻笑嘻嘻的嘴脸。

“为什么不先救治受伤更严重的人？”

“你这个女孩子好奇心还蛮重的。”杰克说，但是又笑了笑，“劳拉，你快引起公愤了，还不知道悔改。”

此刻，顾朝阳花了老大的劲才压制住了要上前去撕烂杰克笑脸的冲动。

“我可不承认我做错了什么，医疗物资自然是先给有用的人。”劳拉是典型的北美女人长相，五官立体，身材傲然，走路说话间完全一副公事公办的模样，吐出来的话让人觉得格外凉薄，“这样的士兵，就算是救活了也只能扔在后勤部了。”

劳拉嫌弃地扯掉带着胶皮的手套，招呼着助理处理另外几人的伤势，自己进了隔间。杰克见状也跟了过去，顾朝阳自然也跟了过去，劳拉没有接到指示，所以当杰克表明来意时她不由得多看了顾朝阳几眼，思考了一会儿才说道：“交给我的人，就不得再插手我的方式。”

杰克自然不会说什么，很快便出去了。

留下顾朝阳跟劳拉大眼对小眼，好一会儿，劳拉给她安排了新的宿舍，这次不再是单人的独立间，是双人居住的套房，格局跟在地面上的没有什么区别。

“这间房暂时就你一个人。”劳拉带她在附近走了一圈，地下的空间很大，被扩建了健身房、格斗室、电脑室、射击室、武器装备室、制毒室、核武器研究室等等一应准备齐全，“早上五点出操，在大厅里集合。然后分配训练任务，每隔一周会做评估测试，你可以把这里当作正规的军队训练营，评估测试不错的话，你们也将正式接一些简单的任务作为训练测试。打架和武器找汤尼诺，生活上找我，还有，有任何心理上的问题可以上楼……”劳拉指了指房梁顶上，“去找杰克，当然我们这里没有人愿意去找他。”

会被送到杰克那里的学员不是有特殊的情况，就是有特殊的任务安排，这样的特殊大家并不想要，因为大多九死一生。

劳拉的举动让顾朝阳深切地意识到，自己终于还是跨出了这一步，这里是地狱……

7. 商谈

顾朝阳的出现引起了某些人的注意。

第一天出操她就被教官点名留下来了，因为她是杰克带来的人。教官似乎为了报复杰克，让顾朝阳多负重了五公斤，绕着训练厅做了将近五百个蛙跳，从未接受过如此高强度运动的顾朝阳非常不争气地在第一天就晕倒了。

依稀记得自己晕倒之前，周围的人肆意地嘲笑她，指指点点地笑话着她果然是个娘儿们，这么点儿小事都做不好，自然也就没有人送她去医务室了，她是被一道道击打声吵醒的。别人已经开始进行第二个项目了，汤尼诺亲自指导格斗术。

汤尼诺早就发现了被人拖到角落里的顾朝阳，他像其他人一样，并没有采取措施，仅仅是在忙碌地实施自己的训练计划。

一个身材平板、皮肤泛黑的女孩儿，正在大家的起哄声中攻击一个约两米高的男人，她一个拳头砸过去，被男人掌心握住，男人口里发出嘲讽的笑声，正要向大家炫耀，但是女孩儿反应灵敏的借助他手上的力道双脚离地连踢两脚在他胸口上，打得男人措手不及，倒退了几步。

这下子人群里倒是真的发出了哄笑声了，甚至有人吹口哨儿。

那高个儿男人觉得难堪，恼羞成怒地正要反击，却被汤尼诺及时叫停了。

“玛雅，干得漂亮。”

“谢谢长官夸奖！”女孩儿中气十足，浑身是劲的模样。

刺激得顾朝阳双眼泛红，她一睁开眼就看见了汤尼诺。

超敏锐洞察力的汤尼诺也在同时回头看见了她，顾朝阳从地上爬起来，顾不得头晕，大步走到汤尼诺身前，“报告长官，对不起。”

汤尼诺淡淡睨了她一眼，指着不远处的黑色皮制人形沙袋，“队伍不需要弱鸡。”

顾朝阳明白他的意思，他这是看不起自己在第一天就晕倒了。今日大家都视而不见的冷暴力不是没有缘由的，像她这样弱的人，在强者堆里，是天理不容的。顾朝阳不敢违抗命令，赤手一拳一拳砸在沙包上，噗噗响……看热闹的人见她如此认真也就没啥可看的了，大家一哄而散，该干嘛就干嘛去了。

汤尼诺总算有了好脸色，手背在背后走在顾朝阳左右。

“出拳的时候要用力，后劲不足只是花拳绣腿。”说着话，汤尼诺让她停止了出拳，“你来攻击我。”

顾朝阳愣了一下，她的攻击方式是毫无章法的，没有学习过专业的格斗技能，但是汤尼诺强烈要求她使出全力，她只好鼓足了劲一拳头朝着他的腹部攻去，汤尼诺躬身避开了，紧接着顾朝阳另一手与脚并用扫他下盘，拳击脸部。汤尼诺收脚，用手腕遮挡，轻松避开了反击，顾朝阳以为自己又会挨骂，但是汤尼诺似乎对她的反击还算满意，一掌抓着她的手腕，在顾朝阳还想反击前抢先一步拖起她的手肘，左脚前倾，反手锁住顾朝阳的手臂压在背部，顾朝阳右手臂被压痛，闷哼一声，但是汤尼诺并没有就此放开她的意思，用的力道更重了一些，顾朝阳只得反手出拳去击打他的膝尖，一连几次都打不中，只好伸出右腿往后一击，使了点小聪明做了个假动作，快速地收回右腿，左腿却向后扫过去。

汤尼诺差点儿还真被她的假动作骗到，但被他极快地避开了，收了脚，手上的力道也跟着小了，顾朝阳趁机挥拳，汤尼诺只好松开了她的手臂自保。

汤尼诺真没想到居然被她一连骗了两次，就这么让她给逃了，虽然她仍然居于下风，但自己也没讨到什么好。喉结咕哝滚动了两下，汤尼诺没有再攻击，颇有深意地看了两眼此时逃得远远的顾朝阳，一时之间也无话说。

“长官……”

“继续训练，你的体能太差了，有小聪明只能帮你一时。”

汤尼诺果然还是恼羞成怒了。

顾朝阳脸色有点儿尴尬，但是很快便恢复了平日里的面无表情，点着头，又寻了一处沙包挥动拳头。

汤尼诺站在旁边看了一会儿，时不时地提点一两句。

后来顾朝阳再一回头，就没看见他人了，但是她不敢懈怠，大口喘着气，手上脚上的动作却是不敢停，直到有人再次过来。

“我叫玛雅，你是新来的？”说话的是方才那个击败巨人男的小个子女生，女生赤膊穿着背心，脸颊颈脖处都是汗水。她递了毛巾给顾朝阳，伸出了友谊之手。

顾朝阳第一次感受到别人的善意，颇为不习惯，迟疑了一下才接过来，毛巾湿漉漉的，闻上去有一股刺鼻的味道，她下意识地就想到了什么，捏着毛巾没有擦脸上的汗水，看玛雅的眼神冷了几分。

玛雅看穿了她的心思，脸上神色变了变，冷哼一声，“你倒是厉害，杰克长官亲自带来，汤尼诺又指点你格斗术，在这里能要的了汤尼诺的人，迟早会被他弄死。”

“我们之间并没有什么不一样，你为什么不能善待自己的同类？”更何况她也不奢求这些人能善待自己，只希望不要给自己招惹麻烦就好。

言下之意不过是提醒对方，大家同是随时都可能丢掉性命的小蝇头，又有什么利益可争？

恐怕也只有顾朝阳会如此想，玛雅并不领情，冷哼一声反而恶狠狠地回道：“强者才有资格被人善待，你？不行！”

“既然你这么想，那我就没办法了。”顾朝阳说着，扔掉了毛巾，再也懒得搭理她，玛雅气不过，却是一拳头袭击过去。

顾朝阳不想引起不必要的麻烦，但是一开始便对在场的所有人有了防备之心，当玛雅袭击而来的时候她下意识就闪躲开了，为了不引起大家的注意，她也没有回击的打算，只站得远远地盯着玛雅看，“你欺负一个刚来的新人算什么？我自认为眼下打不过你，我们两个女生又何必白白让一群大老爷们看了笑话去？”

玛雅原本铁了心不服气，心里暗自下决定要打得顾朝阳跪地求饶的，但见她识时务，干脆承认自己不如人，加上她说的有道理，这群男人平时何尝又没欺负过自己？几次不是拿她当笑话看的？

脸色缓和了许多，玛雅握起的拳头收了回来，“今天先饶过你，等你有能力和我对抗的时候，我绝不会手下留情！”

相比玛雅的趾高气扬，顾朝阳就显得温和得多，偏生她的长相又跟恶斗沾不上边，顾朝阳是那种典型的Z国南方女孩儿的长相，偏柔美，眼睛狭长却有神，黑眸里泛着盈盈的水光，加上她时常不谙世事的性子，一脸的柔弱女子相，也难怪被人看低了。

外表欺负人没关系，但是顾朝阳不能自欺欺人，至少玛雅的出现让她再次发现，在这里，想要生存下去，只能靠自己……她没有队友，没有亲人和朋友……所以她必须成为他们口中的强者。

杰克是在第二日收到Murray长官发来的邮件的，邮件信息里回答了他关于对顾朝阳的安排。

“待我回程详谈。”

杰克收到消息又惊又喜，老大的反应果然如自己所猜测的那样，都说君心难测，但对这点来说，杰克颇为自得。

远在阳城的Murray是在两日后开始动身的。

Murray难得纡尊降贵假扮道尔先生的保镖出现在了苏家大宅门前，他一身戎装挺拔威风，模样吓坏了苏家前来应门的老管家。

“什么？你说谁？”好容易抽空闲置在家的苏晋成手里还端着红酒，听到老管家的汇报声音沉了几分，开口再次确认。

“客人自称M国的道尔家族。”

苏晋成这下听清楚了，脸色更加难看了。这样贸然到访的事情还是头一遭，谁都知道这是不礼貌的行为。如果真是道尔本人，他能不顾及礼仪来找自己，绝非什么好事……

可他又不得不见一面。

“请客人进来。”苏晋成沉思良久，挥退了老管家，上好的红酒没有心情再喝下去了，偌大豪华的书房里静得只剩下他拨打内线电话的声音，“西蒙，准备好。”

“好的，先生。”

结束通话后，苏晋成这才慢悠悠地出了书房，在走廊遇到女佣，女佣们站成一排，侧身行礼，标准的英式礼仪。

“苏先生。”

“嗯。”他以微笑应答，在外人看来，苏晋成一直是温和有礼的中年英俊男人。

走下旋转楼梯，客人已经被请到客厅里了，老管家奉上了英式红茶招待客人：“先生，请慢用。”

道尔此次前来并不如苏晋成多年前见到他时那般张扬，似乎是发生了点什么事情令他变得沧桑了。

苏晋成心里诧异，面上却毫无波澜，“道尔先生，别来无恙。”

“苏先生。”道尔也没想到多年后还能再见到苏晋成，另外他对自己贸然前来寻求帮助的举动感到羞愧，加上身旁还有个名义上是保镖实则监视自己的雇佣兵，他再不如从前意气风发，“我很抱歉，这种时期贸然前来打扰，也对令千金的不幸深表痛心。”

苏晋成摇头，脸上看不出是难过还是什么。

眼下全阳城的人都知道苏家的私生女去世了，但这个城市里没有人知道，顾朝阳是苏家的养女，他们以为她是苏晋成与唐娜暗度陈仓的证物，所有的人前来慰问时都表示了沉痛的悼念。同时他们也在苏晋成脸上发现了沉痛的遗憾，所有人都以为，苏晋成对顾朝阳的去世深表沉痛。

但事实上苏晋成从来也不在乎一个顾朝阳的生死。

“谢谢。”对于道尔先生，苏晋成没有装样子，只淡淡道了声谢，问道：“不知道此次道尔先生突然到访Z国所为何事？”

苏家这些年一直关注着当年合力协助过的几个合作伙伴的动向，一直没有收到道尔家族前往Z国的风声，苏晋成自然起了疑心。

道尔心里很清楚，这姓苏的是只老狐狸，要寻求他的帮助，自己付出的代价只怕要比想象的更多，他下意识地看向Murray，只见他依旧矗立在边上，毫无动静，他的强大气场怎么看都不像保镖。

苏晋成多人精的人啊，很快便注意到道尔的视线，端茶杯的手顿了顿：“道尔先生需要什么帮助？”

道尔被苏晋成说得脸色尴尬，“确有事情需要苏先生帮忙。”

“请说。”

“苏先生一直想要买下佛罗里达州的那块地，有结果了吗？”

苏晋成一听道尔这话就知道他在压筹码了，但是捏着杯子的手却暴露了他的愤怒，苏氏集团在做新能源产业，前几个月有地质学家在佛罗里达州附近发现有大量矿产，苏家自然想要把那块地买下来了，这事情居然仍然没逃过海外势力的眼线。

“道尔先生如果肯相助，苏某自然感激不尽。不知道道尔先生所为何事，我若能略尽绵薄之力，你尽管说。”

交易达成，道尔也松了口气般继续说道：“我们在海上有一艘船暂时停止运行，停靠在国际海域Z国境内附近，海军那里恐怕要麻烦苏先生帮忙说说。”

苏晋成一听这事就明白了。

这世上有几个富豪不赌两把的？道尔居然开起了赌船。苏晋成对这事情没有什么疑虑，道尔的说辞很符合他的现状。

竟然是来寻求帮助的，苏晋成警戒的心放下了些许。

这时，有车子从别墅院子里开进了地下车库，苏晋成不做多想就猜到是苏海安，有意将儿子介绍给这位道尔先生，便挥手让管家过来，“去把少爷请过来，见见道尔先生。”

老管家依言正打算退下去，苏晋成又礼貌地朝着道尔做了个道歉的手势，俯身在老管家耳边吩咐道：“通知西蒙。”

听到西蒙的名字老管家脸色一变，惶恐地扫了几眼两人，但很快又脸无波澜，装作什么也没发生一样退了下去。

8. 暗杀

很快，苏海安被请了过来。

苏海安虽然是个脾气暴躁又别扭的少年，但当着父亲的面，他不敢轻易造次。他快速地打量两位客人，很自然地就将视线落在了Murray身上，只听见苏晋成介绍说：“道尔先生，这是犬子。”

“道尔先生你好，我是苏海安。”苏海安将视线从Murray身上收回。

“你好，小苏先生。”二十来岁的男孩子，在欧洲已经被他们称之为先生了。道尔并没有把他当孩子对待，这让苏海安对待道尔的态度也平和了些许。

“道尔先生，冒昧请问这位先生是？”苏海安的注意力从见到Murray开始就没有转移过。

Murray似乎并不意外他的提问，反而是刚经历过生死关头的道尔先生有些意外地看了苏海安一眼，他端着茶杯的手挡住了脸上的不自然，但他自认为掩饰得还不错，避开了苏晋成的视线。苏晋成嘴角含笑，没有当面戳穿他，明知道是小孩子无理提问，却也不阻止，似在等他回答。

“小苏先生，好像对我的同伴很感兴趣？”

“嗯。这位先生……看起来很特别。”

道尔先生毕竟是沉浮商场多年的老玩家，很快便笑了笑，介绍道：“这位先生是 Murray 长官，我的人身安全 M 国政府机构交给他全权负责。”

道尔的一番说辞解释了 Murray 的身份，同时表明自己意外出现在 Z 国的境况是在迫不得已的情况下，M 国也知情，正好以此来打消苏晋成帮助他们的疑虑。

“幸会。Murray 长官。”所有的少年都是军事迷，苏海安对 Murray 大概便是如此的心态，直觉让他很欣赏这位长官，他自由散漫惯了，对自己喜欢的东西和人从来不吝啬付出，当然，除了顾朝阳之外，他讨厌她。

Murray 没有说话，也没有与他握手，王者般的气场容不得他与少年玩军事游戏，只淡淡地瞥了苏海安一眼，略点头。

苏海安被人宠大，自小少爷脾气骄纵，但是被 Murray 如此对待他似乎不生气，心情还挺好，嘴角一勾，露出一个倾国倾城的笑容：“道尔先生，希望下次有机会在华盛顿见。”

“我荣幸之至。”道尔笑了笑，对于苏晋成有了苏海安这个助攻他并不排斥，“苏先生，今日我前来除了关于船的事情，希望也能与你达成未来关于在 Z 国的合作。毕竟十五年前，我们合作愉快。”

像是无意间，道尔提起了十五年前。这让苏晋成无所适从，但他又不得不想起了十五年前，那一次的联盟，不仅仅是他们，合作双方都非常愉快，他得到了自己想要的，但……这不是全部。

“当然。如果有机会的话。”

苏晋成没有明确答复道尔先生合作的事情，但是临走时答应道尔先生，两天后，停靠在国际海域附近的船将以苏家货船的名义出境。

事情远没有道尔先生想象中那般简单，车子从下山后便开始极限加速，普通商务车的性能让开惯战斗机的布鲁斯非常不适应，油门刚踩下去车子便不受控制地左移，险险地避开了从车后射击而来的子弹，弹头打中车壁，发出巨响。

“该死，发生什么事了？”

道尔见 Murray 和司机布鲁斯神情紧张，也慌张了起来。

Murray 并没有回答他的话，从腰间拔出了他的来复枪，探头看了眼后视镜里那辆紧跟其后的黑色轿车朝后面开了一枪，并没有打中，对方依然紧跟其后。

于是吩咐布鲁斯："去市区，甩掉他。"

"OK，交给我。"布鲁斯吹着口哨儿打着方向盘，动作娴熟地穿梭于来往的车辆之间，距离两百米就是下山的变道路线，车头以闪电般的速度插入主干道，对方似乎没预料到车子会突然变道，来不及转弯的黑色车子猛然停在交叉路口。

车内的黑衣男人猛地捶击了两下方向盘，怒骂道："该死！"

"哦吼！"布鲁斯正为自己成功甩掉麻烦欢呼，Murray 却不敢松懈，军人的直觉告诉他这次是个训练有素的敌人，对方甚至知道他们今天没有携带大量的弹药在身上。

"不要掉以轻心，先进入市区。"

"报告长官，我们走环线更快……"

"如果没有猜错的话，他不敢在市区开枪。"

布鲁斯从镜子里看了 Murray 一眼，心中了然，"好的，长官。"

"你怎么知道对方不会在闹市区里开枪？"方才因为车速突然加急而被 Murray 压着脑袋埋在车窗下的道尔先生还未平复心率，正大口喘着气。

"他只是吓唬我们而已。"

"什么？"

"车子是在回程才被跟踪的，道尔先生，你与苏先生的关系似乎并不如表现出来的那般融洽。"

道尔这才恍然明白，那人或许是苏晋成的人，但道尔并没有解释两人之间的关系，Murray 也没有问的打算，一路平安地到了他们的藏身之地。

"他们都是些什么人？"

苏海安在西蒙走后，推开了苏晋成书房的大门。他对那两人非常好奇，这是第一次，苏晋成主动邀请他来见面。

苏晋成听完西蒙的汇报之后，便安排了人调查道尔的赌船的来历，见苏海安进来，动作优雅地摘掉眼镜从偌大的红木书桌前站了起来，抬手邀请儿子在沙发上坐下。

苏海安见他卖关子，烦躁地摸了摸额角。

“只是我生意上的合作伙伴。”

“别逗了好吗？生意上的伙伴用得上西蒙？”苏海安一点也不相信父亲那一套对外界的说辞。

苏晋成对苏海安不似平常的父亲，他对苏海安很严厉，两人之间总是客套疏离，鲜少有交流。

“那我换个方式解释，生意上的合作伙伴，利益上的分歧者。”

“那就是互相利用呗？”

“海安，没有你所想的那般简单，这里面牵涉的东西很多，等你能独当一面后，总有一天你也要面对。”

“等到那一天再说吧。”苏海安并不在意，他的身体倾斜在扶手上，一副懒骨头的样子，他总是这副样子，看似对什么都不上心。

苏晋成习惯了他这样子，没有再深究，转移了话题：“乔安听说了朝阳的事，已经从伦敦赶回来了。海安，你知道我对你的要求的。”

“乔安回来了？”苏海安一听到乔安的名字就来了精神，全然不像方才的消极态度。

“嗯。她想去见见朝阳。”

“去哪看？”苏海安对顾朝阳充满了厌恶，“去看空气吗？”顾朝阳的墓碑里连尸体都没有。

“海安！”

“我难道说错了吗？

“苏海安，我的话不会再说第二遍，你最好把顾朝阳给忘掉，你只要记得，她死了。”

苏海安每次在讨论顾朝阳的话题上，总是变得不可理喻，动不动就爹毛，他压根儿不想听父亲的任何话。以前，他以为自己是这个世界上最希望顾朝阳消失的人，但是后来他才发现，他的父亲，还有顾朝阳名义上的母亲，更希望顾朝阳离开这个世界。

她的尸体没有找到，但是苏家人已经迫不及待地办了葬礼。

最近他常常做梦，梦里顾朝阳站在甲板上，威胁自己再进一步她就跳下去。她果然跳下去了，他派人去找，找上来的却是干巴巴的尸体……

苏海安很讨厌这种感觉。

他觉得自己像是欠了一条命……可明明这条命是顾朝阳自找的，他才是无辜的。

但是苏晋成的话，苏海安没有反抗的能力，他只能听从。

在彻底激怒苏晋成之前，他就选择了妥协，“好，我带乔安去。”

苏晋成的脸色终于又变得温和，但是听得出来，他的语气冷到骨子里了：

“我希望你能和乔安结婚，有一天。”

“是。”苏海安敷衍着答道，不用苏晋成提醒，苏海安这辈子最大的愿望就是娶乔安，他连做梦都想。

乔安……

那是一个天使般的女孩儿。她善良、漂亮、纯洁，是苏海安从小到大都喜欢的女孩儿，他们青梅竹马，只是后来，他们之间突然多了顾朝阳。

乔安大概是顾朝阳这短暂的悲惨人生里遇到的唯一善意了。

她接纳顾朝阳，把她当成妹妹。苏海安曾有一段时间对顾朝阳很好，一切都是为了做戏，做给乔安看。因为他知道，乔安最见不得弱小，直到她出国留学。

如今顾朝阳的死讯传到了伦敦，善良的乔安便迫不及待地赶回来了，简直比告诉她自己生病了都管用。

苏海安此时非常生气，也不知道是气谁。

心里对顾朝阳充满了怨气，就连死了也要影响他的生活，没有人知道，他比谁都想忘记顾朝阳……

9. 偏执

顾朝阳是个冷清的人，她对乔安的记忆不多。只依稀记得，那是一个很有善意的女孩儿。

第一次见面就是苏晋成把她介绍给各大家族和公司董事的那个晚会上。她记得那时的乔安穿了一袭白裙，她的性格很好，总是微笑着一张脸，说话办事都落落大方，阳城的上流社会家庭都羡慕乔家养了这么一个通透的姑娘。

乔安主动找顾朝阳搭话，她端着酒杯，动作优雅又好看：“hi，顾朝阳，我认识你。”

顾朝阳看她看了好一会儿，没什么特别的表情，也不见得很高兴。

但是乔安不一样，她很想认识顾朝阳。

“我们曾经同一所学校，你还有印象吗？我见过你许多次，你的学习成绩很好。我总能在优生榜上看见你，你真的很棒。”

“谢谢你。”顾朝阳的话本来就少，她对陌生人的好感无所适从，只能干巴巴地说谢谢，然后就没有了下一步动作。

乔安不觉得尴尬，自来熟地挽上了她的胳膊。

但这一举动被苏海安远远地看见了，小心眼儿的苏海安当场便给了顾朝阳难堪，学女孩子一样小家子气地在顾朝阳的礼服裙上泼了一裙子的红酒。

苏海安说：“顾朝阳，滚出我家！不要粘着乔安，你这种人不配跟她走到一起！”

对于苏海安幼稚的挑衅，顾朝阳向来不作回答。还是乔安看不过去，呵斥了苏海安，她啊，真的是个太善良的姑娘，又担心苏海安当场给顾朝阳难堪的事情被人知道，于是主动在唐娜面前承认是自己犯下了错误。

顾朝阳却并没有因此而喜欢上乔安，她不喜欢乔安这样的女孩儿，太善良了，总用自己的善意强迫着弱者去接受。

对顾朝阳来说，乔安给了她善意，却也给自己带来了灾难，她并不愿意与乔安这样的女孩儿混为一谈，甚至希望乔安不要再打扰自己的生活，但是乔安不同，她以为自己在顾朝阳心目中是不同的存在，她常常以姐姐的身份护着她，似乎又总得不到回应……再后来乔安就失望了，甚至她去伦敦读书，顾朝阳都没有去机场送过一次。

苏海安常说顾朝阳是个冷血动物，这样一看，果然是没说错的。

在机场接人的时候，苏海安特意在花店订了超大一捧蔷薇花，那是乔安最喜欢的花。

两年不见，乔安长高了，更漂亮了。苏海安一眼就在人群里发现了她，简单 T 恤牛仔裤的乔安戴着墨镜，手拖行李低着脑袋，闷头儿往前走，她压根儿没有注意到苏海安。

“乔安。”

如果不是苏海安叫她的名字，恐怕她也没发现那个张扬的身影。

乔安见到苏海安还是很惊喜的，但因为太过悲伤，大墨镜遮住了她半张脸，走近了后才喊他的名字：“海安，谢谢你来接我。”

声音嗡嗡的，苏海安心想她哭过了吧？

“你想去哪里？还是我先送你回家？”上了车，苏海安体贴地为乔安拴好安全带，大捧的鲜花被扔在后座无人问津，被苏海安看在眼里，格外刺眼。

但他仍然在乔安面前保持着温柔的形象。

“去看朝阳吧。”

果然是哭过了。

苏海安很心疼，但又不得不遵从乔安的要求。车子开上明山的路程很漫长，车厢里静得可怕，苏海安不时偏头去看乔安，她的情绪很低落，一直将脑袋贴在车窗上，墨镜遮住了她的眼睛，这让苏海安看不清楚她的表情，也不知道她是不是在哭。

过了许久以后苏海安实在不放心，拿手安慰地摸了摸乔安的脖子，“乔安，顾朝阳知道有你这样好的女孩儿想念她，她不会走得太辛苦的。”

“海安……我真的没想到朝阳也会走上这条路。”乔安的声音里夹杂着哭腔，糯糯的调子让苏海安的心里越发难受，不由得再次在心里咒骂了一句，该死的顾朝阳，早不死晚不死为什么这个时候去死？

乔安摸索了一阵，回握苏海安的手掌。单手开车的苏海安看她一眼，便用力地握住了乔安的手。

“小的时候，是十岁还是六岁……我不记得了。我有个妹妹，她非常喜欢我，常常跟在我屁股后面跑。”乔安握着苏海安的手，脸朝着山上的方向，淡淡地说着，像是在回忆隔世的记忆，她的声音听起来很遥远很遥远，“我不喜欢她，因为她是外面带回来的孩子。”

“嗯……我可以理解你，乔安，你不必自责。”他们这样的家族他明白，就像是自己讨厌顾朝阳一样，非常讨厌外面带回来的孩子。

“可她好像什么都不知道一样，一直叫我姐姐、姐姐……我避着她，用坏掉的洋娃娃吓唬她。她每次都瞪着眼睛看着我哭，就连她出事，死的那天也在叫我姐姐……”

“乔安，别想了。”

“我很后悔。如果不是因为我，她就不会死了。”乔安说完，抬手取下了墨镜，脸颊上已经泪流满面。她抹了把自己的脸，逞强地笑了笑，“我一直很想忘记她，可是总也忘不掉，所以，我很喜欢朝阳，虽然她总是对我不冷不热的。”

“是顾朝阳不识好歹，乔安！”苏海安生怕乔安会把顾朝阳的死也怪罪在自己身上，叫她名字的时候，音调都上扬了。

“是！是顾朝阳不识好歹。她怎么可以选择自杀呢？她到底遭遇了什么……海安，你告诉我……”

苏海安被乔安如此一问，脑海里突然一闪而过那时的顾朝阳跳海的画面。他慌张得不知所措，脚下猛地一个打滑，苏海安吓得不轻，忙去踩刹车，车子七拐八拐地急停在路边，幸好后面没有车，不然恐怕得出点小车祸。苏海安大口喘着气，心有余悸地扶着方向盘，再抬头时发现乔安的脑袋不小心磕出了一丝血迹。

“乔安你没事吧？”他顾不得自己的慌张，连忙从车厢里拿出了纸巾，捂住了乔安的伤口。

乔安吃痛地嘶了一声，双手也按住了额角，擦了擦血迹，说道：“我没事，一点点小伤。”

“不行，我送你去医院。”

“已经到山脚下了，去看了朝阳再回家包扎一下，没关系的。”

乔安固执地想要下车，苏海安劝说无用，只好跟着她下车。因为她来得匆忙，根本来不及去买花，索性就拿了后座苏海安送给自己的蔷薇。

顾朝阳的墓碑是苏家找人弄的，照片用的依旧是开设灵堂时用的那张学生照。

苏海安自从葬礼结束后就没有再来过，但好在是新下的墓，干干净净的，只是墓前连半束谢掉的花都没有，略显得冷清。

乔安下意识地去看苏海安，却被苏海安避开了视线。

他不想让乔安知道自己是一个多么冷血无情的人，顾朝阳在他这里永远也讨不了好。

“朝阳，我是乔安。你还记得我吗？我来看你了。”把花放下后，乔安在墓前站了一会儿，用小得不能再小的声音轻轻呢喃着，风一吹，好像是要带给在天堂的顾朝阳似的。

“海安也来看你了。”乔安知道苏海安不喜欢顾朝阳，但她也知道，苏海安对顾朝阳的感情非常复杂，是近乎偏执的讨厌和占有欲，“他总是死鸭子嘴硬，嘴上说着讨厌你，其实我偷偷告诉你，苏海安很在意你。”

其实乔安说得没有错，苏海安偏执地在乎顾朝阳，无论是哪一种情绪，他总是不肯放过她。

因为是乔安说的话，苏海安没有反驳。

他将视线落在墓碑上的那张照片上，顾朝阳的脸一旦入了眼，他就会忍不住地情绪高涨，总是控制不住地想要发火。这种情绪让他心里憋得慌，下意识地抬手去捶了捶胸口，干脆别开了脸不去看。

就在苏海安差点儿以为自己就要窒息的时候，乔安终于转过了身，对他说："我们走吧，送我回家。"

"嗯。"苏海安点头，转身的时候故意低着头，不让自己有机会忍不住去看顾朝阳的照片。

送完乔安回家已经是夜晚了，回到苏家，苏晋成略略询问了些他跟乔安之间的情况，便放过了他。

苏海安这一整日的情绪都很低落，只要跟顾朝阳沾上边，他就像海洛因吸毒患者一样，控制不住地在脑海里去想她，想她的脸，丑的、狼狈的……无论是哪一种，都抑制不了。苏海安躺在床上捂着胸口呻吟了两声，他想赶走顾朝阳占据自己脑海的画面，但是挥了挥手，重重地捶打脑门儿，仍是无用。

他牙齿咬着下嘴唇差点儿出了血："顾朝阳，你怎么就这么阴魂不散呢？"那咬牙切齿的模样像极了对待有血海深仇的敌人。

这个夜晚注定不平静，他想，自己甚至想杀死这样的自己。

10. 出境

顾朝阳对苏海安的情绪没有他那般复杂，在她看来，苏海安的存在就如同顾朝阳小半生里的恶作剧，她非常讨厌苏海安，连说一句话都觉得恶心，但是苏海安也同时占据了她日常生活最长久的时间。

他霸占自己的时间，把她当作玩物一样对待，就像是小时候小朋友很喜欢一个洋娃娃，又不如小饼干来得诱惑，却又放不下。

她在练习拳击的时候想得最多的人就苏海安，她把攻击目标想象成苏海安，最好是打得他鼻青脸肿。

射击室内，教官洪亮的声音穿过耳罩传来，"把对方当作你们最痛恨的人！狠狠地打，要正中靶心，打得他毫无还手之力。要知道，在现实的残酷里，面对敌人，不是你死就是他亡。你们已经死过一遍了，还想被同一个人'杀死'吗？"

教官说得没有错，在场的所有人都把他的话当作真理奉行。一时之间砰砰的枪击声此起彼伏，震荡得人心也怦怦跳，大家似乎找到那种复仇的感觉了，都非常卖力地练习。

“葛兰，握枪的姿势要平，注意后坐力。”教官站在顾朝阳的边上看了几发射击，精准度都很高，但是顾朝阳毕竟是女孩子，没有男人那般用劲儿，这样一连十发下来，手很容易受伤。

顾朝阳听着教官的话，迅速调整了自己的姿势，紧紧握着枪把，像是她的救命稻草般。

子弹打完，这一节课也就结束了。

有助教记录了大家的成绩，普遍都是非常理想的，他们这里的人就如同教官所说的，枪是他们的第二生命，如果连枪都打不好，那也就没有什么用了，还不如死了算了。

所有人都很卖力，包括顾朝阳。

“接下来的一周，我要带你们去一个神秘的宝库，在那里，你们可以挑选到自己中意的武器，但前提是，我要你们了解目前我们所有收集到的军械。”

“是的！长官！”

射击课程结束后，有十分钟休息时间，教官给大家开了个小会，要求所有人在一周内了解所有的武器，这是一个难度非常大的工程，可是没有人敢反抗，所有人都只能服从。

助教发了资料，将一周内的时间排满了关于军械方面的知识吸收课程。

顾朝阳来到训练基地将近大半个月了，她已经逐渐习惯了这里的生活。同样是昏暗不见天日，同样的独来独往，总有人想方设法地想要捉弄她，吃的亏无非就是身体上遭点拳头，第二天又生龙活虎，只是她有了目标，比起在苏家的日子来，她反而更喜欢这样的生活。

有的人大概天生就适合生活在黑暗之中，顾朝阳的适应能力让几位教官对她格外看好。

Murray收到汤尼诺和杰克两人的意见时，他们已经启程准备开往M国，将道尔安全送回后再转道前往内罗毕。

苏晋成在阳城的势力如同想象的那般，强大到近乎一手遮天，经过苏家人包装后的赌船变成了租来的货运船，临行那天，苏晋成也特意表示慰问地坐了快艇来送行，做足了合作伙伴的样子，全然忘记了追杀道尔的事情。

Murray的人并没有让苏晋成在船上待太久，他的人带有太明显的军人标识，苏晋成似乎是为了确认这一点才亲自到场的。

苏晋成来的时候拜伦正在征询Murray的意见，“老大，那个女人如何处理？”拜伦看向被绑住的女人，正要做出下一步举动，就有人来禀报，“长官，十英里左右有一艘快艇正快速向我们驶来”

Murray瞥了一眼拜伦口里提到的那个女人，冷冷地吩咐：“带她回内罗毕，交给杰克处理。”

话落，他就去了驾驶舱，拿了望远镜看。

“通知道尔先生到甲板上迎接客人。”说着话，Murray转头又吩咐船舱里的其他人，“其他人待在这里不要动，拜伦把那个女人关进仓库里，布鲁斯随我来。”

“是的，长官。”

谁也没想到苏晋成会突然出现，上了船，苏晋成见道尔已经站在甲板上迎接自己了，嘴角隐隐约约地勾起了笑容，但他今日来的目的并非道尔，而是前些日子命人调查的资料。

这艘船是突然出现在Z国附近的，看着道尔身边的那位身穿丛林迷彩服的男人，苏晋成不由得陷入了沉思。

这群人绝对不简单，看着船上其他人的架势也不同于普通的赌船，调查的人只找到了部分消息，多疑的苏晋成不放心，决定亲自来看看，上了船后他的疑惑更大了，这些人真的需要自己的帮助吗？

在他看来，这些人既然能偷偷将船开进Z国，怎么就不能自己回去呢？

“Murray先生，上次太匆忙，来不及认识，今日我们重新认识一下？”苏晋成刚开口说话，道尔就知道他的目标不是自己了，但这并没有让他松一口气，自己跟这些人在一起，怎么都脱不了干系。

如果说道尔的势力以及他背后的支持者能在欧洲一手遮天，那么Z国就是个例外，这个国家太特殊了，经济发展快速，半封闭式，对外来商人条款太多，压根儿难以插手，这些年多少欧洲大家族想要在Z国分一杯羹都被不声不响地解决了，苏晋成来的目的让他心里惶恐。

“苏先生来的真不凑巧，我们的锚已经收起，即将开船了。”道尔先生说道，面上客气如常，心里早就给苏晋成这只老狐狸记了一笔账。

“不妨事，我只是前来送行。道尔先生不请我进去坐坐？”

“苏先生有什么事情找莫某，不妨直说。”Murray见苏晋成不依不饶，首次主动开了口，也是第一次提及自己的中文名字。

“莫先生说笑了，苏某只是想认识一下。我们Z国人向来好客，前些日子两位先生去我家里，招待不周，苏某深感歉意，如此前来为两位送行。莫先生请勿多想。”

苏晋成说得客气，话里话外已经有了松动。

Murray 说话已经相当不客气了，苏晋成向来进退有度，虽然心里对此人有疑问，但在还没有确定是敌是友的情况下，他自然也不敢贸然强势扣押。

或许是忌惮 Murray，又或许是因为别的什么，他又跟两人寒暄了几句，让人送了点 Z 国的特产，便告辞了。

苏晋成这一出，来得快也去得快。

待船员确认苏晋成的快艇走远后，Murray 下令开船。船开始正常行驶，出了 Z 国的境地，道尔先生就没有再见过 Murray 先生。刚到 M 国的海域，已经有直升机前来迎接，道尔先生的人上了甲板后，原想再见一面 Murray，派人去请，Murray 却闭门不见。

“来接道尔的人是道尔集团的。”

听着拜伦汇报，Murray 没有说话，将望远镜递还给了船员。虽然没有见道尔，但直升机的行程却是 Murray 格外关注的，吩咐道：“继续监视道尔的飞机，确认对方没有去而复返。”

内罗毕的训练基地是 M 军团的秘密基地，他们不能冒险让任何人找到自己的心脏。

“长官，我们为什么要招惹苏晋成这个不速之客？我们的船根本不需要……”

拜伦跟了出来，近日他越来越不明白长官的某些做法了。

Murray 没有跟手下解释的习惯，但拜伦是跟在他身边最久也最忠诚的士兵，他虽然没有解释缘由，却还是提醒他：“我自有目的，派两个侦察员监视苏家的一举一动，苏家跟道尔一旦联系上，就通知我。”

“好的，长官。”

交代完毕后 Murray 转身回了自己的客舱，信号塔上已经接收到了主顾发出的信号。

Murray 接通了无线电，将频道调到了加密频道。

“鲨鱼已经上钩，鱼饵顺利回巢。完毕。”

很快对方便给了回复：“收到，辛苦了。”

结束通话，Murray 拨打了内线电话给拜伦：“带那个女人来见我。”

Murray 要见的人正是绑架道尔的女杀手，被绑了几天的女人饿得面黄肌瘦，早前的烈性子也被连日来昏天暗地的折磨弄得不成样子，被拜伦毫不怜香惜玉地扔到 Murray 的军靴边，她下意识地缩了缩脖子。

Murray 分开双腿坐在单人沙发上，居高临下地看着女人，Murray 用脚尖踢了踢她的脸，“抬起头来，告诉我你是什么组织的。”

女人浑身上下脏得不成样，大概是饿太久了，她想用双手支撑起脑袋，使了劲却怎么也无法办到，索性奄奄一息地匍匐在地上，嘴巴闭得紧紧的，完全没有要说话的意思。

Murray 冷哼一声，不勉强她，“你倒是个忠心的。”

并不是女人多么有骨气，只是她清楚地知道自己没有被杀掉的原因，他们等着自己开口，但同时她也清楚地知道，背叛同伴的下场很可能比现在可怕许多。

以往遇到这种情况，解决方式只有两个，就是丢下海喂鲨鱼或者一枪给个痛快全凭他乐意，但是先河开过一次之后，好像就不那么坚守原则了。

Murray 并没有让拜伦来解决此事，而是给了女人另一个选择。

“通常得罪我的人只有一个下场，但最近我好像做了不少好事，不如也多给你一个机会，只看你是不是听话了。”

女人原本以为自己这次死定了，她已经做好了必死的准备。此时听见对方愿意给自己一个机会，也是诧异极了，瞪大眼看着 Murray，一脸的不敢置信。

他也没有征询女人的意见，很快便独自下了决定。

“让她们做个伴儿也好。”拜伦不明白长官的用意，弄一个普通女人进来已经是特殊情况了，眼下又打算把一个杀手送作堆，到底是何用意？

但是 Murray 做的决定，在 M 军团是没有任何人可以质疑的，他们只能照办。

他们一行人是在半个月后顺利抵达内罗毕训练基地的。

直升机停机坪设在基地的顶楼，那里鲜少有人能去，除了 Murray 长官的亲信。

杰克同汤尼诺早就等在现场了，从直升机里走出来的第一个男人便是他们 M 军团最至高无上的长官——Murray 了，见到他，汤尼诺一改在学员面前铁面无私的模样，恭敬地上前迎接，打完招呼后便又自动跟在身后。

杰克在收到消息时，高高兴兴地迎回长官和同伴的同时也给自己招惹了个新麻烦回来，他也是一头雾水，没弄明白长官到底是什么心理，好事成双？或者又是为了眼看着两个女孩儿成为搭档又成为最大的敌人。

“总之一定会很有意思吧。”杰克眼看着长官带回来的女人，只好如此安慰自己。

11. 董事会

——阳城

苏晋成在亲眼见过那艘赌船后，一直放不下心来，立即让人通知了公司里的各个元老出席参加股东大会。苏晋成是现任董事长，按道理来说是有资格在有突发事件时号令大家都来参加董事会的，但是偏偏总有那么几个人，总爱和他作对，提前三天打招呼依旧是以在国外不方便赶回来为理由交给托管人士。

“董事长，杜克明董事的邮件还要查看吗？”一连看了两个中性股东发来的视频邮件，苏晋成眼下正在气头上，揉着眉角隐忍着没有爆发，叹口气，吩咐道：“打开。”

杜克明是苏氏集团还未收购T集团时的大股东，一直在董事会声望很高，他不得不看。

杜克明的邮件如同想象中的一样，先是在开头以沉重的心情悼念了关于顾朝阳的死，再惺惺作态地惋惜了一番，这才终于说到正题。

“今日听闻苏兄突然召开董事大会，小弟琐事缠身，还望苏兄能告个假，只是今日老弟在此便与兄表明态度，这些年由苏兄带领公司发展，我们赚的都不少，如苏兄今天有任何重大决定，我是全权投支持票的。”

老杜的邮件写得很清楚了，支持苏晋成在董事会上提出的任何决策。有他这么个有声望的董事支持，苏晋成自然是要旗开得胜的，心情大好，忙叫人回信。

“回什么？董事长。”秘书小姐回头看老板椅上苏晋成闭目思考的样子，小心地询问。

“嗯，就回：杜老弟的慰问我已收到。朝阳的事情我作为长辈也深表痛心，还劳你贵人惦记着，也是她的福分，但是集团要发展，我也不得已要团结起大家来抵制外方势力，以免被人恶意收购股份，杜老弟的心意我领了，改日杜老弟回国我们再促膝详谈。”

苏晋成这封信回得很是谦逊。

第二日苏氏股东大会正式在集团总部的大会议室里召开，趁热打铁，苏晋成可不会放过这个机会。

股东大会算是一件内部的大事情，在国内的小股东大股东都参与了，唐娜也是股东之一，只不过，那百分之二的嫁妆股份是当年唐家老爷子临走之前强留给她的，属于唐家人那部分的股份，但大家都知道，她自然支持的是苏晋成。

苏晋成是最后入场的，在门口就打量了在座的人。

外国来路不明的董事依旧没有出席，找了托管的律师过来，苏晋成冷哼一声，好在对方股份只占据不到百分之三。

苏晋成作为第一大股东，股份百分之二十的大户，自然有开口权利了。

为免夜长梦多，苏晋成自然想先发制人，大家都心知肚明他召开会议的用意。

“股东大会召开得临时，苏某人也是非常感谢大家能在百忙之中抽出时间来听我说那么几句，既然大家都来了，我也收到了杜克明老董事的邮件，表示全权支持我的决定，那么我就不多废话地提提这次召开大会的正事。”

苏晋成话音一落，就有助理开始分发资料。

资料内容是早些年T集团以及顾家人留下的协议范本的复印件，苏晋成接着说：“大家想必也听说了，我的养女……哎，顾朝阳自杀去世的消息。”他说着话，看了一眼在座位上的唐娜，唐娜早就红了眼眶，隐约有了要哭的迹象。他又叹着气说道：“我答应过唐老要照顾顾家这根独苗，却实在是失职，没有做好父亲的角色……哎，这种时期原本不应该提出这样的要求，可大家也知道，这些年国外有人一心想收购我们苏氏的股票，被我们早一步觉察，才险险阻挡了麻烦的降临，外国佬没有放弃，现如今风声又跟得紧，我不得已出此下策，恳求各位董事同意我提前使用顾朝阳那百分之六的股份。”

苏晋成的话一说完，董事会就炸开了锅。

当然除了那占百分之二股份外国佬的代理律师之外，也有元老对他这个举动是颇有微词的。

顾朝阳刚刚去世不到半年，尸骨未寒，她甚至还未满二十岁，根本不知道自己还有股权被托管在苏晋成这里，如今苏晋成便狼子野心地就想夺走了。

这件事股东大会的人清楚，十五年前，T 集团和顾家走到尽头，苏晋成提出收购，但是被唐老以死相逼，苏晋成不得不退而求其次，答应唐老将自己的股份拆分给了几个重要的人。

顾朝阳便得了这秘密的百分之六的股份，唐老是在病床上把股份分出去的，遗嘱里也标明，顾朝阳在二十岁之前没有资格参与经营，需交给苏晋成代为管理，待到她二十岁成年后，再交还。

唐老当年这个遗嘱立得心不甘情不愿，可被逼无奈走到尽头他不得已才这样安排，导致顾朝阳在少年时期奔波躲藏，最终也没逃得过苏晋成的魔爪。

而当年因一时大意疏忽才漏掉的股份让苏晋成至今懊悔，他不得已又收养了顾朝阳，好不容易将董事会里一些顽固老家伙的口给堵住了。可他现在不能再等了，顾朝阳已经死了，按道理来说，这百分之六的股份也就无人继承了，自然要收入他的囊中，加上顾朝阳的亲生姨母，名义上的母亲又站在苏晋成这边，拿到顾朝阳这百分之六的股份是指日可待的。

偏偏就是有些人非要跟他作对。

首先是外国佬的代理律师举手提出了反对意见："苏董事长此举恐怕不妥吧？顾小姐尸骨未寒，有人便大张旗鼓打她遗产的主意，于情理上说不通。再则，法理上，顾小姐去世后她的遗产自有她的第一顺位继承人继承，可似乎怎么轮也暂时轮不到苏董事长来全权归属。"

苏晋成在心里骂了一句该死，没有立即反驳。

又有老董事举手了，"律师先生的理由成立，顾小姐才去世没多久，苏董事长如此迫不及待地举动，不免也让人怀疑顾小姐在苏家的生活……"

"老李，你怎可如此说话？别忘了在苏家，还有我呢。"

"唐小姐别忘记自己是姓唐的人家里出来的。"

唐娜听老李这样说，面上也不生气，方才因为装样子而要哭不哭的脸上此时已经染上了一层薄怒，"你说于情于理我们就不应该站出来，那且说顾朝阳去世之后第一顺位继承人是我，再则你们都是吃着苏家的饭，苏晋成当年答应我父亲这些无理要求不也正是因为看在他老人家面子上？不然今日也不曾有你这样赖上的，莫非大家真是要见着外国佬不知不觉地把我们的股份都占了去才安心？"

唐娜的一番言论虽然说得不近人情，是气急了才会这样说，可话也在理。不管顾朝阳如何，毕竟真为她着想的人是没有的，这些老臣子仗着资格老，发电闹骚罢了。

老李也被唐娜这副吃里爬外的样子给气到了，一生气连喘了几口大气，差点儿没上得来。

“唐小姐恐怕是忘记了苏先生当年是依附着外国佬的帮助才收购了T集团和顾家的吧……”

“老李，我敬你是前辈，话说得客气，但你如此污蔑于我到底是何居心？我已经跟各位解释过了，当年的事情与我苏某人可没有关系，我只是救场子的，你们总不能把外国佬犯下的事也一并算在我头上吧？如此便是厚此薄彼了。”

他倒是好啊，睁着眼睛说瞎话，把外国人利用完一脚给蹬了，眼下倒是把所有的罪过都推到人家身上了。

董事会里的老头子有几个不清楚当年的事情啊？但那又怎么办呢？当真要学着老李这样一根筋，闹得不愉快，最后一拍两散？这是万万不能的呀，苏氏现在能走到如今这一步，富可敌国，苏晋成是有功劳的，他们几个老家伙也赚了不少。

老李不敢再发言挤兑了，再说下去怕是要出人命了，而且苏晋成是睚眦必报之人。

有好事的人就去拉老李，附耳在旁劝说着：“顾家一个小丫头成事不足的，败事有余。你还真想让她掺和进来？别说现在她死了，要是没死我们又能帮她几分？”

“是啊，老李，识时务者为俊杰。”

老李被同伴说得羞愧难当，心里懊恼，但又不得不承认他们说的在理，暗暗咬牙切齿，只得咽下这口气。

董事会开到这里，事情也就白热化了，虽然老李不再争执了，但是毕竟阻碍在外国人那边，他们不同意，暂时苏晋成也说不过去，只得结束了会议，竹篮打水捞了一场空。

苏晋成气得不行，回家的路上在车里跟唐娜都懒得再多说一句，唐娜是会看脸色的，也不打扰他，只是回到了家里，她心里也咽不下这口气。当年她嫁给苏晋成那事是顶着一个坏女人的名头的，今天这事情一出，她又顶了个没心没肺的名头，心里爱着苏晋成的成分占多，但多少有怨气。

刚在书房里坐定，她就压抑不住地讽刺了起来。

“外国人的律师听着你就将过错都推得一干二净，你也不担心惹恼他们。”

如果说十五年前的苏晋成需要借助外力帮忙，那如今的苏晋成哪里还会有这方面的顾虑，他早就不再考虑外国势力的事情了，冷哼一声，语气里满满的怒火。

“那些外国人可不比十几年前，还以为能操控着我？就算惹恼他们，现如今我还怕他们不成？”

“毕竟这样推脱……”

“唐娜，需要我再强调一次吗？你是我老婆，我说什么做什么你支持就可以了，最好不要有二心。”

“我对你怎么样你心里不清楚吗？你要开股东大会，我在会议上把我姓唐的事儿全然抛之脑后了，你唱着白脸我扮着红脸跟你打配合，你还要我怎么证明我的心意？难不成真要挖出来给你看不成……”

唐娜也是有委屈的，她深爱着苏晋成，背叛了自己的父亲，背叛了妹妹，家破人亡，最后只剩下她……

可是苏晋成多冷漠的人啊，他听见唐娜这样说也不说话了，斜斜地撑着脑袋，哼了一声，话都懒得答。

有时候唐娜真是恨透了苏晋成，但恨过了之后呢……最终痛苦的永远只是她自己，苏晋成是没有心的，唐娜早就明白这个道理了。不然苏晋成也不会跟苏海安变成如今这样，一个爱自己胜过所有人，为了报复爱而不得的爱情使人家破人亡的疯子，可是她深爱着又走不出来啊，也不知道应该恨的人是自己还是他……

12. 回归

——纽约

听着下属汇报董事会的结果，坐在轮椅上的男人脸色越发难看，“这次我们阻止了他，下次想要阻止恐怕就更难了，苏晋成的为人是不达目的不罢休，不知道您有什么应对之策……”听到重要部分，那男人气得砸了手中的杯子。

“先生……”

管家听见动静赶紧进来了，见律师先生还在，老管家立即请他去外面等着，自己留下来收拾了一番。

老管家口中的先生脾性大，不是一次如此了。

律师先生出去了好一会儿，他手肘压在轮椅上，深呼吸了几次才顺过气来。见到老管家，又交代了两句：“大小姐要动手术了，这事情千万别让她知道，徒增烦恼。”

“是的，先生，我明白。”

男人又叹了口气，自己摇动着轮椅到了房间里欧式大窗户前，望着窗外的天空很是看了一会儿，直到听见钟声敲响，这才回过身来告诉管家：“让律师先回去。我们吃午饭吧，吃完饭去医院看看大小姐。”

“好的，律师那边……公司内部的事情现如今已经无法请示大小姐了，眼下的重大决策可是……”

“都交给我吧。我去找初心。”

“是。”

老管家这才退了出去，回了等了一上午没结果的律师的话。

饭没有吃完一主一仆便上了圣玛丽医院贵宾重症室，房间里还有护工在帮助病床上的病人进行身体清理，见到有人来了，她忙停下了动作，唤了一声：“先生好。”

轮椅男脸上本就没什么表情，原本一张略带娃娃脸的长相看起来却是凝重犹豫极了，护工也不敢怠慢，手上加快了速度，三下两下处理完就出去了。

病床上的女子眼睛瞪得大大的，明显是有反应的，只是因为手术前的护理，她的全身暂时不能动弹只有双眼能动。

“苏家那老头儿又想闹事，这会子盯得我们很紧，我们想再有下一步行动目前看来是不行了。你先做手术，手术后我们再商量对策，总是有机会再收购一些股份的……”

女人听他说这话，眨巴着眼睛，像是同意他的话。

男人又转动着轮椅到她身边，捏了捏被角，眼里满满的是关心。看着女人苍白的脸，又是一阵叹气，可女人的脸……总是让他想起那个叫顾朝阳的女孩儿，他隐瞒了部分事实，暂时不打算告诉她。

或许是因为知道手术在即，女人情绪不太稳定，有些紧张，大眼睛巴巴地望着男人，像是有一万句话来不及说。

男人抚了抚她的额角，安抚道：“别着急，初心，我答应过你，一定会帮你找到顾朝阳的。”

被叫作初心的女孩儿，这才满意似的，放心地闭了闭眼。

“你现在的首要任务是准备好做手术，手术成功比什么都重要。”女孩儿又是闭眼，睁开时看着男人的眼里多了安抚的意味。男人这才轻轻点头，还放在她额角的手没有挪开，轻轻地有一下没一下地摩擦着。女人觉得很舒服一般，缓缓地闭上了眼睛。

这时有医生和护士进来了。

男人这才转动着轮椅挪开了些位置让给医生和护士：“药物起作用了，可以准备手术了。”

“先生，还请麻烦你出去。”

男人原本一脸的担忧，听见护士这样说，他也不好再待下去，管家推了他在走廊上，安静地等待着结果。

——内罗毕

Murray 长官的回归似乎给训练基地带来了前所未有的兴奋感，每个人都在期待与他见面，就像是小粉丝对偶像的心态。

顾朝阳不是很明白，那样一个冷清可怖的男人，到底哪里值得大家如此期待了？再说了，都听说他回来好几天了，却怎么也没在新人培训时看见过呢？

顾朝阳在心里为 Murray 早已经设定好了标签，冷漠的不祥之人，她选择避而远之。

但人总是在想什么的时候反着来。

第二日顾朝阳去杰克那里做训练评估却又再次见着他了，今日见他不同，大约是回到自己的地盘了，他没有穿迷彩服，也脱掉了厚重的军靴，只穿了 T 恤和运动裤子，鞋子也是球鞋，一副休闲做派，但坐在椅子上还是王八之气全开，生人勿近四个字无形地在空气里弥漫。Murray 身后站着的男人虽然看起来没什么大害之处，但是顾朝阳本能地发现，物以类聚人以群分，都应该是不该接近之人，于是她连走路都贴着墙根走，尽可能地远离他们。

杰克见到顾朝阳还是笑眯眯的，说了一句：“你来啦？”递给了她几张表格让她填写。

“你对这些日子的训练有什么感想吗？”此时的杰克又开始充当起知心大姐姐心理医生的角色，看似无害地套取学员的思想了。

顾朝阳本就不习惯这般自来熟的人，而且她知道此人也并不如所表现的这般一致，做出来的样子她不喜欢，她蹙着眉头，微微摇头，继续填东西，假装其他人都不在。

杰克就爱看她这样不配合的反应，脸上的笑容也越来越大。

“我们葛兰就是有个性，从来不回答我的话。”

顾朝阳瞪大眼睛看他，什么意思？

杰克被她看得哈哈大笑，狂妄地回头去看长官，见长官和拜伦都面无表情，他又觉得更加好笑了。

他指着顾朝阳跟Murray说：“长官，你找来的苗子真的挺好的。”

Murray这次没有不回话了，反而瞥了顾朝阳一眼问道：“怎么个好法？”

“您给看看新的评估表。”杰克给了他最新的课程评估表。

Murray一看也是眉头微蹙，顾朝阳在各项考核中近乎每一项都达到了相同的分数，虽然没有特别好的成绩，但是这一幕却也是难得的景象了，如此说来：“假以时日说不定能出个全能型的人才？”Murray这话是询问杰克的，但视线却落在顾朝阳身上。

顾朝阳被他一看，整个人都觉得不舒服，闪了闪，没说话。

“嗯，我是这样认为的。毕竟全能型的狙击手我们这可是就出了您一个人啦。”

“真有这么厉害？”拜伦听两人说着，很是不屑，眼珠子上下转动着打量顾朝阳，脸上写满了不信，见顾朝阳不搭理自己，冷哼一声，“哼，就凭她这身板，杰克你的测试水平下降了啊。”

“非也非也……拜伦兄不信咱们走着瞧？”

“哼，走着瞧就走着瞧，我倒要看看这小丫头片子能有什么能耐。”

顾朝阳听得见两人说话，打赌，心里很是没有底，她什么都没有说啊，杰克倒是拿自己跟别人打起赌来了，倒霉的人还不是她？平白无故得罪了长官大人身边的大掌柜的……

“你们两人要打赌也不看看人家当事人愿不愿意。”

没想到居然是Murray帮她说了话，这话一出不仅仅是顾朝阳觉得意外，就连跟了他许多年的拜伦和杰克都傻眼了。

两人互看一眼，颇有默契地再把视线落在顾朝阳身上。

顾朝阳被两人看得不自在，赶紧说道：“杰克，这里没有我什么事情我就先出去了？”

这顾左右而又言他，居然敢当面甩脸的人实在没有了，杰克一听她的话就哈哈大笑起来，最后笑到捂住肚子挥手示意她，“你可以走了。以后可小心些，别再遇到拜伦了，他怕是要让你吃不了兜着走了。”

不用杰克说，顾朝阳也知道那个叫拜伦的男人不是什么省油的灯，她连一个学员都不想得罪，更何况是元老级别的人物了，还不是因为杰克？

心里虽然这样想着，顾朝阳也尽量降低了自己的存在感，尽量不让自己遇到拜伦。

但她不知道的是，就在自己走出杰克办公室大门的不久后，自己的命运之轮就在悄悄变化了，这取决于 Murray 长官的一个决定。

“我要组建一个小组，她，你把她弄进来。”

“什么？”

“还有带回来的那个女人，把她们两个放在一起，杰克，我不希望看见死人，你尽量让她们都好好活着。”

“是，我明白了长官。”

当天晚上训练完黑客攻击课程之后回到宿舍，顾朝阳就在房间里遇见了新搭档。

新搭档是劳拉带来的，“这位是葛兰，葛兰这位是你以后的室友，她叫罗拉。”

顾朝阳打量着新室友，一个身穿白体恤但眼神冷漠犀利的女人。罗拉知道顾朝阳在打量自己，但是她没有伸出友谊之手，也没有做出反应，只是淡淡地回敬顾朝阳。

看到最后顾朝阳冲她点点头，她也没有反应。

劳拉走后，罗拉扔下自己的行李，连样子都懒得装了，直接和衣躺在了床上，以沉默拉开了她们两人之间宿命般的搭档之旅。

顾朝阳是后来才听人说起的，“那个罗拉你们知道吗？是 Murray 长官亲自带回来的人质，听说是个狠角色，干过不少事儿，也杀过人吧……”

窃窃私语的人是上次拿了沾着酒精毛巾给自己的小个女生，叫什么名字，顾朝阳已经忘记了。她们似乎很热衷于讨论新来的，顾朝阳也不知道是应该高兴还是应该反感，起码罗拉的出现拯救了自己，省去了不少的麻烦。

果然罗拉在上第一堂格斗课程的时候，遭遇了其他人的挑衅。罗拉被三个人围殴了，三个人加起来也差点儿没在她那里讨到好处，都是带了伤下的课，但是毕竟是以一敌三，罗拉的伤势更严重些，就如同刚来的顾朝阳一般，没有人会在意罗拉是否被揍得鼻青脸肿，她只能带伤继续接受其他人的挑衅，最后实在是难以支撑才给晕倒了过去。

顾朝阳趁着没人的时候才把罗拉扛回了宿舍。她原本想学着其他人，也做个两耳不闻天下事的冷漠之人，但在挣扎过后，她确认自己实在做不到，于是去而复返。

“我有一些药膏，你要吗？”

被顾朝阳救了的罗拉似乎并不领情，她没有回答顾朝阳的话。

顾朝阳看了她一眼，确认她不想回答后，索性收起了药膏不再提这事。她虽不至于是个冷血的人，但也绝对不是个善良的人，既然你不接受好意，她也不会勉强。

不同于顾朝阳，罗拉是个争强好斗的角色，而顾朝阳比较冷静理智，她从不打没有把握的硬仗，所以初入这个团体的顾朝阳反而奇迹般地鲜少负伤。

后来一连几日罗拉都被揍了，她也揍了别人。只是越到后面，大家越不敢再对罗拉下手，毕竟她也曾以一敌三，单打独斗的时候其他人绝对不是她的对手。这世上识时务为俊杰的人毕竟比愣头儿青多得多。

在一周后，杰克的办公室里就收到了顾朝阳和罗拉两人的评估表，这是 Murray 长官的意思，这样一阳一阴的两人放在一起，倒也不如一开始所想的那般不尽如人意。

杰克拿了评估表后还嫌不够，又去找了主教官拿了这些日子课堂上的视频。看完视频的杰克是真兴奋了，对原本毫无希望的组建新团体的任务又多了层希望。看来他有必要在某些时候再给这两人点颜色瞧瞧。

如是想着，杰克把这两样东西打包送到了 Murray 的房间里。

杰克不知道的是，Murray 对顾朝阳的关心远比他自己所想的相加起来都多，这些日子 Murray 有透过监视器看两人在格斗课堂上的表现，不得不说顾朝阳进步神速，比之前在船上相遇时多了勇气和谋略。罗拉的表现让他更满意，毕竟是做过杀手的人，明白在危险环境里要站在主导的位置，只有强者才能在未来的日子里不被欺负的原则。

虽然一开始的过程很痛苦，但无疑罗拉选了一条与顾朝阳完全相反但是效果明显的路。

“长官，你真觉得这两个女人在一起能成为最强的组合搭档？”

拜伦也曾询问过几次Murray的意见，一开始他并不明白头儿为何要将这两个人放在一块儿，并格外关注，以往比她们优秀的女学员多太多了，从来也没见Murray如此上心过。

这让拜伦费解，并且非常不满意，尤其那个叫作葛兰的女人，简直目中无人。

但是拜伦的不满现如今还仅仅只是些许，当他听到Murray接下来的话时，才彻底爆发了。

“拜伦，我想我需要你去帮我办一件事。”

Murray没有立即说明，而是让一个士兵去请杰克：“叫他来我办公室。哦，最好叫上汤尼诺。”

“老大，你有什么重要的秘密任务？”

Murray见拜伦等不及，淡淡地摇了摇头，又等了一会儿，杰克和汤尼诺都到齐了之后，他才道出自己的目的。

“我希望拜伦和杰克，以及葛兰、罗拉，能组成一个新的团队。杰克，我给你三年时间，你们去伦敦做特训，我需要一支精锐的部队，杰克？杰克……”

被这个消息震惊了的人不止杰克一人，就连汤尼诺都傻眼了。

“啊，是长官。”

“杰克，你有在听我说话吗？”

“对不起长官，我想知道您这么做的原因是什么？毕竟这里……可能离不开我，而我一直负责着后勤工作。”不是说杰克对这个决策有多么不满，而是他完全不理解现在的状态，所以他需要一个解释。

但是Murray岂是轻易做决定之人？

“杰克，你太浪费自己的才华了，你需要走出去。”Murray对杰克说着，视线从汤尼诺再扫到拜伦身上，“我希望你们能和平相处，我给予这支队伍的期待很高，希望你们不会让我失望。”

长官都如此说了，肚子里一堆问号和不满的拜伦也就不知道说什么好了，张了张嘴巴，再看长官铁面无私的脸色，他心里打着鼓，忍不住想要哀号。

这里就汤尼诺给了自己一个同情的眼神，不给还好，给了反而让他越发难受了。

“拜伦。”

长官叫他了。于是拜伦立即回答：“长官请您指示。”

“我希望你能帮助其他队友。”

“是的！长官请放心。”

过了一会儿 Murray 像是想起什么一般，又挥手让汤尼诺靠近自己一些：“布鲁斯也派遣给他们。”

汤尼诺诧异地看了他一眼，但见 Murray 神色未变，只好点头应着：“放心，我会做好他们几个人的工作安排。长官还有其他指示吗？”

Murray 不再说话了，挥了挥手就让其他人出去了。

办公桌上还摆着顾朝阳当时中毒后被杰克用催眠套出来的秘密资料。Murray 走近了一点，修长的五指落在报告上，反复地摩擦了几下，几不可闻地听见他出了一口气，不知道是何用意。

13. 新身份

汤尼诺派守卫来请顾朝阳时，她正在教练的指导下练习单人速降，十五米高的攀岩壁，食指粗细的绳索绑在身上，没有任何保护装置，拴在腰部的绳索甚至没有锁扣。所有人徒手握紧了腰部的绳索以及眼前的直线，只等着教练一声令下。

但黑人教练抱着手臂并没有要开始的意思，顾朝阳等了一会儿，见到教练挥手，十五米高处几个身穿灰色制服的墨镜男拔出小刀在绳索上割开了一道口子，顾朝阳感觉自己整个身体往后落下了一厘米。

她见其他人脸色难看，不由得也握紧了绳索。

“你们现在还有两分钟时间，安全落地。”

随着教练的话响起，其他人脚撑着岩壁纵身一跃，快速地下降。顾朝阳快速地抬头看了一眼割开的口子，只有一股力道支撑着她全身的重量，但因为她的身体轻盈，起码还能支撑两分半左右。没有锁扣的保护，顾朝阳只能一心二用，一只手护着腰部的绳结，另一只手沿着直线绳索松开了五指，她并没有纵身下跳，双脚不同时落下地撑在岩壁上匀速下降，手掌心随着下滑一路摩擦绳索，掌心里一片刺痛，但没有人喊疼，顾朝阳自然也不会。

黑人教练瞥了顾朝阳一眼，视线又落在即将断裂的绳索上，说道：“今日你们都是襁褓里的婴儿，大人们护着你们。以后遇上敌人的时候可就是开枪了。”

顾朝阳听见教练的话，微蹙起眉头，知道他在表达对自己求稳下降速度的不满。顾朝阳没有因此改变自己的方针，依然快且匀速地下降，所有人都在绳索断裂的一刹那纵身一跳，稳稳落地。顾朝阳是最后一个到地面的人，她的绳索是在落地的刹那才断裂的。

黑人教练明显的不满写在脸上，弯腰捡起了顾朝阳的绳索，走到顾朝阳面前，半晌没有说话。

所有人都不怀好意地看着顾朝阳笑，每个人都在笑话她的胆小怕事，等着黑人教练发难。

顾朝阳抿着唇角没有解释。黑人教练戴着墨镜，她根本看不到对方的神色，只能挺直了背脊。

“米恩。”

三楼围栏上有人叫教练的名字，黑人教练这才放弃了下一步的动作，转头看见是汤尼诺，微微点头，退后了一步，说道：“当你们面对敌人的时候，不仅有人朝你的脑门儿开枪，也会朝你的保护绳索开枪，死亡只在一线之间。我要你们以后的所有训练都当成命悬一线的训练。”

“是！长官。”

教练又看了顾朝阳一眼，说道：“这里不需要懦夫。”

“是，长官。”顾朝阳中气十足。

教练这才解散了大家，两个守卫上前拦住了顾朝阳和罗拉：“汤尼诺先生要见你们。”

顾朝阳同罗拉对视一眼，抬头看了眼高台上的汤尼诺。

顾朝阳意外地在汤尼诺的办公室里见到了杰克，以及有过一面之缘的拜伦和布鲁斯，加上汤尼诺一共六个人。

“长官是铁了心了？”见大家到齐，知道实情的杰克翻着白眼，绝望地看顾朝阳。

顾朝阳和罗拉并不知道发生了什么事情，但看杰克的脸色不好看，心里大约猜到是跟组队的事情有关联。

“是。长官是铁了心，杰克，你只能服从命令。”

杰克放弃了挣扎，吹口哨儿、摊手道：“有美女相伴，好像也不太难过。”

顾朝阳早已经习惯了杰克的不着调，没有反应，罗拉则皱起了眉头，厌恶的表情展露无遗。

“拜伦，从今日起你带葛兰，杰克你负责训练罗拉。”

“我可以反对吗？”杰克举双手，瞟了一眼罗拉凶巴巴的样子，笑嘻嘻地看着顾朝阳，“我比较喜欢葛兰，罗拉好凶。”

汤尼诺没有回答杰克，接着说：“我会安排其他课程老师，三年后我需要看到成绩。”

也就是说她要跟这个叫拜伦的白种男人在一起待上三年时间？

顾朝阳不由得去看拜伦，他很沉默地靠在墙上，手里把玩着 Zippo 打火机，一会儿点火一会儿熄火，注意到顾朝阳的视线微微侧目，似笑非笑地盯着她的脸看，笑容里满是挑衅。顾朝阳面无表情地转过脸，听见他小声地嘟囔：“木头。”

“我们什么时候去伦敦？”罗拉问。

汤尼诺扫了一眼拜伦和布鲁斯，说道：“下周一。”说着话，布鲁斯已经上前分发给每个人一个蓝色密封袋，“袋子里是集团为你们准备好的新身份的护照和出入境手续，从今天起你们就以这个身份活下来了，以后这个世界上就再也没有你们了。”

布鲁斯发完东西，汤尼诺的视线从顾朝阳和罗拉眼前扫过，“葛兰，罗拉你们今晚要搬出宿舍。”

“搬去哪里？”顾朝阳比较关心这个问题。

“喃，”拜伦先一步地发出了声音，张狂的眼盯得顾朝阳冷飕飕的，“自然搬来同我住。”

“我不愿意。”

“哈哈，拜伦你别吓唬葛兰，这家伙是个大老粗不会好好讲话，你们得离开学院训练基地，集团不会让任何人知道你们的存在。”

杰克解释后，顾朝阳见到罗拉松了一口气，心里觉得奇怪，眼角扫了她一眼。

布鲁斯也跟着笑了起来，“晚上有好戏看了。”

汤尼诺没笑，只挥挥手，守卫就上前将顾朝阳和罗拉请了出去，办公室里只留下了四个男人。

“那女人就像是木头，我拒绝。”拜伦说。

杰克讪笑着接腔：“正好我们交换。”

“没门儿。”汤尼诺率先打断两人，“这是 Murray 长官的决定，罗拉需要特殊训练。”

“什么？”

汤尼诺从办公桌的抽屉里拿出了一沓照片，那是一沓罗拉曾在中东某个国家偏远地区做舞女的照片，照片中的罗拉全然不像现在这般的凶狠，亮片贴身裙衬托着她妙曼的身材，眼神妩媚勾人。

“听说她干掉了一个将领，才被犯罪团伙带到岛上训练的，在当地有许多男人为她魂不守舍。”

“哇啊。”杰克不在重点地翻看着照片，嘴里发出啧啧声。

汤尼诺拿掉杰克手中的照片，瞪了他一眼。

“真扫兴。”

“汤尼诺，别一口一个犯罪团伙，你在讽刺谁呢？”

拜伦因为跟着 Murray 时间最长，干的事情大多是杀人越货，听到汤尼诺提及犯罪团伙一口气憋在胸口。

汤尼诺尴尬一笑，抬手做了个到此结束的手势。

“这等尤物交给我特训再适合不过了，请让长官放心，假以时日我一定会让罗拉成为一个勾人魂魄的妖精。”

“你们回去也准备一下，去伦敦后总部会断了跟你们的联系。”

其他人都不说话了，平静地等汤尼诺说完全部的内容。

守卫带顾朝阳和罗拉到了宿舍便离开了，两个室友面面相觑，彼此看了对方一眼后，相对无言地拆开了蓝色密封袋。护照上顾朝阳的名字改成了葛兰，亚裔米国籍。

资料里还给她编造了另一个身份，霍洛威学院信息安全系的学生，休学状态。顾朝阳想起了乔安，乔安是霍洛威学院的高才生之一。

“你笑什么？”顾朝阳第一次见罗拉笑。

罗拉收起了嘴角的笑意，将蓝色密封袋放好，压在了行李箱最底下，依然冷冰冰地，“没什么。”

她们都没有特别多的行李，一个简单的九寸金属箱子，塞的都是普通衣服，顾朝阳没有自己的衣服，行李是到了基地后分发下来的作战服以及训练服，但是这些是不能带上飞机的，所以她只选了两套，既然是学生的身份，她又挑选了一些宿舍里的书放了进去。

外面的训练生在热火朝天地训练，拍打声、击打声不时传来，这一切都跟她们没关系，她们在等，等布鲁斯口中所说的晚上会发生的好玩儿事情。

“三百个掌上压，来吗？”

等得无聊了，罗拉提议两人比赛。

顾朝阳撇撇嘴巴，跳下床找了一片空地同意接受她的挑战。刚到这里的时候，主教官对他们的体能做了严格的训练，三百个掌上压，每日负重二十公斤的四十公里跑，都是必备体能训练之一，但顾朝阳并不是军人出身，这一项体能训练还不达标，早前有不少人偷偷嘲笑过她，长达两周的特训让她在体能上逐步增强了许多，但是做三百个还是有点儿困难，坚持到二百个的时候她已经憋着气不敢再动了。

“你还差点儿，嗬——”罗拉早已经做完了三百个掌上压，瘫在地上一边喘气，一边嘲笑着顾朝阳。

顾朝阳没有理会她，尝试着再向下压，又坚持了一会儿。

罗拉见她似乎真的不行了，正要摆手说算了，宿舍外突然安静了，敏锐的罗拉一把拉起顾朝阳躲在门后。

“怎么回事？”顾朝阳也觉得奇怪，往常就算停止训练也会有人留下来自己锻炼。

罗拉没回话，已经摸出了藏在枕头底下的手枪。

顾朝阳没有手枪，站在她身后背靠着墙壁，抬起了手肘，教官说过用手肘的力度最锋利。

砰，外面响起震耳欲聋的爆破声，随着声音响起的刹那，房里的灯管爆裂而落，周围漆黑一片，借着唯一的光亮，顾朝阳看见罗拉移动着脚步，于是她也屏住了呼吸跟在罗拉身后。

罗拉在黑暗中，做了一个抬手的动作，顾朝阳点头，在门的另一边站定。

爆破声之后是一系列的枪击声，顾朝阳抿着唇角死死地盯着门，不出所料，有东西把门给撞开了，两个黑影似乎早已经猜到门后的人会有所动作，敏捷地反手压住罗拉拿枪的手，动作快得差点儿来不及看清楚，枪已经在对方手上了。

站在罗拉身后的顾朝阳一掌劈来，手肘的力道将将卡在高大黑影的脖子上，但是那人的皮肤似是用铁造的一般，毫无痛感地转身一把将顾朝阳紧箍在手掌之中，掐着顾朝阳的脖子摁在墙角。

顾朝阳觉得脑袋一片空白，感觉双手不听使唤地垂在两边，她急促地呼吸起来，但空气越来越少，顾朝阳感觉自己差一点儿就要死过去了，只差那么一点儿……但那人突然松开了手，顾朝阳撑着墙站好，用力眨了几下眼睛才看清楚眼前的人影，另一个黑影脚边躺着的罗拉穿着沾满血迹的衣服，了无生气。

“怕了？”黑影问。

顾朝阳深吸一口气，被呛得咳嗽起来，根本来不及说话，黑影上前一步食指和大拇指掐住她的后颈，两根手指头用力一握，顾朝阳眼前一黑就瘫倒在地了。

“拖出去。”黑影摘掉了头套，露出一张笑嘻嘻的脸，正是白日里差点儿对顾朝阳发难的那位教官。

那人点头，也为顾朝阳套上了沾满了血迹的训练服，拖起顾朝阳的一只手沿路走出去，一路留下可怖的血迹。

14. 演奏会

——阳城

近来的阳城真是怪事连连，谁也没想到享誉国际的天才钢琴家会出现在阳城，举办这个小型演奏会。

毫无征兆的，就来了。

虽然是小型演奏会却也是一票难求，阳城的媒体、电视台因为钢琴家Lynn的到来进行了空前盛大的报道。

“Lynn先生全球巡演的首站为什么会选择阳城？这依然是个谜，本台记者会尽快联系上Lynn先生方面并获得进一步确认的。”

电视上还在放着新闻，苏海安想要转台，但很快就被乔安按住了，“等等，我看看。”

“你认识？”苏海安享受着被乔安掌心按住的温热，一扫早前的不耐。

但是很快乔安就收回了手，她没有注意到苏海安失落的表情，脸上挂着笑：“我当然知道他，他在伦敦非常有名，被誉为当代莫扎特。”

“哼，小白脸儿。”苏海安并不关心Lynn有名与否，眼角只扫到电视上那一张精致得过分的脸，就厌恶上了。

乔安听苏海安不屑的声音，噘起嘴唇，不满地嗔怪，“他真的很厉害啊，我曾经在校园的一次活动上见过他拉小提琴，比男神大卫还要迷人。”

“很多名人都喜欢假扮有亲和力。”苏海安想固执地告诉乔安，你被骗了。

但是乔安是谁？追她的男神排到长安街也排不完，迷上一个偶像实属难得了，很难轻易被改变。就像他曾多次警告顾朝阳不要靠近乔安一般，乔安却特别喜欢粘着顾朝阳，这让苏海安嫉妒到发狂。

没来由地就讨厌上了这位钢琴家。

“Lynn 不是这种人。”乔安反驳，苏海安的话没有减少她看新闻的兴致，她用遥控器戳了戳苏海安的手臂，提议道：“你陪我去看演奏会吧。”

“不去！”

“那我叫别人陪我……”

“什么时间？”

乔安扑哧一声笑了，好心情地去捏苏海安气得鼓起来的脸，“你说你怎么总是这样呢？口是心非，明明很想陪我去。”

苏海安被乔安捏着脸，略不适应地躲开了。

“苏海安，你跟他们说的一点儿都不一样。”

“我什么样？”苏海安皱起眉头。

“外面的人都说你张狂傲慢无礼，打心眼里谁都看不上，说你的心和血都是冷的，还食人不吐骨头，但是我从很小就认识你啊，我知道你不是这样的人。”

苏海安抿着嘴角良久没说话。

直到乔安碰他的手臂，问他道：“想什么呢？”

“乔安，他们说得对，我很冷血，你认识的那个我只是因为对象是你。”因为是你我才愿意放下身段陪你去，因为是你我才这样平易近人。

“没有啊，我认为他们说的不对，你对朝阳就很好。”

顾朝阳？

苏海安没来由地在心里憋了一口气，是什么环节错了，让乔安误以为他对顾朝阳很好？

“你看你，提到朝阳脸色就变了。”

苏海安诧异地抬头看乔安，他刚刚怎么了？只是脑海里一闪而过顾朝阳的脸，他就泛起了厌恶感。

“你呀，总是被朝阳左右情绪。”

是吗？苏海安轻蔑地笑了，那是不可能的！顾朝阳，怎么可能会引起他的半点儿波澜？

乔安说得没有错。

苏海安在乔安面前乖巧得像是小猫咪，在乔安面前他也曾假装过顾朝阳真的是妹妹，揽着顾朝阳的肩膀表达过自己的友好，但之后他又洗了十几次手，生怕自己惹上什么病毒一般。

这些，乔安都没有见过。

苏海安的两副面孔，只有顾朝阳见过。

人前他是世家少爷，对谁都礼貌客气疏离，人后他就是个变态，在顾朝阳看来，他变态得令人发指。

演奏会的票虽然难求，但苏家的少爷要两张票并不是难事。

演出那天，乔安一改往日随性大小姐的作风，穿了一条大方又不失华丽的连身礼服裙。出身名门的乔安早已熟悉大场面，平日里却谦逊自然得多，成年以后鲜少见她这般隆重过。

苏海安赞赏乔安的貌美如花却无论如何也高兴不起来。

他们进入会场时，许多认识的人都道他们是金童玉女。只有苏海安知道，乔安是希望台上那个人看见自己的貌美如花。她的精心打扮，并不是为了苏海安。

女人只有在自己喜欢的人面前才会如此重视外在。

“乔安，你这样让我很嫉妒。”

乔安落座，端坐的姿态，余光早已开始四处张望，专注而认真地寻找着很可能出现的 Lynn 的身影。

她心不在焉地问苏海安：“你嫉妒什么？”

苏海安低着头看自己的手指尖，没答话。

乔安并没有太在意，更加没有注意到苏海安隐约勾起的嘴角，冷若冰霜。

演奏会在五分钟后开场。

来自全国各地的九十九位琴童早已经准备好，数十位交响乐团成员也在恭候大驾，小型演奏会的规模虽小，但音乐家却在认真对待每一位听众。

台下坐满了听众，观众座位也不分贵贱，一视同仁。

Lynn 在乐声中终于走上台。

一改他看起来高贵典雅的风格，开场曲选了一首欢快的曲目——少女的祈祷。

Lynn 穿着手工定制的三件套燕尾服，与指挥家、乐团的人一并起身向观众鞠躬，整个大厅里响起震耳的掌声。

房梁上巨大的水晶灯渐渐变暗，一束光打在Lynn身上，他优雅地转身，缓步走到三角钢琴前，鞠躬后坐下。他表演时没有乐谱，揭开琴盖的那一刹那就是他表演的开始。

乔安是第二次见到Lynn，两次都有不同的感觉。

第一次或许他是生活在象牙塔里不谙世事向往普通人生活的贵族少年，亲近平和让人备感欢快。这一次全然颠覆了他最初的形象，像是站在金字塔尖的王者，平等地对待着众生，传递着他的音乐之声。

一曲李斯特的《帕格尼尼幻想曲——钟声》在Lynn修长的指尖落在黑白琴键上时已经变了调，成了他独特的改编曲。全场的听众都被他八十度改编的曲风所震撼。他似乎格外喜欢节奏欢快的调子，他带动着大家的情绪。

这是一场视听盛宴。

Lynn 的话很少，但他把自己所有的话都用指尖传达给了所有人，一曲柴可夫斯基的《四季》选段引爆了高潮，自诩古典音乐的附庸者挤出了眼泪，但这还没结束，Lynn贴心地选择了粤调名曲《平湖秋月》作为完结篇，在座的宾客再次被他折服，这无疑是一个绅士对听众最大的尊重。

结束后，所有人都离开了会场，乔安还意犹未尽，久久地坐在原地不动。

苏海安看得似笑非笑。

第一次见到乔安小女儿姿态样，不知是悲是喜。他在乔安面前一向柔情曼态，半句话没有说，怒气被掩埋在最深处，等着她从Lynn的迷恋幻想中抽身而出。

半分钟左右，乔安终于意识到自己身处何地了。

恍然回过神儿来看苏海安，吐着舌头道歉："对不起哦，我太喜欢Lynn了，海安你一定要原谅我。"她搓着手求饶的样子让苏海安想起了十七岁那年，他远远地看见她拦住顾朝阳的去路，牛皮膏药一般粘上去，不管顾朝阳是否冷着一张脸。

那时，苏海安责怪顾朝阳对待乔安太过冷漠，伤了乔安的心。

他却忘记了，明明是他自己一再威胁警告顾朝阳不要高攀自己高攀不起的友情。

苏海安闷闷地摇头，烦躁地扯下了领结，收进西装口袋，对着乔安笑意盈盈："我怎么会怪你呢？"

"海安的性子是真好。"

是吗？苏海安也在心底问自己。

看见苏海安勾起的唇角，乔安就知道他并不认同。乔安却没有拆穿他，苏海安一定不知道，他再怎么掩饰再怎么假装柔情，在提到顾朝阳时……一定是另一副盛气凌人的样子。

乔安这么聪明，怎么会不知道呢？

只是心理学的老师曾说过，你希望一个人变成什么样，你越要赞赏他是什么样的，时间久了，他或许就真的变成了你希望的那种人。

如果在这个世界上你没得选择，最终一定会跟你不爱的人走入婚姻完成整个人生的话，你还是希望那个人是自己希望的模样。

苏海安的视线一落下，乔安就笑了，笑着挽起了他的手。

"Lynn 那样的人，在你们女人看来非常有魅力？"

乔安笑呵呵的，点头又摇头，"看起来很美好，但事实上谁知道呢？"

"哦，你是喜欢他站在神坛上的样子。"

乔安嗯哼了一声，没有正面回应。

她没有告诉苏海安，她喜欢 Lynn 任何样子，少年的天真、王者的倨傲……这一切都让她迷恋。

就像是苏海安对顾朝阳偏执的厌恶，那样的坚不可摧。

这样的人生又会如何呢？

苏海安对顾朝阳的执念越深，她对顾朝阳就记得越深，乔安并不知道的是这种执念成了牵绊她一生的阻碍。她以为，那个女孩儿只是她偶发善意想要保护的小可怜而已，她的同情随着顾朝阳的逝去也慢慢地消散。

那一刻无论是苏海安、乔安或者是顾朝阳，都没有想过，正是因为这样的执迷不悟颠覆了他们整个人生的轨迹。

15. 团队

顾朝阳很讨厌睡觉，每次睡着后总能想起许多她不想要想起的事情。

范西、苏海安，这两个人就是阴魂不散，霸占着她整个小半生的回忆，时不时冒出来吓唬她。

"怎么还不醒，不是你下手太重了吧？"杰克戳着黑人教官米恩的脖子，老大不乐意的样子，他多动症患者一般拉拉顾朝阳的耳朵，扯扯她的脸颊，甚至动手去弹她的脑门儿，就像是一件好玩儿的玩具，一瞬间弹开了顾朝阳因在梦中蹙起的眉。

拜伦站得远远的并不参与他们的围观动物行动。

他的注意力全部集中在手中已经被拆卸得七七八八的斯太尔M9手枪上，因为等待的时间太无聊，他将手枪拆了又装，装了又拆，拜伦的手速是M军团目前为止仅次于Murray长官的人，拆卸组装他闭着眼睛一分钟就能搞定。

抬头瞥了眼还在睡梦中的顾朝阳，视线扫过已经得知了事情真相早已经醒过来端坐在军用折叠床上的罗拉，他心情郁闷地扔下了弹仓，大拇指按压着中央的弹簧玩。

顾朝阳醒来时，杰克一张大脸凑在眼前，毫无预警之下，惊得她往后仰起了脖子，她的小动作没有被灵敏的拜伦放过，冷哼一声讽刺道："胆子这么小怎么上阵杀敌？"

拜伦的敌意不是第一次了，顾朝阳扭头见到罗拉毫发无伤地坐在边上，镇定后看清楚房里的所有人，这才确认自己没有下地狱。

她没有立即回应拜伦的话，但心里却嘀咕了一句，外国佬也喜欢看古装剧？

见顾朝阳不搭理自己，拜伦越发觉得她是个傲慢无礼又不思进取的女人了。哼唧的声音更大了点，拇指上发力，原本被他玩弄的中央弹簧一下子飞了出去，差点儿弹到杰克的脑门儿上，还好杰克躲得快。

捂着额头的杰克一阵哀号，"拜伦，你对女人置气也不能冲我发火啊？少爷德行！"

拜伦白了杰克一眼，心里对Murray长官这样的安排又多了一丝怀疑。

"现在她已经醒了，你们可以告诉我们到底发生了什么了吧？"

罗拉打断了这两个男人幼稚的对峙。

顾朝阳也注意到站在床头前的那个高个子黑影是逃生教练米恩，他手上的血迹和没有来得及换下的黑衣正是在宿舍里她看见的那个影子。

"这很简单，我来解释。"杰克发挥了以往的八婆性格，抢着说道："从今天起，我们就是一个团队了。哦，当然米恩教练除外，你们的存在权从所有新兵训练生里乃至全世界消失了，我们制造了一场复仇杀人案，当着所有人的面把你们的'尸体'弄了出去。所以，在法律上，你们已经死了。"

杰克解释得非常绕口，但顾朝阳还是听明白了这一切的大概。

就像是M军团本身的存在一般，在这个庞大的军团里，一定会拥有自己的秘密武器，而她们，是被神选中的人。

“接下来，我们会前往伦敦进行……嗯……魔鬼式的训练。这没办法，你们的基础太差了。”杰克说这话的时候，得意扬扬地看了两人一眼，顺带扫了一眼布鲁斯，“布鲁斯也是，你的评估表在我这里就没有及格过，真不知道长官怎么选了你做司机？”

被当着新人的面揭短，布鲁斯脸一红，用眼神恶狠狠地凶了回去。

杰克嘿嘿一笑，话锋一转指着布鲁斯道：“不过这个家伙也是有优点的，他开坦克和战斗机的时候特别帅。嗯……勉强算优点吧。”

一个队的，杰克也不会让人太难堪，见到布鲁斯在美女面前挺直了腰杆，他又是一笑，下一个目标指着拜伦，“这位，酷酷的白人少爷是某国高官的儿子，也不知道抽了什么风非要做犯罪团伙……”

“杰克。”

拜伦凉飕飕的声音传来，杰克立马又变脸，“不过他是我们军团第二厉害的人物，格斗和枪械以及爆破的活儿干得溜溜的，是个劳苦命。”

“杰克你能好好介绍一下我吗？”米恩教练要求道。

杰克终于大发慈悲，却是拍着自己的胸口说：“至于我嘛，就是你们所看到的，帅气无敌，有着世界上最完美大脑之一的军事家，我会治病救人，我的强项是攻击……”他举着手比了一个手枪的姿势，自己配音啪啪两声，完事后手还放在嘴边做了个吹烟的动作，“这世界上所有的安全防御网都难不住我，以后什么反跟踪啊，要对网络耍流氓啊，都可以找我，居家必备良品哟。”

在场所有人恐怕唯一一次互相认同，就在此刻吧？纷纷对杰克翻起了白眼。

但杰克似乎并没有意识到自己的介绍太浮夸了，不以为耻反以为荣地继续打击其他人，指着米恩随意地说着：“这家伙你们都认识，以前是你们的逃生训练教官，以后也会是。他对我们所有人进行对逃生的恶补。啧啧……真是个老猫。”

“为什么是猫？”顾朝阳终于对有些事情好奇了。

杰克双眼一亮，似乎为终于找到自己的知音而兴奋，“你看过tom与jerry那部动画片吗？”

顾朝阳点头，猫永远捉不到老鼠。

“tom 永远都被老鼠欺负得满地窜，哈哈哈……”

“杰克……我会告诉汤尼诺，你在背后编派他。”不服气的布鲁斯终于逮到机会要报复一下杰克了。

“好了。姑娘们，听完故事了，我们该说正事了。”

显然在这一群人里成为领头羊的拜伦放下了私人芥蒂，主动谈起了正事。他一说话，顾朝阳就注意到他早已经将那把卸散的手枪重新装了回去，不知道没有了中央弹簧他是如何做到的。

拜伦知道顾朝阳在看自己，但他对她没反应。

布鲁斯再次充当了小学时发卷子的班长角色，将背包递给罗拉和顾朝阳，其他人早已经收拾好了自己的行李，两个女生的行李又被放弃了。

“我特意为你们准备的出行必备品。”杰克自豪地说。

顾朝阳拉开背包快速扫了一眼，一些生活必需品，还有她们遗落在宿舍里的蓝色密封袋，似乎没有什么特别的东西。

“你们包里有一小块蓝色芯片，小心保存哦，弄丢了可是要出人命的。”杰克继续说着，“我们会分开前往伦敦，这些是什么东西你们应该明白。”

顾朝阳听着杰克的话，在包的内壁里翻到了蓝色芯片，指甲盖儿大小，不注意很难被人发现。

一直关注着顾朝阳的拜伦脸黑了黑，警告道：“相信你们也知道 M 军团的实力，别想着逃跑，被抓回来恐怕没有现在这样好命。”

杰克嗔怪拜伦说得太直接了，笑嘻嘻地指着自己的后颈，“你们要是逃跑也没关系啦，只要不担心脑袋在脖子上搬家就好了。”

顾朝阳心里一阵发毛，隐约记起昏迷之前米恩教练在自己的后颈处做了手脚，手下意识地就去摸了摸脖子，那动作看得拜伦总算是满意了一点。

他看好戏一般盯着顾朝阳看，却是没想到顾朝阳的敏锐力如此强，一下子就注意到了他的视线，抬头一瞬间视线相撞，看得拜伦无处可躲，只能迎战而上。

顾朝阳就像往常那样，淡淡地转过了头，问了杰克一个特别傻的问题：“这玩意儿如果不爆炸，对我们以后会有什么副作用吗？”

杰克终于理解自己为什么会喜欢顾朝阳了，大概这个世界上同他一样脑回路正常的人太少了吧？同伴之间，总是惺惺相惜的。

“副作用嘛……嗯，我还在研究，等研究出来后我会第一个告诉你。”

“如果我们留下来，表现良好，这东西什么时候取出来？”罗拉硬邦邦地提问让杰克的兴致少了许多，他板起脸做出一副托腮思考的模样，嗯了很久后才说：“那得看看你们值不值一千万美金了，这玩意儿浪费了不少钱。”

“一千万美金？”布鲁斯先一步叫了起来，声音里充满了质问，“你不是说你那玩意儿研究经费只用了一点点钱吗？”

杰克哦一声，装傻道：“一千万美金很多吗？”他回头看拜伦。

拜伦没搭理他，于是杰克摊手耸肩不负责任地自说自话：“你看，拜伦少爷说不多，他都瞧不上眼。”

“杰克，你这个骗子！”

“你才是骗子，你是个黑鬼懦夫……”

“杰克！你不要人身攻击，我可以告你的。”

“黑鬼黑鬼……”

两个男人陷入了争吵之中，顾朝阳在没人注意的情况下与罗拉对视了一眼，两个人都为自己未来的前途感到担忧。

拜伦和米恩没有跟那两人幼稚下去的打算，很快这间封闭的军用宿舍房门被人敲响，米恩走了出去。只有拜伦在沉默着看着她俩像是在思考问题一般，顾朝阳没打扰他，也沉默着。

过了好一会儿，杰克和布鲁斯难分胜负，这两人最终决定下次辩论赛在伦敦开赛，一定要分个高下。

顾朝阳与罗拉先后离开训练基地，同来的时候不一样，没有直升机送她们，她们需要徒步穿过丛林走到市区口上才能找到准备好的大货车前往机场。

“这一些日子的训练足以让你走出几公里，安全抵达约定好的地点了。”临走之前，杰克从货车驾驶室里探出半个脑袋得意扬扬地说着，话说完布鲁斯就开车走了，甩了两个女人一脸的尾气。

“布鲁斯你太粗鲁了！”

“是谁刚刚还得意扬扬地炫耀自己有车坐的？”

“布鲁斯你这个粗鲁的黑鬼，没有绅士风度。”

“……”

伴随着启程的依然是两人的争吵，顾朝阳叹了口气，手里拿着杰克留下的地图，回头看了一眼远远看上去像是上世纪被遗弃的旧建筑物，这庞大的物体就像是金字塔。

然而站在顶端注视着脚下一切的人，Murray，那个身穿苏联军装的男人冷漠着一张脸看顾朝阳抬起来的脸，正好被她撞见，顾朝阳没有回避男人慑人的视线，直到罗拉已经走出了很远，男人终于转身离开了回廊。

16. 新环境

所谓丛林并不如顾朝阳所设想的那般恐怖，几公里的路程跟着地图很快就找到了标记点。这并不是考验的课程，她们很顺利地就找到了会合点，顾朝阳同罗拉一前一后到达机场，几个人分散开来，优哉游哉地等在候机大厅里，布鲁斯坐在休息区翻看着不知道从哪里得来的杂志。

杰克则穿着正装，手里提着公文包，脸上架着黑框眼镜，一副精英模样从顾朝阳身边经过，路过时还噘着嘴吹口哨儿。

顾朝阳的登机时间稍晚两个小时，广播里在喊前往伦敦席思罗机场的旅客十五分钟后请登机，杰克和布鲁斯收拾好各自的行李，进入安检，看不见人影后顾朝阳也开始关心起其他的同伴来，罗拉在另一个休息厅，拜伦……那是拜伦？

顾朝阳不敢相信地多看了几眼那个身穿皮夹克，手上带了无数个金属链子，戴着鸭舌帽的男人，正在与自动饮料贩卖机做搏斗，远远看过去像一个少年，仔细一看又能看见那个重金属少年脸上的表情特别难看，比布鲁斯的脸还黑上了几分。

似乎是感应到有一道视线，他看了过来，顾朝阳迅速地低头整理起自己的背包。蓝色芯片看上去并没有什么特别的地方，小心使然，她将上面的电子感应部分用小块布遮住了。

这一系列的小动作被拜伦看在眼里，半眯着的眼里看不真切藏着什么，顾朝阳能明显感觉到一道火辣辣的视线在自己脑袋顶上，她干脆全程埋着头不做任何下一步举动了。

拜伦不喜欢顾朝阳，不知道为何从见到她第一眼起就不喜欢她。

或许是因为她的眼神太冷了，或者是因为她看上去太冷静了。但凡有血有肉的人都讨厌这样的人，像是没有生气，死气沉沉的，甚至有时候拜伦觉得看久了她的眼睛会有点儿害怕，阴森森的。总之，他认为顾朝阳不是良人，如果有一天他们会被背叛，那这个凶手一定就是顾朝阳。

干他们这一行的人大多得洒热血抛头颅，弄个女人来算怎么回事？

拜伦不耐烦地甩了甩带在五指上的重金属首饰，心里把杰克也埋怨了一番，不知道从哪里找来的这些奇怪玩意儿，他觉得自己被杰克耍了，但是眼下又不能追上飞机去暴揍他一顿，只能生闷气，不知道是气自己还是气杰克。

这个团队里，杰克最活跃，其次是胆小的布鲁斯，拜伦的话也不见得多，顾朝阳和罗拉更加没什么可聊性，整整两个小时，三个“陌生人”没有任何交流，直到登机的讯息传来，三人不约而同地起身离开。

在安检口相遇，拜伦也没有搭理顾朝阳，只是从她身边经过时从鼻子里哼出一道气。

罗拉站在两人的身后，很是奇怪地看了一眼顾朝阳，用眼神询问她：“你得罪老大了？”

虽然同罗拉并没有熟悉到一定程度，但是经过这些日子的磨合，两人明显比之前多了交集。

顾朝阳也不是很明白拜伦的怨气从何而来，摇摇头，随着人流往前走。

好巧不巧，顾朝阳同拜伦的位置相邻，就隔了一条手臂长的走道。

“小姐这是你需要的毯子。”

“谢谢。”

顾朝阳接过毛毯，蒙着脑袋打算将九个多小时睡过去。

行程十个小时，顾朝阳没有掀开过毛毯，保持着一个动作到了下飞机。拜伦中途掀开眼皮看过她，见她没有任何反应，差点儿以为她死掉了。

飞机停稳，大家陆续往下走，拜伦也顺着人流走了，顾朝阳这才掀开毛毯站了起来，取下头顶上的背包，先去了洗手间，用冷水冲了一把脸。

罗拉是在洗手间里找到她的，见她脸上还有水珠，脸上紧张的神色才缓和了不少，左右看看似乎没人，才走到她身边盯着镜子里的自己拿出了粉饼补妆。

“到伦敦郊区集合，他们已经离开了。”

顾朝阳没吭声，眸子暗了暗，低下头又捧起一把水拍在脸上。罗拉说完话就利落地收拾好了粉饼，她的新身份是一位年轻的女白领。

罗拉走后不久，顾朝阳才走出洗手间，她第一次来伦敦，望着来往的陌生人，不同肤色的人种，她想，这些日子的恐惧还是应验了，从此以后她只身一人漂泊在他国异乡为求生存得使尽手段。

其实早就这样了不是吗？只是那时总在逃避。

叹口气，顾朝阳单手提着背包随着人群朝外面走，刚走到门口站定，想要询问当地人坐什么交通工具前往，身后突然窜出一个人猛地撞在她肩上，她一个趔趄差点儿摔倒，来人眼疾手快地一把扯住她的手腕。

顾朝阳下意识地就往前跳了一步，反手想困住来人，转头却发现来人一脸莫名地看着自己。

那是一张异常精致的脸，亚洲人的长相，但五官挺立，眼窝深邃，仔细看他的眼睛是浅褐色的，长睫毛像小扇子一样扑闪着，微微低垂的眼睛正盯着自己看。顾朝阳这才反应过来，捏住他的手处已经红了。

“对不起。”顾朝阳松开手，知道他是不小心撞到自己了。

男人好看的嘴角小幅度地勾起，摇了摇头，从自己的背包里摸出一顶黑色的鸭舌帽，戴上，压低了一些，抱歉地看顾朝阳一眼后才错身走开。

顾朝阳没多停留在男人身上，转身走到停车场。

意外地发现拜伦正靠在一辆黑色小车身上，无聊地玩着手里的金属首饰。见到顾朝阳后，他没有像之前那般假装不认识，侧目看着她，偏头示意她上车。

顾朝阳没想过拜伦会留下来等她。左右望了望，确认拜伦是在示意自己后才走上前拉开车门坐进去，他是因为确认附近是安全的？

拜伦上了驾驶位，抬头从后视镜里看了眼上车后就没有说一句话的顾朝阳，原本想交代她两句话，一时也不知道如何开口，车厢里只有他们两个人，一度陷入了沉默。

车子开出市区，上了沿海路后拜伦找了个加油站停了下来，他靠在车边抽着烟等着工作人员将油加满。

戴着耳机的嘻哈音乐爱好者工作人员自来熟地拍拜伦的肩膀，“嘿，哥们儿，中国小妞儿也泡？”

那工作人员把站在另一头的顾朝阳错以为是拜伦的女人，调笑了两句。

“亚洲女人的皮肤真好，摸起来感觉……啧啧，哥们儿玩腻了送给我玩玩……”

拜伦长着一张标准的白人脸，乍眼看上去只是个普通的不良少年，块头却比他的脸来的强健许多，嘻哈音乐少年一开始只当他是同类，并没有发现他的危险属性，摸到他肩膀上结实的肌肉时，还想咧着嘴多碎嘴两句：“哇……”拜伦斜眼睨他，眼神凶悍，嘻哈少年立马住了嘴。

拜伦见油快加满了，叼着烟上了驾驶室。那头的顾朝阳像是有心灵感应一般也跟着上了车。

嘻哈少年收起了工具，趴在驾驶室窗口收钱，嬉皮笑脸地冲着顾朝阳吹口哨儿，拜伦眉心一皱，抬手扯住他的衣服领子，砰的一声，嘻哈少年整个人撞在车门上，脑门儿上也磕出一道血印子，疼得他直叫唤。

“哎哟。哥儿们别生气啊，松开松开。”那嘻哈少年也没想到拜伦会突然发难，脸惊得都青了，挥舞着手去掰拜伦的手，但他哪里是拜伦的对手，抬头又看顾朝阳，见她盯着自己看，露出的表情冷冷的，知道自己刚才调戏错人了。

“我知道错了，我也没怎么着你的妞啊……”

拜伦左手扯着他的领子又往里拉了一把，嘴里叼着的烟还冒着雾气。

“哎哟哎哟，哥儿们轻点。”

“拿了钱就给我滚。”

拜伦见无趣，这才松开了手，嘻哈少年一屁股跌在地上，拜伦顺势弹出烟头，火星子落在嘻哈少年身上，那家伙吓得跳起来，见到是烟头后又气急败坏地要上前来打人，拜伦一个转弯，车子已经开出了好远。

“你是木头？要想跟着我好好干，就别装死。”拜伦也不知道生哪门子的气。

顾朝阳猜到拜伦一定非常看不惯比自己弱的人，尤其还是个女人，这个女人被外人看成了妓女，他觉得自己的脸也被人打了，打得硬生生的疼，但当事人却毫无反应，事不关己的样子更让他觉得厌烦。

“我很抱歉。”

“你抱歉什么？”

“所有，你不满的所有，我都很抱歉。”顾朝阳说完，扭头看了看窗外，伦敦的天气真好啊，靠近海边的公路上车子少得可怜，海风很大。她把车窗关上了，呼呼而过的疾驰声被隔绝在车外。

没有得到满意的回答，拜伦的脸沉了沉。

顾朝阳盯着他看了一会儿，漆黑的眼里没有丝毫情绪。

很快车子开到了靠近沙滩边的栈桥上，拜伦停了车，在密林下的海边找到隐藏起来的快艇，说：“下车，上去。”兀自上了快艇。

顾朝阳快速地跟上，拜伦驾驶着快艇一路朝着不远处的一个小岛行驶而去。上了岸，是一条小道儿，婉转而上，应该是上山的路线。

顾朝阳提着包下了快艇，跟着拜伦上山，一路都是很平坦的小道儿，了无人烟，顾朝阳不明白拜伦的用意却也只是跟着走。再往前走了一段路程，有一栋独立的三层洋房隐藏在树林中，门口停了一辆越野车。

拜伦围着车子绕了一圈，没什么特别的发现后这才推开栅栏走了进去。

17. 训练

洋房外面的两块空地被打理得很干净，光秃秃的什么都没有。

拜伦按了门铃，三次。半晌才听到门后有动静，但没有人来应门，左边墙上有一个黑色电子眼对着两人上下扫了一圈后，确认了拜伦的脸才咔嗒一声开了门。

客厅里同顾朝阳所想象的不一样，房里的装潢非常居家，田园风的碎花沙发，开放式的厨房，橱窗上还摆上了盆栽。

拜伦把东西扔在沙发上转身上了旋转楼梯，说了声："跟上。"

顾朝阳放下包，跟了上去。上了二楼是走道，两边有门，应该是大家居住的房间，拜伦推开了朝西的房门，进了屋子后又是一间普通的卧室，里面一应齐全，看装修是一个女人精心装扮过的，镜子后面是一扇门，拜伦用指纹扫描镜打开了，他弯腰走进去，顾朝阳也跟着进去。

那是一条看起来没有尽头的漆黑长廊，不知道是通往什么地方的。

两人摸黑儿走了一小会儿，很快见到有灯光了。下了小道儿就别有洞天了，原来脚下是一个巨大的仓库，从小道儿出来后是类似内罗毕的训练基地，他们此时正站在高处往下看，有人影，是杰克他们。大厅里有一片空地和一套组合的黑色皮质沙发，杰克、布鲁斯和罗拉三人坐在黑色皮质沙发上，正前方是巨大的电子屏幕。有人给他们送上了茶，还冒着热气，顾朝阳顺着旋转楼梯下去，想确认送茶点的人是不是自己猜想的女人，但只看到头顶。

杰克见到两人异常兴奋，"hi，你们终于来了。"

拜伦说："车子停在门口太引人注意了。"

杰克不以为然，摆摆手道："这破地方没人找得到，就算有人来也找不到这里。"

两人说着话，布鲁斯打算带两个没有来过的女生四处看看，这个密室下面别有洞天，空间很大。

"这里有格斗室，拳击场，里面有武器室，电脑室。平日里其他的基础训练我们会去海边，有一些特殊训练会在室内。我们住在楼上，进来时的房间你们看见了吧，一人一间，待遇很棒哦。”布鲁斯带两人到了一间小厨房，有人正在里面哼着歌曲。

是一个女人，围着围裙，左右摇摆着身体。

“维多利亚……”布鲁斯叫了两声，女人没有听见，继续扭臀摆尾。

布鲁斯冲两人耸肩摊手，表示非常无奈。

“维多利亚是我们的生活保姆，她在照顾着伦敦的基地，是这一块的老大……别惹她。”布鲁斯说着话，拍了拍维多利亚的肩膀，维多利亚摘掉耳机蓦然地回过头，见到两位美女眉开眼笑，罗拉是见过了，她给了第一次见面的顾朝阳一个热情的拥抱。

“hi，姑娘，我是维多利亚，欢迎你。”

顾朝阳对热情的人没辙，勾起嘴唇在她背上拍了拍，“你好，我是葛兰。”

维多利亚退后一步，手还放在顾朝阳的双肩上，抿嘴瞪眼，张嘴问：“要来杯咖啡吗？还是红茶？”

“谢谢。不用。”

布鲁斯满意地看着两人，早前他以为顾朝阳是个没有礼貌的人。

“之后你们有任何生活上的需求都可以找维多利亚，不过你们可要小心，维多利亚虽然看起来和蔼可亲，对某些规矩却很看重。以后你们要是想要出去，最好跟她报备一下。”

布鲁斯说着，礼貌地跟维多利亚道了别，继续往其他地方走去。

维多利亚为大家准备了丰盛的晚餐，在长方形餐桌上所有人首次和平聚首，桌布依然是维多利亚喜欢的碎花，餐厅的吊灯开到最微弱的光源，高脚蜡烛在桌子正中间，氛围很美好，每个人都有自己特定的位置，为首的位置空着，依次排列下来是拜伦，左边与他对坐的是杰克，然后才是布鲁斯、维多利亚再到顾朝阳她们，没有人主动说话，只能听见刀叉碰触的声音。

维多利亚为每个人倒了红酒，饭吃到一半，她用银质的勺子轻轻敲酒杯，说道：“各位先生小姐，干一杯？”

晚餐时的维多利亚跟工作的时候完全像是两个人，她穿了好看的礼服，头发也做了打理，妆容精致。细白的五个指头上涂了红色蔻丹，在闪烁的光源下看起来格外诱惑，她一手托腮，另一只手放下了拿着的银勺，端起了红酒杯。远远看上去是一个风韵犹存的性感尤物。

其他人没什么意见，拜伦带头不声不响地端着酒杯与维多利亚碰杯：“干杯。”

维多利亚笑着将杯子凑近嘴边，眼眸在其他人身上转了一圈，杰克也端着酒杯举了举，“大美女，干杯。”

杰克一动，大家也就举着杯子示意。

维多利亚见大家都喝了酒，放下杯子，两手合十斜放在脸侧：“喝了我敬的酒，也就等于大家同意我接下来要说的话了。”维多利亚从椅子上站了起来，手里还端着酒，绕着长桌挨个儿走到每人身后，逐一碰着各位的杯子，最后停在了顾朝阳身后，屈身，弯下腰来单手扶着椅背，栗色的卷发落在顾朝阳脸庞，一股香味袭来，顾朝阳屏息，却见她雪白的手臂伸长了隔着自己碰了下罗拉的酒杯。

“这就是Murray长官给我安排的任务？”她见罗拉拿着红酒抿了口，这才站直了身体，扭头冲顾朝阳笑了笑，转眼又盯着罗拉上下瞧，似乎还算满意，这才收回视线继续说：“喝了我的酒，吃了我做的菜，你们又到了我的地盘，自然是要守我定下的规矩。”

“Come on。”杰克气呼呼地扔下叉子，“维多利亚，不要这么较真儿。Murray不在。”

维多利亚呵呵笑了两声，扭腰摆臀地走回自己的位置。

“Murray来了，规矩也不会变。”

“Oh——维多利亚……”

“别叽叽歪歪的，你是第一次认识维多利亚？”布鲁斯终于逮着机会反击杰克了，脸上很是得意。

维多利亚才懒得搭理这两人呢。

“每天早上五点起床，晨练三个小时，八点半吃早餐。其他的课程安排我不插手，反正每天准时起床吃饭不要让我去请，我这里有门禁时间，超过晚上七点我就下班不招呼了，你们有任何事情都别来打扰我。还有，我这里非常讨厌雌性……”说着话，她瞟了一眼顾朝阳和罗拉，“不要带女人到我家里来。这两个就先算了。”

“天啦。维多利亚，你这是要断我的口粮。”杰克说。

布鲁斯在一边嘿嘿笑着，大家都知道杰克是个浪荡子，维多利亚的恶趣味正好跟他相反，可以预想接下来的时间杰克会很难熬了。

维多利亚又说了一些七七八八的规矩后才罢休，晚餐结束后布鲁斯主动帮助去收拾，于是维多利亚撩着头发坐在沙发上邀请大家一起喝点红茶，似乎并不觉得布鲁斯帮自己做这些事情有什么不应该。

“维多利亚只服从于 Murray 长官一个人，性子烈得很，以后你们就知道了。”杰克手里拿着雪茄剪剪了一支雪茄，递给拜伦，又给自己弄了一支。趁着维多利亚不注意，就给顾朝阳使眼色。

顾朝阳和罗拉都没什么意见，表示自己能克服。

饭后甜点结束，维多利亚为大家分配了房间，今日暂且让大家先行休息，训练的事情等到明天再详谈。

维多利亚给顾朝阳安排了一间靠窗带阳台的房间，从拱形玻璃窗看出去，能看到外面的景色，黑漆漆的，偶尔有风吹来吹动了树的影子，路灯有几盏还亮着，这个陌生的地方让顾朝阳并没有任何不适应，相反超出了她的预期，她以为他们会生活在一个环境恶劣的地方。

第二天大早，顾朝阳是被湿漉漉的大舌头舔醒的。

睁开眼，眼前是一张放大的狗脸，吓得顾朝阳差点儿拍飞了它，但她还来不及有下一步动作时，罗拉已经站在她的房门口扶着门框说：“它是维多利亚的爱犬，如果你伤害了它，我不敢保证那个女人会不会在你的食物里下毒药。”

这是罗拉第一次跟她开玩笑，但听上去更像是诅咒。

顾朝阳收回了要劈下去的手掌，将那只褐色的长得像狼狗的阿拉斯加大犬推开。

“早。”

罗拉看看墙上的时钟，冷冰冰地说：“已经不早了。”说着话，扔了新的作战训练服给她，然后转身下了楼。

早上的晨练是拜伦带队，一路小跑到海边，腿上绑着二十五公斤的重物，沿着海岸跑五公里。跑完后根本来不及休息，拜伦就让两人在到膝盖深处的海水里，做掌上压半小时，如果自己没有力气撑到起身，海水就会没过整个身体呛进耳朵鼻子眼睛里。

“在战场上没有人帮得了你们，你们只能靠自己支撑起身体。”拜伦拿着计时器站在前方，严厉地说着。潮汐的海浪很大，重重地拍打在一下又一下起伏的两个女人身上，刺骨得痛，但这一切在她们眼里算不了什么。拜伦接着说：“在训练的时候也一样，别以为能侥幸逃过，如果不能在二十分钟之内完成，就只能喝海水喝到饱。”

受训练的人不只罗拉和顾朝阳，布鲁斯和杰克也要时刻做着练习，但显然这两个人偷懒了，此时正躺在沙滩边上拌着嘴看着拜伦训两个女生，不时发出嘻嘻哈哈的笑声。

顾朝阳想这大概是最不严谨的一个团队了吧？

但很快，她就发现自己想错了。这两个人早就轻松做完了自己的基本训练，正等着她俩一同去树林里找几棵可以用作训练的大树。

杰克率先找到自己想要的，拍着粗壮的树干用小刀刻上自己的大名。

“这棵树以后就是我的了。”

顾朝阳不明所以，但仍是学着他挑选了一棵差不多的树。

布鲁斯一边爬上树一边解释：“早上东边的日头正好，我们为了偷懒打算在室外将暴晒训练和挂钩训练一并做了，挤出多的时间来摸摸枪杆子。”

“别婆婆妈妈的，快上树。”

在拜伦的催促声中，顾朝阳看见杰克和布鲁斯爬上了自己选定大树的树干，将它们用作单杠使，倒挂在树干上来回起伏。

顾朝阳学着罗拉用小刀借力艰难地爬上了树，再小心翼翼地翻身打算将双腿挂在树上，一时天旋地转，差点儿头栽地砸个脑袋开花，幸好顾朝阳反应快，及时用力抬起身体双手抱住了树干，正要做第二下的时候旁边的杰克已经发出了哄笑声，倒着看她脸上已经密密麻麻地出了汗珠。

“可要好好保护自己啊，在野外不比在室内，说不定有什么蛇虫鼠不知不觉爬到你们身上……布鲁斯这个粗鲁的家伙就遭遇过，以前这么玩时一只八脚虫从他的头发爬到了脸上，但 Murray 不让我们动，这家伙最终只好一口将八脚虫吞进了肚子里。”杰克兴冲冲地说着，全然不顾其他人恶心地皱起了眉头。

顾朝阳也没想到杰克这个乌鸦嘴的话居然灵验了。

她在做到一百多个来回时，迷糊间猛然在粗大的树主干上看到一条爬行的小红蛇，正伸长着身子朝倒着的顾朝阳的脸吐着蛇芯子……因为太过痛苦，之前她并没有意识到有异物袭击。

顾朝阳倒抽一口气，差点儿惊呼出声，但是经验告诉她不能叫出声，于是她紧紧地闭上自己的嘴巴，不敢轻易动弹生怕自己一不小心动静太大那蛇飞扑上来，这种带颜色的蛇通常都有剧毒……

“别动！”

旁边的拜伦也意识到她的危险，瞪大了眼看向这边，长手已经悄悄地去摸藏在军靴里的匕首，他翻身上树干弯腰将匕首递到悬挂在树干上的顾朝阳手上："斩七寸。"

顾朝阳捏着拜伦送来的匕首，大气不敢出只能瞪大眼珠子时刻观察着那蛇的动作，它似乎因为拜伦的动静而转动了脖子，顾朝阳等来了机会，挥臂朝着它砍了过去，顾朝阳感觉自己的心已经掉到嗓子眼儿了，但她别无选择只能趁着那蛇不注意时，快且准地杀死它才能活命，感受到刀锋的蛇猛然旋转着身体要朝着顾朝阳的手臂咬去，顾朝阳惶恐地闭眼，刀尖还是比它快了一秒，先一步斩掉了那蛇的脑袋。

顾朝阳不敢置信地睁开眼，那一瞬间，拜伦顺势将她一把拉起，整个人坐在了树干上。

"以后要带武器在身上。"

"哇啊，这玩意儿毒性不小，不然今天可以吃蛇肉了。"将方才那一幕都看在眼里的其他人也翻身坐了起来，杰克还兴冲冲地跳下树走到顾朝阳身下，用刀尖将还在扭动着下半个身体的蛇身撩起，咂吧着嘴巴说道。

顾朝阳脸色煞白，也不知道是否受了刺激。她慌忙抬头去看居高临下看着自己的拜伦，他没有给自己任何安慰。顾朝阳垂下眼，握着匕首的掌心沁出了汗，她用力握了握，尽力地用呼吸去平复自己的心情。

18. 脑死亡

顾朝阳意识到，自己的生死真的如同教官们常常挂在嘴边说的那样，不是你死就是我死，在M军团里，没有仁慈和善意。她突然就理解了罗拉和玛雅那样的人了，为了让自己活下来，你是死是活是要怎么样跟我有什么关系？

可是顾朝阳不想自己也成为这样的人，像个为了活着的机器人。

"葛兰，真被一条蛇给吓到了？"早饭的时候杰克见顾朝阳脸色没好转，又拿她开涮。

"蛇？"维多利亚也感兴趣了，盯着顾朝阳看，随即又笑了起来，"这有什么好怕的？等你们野外生存训练的时候，去热带国家……什么都能遇见，真是babygirl。"

顾朝阳没有解释心里的难过，只是低着头继续吃东西。

维多利亚见她无趣，转脸又盯着罗拉友好地问："我做的早餐美味吗？"

罗拉咀嚼着火腿，看维多利亚一眼，说道：“嗯，好吃，辛苦了。”

维多利亚很高兴，脸上的笑容更大了，早上那条阿拉加斯大犬在她脚边打转，她顺势就扔了火腿给它，状似无意间提到：“对了，罗拉吃完早餐后有特殊训练吧？”

罗拉不明所以地看向维多利亚，不明白是什么特殊训练。

杰克先一步说道：“这就要麻烦维多利亚了，请一定要把罗拉训练成你这样的性感尤物，让男人见了都移不开眼。”说话的同时，他的双眼还在罗拉被紧身T恤包裹住的胸部扫视，看见那一对高耸，满意地笑着回头看拜伦，“要不葛兰也顺便……”

拜伦冷哼一声，视线也扫过顾朝阳的胸部，“想都别想。”

这两个男人如此明显的举动，顾朝阳似乎明白了什么。她为难地看向罗拉，果然见到她的脸色变得难看极了。

维多利亚看似温柔地拍她的手，“不用紧张，上我的课可是很温柔的。”

其实维多利亚说得没有错，上她的课真的不复杂，在以后的日子里她也会教顾朝阳些许女孩子化妆穿衣以及仪态方面的东西。或许因为顾朝阳天生长了一张文弱柔和的样子，M军团认为她并不适合走罗拉的性感路线……所以格外开恩。

“为什么？我不愿意。”罗拉扔掉了刀叉，推开椅子站了起来。

几个人没想到她有这么大的反应，尽管没有想到，但他们又怎么会因为罗拉的不愿意就选择妥协呢？

布鲁斯和杰克对视一眼，两人都不说话，只看着维多利亚。

拜伦原本就对女人的事情不感兴趣，更加没什么话了。他也吃得七七八八了，放下刀叉又将餐巾布从腿上拿开，转头看着顾朝阳，说道：“走。”

顾朝阳顾不得罗拉，跟着拜伦上了楼，又去了地下室。

后来，顾朝阳不知道维多利亚对罗拉说了些什么，她在健身房里待了一个多小时也没等来罗拉。

过了一会儿，布鲁斯也优哉游哉地进来了，见到拜伦正在帮顾朝阳训练臂力，臂力棒和二十公斤的哑铃她拿着举了一个多小时，已经是满头大汗了。布鲁斯看着两人啧啧地发出声音：“拜伦，不用这么狠吧？她只是个女人。”

拜伦盯着顾朝阳不放，冷冰冰地说：“在我这里没有男人女人之分。”

见顾朝阳真的到达极限了，他终于大发慈悲停止了喊口号，接着吩咐她：“去武器室。”

“你要带她认枪？”布鲁斯很吃惊，“会不会太着急了点。”

“不是杰克说的吗？如果能把她训练好，下一个全能型狙击手就是她。”说这话的时候拜伦仍然盯着顾朝阳，但眼里明显藏着怀疑，嘴角微微勾起是嘲笑的意味。顾朝阳不知道自己的评估表被杰克如何看待，但她发现比起其他的基础锻炼，她也更加喜欢端着 AK47 对着空瓶子射击。

武器室藏在一道暗门里，装置很高科技，配备了红外线以及感应器等。

拜伦按动了什么装置，一排墙面翻了过来，墙上挂满了各式各样的手枪：“这一排是转轮手枪，都是一些老家伙了，你认得几个？”

顾朝阳在来 M 军团以前甚少接触枪支，但由于苏海安还算拥有一个正常少年的兴趣爱好，偶尔对枪械杂志感兴趣，她连带着也看了一些，只记得些许，她拿下一支左轮手枪在手里翻转，查看。

“这些都是老古董。能使，但是杀伤力比半自动手枪还差点儿，大多是老美和德国佬制造的。”拜伦对枪支的感情很深，在谈到枪支的时候不知不觉比平时话都多了一些，见到顾朝阳认真研究的样子他也乐意多说了一些，“转轮手枪大部分是分为五十八个部位。”说着话，他一一介绍起来，并把那些部分都拆卸了下来，“弹仓、退弹杆、枪管、撞针……”

顾朝阳看着他熟练的动作，心里很吃惊，他的手为何能如此快？

“很厉害。”她由衷地赞美。

拜伦停下了手中的动作，抬眼看她，嘴角斜斜地挂着笑总算不是嘲笑了：“如果你真的如同杰克说的那样，假以时日你也能赶上我的速度。”

顾朝阳摇头，不是没有信心的意思，只是不想尽快夸下海口，她并不认为自己有什么军事天赋。

“我会尽最大的力。”

“尽力不能让你活命，而是必须。”

拜伦总跟她唱反调，顾朝阳也不反驳。听着他说，然后介绍另外一面墙上的枪：“这里是步枪、狙击步枪，霰弹枪以及榴弹发射器……”拜伦一口气将这间房里所有的武器都简单介绍了一遍。

说完后，他要求道：“你要将今天说的这些全部记下来，下次我们真枪实弹地上。”

顾朝阳看着这满墙的武器，心里很惶恐，但也只能答应着。

拜伦让顾朝阳挑选一把属于自己的武器，“你先选一把你喜欢的，等你熟悉枪械后再选一把适合你的。”顾朝阳不敢相信拜伦这么好说话，正摩拳擦掌地想要选一把看得上眼的，拜伦又突然想起什么一般说道：“提醒你，所有的武器配备和生活用品花的钱都将记在账上，集团在未来的日子会需要你们还债。”

顾朝阳伸出去的手差点儿就要缩回来了。

拜伦见她缩手缩脚的样子，额头拧成了川字形，随手拿了一把半自动手枪递给她：“格洛克十七，一九八〇年奥地利军队的制式装备，精准度很高，适合你这样的笨蛋，不容易擦枪走火，我可不希望哪天你因为智商低下而把自己的命给断送了。”

顾朝阳握着枪一时不知道作何反应。

“愣着干吗？走！”

顾朝阳跟着拜伦走了出去，心中的震惊久久不能平复，她在思考这栋房子里的东西到底值多少钱……这么多的军火 M 军团是怎么带进来的？Murray 又是多么信任维多利亚，才敢将这里的所有都交给她来打理啊。或者换个说法，维多利亚这个女人……到底有多大的能耐，能守得住这里呢？

从武器室出来后，顾朝阳在昨天见到的那个简单的休息大厅里见到了罗拉和维多利亚。

罗拉已经换上了贴身连衣裙，性感地露出了乳沟，身材妙曼的她在维多利亚的指导下一改平日里走路时的强劲，腰杆挺得很直，走起路来扭臀摆腰的样子丝毫不输于 T 台上的模特儿，但维多利亚仍然不满意，她强调着罗拉：“记住你是个军人，你要展现自己的美貌时不用太刻意地妩媚，要由内而外自然而然地散发着成熟的性感。”

杰克抱着电脑在一旁看得津津有味，双眼放肆地在罗拉均匀修长的双腿上来回穿梭。

“收一收你放肆的双眼。”拜伦实在看不惯杰克。

“尤物谁不喜欢？”杰克笑着，瞥到顾朝阳手里拿着的枪，跟布鲁斯一样表示不理解，“不用这么快吧？”

“不是你说她很有天赋吗？”

杰克撇撇嘴巴，没话说了。转头继续看罗拉，她的表情很痛苦，没有被人发现吗？顾朝阳咬着嘴唇迎接着罗拉投递而来的羡慕目光和嫉妒，她不由得将枪藏在了身后。

拜伦见了她的举动，嗤笑了一声。

顾朝阳知道，他是在嘲笑自己的欲盖弥彰，但她能做的只是不在罗拉面前显得自己多么与众不同。

“再过十分钟，让她们两个一起去狙击室。”

这一天的训练被排得满满的，射靶，继续负重跑步，晚饭前一对一进行格斗训练，顾朝阳的教练和对手都是拜伦，拜伦毫不留情地将顾朝阳打到脸肿鼻青，差点儿毁了容不说，骨头也差点儿散了架。

晚饭的时候还是维多利亚扑哧一声笑着安慰顾朝阳：“这些都是开始，还很轻，以后有你受的。”

这话听上去不像是安慰，但顾朝阳心里知道，维多利亚说得对，这仅仅是开始而已。

“等米恩来了，你们吃的苦头何止这些？”布鲁斯也附和着。

未来她们还要经过更多的训练，她们会接触到更多的武器、炸弹、通讯设备、黑客技能，以后她们甚至可能被流放到亚热带地区任由她们与猛兽进行生存较量，但是这些都不可怕……可怕的是，未来的某一天，她们会变成麻木不仁的强者。

——纽约

纽约西奈山医疗中心，重症加护病房传来一道刺耳的机械声。

有护士闻讯跑来，刚被人从电梯推来的男人也注意到了这边的动静，眉目一紧，急切地差点儿从轮椅上站起来却及时被老管家阻止了。

“少爷。”原本守在门口的保安见了他，迎了上来，脸上一阵凝重。

“发生什么事了？”

“大小姐她……”

医生也跑了来，坐在轮椅上的男人急切地拉住他，询问：“她怎么样了？手术后第一次出现这种情况。”

“先生，请你别着急，病人突然出现休克，我们在尽力抢救。”

医生安抚了他，推门走了进去。轮椅男和保安不能入内，只能透过病房的窗户观看，医生和护士在忙碌地对着病床上那个带着氧气管的女人实施电击救援。女人脸色苍白，因为电击而抬起了半个身体又突然落下去，这样来回了十几次，医生才终于作罢。

“医生，我们家大小姐她……”管家先一步上前拦住正擦着汗的医生。

医生无奈地叹了口气，表示很抱歉。

“实在很抱歉，我们很遗憾地通知你们，病人正式宣布脑死亡……”

“脑死亡……”

“就是植物人，我们也不知道她什么时候能醒过来，或许几天，或许几个月、几年，也可能永远不会再醒来了。”

坐在轮椅上的男人伸出的手重重落下，他冰冷的脸上出现了泪痕，咬牙切齿地道：“我们花这么多钱，一连做了几次手术！你们居然连个人都救不活！”

“真的很抱歉……”

“给我治，不管多贵多久，都给我治疗！”

“少爷……”管家为难地看着轮椅男，表情也是悲痛极了，“少爷，先去见见小姐吧。”

还有几个护士在忙碌着其他琐碎的事情，男人听得管家这样一说，不得不收敛了自己的愤怒，摇着轮椅来到了女人躺着的病床边上。

护士忙完后就出去了。男人这才拉起了躺在病床上那个了无生气的女人的手，“对不起初心，是我没用，我居然救不了你。”

“少爷，不是你的错。”老管家是在韦伦家族几代的管家了，他安慰着自家少爷，劝慰他，“韦伦家族还需要小姐和少爷，小姐的病慢慢治，但是少爷不能因此而垮下。”

男人听了管家的话，抹了一把脸，试图擦干眼泪。

“对，你说得没有错。我还要替初心守着韦伦家族！”

转头他半个身体趴在病床上，去抚摸女人的脸颊，方才因为抢救被弄散的头发，被他一一拢回了她的耳际。

“初心别怕。我一定会救你的。苏家那边我也会盯着的，公司将在Z国注册新的公司，专门针对购买苏家的股份……你放心，我一定会让那些人付出代价！”

19. 命运之轮

Lynn没想到自己偷跑回伦敦的事情这么快就暴露了。

他扒拉掉脑袋上被压得很低的鸭舌帽，将它拿在手里转了两下后才终于抬起头来打量眼前拦住自己去路的几个黑衣人。

为首的人面无表情却说着歉意的话：“对不起先生，我们必须留在您身边，保证您的安全，您不能擅自行动。”

Lynn 精雕细琢的脸上没有表现出不耐烦，只是从喉咙里发出了一声极低的叹息。他将帽子重新戴在脑袋上，说道：“应该说对不起的人是我，我不应该一个人回到伦敦。”

他想起如果不是自己在机场里不小心撞上了一个女孩儿，也不至于被他们给发现，被偷偷跟踪了两天，这两天他居然没有发现，这才是最让人头痛的事情。比起被人跟踪，最让他觉得遗憾的事情其实是自己的敏锐力降低了。

“我回学校，你们也跟着吗？”Lynn 问。

其实他今年是毕业生了，学业并不紧张，但是大多数的时候他依然泡在学校里。

“是的，先生，我们必须跟着您。”黑衣人说着。

Lynn 没有叹气了，只是挥挥手算是答应了：“好吧。不过请求你们离我远一点点，我不想在学校还被人当成是小 baby。”

“是。”

Lynn 放弃，跟着黑衣人上了车，吩咐司机开车。

车子到市中心，先去了他在伦敦的公寓，身穿燕尾服戴白手套的老管家早就等在门口了，黑衣人拉开了车门，Lynn 走出来，老管家一手背在身后一手贴在前腹鞠躬，说道：“先生，欢迎您回家。”

Lynn 点头，“谢谢。”说完踏上了台阶。

他住的公寓隐藏在伦敦市中心一条安静的小道儿上，并不如老庄园那般庄严，但老管家是陪同 Lynn 长大的老人，Lynn 在外求学的日子他全程陪同。前些日子先生受邀去了 Z 国举办自己的小型演奏会，预计在半月后才回到伦敦，随行者里却已经发回报告，先生独自回来了，寻了两日才把人找回来。

“伍德先生，我有点儿饿，可以给我准备一些吃的吗？”Lynn 轻声说着。

管家先生答应了一声便退下去了。

Lynn 没有休息，而是从自己的背包里翻了一圈，翻出了 Z 国邀请人赠给自己的钢琴曲谱，曲谱被他密密麻麻地写着注解，他的中文不太好，只懂得一些日常用语，所以曲谱被标注了英文注释。他揉着眉间，轻哼出那首粤调，平和而宁静，使人心旷神怡。书桌抽屉的夹层里有个盒子，他将它们取了出来，大概许久没有翻动过，上面蒙了一层灰，他用方巾小心翼翼地擦了擦，才鼓起勇气从里面翻出一张泛黄的旧照片，照片上是一男一女，女人有着深邃的五官，苏联的军装衬托得她的皮肤更加的白，英姿挺拔，而男人高出女人一个脑袋，手里举着一把小提琴，那是一张东方面孔，他的笑容很大，很温和。

Lynn 干净的指尖在照片上男人的脸上摩擦了几下，终于还是叹着气将它们收了进去。

他希望能有下次机会再去阳城，或许能找到那个人。

“先生，晚餐准备好了。”门外有人敲门。

Lynn 回过神儿来，说道：“好的，我马上就来。”将背包里的东西一一取了出来，放到应该放的位置，这才换了家居服走出了房间。

——阳城

乔安在演奏会结束后知道这次邀请 Lynn 前来举办演奏会的是阳城音乐学院，院长在帮忙推介，她在第二日就去了那所学校。

“Lynn 这次会出席是因为我们学校与 Royal Academy of Music（英国皇家音乐学院）之间有交流协议，到场观众大部分都是学院的学生。不过，Lynn 在演奏会结束当晚就离开了，去了什么地方我们也不知道。”

院长不是很明白乔安来找自己的原因。乔家一直对艺术类学院支持甚多，乔安来询问，她也就没有隐瞒。

乔安没有因为 Lynn 离开阳城而失望，笑着感谢了院长提供了线索，心里已经有了自己的主意。

刚要离开，院长突然想到什么一般又说：“对了，我们过些日子会以阳城音乐学院的名义安排学生去伦敦做交流学习，学校申请了让 Lynn 作为指导老师。我记得你一直在练习钢琴，学得如何了？”

乔安初中高中都是在阳城音乐学院附属学校就读的，院长一直对乔家这位出色的大小姐印象深刻。十九岁的时候乔安已经被伦敦圣三一学院破格录取了，但不知道后来为何，她并没有选修音乐系，而是就读了皇家霍洛威学院的管理系。

“嗯。一直有在学。”乔安说。

“那你有没有兴趣去伦敦皇家音乐学院做交流生？”

乔安没想到院长会提出这个建议，面上一喜，但很快又沉下脸来："我考虑一下。"

院长也只是建议，大约也猜到乔家对她学音乐的态度。或许这就是大家族的悲哀吧？很多上流社会都想要子女琴棋书画样样精通，却不能让她们把自己的兴趣爱好当作毕生的事业。

"好的。我非常喜欢你，相信其他老师也会跟我一样，希望能收到你的好消息。"

乔安跟院长告别后就去了苏家，她这次回阳城父母都不知情，这些日子她住在苏海安家里。对此，苏晋成和唐娜都表示了赞同。

苏海安见乔安回来后就开始整理行李箱，连忙上前去拦住她。

"你又要回伦敦？"

"我只请了几天的假，时间太长会被父亲母亲发现的。"乔安拨开苏海安的手，乔家的态度跟苏海安是一样的，他们并不希望乔安在顾朝阳这件事上有过多的接触。

听见是因为学校的事情苏海安也就没有再阻拦她，他在卧室里的懒人沙发上躺下，慢悠悠地说着自己的决定。

"我已经申请了你们学院，下个学期你就能见到我了。"

乔安听见苏海安这样说，眉头拧了起来，"你不是在国内好好的……"

"我一个人，太没意思了。"

顾朝阳"死"了以后，苏海安很长一段时间都很无聊，学校也去的少了，原本常常同那些富家子弟一起出海的兴趣也减少了许多。游艇被他丢弃在了港湾，每一次想出海他总能回忆起顾朝阳最后威胁自己的那一幕。那让他觉得是噩梦。

他没想到，自己也会背上一条人命。

可是乔安似乎并不太欢迎苏海安也去英国。她迟疑了一会儿，行李箱也懒得整理了，用脚碰碰他，说道："苏海安，我打算休学了。"

"什么？"

"我要去Royal Academy of Music，我想过了，我不能因为别人而活，我想要去追求自己喜欢的东西。"

"乔安，你太冲动了。"

"是！我很冲动。"乔安坐在床沿上，望着斜躺在沙发上的苏海安，叹着气，"可是人这一生能有多少时间去追求自己想要的东西呢？"

“我们跟别人不一样，我们没有资格。”

“为什么不一样？因为我们要继承家族？海安，我们没什么不同，我们也会死，也会遇到自己喜欢的人……”

“你怎么就知道我不会遇见呢？”苏海安盯着乔安看，眼神炯炯，像是要把她看穿一般。

“我知道你想说什么，可是，我不能，海安，我一直觉得我不应该被束缚在我们小小的世界里。总有一天，你也会明白我的。”

苏海安的脸冷了下来。

乔安那么聪明的人，她怎么会不知道自己喜欢她呢？但是每一次……她都在逃避，每一句话都在暗示，她不喜欢苏海安。

苏海安低着头，翘起的嘴角泛着冷意。

“因为那个弹钢琴的？”

“海安……”乔安没想到苏海安居然提起Lynn的事情，很是诧异，她不敢相信地盯着他，“你调查我？”

“Lynn在Royal Academy of Music这不需要调查，乔安，我们这样的人可以做梦，但是梦醒了，你要接受现实。你休学的事情我不会告诉你父母，但我的行程也不会改变。我希望你明白，最终能陪你走到最后的人只有我，只能是我。”

“朝阳呢？”

“跟她有什么关系？”

“你明明喜欢她。”

苏海安冷笑起来，他从沙发上站了起来，扯了扯方才因为躺着而褶皱的衣角：“乔安，不要再用顾朝阳做你的挡箭牌了。”

乔安听着苏海安的话，诧异地瞪大眼睛，不知从何说起：“你，你怎么会这么想我？我以为你……”

“你以为什么？以为我什么都不知道？”以为我相信你天真无邪纯洁？

乔安没有说话，低着头。

“别搞笑了。”苏海安不打算在她房间里多逗留，喉咙里发出了两声笑声，便走了出去，徒留乔安在房间里无力地坐在原地。即便是她很清楚地知道苏海安说得没有错，但是她仍然给院长拨通了电话。

“院长，我考虑过了。我想去试试，还有，麻烦院长您帮我写一份推荐信。我想要转学。”

院长在那边为乔安终于做了一个正确的决定而欣慰。她非常乐意帮助乔安。她是一个有潜力值得被帮助的学生。

挂了电话后，乔安安静了一会儿，才重新开始收拾自己的行李箱。她没有注意到，离开了的苏海安其实并没有下楼，他靠在房门外的墙上，将乔安的每一句话都听了进去，低着头不知道在思考什么。

直到天色渐暗，苏晋成派人来请他。

“真是什么事情都逃不过您的眼睛，哪里都能听见风声，插上一脚，跟八爪鱼似的。”苏海安已经猜到父亲找自己来所谓何事，他也早已经习惯了苏晋成这般的雷厉风行。

对于儿子的讽刺，苏晋成没作反应。

身体陷在皮沙发里，盯着苏海安看了一会儿，苏晋成吐出烟圈后凉凉地说：“你连一个女人都搞不定，有什么资格要求我对你不管不问？”

说着话，他已经将一个牛皮纸袋放到了矮柜上。

苏海安默契地接过来拆开看了。纸袋里是关于 Lynn 的资料，上面足足写了十几页纸的丰功伟绩。

苏晋成一向奉行知己知彼百战百胜，对于儿子的问题他也沿用这种方法。

但苏海安在看到资料的那一刹那，表现出了明显的厌恶，他翻了两页就不看了：“你什么意思？”

“怎么？感觉伤到自尊了？你搞不定我出马有什么问题吗？”

“你太小看我了，不要做无用功，我自己会看着办。”

“有没有小看你不重要，你太低估自己的对手了，林恩·杜邦，我的人居然调查不出他的真实背景，小子，你还以为自己随便找两个人跟踪他就能查到什么吗？还不是跟丢了？”

苏海安抿着唇不说话。

苏晋成见他这样子，危险地眯着眼睛，半晌，他才将烟头按在水晶烟灰缸里灭掉了火星子。

“去伦敦留学的事情，尽早定下来。”

“我知道。”

“明天去送送乔安。”

苏海安不太乐意，脸上已经有了不耐烦，但是去送乔安这件事他还真推脱不了。

乔安一大早要出门，苏海安很早就被用人叫起来了，站在别墅门口等着她，天灰蒙蒙的，乔安有些意外，没想到是苏海安亲自送她。因为昨天两人发生了一点小口角，她有点儿不适应。

但苏海安就像是什么事情都没发生一般，帮着她将行李放进后备箱，揽过她的肩膀送她上车。

“海安，你不生气了？”

苏海安笑了笑，问：“生什么气？”

“哦，没事。”

苏海安没有再说话，将乔安平安送到机场。

20. 武器训练

内罗毕，M 军团训练基地

在顾朝阳走后的第三周，Murray 长官也消失了，没有人知道他去做什么了，就连他的亲信汤尼诺半点儿风声都没有听到，只能不时地收到他发来的指令。

“长官依然不在？”

米恩教练在顾朝阳他们离开后一直想要问问长官的用意，拜伦和布鲁斯一直是他亲自带的士兵，突然去了伦敦以后，接下来的工作就需要其他人顶上，一时半会儿找谁？

不仅仅是米恩，一直跟在长官身边的黑客也发来了讯息，需要亲自跟长官通电，但都被汤尼诺无奈地拒绝了。

汤尼诺无奈地耸肩，“没有消息。”

米恩教练只能丧气地离开。

所有人都不知道，Murray 长官并没有离开基地，他待在自己一个人的地方，那是丛林深处的一栋小木屋，是就连汤尼诺都没有去过的地方。

这些天，他除了练枪以外就没有再做其他的事情。他在等消息，等一则谁都不能听的消息。

“佛罗里达州那边有了消息。”传统无线电里发来了新消息。

架在木窗上瞄准十米开外的一个空酒瓶的狙击枪枪把被人移动了一下，Murray 瞄准的姿势停顿了一下，回头看房间里那台老式的通讯设备。摘掉了手上的皮手套，过了一会儿才慢悠悠地接了起来，他没有说话，只是修长粗粝的指尖敲打着桌面。

通讯器那边很快被一个女人接了过去。

“Murray，我想你可能需要去佛罗里达看看。”

Murray 依然没有回复，指尖又敲击了几次，很快那边的人挂断了通讯器。Murray 这才出了门，将小木屋用简单的锁头锁了起来。

Murray 回到基地的时候汤尼诺早已经等在入口处。

“长官，您……”

Murray 抬手制止了汤尼诺接下来的话，只问道：“路易那里有消息了吗？”

汤尼诺会意，跟着 Murray 到了工作室，打开了视频通讯，很快视频电话被人接通了，对象是上一次在阳城一起行动的那位黑客。

“对不起长官，我们植入在道尔身上的窃听器被发现了。”

Murray 嗯了一声，没多大的反应。

“还有什么消息？”

“道尔回去后参加了首脑会议，他似乎在跟一个境外势力联系。最近爆出，佛罗里达州附近发现了新油田，他应该会过去。”

“我知道了。”Murray 关掉了视频，半晌没有再说一句话。

汤尼诺看着长官，好几次想要问但又硬生生地将疑问吞回了肚子里。M 军团不隶属于任何国家，他们只拿钱办事，一件事完成钱到账就算完结了，以后再无任何瓜葛。

可是……

“你想问我为何如此在意道尔？”

“对不起，长官。”军人的职责永远是服从，提出疑问让汤尼诺觉得自己亵渎职责。

Murray 长官自然也没有解释的意思，他侧目看他，从沙发上站起来，拍了拍汤尼诺的肩膀，吩咐道：“帮我安排直升机，我要去伦敦。”

不是去佛罗里达州？

汤尼诺不明白长官为什么选择在这个时间去伦敦，但他只能服从命令，顺便通知米恩教练。

——阳城

“那边传来消息，佛罗里达州那块地专家勘测到有油田。”一个老者没有经过秘书的通报，直接进了苏氏集团董事长办公室。

正在办公的苏晋成从办公桌前抬起头来看了看老者，他抬手做了个噤声的动作，老者想到了什么一般，张了张口没发出声音。

苏晋成说："我们晚饭聊。"说着话，他抬手关闭了办公室里的所有电源，同时屏蔽了通讯信号。

做完这一切后，苏晋成这才放心地邀请老者在沙发上坐下。

老者面上挂着笑意，笑话他道："难不成还有人能近你苏老爷的身？"

苏晋成皱皱眉头，回答："小心一点总没错。身边的人，也难保没有异心的。"

老者耸了耸肩，没有接苏晋成这茬。苏晋成是出了名的多疑不近人情，跟在他身边的人，几时有一心一意的？

"消息可靠吗？"苏晋成问。

老者摇了摇头，不太确定地道："我并不能确定消息是否完全可靠。道尔已经派人过去了，不能排除是那伙人想要抬高地价故意放出的消息。"

"叫个人过去了解下情况？"

"我去吧，别人去我不放心。"

苏晋成点头，同意了他的想法。过了一会儿，又问："拍卖会是在什么时间？"

"原计划在两个月后，但现在放出了这种消息，恐怕时间还得缓一缓，我随时在等消息，你不用担心。"

"嗯。"

苏晋成对那块地势在必得，加上早前道尔答应过透露底价给他，原本不用太担心，但他做事情的风格就这样，谁也信不过。

布鲁斯带着大家在树林里的空地上过障碍物，铁丝网是布鲁斯开着小型挖土机给挖出来的。

"几年前弄的，被沙尘暴给掩埋了。"布鲁斯一边用铁锹去铲沙子一边解释着。

相比之下，杰克就轻松多了。他不知道从哪里搬来了一个沙滩椅，戴着墨镜，手里端着维多利亚新榨的橙汁，欣赏着布鲁斯和大家忙碌的身影。

"伦敦基地很久没有人使了，你们来了正好做苦力。"维多利亚指挥着顾朝阳背着沙袋，将它们堆成一个小山。

维多利亚使唤起人来一点不比杰克下得了狠手，另一边的罗拉正帮着拜伦将周围多余的树砍掉，据维多利亚说，他们要在这一片设置出最复杂最艰难的障碍区以便于大家更快掌握求生技能。

其实比起这些，顾朝阳更加好奇的是这座小岛上还有什么东西是没有的？

“就我们几个人，可以吗？”顾朝阳不是小看自己，看看优哉的杰克在翘着兰花指，维多利亚也只是耍嘴皮子，她真的很怀疑仅凭他们四个人不可能完成这么艰巨的任务。

杰克一听顾朝阳这样说，就不乐意了，嚷嚷着说道：“你看你看维多利亚你这个小气鬼，居然不让布鲁斯去把F-22‘猛禽’给挖出来。在这里挖什么铁丝网，被人小看了吧？”

F-22“猛禽”？顾朝阳瞪大眼睛，不明白他们的意思。

杰克见她懵逼，哈哈笑着说：“全世界第一的战斗机，造价高达近2亿美金，布鲁斯梦寐以求都想开的战斗机，已经停产了哟，也只有我们……”

“别做梦了。”维多利亚打断杰克。

“我没意见啊！如果真是F-22，就算是让我徒手挖，我也去挖出来。”布鲁斯立即证实了杰克口中的话。

“布鲁斯，我总算明白你为什么总能被杰克压一头了。”维多利亚嘲笑道。

“我被他压？有没有搞错……”

布鲁斯非常不满地跳下车，他的活儿已经干完了一大半，正想偷个懒，却被杰克一眼看穿了。

“就知道欺负女孩子，去干你的活！”

顾朝阳听着这几个人打嘴炮，没吭声，心里想着到底是谁欺负女孩子……

拜伦和罗拉砍完树回来，空地上的工程弄得七七八八，罗拉心里也有怨言，嘴上没说，脸上早就铁青一片。顾朝阳靠近她，递了水过去，但罗拉没有接，只看了她一眼，掉头便走到休息区，在杰克桌子上拿起水咕噜咕噜灌了一大口。

顾朝阳没觉得尴尬，只是不太明白罗拉怎么突然对自己充满了敌意。

那边杰克也已经休息够了，从沙滩椅上站起来，伸了伸懒腰打着哈欠弯腰在带来的黑布袋子里捣鼓了一番，扔了一把狙击步枪给罗拉，接着是顾朝阳。

“姑娘们，休息够了，我们要开始进行魔鬼式训练了哟。”

杰克和拜伦分开负责两个女孩儿，拜伦要求顾朝阳长时间地单手托枪，拜伦一声令下她要在两分钟之内翻越高墙，跳过沙袋小山，然后单手托枪低姿匍匐前进，滚了一身的沙土。约莫4kg的步枪单手托起，长达两个小时来回训练，顾朝阳差点儿以为自己的手已经断了，拜伦却压根儿不在意顾朝阳痛苦的表情，严厉地说道：“以后长达一个月的时间，我都将对你的体能进行特训。”

顾朝阳的基础训练算是告一段落，但是战术特训又即将成为顾朝阳长达两个月的噩梦。她只能安慰自己或许时间久了就习惯了，就如同现在她早已经习惯了每日的基础训练。

Murray的直升机来的时候，这伙人刚刚结束一下午的锻炼。

顾朝阳没有闲心同其他人打闹，一个人蹲坐在地上，她一手扯着纱布，另一头用嘴咬着，正在包扎方才匍匐前进时摩擦让旧伤口裂开的地方。

杰克好心想要替她包扎，被她拒绝了。

因为杰克有个恶趣味，就是把她的手臂包成圣诞节礼物，让顾朝阳总有一种错觉，等到平安夜那天杰克会砍掉她的手当成礼物送出去。

直升机轰隆隆地在头顶旋转，顾朝阳感觉到有一股不受控制的强风袭来，其他人也听见了，纷纷惊觉起来，正要做下一步动作，被杰克拦住了。

“能找到这个卫星定位只能是军团的人。”杰克对自己的安全防御网非常自信，不做他想。

果然不出所料，很快飞机的舱门被推开了，在轰隆声中一个身穿迷彩军装的挺拔男人探出了半个脑袋。

“Murray长官！”维多利亚惊呼一声，她也没收到消息。

直升机上扔下了一条绳子，Murray并没有打算让飞机留下来，他沿着绳索速降，没有运用任何保护装置，绳索离地面还有段距离，大约三四米的高度，Murray眼皮没有眨一下，一跃就稳稳地落在地面了，过程快得令顾朝阳不得不在心底佩服，他落地处离顾朝阳最近，顾朝阳感觉自己脸上被飞扑了一层灰，但是她没伸手去擦。

Murray跳下来的时候正好面对着她，顾朝阳不由自主地就盯着他看了许久，迫于他与生俱来的强势压迫感，她没能多坚持一会儿，很快便假装不在意地转过脸去，Murray也没任何表示，脸上依旧是淡淡的没有任何表情变化。

“长官？你怎么不通知一声就来了？”维多利亚先问出声。她现在很后悔，为什么没有穿上自己最美的裙子，喷上最好闻的香水。

Murray没有回应她的话，只淡淡地瞥了其他人一眼。

很怪，直升机上另一个人也顺着绳索速降了下来，前来的人，除了他以外还有米恩教官，其他人也都很高兴见到两人。

“长官，我让他们先回去？”米恩上前一步，等待着指示。

Murray这才正眼瞧着维多利亚，问道：“这里的装备还好吗？”

“长官放心，我保护得很好。”

Murray点头，对米恩说：“让他们回去，叙利亚的任务让汤尼诺安排人去就好。”米恩应着话，转身走出了两步，对着无线电说了什么之后，直升机掉头上升，开走了。Murray又看了看顾朝阳和罗拉，说道：“还顺利吗？”

这话虽然是看着她们两人问的，但是顾朝阳就是感觉到他不是在问自己，所以她没回话。

拜伦说：“还算顺利。白天的训练结束，晚上会安排夜袭训练。”

顾朝阳明显感觉到Murray到来后，大家的精神都紧张了一些，不如前些日子的散漫。但尽管散漫偷懒，这些人顾朝阳也是不敢轻易小觑的，他们的言行之间总是藏着致命的危险。

21. 人肉沙包

如果说顾朝阳在这些日子以来最讨厌上的课程是什么？那无疑就是跟拜伦学习格斗技巧了。

如果一个人对你不怀好意，但你又打不过他，那么你只能做沙包。

拜伦总这样傲慢地地挑衅顾朝阳，一个拳头砸在她身上，见她晕头转向地朝别的方向倒去，他就会说：“怎么？恨我？那就来打败我啊！”

顾朝阳在听了一百零一次后终于气急败坏地怒吼一声，冲上前猛力地挥动拳头，一下又一下被拜伦闪避过了，她终于被他激怒，他躲一下她另一个拳头立即又落下，总算能碰到一次，但她那点儿力气对拜伦来说就跟小猫挠痒痒似的。

“哼，没用。”拜伦一脚踢在顾朝阳胸前，这一脚大概为了报复她方才打到他的那一拳头，格外用力，顾朝阳不受力，整个人倒栽在地上。

嘴角已经有了血迹，顾朝阳费力地坐起来大口地呼吸，拜伦依然站得远远的，他的脸上和手上干干净净的没有任何伤痕，这让顾朝阳恨得牙痒痒，不等拜伦有所反应她又疯了似的扑上去，拳头直招呼上拜伦的脸。

方才还扬扬得意着毫无准备的拜伦没想到顾朝阳突然像疯狗一样扑上来，一时之间没来得及遮挡，侧脸正好被她一拳头打偏。这一拳头使了些力道，打得他终于有了点痛感。

拜伦诧异地瞪她，但顾朝阳没给他机会，另一个拳头又招呼上了。拜伦这下哪里会给她机会，另一只没有戴拳击手套的手一把抓住了她的拳头，拼力气顾朝阳怎么会是他的对手，只听他冷哼一声手上一个用力，直接掰歪了顾朝阳的手臂，反手将她剪在背后，差点儿没脱臼。顾朝阳没有喊疼，想着法抬脚去踩他，都被他避开了。

这么来回了几次后拜伦终于笑出了声，一把推开她，将她再次推倒在地。

“还算有点儿蛮劲儿，不过毫无章法，拼力气你拼得过我吗？”

这是拜伦第一次在教学期间跟她好声好气，顾朝阳忍着痛爬起来坐在一边，抬头去看拜伦，见他脸色似乎好一点也没有吭声。

拜伦其实比汤尼诺难对付多了，这人油盐不进，就算她使诈也很快就被他洞悉，她的下一步动作还没出手已经被他抵挡在门外了。

顾朝阳感觉到了挫败，心理和身体上都累积了怨气。总想着找个时间报复回来，下手打到拜伦脸上的那一拳头使了全力，不一会儿就见他脸上青了一块。

训练的一幕被其他人都看见了，杰克撑着围栏哈哈大笑，逮着机会就嘲笑拜伦：“拜伦你太不绅士了！我有没有告诉过你，女人的报复心很重？对待女人，还是应该绅士一些。”

顾朝阳翻着白眼听他们倒打一耙，到底是谁把她当人肉沙包一样对待的？又是谁根本看不上女人的……

“我怎么没发现你对我绅士了？”罗拉这些日子跟着维多利亚时间久了，也学会了呛人。

杰克惊奇地呀一声，“原来你是女人啊！”

罗拉翻着白眼不理他，她俯视着拳击台上的顾朝阳，脸色不善。

顾朝阳注意到罗拉的目光，抬头看过去，却什么都没看见，只见到Murray不知道何时走了过来，双手还插在裤兜里，也看着他们两人。

拜伦对顾朝阳今日的表现还算满意，没有再过于讽刺她。

不过一会儿维多利亚的晚饭铃声响起。因为Murray和米恩的到来，维多利亚晚上做了非常丰盛的晚餐。一直空着的主位上坐了Murray长官，顾朝阳有点儿紧张，第一次跟他共进晚餐，所以吃饭的时候她始终埋着脑袋根本不看他。

其他人也因为Murray的到来不像以前一样吃饭的时候还能讲话拌嘴，大家都沉默着吃完。

晚饭后会有半个小时的休息时间，之后便是自由练习时间。

通常杰克会去捣鼓自己的电脑，布鲁斯会在健身房里举哑铃，罗拉在维多利亚的带领下练习速降。顾朝阳不想下次再被拜伦当作人肉沙包，吃完饭后就一个人摸到了拳击台上练习打沙包，她牢牢记得拜伦每一次反击跟闪避时的动作，拜伦的动作很灵巧，动作很快，即便是米恩那样的大块头同他对打，想必都不是他的对手。顾朝阳打了一会儿，累了，闭着眼睛去回忆拜伦的动作，想要找到其中的技巧……

拳击室的大门不知道何时被人推开了。

顾朝阳猛然睁开眼，往日，布鲁斯和拜伦常常在晚上乘人不备时搞突袭，前几次她总被两人捉弄得满身是伤，经历过几次后她就提高了警觉，一点点风吹草动都能让她神经敏感。

顾朝阳的眼睛盯着大门口，来人居然Murray长官。

他见顾朝阳警觉地盯着自己看，依然一张面无表情的脸，三步并作两步上了拳击台，无视了顾朝阳的存在一般，徒手在沙包上重重地来上了两拳头，他的力道很大，闷重的沙包被他一拳打过去晃了一大圈，回来的时候差点儿砸在顾朝阳脑袋上。

顾朝阳往后退了两步，正思考着是否要将这里让给长官。

刚要抬脚走人，Murray在她身后突然说道："你来。"他已经停了下来，单手扶着沙包。

顾朝阳诧异地看他一眼，上前一步，也脱掉了拳击手套，奋力一拳头打在沙包上，却没太大的晃动。

Murray皱起眉端，手没从沙包上移开。

顾朝阳不敢看他的眼色，她知道自己的体力还不够，想要不被拜伦当作沙包玩弄的可能性太小了。

"你来打我。"Murray又说道。

顾朝阳啊了一声，终于抬头看他。Murray 脸上没有开玩笑的意思，顾朝阳抬手试了一下，他不动，似乎看穿她的用意。顾朝阳这才鼓起勇气挥起拳头朝他脸上招呼而去。Murray 的动作不如拜伦那样闪避的很快动作幅度大，他只微微偏头便躲开了，似乎很清楚地知道顾朝阳会朝着什么地方打，一抬手，手掌就精准地握住了她的拳头，半点儿不迟疑。

顾朝阳在心里诧异，另一只手没动。

被包扎过的右手还被 Murray 握在手心里，顾朝阳感觉到了疼痛，但还好，感觉得到他没有太用力，过了一会儿，Murray 才松开她的手，硬声说道："想学拜伦，你恐怕十年也不会是他的对手。"

顾朝阳早已经习惯了被人奚落，但是 Murray 如此断定的态度仍然让她不是很高兴。

"你凭什么这么认为？"

"凭什么？"Murray 狭长的眼睛微微眯起，看了顾朝阳一会儿才说道："你没有任何技巧，不懂得利用自己的优势，靠蛮力？"

"那我应该怎么办？"顾朝阳也不是一个盲目自信的人。Murray 说的话跟拜伦说的一致，她心里也有点儿开始担心起来。

Murray 冷哼一声，手背在身后，过了一会儿才大发慈悲地说："女人和男人身体结构的差异性中展现出，女人的柔韧性很好，速度是你们的优势，硬拼不是你的选择。"他停顿了一会儿，瞥了眼顾朝阳的脖子，手掌劈过去，快得顾朝阳根本来不及做反应，但他动作迅速又准确地停在了某个位置，"人的关节处最脆弱，你们 Z 国有个穴道大法，我想你可以牢记下来。"

顾朝阳低垂眼眸看他停留在自己脖子处的手掌，心有余悸。

似乎是故意要吓唬她，Murray 过了一会儿才收回手，但就在顾朝阳松口气的同时又快速地一掌劈来，将将停在她腰间，顾朝阳下意识地反应弹开了，像是印证 Murray 方才说的那些话，速度很快。

顾朝阳看着他的手，又看看自己的腰，脑子里好像想到了什么。

Murray 没等她彻底想明白，便凉飕飕地说道："杰克是医生，在练习前在他那里知道一些身体技能知识对你没坏处。"他上下看了她一眼，视线停留在她手臂上，"有时候过分急于求成会造成很大的损伤。我不想我花了这么大的价钱培养出来的佣兵最后成了残废。"

"是！谢谢长官。"

Murray 抿着唇从鼻子里哼了一声，几乎没有再说话了。

两人一前一后地离开了格斗室，其他人居然像说好一般都在客厅里，长官一离开其他人就凑了上来，杰克还八卦地吹着口哨儿，问她：“怎么样？被长官亲自指导是什么感受？”

顾朝阳看他，摇头，表示没有特别的感受，但是确实明白了许多。想到这里的时候她抬头去看拜伦的脸色，拜伦明显的不高兴，嘴角的纹路绷得紧紧的，一眼就能看穿，但是顾朝阳不知道他在不高兴些什么。

“也没见你前凸后翘，长官怎么对你就不同一些呢？”维多利亚端着红酒，不满地瞥她。

“维多利亚你吃醋啦？”

“哼，我才没有！”维多利亚瞥了一眼顾朝阳，“这种身板哪里值得我吃醋？”

顾朝阳感觉自己引起公愤了，但并不明白到底是为何，就因为 Murray 长官无聊时多跟她说了几句话？

自然不可能因为这件事。

其实在之前杰克就放出话头尤其对拜伦提到过，他认为顾朝阳特别像一个人，而 Murray 长官对顾朝阳也有着不一样的看法。一开始拜伦并不在意，但是自从从 Z 国回来后，拜伦就明显感觉到有些事情变得不一样了。

这种特殊感让大家都不适应，没有人想要同一个特殊的人成为一个团队。

但是这种感觉又因为顾朝阳闷头闷脑的性格减少了许多不适应，加上 Murray 长官向来的不近人情对谁都一视同仁的做法，所以大家眼下最多也只是开开玩笑说点笑话罢了，也就并没有多为难顾朝阳。

22. 维多利亚

接下来长达两个月的训练开始强度加大，每一天顾朝阳都感觉生活在地狱里，死了又活了，活了又死了。

这几日都没有见到布鲁斯，杰克少了个拌嘴的人，无趣得很，一腔热血便撒在两个女孩儿身上。

对待电脑黑客攻防方面的训练也严厉了许多。

“认识黑客使用的入侵工具，是需要花脑子去记的。如果你们手笨，脑子也不好使的话，我想那我只能让你们的脑袋搬家了。”杰克此刻说的话，跟他平日里嘻嘻哈哈不正经的样子判若两人。

顾朝阳从小数学就好，在杰克的视察下还算满意，但罗拉就倒霉一些了。

她对电脑的认识几乎为零，她在以前的团队里一直担任着冲锋的位置，根本没有这么全面地接触过网络防御知识。

杰克站在罗拉身后板起了脸："罗拉，我这里不是对小学生教学，如果明天你再弄不好这个程序，就不要怪我不顾念师徒情分了。"

"是。"罗拉向来好强，她不允许自己有一样比顾朝阳差，回答的声音很大，顾朝阳也听见了。

杰克让她们写的病毒程序，顾朝阳在规定时间内完成了，罗拉则主动要求留下来练习。

顾朝阳出了电脑室，没见到其他人。在射击室里见到了拜伦，他一旦有空闲的时间就会在这里，见到顾朝阳进来，他也没有摘掉保护耳机，手里拿着的枪正一发一发地发射着子弹，每一发子弹都准确无误地打在了十环上。

顾朝阳安静地看了一会儿，半天没有动手取出自己的枪来。

她在观察，观察拜伦在射击时的动作、眼神，顾朝阳并没有看出什么门道来，拜伦已经停了动作，抓起一把轻机枪扔给她，顾朝阳稳稳地接着，不明所以地看他。

"看我脸上有花？"

顾朝阳撇嘴摇头，"没有。"

"检查子弹，瞄准靶心，打呀！"拜伦没好气。

顾朝阳扶着枪，对准玻璃后面的靶心，微屈身单眼凑近瞄准镜，食指刚要扣下扳机，拜伦已经走到她身后，掰了一下她的肩膀。

"不要贴肩，除非你想让自己废掉一只手臂。"原本是指导的话，但他说出来就是一股子的嘲讽味道，但好在顾朝阳早已经习惯了他的怪脾气，听话地动了动，"开枪的时候不要眨眼睛。"

话音刚落，顾朝阳已经扣下了扳机，枪杆子后坐力一震，顾朝阳也没来得及看清楚子弹穿堂而过的路径，只看到靶子上，四环处的位置上留下了一个子弹洞。

拜伦嗤之以鼻，话都懒得再多说一句了，表明了嫌弃顾朝阳的水准。

顾朝阳倒是一点也不担心，她尽力让自己平复了一下心情，上了第二发子弹，学着方才拜伦的姿势，站直了一些，挺拔地面对着靶心，然后端枪在眼前瞄准，吐了一口气才缓缓地扣动扳机，射出了第二发子弹。

这一轮的射程比上一轮好一些，在六环上了。

顾朝阳的心理素质还不错，很快就摸出门道来，第三发第四发子弹明显上了些道，拜伦在一旁也看得津津有味，还算满意，正想换把枪给她，让她试试狙击枪的威力，另一边集合的铃声不知道为何突然响起，只能作罢。

临走时，拜伦吩咐顾朝阳："晚上休息时间来这里。"

顾朝阳听了拜伦的话心里知道他总算对自己有了改观，于是点头答应着。两人一起前往大厅里集合，其他人都到齐了，唯一没到的仍然是布鲁斯。

"布鲁斯怎么不在？"顾朝阳问。

"布鲁斯那家伙最近都在仓库里捣鼓他那些废品。"杰克笑嘻嘻地，又变成了往日嬉皮笑脸的样子，他神秘兮兮地凑到顾朝阳耳边又说："待会儿你们就会看到我们的庞大武器了，怎么样？有没有很激动？"

顾朝阳愣了一下，回头看罗拉。

只见罗拉脸上也有了兴奋感，顾朝阳这才明白，这是要进行战机训练了，这堂课程由米恩教官和布鲁斯共同完成。不仅仅是杰克和罗拉，就连拜伦似乎都很期待。顾朝阳看了他一会儿，发现这里的人都有两副面孔。不知道待会儿见到布鲁斯会不会也是两副面孔呢？

"你好像并不关心。"杰克觉得没趣。

顾朝阳看他一眼，摇头，"我并不知道关心是好事还是坏事。"

"什么意思？"

"对我来说有什么分别吗？只要能活着。"

杰克觉得顾朝阳太悲观了，还想要说点儿什么，Murray长官的脚步声已经传来，所有人都噤声了。

维多利亚跟在Murray长官身后，不同以往，今天她穿上了裁剪合适的军装，褐色的军衣军裤腰间用宽皮带勒出了腰线，肩上还有金色的勋章。顾朝阳认不出来她穿的是哪国的军装，只是觉得非常养眼，她同Murray长官走来，就像是中世纪里走出来的军方贵族。

"怎么？看傻眼了？"维多利亚对顾朝阳直愣愣的眼神很满意，长指撩了撩头发，袖口里露出半截儿小麦色的肌肤，健康又性感，褐色的大波浪卷发一半儿与褐黄色军装浑然一体，一半儿在肩头。

“是的，你很美。”顾朝阳衷心地赞扬她。她不能否认维多利亚的美，也明白他们想要把罗拉打造成下一个维多利亚的意图了。

她很好奇，这样的女人为什么 Murray 长官居然对她视若无睹？在座的所有人都知道，维多利亚喜欢 Murray 长官，就连杰克都不曾拿他们两个打趣，说明是不可说的关系。

维多利亚呵呵笑出两声，扭头去看严厉的 Murray 长官，几次引诱都没得到回应。她也不觉得尴尬，清朗的嗓音说着：“好吧。伙伴们，我带你们去地下室见识一下我们的宝贝。”

还有地下室？顾朝阳抬头望了望上到二楼的旋转楼梯，心里惊讶到底这里有多大？看这些水泥混合着钢筋的建筑就知道费了许多心思，没个几年是难以造出来的，然而 Murray 长官看上去最多三十来岁。

维多利亚在前面带路，手里举着荧光灯，钻进了一个类似下水道的甬道。

顾朝阳和杰克走在最后，她好奇多看了两眼头顶上的红色微弱小灯，杰克见她看得认真便解释道：“千万别去碰，那些灯光是警报器，一旦有影子进入就会引爆装置。”

“那我们为什么没事？”

“维多利亚在进来之前关闭了部分装置，但是如果你多手动一下其他地方两面墙之间隐藏的机枪很快就会把你的身体射成筛子。”

顾朝阳倒吸一口气，没有再停留，继续往前走。

走了一会儿，空气通畅了许多，顾朝阳知道是到了。

果然不一会儿就看到了亮光，维多利亚先跳了下去，其他人跟随其后。与基地内的大厅不一样的是，入目便是一个空旷的大厅，大厅里排列整齐地停留着几个用黑色塑料胶布遮住的庞然大物，看起来像是大鸟，只看黑色面罩顾朝阳就明白了这就是 M 军团最核心的武器室了。

不仅仅顾朝阳，罗拉也震惊地瞪大了眼。

她曾经跟着上一个团队四处流放，许多基地也是抢来的，或者租来的。她所在的那个队伍也是所谓雇佣兵，但是远比 M 军团差太多。

“这个地方是 M 军团的核心基地了吧？”罗拉走到一辆直升机身前，问道。

杰克嘻嘻笑了两声，自豪地说：“错！这里只是其中一个庞大的基地，更土豪的地方你们还没见识过。”

“这里是花钱买来的吗？看起来很费钱。”顾朝阳说。

杰克笑了笑，觉得顾朝阳总算是有关心的事情了，耐心地想要解释一番：“这里虽然很费钱，但并不是我们花钱买来的。”

“那是怎么来的？”

杰克笑呵呵地凑近顾朝阳耳边，指了指维多利亚，“多亏了她。”

顾朝阳顺着杰克手指的方向看过去，维多利亚正在拉着一个黑色胶布罩子的一角，用力一扯，缓缓露出了那些不见天日的机械。仅仅是远观，顾朝阳就觉得是在做梦了，这场景就像是以往去看好莱坞大片。

“维多利亚前身是Y国的空军上校，因为犯了错误被取缔了军衔，这个地方曾经是Y国的军事训练基地，非常隐秘，至于为什么最终落在M军团手上，我猜想一定是维多利亚跟Y军有某些不可告人的协议。”

“Y军？她就是传说中……大鹰？”罗拉似乎听说过一些关于维多利亚的故事，眼里对维多利亚露出了别样的目光。

“对，她就是那个大鹰。不然你以为杰克为什么会怕她？”布鲁斯不知道什么时候突然从一架直升机机身里钻了出来，他手里还拿着铁质工具，脸上也弄得脏兮兮的，一看就是刚工作完。

“哇啊。你能不能别像个鬼一样突然蹿出来！”杰克对布鲁斯吼道，他对布鲁斯不满起来：“谁说我怕她了？我才不怕她一个女人呢！”

布鲁斯没生气，眼中兴奋的样子看上去一点也不像鬼：“我在这里待了四十八个小时了，你让我怎么雄赳赳气昂昂地走出来？”看布鲁斯的样子一点也不像是两天没休息的模样。

“我说你们能别小瞧女人吗？维多利亚发起疯来，你能打得过？”罗拉这些日子跟着维多利亚受训，见识了些许她的狠劲。显然她对长官想要将她培养成以美色示人的武器已经接受、认同了。

“Y国就把这里送给她了？”顾朝阳仍然觉不可思议，到底是一个多么重要的人物才能让Y国赠送这么重要的地方？

“NO——小姑娘你太天真了。”米恩也不知道什么时候凑了上来，解释说：“没有一个国家会心甘情愿赠送这么大的地方给一个女人，即便她救过那个国家。”

“那是为什么？”罗拉问。

“她现在应该算是Y国的叛军吧？”顾朝阳心里琢磨着。

米恩点头：“嗯。维多利亚在Y国已经是死人了。当年Y国要判处她死刑，是 Murray 长官出面与他们交换了条件，得来了这么个地方。加上我们虽然是雇佣兵，但大部分只接政府的活，手里握着 Y 国的把柄也不少，这个地方就当见面礼好了。”

难怪维多利亚对 Murray 长官格外尊重，甚至爱慕他。

布鲁斯强调道：“Y 国绝对不会留好处给我们。几年前这里也只是废墟，什么值钱的都被弄走了，是我们的人花了点时间才将东西填满的。”

“所以这些战斗机都是 M 军团私有的？”

米恩笑着摇了摇头，看见另外一头，维多利亚和 Murray 长官掀开了 F-22“猛禽”的遮掩物，指着那东西说：“大部分都是一些残次品，买回来的时候零零碎碎都废了不少地方，这就要靠我们的机械师布鲁斯了。”

米恩说着，布鲁斯嘿嘿笑了两声，不好意思地抓了抓脑袋。

他还真是个实诚的孩子。

“你们别看弄回来的都是残次品，但是从军方那里买来已经很贵了，再经过我的改造，尤其是那架猛禽，比我的命还值钱。”

顾朝阳可不这么认为，她紧紧地盯着朝着这边走来的维多利亚和 Murray 长官。布鲁斯这样的天才，他可比这些机器值钱太多了。

“都还好吗？”Murray 走过来，环视了一圈整个机坞。

布鲁斯行了军礼，指着方才自己捣鼓的那架飞机说：“教练机 K-8P 我检查过了，没什么问题。只是搁置时间太久，有些零件老化了，我已经试飞过了，很不错。”

Murray 看了一眼那架教练型的战斗机，皱起眉头，指了指左侧的军用直升机：“SA365，杰克和罗拉上。”又指着另一架军用战斗机说：“SU-27 检测一下，没问题的话，布鲁斯你带着拜伦和葛兰上。”

“长官……”

“学开飞机和直升机之前，得让他们认识飞机和直升机。”Murray 说完，其他人也不再反驳。

杰克不像布鲁斯那样心软，一早认同了长官的安排，努着嘴巴对罗拉说：“走吧。我带你先玩玩，这架军用直升机巡航速度是二千六百九十千米 / 时，还算够玩，我待会让你感受一下特技表演，一定让你爽翻天。”杰克碎碎念着，罗拉已经跟他上了直升机。

23. 交谈

布鲁斯见没辙，也让顾朝阳和拜伦上了 SU-27 歼击机，“葛兰，你坐在我旁边。”

拜伦并没有意见，主动坐在了后排。带上通讯设备和耳机，调试启动了仪表盘，布鲁斯兴奋地拉动了油门杆，“啊哦——”一声，机身动了，顾朝阳正仔细观察着他的一举一动，眼前突然一片大亮，原来是维多利亚在指挥台前启动了仓库天顶。

“哇啊，Cool！”布鲁斯心情非常好。

“别逗留太久，我看油不太够。”通讯器里传来了维多利亚的声音。

布鲁斯握着操纵杆，中气十足地回答：“是的！长官。”

比起维多利亚的担心，顾朝阳更加担心的是布鲁斯，他工作了 48 小时没有休息，不知道是否能平安带他们回到原地？

身后一只手搭在了她的肩膀上，顾朝阳回过头诧异地看着拜伦。

拜伦好意提醒她：“坐稳了。”

正想问点什么，布鲁斯已经疯了似的猛力操动着操作杆，机身突然倾斜九十度，顾朝阳感觉自己的身体不受控制地往下滑，头昏脑涨，抬手想要抓点什么，却不小心抓在了拜伦的手臂上，顾朝阳看见拜伦瞪着眼睛看自己，下意识地就想要松手，直升机却再次翻转进入了另一个倾斜状态，她不敢松手一把再次抓住了拜伦的手掌，拜伦又瞪大了眼睛，不敢置信地看着顾朝阳，表情像是吃了苍蝇一样难看。

顾朝阳没有再松开他的手，因为很快布鲁斯又发疯了，直升机在空中完成了一百八十度的翻转，起起落落完成了高难度地穿行和直降。通讯器里杰克也不落下风，跟布鲁斯比赛似的，玩着花样飞行。

半个小时左右，维多利亚命令两人立即回程。

从直升机上下来，罗拉就吐了。杰克和布鲁斯两人没心没肺地在一旁嘲笑着罗拉身体素质不行，“应该多加强锻炼，过些日子我带你飞几次你就习惯了。如果自己都不能克服，怎么开直升机？”

“葛兰居然看起来没有半点儿问题，这很神奇。”杰克说道。

大家都抬头去看顾朝阳，顾朝阳动了动嘴巴，又看了一眼拜伦，只见他一只手握住另一只被自己抓住的手，尴尬地撇开了脸。

拜伦的脸色没比她好看多少，从下直升机以后就站在一旁什么话也不说，视线紧紧盯着顾朝阳的背影。顾朝阳感受到那一道炽热的视线非常不好意思，但她又不能去跟拜伦道歉。何况……拜伦一个爷们，被她拉一下又没什么关系……

顾朝阳不想去管拜伦，撇开头去看罗拉，她难受得感觉五脏六腑都快吐出来了。

杰克皱起了眉头，他对罗拉始终处于一种非常严格又不满的状态，就像是拜伦对顾朝阳的感觉一样。

“不行就说。”

罗拉要强地抹着嘴巴回答：“我可以的，教官。”罗拉非常要强，这让顾朝阳对她多了一些同情。于是递了水给她，她终于露出了感激的神色。

过了一会儿，Murray 走了过来，上下看了一眼，视线最后落在顾朝阳脸上。

她明白长官的意思。其实顾朝阳并不是完全没有感觉的，她明显感觉到那种悬空和失落感袭来，那时她的心也提到了嗓子眼儿，差点儿以为自己就快要死了。幸亏有拜伦给了她一个支撑点，她心里好受了许多，胃部也有一些不适应感，但因为飞行时间不算长，她也就没有罗拉那样反应激烈。

“葛兰你不会有什么副作用吧？”布鲁斯这会儿才想起来要去关心一下被自己玩弄的顾朝阳，不好意思地抓着脑袋，脸涨得通红。

拜伦冷哼一声走上前:“她能有什么副作用？爪子比戴斯的牙齿还硬。”

戴斯是维多利亚养的那条阿拉斯加大犬，平时休息时几个男人常常跟它一起玩，有一回拜伦玩得过火了，还被它咬了一口。

听着拜伦的话，顾朝阳盯着他遮住的手掌看了一眼，从指缝间看到一丝红色印子。顾朝阳脸上一红，闭着嘴巴没反驳。

“布鲁斯，给你两个月时间教会她。”Murray 长官开口了，语气冷森森的，又看了一眼顾朝阳，下达了命令。

布鲁斯抽了口气，点头道：“好的。一定完成任务。”

两个月时间教会一个人开直升机并不是难事，难在能不能让这个人有胆子开着直升机去出战。顾朝阳认为布鲁斯的顾虑是多余的，她决定用自己的实际行动证明这一切。

Murray 在伦敦并没有待上两个月的时间，在第三周他就离开了，直升机来接他的时候很着急。听杰克说，原来是来了任务，刚果军方需要他们去截获一批走私的军火，任务很险峻，Murray 亲自带队，拜伦非常想去出任务，但被长官拒绝了，所以那天长官走后，拜伦的情绪并不稳定，他将所有的不满都发泄在了顾朝阳身上。

拜伦的情绪不好间接就影响了顾朝阳，那时顾朝阳正在布鲁斯的指导下在海边准备从五十英里的高空跳伞。

那是顾朝阳第一次实施跳伞训练，因为经验不足错误估算了降落地点，差点儿摔死在岩壁上，是布鲁斯和罗拉来寻找，才将骨折了的顾朝阳送回基地休息。

拜伦没有招呼一声，一脚踢开了顾朝阳的房门，他好似看不惯顾朝阳养伤，冷冰冰地讽刺她没用，一点点骨折还要包扎成伤兵。

其实顾朝阳的伤势比骨折严重多了，杰克在包扎的时候就说了，如果不好好养伤难保不会真的残废。

但拜伦明显找茬地针对，不得不让顾朝阳硬撑着从病床上爬了起来。

顾朝阳拄着拐杖，蹦着单腿到了拳击室，拜伦已经跟杰克玩了一会儿，杰克哭丧着脸想要拒绝但被拜伦硬邦邦的拳头逼得不敢轻易逃跑，只好硬着头皮被他打了一阵。他见到顾朝阳一个伤员也丝毫没有同情心，立马叫喊着自己骨折了，让顾朝阳顶上。不等顾朝阳拒绝，拜伦已经一个拳头挥来，顾朝阳以拐杖为重力中心，支撑着身体往后仰，险险地躲开了。

“嘶……”这一大动作，顾朝阳扯到了伤口，疼得嘴里直发出咯咯声。

顾朝阳抬着一条腿，费力的样子看起来有点儿也不经打，扫了拜伦的兴，他没好气儿地一拳砸在沙包上，发出重重的一声响，听的顾朝阳汗毛倒竖，暗自庆幸这一拳头不是砸在她身上的。

“老大。”顾朝阳站定后，离他远了一些，担心伤害无辜。

“怎么？绵羊宝宝想要跟我说什么？”拜伦没有停下手里的动作，拳头依然砰砰地砸在沙包上。

顾朝阳冲天翻白眼，明明是他把她从病床上逼着弄起来的。这会儿怎么反倒是她有事情了？

“你是不是认为是我们拖累了你，导致你现在不能去执行任务？”顾朝阳不跟他绕圈子。

拜伦终于停下了跳动击打的身体，一把抱住沙包，回过头来看顾朝阳，从鼻子里哼出声音。

“哼！我半年没动过手，手痒。”

是的，这半年，自从来到伦敦以后，他们就像是与世隔绝了，与外界再也没有了联系。拜伦这种天性暴戾的人怎么会乖乖儿地待在一个地方几年？

“我会尽快达到长官的要求。”

这是顾朝阳第一次向拜伦示好，拜伦顿了顿，冷哼一声，说道：“就你这资质别说尽快，能在三年内干点抓强盗的活已经很了不起了。”他虽然嘴上依然咄咄逼人，但是顾朝阳明显感觉到他放松了下来。

顾朝阳因为他的放松，自己也卸下了警戒和抗拒，找了块空地，盘腿坐下，问他：“其实我不是很明白。”

“你不明白什么？”

“我不明白 Murray 长官为什么看中了我，我什么都不会，而你，是他最亲近的人，他怎么会……”

“他怎么会让我大材小用对吧？”拜伦对顾朝阳的自知之明还算满意，也盘腿坐了下来，或许是找到了优越感，他不再那么排斥顾朝阳，只说：“长官的决定我们无权干涉，既然他选择了你，你一定有过人的优势。这些日子我也不会放松，把你培养成能独当一面的佣兵。”

“那么以后呢？等我们能成为佣兵以后你们又会让我们怎么做？”这是顾朝阳这段时间以来思考最久的问题。

一开始她和罗拉都只是为了活命。命安顿好了，那么接下来呢？绝对不会简单就对了。

“还债。”拜伦很意外顾朝阳会问自己这个问题，他以为……顾朝阳是个木头人，对什么都不关心。

还债？救命债？

“从你们能干活儿起，你们要先还掉培训你们所花费的所有债务，加起来可能需要几千万美金，钱会从你们的佣金里扣除，大约三年左右就差不多还完了，你们就可以拿到属于自己的那份钱了。”

三年就能赚几千万美金？也难怪有人愿意当佣兵了。

顾朝阳对钱没有概念，但她知道，从选择的那天起她有很长一段时间都会跟这群人混日子，直到有一天结束，她也不知道那一天到底会是什么时候，或许是某一天 Murray 长官大发慈悲放过她了，也或许是她死了。

这天晚上顾朝阳和拜伦第一次平和的交谈后，似乎一切都变了。

顾朝阳明显感觉有些东西在发生改变。比如，她渐渐地发现她和罗拉、布鲁斯、拜伦、杰克……已经是一个团队了。虽然大多数的时候他们依然在嘲笑自己，但似乎并没有恶意，他们只是觉得好玩儿。比如她偶尔也能跟维多利亚在午后，躺在草坪上享受下午茶，而罗拉被维多利亚打扮成了名媛，翻衣服的时候总是很嫌弃顾朝阳的B罩杯，后来很长一段日子里，维多利亚试了许多方法想把顾朝阳由B罩杯提升到D罩杯。比如拜伦不再将她当成沙包，开始指导她一些格斗技巧，她偶尔也能偷袭成功一两次，拜伦气呼呼地总会在下一次报复回来。

拜伦真的好小气！

如果训练不那么艰苦，或许顾朝阳会很快喜欢上这样的生活。

24. 赌局

苏海安意识到自己倒霉时，是因为那个被教授分配成做研究报告搭档的同学。自从他入学以来，就没有见过的一个同学，比他还神秘的人，到底是谁呢？苏海安发誓要把这个人找出来。

他去了档案室，用自己的三寸不烂之舌哄得管理员提供了那位叫葛兰·沃森的人的档案。

但是档案上的资料也同这个人一样，除了名字和国籍以外再无其他的东西。比他早一年入学，但一直处于休学状态。很好，苏海安第一次对一个陌生人感兴趣了，少爷脾气一发作便发动了苏家的势力在伦敦找。

找了半年之久，依然没有任何消息。

“安，你为什么对一个陌生人这么执着？”苏海安到伦敦后很快就有了属于自己的圈子，圈子里大多是从Z国来的富豪子弟，他们常常约在一起玩乐泡妞。苏海安找寻神秘同学葛兰的事情已经是公开的秘密了。

所有人都不理解苏海安的偏执，他不喜欢掌控不了的事情，一旦发现有任何蛛丝马迹势必要弄清楚才罢休。

苏海安在心里冷笑着为问自己这个蠢问题的同伴竖起了中指，一点儿也没有回答问题的兴致。

男同学A见他表情讪讪也是个懂得看眼色的主，立即岔开了话题：“前几天我弄到一瓶好酒，来试试？”酒吧里闹哄哄的，但这一点儿也不妨碍这群男男女女取乐消遣。

苏海安总算有了回应，“什么好酒？”嘴边还啄着猩红色的玛格丽，眼睛却盯着吧台前来回穿梭的大胸女调酒师。女调酒师被人看胸早已习以为常，她冲苏海安噘嘴眨了眨眼睛。

男同学A吸了一口气，嘴里发出啧啧的声音，“你的口味真不行。走，带你去见识见识好酒好妞。”

这位同学是Z国一位企业家的儿子，叫唐天泽，是留学圈里有名的混混儿，平时苏海安懒得搭理这些人，不过今天他心里正烦闷着，索性也就跟着去了。

七拐八拐来到二楼，这男同学是常客了，一路上也都是熟人。苏海安跟在他身后，双手插在裤兜里看着人来人往的金发妞儿，没有看上对口味的，在选女人这方面，苏海安近乎执着地喜欢亚洲女性，比如他喜欢乔安大概就因为乔安看上去安静典雅像极了他的母亲。

唐天泽推开了一扇厚重的大门，苏海安原本以为这群无聊的败家子顶多带他到一个包间，里面坐着三三两两的金发女郎，大家一起玩一玩禁忌游戏，没想到却是进入了一个更加闹哄哄的空间里。

十米高的高台走廊，似乎悬挂在半空中。

脚下聚集的人群里起哄着“干他！弄死他……”的声音。

苏海安抬头望去，脚下一个铁笼子里两个壮汉一黑一白，正起劲地互殴，约莫两百来斤的壮汉脱掉了衣服，白花花的肉在击打声中晃得人眼花，黑人被白胖子一个拳头砸在地上，毫无反击之力，白人却不依不饶地摁着黑人的脑袋朝着他的后脑勺儿猛击，肉体的打击声听得在场的人热血沸腾，起劲的哄声震耳欲聋。

“唐少，你来了？”唐天泽进了门一个Z国马仔就迎了上来。

唐天泽见苏海安有兴趣，嘴角含笑，吩咐马仔道：“给我找个位置，把我上次买的那瓶好酒送上来给苏少也尝尝鲜。”马仔正要走，他又补充道：“叫两个妞儿过来，苏少爷喜欢大的，记住了。”说完他还不忘在自己胸口上比画两下。

苏海安没兴趣答话，他打心眼里就看不起这样的土包子，但苏海安很喜欢楼下沸腾的场景，尤其是看到黑人终于在被白人打得无力反击之时潜力爆发，发了疯一样咬上白人的耳朵，黑市赌拳都是真枪实弹地上，谁弄死对方算谁厉害，并不像拳击比赛那般点到为止，所以死伤的事情在这些玩乐取笑的人看来无关紧要。

众人又是一阵哄笑，没有人在意那白人或者黑人是不是已经被打残。

大家找了位置坐下，有人送上了牌子。

唐天泽问苏海安：“怎么样苏少？有没有兴趣玩一局？”

赌，苏海安就没有怕过。他曾将自己的游艇硬生生地变成了一条赌船，赌资除了钱以外其他什么都可以接受，比如妞儿。他就曾经把顾朝阳当成赌资与一个自称家产上亿一心想巴结他的地中海老板做赌注，那秃头色眯眯的眼睛在顾朝阳身上流连忘返，不惜押重金，却输在了苏海安手上，还被逼赔上了一根手指头。

按照苏海安的性格，他是想要赌那煤矿老板一双眼睛的。苏海安还记得那老头儿杀猪叫一般的求饶声，在大厅里引起了不少人的注意，但偏偏顾朝阳这个当事人毫无反应，连眉头都没有皱一下。苏海安觉得无趣，这才放了那人，只仅仅留了一个手指头，倒是让那人捡了便宜。

顾朝阳的冷漠让苏海安很生气。他恨不得撕了她，却在把她的衣服撕得只剩下内衣时，他又嫌弃她肮脏，一拳头砸在地上，扯着有些弄乱的外套，掉头走人。

真该在那时废掉那女人的双腿，苏海安想着。

下了赌注，苏海安押了黑人赢，唐少爷笑呵呵地说："苏少爷识人不清啊。看来今天我要赢了。"他押了白人。

苏海安不以为然，品着红酒，看着楼下厮杀的场面，津津有味。

"杰克你认为谁会赢？"布鲁斯扔了一粒花生米在嘴里，看着台上满脸是血的白人，发出了啧啧的声音，"好多血，真恶心。"

罗拉好奇地看了布鲁斯一眼，这家伙居然嫌血腥？

杰克哈哈一笑躺在软质沙发上，兴趣淡然，意兴阑珊地道："两个胖墩儿有什么好看的？要在拜伦手下早死了几回了，罗拉都能撂倒。"

还别说，是这个道理。看这两人打架真没什么意思，一股子蛮力。

布鲁斯也赞同杰克的看法，看热闹不嫌事大地凑到罗拉边上，说："要不，你上去试试？让我们赢点钱回去，回头别说我们好不容易出来一趟什么收获也没有。"

这两日拜伦在针对性地对顾朝阳做狙击训练，杰克玩心大起招呼上两人偷偷跑出了小岛，打算在外面玩上一宿。为了打掩护，他竟然欺骗维多利亚说是带罗拉出来做特殊训练的。

罗拉臭着脸，假装没有听见布鲁斯说了什么。

她一点也不想成为笼子里被人观赏起哄的猴子，用行动表示了自己的拒绝！但是经过布鲁斯这么一提议，杰克也觉得还不错，立马就坐直了身体，说："好主意。罗拉，长官命令你去打倒那个白胖子，你不能不服从！"

关键时刻杰克就爱耍官腔。

罗拉张着嘴巴想要反驳两句，但见到杰克的脸，还是放弃了挣扎。布鲁斯乐得这个坏人由杰克做了，立即招手叫来了马仔，在那年轻马仔耳边说了两句什么，那人不敢相信地上下看了罗拉好几眼，被罗拉凶狠的眼给瞪了回去。

很快，台上的两个美国佬分出了胜负，果然是那个力大无穷的白胖子赢了。

唐天泽眉开眼笑，撇头看并没有任何表示的苏海安，扬扬自得。

"苏少你在牌桌子上赌是第一，但是这个嘛，就差了点。"

苏海安嘴角含着笑，也不生气，嗯哼了一声。他伸着脖子看见那个黑人被两个穿制服的男人给拖了下去，看起来伤得不轻。再侧目一看，休息区里一个栗色长发的女人脱掉了外套，工字背心露出她姣好的身材，她利落地将长发绑起，做了几个热身运动。

他笑了笑，放下了酒杯轻声说道："下一轮，唐少赌谁？"

唐天泽哈哈一笑，只当苏海安是怕了要跟着自己下注，"我自然跟上一局一样，苏少爷你有所不知，那白大块头是这里的常胜将军，十有九赢，不少人都被他打到断了腿。"

苏海安不以为然，拿出支票簿在上面签上了一个数字，一个足以买下一栋楼的支票递给马仔，"我押左边这位。"他抬手，指着已经进场的罗拉。

罗拉进场时引发了全场一阵高潮，有人起哄，还有人扔香蕉皮，女人挑战常胜将军还是第一次，没有几个人敢下注押她，几乎是一边倒的局面，自然就有许多人发出嘘声了。

只是让杰克和布鲁斯没有想到的是，除了他们两人以外，居然还有一个不怕死的有钱人下了重注押罗拉。

"什么人这么有眼光？"杰克盯着大屏幕上显示的赌局现场，既好奇又愤怒。

布鲁斯也有点儿意外，嚼着花生米含糊不清地说："看来遇上个识货的了，没办法了，我们少赚一份。"

杰克可不乐意了，骂了一句："他妈的。"又不能上去把另一个人揍一顿，心不甘情不愿地扭头看台上的局势。

常胜将军上场了，引发了一片吼叫声。

前面三十秒是热身，拳手向观众打招呼，那白人大块头并没有把罗拉一个女人放在眼里，一副懒得动手的姿态。

罗拉冷笑一声，先发制人，一个假动作挥动拳头朝胖子的脸上招呼，胖子一躲她一个利落的回旋踢，一脚踢中胖子的胸口，巧力踢得白人胖子倒退了几步，那胖子显然没料到罗拉居然敢先下手，也是怒了，恶狠狠地咬着牙上前就要去回击罗拉，却被她灵活地躲开了。

看客们来了兴致，有人甚至不管自己下了注兴奋地尖叫起来，招呼着胖子："弄死那娘儿们！"

那吼出声音的是三楼观众席上的唐天泽，富家子弟之间的暗涌促使着他不想输，输钱事小，苏海安本就傲慢谁也不放在眼里，好不容易逮着机会杀杀他的锐气，他怎么可能允许自己在苏海安面前丢失了颜面呢？

这一声吼叫音量很大，又是从头上传来的，杰克立刻就注意到他了。

一向笑嘻嘻的杰克，脸上一黑，眯着眼睛多打量了一番那姓唐的。

"盯着他。"

布鲁斯多了解杰克，翘翘脚趾头他就知道他在想什么，心里暗自为那哥们儿划了十字架，做祈祷状："看来只能希望那哥们儿自求多福了。"

因为罗拉也听见那一声怒吼了，罗拉得空抬头往上一看，一眼就认准了唐少爷。白胖子似乎还没有感受到罗拉周身散发的危险气息，被外人一吼也来了劲，伸手去抓罗拉，罗拉侧身闪开的同时双手抱住他的手臂，借着他手上的力道翻身滚上胖子的后背，一把抓住胖子的头发，脚下同时用力踢在他的关节上，胖子被绊倒在地，罗拉反手压在上面，使得胖子在地上不能动弹，只能用另一只手往后去抓她，罗拉双眼一眯，咬牙一掰，咔嚓一声，那白胖子的手就被拧断了。

"啊……"胖子惨叫一声，罗拉却还不放过他，两根指头一用力在胖子的龙骨上猛力一抓一压，又是一击碎裂的声音，胖子的惨叫被堵在喉咙里发不出声音，只能摇摆着身体想要摆脱牵制，罗拉松开了手，拳脚相加每一下都袭击在他脆弱的关节处。

现场的观众沸腾了，那些下注的人压根儿没料到一个女人居然把常胜将军打得半死，如果不是工作人员担心将摇钱树打死上前阻止，罗拉肯定收不住自己的暴戾弄死他了。

25. 报复

在某一种程度上，罗拉跟杰克属于同一种人。

那就是睚眦必报的小人。

比赛散场后，姓唐的输了钱又输了脸面，气得砸掉了酒杯，马仔被他痛批一番，直嚷嚷这里什么鬼地方，找了个什么不经打的废物。

“居然连个女人都打不过。”

苏海安听着唐天泽的气急败坏，嘴角勾起，眼里却藏着冷然，良久一句话也没说，唐天泽觉得没趣，索性付了钱起身要告辞了。苏海安抬手示意他先走，不用管自己，唐天泽这才气冲冲地走了。

唐天泽前脚一走，楼下方才上台打拳击赛的女人后脚也跟了出去。苏海安来了兴致，盯着他们看了一会儿，注意到那女人下了台后跟两个男人说了些什么，三人视线往上移，不一会儿女人就跟着唐天泽走了出去。想起什么一般，苏海安好心情的大笑了两声，就连马仔将他赢的钱送来他都没有能止住笑意。

“先生……”马仔叫了两声，苏海安才终于止住了大笑。

将支票收好，苏海安再看楼下方才那两个男人已经没有了踪迹，他也不多做逗留，顺着来时的路走了出去，找了个人询问唐天泽往哪里走了，慢吞吞地跟了出去。

唐天泽刚走出酒吧大门就被一股力拖进了黑巷子，“他妈的是谁……”还没来得及看清楚是谁胆敢对自己下手时，一阵扑面而来的拳打脚踢就将他打倒在地。

“哎哟哎哟……不要再打了，求你了。”唐天泽抱着脑袋，终于看清楚来人了，正是方才拳击台上的女人。他见识过这女人的手段，只能苦苦哀求。

罗拉也不是非要弄死他，顶多教训两下，脚上的力道不太重，唐天泽还能说话，只是她冷笑着不打算轻易放过他，“说，你刚才叫我什么？你再喊一遍。”

“哎哟哎哟，姑奶奶，别打了，我错了，我不敢了！”

“娘儿们？”罗拉一脚踢在唐天泽肚子上，唐天泽痛得直叫唤。罗拉又说：“让你见识一下娘儿们厉害还是爷儿们厉害。”又是一脚，唐天泽已经痛得不敢再吱声了。

另一头从后门走来的杰克和布鲁斯见状，丝毫没有同情心。

杰克还幸灾乐祸地补上了一脚，布鲁斯则站在一旁在画十字架，但显然他并没有什么诚意，嚷嚷着两人：“你们欺负一个普通人有什么意思……”

布鲁斯的话还没说完，一道强光射来，一辆黑色越野车不知道何时出现在了路口，众人抬头望去，杰克一看到那车型就扁着嘴巴哼唧了一声：“他们怎么来了？”

越野车上有人按了喇叭，杰克不耐烦地又踢了唐天泽一脚，这才打算收手走过去。车上的人已经走了下来，两道影子，一个身材高大的白种男人和一个身材娇小，但身姿挺拔的女人。

苏海安躲在门后原本打算看热闹，却没想到看到这一幕，他眯着眼睛打量车前那两道身影，刺眼的逆光让他看不真切那两人的长相，但莫名地就是觉得心里很不舒服，他探着身子，想要再看清楚一点，那几个人却已经陆续上了车，很快便消失在了夜色里。苏海安也不知道自己是哪根筋不对，胸口闷了闷，他用手握成拳头捶了捶，半天也没缓过劲儿来。

肮脏漆黑的路道上唐天泽终于又哼唧了几声，叫着救命。

苏海安这才一扫先前的阴郁，笑了两声，盯着唐天泽看了一会儿，并没有施以援手的意思，转身离开了。

“你们怎么会来？”其实杰克更想问的是，你们怎么知道我们在这里，他作为这个团队里的黑客担当有权询问这个问题。

但是不用想，一定是维多利亚……

“你以为你能逃得过维多利亚的手掌心？”

“被关在岛上整整一年多，我们就是想放松一下。”杰克说着，表情不以为然，但谁都知道他最在意维多利亚，因为维多利亚最爱报复杰克。谁让他平时嘴巴就没停过呢？

“放松？”拜伦从后视镜里斜眼看杰克，“如果你们所说的放松就是找人打架的话，基地还打不够？”

“我们在基地都是被你打好吗！”杰克不满起来。他早就想抱怨了，为了拉同伙，又去戳顾朝阳的肩膀，“葛兰对吧？你也常常挨拜伦的揍。”

顾朝阳早就猜到杰克会拉上自己，撇开脸假装没听见。

杰克哼了一声：“葛兰，我发现你自从跟拜伦走得近以后就讨人厌了，一点儿也不像你刚来时那样可爱。”

这一年多的时间里顾朝阳确实有一大半时间都跟拜伦在一起，拜伦跟杰克一样还是很毒舌，但顾朝阳早已经不在意两人的话，不想听只当耳边风吹过。

“对不起，老大，我们知道错了。”罗拉却比一年前懂得妥协了许多。

杰克不满罗拉的墙头草，埋怨她是白眼狼。

“在伦敦打死人我们也要坐牢的。你以为是出任务？”拜伦早就知道他们在酒吧里干的事情。

“是那些人该打。”

“让他们也试试被自己看不起的女人打趴在地上的感觉也好。”

罗拉没想到顾朝阳会突然帮自己说话，瞥她一眼。她不知道顾朝阳对此早就有怨言，刚刚加入M军团的时候这几个人不也常常性别歧视吗？

布鲁斯听出来顾朝阳话里的讽刺，哈哈一笑，安慰地拍了拍她的肩膀，说道：“现在可没有人敢嘲笑你了，说不定当天晚上床下就被埋了炸弹。”顾朝阳的射击后来居上，已经有了很不错的成绩。

不得不说杰克看人的眼光还是很准的。

如果顾朝阳按照Murray长官规划的路线往前走，她真的非常有可能成为下一个全能型狙击手，只可惜是个年轻小姑娘，原本应该在上学谈恋爱的年纪，却被一群爷们不当人看。

布鲁斯于心不忍，叫了一声顾朝阳的名字。

“葛兰。”

“嗯？”

“基地给你弄的假身份其实也不是特别假，给维多利亚打个报告申请一下，你也可以去学校里走动走动。”

布鲁斯的话成功引起了车上所有人的注意，尤其是拜伦和顾朝阳，两人的脸色都变了。顾朝阳是诧异，又介于高兴和为难之间。拜伦则是一张臭脸，活像布鲁斯不应该提这茬。

杰克咳嗽一声，说道：“嗯，其实布鲁斯说的也没有错，但是我们的身份毕竟特殊，最好还是远离人群会好一些。”杰克看了看身边的罗拉，见她神色暗淡了，一时之间也不知道说什么好。

布鲁斯也意识到自己似乎说错了话，正想着要如何补救。

罗拉已经开口了，“杰克说的没有错。”语气里满满的是失落。

杰克打着哈哈，笑了两声，过了很久才又状似无意地问拜伦：“Murray长官这次来跟我们一起参加野外生存训练，一定会非常刺激。”

拜伦没心思回答杰克，他眼角的余光看到顾朝阳低着脑袋不知道在想什么，没有接杰克想要岔开话题的头，凉凉地说：“每年我们有一次外出的机会，平安夜那天维多利亚会去教会唱诗歌。”

“那我们去买点东西把基地装扮一下，哦，我们还可以在外面聚餐，一起唱圣诞歌曲，还可以互相送礼物。”杰克说起来，兴奋得像个小男孩儿。

但是顾朝阳听着他的话，只觉得悲哀。

好像，他没有这样过过圣诞节。

拜伦脸上没有表情，冷硬地嗯了一声。

得到拜伦肯定的回答，全车的人都兴奋地欢呼万岁！谁也不在意今天晚上回到基地后维多利亚会用什么方法来惩罚他们。

维多利亚对于不守规矩的人惩罚得非常严厉。

杰克、罗拉以及布鲁斯三人被关进了禁闭室，那是顾朝阳第一次听说有禁闭室这种地方。她以为就像是电视上演的那样，三人在一间很小很黑的房间里不吃不喝沉思三天就够了……

然而她还是低估了维多利亚的手段。

“维多利亚会给他们三人注射高敏感的药物，然后对他们实施某些肉体上的惩罚，痛感会比平时增加五百倍……”拜伦见顾朝阳盯着禁闭室的房门发呆，好意解释了一番。

“痛感五百倍？”天，简直难以想象。

顾朝阳的样子就跟吃了苍蝇一样，拜伦走近她，指尖在她手臂上按了一下，突如其来的钻心之痛让顾朝阳嘶了一声。

“比这个痛五百倍，会崩溃的！”她叫道，不敢相信维多利亚会如此残忍，“维多利亚一般会对他们实施什么类型的疼痛措施？”

拜伦偏过脑袋思忖了一会儿，“比如用铁钳夹手指，或者用弹弓射击……”

天，十指连心。

“所以杰克通常不敢轻易冒犯维多利亚，她有权利这样做。”

“如果不服从呢？”

“军法处置。我们虽然是雇佣兵，但我们比正规军人规矩更严格。只是偶尔某些方面散漫一些。”比如杰克会随时攻击维多利亚的安全防御网，有时候维多利亚并不多多计较，但有时候她也会反击。

拜伦觉得自己的目的达到了，他猜想顾朝阳很难会轻易触犯规定了，但这并不满足他的恶趣味，继续说着：“其实比起肉体上的痛苦让人精神崩溃才是最严厉的惩罚。杰克对你进行过催眠吧？”

顾朝阳想起很久之前，杰克曾为了套出她的秘密对她下毒。

“杰克的手段算轻的，真正弄疯一个人的是一种叫血清的药，注射后人会进入另一种精神状态，加上维多利亚的某些手段攻击，人会疯掉。”

“你为什么要对我说这些？”顾朝阳终于意识到了不对。拜伦从前不会跟自己说太多，今天怎么会……

拜伦没回话，转身走到沙发边坐下。

“你怕我因为布鲁斯的话心里有异动？”

“难道你没有？”拜伦看穿了她，双手合十搭在沙发上反问她。

如果是早前顾朝阳，也许会有这种想法，但眼下……她还真的没有了。她扯着嘴角冷笑了一下，“不得不说你的战略成功了，我害怕了。我不敢。”

拜伦点头。

“让你害怕，我也不知道是做对了还是错了，军人应该不畏惧任何事情。”

“但我确实害怕，我只是凡人。”

拜伦低垂下眼帘，睫毛动了动，“以后就不是了，以后你会跟我们一样……变得冷血无情，对别人狠，对自己也狠。”

顾朝阳张了张嘴，好几次都没有发出声音。

其实她想说，不会的。她确信自己永远不会变成那样的人。

27. 圣诞之歌

乔安从来没有这么喜欢过一个人。

从 Lynn 开始，她感觉自己的整个人生都颠覆了。她追随着他的脚步转学到 Royal Academy of Music，以一个普通同学的身份远远地关注着 Lynn 的一举一动。

最后一个学期教授让他留下来帮忙，所以偶尔他会在琴房里以指导老师的身份为大家弹一两首曲子。每次听说他会来的琴房就会挤满了人，Royal Academy of Music 有许多人跟乔安一样对 Lynn 崇拜、爱慕、追随，但没有人近他的身。

他就像是自带光环的男人，谁靠近了一步就亵渎了他。

但同时他又很随和，他每次弹琴之前总会笑着询问大家想听什么曲目，有许多人说着不同的曲子，他会从中选择，选一首曲子即兴改编，改成自己的曲目，然后全场收获大家的掌声。

乔安非常幸运，今天终于在三百多天的追随里被 Lynn 选中了她所说的曲目。她说了一年前在阳城那场小型演奏会现场他所弹奏过的那曲粤曲《平湖秋月》，Lynn 没有任何改动，全凭记忆弹了下来。

曲子很好听，一群自诩音乐系的高才生都入了迷。

乔安也是。

她在台下看着 Lynn，他的脸上一直都含着笑意，平静又温和，对待每个人都是笑意盈盈，灯光落在他的指尖上，乔安从来没见过一个人仅仅是看指头也能迷倒一大片人，修剪得干净的指尖修长均匀，葱白色，活跃在黑白琴键上，像灵动的小精灵，让人看得心旷神怡。

一曲终了，他笑着移动了座位。面对着大家，他介绍说："这首曲子是 Z 国一首非常动人的北调小曲，在二十世纪时，大师触景生情作了这首曲子，一直广为流传，一九七五年时又被 Z 国钢琴大师改成了钢琴曲，非常动听，一景一物……" Lynn 后面说了什么乔安不记得了，她只依稀听到他的嗓音在耳边响起，他平日里说话很少，尤其是娓娓道来介绍曲子的来历还是头一回。

乔安感觉自己魔怔了。

下了课，Lynn 拿了外套打算离开了。乔安突然站了起来，所有人愣了一下，包括 Lynn 本人，他看了看她，笑着又说："同学们，你们应该感谢这位同学，能有机会让你们听到这么美的曲子。"

同学们都笑了，绅士般礼貌地对乔安表达了谢意。

乔安一时应付同学们，没有注意到在此期间 Lynn 已经离开了琴房。没有人会像乔安一样追出去，即便其他人迷恋 Lynn 但良好的教育让他们懂得不便打扰。只是乔安追到门外时，Lynn 已经没了踪影，乔安失望地叹着气，背着大提琴往回走。

当时阳城音乐学院的院长推荐她到钢琴系，但有一天乔安在学校公告栏看到学校的乐团招募新的大提琴手，所以她才临时改了学科。Lynn 是一个随性的人，虽然他年少成名，但是在古典音乐界已经是新晋大师，各大剧院里演奏时用的都是 Royal Academy of Music 的乐团。

乔安抱着这个目的做着准备，她非常有信心自己一定会被选中。

"平安夜那天可能会去参加一个小型教会。"

"是关于老年人的教会吗？"

楼道拐角处传来两个声音，是 Lynn 的声音，乔安收回了正要拐弯的脚转而往楼道走去，果然在阶梯上就看见了 Lynn 的背影，他正在同一个穿黑色西装的中年男人说着话。

中年男人乔安认识，是系里的里昂教授。

乔安早知道里昂教授是 Lynn 的恩师，所以她为了拉近关系好几次在里昂教授面前露脸，就为了混个眼熟。

Lynn 背对着乔安点头，说道："嗯。教会里大多是一些独居的老年人。"

里昂教授对自己这个学生非常满意，Lynn 具备所有上流社会贵族的优点，优雅干净纯洁，绅士充满善意，他也是善良的老头儿，于是问他："需要帮助吗？"

Lynn 摇头："谢谢您，教授，不用……"

"里昂教授。"乔安突然出声打断了 Lynn 婉拒的话，她知道打断别人说话非常不礼貌，但她急切地想要得到这个机会。她不好意思地笑笑，抱歉道："对不起，打断两位。如果是教会演出的话，里昂教授我申请去帮忙。我想 Lynn 先生到时会需要用到伴奏。"

"Joanna，可是 Lynn 不需要帮助。"

乔安鼓起勇气继续说道："Lynn 先生非常抱歉，我知道您或许不需要帮助但是我很希望能得到这次机会，能跟您一起演出，我非常期待能学习到更多关于音乐方面的东西。"

她是盯着 Lynn 说的，看得出来她在克制自己的紧张。

Lynn 盯着她看了一会儿，随后才笑着答应了下来："好吧。我也很欢迎你的加入。不过我教不了你什么。"

乔安就知道，以他的性格自己这样说了之后他怎么会拒绝呢？在心里比了个 yes，她面上仍是大方地笑着。

"谢谢你。"

"没关系。"Lynn 说着，略抱歉地欠了欠身后又对里昂教授告辞道："不好意思两位，我要先告辞了。"

里昂教授知道他除了学业以外也有其他工作要做，便没有多留他。

Lynn 告辞后，乔安目送他的背影一会儿才回过神儿来。里昂教授又怎么会不明白这些小女孩儿内心的想法呢，叹着气很是遗憾。乔安这个女孩子他也认为很不错，但是 Lynn 那人……温和绅士起来总让人感觉到距离感。

乔安不在意，收回目光见里昂教授不赞同地盯着自己看，她尴尬地笑了笑，抱歉道："对不起啊教授，我下次一定不会这样了。"

里昂教授无奈地耸肩，回答说："既然他答应了让你去，你可别丢了系里的脸。"

"是的。教授。"

说完，里昂教授就离开了。乔安见四下没有了人，一改往日里大家小姐的风范，激动地跳了起来。

"yes！ yes！"她捂着脸叫了两声后才终于平复了心情。

手机正好响起，是苏海安来的电话。

苏海安已经将车子开到了伦敦市中心："我在外面等你，你快点出来。"

乔安看看时间才想起来今天他们约好了一起去马场遛马，啊了一声连忙说道："你等我一会儿，我回公寓把琴放了再出发。"

"你开车了？"

"没有。公寓很近啊。"

"我送你过去。"苏海安说完，乔安那边答应着就挂了电话。

苏海安来伦敦一年了，他除了固定时间找乔安联络感情以外也甚少找她，平日里他也有自己的事情要做，乔安也不怎么见人影。苏海安找到了车位，将车停在路边，下了车打算去超市买包烟。

另一头一辆黑色吉普车转弯过来，在不远的地方停下。

苏海安余光里瞥见司机下了车拉开车门，一个穿着烟灰色长大衣的男人道了一声谢谢后便上了车。

Lynn。

苏海安记得他。曾被老头子说起他低估过的对手，苏海安抽出一根烟却没点燃，捏碎了扔进了垃圾桶，望着吉普车扬长而去的影子，双眼危险地眯了起来。

乔安背着大提琴出来的时候，苏海安吸完一根新的烟，灭掉烟的同时看见乔安皱着眉头盯着自己。

苏海安不太自在地扬扬手："来英国后太孤独。"其实他以前也抽烟，但这些不好的事情他几乎没有在乔安面前表现过。

乔安用手揉了揉鼻尖，轻声说："别抽了，伤身体。"

一年前那一次两人不欢而散之后他们很少见面，乔安说这话的时候底气不足，蹙眉拉开车门坐了进去，苏海安挑眉，不甚在意地绕到驾驶位。

“吃什么？”

乔伊嗯了一声：“先送我回公寓。”心不在焉的她此刻全部心思都在平安夜那天下午与Lynn的合奏上。第一次与Lynn合作，她一定要拿出最好的状态。

苏海安透过反光镜看到乔安的脸染上可疑的红晕，他在心里冷嗤一声，脚下用力踩油门，车身像离弦的箭一下子窜进了车流，乔安猛地向后倾，她睁大眼睛看了苏海安一眼，只见到他抿紧唇线的侧脸紧绷成一条线，张了张嘴巴乔安吞回了想说的话。

乔安回公寓放了大提琴又换了一身轻便的衣服才出门。

两人去了市中心的法国餐厅吃饭，饭店里放着慵懒的蓝调曲子，他们对坐无语轻轻咀嚼着东西。两人都没有说话，餐厅里也几乎只能听见刀叉轻微碰撞的声音，其他客人也都安静地吃东西，偶尔低头交耳轻语。

过了许久，苏海安莫名地笑了一声，在乔安诧异抬头的同时轻声问道：“平安夜跟谁一起过？”

“嗯？什么意思？”乔安没料到苏海安会突然如此问。她下意识地避开他在烛光下显得尖锐的目光，“没有跟谁一起过，我有演奏。”

“到时候我去接你，送你过去。”

乔安狐疑地看苏海安一眼，沉吟着拒绝了他：“不用了，我跟学校的车一起过去。”

苏海安盯着乔安看了一会儿，好半天没有再说话，气氛一下子降到冰点，乔安听见苏海切动牛排的声音，五分熟的牛排冒出了血丝，沾在刀尖上，苏海安将视线从乔安脸上移开，落在刀叉上，优雅地抬手用舌尖舔掉了一丝丝的血迹。

乔安眼皮一跳，手里的银叉差点儿掉在桌面上，她用力一握，埋头吃东西，没有再发出声音。

Lnyy在教堂的圣歌演奏在圣诞节那天准时来临。

那天，乔安在前往教堂的路途中被苏海安拦截了，他找人绑了乔安，也导致乔安错过了和Lnyy的演出。

28. 平安夜

拜伦头一次违背了维多利亚的命令，掩护大家从岛上逃到了伦敦市区。